Für meine Angelkumpels:
Ann, Peter, Phil und Leslie

TEIL I

Der unwillkommene Brief

1

IN DEM JAHR, in dem er gänzlich mit dem Leben abgeschlossen hatte, brachte er wie die meisten seiner Tage auch seinen dreiundfünfzigsten Geburtstag damit zu, sich anderer Leute Klagen über ihre Mütter anzuhören. Gedankenlose Mütter, grausame Mütter, sexuell aufreizende Mütter. Tote Mütter, die in den Köpfen ihrer Kinder weiterspukten. Lebende Mütter, die ihre Kinder lieber tot gesehen hätten. Besonders Mr. Bishop, aber auch Miss Levy und der wahrhaft vom Schicksal geschlagene Roger Zimmerman, der seine Wohnung an der Upper West Side und – so schien es – seine ganze Existenz, im Wachen wie in seinen lebhaften Träumen, mit einer hypochondrischen, manipulativen und zänkischen Dame teilte, die nicht ruhen und rasten würde, bis jedes noch so zaghafte Unabhängigkeitsstreben ihres Sohnes im Keim erstickt war. Zimmerman also und all die anderen Patienten ließen an diesem Tage keine Sekunde ihrer Sitzungen aus, um über jene Frauen Gift und Galle zu speien, durch die sie das Licht der Welt erblickt hatten.

Schweigend nahm er die Wogen mörderischen Hasses zur Kenntnis und warf nur gelegentlich eine verhaltene, gütige Bemerkung ein, ohne ein einziges Mal den von der Couch gespienen Furor zu unterbrechen, auch wenn er sich die ganze Zeit wünschte, dass wenigstens einer seiner Patienten Atem holte, in seiner Rage innehielt und sie als das erkannte, was sie war: Wut auf sich selbst. Aus langer Berufserfahrung wusste er, dass sie alle, selbst der geplagte Roger Zimmerman, wenn sie in der eigentümlich losgelösten Welt der Psychoanalytiker-Praxis über die Jahre ihr Pulver verschossen hatten, von allein zu dieser Erkenntnis gelangen würden.

Dennoch warf sein Geburtstag, der ihn unabweislich an seine eigene Sterblichkeit erinnerte, die trübselige Frage auf, ob ihm wohl genügend Zeit beschieden war, einen von ihnen bis zu diesem Moment der Akzeptanz – dem Heureka des Analytikers – begleiten zu dürfen. Sein eigener Vater war, nachdem er sein Herz jahrelangem

Stress und Kettenrauchen ausgesetzt hatte, mit Anfang dreiundfünfzig gestorben – eine Tatsache, die heimtückisch dicht unter der Oberfläche seines Bewusstseins lauerte. Und so kam es, dass er dem Jammern und Klagen des unangenehmen Herrn Roger Zimmerman in diesen letzten paar Minuten der abschließenden Sitzung an ebendiesem Tag nicht ganz die gebührende Aufmerksamkeit schenkte, als nebenan im Wartezimmer dreimal verhalten die eigens dort angebrachte Klingel schellte.

Die Klingel war das Zeichen für das Eintreffen eines Patienten. Jeder Neuzugang wurde vor dem ersten Termin angewiesen, beim Betreten der Praxis zweimal kurz und einmal lang zu läuten. Dies diente zur Unterscheidung von eventuellen Handwerker-, Zählerableser-, Nachbars- oder Lieferantenbesuchen.

Ohne seine Sitzhaltung zu verändern, schielte er auf seinen Terminkalender, der neben der Uhr auf dem Tischchen hinter dem Kopfende der Couch lag und somit für den Patienten nicht zu sehen war. Für achtzehn Uhr gab es keinen Eintrag. Auf dem Zifferblatt war es zwölf vor sechs, und Roger Zimmerman schien sich auf der Couch zu verspannen.

»Ich dachte, ich wäre immer der Letzte.«

Er antwortete nicht.

»Bis jetzt ist noch nie jemand nach mir gekommen, jedenfalls nicht, dass ich wüsste. Nicht ein Mal. Haben Sie Ihren Terminplan geändert, ohne es mir zu sagen?«

Wieder antwortete er nicht.

»Ich mag es nicht, wenn jemand nach mir kommt«, sagte Zimmerman entschieden. »Ich will der Letzte sein.«

»Und können Sie sich dieses Gefühl erklären?«, fragte er endlich zurück.

»Der Letzte zu sein ist praktisch so, als wäre man der Erste«, erwiderte Zimmerman, so schroff, als wollte er damit sagen, das sähe doch wohl jeder Idiot.

Er nickte. Zimmerman hatte eine faszinierende und durchaus richtige Feststellung getroffen, wenn auch, wie bei dem armen Kerl nicht anders zu erwarten, wieder einmal im letzten Moment der Sitzung statt zu Beginn, was ihnen die verbleibenden fünfzig Minuten für eine sinnvolle Diskussion darüber gelassen hätte. »Versuchen

Sie, diesen Gedanken morgen einzubringen«, sagte er. »Das wäre ein guter Anfang. Für heute ist unsere Zeit leider um.«

Zimmerman zögerte, bevor er sich erhob. »Morgen? Wenn ich mich nicht irre, ist morgen der letzte Tag, bevor Sie wie jedes verdammte Jahr in Ihren blöden Urlaub fahren. Was hab ich also davon?«

Wieder schwieg er nur und ließ die Frage über dem Kopf des Patienten im Raume stehen. Zimmerman schnaubte laut vernehmlich. »Der Typ, der gerade gekommen ist, interessiert Sie sowieso viel mehr als ich, hab ich recht?«, sagte er bitter. Dann schwang er seine Füße von der Couch und sah zu seinem Therapeuten auf. »Ich mag es nicht, wenn etwas anders ist«, sagte er in schneidendem Ton. »Ganz und gar nicht.« Im Aufstehen schleuderte er dem Arzt einen vielsagenden Blick entgegen, lockerte die Schultern und verzog bösartig das Gesieht. »Es sollte immer gleich sein. Ich komm rein, leg mich hin, fang zu reden an. Grundsätzlich als letzter Patient. So sollte es sein. Keiner mag Veränderungen.« Er seufzte, allerdings nicht resigniert, sondern ziemlich wütend. »Na schön, also bis morgen. Letzte Sitzung, bevor Sie nach Paris, Cape Cod oder zum Mars abhauen und mich im verdammten Regen stehen lassen.« Zimmerman machte abrupt auf dem Absatz kehrt, schritt zielstrebig durch die kleine Praxis und zur Tür hinaus, ohne sich noch einmal umzusehen. Einen Moment lang blieb er in seinem Sessel sitzen und lauschte auf die Schritte des erbosten Mannes draußen im Flur. Dann stand er auf – nach dem stundenlangen Sitzen hinter der Couch spürte er ein wenig die Last seines fortgeschrittenen Alters in den verspannten Muskeln und steifen Gliedern – ging zu der zweiten Tür, die in sein bescheidenes Wartezimmer führte. In mancherlei Hinsicht war der ungewöhnliche Zuschnitt dieses Raums, in dem er vor Jahrzehnten seine Praxis eingerichtet hatte, einmalig und auch der einzige Grund, weshalb er kurz nach seiner Zeit als Assistenzarzt diese Wohnung gemietet hatte und seit über einem Vierteljahrhundert geblieben war.

Das Sprechzimmer verfügte über drei Türen: eine zur Eingangsdiele, in der er sein winziges Wartezimmer eingerichtet hatte; eine zweite, die direkt auf den Hausflur führte; und eine dritte in den Wohnbereich mit kleiner Küche und anschließendem Schlafzimmer, dem restlichen Teil der Wohnung. Sein Sprechzimmer war somit wie eine private Insel, mit Zugängen zu den übrigen Welten. Oft betrachtete er sie als eine Art Anderwelt, eine Brücke zwischen verschiedenen Realitäten. So gefiel es ihm, denn er war der Überzeugung, dass die Abschottung der Praxis von der Welt da draußen ihm seine Arbeit irgendwie erleichterte.

Er hatte keine Ahnung, welcher seiner Patienten ohne Termin zurückgekommen sein könnte. Auf Anhieb fiel ihm kein einziger derartiger Fall in seiner ganzen Laufbahn ein.

Genauso wenig konnte er sich vorstellen, welcher Patient womöglich in einer Krise steckte, die ihn zu einem solch drastischen Schritt in der Beziehung zu seinem Therapeuten hätte treiben können. Er vertraute auf Routine, Routine und Langlebigkeit, auf das Gewicht der Worte, die im Allerheiligsten der Praxis am Ende einen Weg zur Erkenntnis bahnten. Da hatte Zimmerman recht. Veränderung ging nicht nur ihm gegen den Strich.

Und so durchquerte er in gespannter Erwartung zügig den Raum, auch wenn ihn der Gedanke, etwas Dringliches könnte die allzu eingefahrenen Gleise seines Lebens erschüttern, zugleich ein wenig irritierte.

Er öffnete die Tür zum Wartezimmer und starrte hinein.

Der Raum war leer.

Einen Augenblick lang war er verwirrt und dachte, er hätte sich das Klingeln vielleicht nur eingebildet, doch dann wurde ihm bewusst, dass Mr. Zimmerman es ebenfalls gehört und aus dem dreimaligen Schellen geschlossen hatte, dass jemand Bekanntes im Wartezimmer war.

»Hallo?«, sagte er, obwohl ganz offensichtlich niemand da war, der ihn hätte hören können.

Er spürte, wie sich seine Stirn in Falten legte, und rückte sich die Nickelbrille auf der Nase zurecht. »Seltsam«, sagte er laut. In dem Moment bemerkte er den Briefumschlag auf dem Sitz des einzigen Stuhls, den er für Patienten bereit hielt, die warteten, bis sie an der Reihe waren. Er atmete langsam aus, schüttelte ein paarmal den Kopf und fand, dass dies hier doch allzu melodramatisch war, selbst für seinen derzeitigen Patientenstamm.

Er ging hin und nahm den Brief, auf dessen Vorderseite in Druckschrift sein Name stand.

»Wie sonderbar«, sagte er laut. Er zögerte, bevor er den Umschlag öffnete, und hielt ihn sich dann so wie Johnny Carson bei seiner Nummer als Carnac der Großartige an die Stirn, während er zu raten versuchte, welcher seiner Patienten ihn hinterlassen hatte. Doch zu keinem der ungefähr ein Dutzend Menschen schien ein solcher Schritt zu passen. Sie alle genossen es, ihm ihre Beschwerden über seine vielen Fehler und Unzulänglichkeiten häufig und direkt ins Gesicht zu sagen, was zwar manchmal irritieren konnte, aber dennoch ein fester Therapiebestandteil war.

Er riss den Umschlag auf und zog zwei dicht beschriebene Blätter heraus. Er las nur die erste Zeile:

Herzlichen Glückwunsch zum 53sten Geburtstag, Herr Doktor.
Willkommen am ersten Tag Ihres Todes.

Er schnappte nach Luft. Von der abgestandenen Atmosphäre in der Wohnung wurde ihm plötzlich flau, und er griff nach der Wand, um Halt zu finden.

Dr. Frederick Starks, der sich von Berufs wegen der Nabelschau anderer Menschen widmete, lebte allein. Er ging zu seinem kleinen, antiken Ahornschreibtisch hinüber, einem Geschenk, das ihm seine Frau vor fünfzehn Jahren gemacht hatte. Drei Jahre waren seit ihrem Tod vergangen, und wenn er sich an diesen Schreibtisch setzte, dann hatte er das Gefühl, als könnte er immer noch ihre Stimme hören. Er breitete die beiden Seiten des gedruckten Briefs vor sich auf der Schreibtischunterlage aus. Ihm fiel plötzlich ein, dass es ungefähr zehn Jahre her war, seit ihm das letzte Mal etwas richtig Angst eingejagt hatte, nämlich die Diagnose, die der Onkologe seiner Frau eröffnet hatte. Jetzt war ihm dieser von damals vertraute trockene, saure Geschmack auf der Zunge ebenso unangenehm wie seine erhöhte Herzfrequenz.

Er wartete geduldig, bis sich das Hämmern in seiner Brust nachhaltig beruhigt hatte. In diesem Moment war er sich seiner Einsamkeit nur allzu bewusst und hasste die Verletzlichkeit, die sie mit sich brachte.

Ricky Starks – nur selten gab er zu, wieviel lieber er den Spitznamen aus Kinder- und Studententagen als das volltönende Frederick hörte – war notgedrungen ein Mann der Ordnung und Routine. Er zelebrierte eine Pünktlich- und Regelmäßigkeit, die beinahe ans Religiöse, auf jeden Fall aber ans Obsessive grenzte. Das Korsett der Vernunft, in das er seinen Alltag zwängte, konnte, so hoffte er, dem Aufruhr und Chaos, mit dem ihn seine Patienten unentwegt bedrängten, einen Sinn abtrotzen. Er war um die eins fünfundsiebzig groß, von eher leichtem Körperbau und schmaler, asketischer Figur, die er – verbunden mit dem standhaften Verzicht auf Eis und andere Süßigkeiten, für die er eine Schwäche hegte – in seiner Mittagspause täglich mit Walking trainierte.

Er trug Brille, was für einen Mann seines Alters nichts Ungewöhnliches war, auch wenn ihn seine niedrigen Dioptrienwerte mit einigem Stolz erfüllten. Stolz war er auch darauf, dass sein Haar, wenngleich ein wenig schütter, immer noch wie der Weizen auf dem Feld senkrecht vom Kopf abstand. Er hatte das Rauchen aufgegeben und trank nur ganz selten abends ein Gläschen Wein vor dem Schlafengehen. An seine Einsamkeit hatte er sich gewöhnt – ein *dinner for one* in einem Restaurant konnte ihn nicht mehr schrecken, und auch bei einer Broadway-Show oder einem neuen Kinofilm war er sich selbst Gesellschaft genug. Er fühlte sich geistig und körperlich in bester Verfassung und an den meisten Tagen bedeutend jünger, als er war. Dennoch konnte er die Tatsache nicht verdrängen, dass sein Vater das Alter, in dem er jetzt war, nicht überschritten hatte, und aller Logik zum Trotz hatte er nicht recht daran geglaubt, selbst älter als dreiundfünfzig zu werden, als sei schon die Hoffnung darauf ungehörig, ja geradezu vermessen. Aber, widersprach er seiner düsteren Prognose, ich bin noch nicht bereit zu sterben. Dann las er langsam weiter und hielt bei jedem Satz inne, so dass die aufkeimenden Sorgen und Ängste Zeit fanden, sich in seinem Innern einzunisten.

Ich existiere irgendwo in Ihrer Vergangenheit.
Sie haben mein Leben zerstört. Auch wenn Sie vielleicht nicht wissen, wie und weshalb oder auch nur, wann, so ist es trotzdem der Fall. Über jede Sekunde meines Daseins haben Sie Desaster und Unglück gebracht. Sie haben mein Leben zerstört. Und jetzt bin ich fest entschlossen, Ihres zu zerstören.

Ricky Starks schnappte noch einmal nach Luft. In seiner Welt waren leere Drohungen und falsche Versprechungen an der Tagesordnung, doch ihm wurde augenblicklich klar, dass die Worte, die er vor sich hatte, mit den endlosen Tiraden, die er täglich zu hören bekam, nicht zu vergleichen waren.

Zuerst dachte ich, dass ich Sie einfach umbringen sollte, um meine Rechnung mit Ihnen zu begleichen. Doch mir wurde sehr schnell klar, dass das zu einfach wäre. Sie geben eine geradezu lächerlich leichte Zielscheibe ab, Herr Doktor. Tagsüber schließen Sie Ihre Tür nicht ab. Von Montag bis Freitag laufen Sie dieselbe Route. Am Wochenende sind Sie nicht weniger berechenbar, bis hin zu Ihrem kleinen Spaziergang sonntagmorgens, um sich in dem angesagten Café zwei Straßen Richtung Süden die Times, ein Zwiebel-Bagel und einen Haselnusskaffee zu besorgen – mit zwei Würfeln Zucker, ohne Milch.
Viel zu leicht. Ihnen zu folgen und Sie zu töten, wäre kein Kunststück gewesen. Und so leicht, wie dieser Mord zu bewerkstelligen wäre, war ich mir nicht sicher, ob er die nötige Befriedigung mit sich bringen würde. Ich bin daher zu dem Schluss gekommen, dass ich es vorziehe, wenn Sie Selbstmord begehen.

Ricky Starks rutschte unbehaglich auf seinem Sitz hin und her. Er fühlte, wie von den Worten vor seinen Augen heiße Wogen aufstiegen, die ihm sacht um Stirn und Wangen strichen wie die Wärme eines Kaminfeuers. Seine Lippen waren trocken, und er leckte sie vergeblich mit der Zunge.

Bringen Sie sich um, Herr Doktor.
Springen Sie von einer Brücke. Pusten Sie sich das Hirn mit einer Pistole weg. Springen Sie auf einer Geschäftsstraße vor einen Bus. Oder werfen Sie sich vor eine U-Bahn. Drehen Sie das Gas auf und blasen die Stichflamme aus. Suchen Sie sich einen passenden Balken und hängen Sie sich daran auf. Die Methode bleibt ganz Ihnen überlassen.
Doch das ist Ihre beste Chance.
Ihr Selbstmord ist den genauen Umständen unserer Beziehung außerdem am angemessensten. Und für Sie zweifellos eine weitaus angenehmere Methode, Ihre Schuld bei mir zu begleichen.

Hier also die Regeln unseres kleinen Spiels: Ab morgen früh um sechs Uhr gebe ich Ihnen genau fünfzehn Tage, um herauszufinden, wer ich bin. Wenn Sie es schaffen, müssen Sie eine dieser kleinen Anzeigen unten auf der Titelseite der New York Times schalten und darin meinen Namen drucken lassen. Weiter nichts: Lassen Sie nur meinen Namen drucken.

Falls Sie das nicht tun, dann … nun ja, hier liegt der eigentliche Reiz. Sie werden feststellen, dass auf dem zweiten Blatt dieses Briefs zweiundfünfzig Namen aus Ihrer Verwandtschaft aufgelistet sind. Sie umfassen alle Altersstufen, von einem Neugeborenen, gerade mal sechs Monate alt, dem Kind Ihrer Urgroßnichte, bis zu Ihrem Cousin, diesem Wall-Street-Investoren und ausgemachten Kapitalisten, der genauso langweilig und vertrocknet ist wie Sie. Falls Sie es nicht schaffen, die Anzeige wie oben beschrieben aufzugeben, dann bleibt Ihnen nur eine Wahl: Bringen Sie sich augenblicklich um, oder ich vernichte einen dieser unschuldigen Menschen.
Vernichten.
Welch ein faszinierendes Wort! Es könnte den finanziellen Ruin bedeuten. Oder einen gesellschaftlichen Scherbenhaufen. Oder auch psychische Vergewaltigung.
Es könnte aber auch Mord bedeuten. Darüber mögen Sie sich den Kopf zerbrechen. Es könnte jemand Junges oder jemand Altes treffen. Männlich oder weiblich. Reich oder arm.
Ich verspreche nur so viel, dass es ein Schlag sein wird, von dem er – oder seine nächsten Angehörigen – sich nie mehr erholt, egal, wie viele Jahre er in der Psychoanalyse zubringt.
Und egal, was es ist, Sie werden jede Sekunde von jeder Minute, die Ihnen noch auf Erden bleibt, mit der Gewissheit leben, dass Sie das verschuldet haben.

Es sei denn, Sie entschließen sich zu dem ehrenvolleren Schritt und nehmen sich das Leben, bevor es dazu kommt, und bewahren meine Zielperson vor ihrem Geschick.
Sie haben also die Wahl: meinen Namen oder Ihre Todesanzeige. Natürlich in derselben Zeitung.
Als Beweis dafür, wie weit mein Arm reicht und wie gründlich alles

vorbereitet ist, habe ich heute mit einem der Namen auf der Liste in Form einer höchst bescheidenen kleinen Nachricht Kontakt aufgenommen. Ich kann Ihnen nur dringend raten, herauszufinden, mit wem und auf welche Weise. Dann können Sie sich morgen früh unverzüglich an Ihre eigentliche Aufgabe machen. Natürlich rechne ich nicht wirklich damit, dass sie herausbekommen, wer ich bin.
Um Ihnen daher meinen Sportsgeist zu zeigen, habe ich beschlossen, Ihnen im Lauf der kommenden fünfzehn Tage den einen oder anderen Tipp zu geben. Nur, um die Sache spannender zu machen, auch wenn ein ausgefuchster, intuitiver Typ wie Sie davon ausgehen dürfte, dass dieser ganze Brief voller Hinweise steckt. Wie dem auch sei, hier schon mal ein Vorgeschmack, gratis und franko.

Mit Vater, Mutter, kleinem Kind,
Die Stunden einstmals glücklich sind.
Dann aber segelt der Vater fort,
Vorbei ist's mit dem trauten Hort.

Poesie ist nicht gerade meine Stärke.
Hass dagegen schon.
Ich gewähre Ihnen drei Fragen. Ja- oder Nein-Fragen, bitte schön. Gehen Sie dabei vor wie beschrieben, mithilfe von Kleinanzeigen auf der Titelseite der New York Times.
Ich werde sie binnen vierundzwanzig Stunden auf meine Weise beantworten.
Viel Glück. Sie sollten sich auch schon mal die Zeit nehmen, Vorkehrungen für Ihre Beisetzung zu treffen. Einäscherung ist vermutlich einem aufwendigen Trauergottesdienst vorzuziehen. Ich weiß, wie sehr Ihnen Kirchen zuwider sind. Ich halte es für keine so gute Idee, sich an die Polizei zu wenden. Die würden Sie nur auslachen, womit Sie, von sich eingenommen, wie Sie nun mal sind, Ihre Schwierigkeiten haben dürften. Wahrscheinlich würde es mich außerdem noch wütender machen, und im Moment können Sie sich wohl noch kein rechtes Urteil darüber bilden, wie labil ich eigentlich bin. Ich könnte auf unberechenbare und ziemlich böswillige Art und Weise darauf reagieren.
Auf eines allerdings dürfen Sie sich hundertprozentig verlassen:
Meine Wut kennt keine Grenzen.

Der Brief war in Großbuchstaben unterschrieben:

RUMPELSTILZCHEN.

Ricky Starks fuhr mit dem Oberkörper zurück, als hätten ihn die Worte auf dem Blatt wie ein Fausthieb getroffen. Er rappelte sich auf, ging ans Fenster, öffnete es einen Spalt und ließ den Großstadtlärm mit einer für Ende Juli ungewöhnlichen Brise – vielleicht dem ersten Vorboten eines abendlichen Gewitters – in das stille, kleine Zimmer dringen. In der Hoffnung, diese Hitze, die ihn plötzlich erfasst hatte, zu kühlen, atmete er tief ein. Er hörte das schrille Aufheulen einer Polizeisirene ein paar Straßenzüge entfernt und die stetige Kakophonie von Autohupen – das endlose weiße Rauschen in Manhattan. Noch zwei, drei tiefe Atemzüge, dann machte er das Fenster zu und verbannte alle Geräusche normalen städtischen Lebens.

Er richtete sein Augenmerk erneut auf den Brief.

Ich bin in Schwierigkeiten, dachte er. Wie tief, konnte er in diesem Moment noch nicht sagen.

Ihm war bewusst, dass er ernstlich bedroht wurde, doch die Bestimmungsfaktoren dieser Bedrohung lagen noch im Dunkeln. Ein Teil von ihm bestand darauf, das Dokument auf dem Schreibtisch zu ignorieren. Sich diesem ganz und gar nicht spaßigen Spiel schlicht zu entziehen. Er schnaubte einmal verächtlich, während dieser Gedanke Gestalt annahm. Seine gesamte Ausbildung und Berufserfahrung legte nahe, dass dies die vernünftigste Vorgehensweise war. Schließlich stellt der Analytiker immer wieder fest, dass es am klügsten ist, sich gegenüber den provozierendsten und haarsträubendsten Verhaltensweisen eines Patienten in Schweigen zu hüllen und gar nicht zu reagieren, um so zu deren tieferen psychologischen Wurzeln vorzudringen. Er stand auf und lief, wie ein Hund, der einem ungewöhnlichen Geruch nachschnüffelt, zweimal um den Tisch.

Am Ende der zweiten Runde blieb er stehen und starrte erneut auf das beschriebene Blatt.

Er schüttelte den Kopf. Das wird nicht funktionieren, wurde ihm klar. Für einen Moment überkam ihn so etwas wie Bewunderung für die Raffinesse des Schreibers. Ricky begriff, dass er ein schlichtes »Ich werde Sie töten« vermutlich mit an Langeweile grenzender

Distanz zur Kenntnis genommen hätte. Immerhin blickte er auf ein recht langes, recht gutes Leben zurück; einem Mann in den mittleren Jahren mit dem Tod zu drohen, dachte er, hieß somit nicht allzu viel. Doch nicht damit war er konfrontiert. Die Bedrohung war indirekt. Jemand anders sollte büßen, wenn er nichts unternahm. Jemand Unschuldiges, und höchst wahrscheinlich jemand Junges, da die Jungen viel gefährdeter als die Alten sind.

Ricky schluckte schwer. Ich würde mir die Schuld dafür geben und mich den Rest meines Lebens damit quälen. Da lag der Schreiber absolut richtig.

Oder stattdessen Selbstmord begehen. Er hatte plötzlich einen bitteren Geschmack auf der Zunge. Selbstmord stand in schärfstem Gegensatz zu seiner ganzen Lebensphilosophie. Er vermutete, dass die Person, die sich Rumpelstilzchen nannte, das wusste.

Mit einem Schlag fühlte er sich wie vor Gericht.

Wieder fing er an, in seinem Sprechzimmer auf und ab zu marschieren. Eine mächtige Stimme in seinem Innern wollte die ganze Sache herunterspielen, diese Botschaft mit einem Achselzucken beiseite schieben, sie feierlich zu einer maßlosen Ausgeburt der Phantasie ohne jede Grundlage in der Realität erklären, musste aber erkennen, dass er dazu nicht in der Lage war. Ricky ging mit sich selbst ins Gericht: Nur weil dir etwas Unbehagen bereitet, darfst du es noch lange nicht ignorieren.

Andererseits kam ihm keine vernünftige Idee, wie er reagieren sollte. Er blieb stehen und kehrte dann zu seinem Stuhl zurück. Wahnsinn, dachte er, Wahnsinn allerdings, der Methode hat, da er mich zwingt, darauf einzugehen.

»Ich sollte die Polizei einschalten«, sagte er laut. Dann überlegte er. Und was soll ich sagen? Neun, eins, eins wählen und irgendeinem begriffsstutzigen, einfallslosen Bürohengst erklären, dass ich soeben einen Drohbrief erhalten habe? Und mir anhören, wie der Mann sagt, *Na und?* Seines Wissens lag bislang keine Gesetzesübertretung vor. Es sei denn, es verstieße schon gegen das Gesetz, jemandem Selbstmord nahezulegen. Nötigung? Um was für eine Art Mord könnte es sich handeln?, überlegte er. Ihm kam in den Sinn, einen Anwalt anzurufen, dann wiederum wurde ihm klar, dass die Situation, in die Rumpelstilzchen ihn stürzte, kein juristisches Problem darstellte. Er war auf dem Gebiet herausgefordert, das er kannte. Es ging, so war dem Brief zu entnehmen, um ein Spiel der Intuition und der Psychologie; es ging um Emotionen und Ängste.

Er schüttelte den Kopf und sagte sich: In der Arena kann ich mich behaupten.

»Was weißt du bereits?«, fragte er laut in das leere Zimmer hinein.

Jemand kennt meine Gewohnheiten. Weiß, wie ich die Patienten in die Praxis lasse. Weiß, wann ich Mittagspause mache. Was ich am Wochenende unternehme. War auch clever genug, um eine Liste mit Verwandten aufzustellen. Dazu gehört schon einiges an Findigkeit.

Weiß, wann ich Geburtstag habe.

Erneut zog er heftig den Atem ein.

Jemand hat mich beschattet, ohne dass ich es bemerkt habe. Mich taxiert. Jemand hat eine Menge Zeit und Mühe darauf verwandt, dieses Spiel in Szene zu setzen, und mir nicht viel Zeit für meine Gegenzüge eingeräumt.

Seine Zunge blieb trocken und seine Lippen ausgedörrt. Er hatte auf einmal großen Durst, aber keine Lust, das Refugium seiner Praxis zu verlassen, um sich in der Küche ein Glas Wasser zu holen.

»Was habe ich getan, dass mich jemand so sehr hasst?«, fragte er.

Diese Frage saß wie ein Tiefschlag in der Magengrube. Ricky räumte ein, dass er die arrogante Auffassung vieler Menschen in betreuerischen Berufen teilte, er habe in seinem bescheidenen Rahmen – indem er die Menschen verstand und so akzeptierte, wie sie waren – Gutes getan. Die Vorstellung, dass er bei irgendjemandem irgendwo einen monströsen Hass entfacht haben könnte, war äußerst irritierend.

»Wer bist du?«, forderte er Aufschluss von dem Brief. Augenblicklich begann er, den Katalog der Patienten durchzuhecheln, die er über die Jahrzehnte behandelt hatte, hielt aber ebenso schnell inne. Er verstand zwar, dass dies früher oder später nötig sein würde, dann allerdings systematisch, diszipliniert und beharrlich, und dazu war er noch nicht bereit.

Zuerst einmal hielt sich Ricky nicht für besonders geeignet, seinen eigenen Polizeischutz zu übernehmen. Dann aber schüttelte er den Kopf, denn er erkannte, dass das in gewisser Hinsicht vielleicht nicht stimmte. Seit Jahren war er eine Art Detektiv gewesen. Der Unterschied lag genau genommen nur in der Art der Verbrechen, die er untersuchte, und in den Methoden, die er zum Einsatz brachte. Von diesem Gedanken ein wenig gestärkt, setzte sich Ricky Starks wieder an seinen Tisch, griff in die rechte obere Schublade und zog ein altes, ledergebundenes Adressbuch heraus, das an den Ecken völlig zerfleddert war und nur noch von einem Gummiband zusammengehalten wurde. Fangen wir am besten damit an, den Verwandten zu ermitteln, mit dem diese Person schon Kontakt aufgenommen hat. Es muss sich um einen ehemaligen Patienten handeln, folgerte er weiterhin, einen, der seine Analyse vorzeitig abgebrochen hat und in die Depression verfallen ist. Jemanden, der schon seit Jahren eine nahezu psychotische Fixierung mit sich herumschleppt. Er hoffte, dass er, mit ein bisschen Glück und vielleicht dem einen oder anderen Hinweis von demjenigen Verwandten, dem der Kontakt galt, den erbosten ehemaligen Patienten ausfindig machen konnte. Er versuchte, sich mit allem Nachdruck einzuschärfen, dass der Briefschreiber – Rumpelstilzchen – in Wahrheit einen Hilfeschrei an ihn gerichtet hatte. Doch genauso schnell, wie dieser Wischiwaschi-Gedanke aufkam, ließ er ihn wieder fallen. Das Adressbuch in der Hand, dachte Ricky über die Märchenfigur nach, mit deren Namen der Schreiber unterzeichnet hatte. Grausam, sagte er sich. Ein Zauberer-Zwerg mit einer schwarzen Seele, die sich nicht so leicht austricksen lässt, doch schlichtweg Pech hat und den Wettkampf verliert. Bei dieser Überlegung fühlte er sich nicht unbedingt besser.

Der Brief auf seiner Schreibtischplatte schien zu glühen.

Er nickte langsam. Er sagt dir eine Menge, schloss er trotzig. Bringe die Worte mit dem in Verbindung, was der Schreiber vermutlich bereits getan hat, und du bist ihm aller Wahrscheinlichkeit nach schon halb auf die Schliche gekommen.

Also schob er den Brief zur Seite und schlug das Adressbuch auf, um nach der Nummer der ersten von zweiundfünfzig Personen auf der Liste zu suchen. Er verzog ein wenig das Gesicht, während er die Nummern in die Tastatur eintippte. Im Lauf der letzten zehn Jahre hatte er mit seinen Verwandten kaum Kontakt gehalten, und es war anzunehmen, dass keiner von ihnen erpicht darauf war, von ihm zu hören. Besonders, wenn man bedachte, worum es bei diesem Anruf ging.

2

RICKY STARKS hielt sich für denkbar ungeeignet, aus Verwandten, die erstaunt waren, seine Stimme zu hören, irgendwelche Informationen herauszuquetschen. Er war es gewohnt, alles zu verinnerlichen, was er von Patienten in seiner Praxis hörte, und über jede Bemerkung und Erkenntnis sorgsam zu wachen. Doch als er nun eine Nummer nach der anderen wählte, fand er sich auf wenig vertrautem, schwergängigem Gelände wieder. Er sah sich außerstande, einen Leitfaden für seine Gespräche zu ersinnen, mit einer Grußformel am Anfang, gefolgt von einer kurzen Erklärung, was der Grund für seinen Anruf war. Stattdessen hörte er in seiner eigenen Stimme nur Zögern und Unentschlossenheit, während er sich durch Grußfloskeln kämpfte, um eine Antwort auf die dämlichste aller Fragen zu bekommen: Ist dir etwas Ungewöhnliches passiert?

Folglich verbrachte er den Abend mit einer Reihe wirklich irritierender Telefonate. Entweder waren seine Angehörigen überrascht und unangenehm berührt, von ihm zu hören, und wenn es ihnen gerade ungelegen kam, was ihn der eine oder andere auch spüren ließ, wollten sie wissen, weshalb er sich nach so langer Zeit aus heiterem Himmel bei ihnen meldete. Oder sie reagierten schlichtweg unhöflich. Jedes dieser Gespräche hatte etwas Brüskes, und mehr als einmal wurde er ziemlich deutlich abserviert. Mehrfach bekam er kurz angebunden zu hören, »Was zum Teufel soll das eigentlich?«, woraufhin er log, ein ehemaliger Patient habe eine Liste mit den Namen seiner Verwandten in die Finger bekommen und er sei nun besorgt, dieser könne sich bei ihnen melden. Dabei verschwieg er, dass einem von ihnen Gefahr drohen könnte – die, so nahm er an, größte Lüge von allen.

Es ging bereits auf zehn Uhr abends zu, bald Zeit zum Schlafengehen, und er hatte immer noch mehr als zwei Dutzend Namen auf seiner Liste. Bis jetzt hatte er dem, was ihm seine Gesprächspartner zu berichten hatten, noch nichts entnehmen können, was genauere Nachforschungen gerechtfertigt hätte. Zugleich aber war er sich seiner eigenen investigativen Gabe nicht sicher. Die charakteristisch nebulösen Andeutungen in Rumpelstilzchens Brief ließen ihn befürchten, dass ihm irgendein Zusammenhang einfach entgangen war. Außerdem konnte es sein, dass unter den Verwandten, mit denen er bislang kurz gesprochen hatte, derjenige, mit dem der Briefschreiber tatsächlich in Kontakt getreten war, Ricky nicht die Wahrheit sagte. Und unter den Anrufen hatte es frustrierenderweise einige gegeben, bei denen sich niemand meldete. Dreimal hatte er gestelzte, kryptische Nachrichten auf Anrufbeantwortern hinterlassen.

Er erlaubte sich nicht, diesen Brief als eine bloße Farce zu betrachten, so verlockend der Gedanke war. Sein Rücken war völlig steif. Er hatte nichts gegessen, und ihm knurrte der Magen. Ihm dröhnte der Kopf. Er fuhr sich mit der Hand durchs Haar und rieb sich die Augen, bevor er die nächste Nummer wählte. Er fühlte sich erschöpft, spürte, wie ihm die Anspannung in den Schläfen pochte. Die Kopfschmerzen betrachtete er als eine bescheidene Buße für die Wahrheit, die ihm entgegenschlug: dass er sich vom größten Teil seiner Familie isoliert und entfremdet hatte.

Der Preis für die Vernachlässigung, dachte er, als er sich anschickte, den einundzwanzigsten Namen auf Rumpelstilzchens Liste anzuwählen. Vermutlich ist es unrealistisch, von seinen Verwandten zu erwarten, dass sie einen Kontakt nach so vielen Jahren freudig begrüßen, besonders ferne Verwandte, mit denen er wenig Berührungspunkte hatte. Mehr als einer von ihnen schwieg erst einmal, als er seinen Namen hörte, als wüsste er nicht recht, wo er den Anrufer unterbringen sollte. Angesichts dieser Momente des Schweigens fühlte er sich wie ein greiser Eremit, der von seiner Bergspitze heruntersteigt, oder ein Bär in den ersten Minuten nach einem langen Winterschlaf.

Der einundzwanzigste Name klang nur entfernt vertraut. Er strengte sich an, mit den Buchstaben auf dem Blatt ein Gesicht zu verbinden und dann den Verwandtschaftsgrad zu ermitteln. Langsam nahm ein Bild in seinem Kopf Gestalt an. Seine ältere Schwester, die vor zehn Jahren verstorben war, hatte zwei Söhne hinterlassen, und der hier war der ältere von den beiden. Dies machte Ricky zu einem ziemlich unbedeutenden Onkel. Seit der Beerdigung seiner Schwester hatte er mit keiner Nichte und keinem Neffen mehr Kontakt gehabt. Er zermarterte sich das Hirn, um mit dem Namen mehr als nur das Aussehen zu verbinden. Hatte dieser Name auf der

Liste eine Frau? Familie? Eine berufliche Karriere? Wer war der Mann?

Ricky schüttelte den Kopf. Er hatte eine Niete gezogen. Am Gerippe dieses Namens war nicht mehr Fleisch als an irgendeinem wahllos aus dem Telefonbuch gegriffenen. Er war wütend auf sich selbst. Das ist nicht in Ordnung, wies er sich zurecht, irgendwas musst du von dem doch wissen. Er stellte sich seine Schwester vor, die fünfzehn Jahre älter gewesen war, eine Alterskluft, mit der sie zwar in derselben Familie aufgewachsen, doch auf vollkommen verschiedenen Umlaufbahnen gekreist waren. Sie war die Älteste, er selbst ein Betriebsunfall, der ewige Nachzügler der Familie. Sie war Dichterin gewesen, hatte in den Fünfzigern an einem wohlsituierten Frauen-College ihren Abschluss gemacht, um anschließend ins Verlagswesen zu gehen und dann eine gute Partie zu machen – einen Anwalt für Unternehmensrecht aus Boston. Ihre beiden Söhne lebten in Neuengland.

Ricky starrte auf den Namen auf dem Blatt. Da stand eine Adresse in Deerfield, Massachusetts, im Vorwahlbezirk 413. Plötzlich brach eine Flut von Erinnerungen über ihn herein. Der Sohn unterrichtete an der Privatschule in jener Stadt. Welche Fächer?, hakte Ricky nach. Die Antwort kam ihm binnen Sekunden: Geschichte. Die Geschichte der Vereinigten Staaten. Er kniff einen Moment die Augen zu und hatte ein Bild vor seinem geistigen Auge: ein kleiner, drahtiger Mann, Tweedjacke und Hornbrille, dunkelblond, mit fortschreitendem Haarausfall. Ein Mann mit einer Frau, die gut fünf Zentimeter größer war als er. Er seufzte und griff, zumindest mit einem bescheidenen Bündel Informationen gerüstet, zum Telefon.

Er wählte die Nummer und horchte auf die etwa sechs Klingelzeichen, bevor sich eine unverkennbar jugendliche Stimme meldete. Tief, doch erwartungsvoll.

»Hallo?«

»Hallo«, sagte Ricky, »ich versuche, Timothy Graham zu erreichen. Sein Onkel Frederick am Apparat. Dr. Frederick Starks …«

»Hier spricht Tim junior.«

Ricky überlegte einen Moment, bevor er sagte: »Hallo, Tim junior. Ich glaube, wir sind uns noch gar nicht be…«

»Doch, sind wir. Einmal. Ich kann mich noch erinnern. Zu

Großmutters Beerdigung. Du hast in der Kirche direkt hinter meinen Eltern in der zweiten Reihe gesessen und du hast meinem Dad erzählt, es sei ein Segen, dass Oma ein längeres Siechtum erspart geblieben sei. Ich weiß noch, was du gesagt hast, weil ich es damals nicht verstanden habe.«

»Du musst …«

»Sieben. Ich war sieben.«

»Und jetzt bist du …«

»Ich werde siebzehn.«

»Du hast offenbar ein gutes Gedächtnis, wenn du dich an eine einzige Begegnung erinnern kannst.«

Der junge Mann überlegte einen Moment, bevor er erwiderte, »Großmutters Beerdigung hat mich damals sehr beeindruckt.« Er führte das nicht weiter aus, sondern wechselte das Thema. »Du willst Dad sprechen?«

»Ja, wenn es geht.«

»Wieso?«

Ricky fand die Frage ungewöhnlich für einen Siebzehnjährigen. Nicht weil Tim junior das wissen wollte, denn Neugier war in diesem Alter ganz natürlich. Doch in diesem Zusammenhang klang es ein wenig, als wolle er seinen Vater beschützen. Die meisten Teenager, dachte Ricky, hätten einfach nur nach ihrem Vater gebrüllt, um ihm das Telefon in die Hand zu drücken und sich wieder an das zu begeben, womit sie gerade beschäftigt gewesen waren, ob Fernsehen oder Hausaufgaben oder Videospielen, denn ein Anruf aus heiterem Himmel von einem entfernten Verwandten war nicht unbedingt etwas, das auf ihrer Prioritätenliste ganz oben stand.

»Na ja, mein Anliegen ist etwas seltsam«, sagte er.

»War ein seltsamer Tag hier«, erwiderte der Teenager.

Bei dieser Bemerkung war Ricky hellwach. »Wie das?«, fragte er.

Doch der Teenager beantwortete die Frage nicht. »Ich bin mir nicht sicher, ob mein Dad im Moment reden möchte, es sei denn, er weiß, worum es geht.«

»Nun ja«, sagte Ricky vorsichtig, »ich denke, was ich ihm zu sagen habe, wird ihn interessieren.«

Timothy junior ließ diese Auskunft sacken, bevor er antwortete, »Mein Dad ist im Moment beschäftigt. Die Cops sind noch da.«

Ricky schnappte nach Luft. »Die Polizei? Ist was passiert?«

Der Teenager ignorierte die Frage, um selbst eine zu stellen. »Wieso rufst du an? Ich meine, wir haben ewig nichts von dir gehört, seit ...«

»Vielen Jahren, mindestens zehn. Seit der Beerdigung deiner Großmutter.«

»Ja, eben, hatte ich mir schon gedacht. Und wieso auf einmal jetzt?«

Ricky musste einräumen, dass der Junge zu recht misstrauisch war. Er wechselte zu seiner Standardrede. »Ein ehemaliger Patient von mir – du erinnerst dich, dass ich Arzt bin, Tim, nicht? – könnte versuchen, mit einigen meiner Verwandten in Verbindung zu treten. Und auch wenn wir in all den Jahren keinen Kontakt hatten, möchte ich die Leute warnen. Deshalb rufe ich an.«

»Was ist das für ein Patient? Du bist Seelenklempner, oder?«

»Psychoanalytiker.«

»Und dieser Patient? Ist der gefährlich? Oder verrückt? Oder beides?«

»Ich denke, darüber sollte ich mich mit deinem Dad unterhalten.«

»Wie gesagt, er redet im Moment mit der Polizei. Ich glaube, sie gehen gerade.«

»Wieso spricht er mit der Polizei?«

»Das hat mit meiner Schwester zu tun.«

»Was hat mit deiner Schwester zu tun?« Ricky versuchte, sich an den Namen des Mädchens zu erinnern und sie sich vorzustellen, doch ihm dämmerte nur das Bild eines kleinen, blonden Mädchens, das ein paar Jahre jünger als ihr Bruder war. Er entsann sich, wie die beiden nach der Beisetzung seiner Schwester unbehaglich steif, dunkel gekleidet, schweigsam, doch nur mühsam beherrscht beiseite gesessen und sehnlichst darauf gewartet hatten, dass der feierliche Ton der Versammlung verflog und Normalität eintrat.

»Jemand ist ihr gefolgt ...«, fing der Teenager an, unterbrach sich aber an dieser Stelle. »Ich glaube, ich hol mal meinen Vater«, sagte er energisch. Ricky hörte das Telefon auf einer Tischplatte klappern und verhaltene Stimmen im Hintergrund.

Wenig später nahm jemand das Telefon, und Ricky hörte eine Stimme, die der des Teenagers zum Verwechseln ähnelte, bis auf den matten, erschöpften Ton. Zugleich klang die Stimme gehetzt, wie unter Druck und hilflos unentschlossen. Ricky hielt sich zugute, ein Stimmenexperte zu sein – aus Modulation und Tonlage, aus Wortwahl und Sprechtempo Schlüsse ziehen zu können auf das, was sich dahinter verbarg. Der Vater des Teenagers kam gleich zur Sache. »Onkel Frederick? Das kommt höchst überraschend, und ich stecke hier mitten in einer familiären Krise, ich kann also nur hoffen, dass es wirklich wichtig ist. Was kann ich für dich tun?«

»Hallo, Tim. Tut mir leid, dass ich so mit der Tür ins Haus falle …«

»Schon in Ordnung. Tim junior sagt, es gehe um eine Warnung …«

»Gewissermaßen, ja. Ich habe heute einen etwas kryptischen Brief von jemandem bekommen, der ein ehemaliger Patient sein könnte. Man könnte sagen, dass darin eine Drohung anklingt. Die galt in erster Linie mir. Aber aus dem Brief geht auch hervor, dass der Schreiber mit einem meiner Verwandten Kontakt aufnehmen will. Ich hab in der Familie rumtelefoniert, damit alle Bescheid wissen und um festzustellen, ob er sich schon bei einem von ihnen gemeldet hat.« Es herrschte tödliches, eisiges Schweigen. »Was für ein Patient?«, nahm Tim senior in scharfem Ton die Frage seines Sohnes auf. »Ist er gefährlich?«

»Ich weiß nicht, wer genau. Der Brief war nicht unterschrieben. Ich vermute nur, dass es ein ehemaliger Patient ist, aber ich kann es nicht mit Sicherheit sagen. Um die Wahrheit zu sagen, weiß ich bis jetzt im Grunde noch gar nichts über ihn.«

»Das klingt vage. Höchst vage.«

»Das stimmt. Tut mir leid.«

»Nimmst du die Drohung ernst?«

Ricky hörte einen schroffen Unterton heraus.

»Ich weiß es nicht. Wie du siehst, hat es mich so beunruhigt, dass ich ein paar Telefonate mache.«

»Warst du bei der Polizei?«

»Nein. Mir einen Brief zu schicken verstößt nicht gegen das Gesetz, oder?«

»Genau das haben mir die Scheißkerle auch gerade gesagt.«

»Pardon?«

»Diese Bullen. Ich hab die Polizei gerufen, und dann kommen die doch wahrhaftig bis hier raus, nur um mir mitzuteilen, dass sie nichts machen können.«

»Weshalb hast du die Polizei gerufen?«

Timothy Graham antwortete nicht sofort. Er schien erst einmal tief Luft zu holen, doch dies hatte offenbar keine beruhigende, sondern die gegenteilige Wirkung, so dass sich der aufgestaute Zorn entlud.

»Es war widerwärtig. Irgend so ein krankes Arschloch. So ein schleimiger, kranker Hurensohn. Wenn ich den je in die Finger krieg, bring ich ihn eigenhändig um. Ist dein ehemaliger Patient ein krankes Arschloch, Onkel Frederick?«

Der plötzliche Schwall Obszönitäten erschreckte Ricky. Für einen stillen, höflichen, unscheinbaren Geschichtsprofessor an einer exklusiven, konservativen Privatschule war dieser Ausbruch gänzlich uncharakteristisch. Ricky schwieg, weil er zunächst nicht recht wusste, wie er reagieren sollte.

»Ich weiß nicht«, sagte er. »Erzähl, was passiert ist, dass du so aufgebracht bist.«

Wieder zögerte Tim senior und holte tief Luft, ein Geräusch, das in der Leitung wie das Zischen einer Schlange klang. »An ihrem Geburtstag, ist das zu fassen? Ausgerechnet an ihrem vierzehnten Geburtstag. Das ist einfach widerwärtig ...«

Ricky saß plötzlich senkrecht auf seinem Stuhl. Hinter seinen Augen blitzte die Erinnerung auf wie eine Explosion. Ihm wurde bewusst, dass er die Verbindung sofort hätte sehen müssen. Unter all seinen Verwandten gab es nur einen Menschen, der aufgrund eines kuriosen Zufalls den gleichen Geburtstag hatte wie er. Das kleine Mädchen, dessen Gesicht er sich nur mühsam ins Gedächtnis rufen konnte und dem er nur ein einziges Mal, auf der Beerdigung, begegnet war. Er machte sich Vorwürfe: *Das hier hätte dein erster Anruf sein müssen.* Doch er riss sich zusammen, so dass ihm die Überlegung nicht anzumerken war.

»Was ist denn passiert?«, fragte er geradeheraus.

»Jemand hat ihr in der Schule eine Geburtstagskarte in den Spind gelegt. Weißt du, eine von diesen niedlichen, überdimensionierten, kitschig sentimentalen Karten, die man in den Mails bekommt. Ich kann mir immer noch keinen Reim drauf machen, wie das Arschloch den Spind aufgekriegt hat, ohne dass ihn jemand sieht. Ich meine, wo zum Teufel war der Sicherheitsdienst? Na jedenfalls hat Mindy, als sie in die Schule kam, die Karte gefunden und gedacht, sie wäre von einer ihrer Freundinnen. Also macht sie sie auf. Und weißt du was? Die Karte war vollgestopft mit widerwärtiger Pornografie. Richtig harter Porno in Multicolor. Bilder von Frauen, die mit Stricken, Ketten und Lederzeug gefesselt sind und in jeder erdenklichen Art und Weise mit allen möglichen Hilfsmitteln penetriert werden. Richtig hartes Zeug, im höchsten Maße jugendgefährdend. Und auf der Karte stand: *Das werde ich mit dir machen, sobald ich dich allein erwische …*«

Ricky rutschte auf dem Sitz hin und her. Rumpelstilzchen, dachte er.

Ins Telefon fragte er nur: »Und die Polizei? Was haben die dazu gesagt?«

Timothy Graham schnaubte verächtlich, und Ricky stellte sich vor, wie seine weniger einsatzfreudigen Schüler über die Jahre dieses Schnauben zu hören bekamen und vor Angst erstarrten, auch wenn es im gegenwärtigen Zusammenhang eher Frust und Ohnmacht zum Ausdruck brachte.

»Die Polizisten hier«, sagte er mit Nachdruck, »sind Idioten. Ausgemachte Vollidioten. Wollen mir glatt weismachen, dass sie nichts tun können, solange Mindy nicht nachweislich und aktiv von jemandem verfolgt wird. Sie brauchen einen eindeutigen Tatbestand. Mit anderen Worten: Das Schwein muss erst tätlich werden. Trottel. Die halten den Brief und das, was drin war, für einen Streich. Vermutlich ein älterer Schüler aus gutem Hause. Vielleicht jemand, dem ich im letzten Semester 'ne miese Note verpasst habe. Natürlich kann man die Möglichkeit an diesem Institut nicht ganz ausschließen, aber …«

Der Geschichtsprofessor hielt inne. »Willst du mir nicht was über deinen ehemaligen Patienten erzählen? Ist er ein Sexualstraftäter?«

Jetzt schwieg Ricky, bevor er sagte: »Nein. Keineswegs. Das klingt überhaupt nicht nach ihm. Im Grunde ist er harmlos. Nur ein bisschen irritierend.«

Er fragte sich, ob sein Neffe den falschen Ton heraushören würde.

Er bezweifelte es. Der Mann war in Rage, erregt und empört und würde es vermutlich eine Zeitlang nicht merken, wenn Ricky die Wahrheit strapazierte. Timothy Graham reagierte nicht sofort. »Ich bring ihn um«, sagte er dann. »Mindy ist schon den ganzen Tag in Tränen aufgelöst. Sie ist davon überzeugt, dass da draußen jemand rumläuft, der sie vergewaltigen will. Sie ist gerade mal vierzehn geworden und hat in ihrem ganzen Leben noch keiner Fliege was zuleide getan, sie ist äußerst leicht zu beeinflussen, und sie ist noch nie mit solchem Schund konfrontiert worden. Bis gestern hat sie noch mit Teddybären und Barbiepuppen gespielt. Ich bezweifle, dass sie heute Nacht und in den nächsten Tagen viel Schlaf bekommt. Ich kann nur hoffen, dass die Angst sie nicht verändert hat.«

Ricky sagte nichts, und der Geschichtsprofessor fuhr nach einer Atempause fort: »Ist das möglich, Onkel Frederick? Du bist doch verdammt noch mal der Spezialist auf dem Gebiet. Kann sich das Leben für einen so schnell ändern?«

Wieder antwortete er nicht, doch die Frage hallte in seinem Innern nach.

»Es ist schrecklich, weißt du. Einfach schrecklich«, brach es aus Timothy Graham heraus. »Da setzt du alles daran, deine Kinder davor zu schützen, wie krank und böse diese Welt im Grunde ist, und dann bist du einen Moment nicht auf der Hut und patsch, hat's dich erwischt. Das mag nicht der schlimmste Fall sein, wie jemand seine Unschuld verliert, du hast bestimmt schon Schlimmeres gehört, Onkel Frederick, aber schließlich nicht von deiner geliebten kleinen Tochter, die keiner Menschenseele was getan hat und sich an ihrem vierzehnten Geburtstag die Augen ausheult, weil ihr irgendjemand irgendwo Leid zufügen will.«

Und mit diesen Worten legte der Geschichtsprofessor auf.

Ricky Starks lehnte sich an seinem Schreibtisch zurück. Mit einem langen Pfeifton ließ er die Luft durch die Zähne entweichen.

Irgendwie war er von dem, was Rumpelstilzchen getan hatte, zugleich aufgebracht und fasziniert. Er sondierte seine Informationen. Die Botschaft, die Rumpelstilzchen dem jungen Mädchen geschickt hatte, war alles andere als spontan, sondern in ihrer Wirkung eiskalt kalkuliert. Offenbar hatte er auch einige Zeit investiert, um dieses Kind auszukundschaften. Darüber hinaus sprach seine Vorgehensweise für ein paar Fähigkeiten, die Ricky, wie er vermutete, im Auge behalten sollte. Rumpelstilzchen war es gelungen, am Sicherheitsdienst der Schule vorbeizukommen, und er besaß die Fertigkeit eines Einbrechers, ein Schloss aufzusperren, ohne es zu beschädigen. Er hatte es geschafft, die Schule ebenso unentdeckt zu verlassen, und sich in West Massachusetts sofort auf den Highway nach New York begeben, um seine zweite Botschaft in Rickys Wartezimmer zu hinterlegen. Das Timing war nicht weiter schwierig; die Fahrt war nicht lang, vielleicht vier Stunden. Doch es sprach für eine sorgfältige Planung.

Aber das war es gar nicht mal, was Ricky zu schaffen machte. Wieder rutschte er unruhig auf seinem Sitz herum.

Die Worte seines Neffen schienen in der Praxis nachzuhallen, als würden sie wie ein Spielball zwischen den Wänden hin und her geworfen, als strahlten sie heiß in den Raum dazwischen aus: *verlorene Unschuld.*

Ricky dachte über diese Worte nach. Manchmal sagte ein Patient im Verlauf einer Sitzung etwas, das eine elektrifizierende Wirkung hatte, weil es sich dabei um Momente des Verstehens, um Erkenntnisblitze handelte, um Einsichten, bei denen es nur so knisterte und die den Durchbruch versprachen. Das waren die Momente, um die es jedem Analytiker ging. Gewöhnlich hatten sie etwas Abenteuerliches, überaus Befriedigendes an sich, weil sie auf dem langen Behandlungsweg Erfolg signalisierten.

Diesmal nicht.

Zusammen mit der Angst kroch Ricky unabweislich die Verzweiflung den Rücken hoch.

Rumpelstilzchen hatte seine Großnichte in einem Moment kindlicher Verletzlichkeit attackiert. Er hatte sich dazu einen Zeitpunkt gewählt, der im Gefüge der Erinnerungen als freudiger Aufbruch hätte haften bleiben sollen – den Zeitpunkt ihres vierzehnten Geburtstags. Und dann hatte er ihn ins Hässliche und Furchterregende verkehrt. Die Bedrohung hätte kaum tiefgreifender und provozierender sein können.

Ricky fasste sich an die Stirn, als fieberte er plötzlich. Es verwunderte ihn, dass er nicht schwitzte. Mit etwas Bedrohlichem, überlegte er, verbinden wir sofort etwas, das unsere Sicherheit gefährdet. Ein Mann mit einer Pistole oder einem Messer und einer sexuellen Obsession. Oder ein Betrunkener am Steuer, der auf dem Highway fahrlässig auf die Tube drückt. Oder irgendeine heimtückische, schleichende Krankheit wie die, an der seine Frau gestorben war.

Ricky stand auf und fing an, im Zimmer auf und ab zu laufen. Wir haben Angst davor, getötet zu werden. Dabei ist es viel schlimmer, vernichtet zu werden.

Er warf einen Blick auf Rumpelstilzchens Brief. *Vernichten.* Er hatte das Wort in einem Atemzug mit *zerstören* verwandt. Sein Gegner war jemand, der wusste, dass die eigentliche Bedrohung, der wir am wenigsten entgegenzusetzen haben, von innen kommt. Die Qual und die Nachwirkungen eines Albtraums können weitaus schlimmer sein als die eines Faustschlags. Und selbst dann ist es zuweilen nicht so sehr die Faust als solche, die den entscheidenden Schmerz verursacht, sondern die Gefühle dahinter. Er blieb abrupt stehen und drehte sich zu dem kleinen Bücherregal um, das an einer der Seitenwände im Praxiszimmer stand. Darin waren Texte in Reihen angeordnet – größtenteils medizinische Texte und Fachzeitschriften. Diese Bücher enthielten buchstäblich hunderttausende Wörter, die mit klinischer Präzision eiskalt die Bandbreite menschlicher Gefühle sezierten. Von einem Moment zum anderen begriff er, dass ihm all dieses Wissen höchst wahrscheinlich nicht das Geringste nützen würde.

Am liebsten hätte er eins dieser Lehrbücher aus einem dieser Fächer geholt, im Index unter R wie Rumpelstilzchen nachgeschaut und dann die Seite aufgeschlagen, auf der eine nüchterne, schnörkellose Beschreibung des Mannes zu finden war, der ihm den Brief geschrieben hatte. Ihn überkam eine erneute Woge der Angst, als er sich klar machte, dass es keinen solchen Eintrag gab. Und er merkte, wie er sich von den Büchern abwandte, die bis zu diesem Moment seine berufliche Laufbahn geprägt hatten, und erinnerte sich stattdessen an jene Stelle in einem Roman, den er seit seinen College-Zeiten nicht mehr gelesen hatte. Ratten, dachte Ricky. *Sie sperrten Winston Smith in einen Raum mit Ratten, da sie wussten, dass sonst nichts auf dieser Welt ihn wahrhaft in Angst und Schrecken versetzte. Der Tod nicht, ebenso wenig Folter. Ratten.*

Er sah sich in seiner Wohnung und seinem Sprechzimmer um, einem Ort, der viel über ihn verriet, an dem er viele Jahre glücklich und zufrieden gewesen war. In dieser Sekunde fragte er sich, ob sich das von jetzt an grundlegend ändern und ob sich diese Räumlichkeiten in seinen eigenen fiktionalen Raum 101 verwandeln würden. Den Ort, an dem sie »die schlimmste Sache der Welt« bereithielten.

3

ES WAR JETZT GENAU MITTERNACHT, und er fühlte sich töricht und vollkommen allein.

Sein Sprechzimmer war mit Schnellheftern und Zetteln übersät, mit stapelweise Stenoblocks, großformatigen losen Blättern und einem altmodischen Diktiergerät, das seit zehn Jahren unter einem Stapel passender Kassetten geschlummert hatte. Diese Haufen stellten die magere Ausbeute an Dokumentationsmaterial dar, das er im Lauf der Jahre über seine Patienten angesammelt hatte. Sie bargen Notizen über Träume, hingekritzelte Einträge, die aufschlussreiche Assoziationen seiner Patienten festhielten oder auch solche, die ihm selbst im Verlauf einer Behandlung gekommen waren: Schlüsselbegriffe, -wendungen, -erinnerungen. Hätte man in einer Skulptur den Gedanken zum Ausdruck bringen wollen, dass die Psychoanalyse so sehr eine Kunst wie eine medizinische Wissenschaft war, dann hätte man kaum eine bessere Formgebung finden können als das Durcheinander, das ihn umgab. Er verfügte über keine ordentlichen Formulare, auf denen Größe, Gewicht, Hautfarbe, Religion oder Staatsangehörigkeit verzeichnet waren; über keine alphabetisch geordneten Patientenakten mit Blutdruck, Körpertemperatur, Urinproben oder Puls. Ricky Starks konnte nicht einmal auf Krankenblätter mit Namen, Adressen, nächsten Angehörigen und Diagnosen zurückgreifen.

Ricky Starks war kein Internist oder Kardiologe oder Pathologe, der bei jedem Patienten nach einer klaren Antwort auf ein Leiden suchte und der *en detail* Behandlung und Heilungsverlauf notierte und dokumentierte. Seine Fachrichtung trotzte den wissenschaftlichen Methoden, die andere Disziplinen beherrschten. Diese Besonderheit stempelte den Psychoanalytiker zu einer Art medizinischem Außenseiter und war genau das, was die vielen Männer und Frauen, die sich zu dieser Sparte hingezogen fühlten, so faszinierte.

In diesem Moment jedoch stand Ricky inmitten des wachsenden Durcheinanders und fühlte sich wie ein Mann, der nach einem Wirbelsturm zum ersten Mal aus dem unterirdischen Bunker tritt. Es kam ihm so vor, als hätte er bis jetzt ganz einfach ignoriert, was für ein Chaos sein Leben war, bis diese Urgewalt hindurchfegte und sein sorgsam ausbalanciertes Gefüge aus den Angeln hob. Wahrscheinlich musste der Versuch, die Patienten aus mehreren Jahrzehnten sowie hunderte tägliche Therapien zu sichten, von vornherein scheitern.

Zumal ihm schon jetzt dämmerte, dass Rumpelstilzchen nicht darunter war.

Zumindest nicht in erkennbarer Form.

Ricky war sich absolut sicher, dass er den Kerl, der diesen Brief geschrieben hatte, wiedererkennen würde, falls er jemals zu einer Therapie von nennenswerter Dauer auf seiner Couch gelegen hatte. Der Ton. Der Stil. Sämtliche Spielarten von Ärger, Wut und Zorn. Für ihn wären diese Elemente so charakteristisch und unverwechselbar wie ein Fingerabdruck für einen Kriminalisten. Verräterische Eigenarten, die ihm nicht entgehen konnten.

Er wusste, dass diese These nicht eben bescheiden war. Und bevor er nicht einiges mehr über den Mann herausfand, hielt er es für keine gute Idee, Rumpelstilzchen zu unterschätzen. Mit Sicherheit konnte er allerdings sagen, dass kein Patient, den er je mit einer gewöhnlichen Analyse behandelt hatte, Jahre später so verändert, so zornig und verbittert in seiner Praxis auftauchen konnte, dass er nicht merkte, wer es war. Sie mochten zurückkehren und immer noch die inneren Wunden tragen, deretwegen sie überhaupt gekommen waren. Sie mochten enttäuscht sein und Theater machen, da die Analyse nun einmal nicht wie eine Art Antibiotikum auf die Seele wirkt; da sie nicht verhindern kann, dass sich ein paar Patienten den Bazillus lähmender Verzweiflung wiederholt einfangen. Sie mochten wütend sein, weil sie glaubten, Jahre mit Reden vergeudet zu haben, ohne dass sich etwas tat. All das war möglich, auch wenn es in Rickys nahezu dreißigjähriger Praxis nur wenige solche Fehlschläge gegeben hatte. Jedenfalls so weit er wusste. Doch er bildete sich nicht ein, dass jede Behandlung, egal wie lang sie dauerte, ausnahmslos vollkommen erfolgreich war. Notgedrungen waren manche Therapien weniger triumphal als andere.

Es war unvermeidlich, dass er einigen Menschen nicht hatte helfen können. Oder nur bedingt. Oder dass sie nach den Einsichten, die die Therapie ihnen vermittelt hatte, in ein früheres Stadium zurückfielen und sich bald wieder erdrückt und verzweifelt fühlten.

Rumpelstilzchen dagegen bot ein völlig anderes Persönlichkeitsbild. Der Tenor des Briefs wie auch die Botschaft an seine vierzehnjährige Großnichte sprachen für ein aggressives, berechnendes Profil und pervers übersteigertes Selbstvertrauen. Ein Psychopath, dachte Ricky – ein klinisches Etikett für einen Menschen, von dem er bislang nur eine verschwommene Vorstellung hatte. Das sollte nicht heißen, dass er über die Jahrzehnte seiner beruflichen Praxis nicht Menschen mit psychopathischen Neigungen behandelt hätte. Jedoch keinen, der einen solch abgründigen Hass und eine solche Fixierung an den Tag gelegt hätte wie Rumpelstilzchen. Und dennoch musste sich hinter dem Briefschreiber jemand verbergen, den er nicht gerade erfolgreich behandelt hatte.

Die Kunst, erkannte er, bestand darin herauszufinden, welche früheren Patienten dafür infrage kamen und ob diese dann zu Rumpelstilzchen führten. Denn nach mehreren Stunden intensiver Überlegung stand für ihn fest, dass hier die Verbindung liegen musste. Derjenige, der wollte, dass er sich das Leben nahm, war das Kind, der Ehepartner oder Liebhaber eines solchen Patienten. Somit, dachte Ricky angriffslustig, musste er sich als erstes in Erinnerung rufen, welcher Patient seine Behandlung in der labilsten Verfassung abgebrochen hatte. Sobald er ihn gefunden hatte, konnte er die Spur weiter zurückverfolgen.

Inmitten des heillosen Durcheinanders, das er angerichtet hatte, manövrierte er sich zu seinem Schreibtisch zurück und nahm Rumpelstilzchens Brief zur Hand. *Ich existiere irgendwo in Ihrer Vergangenheit.* Ricky bohrte den Blick in das Blatt, bevor er sich wieder seinen quer übers Zimmer verstreuten Notizstapeln widmete.

Na schön, sagte er sich. Die erste Aufgabe wird darin bestehen, meinen beruflichen Werdegang systematisch aufzuarbeiten. Die Abschnitte zu finden, die wir ausklammern können. Er seufzte laut. Hatte er als Assistenzarzt vor über fünfundzwanzig Jahren einen Fehler gemacht, der ihn nunmehr einholte? Konnte er sich an jene ersten Patienten überhaupt erinnern? Während seiner Ausbildung als Psychoanalytiker war er an einer Studie mit paranoiden Schizophrenen beteiligt gewesen, die in die Psychiatrie des Bellevue Hospital eingewiesen worden waren. Bei der Studie war es darum gegangen, Faktoren zu bestimmen, die auf künftige Gewaltverbrechen schließen ließen, und sie war gescheitert. Doch er hatte einige Behandlungspläne für Männer kennengelernt und mit erarbeitet, die weiterhin schwere Verbrechen begingen. Nie wieder war er in solche Nähe zur forensischen Psychiatrie gelangt, und es hatte ihm nicht sonderlich behagt. Als seine Arbeit an der Studie abgeschlossen war, hatte er sich augenblicklich wieder in die weitaus sicherere und physisch weniger strapaziöse Welt von Freud und Co. zurückgezogen.

Ricky hatte plötzlich so großen Durst, als ob ihm die Kehle ausgetrocknet wäre.

Ihm wurde bewusst, dass er von Kriminalistik und von Kriminellen praktisch keine Ahnung hatte. Das Gebiet hatte ihn einfach nie interessiert. Er bezweifelte, dass es unter seinen Bekannten überhaupt irgendeinen forensischen Psychiater gab. Bei den sehr wenigen Freundschaften und Bekanntschaften in Kollegenkreisen, die er regelmäßig pflegte, fand sich jedenfalls nicht einer.

Er schielte zu den Lehrbüchern in seinen Regalen hinüber. Da stand Krafft-Ebing mit seiner richtungweisenden Arbeit über sexuelle Psychopathologie. Doch damit hörte es auch schon auf, und ungeachtet der pornografischen Botschaft, die er Rickys Großnichte untergejubelt hatte, hegte er eher Zweifel, dass Rumpelstilzchen ein sexueller Psychopath war.

»Wer bist du?«, fragte er laut in den Raum hinein.

Dann schüttelte er den Kopf.

»Nein«, sagte er gedehnt. »Zuerst einmal: *Was* bist du?« Wenn ich das herausgefunden habe, sagte er sich, kann ich beantworten, *wer* du bist.

Ich kann das, dachte Ricky, um sich selbst Mut zu machen. Morgen setze ich mich hin, zermartere mir das Hirn und erstelle eine Liste mit ehemaligen Patienten. Ich werde sie in Kategorien einteilen, die sämtliche Stadien meines Berufslebens repräsentieren. Dann werde ich mit den Nachforschungen beginnen. Den Behandlungsfehlschlag entdecken, der mich mit diesem Kerl, diesem Rumpelstilzchen, in Verbindung bringt.

Erschöpft und keineswegs sicher, dass er schon irgendwie weitergekommen war, stolperte Ricky aus seiner Praxis in sein kleines Schlafzimmer. Es war ein Raum von mönchischer Einfachheit, mit einem Nachttisch, einer Kommode, einem bescheidenen Kleiderschrank und einem Einzelbett. Früher einmal hatte hier ein Doppelbett mit einem reich verzierten Kopfende gestanden, hatten farbenprächtige Bilder die Wände geschmückt, doch nach dem Tod seiner Frau hatte er ihr Bett verschenkt und gegen etwas Einfacheres, Schmaleres getauscht. Auch der fröhliche Nippes und die anderen kunsthandwerklichen Gegenstände, die seine Frau gesammelt hatte, waren größtenteils verschwunden. Ihre Kleider hatte er Wohltätigkeitsorganisationen gespendet, ihren Schmuck und ihre persönlichen Habseligkeiten waren an die drei Nichten ihrer Schwester gegangen. Auf der Kommode hatte er ein Foto von ihnen beiden aufgestellt, das sie fünfzehn Jahre zuvor an einem klaren, azurblauen Sommermorgen im Garten ihres Bauernhauses in Wellfleet aufgenommen hatten. Seit ihrem Tod hatte er allerdings die meisten anderen sichtbaren Dinge, die an sie erinnerten, getilgt. Ein langsamer, qualvoller Tod, und dann drei Jahre lang das Verwischen sämtlicher Spuren.

Ricky schlüpfte aus seinen Kleidern und nahm sich die Zeit, die Hose sorgsam zu falten und seinen blauen Blazer aufzuhängen. Das Anzughemd, das er trug, wanderte in den Wäschekorb. Die Krawatte ließ er auf die Kommode fallen. Dann plumpste er in Unterwäsche aufs Bett und wünschte sich mehr Energie. In der Nachttischschublade bewahrte er ein Gläschen mit selten gebrauchten Schlaftabletten auf. Auch wenn ihr Verfallsdatum reichlich überschritten war, würden sie ihren Zweck erfüllen. Er schluckte eine Pille und noch ein winziges Stück von einer zweiten und hoffte, dass sie ihn schnell in einen betäubenden Tiefschlaf versetzten.

Einen Moment lang blieb er sitzen und strich mit der Hand über die raue Baumwolle des Bettbezugs, und ihm wurde bewusst, wie scheinheilig es war, wenn sich ein Psychoanalytiker schlafen legte und verzweifelt wünschte, dass ihn keine Träume quälten. Träume waren wichtig, sie waren unbewusste Rätsel, die den Gemütszustand spiegelten. Das wusste er sehr wohl, und gewöhnlich ließ er sich gerne von ihnen leiten. In dieser Nacht jedoch fühlte er sich völlig überfordert, und so legte er sich benommen auf den Rücken, fühlte seinen immer noch beschleunigten Puls und wartete sehnsüchtig, dass das eingenommene Mittel ihn über die Schwelle ins Dunkel beförderte. Ein einziger Drohbrief hatte ihn völlig ausgelaugt, und er fühlte sich in diesem Moment viel älter als die dreiundfünfzig Jahre, die er gerade vollendet hatte.

Seine erste Patientin an diesem letzten Tag vor seinem geplanten vierwöchigen Sommerurlaub traf pünktlich um sieben Uhr morgens ein und meldete sich mit dreimaligem Klingeln im Wartezimmer. Die Sitzung verlief seiner Meinung nach gut. Nichts Aufregendes, nichts, was aus dem Rahmen fiel, immerhin aber ein kleiner Schritt zur Besserung. Die junge Frau auf der Couch war Sozialarbeiterin in ihrem dritten Jahr in der Psychiatrie, die ihren Abschluss als Psychoanalytikerin ohne Medizinstudium anstrebte. Auch wenn dies weder der effizienteste noch der leichteste Weg zum Berufsabschluss war und natürlich den Missmut seiner dogmatischeren Kollegen erregte, hatte er einen solchen Werdegang immer bewundert. Er setzte wahre Leidenschaft für diese Tätigkeit voraus, einen unbeirrbaren Glauben an die Segnungen der Couch. Nicht selten gestand er sich ein, dass er aus dem Doktorgrad, der seinen Namen schmückte, so gut wie keinen Nutzen hatte ziehen können. Die Therapie der jungen Frau konzentrierte sich auf ein übermäßig aggressives Elternpaar, das während ihrer Kindheit eine leistungsorientierte, zuneigungsarme Atmosphäre verbreitet hatte. Infolgedessen war sie bei ihren Sitzungen mit Ricky oft ungeduldig auf Erkenntnisse aus, die sich mit ihrer Fachlektüre und Seminararbeit am Institut für Psychoanalyse im Zentrum Manhattans deckten. Ricky musste sie daher ständig zügeln und ihr begreiflich machen, dass die Kenntnis von Fakten nicht dasselbe wie intuitive Einsicht war.

Als er leise hüstelte, die Stellung wechselte und sagte: »Also, leider ist unsere Zeit für heute um«, seufzte die junge Frau, die gerade einen neuen Liebhaber von zweifelhaftem Potential beschrieben hatte. »Na ja, sehen wir mal, ob es ihn in einem Monat noch gibt …« – worüber Ricky schmunzeln musste.

Die Patientin schwang die Beine von der Couch und sagte: »Dann einen schönen Urlaub, Doktor Starks. Wir sehen uns nach dem Labour Day.« Damit schnappte sie sich ihre Handtasche und verließ mit wenigen Schritten das Behandlungszimmer.

Der ganze Tag schien sich in Routine und Normalität zu erschöpfen.

Ein Patient nach dem anderen betrat die Praxis und brachte wenig Aufregendes mit. Zumeist handelte es sich um alte Hasen, die das alljährliche Ferienritual längst verinnerlicht hatten, und mehr als einmal kam ihm der Verdacht, dass sie es unbewusst darauf angelegt hatten, mit Gefühlen hinter dem Berg zu halten, die sie erst in einem Monat wieder aufgreifen würden. Natürlich war das, was unausgesprochen blieb, nicht weniger faszinierend als das, was sie von sich gaben, und bei keinem Patienten entgingen ihm diese Lücken in ihren Erzählungen. Er hatte größtes Vertrauen in seine Fähigkeit, sich genau an verwertbare Formulierungen seiner Patienten zu erinnern, die er möglicherweise nach Ablauf der vierwöchigen Pause aus der Versenkung holen würde.

In den Minuten zwischen den Terminen machte er sich jedesmal daran, seine eigene Laufbahn zurückzuverfolgen und eine Liste anzulegen, indem er Patientennamen auf einem leeren Stenoblock notierte. Je länger der Tag, desto länger die Liste. Sein Gedächtnis, stellte er fest, funktionierte immer noch ausgezeichnet. Die einzige Entscheidung an diesem Tag stellte sich in der Mittagspause ein, in der er normalerweise, genau wie von Rumpelstilzchen beschrieben, seinen gewohnten strammen Spaziergang unternahm. Diesmal zögerte er, da ein Teil von ihm mit der Routine brechen wollte, die der Unbekannte so präzise beschrieben hatte, eine Art Trotzreaktion. Dabei hatte er aber begriffen, dass er sich ihm viel besser widersetzen konnte, wenn er – in der Hoffnung, dass der Kerl ihn sah und begriff, dass er ihn nicht eingeschüchtert hatte – an seinem Tagesablauf festhielt. Und so verließ er mittags das Haus, nahm dieselbe

Route, setzte die Füße auf dieselben Bürgersteigplatten und atmete in regelmäßigen Zügen dieselbe dicke Stadtluft ein wie an jedem anderen Tag. Heute allerdings schien jeder seiner Schritte nachzuhallen, und mehr als einmal musste er der Versuchung widerstehen, herumzuschnellen und zu sehen, ob ihm jemand folgte. Als er endlich wieder bei seiner Wohnung angekommen war, atmete er erleichtert durch.

Die Nachmittagspatienten verhielten sich, wie nicht anders zu erwarten, nach dem gleichen Muster wie die am Morgen. Ein paar von ihnen legten eine gewisse Angst und Ungewissheit an den Tag. Die regelmäßigen fünfzigminütigen Sitzungen stellten für sie eine nachhaltige Routine dar, und einige von ihnen beunruhigte es, auch nur für kurze Zeit auf diesen Halt zu verzichten. Dennoch wussten sie so gut wie er, dass diese Wochen nicht ewig dauerten und dass – wie alles in der Analyse – auch die Pausen von der Couch zu Einsichten über den Fortgang verhalfen. Alles, jeder Augenblick, jedes tagtägliche Einerlei des Lebens, konnte zu einer Erkenntnis führen. Diese Tatsache machte die Arbeit für Patient und Therapeut so interessant.

Eine Minute vor fünf sah er aus dem Fenster. Draußen, außerhalb der Praxis, war es immer noch ein heißer Tag: strahlende Sonne und Temperaturen über dreißig Grad. Die Hitze der Stadt war beharrlich, als erwarte sie Anerkennung. Er lauschte auf das Surren der Klimaanlage und erinnerte sich plötzlich, wie damals in den ersten Jahren ein offenes Fenster und ein klappriger, stotternder Ventilator das Einzige waren, was er der stickigen, lähmenden Hitzeglocke über der hochsommerlichen Stadt entgegenzusetzen hatte. Manchmal hätte man meinen können, sämtliche Luft sei verbraucht.

Als er die drei Klingelzeichen hörte, riss er sich vom Fenster los. Er rappelte sich auf und ging zur Tür, um den ungestümen Mr. Zimmerman hereinzulassen. Zimmerman hasste es, im Vorzimmer zu warten. Er erschien Sekunden vor Beginn der Sitzung und erwartete, dass man ihm sofort öffnete. Einmal hatte Ricky ausgespäht, wie der Mann an einem bitterkalten Wintertag vor dem Wohnblock ungeduldig auf und ab marschiert war und dabei wütend alle paar Sekunden auf die Uhr gesehen hatte, als habe er die Zeit mit seinem Willen beschleunigen wollen, damit er bloß nicht drinnen warten musste. Bei mehr als einer Gelegenheit hatte sich Ricky versucht gefühlt, den Mann ein paar Minuten stehen zu lassen, um bei ihm einen Denkprozess darüber in Gang zu bringen, weshalb ihm Präzision so wichtig war. Doch er hatte es nicht getan. Stattdessen hatte Ricky jeden Tag Punkt fünf Uhr nachmittags die Tür weit aufgerissen, damit der wütende Mann ins Sprechzimmer donnern, sich auf die Liege werfen und seinem Sarkasmus und Zorn über all das Unrecht Luft machen konnte, das er an diesem Tag erduldet hatte. Ricky atmete jedesmal tief durch, bevor er öffnete, und setzte sein bestes Pokerface auf. Egal ob Ricky sich gerade fühlte, als hätte er ein Full House auf der Hand oder aber ein mieses Blatt, er trat ihm täglich mit derselben unverbindlichen Miene entgegen.

»Guten Tag«, sagte er, sein Standardgruß.

Doch im Wartezimmer war nicht Zimmerman.

Stattdessen sah sich Ricky plötzlich einer imposanten jungen Frau gegenüber.

Sie trug einen langen, schwarzen Regenmantel mit Gürtel, der ihr bis auf die Schuhe reichte, an diesem heißen Sommertag höchst deplaziert, dazu eine dunkle Sonnenbrille, die sie jetzt abnahm, so dass durchdringende, lebhafte grüne Augen zum Vorschein kamen. Er schätzte sie auf Anfang bis Mitte dreißig. Eine attraktive Frau in der Blüte ihrer Jahre, die den Eindruck machte, als könnte sie nichts mehr auf der Welt überraschen.

»Verzeihung …«, sagte Ricky unsicher. »Aber …«

»Ach«, erwiderte die Frau abschätzig und schüttelte ihr schulterlanges, blondes Haar, während sie graziös mit der Hand abwinkte. »Zimmerman kommt heute nicht. Ich komme an seiner Stelle.«

»Aber er …«

»Er braucht Sie nicht mehr«, fuhr sie fort. »Er hat exakt um vierzehn Uhr siebenunddreißig beschlossen, seine Behandlung zu beenden. Kurioserweise befand er sich gerade in der U-Bahn-Station in der Zweiundneunzigsten, als er nach einem äußerst kurzen Wortwechsel mit Mr. R. zu dieser Entscheidung gelangte. Mr. R. konnte ihn davon überzeugen, dass er Ihre Dienste nicht länger in Anspruch nehmen wollte oder sollte. Und zu unser beider Überraschung ist Zimmerman diese Entscheidung gar nicht schwer gefallen.«

Und damit drängte sie sich an dem verblüfften Doktor Starks vorbei ins Behandlungszimmer.

4

»SO ALSO«, SAGTE DIE JUNGE FRAU, »nimmt unser Rätsel seinen Lauf.«

Ricky war ihr wortlos in die Praxis gefolgt, wo er nur zusah, wie sie die Blicke schweifen ließ. Sie betrachtete die Couch, seinen Sessel, seinen Tisch. Sie ging zum Bücherregal und nickte ein paarmal, während sie sich die dicken Schinken mit den sperrigen Titeln zu Gemüte führte. Sie strich über einen Rücken und schüttelte den Kopf, als sie den Staub auf ihrer Fingerspitze sah. »Nicht oft reingesehen …«, murmelte sie. Einmal sah sie kurz zu ihm auf und sagte vorwurfsvoll: »Was? Kein einziger Gedichtband oder Roman?« Dann schritt sie zu der cremefarbenen Wand, an der seine Diplome und ein paar kleine Kunstwerke hingen, nebst einem kleinen, eichengerahmten Porträt des großen Meisters selbst. Auf dem Bild hielt er – einen bedrohlichen Blick in den tiefliegenden Augen, das bereits vom Krebs gezeichnete Kinn, das ihm in seinen letzten Jahren solch unerträgliche Schmerzen bereiten sollte, von einem weißen Bart verhüllt – die unvermeidliche Zigarre in der Hand. Sie tippte mit dem leuchtend rot lackierten Nagel eines langen Fingers an das Glas über dem Porträt. »Interessant, nicht wahr, wie jeder Beruf seine passende Ikone an der Wand hängen hat. Ich meine, wenn ich zu einem Priester käme, hätte er irgendwo einen Jesus am Kreuz. Ein Rabbi hätte einen Davidstern oder eine Menora im Zimmer. Jeder zweitklassige Politiker schmückt sein Büro mit einem Lincoln oder Washington. Das sollte wirklich per Gesetz verboten werden. Mediziner umgeben sich gerne mit diesen kleinen Plastikmodellen von einem aufgeschnittenen Knie oder Herz oder sonst irgendeinem Organ. Würde mich nicht wundern, wenn sich ein Computer-Programmierer da draußen in Silicon Valley zur täglichen Andacht ein Porträt von Bill Gates an die Wand seiner Großraumbüro-Kabine nageln würde. Ein Psychoanalytiker wie Sie, Ricky, braucht das Bild vom heiligen Sigmund. Der macht jedem, der den Raum betritt, von vornherein klar, wer sich die Regeln ausgedacht hat, die hier gelten. Und außerdem verschafft es Ihnen ein klitzekleines bisschen Legitimität, die sonst womöglich bezweifelt würde.«

Ricky Starks griff schweigend nach einem Sessel und schob ihn vor seinen Schreibtisch. Dann trat er dahinter und lud die Frau mit einer stummen Geste ein, sich zu setzen.

»Was?«, fragte sie energisch. »Sie lassen mich nicht auf die berühmte Couch?«

»Dafür ist es zu früh«, erwiderte er kalt. Er wiederholte die Geste.

Noch einmal inspizierten die grünen Augen den ganzen Raum, als ginge es darum, sich jeden Gegenstand darin zu merken, dann ließ sie sich in den Sessel fallen. Sie räkelte sich wohlig auf ihrem Sitz, während sie gleichzeitig in die Tasche ihres schwarzen Regenmantels griff, um eine Schachtel Zigaretten herauszuholen. Sie nahm sich eine Zigarette, steckte sie sich zwischen die Lippen, zündete ein durchsichtiges Butangas-Feuerzeug, hielt die Flamme jedoch nicht ganz an die Zigarettenspitze.

»Ach so«, sagte sie, während sich ein gedehntes Lächeln über ihre Züge legte, »wie unaufmerksam von mir. Hätten Sie auch gern eine, Ricky?«

Er schüttelte den Kopf. Sie lächelte immer noch.

»Natürlich nicht. Wann hatten Sie es noch gleich aufgegeben? Vor fünfzehn Jahren? Zwanzig? Präzise gesagt, Ricky, war es wohl 1977, falls Mr. R. mich richtig informiert hat. Das hat schon was, Ricky, in einer Zeit das Rauchen aufzugeben, in der sich so viele Leute eine angesteckt haben, ohne auch nur einen Moment darüber nachzudenken, denn, auch wenn es die Zigarettenhersteller leugnen, wusste man damals sehr wohl, dass es schädlich ist; dass man schlichtweg daran stirbt. Also haben die meisten lieber nicht darüber nachgedacht. Vogel-Strauß-Politik: Kopf in den Sand und nur ja nicht hinsehen. Außerdem passierte damals auch so genug. Kriege und Demonstrationen und Skandale. Muss eine tolle Zeit gewesen sein, hab ich mir sagen lassen. Aber, Ricky, der junge angehende Arzt hat es geschafft, das Rauchen aufzugeben, als es normal war und keineswegs so verpönt wie heute. Das spricht Bände.«

Die junge Frau zündete sich die Zigarette an, nahm einen langen Zug und blies träge den Rauch ins Zimmer.

»Ein Aschenbecher vielleicht?«, fragte sie.

Ricky griff in eine Schreibtischschublade und holte denjenigen heraus, den er dort versteckte. Er schob ihn ihr entgegen an die Tischkante. Die junge Frau drückte sofort die Zigarette aus.

»Da«, sagte sie. »Nur gerade genug von dem beißenden Geruch, um uns an damals zu erinnern.«

Ricky wartete einen Moment, bevor er fragte: »Was ist so wichtig daran, sich an die Zeit zu erinnern?«

Die junge Frau verdrehte die Augen, warf den Kopf zurück und brach in ein langes, lautes Lachen aus. Es war unpassend, wie schallendes Gelächter in einer Kirche oder ein Cembalo in einer Flughafenhalle. Als sie allmählich verstummte, musterte die junge Frau Ricky mit einem einzigen, durchdringenden Blick. »Alles ist wichtig, an alles sollten Sie sich erinnern. Jede Einzelheit dieses Besuchs, Ricky. Gilt das nicht für jeden Patienten? Sie können nicht wissen, was genau sie sagen werden und wann, um Ihnen plötzlich Einblick in ihre Welt zu gewähren, ist es nicht so? Also müssen Sie ständig wachsam sein. Weil Sie nie genau sagen können, wann die Tür vielleicht aufgeht, um die Geheimnisse zu lüften, die sich dahinter verbergen. Sie müssen folglich immer ihre Antennen ausstrecken. Aufmerksam sein. Grundsätzlich auf das Wort oder die Geschichte gefasst, die nur mal so herausrutscht und Ihnen viel verrät, habe ich recht? Ist das nicht eine faire Einschätzung des Ganzen?«

Er nickte zur Bestätigung.

»Gut«, sagte sie brüsk. »Inwiefern finden Sie, dass dieser Besuch heute aus dem Rahmen fällt? Auch wenn er es ganz offensichtlich tut.«

Er antwortete nicht. Wieder schwieg er ein, zwei Sekunden und sah die junge Frau in der Hoffnung, sie aus der Fassung zu bringen, einfach nur an. Doch sie schien seltsam kaltblütig und unberührt, und Stille – für manchen, wie er sehr wohl wusste, das irritierendste Geräusch überhaupt – schien ihr nichts anzuhaben. Schließlich sagte er ruhig, »Ich bin im Nachteil. Sie scheinen viel über mich zu wissen und zumindest einiges über das, was hier in diesem Raum passiert, und ich kenne nicht einmal Ihren Namen. Ich wüsste schon gerne, was Sie meinen, wenn Sie sagen, Mr. Zimmerman hat seine Behandlung abgebrochen, da ich von Mr. Zimmerman bisher nichts gehört habe, was vollkommen uncharakteristisch ist. Und ich wüsste auch gerne, in welcher Beziehung Sie zu der Person stehen, die Sie

Mr. R. nennen und die, wie ich vermute, dieselbe Person ist, der ich den Drohbrief mit der Unterschrift ›Rumpelstilzchen‹ verdanke. Ich erwarte die Antworten auf diese Fragen sofort. Sonst rufe ich die Polizei.«

Sie lächelte erneut. Unbeeindruckt.

»Auf einmal so pragmatisch?«

»Antworten«, entgegnete er.

»Suchen wir die nicht alle immerzu, Ricky? Jeder, der durch die Tür da in dieses Zimmer tritt. Antworten?«

Er sagte nichts. Stattdessen griff er nach dem Telefon.

»Meinen Sie nicht, dass auch Mr. R. auf seine Weise genau das will? Antworten auf Fragen, die ihn seit Jahren quälen. Kommen Sie schon, Ricky: Finden Sie nicht auch, dass selbst die gnadenloseste Vergeltung mit einer simplen Frage beginnt?«

Das hat was, dachte Ricky. Doch sein Ärger über das Benehmen der jungen Frau siegte über das aufkeimende Interesse. Seine Besucherin legte nichts weiter als ungenierte Arroganz an den Tag. Er hatte die Hand fast am Hörer. Ihm fiel nichts anderes ein.

»Bitte beantworten Sie augenblicklich meine Fragen«, sagte er. »Sonst melde ich die ganze Angelegenheit der Polizei und überlasse es denen, die Sache zu klären.«

»Kein Sportsgeist, Ricky? Nicht interessiert an dem Spiel?«

»Ich kann nicht erkennen, was für ein Spiel das sein soll, wenn man einem beeinflussbaren Mädchen ekelhafte, bedrohliche Pornografie zuschickt. Ebenso wenig kann ich das Ansinnen an mich, mir das Leben zu nehmen, unterhaltsam finden.«

»Aber Ricky«, grinste die Frau, »wäre das nicht das größte Spiel von allen? Dem Tod ein Schnippchen zu schlagen?«

Er hielt inne, die Hand immer noch über dem Telefon. Die junge Frau deutete auf seine Hand. »Sie können gewinnen, Ricky. Aber nicht, wenn Sie dieses Telefon nehmen und neun, eins, eins wählen. Dann wird jemand irgendwo verlieren. So lautet das Versprechen, und verlassen Sie sich drauf, er hält sich dran. Wenn Mr. R. irgendetwas ist, dann ein Mann, auf dessen Wort man sich verlassen kann. Wir haben erst Tag eins, Ricky. Jetzt aufzugeben wäre so, als würde man sich direkt nach dem Anpfiff geschlagen geben, ohne einen einzigen Pass oder Schuss versucht zu haben.«

Er zog die Hand zurück.

»Und Sie heißen?«, fragte er.

»Für heute und für dieses Spiel nennen Sie mich Virgil. Jeder Dichter braucht einen Führer.«

»Virgil ist ein Männername.«

Die Frau, die sich Virgil nannte, zuckte energisch die Achseln. »Ich hab eine Freundin, die sich Rikki nennt. Wo liegt der Unterschied?«

»Meinetwegen. Und Ihre Verbindung zu Rumpelstilzchen?«

»Er ist mein Auftraggeber. Er ist äußerst wohlhabend und in der Lage, jede beliebige Hilfe anzuheuern. Egal welcher Art. Zu welchem Zweck auch immer, in egal welchem Plan, den er schmiedet. Derzeit beschäftigt er sich mit Ihnen.«

»Als seine Beauftragte haben Sie vermutlich seinen Namen und seine Anschrift, eine Identität, die Sie mir einfach weitergeben könnten, um diesem ganzen Unfug ein für alle Male ein Ende zu bereiten.«

Virgil schüttelte den Kopf. »Leider nein, Ricky. Mr. R. ist nicht so naiv, dass er seine Identität nicht strikt vor einem bloßen Faktotum wie mir zu schützen wüsste. Und selbst wenn ich Ihnen weiterhelfen könnte, würde ich es nicht tun. Bin doch kein Spielverderber. Stellen Sie sich mal vor, der Dichter und sein Seelenführer hätten zu dem Schild hochgesehen, auf dem steht ›Lasst alle Hoffnung fahren, die ihr eintretet!‹, und Vergil hätte die Achseln gezuckt und gesagt: ›Mach mal halblang, du willst doch wohl nicht da rein …‹ Also, das hätte das ganze Gedicht ruiniert. Man kann kein Epos darüber schreiben, wie einer am Höllentor kneift, nicht wahr, Ricky? Nee. Man muss durchs Tor.«

»Wozu sind Sie dann hier?«

»Hab ich doch gesagt. Er dachte, Sie zweifeln vielleicht an seiner Aufrichtigkeit, auch wenn diese junge Dame mit dem langweiligen, absolut berechenbaren Papa da oben in Deerfield, deren Teenager-Idylle so gründlich verhagelt ist, eigentlich eine klare Sprache spricht. Aber Zweifel machen unentschlossen, und Ihnen bleiben ganze zwei Wochen für dieses Spiel, nicht eben viel Zeit. Deshalb hat er einen leibhaftigen Führer geschickt, um Ihnen auf die Sprünge zu helfen.«

»Na schön«, sagte Ricky. »Sie reden immer von diesem Spiel. Also, für Mr. Zimmerman ist es kein Spiel. Er ist erst seit knapp einem Jahr in Analyse, und seine Behandlung befindet sich gerade in einem interessanten Stadium. Sie und Ihr Auftraggeber, der mysteriöse Mr. R., mögen vielleicht mit mir Ihre Spielchen treiben. Das steht auf einem Blatt, auf einem ganz anderen dagegen, wenn Sie meine Patienten mit reinziehen. Das überschreitet eine Grenze ...«

Die junge Frau namens Virgil hob die Hand. »Ricky, bitte nicht gar so selbstgefällig.«

Ricky schwieg und sah die Frau streng an.

Sie ignorierte ihn und fügte mit einer abwinkenden Geste hinzu: »Zimmerman ist ein sorgsam ausgewählter Teil des Spiels.«

Ricky war die Verblüffung wohl anzusehen, denn Virgil fuhr fort: »Anfänglich war er nicht eben begeistert, hab ich mir sagen lassen, aber nach kurzer Zeit hat er erstaunlichen Enthusiasmus gezeigt. Ich war allerdings bei diesem Gespräch nicht dabei, folglich kann ich Ihnen nicht mit Einzelheiten dienen. Ich hatte eine andere Aufgabe zu erledigen. Allerdings kann ich Ihnen verraten, wer tatsächlich damit zu tun bekam.

Eine etwas benachteiligte Frau im mittleren Alter, die sich LuAnne nennt, ein hübscher Name, obwohl, zugegeben, nicht besonders passend, wenn man ihre prekäre Lage auf diesem Planeten bedenkt. Jedenfalls, Ricky, täten Sie wohl gut daran, mit LuAnne zu reden, sobald ich gegangen bin. Wer weiß, was Sie vielleicht von ihr erfahren? Und ich bin sicher, dass Sie von Mr. Zimmerman eine Erklärung verlangen werden, aber ich bin mir noch sicherer, dass er verhindert ist. Wie gesagt, Mr. R. ist sehr wohlhabend und bekommt gewöhnlich, was er will.«

Ricky lag die Bitte um eine genauere Erklärung auf der Zunge, als Virgil sich erhob. »Was dagegen«, fragte sie mit rauer Stimme, »wenn ich mir den Mantel ausziehe?«

Er machte eine ausladende Handbewegung, um sein Einverständnis zu signalisieren. »Wie Sie wollen«, sagte er.

Sie lächelte wieder und öffnete langsam die Druckknöpfe, dann den Gürtel um ihre Taille. Dann zuckte sie einmal kurz mit den Schultern und ließ die Hülle zu Boden fallen.

Sie hatte nichts darunter an.

Virgil legte eine Hand auf die Hüfte und beugte sich aufreizend zu ihm vor. Sie drehte sich einmal schwungvoll um, so dass sie ihm kurz den Rücken kehrte, und stellte sich wieder mit dem Gesicht zu ihm.

Mit einem einzigen Blick hatte Ricky ihre ganze Figur erfasst. Wie der Kameralinse des Fotografen, entging seinen Augen nichts, von ihren Brüsten, zu ihrem Geschlecht, ihren langen Beinen und zuletzt wieder ihren Augen, die ihm erwartungsvoll entgegenfunkelten.

»Sehen Sie, Ricky«, sagte sie, »Sie sind nicht so alt. Merken Sie nicht, wie das Blut in Ihren Adern strömt? Regt es sich nicht ein bisschen zwischen den Beinen? Ich hab keine schlechte Figur, nicht wahr?« Sie kicherte ein wenig. »Sie müssen nicht antworten. Mir ist Ihre Reaktion nicht entgangen. Hab ich schon bei anderen Männern gesehen.«

Sie sah ihm weiter unverwandt in die Augen, als bestünde sie darauf, seine Blickrichtung zu lenken.

»Es gibt jedesmal diesen großartigen Moment, Ricky«, sagte Virgil mit einem breiten Grinsen. »Der erste Blick auf den Körper einer Frau. Besonders bei einer Frau, die er zum ersten Mal sieht. Ein abenteuerlicher Moment. Sein Blick strömt herunter wie Wasser über ein Kliff. Und dann kommt es, wie jetzt gerade bei Ihnen, zu diesem schuldbewussten Blickkontakt, wenn Sie mir eigentlich lieber zwischen die Beine starren wollen. Es ist, als ob der Mann mir ins Gesicht sieht, um mir zu sagen, dass er in mir die Person respektiert, während er in Wirklichkeit denkt wie ein Tier, egal wie gebildet und kultiviert er sich gibt. Ist es nicht gerade eben so?«

Er antwortete nicht. Ihm wurde bewusst, dass er schon seit Jahren nicht mehr in der Gegenwart einer nackten Frau gewesen war, eine Erkenntnis, die tief in seinem Innern unüberhörbar widerhallte. Jedes Wort, das Virgil sagte, klang ihm in den Ohren, und er merkte, dass ihm heiß geworden war, als sei die sommerliche Glut von draußen ungebeten in die Praxis gestürmt.

Sie lächelte ihn weiter an. Sie drehte sich noch einmal im Kreis und stellte ihren Körper zur Schau. Sie verharrte in einer Stellung und nahm dann wie das Modell eines Künstlers auf der Suche nach der richtigen Pose eine andere ein. Bei jeder Drehung ihres Körpers schien die Temperatur in der Praxis um ein paar Grad zu steigen. Dann bückte sie sich langsam und hob den Regenmantel vom Boden auf. Sie hielt ihn sich eine Sekunde lang vor die Brust, als widerstrebte es ihr, ihn wieder anzuziehen. Doch dann schlüpfte sie in einer schnellen Bewegung in die Ärmel und machte sich daran, ihn vorne fest zu verschließen. Sowie ihre nackte Gestalt verschwand, fühlte sich Ricky beinahe, als erwachte er aus einer Art hypnotischer Trance; zumindest fühlte er sich in etwa so wie ein Patient, der aus der Narkose erwacht. Er wollte etwas sagen, doch Virgil unterbrach ihn mit einer stummen Handbewegung.

»Tut mir leid, Ricky«, sagte sie kurz angebunden. »Für heute ist die Sitzung beendet. Ich habe Ihnen eine Menge Informationen gegeben, und jetzt ist es an Ihnen zu handeln. Darin sind Sie nicht so gut, hab ich recht? Sie hören immer nur zu. Nun ja, die Zeiten sind vorbei, Ricky. Jetzt müssen Sie in die Welt hinaus und etwas unternehmen. Sonst … denken wir besser nicht an das, was sonst passiert. Wenn der Führer die Richtung weist, müssen Sie ihm folgen. Lassen Sie sich nicht dabei erwischen, einfach nur rumzusitzen und Däumchen zu drehen. Wer rastet, der rostet, Morgenstund hat – bläh, bläh, bläh. Das kann ich Ihnen nur dringendst ans Herz legen. Nehmen Sie meinen Rat an.«

Sie schritt zügig zur Tür.

»Warten Sie«, sagte er impulsiv. »Kommen Sie wieder?«

»Wer weiß?«, antwortete Virgil, während ihr ein zartes Lächeln um die Mundwinkel spielte. »Vielleicht von Zeit zu Zeit. Wir wollen mal sehen, wie Sie sich machen.« Damit riss sie die Tür auf und ging.

Einen Moment lang horchte er auf das Klickklack ihrer Absätze im Flur, dann sprang er auf und hastete zur Tür. Er zog sie energisch auf, doch Virgil war bereits verschwunden. Er blieb unschlüssig stehen, bevor er in die Praxis zurückkehrte und ans Fenster lief. Er drückte das Gesicht an die Scheibe und sah genau in dem Moment die junge Frau aus dem Haupteingang des Gebäudes treten. Unter seinen Augen glitt eine schwarze Limousine langsam heran, und Virgil stieg ein. Der Wagen fuhr los und huschte zu schnell vorbei, als dass Ricky das Nummernschild oder sonst irgendwelche besonderen Merkmale hätte erkennen können, selbst wenn er so umsichtig und geistesgegenwärtig gewesen wäre, sich darum zu kümmern.

Zuweilen bilden sich vor den Stränden von Cape Cod, oben in Wellfleet in der Nähe seines Ferienhauses, starke Kabbelungen, die recht gefährlich, gelegentlich sogar tödlich sein können. Diese Strömungen entstehen durch die fortwährende Wucht, mit der der Ozean an die Küste schlägt, wodurch sich in den ausgedehnten Sandbänken, die den Stränden schützend vorgelagert sind, irgendwann eine leichte Furche unter den Wellen bildet. Wenn die sich verbreitert, findet das hereinkommende Wasser plötzlich eine neue Bahn für seinen eiligen Rückzug ins offene Meer, indem es durch diesen Untersee-Kanal strömt. Auf diese Weise entsteht die Kabbelung an der Oberfläche. Gerät man da hinein, gibt es einige Tricks, an die man sich halten sollte, damit die Erfahrung nur beunruhigend, vielleicht beängstigend, zweifellos ermüdend, im Wesentlichen aber nur unangenehm bleibt. Missachtet man die Tricks, wird man wahrscheinlich sterben. Da die Kabbelung nur einen schmalen Streifen bildet, sollte man nie gegen die Strömung ankämpfen, sondern einfach nur parallel zur Küste schwimmen, und binnen Sekunden wird der heftige Sog verebben, so dass man sich mit einem kräftigen Zug aufs Trockene retten kann. Gewöhnlich sind Kabbelungen auch kurz, so dass man sich lange genug oben halten kann, um beim Nachlassen des Sogs die Richtung zu ändern und an den Strand zurückzuschwimmen. Das sind denkbar einfache Verhaltensregeln, und auf einer Cocktailparty mit festem Boden unter den Füßen oder auch im heißen Sand in der Nähe des Wassers klingen sie so, als sei es nicht schwerer, sich aus einer Kabbelung zu befreien, als sich einen Sandfloh von der Haut zu schnippen.

Die Wirklichkeit ist natürlich um einiges ernster. Wenn man unerbittlich erfasst und vom rettenden Strand weggespült wird, gerät man augenblicklich in Panik. Mit einer Urgewalt davongerissen zu werden, der jede Körperkraft hoffnungslos unterlegen ist, hat etwas Erschreckendes. Angst und das Meer sind eine fatale Kombination. Die Folge sind Panik und Erschöpfung. Nach seiner Schätzung las Ricky in der *Cape Cod Times* von mindestens einem Ertrunkenen pro Sommer, wobei der betroffene Schwimmer nur wenige Meter vor dem rettenden Strand starb.

Ricky setzte alles daran, seine Angst zu beherrschen, denn er merkte, dass er in eine solche Strömung geraten war.

Er holte tief Luft und kämpfte das Gefühl nieder, er würde in etwas Dunkles, Bedrohliches hinabgezerrt. Kaum war die Limousine mit Virgil außer Sicht, hatte er sich seinen Terminkalender geschnappt und Zimmermans Nummer auf der ersten Seite gefunden, wo er sie hingekritzelt und dann vergessen hatte, da er kein einziges Mal in die Verlegenheit gekommen war, den Patienten anzurufen. Er hatte hastig gewählt und horchte jetzt auf das monotone Klingeln. Kein Zimmerman. Auch nicht Zimmermans überbeschützende Mutter. Kein Anrufbeantworter oder sonstiges Dienstmerkmal. Nur ein gleichförmiges, frustrierendes Tuten.

Er hatte in seiner Verwirrung beschlossen, am besten direkt mit Zimmerman zu sprechen. Und selbst wenn der Mann sich von Rumpelstilzchen irgendwie zum Abbruch seiner Behandlung hatte bestechen lassen, so konnte er doch vielleicht zumindest etwas Licht darauf werfen, wer Rickys Peiniger war. Zimmerman war ein verbitterter Mann, aber keiner, der ein Geheimnis für sich behalten konnte, egal was ihm eingebläut worden war. Ricky knallte den Hörer mitten im fruchtlosen Klingeln auf den Sockel und griff nach seinem Jackett. Sekunden später war er zur Tür hinaus.

Zwischen den Häuserzeilen stand, obwohl es schon Abend war, immer noch die Sonne. Die letzten Ausläufer des Stoßverkehrs verstopften nach wie vor die Straßen, auch wenn die Pendlermassen, die sich auf den Bürgersteigen stauten, ein wenig ausgedünnt waren. Obwohl sich New York als die Stadt rühmt, die nie schläft, folgt sie doch demselben Rhythmus wie jede andere Großstadt auch: morgens energiegeladen, mittags zielstrebig und geschäftig, abends vor allem hungrig. Er ignorierte die überfüllten Restaurants, obwohl ihm mehr als einmal im Vorübergehen ein einladender Geruch in die Nase stieg. An diesem Abend jedoch war Ricky Starks' Hunger ganz anderer Natur.

Er tat etwas, das er sonst fast niemals tat. Statt sich ein Taxi heranzuwinken, machte sich Ricky zu Fuß quer durch den Central Park auf den Weg. Er hatte sich überlegt, dass ihm die Zeit und die Bewegung helfen würden, seine Emotionen in den Griff zu bekommen und zu den Ereignissen Abstand zu gewinnen. Doch trotz seiner Ausbildung und viel gepriesenen Konzentration konnte er sich nur mit Mühe ins Gedächtnis rufen, was Virgil gesagt hatte, wohingegen es ein Leichtes war, sich an jede Nuance ihres Körpers, vom Lächeln auf ihren Lippen, der Kurve ihrer Brüste bis zur Form ihres Geschlechts zu erinnern.

Die Hitze des Tages hielt sich bis in den frühen Abend hinein. Schon nach ein paar hundert Metern fühlte er den Schweißfilm im Nacken und in den Achselhöhlen. Er lockerte die Krawatte, zog sich den Blazer aus und schlang ihn sich über den Rücken, was ihm etwas Keckes verlieh – das Gegenteil dessen, wie er sich fühlte. Der Park war immer noch voller Sportler; mehr als einmal trat er beiseite, um eine Phalanx Jogger vorbeizulassen. Er sah gesetzestreue Bürger, die ihre Hunde in den dafür gekennzeichneten Zonen Gassi führten, und kam an einem halben Dutzend laufender Baseballspiele vorbei. Die Spielfelder waren alle so angelegt, dass die Außenfelder sich überschnitten. Er entdeckte, dass oft der rechte Feldspieler der einen Mannschaft mehr oder weniger direkt neben dem linken der anderen im benachbarten Match stand. Dabei schien auf diesem gemeinsamen Boden eine seltsame Großstadtetikette zu herrschen, dergestalt, dass jeder versuchte, sich auf das eigene Spiel zu konzentrieren und dem anderen nicht in die Quere zu kommen. Gelegentlich verirrte sich ein Ball des Teams, das am Schlag war, auf fremdes Territorium, und die Spieler des anderen traten für die Dauer der Unterbrechung geflissentlich beiseite. Ricky kam der Gedanke, dass das Leben selten so einfach und so choreografisch einstudiert war. Gewöhnlich, dachte er, kommen wir uns gegenseitig in die Quere.

Er brauchte noch einmal eine Viertelstunde in zügigem Schritt, bis er den Häuserblock mit Zimmermans Apartment erreichte. Inzwischen war er schweißgebadet und wünschte sich, er hätte irgendwelche alten Tennis- oder Laufschuhe angezogen statt der guten Wingtips, die sich eng anfühlten. Bald würde er sich eine Blase holen. Er nahm zur Kenntnis, dass sein klamm-feuchtes Unterhemd sein Anzughemd in Oxfordblau verfleckte, und fühlte, wie ihm sein Haar klatschnass an Stirn und Schläfen klebte.

Vor einer Schaufensterfläche versuchte er, sein Spiegelbild zu überprüfen, und sah statt des adretten, gefassten Arztes, der seine Patienten mit ungerührter Miene an der Sprechzimmertür begrüßt, einen ungepflegten, gehetzten Mann, der sich im Labyrinth seiner eigenen Unentschlossenheit verlief. Er sah gerupft und zerzaust aus und wohl auch ein wenig geängstigt, dachte er, und ließ sich ein bisschen Zeit, um Haltung anzunehmen.

In den fast dreißig Jahren, die er praktizierte, war er kein einziges Mal aus der streng formalisierten Beziehung zwischen Patient und Analytiker ausgebrochen. Nicht ein einziges Mal war es ihm in den Sinn gekommen, zu einem Patienten nach Hause zu gehen und nach ihm zu sehen. Egal wie verzweifelt ein Schutzbefohlener war, er musste seine Depression in die Praxis bringen. Er musste sich an ihn wenden. War jemand außer sich und nicht mehr Herr der Lage, rief er bei ihm an und machte einen Termin in der Praxis. Dies war fester Bestandteil des Heilungsprozesses. So schwer das manchen Leuten fallen, so sehr ihnen ihre Gefühle zusetzten mochten, war der physische Akt, zu ihm zu kommen, von zentraler Bedeutung. Die Grenzen der Praxisräume zu überschreiten war eine absolute Seltenheit. Zuweilen schien es grausam, diese künstliche Barriere und Distanz zwischen Patient und Therapeut aufrechtzuerhalten, doch ebendiese Distanz brachte die nötigen Einsichten hervor.

An der Ecke, einen halben Häuserblock von Zimmermans Wohnung entfernt, blieb er, ein wenig erstaunt, sich an dieser Stelle wiederzufinden, erst einmal stehen. Dass sein Zögern nicht so gänzlich verschieden war von Zimmermans gelegentlichem Auf-und-ab-Marschieren draußen vor der Praxistür, kam ihm nicht in den Sinn.

Er machte zwei, drei Schritte weiter den Block entlang und hielt abrupt an.

Er schüttelte den Kopf und sagte, wenn auch im Flüsterton: »Ich kann das nicht machen.«

Ein junges Paar, das an ihm vorbeikam, hatte ihn wohl gehört, denn der Mann sagte: »Klar kannst du das, Junge. Ist leichter, als du denkst.« Die junge Frau an seinem Arm prustete los und knuffte den Mann zur Strafe für seine ebenso rüde wie witzige Bemerkung in den Arm. Sie liefen weiter an ihm vorbei den Dingen entgegen, die sie an diesem Abend erwarteten, während Ricky ruhelos dastand wie ein Boot, das an der Vertäuung zerrt, von Wind und Strömung heftig hin und her gezogen, und dennoch nicht vom Fleck kommt.

»Was hat sie gesagt?«, flüsterte er vor sich hin. Zimmerman habe exakt um vierzehn Uhr siebenunddreißig in einer nahe gelegenen U-Bahn-Station beschlossen, seine Behandlung abzubrechen.

Das ergab keinen Sinn.

Er sah über die Schulter und entdeckte eine Reihe Telefonzellen an der Ecke. Er ging hin und warf eine Vierteldollar-Münze ins Münztelefon, bevor er hektisch Zimmermans Nummer eintippte. Wieder tutete es ein Dutzend Mal, ohne dass sich jemand meldete.

Diesmal allerdings war Ricky erleichtert. Wenn bei Zimmerman zu Hause niemand ans Telefon ging, war es auch zwecklos, bei dem Mann an die Tür zu klopfen, obgleich er sich wunderte, dass Zimmermans Mutter nicht abnahm. Ihrem Sohn zufolge war sie die meiste Zeit bettlägerig, außer Gefecht gesetzt und kränkelnd, abgesehen davon, dass sie ungezügelt und beinahe unerschöpflich ärgerliche Forderungen und herabsetzende Bemerkungen vom Stapel ließ.

Er hängte auf und trat zurück. Lange blickte er die Häuserfront entlang Richtung Zimmermans Wohnung und schüttelte schließlich den Kopf. Du musst diese Situation in den Griff bekommen, sagte er sich. Der Drohbrief, das Kind, das die pornografischen Bilder bekam, das plötzliche Erscheinen einer nackten und ziemlich umwerfenden Frau in seiner Praxis hatten ihn gänzlich aus dem Tritt gebracht. Er musste in dem Wust der Ereignisse wieder Ordnung schaffen und dann durch das verwirrende Wechselspiel in seinem Innern einen geraden Weg finden. Nur weil er Angst hatte und daher zu überstürzten Handlungen neigte, brauchte er noch lange nicht knapp ein ganzes Jahr Analyse mit Zimmerman aus dem Fenster zu werfen.

Es beruhigte ihn, sich diese Dinge zu sagen. Entschlossen, wieder nach Hause zu gehen und für seinen Urlaub zu packen, machte er kehrt.

Doch sein Blick fiel auf den Eingang zur U-Bahn-Station Neunundzwanzigste Straße. Wie so viele andere Stationen war auch diese hier nicht mehr als ein paar Treppen, die in die Erde hinunterführten, mit einem unscheinbaren gelb beschrifteten Schild darüber. Er lief darauf zu, blieb am obersten Treppenabsatz einen Moment stehen und merkte, wie ihn im Hinuntergehen das beklemmende Gefühl überkam, dass er einer Täuschung unterlag, dass gerade eben die Wahrheit langsam aus dem Nebeldunst tauchte und Gestalt annahm. Seine Schritte hallten auf den Stufen. Künstliches Licht surrte über seinem Kopf und spiegelte sich in den Fliesen an den Wänden. In der Ferne donnerte ein Zug durch einen Tunnel. Ihm stieg ein muffiger, ältlicher Geruch in die Nase, aus einem nach Jahren wieder geöffneten Wandschrank, gefolgt von der abgestandenen Hitze, die sich tagsüber in dem unterirdischen Glutofen gesammelt hatte und erst jetzt langsam abzukühlen begann. Um diese Zeit waren nur wenige Menschen in der Station, und er entdeckte eine einzige schwarze Frau, die im Schalterhäuschen arbeitete. Er wartete einen Moment, bis sie die Leute los war, die Münzen brauchten, und ging zu ihr hin. Er beugte sich zu dem runden Metallsprechfilter in ihrer Plexiglasscheibe vor.

»Entschuldigen Sie«, sagte er.

»Brauchen Sie Münzen? U-Bahn-Plan? Da drüben ist einer an der Wand.«

»Nein«, sagte er und schüttelte den Kopf. »Ich hätte nur gern gewusst, also, ich weiß, das klingt seltsam …«

»Was wollen Sie, Schätzchen?«

»Also, ich wollte nur wissen, ob hier heute Nachmittag was passiert ist. Heute Nachmittag …«

»Das müssen Sie die Polizei fragen«, sagte sie kurz angebunden. »Das war vor meiner Schicht.«

»Aber was …«

»Ich war nich da, hab nix gesehen.«

»Aber was ist denn überhaupt passiert?«

»'n Typ hat sich vorn Zug geschmissen. Oder is gefallen, kann ich nich sagen. Die Cops waren da und auch schon wieder weg, als mein Dienst anfing. Haben die Schweinerei sauber gemacht un'n paar Zeugen aufgegabelt. Das isses auch schon.«

»Was für Cops?«

»Von der *Transit*, öffentliche Verkehrsmittel. Sechsundneunzigste Ecke Broadway. Reden Sie mit denen. Ich weiß überhaupt nix Genaues.«

Als Ricky zurücktrat, krampfte sich ihm der Magen zusammen, schwindelte ihm der Kopf, und er musste sich fast übergeben.

Er brauchte Luft, und in der U-Bahn-Station gab es keine.

Ein Zug kam herein und erfüllte die Gewölbe mit einem gleichmäßig kreischenden Geräusch, als wäre das Halten an einer Station die wahre Tortur. Das Geräusch schwappte über ihn herein und schlug ihm ans Trommelfell.

»Alles okay, Mister?«, übertönte die Frau im Schalter den Krach. »Sie sehen so aus, als wär Ihnen nich gut.«

Er nickte und flüsterte eine Antwort, die sie zweifellos nicht hören konnte. »Mir fehlt nichts«, sagte er, doch das war offensichtlich gelogen. Wie ein Betrunkener, der versucht, sich durch gewundene Straßen zu manövrieren, schwankte Ricky zum Ausgang.

5

ALLES AN DER WELT, die Ricky an diesem Abend betrat, war ihm fremd.

Was er in der Station der Transit Police an der Sechsundneunzigsten Ecke Broadway zu sehen, hören und riechen bekam, erschien ihm wie ein Fenster zur Stadt, durch das er noch nie gesehen hatte und von dessen Existenz er nur eine vage Ahnung besaß. Schon an der Eingangstür zur Station schlug ihm ein schwacher Geruch nach Urin und Erbrochenem entgegen, der mit dem strengeren Odeur nach starken Desinfektionsmitteln um die Vormacht kämpfte. Als ob sich jemand heftig übergeben hätte, dachte er, und man hinterher nur notdürftig und hastig sauber gemacht hätte. Es war so penetrant, dass er stehen blieb und ein eigentümliches Getöse über ihn hereinbrach, eine Verschmelzung aus Surrealem und Routine. Irgendwo aus einem Zellentrakt brüllte ein Mann unverständliches Kauderwelsch, ein Wortgebräu, das losgelöst von allem anderen im Eingang widerhallte. Eine wütende Frau hielt ein weinendes Kind über den robusten, hölzernen Wachtisch des Sergeants, während sie ein Schnellfeuer an spanischen Flüchen über ihn niederprasseln ließ. Beamte liefen, die hellblauen Hemden von der anhaltenden Hitze des Tages verschwitzt, an ihm vorbei; ihre ledernen Waffengürtel setzten einen Kontrapunkt zum Quietschen ihrer polierten, schwarzen Schuhe. Irgendwo klingelte ein Telefon vergeblich vor sich hin. Es herrschte ein Kommen und Gehen, Lachen und

Weinen, durchsetzt von den Ausbrüchen an Obszönitäten, die entweder von raubeinigen Polizisten kamen oder Gästen, in Handschellen zum Teil, die es gelegentlich unter das grelle Licht der Neonröhren im Eingangsbereich verschlug.

Ricky schwankte herein, bestürmt von all diesen Eindrücken, und wusste nicht, was er als Nächstes tun sollte. Plötzlich fegte ein Cop an ihm vorbei, »Platz da, Mann, Durchgang frei ...«, so dass er nach vorne stolperte, als hätte ihn jemand an einem Strick hereingezogen.

Die Frau am Wachtisch hob die Faust und schüttelte sie gegen den Beamten, entlud ihren Zorn in einer deftigen Schimpfkanonade, drehte sich, nachdem sie das Kind einmal kräftig durchgerüttelt hatte, missmutig um und stürmte mit finsterem Blick an Ricky vorbei wie an einer lästigen Schabe. Ricky stolperte weiter auf den Beamten hinter dem Tisch zu. Jemand, der ungefähr da gestanden haben musste, wo Ricky jetzt stand, hatte heimlich SCHEISSE ins Holz geritzt, und keiner hatte es der Mühe wert gefunden, diese Meinungsäußerung zu entfernen.

»Tut mir leid«, sagte Ricky, um sofort unterbrochen zu werden.

»Keinem tut irgendwas je leid, Mann. Das sagen sie nur, aber keiner meint es so. Aber was soll's, ich hör mir jeden an. Also schießen Sie los, was, glauben Sie, tut Ihnen leid?«

»Nein, Sie haben mich missverstanden. Ich wollte sagen ...«

»Genauso wenig sagt irgendeiner, was er meint. Wichtige Lektion im Leben. Wär ganz hilfreich, wenn das mehr Leute in ihren Kopf bekämen.«

Der Polizist war vermutlich Anfang vierzig und hatte ein unbekümmertes Grinsen im Gesicht, als wollte er sagen, nach allem, was er im Leben schon gesehen hatte, könne ihn nichts mehr erschüttern. Er war ein stämmiger Bursche mit Stiernacken und glattem schwarzen Haar, das er sich aus der Stirn gegelt hatte. Der Wachtisch war mit Formularen und Meldungen übersät, die kein Ordnungsprinzip erkennen ließen. Gelegentlich schnappte sich der Beamte ein paar davon und heftete sie mit einem altmodischen Gerät zusammen, so dass es jedes Mal laut knallte, bevor er ein Bündel in die Drahtablage warf.

»Ich fang am besten noch mal von vorn an«, sagte Ricky in gereiztem Ton. Der Polizist grinste erneut und schüttelte den Kopf.

»Keiner kann noch mal von vorn anfangen – nach meiner Erfahrung jedenfalls nicht. Wir sagen alle, dass wir irgendwie noch mal ganz von vorn anfangen, aber so läuft es eben nicht. Andererseits, wieso nicht? Versuchen Sie's einfach mal, vielleicht sind Sie ja der Erste. Also, wie kann ich Ihnen helfen, mein Freund?«

»Es gab heute einen Vorfall in der U-Bahn-Station Zweiundneunzigste. Ein Mann ist vor den Zug gefallen …«

»Gesprungen, soviel ich weiß. Sind Sie ein Zeuge?«

»Nein. Aber ich glaube, ich kenne den Mann. Ich war sein Arzt. Ich müsste Genaueres erfahren …«

»Arzt, sagen Sie? Was für ein Arzt?«

»Er war seit einem Jahr bei mir in psychoanalytischer Behandlung.«

»Sie sind Seelenklempner?«

Ricky nickte.

»Interessanter Job, so was«, sagte der Beamte. »Benutzen Sie da auch so 'ne Couch?«

»Ja.«

»Kein Scheiß? Und den Leuten fällt auch immer noch was ein? Also, wenn ich mich da drauflegen würde, wäre ich wahrscheinlich schon weg, sobald ich den Kopf hinlege. Ein Gähner, und die Lichter gehen aus. Aber die Leute kommen da richtig in Fahrt, hab ich recht?«

»Manchmal.«

»Cool. Na ja, einem von denen fällt jetzt nix mehr ein. Durch die Doppeltür, den Flur entlang, Zimmer auf der linken Seite. Riggins hat sich den Fall unter den Nagel gerissen. Oder was davon übrig war, nachdem der Expresszug von der Eighth Avenue durchgekommen war. Wenn Sie mehr wissen wollen, da sind Sie richtig. Reden Sie mit Detective Riggins.«

Der Polizist wies auf eine Flügeltür zu den Eingeweiden der Station. Als er die Hand ausstreckte, ertönte aus einem Raum, der abwechselnd unter und über ihnen zu sein schien, ein an- und abschwellender Laut. Der Sergeant grinste. »Der Typ schafft mich noch, bevor die Nacht zu Ende ist«, sagte er, während er sich abwandte, einen Stapel Papiere nahm und ihn mit einem Knall wie aus einer Pistole zusammenheftete. »Wenn der nicht bald die Klappe hält, brauche ich nach der Schicht selber einen Seelenklempner. Sie sollten sich eine tragbare Couch zulegen, Doc.« Er lachte und scheuchte Ricky mit einer wedelnden Handbewegung, von der seine Papiere raschelten, in die angegebene Richtung.

Zu seiner Linken befand sich eine Tür mit der Aufschrift KOMMISSARIAT, durch die Ricky Starks ein kleines Büro mit einem Gewirr aus schmuddeligen grauen Stahlschreibtischen unter noch mehr von diesen grässlich grellen Deckenleuchten betrat. Er blinzelte einen Moment, als ob ihm Salzwasser in den Augen brannte. Ein Detective in weißem Hemd und roter Krawatte, der am vordersten Tisch saß, blickte zu ihm auf.

»Sie wünschen?«

»Detective Riggins?«

Der Beamte schüttelte den Kopf. »Nö, ich doch nicht. Sie ist da hinten und redet gerade mit den letzten von den Leuten, die den Springer heute zu Gesicht bekommen haben.«

Ricky sah sich in den Räumlichkeiten um und entdeckte eine Frau kurz vor den mittleren Jahren, die ein hellblaues Button-down-Hemd zu einer gestreiften Ripskrawatte trug – wobei der Schlips ihr eher wie eine Schlinge lose vor der Kehle hing –, dazu eine graue Hose, die mit der Raumausstattung zu verschmelzen schien, und ein wenig passendes Paar weiße Laufschuhe mit einem orangefarbenen Neonstreifen an der Seite. Ihr aschblondes Haar war straff aus dem Gesicht gekämmt und zu einem Pferdeschwanz gebunden, wodurch sie ein wenig älter wirkte als Mitte dreißig, auf die Ricky sie schätzte. An den Augenwinkeln hatten sich Erschöpfungsfältchen eingegraben. Die Kommissarin sprach gerade mit zwei halbwüchsigen schwarzen Jungen, beide in krass übertriebenen Baggy-Jeans, dazu Baseballkappen so schief auf dem Kopf, als seien sie festgeklebt, damit sie nicht herunterrutschten. Wäre Ricky auch nur ein bisschen weltläufiger gewesen, dann hätte er gewusst, dass dies der neuesten Mode entsprach, doch so fand er ihre Erscheinung nur höchst seltsam und etwas irritierend. Bei einer Begegnung auf dem Bürgersteig hätte ihn dieses Gespann wohl erschreckt.

Der Beamte, der vor ihm saß, fragte ihn plötzlich: »Kommen Sie wegen dem Springer heute in der Zweiundneunzigsten Straße?«

Ricky nickte. Der Mann nahm sein Telefon. Er deutete auf ein halbes Dutzend Holzstühle, die an einer Wand des Büros aufgereiht waren. Nur einer dieser Stühle war derzeit besetzt – von einer verwahrlosten, verdreckten Frau unbestimmten Alters, deren drahtiges, silbergraues Haar in alle Richtungen zu explodieren und die Selbstgespräche zu führen schien. Die Frau trug einen abgewetzten Mantel, den sie immer enger um den Körper zog, während sie sich, wie um den Strom zu entladen, unter dem sie stand, kaum merklich wiegte. Obdachlos und schizophren, lautete Rickys Ad-hoc-Diagnose. Seit seinem Studium war er beruflich mit diesem Krankheitsbild nicht mehr in Berührung gekommen, auch wenn er im Lauf der Jahre auf den New Yorker Bürgersteigen vielen solcher Leute begegnet und wie alle anderen auch mit beschleunigten Schritten vorbeigelaufen war. In den letzten Jahren war die Zahl der Obdachlosen wohl zurückgegangen, doch Ricky vermutete, dass sie einfach nur durch politische Manöver in andere Stadtviertel abgeschoben wurden, damit die enthusiastischen Touristen und die Betuchten auf ihrem Weg durchs Zentrum von Manhattan ihnen nicht gar so oft begegneten.

»Nehmen Sie einfach da drüben neben LuAnne Platz«, sagte der Beamte. »Ich geb Riggins Bescheid, dass sie noch einen brandheißen Zeugen zu vernehmen hat.«

Als er den Namen der Frau hörte, erstarrte Ricky. Er holte tief Luft und ging zu der Stuhlreihe hinüber.

»Darf ich mich setzen?«, fragte er und zeigte auf einen Stuhl neben der Frau. Sie sah ein wenig erstaunt zu ihm auf.

»Er will wissen, ob er hier sitzen darf. Wer bin ich denn? Der Heilige Stuhl? Was soll ich sagen? Ja? Nein? Er kann sitzen, wo er will.«

LuAnne hatte dreckige, abgebrochene Fingernägel mit schwarzen Rändern. Ihre Hände waren vernarbt und voller Blasen, und an einer prangte ein Schnitt, der sich entzündet hatte, so dass rund um die rotbraune Kruste die geschwollene Haut blauviolett schimmerte. Ricky vermutete, dass die Wunde schmerzhaft war, sagte jedoch nichts. LuAnne rieb sich die Hände wie ein Koch, der Salz über das Essen streut.

Ricky ließ sich auf den Sitz neben ihr fallen. Er rutschte hin und her, wie um es sich bequem zu machen, und fragte schließlich: »Dann waren Sie, LuAnne, also in der U-Bahn-Station, als der Mann auf die Gleise fiel?«

LuAnne starrte in die gnadenlos grelle Beleuchtung an der Decke. Sie schüttelte sich ein wenig, bevor sie sagte: »Er will wissen, ob ich da war, als der Mann vor den Zug geriet? Ich sollte ihm sagen, was ich gesehen habe, das viele Blut und all die schreienden Leute, schrecklich war das, dann kam die Polizei.«

»Leben Sie in der U-Bahn-Station?«

»Er will wissen, ob ich da lebe, also, manchmal, sollte ich ihm sagen, manchmal lebe ich da.«

Nach einiger Zeit wandte LuAnne den Blick von den Leuchten ab, blinzelte heftig und fuhr mit dem Kopf hin und her, als sähe sie überall Gespenster. Dann endlich drehte sie sich zu Ricky um. »Ich hab's gesehen«, sagte sie. »Waren Sie auch da?«

»Nein«, erwiderte er. »Ich kannte den Mann, der gestorben ist.«

»Wie traurig.« Sie schüttelte den Kopf. »Wie traurig für Sie. Ich hab auch Leute gekannt, die gestorben sind. Traurig für mich.«

»Ja«, antwortete er, »das ist es.« Er zwang sich zu einem schwachen Lächeln in LuAnnes Richtung. Sie gab es zurück.

»Sagen Sie, LuAnne, was haben Sie gesehen?«

Sie hüstelte ein-, zweimal, wie um sich zu räuspern. »Er will wissen, was ich gesehen habe«, sagte sie in Rickys Richtung, wenn auch nicht direkt zu ihm. »Er will was über den Mann wissen, der gestorben ist, und dann über die hübsche Frau.«

»Was für eine hübsche Frau?«, fragte Ricky und zwang sich, Ruhe zu bewahren.

»Er weiß nichts von der sehr hübschen Frau.«

»Nein. Aber jetzt haben Sie mich neugierig gemacht«, sagte er, um sie sachte zum Reden zu bringen.

LuAnnes Blick schien in die Ferne zu driften und sich auf etwas außerhalb ihrer Sichtweite wie auf eine Fata Morgana zu konzentrieren. »Er will wissen«, fuhr sie in beiläufig freundlichem Ton fort, »dass die hübsche Frau zu mir kam, direkt nachdem der Mann, zack, da runter ist. Und sie redet ganz leise mit mir, sie sagt, hast du das gesehen, LuAnne? Hast du gesehen, wie dieser Mann vor den Zug gesprungen ist? Hast du gesehen, wie er einfach über die Kante getreten ist, als der Zug durchkam, es war nämlich der Expresszug, siehst du, der hält hier nicht, nein, grundsätzlich hält der hier nicht, man muss den lokalen nehmen, wenn man einsteigen will, und wie er da einfach runterspringt! Schrecklich, einfach schrecklich! LuAnne, sagt sie zu mir, hast du gesehen, wie er sich das Leben genommen hat? Es hat ihn keiner geschubst, LuAnne, sagt sie. Keiner. Das musst du unbedingt in den Schädel bekommen, LuAnne, keiner hat den Mann geschubst und zack!, er hat einfach einen Schritt nach vorn gemacht, sagt die Frau. So traurig. Konnte wohl plötzlich nicht anders, wollte unbedingt sterben und zack!, und dann ist da noch ein Mann direkt bei ihr, direkt bei der sehr hübschen Frau, und er sagt, LuAnne, du musst der Polizei sagen, was du gesehen hast, sag denen, dass du gesehen hast, wie der Mann einfach an den anderen Männern und Damen vorbeigegangen und gesprungen ist, zack! Tot. Und dann sagt die schöne Frau zu mir, LuAnne, sagt sie zu mir, das wirst du der Polizei sagen, LuAnne, als anständige Bürgerin bist du dazu verpflichtet, ihnen zu sagen, dass du gesehen hast, wie der Mann gesprungen ist. Und dann gibt sie mir zehn Dollar. Zehn Dollar ganz für mich allein. Aber dafür muss ich es ihr versprechen. Versprichst du, LuAnne, sagt sie zu mir, versprichst du, zur Polizei zu gehen und zu sagen, dass du gesehen hast, wie der Mann auf Nimmerwiedersehen gesprungen ist? Ja, sag ich, großes Ehrenwort. Also bin ich zur Polizei, so wie sie gesagt hat und wie ich es ihr versprochen hab. Hat sie Ihnen auch zehn Dollar gegeben?«

»Nein«, sagte Ricky langsam, »mir hat sie keine zehn Dollar gegeben.«

»Ach, wie dumm«, sagte LuAnne und schüttelte den Kopf. »Pech für Sie.«

»Ja, zu dumm«, stimmte Ricky zu. »Und mein Pech.«

Er blickte auf und sah, wie die Kommissarin auf sie zu kam. Die Ereignisse des Tages schienen ihr noch mehr zugesetzt zu haben, als Ricky aus der Ferne vermutet hatte. Aus ihrem bedächtigen Gang sprachen verspannte Muskeln, müde Glieder und mehr oder weniger ausgebrannte Lebensgeister – was nach der Hitze des Tages und nach der mühsamen Aufgabe, die sterblichen Überreste des unglückseligen Mr. Zimmerman einzusammeln und anschließend seine letzten Sekunden vor dem finalen Schritt über die Plattform stückweise zusammenzufügen, nicht weiter verwunderte. Es überraschte ihn, dass sie zur Begrüßung immerhin den Anflug eines Lächelns zustande brachte.

»Hallo«, sagte sie. »Ich nehme mal an, Sie kommen wegen Mr. Zimmerman?« Doch bevor er antworten konnte, wandte sich Detective Riggins an LuAnne: »LuAnne, ich lasse Sie für heute Nacht von einem Beamten zum Obdachlosenheim in der Hundertzweiten fahren. Danke, dass Sie hergekommen sind, Sie haben uns sehr geholfen. Bleiben Sie im Heim, LuAnne, okay? Für den Fall, dass ich Sie noch mal brauche.«

»Sie sagt, wir sollen im Heim bleiben, aber sie hat keine Ahnung, wie wir das Heim hassen. Es ist voll von gemeinen Irren, die dich beklauen und dir ein Messer zwischen die Rippen stoßen, wenn sie wissen, dass du zehn Dollar von einer hübschen Frau bekommen hast.«

»Ich werde dafür sorgen, dass es niemand erfährt und Sie in Sicherheit sind. Bitte.«

LuAnne schüttelte den Kopf, sagte aber dazu: »Ich will's versuchen, Detective.«

Detective Riggins deutete auf die Tür, an der zwei Polizisten in Uniform warteten. »Die beiden da bringen Sie hin, okay?« LuAnne stand auf und schüttelte den Kopf.

»Die Fahrt wird Ihnen Spaß machen, LuAnne. Wenn Sie wollen, werde ich sie bitten, Blaulicht und Sirene anzumachen.«

Das brachte ein Lächeln auf ihr Gesicht. Sie nickte mit kindlichem Enthusiasmus. Die Ermittlerin hob das Kinn in Richtung der beiden Cops. »Jungs, rollt für unsere Zeugin hier den roten Teppich aus. Blaulicht und das ganze Programm, okay?«

Beide Beamten zuckten grinsend die Achseln. Das war ein angenehmer Auftrag, und sie beklagten sich nicht, solange LuAnne schnell genug wieder aus ihrem Wagen verschwand, so dass der beißende Geruch nach Schweiß und Schmutz und Infektion, den sie wie ein Parfüm verbreitete, gleich wieder verflog.

Ricky sah zu, wie die geistesgestörte Frau, nunmehr wieder nickend und in Selbstgespräche vertieft, zusammen mit den Polizisten zum Ausgang schlurfte. Er drehte sich um und sah, dass Detective

Riggins ihren Abgang ebenfalls verfolgte. Die Polizistin seufzte. »Sie ist nicht annähernd so übel dran wie manche von denen«, sagte sie. »Und sie ist nicht viel unterwegs. Entweder sitzt sie hinter der Bodega in der Siebenundneunzigsten Straße, in der Station, in der sie heute war, oder oben im Eingang zum Riverside Park auf der Sechsundneunzigsten. Ich meine, sie ist irre und ziemlich hinüber, aber deswegen nicht gemein, so wie manche. Ich wüsste gern, wer sie eigentlich ist. Man fragt sich, Doktor, ob es da vielleicht irgendwo jemanden gibt, der sich wegen ihr Sorgen macht. Draußen in Cincinnati oder Minneapolis. Angehörige, Freunde, Verwandte, die sich fragen, was wohl aus ihrer exzentrischen Tante oder Kusine geworden ist. Vielleicht hat sie ein Öl-Imperium geerbt oder ist Lottokönigin. Das wär doch irgendwie toll, finden Sie nicht? Wüsste gerne, was passiert ist, dass sie so endet. All diese irren kleinen chemischen Botenstoffe im Gehirn, die außer Kontrolle blubbern. Aber das ist ja eher Ihr Terrain, nicht meins.«

»Medikamentöse Behandlung ist nicht mein Gebiet«, sagte Ricky. »Anders als bei einer Reihe von Kollegen. Eine Schizophrenie in diesem fortgeschrittenen Stadium muss medikamentös behandelt werden. Was ich mache, würde LuAnne vermutlich wenig helfen.«

Detective Riggins wies mit der Hand auf ihren Tisch, an den seitlich ein Stuhl herangezogen war. Sie gingen zusammen hinüber. »Sie machen's mit Reden, wie? Was für die Wortgewandten, die Probleme haben, he? Reden, reden, reden, reden, und früher oder später löst sich alles in Wohlgefallen auf?«

»Das ist zwar sehr vereinfacht, Detective, aber nicht ganz daneben.«

»Ich hatte eine Schwester, die nach ihrer Scheidung in Therapie gegangen ist. Hat ihr wirklich geholfen, ihr Leben wieder in den Griff zu bekommen. Dagegen meine Kusine Marcie, die zu denen gehört, die immer so eine schwarze Wolke mit sich herumtragen – die ist drei Jahre lang zu jemandem gelaufen und war am Ende noch beschissener dran als vor der Therapie.«

»Tut mir leid. Wie bei jedem anderen Beruf auch sind nicht alle Therapeuten gleichermaßen kompetent.«

Ricky und die Kommissarin setzten sich an den Schreibtisch. »Aber …«

Detective Riggins unterbrach ihn, bevor er mit seiner Frage weiterkam. »Sie sagten, Sie waren Mr. Zimmermans Therapeut, nicht wahr?«

Sie zog Notizblock und Bleistift heraus.

»Ja. Er war seit einem Jahr in Analyse. Aber ...«

»Und haben Sie bei ihm in den letzten Wochen irgendwelche erhöhten Selbstmordneigungen festgestellt?«

»Nein, keineswegs«, sagte Ricky entschieden.

Die Kommissarin zog gelinde erstaunt die Augenbrauen hoch. »Tatsächlich nicht? Auch nicht andeutungsweise?«

»Nein, bestimmt«, erwiderte Ricky. »Ich würde sogar sagen ...«

»Demnach hat er bei der Analyse Fortschritte gemacht?«

Ricky zögerte mit der Antwort.

»Ja?«, hakte die Ermittlerin nach. »Ging es ihm allmählich besser? Hatte er seine Gefühle besser im Griff? Mehr Selbstvertrauen? Mehr Tatendrang? War er weniger depressiv? Weniger wütend?«

Wieder ließ sich Ricky mit der Antwort Zeit. »Ich würde sagen, es wäre verfrüht, von so was wie einem Durchbruch zu sprechen. Er hat immer noch mit den Problemen gerungen, die ihm das Leben schwer gemacht haben.«

Detective Riggins hatte dafür ein süßsäuerliches Lächeln übrig. Ihre Worte hatten einen scharfen Unterton. »Man könnte also sagen, dass er nach fast einem Jahr nahezu ununterbrochener Behandlung, fünfzig Minuten täglich, fünf Tage die Woche – warten Sie, achtundvierzig Wochen im Jahr –, immer noch deprimiert und frustriert von seinem Leben war?«

Ricky biss sich kurz auf die Lippe und nickte.

Detective Riggins schrieb ein paar Bemerkungen auf ihren Block. Ricky konnte nicht erkennen, was. »Wäre Verzweiflung ein zu starkes Wort für seine Befindlichkeit?«

»Ja«, sagte Ricky gereizt.

»Selbst wenn es das erste Wort ist, das seiner Mutter, mit der er zusammenlebte, in den Sinn kam? Und mehreren Arbeitskollegen?«

»Ja«, insistierte Ricky.

»Sie glauben also nicht, dass er selbstmordgefährdet war?«

»Das sagte ich ja bereits, Detective. Er wies keines der klassischen Symptome auf. Andernfalls hätte ich Maßnahmen ergriffen ...«

»Welcher Art?«

»Wir hätten versucht, die Sitzungen auf bestimmte Problemfelder zu konzentrieren. Vielleicht auch Medikamente, wenn ich an eine ernsthafte Bedrohung geglaubt hätte …«

»Haben Sie nicht gerade gesagt, Sie verschreiben nicht gerne Pillen?«

»Das stimmt, aber …«

»Wollen Sie nicht in Urlaub, und zwar schon ziemlich bald?«

»Ja, morgen, zumindest ist es so geplant. Aber was hat das …«

»Demnach sollte morgen seine therapeutische Rettungsleine in Urlaub gehen?«

»Ja, aber ich kann nicht erkennen …«

Die Kommissarin lächelte. »Interessante Wortwahl für einen Seelenklempner.«

»Was für eine Wortwahl?«, fragte Ricky, dessen Geduldsfaden zu reißen drohte.

»Kann nicht erkennen …«, sagte Detective Riggins. »Würde Ihr Berufsstand so was nicht als Freud'schen Versprecher bezeichnen?«

»Nein.«

»Dann glauben Sie einfach nicht, dass er Selbstmord begangen hat?«

»Nein, ich denke eher …«

»Haben Sie in der Vergangenheit schon einmal einen Patienten durch Selbstmord verloren?«

»Ja, leider. Doch in dem Fall gab es glasklare Zeichen. Meine Bemühungen um diesen Patienten waren für seinen Grad an Depression leider unzureichend.«

»Hat dieser Fehlschlag bei Ihnen eine Weile tief gesessen, Doktor?«

»Ja«, erwiderte Ricky unterkühlt.

»Es wäre schlecht fürs Geschäft und wirklich schlecht für Ihren Ruf, falls erneut einer Ihrer Langzeitpatienten beschließen würde, sich mit dem Eighth-Avenue-Express anzulegen, stimmt's?«

Ricky fuhr mit finsterer Miene auf seinem Stuhl zurück.

»Mir gefällt nicht, was Sie mit Ihrer Frage andeuten wollen, Detective.«

Riggins lächelte und schüttelte dabei kaum merklich den Kopf.

»Nun ja, kommen wir zu einer anderen Frage. Wenn Sie der Meinung sind, er hat sich nicht das Leben genommen, dann gibt es nur die Alternative, dass ihn jemand vor diesen Zug gestoßen hat. Hat Mr. Zimmerman jemals jemanden erwähnt, der ihn hasst oder der einen Groll gegen ihn hegte oder der sonst ein Mordmotiv hatte? Er hat jeden Tag mit Ihnen gesprochen, da wäre es nur natürlich, dass er es erwähnt hätte, falls er von einem unbekannten Killer verfolgt wurde. Hat er so was erwähnt?«

»Nein. Er hat nie jemanden erwähnt, der in diese Kategorie passen würde.«

»Er hat also nie gesagt: ›Der und der sähe mich am liebsten tot …‹?«

»Nein.«

»Und Sie könnten sich erinnern, wenn er es hätte?«

»Selbstverständlich.«

»Okay. Demnach gibt es keinen offensichtlichen Hinweis darauf, dass jemand ihn kaltmachen wollte. Kein Geschäftspartner? Ehemalige Geliebte? Ehemann, dem er Hörner aufgesetzt hat? Sie meinen, jemand hat ihn vor den Zug geschubst, weil – tja, weswegen? Nur so zum Spaß? Oder aus sonst einem mysteriösen Grund?«

Ricky überlegte. Ihm wurde bewusst, dass dies hier seine Chance war, der Polizei von dem Brief zu erzählen, in dem er aufgefordert wurde, sich das Leben zu nehmen; von der nackten Frau, die sich Virgil nannte, dem Spiel, zu dem er herausgefordert wurde. Er brauchte nichts weiter zu sagen, als dass hier ein Verbrechen vorlag und dass Zimmerman das Opfer eines Anschlags war, der nichts weiter mit ihm zu tun hatte, außer dass er sterben musste. Ricky machte schon den Mund auf, um mit all diesen Einzelheiten herauszuplatzen und ihnen ungefiltert freien Lauf zu lassen, doch dann sah er eine gelangweilte, wenig interessierte Ermittlerin vor sich, der es nur noch darum ging, einen ganz und gar unangenehmen Tag mit einem einzigen schreibmaschinenausgefüllten Formular zum Abschluss zu bringen, das für die Informationen, mit denen er aufwarten würde, nicht einmal eine Spalte vorsah.

In dieser Sekunde beschloss er, die Sache für sich zu behalten. Das entsprach seiner Psychoanalytikernatur. So schnell brachte man ihn nicht dazu, öffentlich Mutmaßungen und Spekulationen anzustellen. »Vielleicht«, sagte er. »Was wissen Sie über diese andere Frau? Die Frau, die LuAnne die zehn Dollar gegeben hat?«

Die Polizistin runzelte die Stirn, als verwirrte sie die Frage. »Was soll mit der sein?«

»Finden Sie ihr Verhalten nicht ein klein wenig verdächtig? Sieht es nicht so aus, als hätte sie LuAnne in den Mund gelegt, was sie sagen sollte?«

Die Ermittlerin zuckte die Achseln. »Kann ich nicht sagen. Eine Frau und ein Mann in ihrer Begleitung sehen, dass einer der weniger begünstigten Bürger dieser großartigen Stadt möglicherweise zu einem wichtigen Zeugen bei einem Vorfall geworden ist, also kümmern sie sich darum, dass diese arme Zeugin dafür entschädigt wird, dass sie sich meldet, um der Polizei zu helfen. Man kann darin durchaus ehrwürdigen Bürgersinn, statt ein Verdachtsmoment sehen, denn tatsächlich bietet LuAnne uns augenblicklich ihre Hilfe an, und das haben wir wohl zumindest teilweise diesem Paar zu verdanken.«

Ricky überlegte, bevor er fragte: »Sie haben nicht zufällig rausbekommen, wer diese Leute waren?«

Die Kommissarin schüttelte den Kopf. »Tut mir leid. Sie haben einen der ersten Beamten, der erschien, auf LuAnne verwiesen und sind dann gegangen, nachdem sie dem Beamten klargemacht hatten, dass sie selber von der Stelle aus, an der sie standen, nur schlecht hatten sehen können, was passiert war. Und, nein, er hat von keinem der beiden die Personalien aufgenommen, weil sie keine Zeugen waren. Wieso?«

Ricky war sich nicht sicher, ob er die Frage beantworten wollte. Ein Teil von ihm schrie danach, seinem Herzen Luft zu machen und alles zu erzählen. Doch er hatte keine Ahnung, welche Gefahr darin lag. Er versuchte zu ermessen, zu beurteilen oder abzuschätzen, die Fakten zu überprüfen, doch plötzlich kam es ihm so vor, als wäre all das, was mit ihm und um ihn geschehen war, in einen Nebel gehüllt und unmöglich zu durchdringen. Er schüttelte den Kopf, als könnte die Geste dieses Chaos der Gefühle für ihn entwirren und rational verständlich machen. »Ich hege aufrichtige Zweifel daran, dass Mr. Zimmerman sich das Leben genommen haben könnte. Sein Zustand schien ganz entschieden nicht so ernst«, sagte Ricky.

»Machen Sie einen entsprechenden Vermerk und nehmen Sie ihn in Ihr Protokoll auf, Detective.«

Detective Riggins zuckte die Achseln und verzog den Mund zu einem kaum verhohlen müden Lächeln. »Mach ich, Doktor. Ihre Meinung kommt, wie immer man darüber denken mag, so zu Protokoll.«

»Hat es noch andere Zeugen gegeben, jemanden, der vielleicht gesehen hat, wie Zimmerman aus der Menge auf die Plattform kam? Jemand, der gesehen hat, wie er nach vorne getreten ist, ohne dass jemand nachgeholfen hat?«

»Nur LuAnne, Doktor. Alle anderen haben den Vorfall nur zum Teil gesehen. Niemand hat tatsächlich gesehen, dass er nicht gestoßen wurde. Ein paar Jugendliche haben immerhin beobachtet, dass er alleine stand und abseits von den anderen Leuten auf den Lokalzug wartete. Das Verhaltensmuster der Zeugen ist nebenbei gesagt, Doktor, ziemlich typisch für solche Vorfälle. Die Leute sehen nach vorne, auf den Tunnel, aus dem sie den Zug erwarten. Es ist ganz typisch, dass Springer sich ans hintere Ende der Menge zurückziehen, statt vorne zu stehen. Sie wollen sich ja aus ganz und gar persönlichen Gründen das Leben nehmen und nicht jedem anderen Fahrgast in der Station eine Sensation bereiten. Folglich entfernen sie sich in neunundneunzig von hundert Fällen von der Menge und gehen nach hinten. Oder ziemlich genau an die Stelle, an der Mr. Zimmerman Stellung bezogen hatte.«

Die Kommissarin lächelte. »Wetten, dass ich in seinen persönlichen Sachen irgendwo etwas Handschriftliches von ihm finde? Oder bei Ihnen flattert diese Woche ein Brief in den Kasten. Falls ja, seien Sie so gut, Doktor, und melden Sie es mir für meinen Bericht, ja? Natürlich kann es sein, dass Sie ihn, wo Sie gerade in Urlaub wollen, nicht mehr vor Ihrer Abreise bekommen. Trotzdem wäre es hilfreich.«

»Können Sie mir wohl Ihre Karte geben, Detective? Für den Fall, dass ich mich später mal mit Ihnen in Verbindung setzen muss«, fragte er so unterkühlt wie möglich.

»Selbstverständlich. Jederzeit.« Dabei war ihr Ton unüberhörbar verächtlich und legte das Gegenteil von dem nahe, was sie sagte. Dann griff sie in eine Schachtel auf ihrem Schreibtisch und zog eine

Karte heraus, die sie ihm mit einer schwungvollen Geste reichte. Ohne das Papier eines Blickes zu würdigen, steckte Ricky es in die Tasche und stand auf. Zügig durchquerte er das Dienstzimmer der Kommissarin, sah sich nur noch einmal um, als er durch die Tür nach draußen ging, und erhaschte einen Blick auf Detective Riggins, die sich über eine altmodische Schreibmaschine beugte, um Wort für Wort den Bericht über den wenig spektakulären, schnell erklärten und scheinbar unbedeutenden Tod von Roger Zimmerman hineinzuhämmern.

6

RICKY STARKS knallte die Tür zu seiner Wohnung so laut hinter sich zu, dass das Geräusch in seinen Ohren und in dem schummrig beleuchteten, leeren Hausflur widerhallte. Hastig drehte er die Schlüssel in den Schlössern, die er so selten benutzte, und verriegelte die Eingangstür zweifach. Er zog am Türgriff, um sich zu vergewissern, dass sie alle einwandfrei funktionierten. Immer noch unsicher, ob die Verriegelungen ausreichten, packte er einen Stuhl und klemmte ihn als zweite, altmodische Barriere unter den Knauf. Es kostete ihn einige Überwindung, nicht auch noch Kommode, Kisten und Bücherregale – was immer griffbereit war – aufzutürmen, um sich dahinter zu verschanzen. Der Schweiß brannte ihm in den Augen, und obwohl hinten im Sprechzimmerfenster die Klimaanlage emsig surrte, durchzuckten immer noch Hitzewellen wie Blitzstrahlen seinen Körper. Ein Soldat, ein Polizist, ein Bergsteiger, ein Pilot – jeder, der mit verschiedenen Formen der Gefahr vertraut ist – hätte diese Symptome unschwer als das diagnostiziert, was sie waren: Panikattacken. Ricky dagegen hatte so viele Jahre lang jedes Extrem gemieden, so dass er mit diesem so offensichtlichen Krankheitsbild keinerlei Erfahrung hatte.

Er trat von der Tür zurück, drehte sich um und ließ den Blick durch die Wohnung schweifen. Eine einzige, schwache Deckenleuchte über der Eingangstür, die der Nacht nur wenig entgegensetzte, warf seltsame schwache Schatten in die Ecken des Wartezimmers. Er hörte die Klimaanlage und dahinter den gedämpften Straßenlärm, sonst nichts als erdrückende Stille.

Die Tür zu seinem Sprechzimmer stand offen, ein gähnendes schwarzes Loch. Urplötzlich überkam ihn das bestimmte Gefühl, dass er beim Verlassen seiner schützenden vier Wände, nur wenige Minuten nach Virgils Besuch, diese Tür wie gewohnt auch an diesem Abend hinter sich zugemacht hatte. Ihm wurde mulmig, Zweifel fraßen an seinem Magen. Er starrte auf die offene Tür und versuchte sich mit aller Macht zu erinnern, was genau er beim Hinausgehen getan hatte, und in welcher Reihenfolge.

Er sah vor sich, wie er den Schlips umband, das Jackett anzog, sich bückte, um an seinem rechten Schnürsenkel einen Doppelknoten zu machen, sich an die Hüfte griff, um nach der Brieftasche zu fühlen, die Wohnungsschlüssel in seine Hosentasche steckte und klirren ließ, um sicherzugehen, dass sie nicht herausfallen konnten. Er sah, wie er die Wohnung durchquerte, sie durch die Eingangstür verließ, auf den Fahrstuhl wartete, der aus dem dritten Stock herunterkam; wie er sich schließlich auf der Straße wiederfand, wo die Luft über dem Bürgersteig immer noch heiß und abgestanden war. Das alles lag ihm klar vor Augen – derselbe Aufbruch wie an tausend anderen Tagen. Erst bei der Rückkehr stimmte etwas nicht, lag irgendetwas schief, war etwas eigenartig verzerrt wie in einem Spiegelkabinett, in dem man seinen Deformationen nicht entrinnen kann, wie man sich auch dreht und wendet. Es schrie in ihm: *Hast du diese Tür zugemacht oder nicht?*

Er biss sich frustriert auf die Lippe, versuchte, sich das Gefühl ins Gedächtnis zu rufen, wie er den Knauf in der Hand hielt oder die Tür in seinem Rücken in den Rahmen fiel. Er konnte sich nicht entsinnen, und wie gelähmt blieb er stehen, als ihm bewusst wurde, dass nicht einmal ein simpler, alltäglicher Vorgang wie dieser hier bei ihm haften blieb. Folglich drängte sich ihm eine noch viel beklemmendere Frage auf, auch wenn er sich dessen nicht gleich bewusst war: *Wieso kannst du dich nicht daran erinnern?*

Er holte tief Luft und beruhigte sich: Du musst sie aufgelassen haben. Aus Versehen.

Dennoch rührte er sich nicht. Er fühlte sich mit einem Mal völlig saft- und kraftlos. Beinahe wie jemand, der gerade eine Schlägerei hinter sich hatte, beziehungsweise so, wie er sich vermutlich fühlen würde, denn, so wurde ihm schlagartig bewusst, er hatte sich noch nie mit jemandem geprügelt. Zumindest nicht als Erwachsener – die gelegentlichen Rangeleien halbwüchsiger Jungen zählten nicht und lagen unendlich weit zurück.

Die Dunkelheit schien ihn zu verspotten. Er horchte angestrengt ins Zimmer. Da ist keiner, sagte er sich.

Doch wie um den Selbstbetrug zu unterstreichen, rief er deutlich »Hallo?«.

Bei dem Laut dieses einzigen Wortes wurde ihm noch enger in der Brust. Ricky kam sich plötzlich vollkommen lächerlich vor. Ein Kind, machte er sich klar, hat Angst vor Schatten, ein Erwachsener nicht, und schon gar nicht einer, der sich sein ganzes Leben als Erwachsener mit den geheimen, verborgenen Ängsten der menschlichen Seele beschäftigt hat.

Er trat vor und versuchte, sich zusammenzureißen. Er war zu Hause, machte er sich klar, in Sicherheit.

Dennoch griff er, bevor er über die Schwelle trat, hastig nach dem Lichtschalter links von der Tür, wobei er erst einmal an der Wand danach tasten musste. Er knipste an.

Es passierte nichts. Der Raum blieb schwarz.

Ricky holte tief Luft, so dass ihm das Dunkel in die Lungen drang. Er schnippte mehrmals gegen den Schalter, als könne er nicht fassen, dass kein Licht im Zimmer war. Er fluchte laut, »Verdammt noch mal, was zum Teufel …«, trat aber nicht ein. Stattdessen ließ er seinen Augen Zeit, sich an die Dunkelheit zu gewöhnen, während er weiter angestrengt auf Geräusche horchte, die ihm verrieten, dass er nicht alleine war. Er versuchte, sich zu beruhigen: Wenn man wie er an diesem Abend eine derart beängstigende Erfahrung hinter sich hatte, dann spielten einem die Nerven natürlich mit. Dennoch wartete er ein paar Sekunden, bis seine Augen in dem unbeleuchteten Raum ein paar Konturen ausmachen konnten, und ließ den Blick ein paarmal durch das Dunkel schweifen. Dann durchquerte er mit wenigen Schritten das Zimmer und tastete nach seinem Schreibtisch und der Lampe in der einen Ecke. Die Hände vor sich ausgestreckt, um sich durch einen Raum zu tasten, in dem es nichts zu tasten gab, fühlte er sich ein wenig wie ein Blinder. Da er die Entfernung leicht überschätzt hatte, stieß er einmal heftig mit dem Knie gegen den Tisch, woraufhin ihm ein Schwall Obszönitäten über die Lippen kam. Mehrere »Verdammte Scheiße« und »Leck mich am Arsch«, die Ricky so gar nicht ähnlich sahen, denn bis zu den Geschehnissen seit dem gestrigen Tage hatte er so gut wie nie zu Kraftausdrücken gegriffen.

Er ging seitwärts am Tisch entlang, ertastete die Lampe und fand den Schalter. Mit einem erleichterten Seufzer knipste er ihn an und rechnete mit Licht.

Auch diese Lampe funktionierte nicht.

Ricky schwankte und hielt sich an seinem Möbel fest. Er redete sich ein, sie hätten einen Stromausfall, vielleicht von der Hitze und dem Überbedarf an Strom, doch hinter seinem Schreibtisch konnte er durchs Fenster die strahlenden Straßenlampen sehen, und auch die Klimaanlage surrte munter vor sich hin. Schließlich sagte er sich, es sei immerhin nicht gänzlich auszuschließen, dass zwei Glühbirnen zugleich den Geist aufgaben. Ungewöhnlich, aber nicht unmöglich.

Eine Hand an der Schreibtischkante, drehte er sich in Richtung der dritten Lampe um, die er in seinem Sprechzimmer hatte. Es war eine Stehlampe, ein schwarzes, schmiedeeisernes Gebilde, das seine Frau vor Jahren für ihr Ferienhaus in Wellfleet angeschafft, die er aber für die Ecke seiner Praxis, hinter seinem Sessel, am Kopfende der Couch, vereinnahmt hatte. Er benutzte sie als Leselampe und an verhangenen, regnerischen Novembertagen dazu, die trüben Lichtverhältnisse auszugleichen, so dass sich seine Patienten nicht gar so sehr vom Wetter beeinträchtigt fühlten. Die Lampe war von der Stelle, an der er sich jetzt befand, etwa drei Meter entfernt, doch ihm kam es viel weiter vor. Er hatte sein Sprechzimmer genau vor Augen und wusste, dass ihn nur wenige Schritte von seinem Sessel trennten und dass nichts im Wege stand und dass er, war er erst einmal da, die Lampe mühelos finden würde. Er wünschte sich in dem Moment, dass mehr Helligkeit durch die Fenster käme, doch das bescheidene Licht, das es gab, schien an den Scheiben Halt zu machen und es nicht bis ins Zimmer zu schaffen. Vier Schritte hinüber, sagte er sich. Und stoß nicht mit dem Knie am Sessel an.

Er ging vorsichtig los und tastete mit ausgestreckten Händen nach der Leere. Er beugte sich leicht in der Taille vor, um nach dem vertrauten alten Ledersessel zu greifen. Er schien länger für das kurze Stück zu brauchen als angenommen, doch der Sessel stand da, wo er immer stand. Er fand Arm- und Rückenlehne, und als er sich auf den Sitz plumpsen ließ, hörte er zu seiner Begrüßung das angenehme Quietschen des Leders.

Seine Hände ertasteten den kleinen Tisch, auf dem er seinen Terminkalender sowie seine Uhr bereit hielt, und griffen dahinter nach der Lampe. Der Knopf befand sich direkt unter der Birne, und mit ein bisschen Fummelei hatte er ihn endlich gefunden. Er drehte ihn augenblicklich, und es machte klick. Es blieb unverändert dunkel.

Wohl ein Dutzend Mal drehte er an dem Knopf, und das Klicken erfüllte den Raum.

Nichts.

Ricky saß wie versteinert da und versuchte, sich irgendeinen harmlosen Reim darauf zu machen, dass in seinem Sprechzimmer kein Licht funktionierte. Ihm fiel nichts ein.

Während er tief Luft holte, horchte er in die Nacht und versuchte, die Geräuschkulisse der Stadt zu durchdringen. Seine Nerven waren aufs Äußerste gespannt, sein Hörsinn geschärft und seine sämtlichen Sinne einzig darauf gerichtet, festzustellen, ob er wirklich alleine war. Am liebsten wäre er zur Tür und anschließend in den Flur gerannt, um jemanden zu finden, der mit ihm zusammen in die Wohnung zurückging. Doch dann erkannte er den Wunsch als Ausdruck reiner Panik und unterdrückte ihn. Stattdessen versuchte er, sich zur Ruhe zu zwingen.

Er hörte zwar nichts, doch das bewies noch lange nicht, dass wirklich niemand in der Wohnung war. Er überlegte, wo sich wohl jemand verstecken konnte, in welchem Schrank, in welcher Ecke, unter welchem Tisch. Dann versuchte er, sich auf diese Stellen zu konzentrieren, als könnte er von seiner Position hinter der Analyse-Couch aus diese Schlupfwinkel überblicken. Doch auch dieser Versuch war erfolglos oder zumindest nicht zufriedenstellend. Er überlegte fieberhaft, wo er vielleicht eine Taschenlampe oder einen Kerzenleuchter hatte, und kam zu dem Schluss, dass so etwas, falls vorhanden, nur in einem der Küchenregale sein konnte, vermutlich direkt neben den Ersatzglühbirnen. Er blieb noch eine Minute sitzen, dann machte er sich klar, dass die Suche nach irgendeiner Lichtquelle die einzig angemessene Reaktion auf seine Lage war, und verließ unwillig den Sessel.

Behutsam trat er, auch diesmal mit ausgestreckten Händen, in die Mitte des Zimmers und mimte einen Blinden. Er hatte den Raum eben halb durchquert, als das Telefon auf seinem Schreibtisch klingelte.

Der Laut fuhr ihm in sämtliche Glieder.

Er wirbelte so heftig herum, dass er stolperte. Er stieß mit der Hand in einen Köcher mit Stiften, die er über Tisch und Boden verstreute.

Kurz vor dem sechsten Klingelzeichen, bei dem sich der Anrufbeantworter einschaltete, packte er das Telefon. »Hallo? Hallo?«

Es meldete sich niemand.

»Hallo? Ist da jemand?«

Die Leitung war auf einmal tot.

Ricky hielt den Hörer in der Hand und fluchte in die Dunkelheit, zuerst leise, dann laut. »Gottverdammte Scheiße! Verdammt! Verdammt! Verdammt!«

Er legte auf und stützte sich mit beiden Händen auf die Schreibtischplatte, als wäre er erschöpft und müsste erst wieder zu Atem kommen. Er fluchte noch einmal, wenn auch diesmal etwas leiser.

Wieder klingelte das Telefon.

Er zuckte erstaunt zurück, griff nach dem Hörer, schlug damit auf die Tischplatte auf und riss ihn sich ans Ohr. »Das ist nicht komisch«, sagte er.

»Dr. Ricky«, gurrte Virgil mit tiefer Stimme, aber in kokettem Ton. »Es behauptet ja auch keiner, dass das ein Witz sein soll. Im Grunde ist Mr. R. sogar ziemlich humorlos, hab ich mir zumindest sagen lassen.«

Ricky verkniff sich das wütende Wort, das ihm auf der Zunge lag. Stattdessen ließ er sein Schweigen für sich sprechen.

Nach ein paar Sekunden lachte Virgil. Es klang schrecklich in der Leitung.

»Sie tappen immer noch im Dunklen, Ricky, stimmt's?«

»Ja«, sagte er. »Sie sind hier gewesen, nicht wahr? Sie oder jemand wie Sie ist hier eingebrochen, während ich draußen war, und ...«

»Ricky«, gurrte Virgil plötzlich, beinahe in verführerischem Ton, »Sie sind der Psychoanalytiker. Wenn Sie bei einer Sache nicht den blassesten Schimmer haben, besonders, wenn es um etwas ganz Einfaches geht, was machen Sie dann?«

Er antwortete nicht. Sie lachte wieder.

»Kommen Sie, Ricky. Und Sie halten sich für einen Meister der Symbolik und maßen sich an, alle möglichen Rätsel zu deuten? Wie können Sie Licht in etwas bringen, das völlig im Dunkel liegt? Na ja, das ist Ihr Beruf, oder?«

Sie gab ihm keine Gelegenheit zu antworten. »Folgen Sie der einfachsten Spur, und Sie haben die Antwort.«

»Was?«, fragte er.

»Ricky, ich seh schon, Sie werden in den kommenden Tagen mächtig auf meine Hilfe angewiesen sein, wenn Sie ehrlich versuchen, Ihre Haut zu retten. Oder ziehen Sie es vor, einfach im Dunkeln sitzen zu bleiben, bis der Tag kommt, an dem Sie sich das Leben nehmen müssen?«

Er war verwirrt. »Ich komme nicht ganz mit«, sagte er.

»Keine Bange, Sie haben's gleich«, sagte sie in bestimmtem Ton. Dann legte sie auf und ließ ihn, den Hörer in der Hand, stehen. Er brauchte ein paar Sekunden, bis er ihn wieder auf dem Sockel hatte. Die Nacht im Zimmer schien ihn zu verschlucken, die Ausweglosigkeit stürzte über ihm zusammen. Vom Dunkel und von dem Bewusstsein frustriert, dass jemand so mir nichts, dir nichts in seine Privatsphäre eingedrungen war, hätte er am liebsten laut hinaus gebrüllt, dass er keine Ahnung hatte, was sie meinte. Vor Wut knirschte Ricky mit den Zähnen und stöhnte, während er die Tischkante packte. Am liebsten hätte er sich irgendetwas geschnappt und zerbrochen.

»Eine einfache Spur«, sagte er so laut, dass er beinahe schrie. »Es gibt keine einfachen Spuren im Leben!«

Der Klang seiner eigenen Stimme, die im schwarzen Raum verhallte, ließ ihn augenblicklich verstummen. Er kochte vor Wut.

»Einfach, einfach ...«, flüsterte er.

Und da kam ihm eine Idee. Er war selbst erstaunt, dass sie seinen wachsenden Ärger durchdrang.

»Das kann doch wohl nicht sein …«, sagte er und griff mit der Linken nach seiner Schreibtischlampe. Er tastete nach dem Fuß und fand das Elektrokabel an der Seite. Er nahm es zwischen die Finger und verfolgte es bis zu der Stelle, wo es normalerweise in den Stecker einer Verlängerungsschnur mündete, die an der Wand entlang zur Steckdose führte. Er ließ sich auf die Knie nieder und fand den Stecker in wenigen Sekunden. Er war aus dem Verlängerungskabel gezogen. Noch ein paar Sekunden, bis er das Ende des Kabels hatte. Er verband es mit dem Stecker, und das Zimmer erstrahlte im Licht. Er stand wieder auf, drehte sich zu der Lampe hinter der Couch um und bemerkte sofort, dass auch hier der Stecker herausgezogen war. Er sah zur Deckenlampe hoch und vermutete, dass hinter dem Glasschirm lediglich die Birne ein Stück herausgeschraubt war.

Auf seinem Schreibtisch klingelte zum dritten Mal das Telefon. Er nahm ab und fragte barsch: »Wie sind Sie hier hereingekommen?«

»Meinen Sie, Mr. R. kann sich keinen fähigen Schlosser leisten?«, fragte Virgil geziert zurück. »Oder einen Einbrecher-Profi? Jemanden, der sich mit den altertümlichen Schnappschlössern auskennt, die Sie an der Wohnungstür haben, Ricky? Noch nie daran gedacht, das mal modernisieren zu lassen? Elektrische Schließmechanismen mit Laser und Infrarot-Bewegungsmelder? Oder Handabdrucktechnik oder gleich eins von diesen Netzhauterkennungssystemen, die sie in Regierungseinrichtungen haben. Wissen Sie, diese Dinger kann auch der Privatmann kaufen, wenn auch nur über zwielichtige Kanäle. Haben Sie sich noch nie bemüßigt gefühlt, Ihre Sicherheitsvorkehrungen ein bisschen auf Vordermann zu bringen?«

»Ich hab solchen Schwachsinn nie nötig gehabt«, schnaubte Ricky.

»Ist denn nie bei Ihnen eingebrochen worden? In all den Jahren in Manhattan?«

»Nein.«

»Nun ja«, sagte Virgil blasiert, »vermutlich ist nie jemand auf die Idee gekommen, dass es bei Ihnen was zu holen gibt. Aber das hat sich jetzt geändert, nicht wahr, Doktorchen? Mein Auftraggeber findet es überaus lohnend, und er scheint dafür kein Risiko zu scheuen.«

Ricky antwortete nicht. Er riss den Kopf hoch und starrte aus dem Sprechzimmerfenster.

»Sie können mich sehen«, sagte er aufgebracht. »Sie schauen in diesem Moment zu mir rüber, stimmt's? Woher sollten Sie sonst wissen, dass ich die Lichter wieder angekriegt habe?«

Virgil brach in Gelächter aus. »Das wurde aber langsam Zeit, Ricky. Sie machen gewisse Fortschritte, wenn Sie endlich in der Lage sind, das Offensichtliche festzustellen.«

»Wo sind Sie?«, fragte Ricky.

Virgil schwieg, bevor sie antwortete: »Ganz in der Nähe. Ich blicke Ihnen sozusagen über die Schulter, Ricky. Ich stehe im Schatten, den Sie werfen. Was hätte man auch schon von einer Führerin, die nicht da ist, wenn man sie braucht?«

Ihm fiel keine Antwort ein.

»Wie dem auch sei«, sagte Virgil und verfiel wieder in diesen beschwingten Ton, den Ricky allmählich irritierend fand. »Meinetwegen gebe ich Ihnen einen kleinen Fingerzeig, Doktor. Mr. R. ist ein Sportsfreund. Bei all der Planung, die er in diesen kleinen Rachefeldzug gesteckt hat, können Sie sich eigentlich denken, dass er nicht übel Lust verspürt, dieses Spiel nach Regeln zu spielen, die Sie nicht begreifen. Was haben Sie heute Abend gelernt, Ricky?«

»Ich habe gelernt, dass Sie und Ihr Auftraggeber kranke, widerwärtige Menschen sind«, platzte Ricky heraus. »Und ich will nichts mit Ihnen zu schaffen haben.«

Virgils Lachen in der Leitung klang kalt und verächtlich.

»Ist das alles? Mehr haben Sie nicht gelernt? Und wie sind Sie zu diesem Schluss gekommen? Das heißt nicht, dass ich es leugne. Aber es würde mich interessieren, welche psychoanalytische oder medizinische Theorie Ihrer Diagnose zugrunde liegt, Herr Doktor, wo Sie uns, wenn mich mein unmaßgeblicher Laienverstand nicht trügt, überhaupt nicht kennen. Also, wir beide hatten erst eine Sitzung. Und Sie haben immer noch keinen blassen Schimmer, wer Rumpelstilzchen ist, nicht wahr? Und trotzdem ziehen Sie jede Menge voreilige Schlüsse. Also, Ricky, ich muss schon sagen, das kann gefährlich für Sie werden, in der heiklen Lage, in der Sie sind. Ich denke, Sie sollten sich für alles offen halten.«

»Zimmerman …«, fing nun er in einem Ton an, in den sich auf

eigenwillige Weise Wut und Kälte mischte. »Was war mit Zimmerman? Sie waren da. Haben Sie ihn von der Plattform gestoßen? Oder haben Sie ihn nur ein bisschen geschubst oder angerempelt, so dass er das Gleichgewicht verlor? Glauben Sie im Ernst, Sie können ungestraft einen Mord begehen?«

Virgil schwieg einen Moment, bevor sie geradeheraus antwortete: »Ja, Ricky, das glaube ich allerdings. Ich glaube, dass man heutzutage mit allen möglichen Verbrechen davonkommt, bis hin zu Mord. Passiert alle Tage. Im Falle Ihres unglückseligen Patienten allerdings – oder sollte ich Expatient sagen? – spricht die Beweislage viel mehr dafür, dass er gesprungen ist. Können Sie mit absoluter Sicherheit sagen, dass er nicht gesprungen ist? Ist kein Geheimnis, dass er tief verstört war. Wieso glauben Sie, dass er sich nicht selber das Leben genommen hat, indem er auf eine phantastisch kostengünstige und wirkungsvolle Methode zurückgegriffen hat, die in New York ja nicht gar so ungewöhnlich ist? Eine Methode, die Sie demnächst vielleicht gezwungenermaßen auch in Erwägung ziehen. Gar kein so schlechter Abgang, bei genauerer Betrachtung. Ein Moment der Angst und des Zweifels, eine Entscheidung, ein einziger mutiger Schritt von der Plattform, ein kreischendes Geräusch, ein Blitzstrahl und seliges Vergessen.«

»Zimmerman hätte sich nicht umgebracht. Er wies keines der klassischen Symptome auf. Sie oder jemand von Ihrem Schlag hat ihn vor diesen Zug geschubst.«

»Ich bewundere Ihre Gewissheit, Ricky. Wer sich seiner Sache immer so sicher ist, kann sich nur glücklich schätzen.«

»Ich gehe noch mal zur Polizei.«

»Steht Ihnen natürlich frei, einen zweiten Versuch zu starten, falls Sie meinen, das bringt etwas. Fanden Sie sie besonders hilfreich? Haben die besonderes Interesse daran gezeigt, sich Ihre psychoanalytische Erklärung zu einem Vorfall anzuhören, bei dem Sie gar kein Zeuge waren?«

Die Frage brachte Ricky zum Verstummen. Er wartete eine Weile, bevor er sagte: »Meinetwegen. Wie soll's demnach weitergehen?«

»Da wartet ein Geschenk auf Sie. Drüben auf der Couch. Sehen Sie es?«

Ricky fuhr hoch, und er entdeckte an der Stelle, wo seine Patienten gewöhnlich den Kopf hinlegten, einen mittelgroßen, braunen Umschlag. »Ich sehe es«, antwortete er.

»Gut«, sagte Virgil. »Ich warte, bis Sie es aufgemacht haben.«

Bevor er den Hörer vor sich auf den Schreibtisch legen konnte, hörte er, wie sie eine Melodie summte, die ihm vage bekannt vorkam, auch wenn er nicht gleich wusste, woher. Hätte Ricky regelmäßiger ferngesehen, wäre ihm nicht entgangen, dass Virgil die bekannte Melodie aus der Quiz-Show *Jeopardy* anstimmte. Stattdessen stand er auf, ging zur Couch und nahm den Umschlag zur Hand, der sich dünn anfühlte. Er riss ihn ungeduldig auf, um das einzige Blatt Papier herauszuziehen, das er enthielt.

Es war ein abgerissenes Kalenderblatt. Ein großes rotes X prangte auf dem Datum des zu Ende gehenden Tages, dem ersten August. Danach folgten dreizehn unmarkierte Daten. Der Fünfzehnte war rot eingekreist, die übrigen Tage des Monats geschwärzt.

Ricky bekam einen trockenen Mund. Er spähte in den Umschlag, doch der war leer.

Er kehrte langsam zum Schreibtisch zurück und nahm den Hörer hoch.

»Na schön«, sagte er. »Das ist nicht schwer zu verstehen.«

Virgil antwortete in ungerührtem, fast freundlichem Ton.

»Eine Erinnerung, Ricky, weiter nichts. Eine Starthilfe, wenn Sie so wollen. Ricky, Ricky, mal im Ernst, was haben Sie gelernt?«

Die Frage loderte in ihm, und er war kurz vor einem Wutausbruch. Doch er schluckte seinen Zorn herunter und antwortete beherrscht: »Ich habe gelernt, dass es offenbar keine Grenzen gibt.«

»Gut, Ricky, gut. Das ist ein Fortschritt. Was noch?«

»Ich habe gelernt, das, was hier im Gange ist, nicht zu unterschätzen.«

»Ausgezeichnet, Ricky. Noch was?«

»Nein, das wär's im Moment.«

Virgil zischte wie die Parodie einer Grundschullehrerin ein missbilligendes Ts-ts-ts. »Stimmt nicht, Ricky. Sie haben außerdem gelernt, dass alles in diesem Spiel, einschließlich des wahrscheinlichen Ausgangs, auf einem Feld ausgetragen wird, das in einmaliger Weise auf Sie abgestimmt ist. Ich glaube, dass mein Auftraggeber überaus großzügig gewesen ist, wenn man bedenkt, welche Alternativen es für ihn gegeben hätte. Sie haben eine – zugegebenermaßen geringe – Chance bekommen, ein anderes wie auch Ihr eigenes Leben zu retten, indem Sie eine einfache Frage beantworten: Wer ist er? Und da er nicht unfair sein will, hat er Ihnen eine alternative Lösung offen gelassen, natürlich weniger attraktiv für Sie, aber eine, die Ihrem traurigen Dasein in Ihren letzten Tagen eine gewisse Größe verleiht. So eine Chance bekommt wahrhaftig nicht jeder, Ricky. Dass die Leute an Ihr Grab treten und wissen, dass Ihr Opfer jemand anderen vor einem unbekannten, deshalb aber nicht minder entsetzlichen Schicksal bewahrt hat. Also ehrlich, das grenzt schon an Heiligsprechung, Ricky, und zwar ohne die drei großartigen Wunder, die die katholische Kirche gewöhnlich verlangt, auch wenn ich nebenbei bemerkt schätze, dass sie es bei würdigen Kandidaten schon mal mit ein oder zwei gut sein lassen. Was das wohl soll, wo doch drei nun mal das Kriterium sind, um in den Club aufgenommen zu werden? Na ja, faszinierende Frage jedenfalls, über die wir bei anderer Gelegenheit ausgiebig diskutieren können. Im Moment, Ricky, sollten Sie sich wieder mit den Tipps beschäftigen, die ich Ihnen gegeben habe, und sich an die Arbeit machen. Die Zeit läuft Ihnen davon. Haben Sie je eine Analyse unter Termindruck durchgeführt, Ricky? Denn genau darum geht es hier. Sie hören von mir. Sie wissen ja, Virgil ist nie weit.«

Sie holte tief Luft und fügte hinzu: »Alles verstanden, Ricky?«

Er schwieg, und sie sagte es noch einmal, in strengerem Ton. »Alles verstanden, Ricky?«

»Ja«, sagte er. Aber natürlich wusste er, als er das Telefon auflegte, dass das gelogen war.

7

ZIMMERMANS GEIST schien ihn auszulachen.

Nach einer höchst unruhigen Nacht war es endlich Morgen. Er hatte nicht viel geschlafen und dann auch nur mit lebhaften, bizarren Träumen, in denen seine tote Frau neben ihm in einem knallroten zweisitzigen Sportwagen saß, den er zwar nicht wiedererkannte, der aber, wie er im Traum sehr wohl wusste, ihm gehörte. Sie parkten direkt am Meer an einem vertrauten Strand, im tiefen Sand, nicht weit von ihrem Ferienhaus auf Cape Cod. Im Traum war es Ricky so vorgekommen, als ob das graugrüne Atlantikwasser – die typische Farbe kurz vor einem Gewitter – immer näher kam, so dass ihr Auto jeden Moment von einer Flutwelle erfasst zu werden drohte, und er wollte mit aller Macht die Wagentür öffnen, doch als er versuchte, den Griff zu bewegen, sah er einen blutverschmierten, grinsenden Zimmerman vor dem Fenster stehen, der die Tür zuhielt, so dass er in der Falle saß. Das Auto rührte sich nicht vom Fleck, und irgendwie wusste er, dass sich die Räder ohnehin in den Sand gegraben hatten. Im Traum hatte seine tote Frau ganz ruhig gewirkt und ihn zu sich gewunken, fast willkommen geheißen, und es war wirklich kein Kunststück gewesen, dies alles zu deuten, während er nackt unter der Dusche stand und sich in einer etwas unangenehmen, seiner trostlosen Stimmung entsprechenden Kaskade lauwarmes Wasser über den Kopf laufen ließ.

Ricky zog sich eine verblichene, schmuddelige, am Saum zerfranste Khakihose an, die den perfekten Used-Look abgab, für den Teenager im Laden draufgezahlt hätten, der in seinem Fall allerdings auf jahrelanger Abnutzung in den Sommerferien beruhte, der einzigen Zeit, in der er sie trug. An den Füßen hatte er ein nicht weniger verschlissenes Paar Schnürschuhe und am Oberkörper ein altes blaues Anzughemd, das er nur noch am Wochenende anziehen konnte. Er fuhr sich mit einem Kamm durchs Haar. Er betrachtete sein Spiegelbild und hatte einen gut situierten Mann vor Augen, der zum Urlaubsbeginn in saloppe Kleidung schlüpft. Jahrelang, überlegte er, war er am ersten Augusttag aufgewacht und hatte sich mit Vergnügen in seine alten, bequemen Klamotten gestürzt – symbolischer Auftakt zu einem langen Sommermonat, in dem er dem ausgefeilten Regelwerk des Psychoanalytikers von der Upper East Side den Rücken kehren und in eine andere Haut schlüpfen konnte. Urlaub war für Ricky die Zeit, in der er sich im Garten in Wellfleet die Hände schmutzig machen konnte, bei ausgedehnten Wanderungen am Strand ein bisschen Sand zwischen die Zehen bekam, populäre

Krimis oder Liebesromane lesen und gelegentlich dieses grässliche Gemisch aus Preiselbeersaft und Wodka trinken konnte, das sie Cape Codder nannten. Dieser Urlaub versprach nicht diesen gewohnten Ablauf, auch wenn er sich aus Wunschdenken – vielleicht in einem Anfall von Trotz – für den Urlaubsanfang angezogen hatte.

Er schüttelte den Kopf und schleppte sich in die kleine Küche. Zum Frühstück machte er sich eine einsame Scheibe trockenen Weizentoast und schwarzen Kaffee, der bitter schmeckte, egal wie viele Löffel Zucker er hineingab. Er kaute den Toast mit einer Indifferenz, die ihn selbst überraschte. Er hatte nicht den geringsten Appetit.

Den rasch auskühlenden Kaffee trug er in sein Sprechzimmer, wo er Rumpelstilzchens Brief vor sich auf den Schreibtisch legte. Gelegentlich schielte er aus dem Fenster, als hoffte er, einen Blick auf die nackte Virgil zu erhaschen, die irgendwo auf dem Bürgersteig lauerte oder im Fenster einer Wohnung auf der anderen Seite der schmalen Straße. Er wusste, dass sie in der Nähe war, zumindest glaubte er es nach dem, was sie gesagt hatte, zu wissen.

Ricky schauderte einmal unwillkürlich. Er starrte auf die Worte, die ihm erste Hinweise liefern sollten.

Einen Augenblick lang überkamen ihn Schwindelgefühle und Hitzewallungen.

»Was soll das?«, stellte er sich selbst laut zur Rede.

Im selben Moment schien Roger Zimmerman den Raum zu betreten, im Tod so fordernd und irritierend wie im Leben. Wie immer verlangte er Antworten auf die falschen Fragen.

Erneut wählte Ricky die Wohnungsnummer des Toten, in der Hoffnung, diesmal jemanden zu erreichen. Ricky wusste, dass er die Pflicht hatte, mit jemandem über Zimmermans Tod zu sprechen, auch wenn er nicht wusste, mit wem genau. Die Mutter war seltsamerweise nach wie vor unauffindbar, und Ricky wünschte sich, er wäre so gescheit gewesen, Detective Riggins nach dem Verbleib der Frau zu fragen. Bei einem Nachbarn vielleicht oder im Krankenhaus. Zimmerman hatte einen jüngeren Bruder, der in Kalifornien lebte und mit dem er lose in Verbindung stand. Der Bruder arbeitete in der Filmbranche in Los Angeles und hatte mit der Pflege der kränkelnden Mutter ausdrücklich nichts zu tun haben wollen, worüber sich Zimmerman immer wieder wortreich ausgelassen hatte. Zimmerman war ein Mann gewesen, der in den Widernissen seines Lebens geradezu schwelgte und es vorzog zu jammern und zu klagen, statt etwas zu ändern. Aus genau diesem Grund war er nach Rickys Meinung ein denkbar schlechter Selbstmordkandidat. Was in den Augen der Polizei und Zimmermans Kollegen wie Verzweiflung aussah, war, so hatte Ricky erkannt, Zimmermans wahre und einzige Passion. Er lebte für seinen Hass. Ricky musste ihm als Psychoanalytiker nun dabei helfen, die nötigen Änderungen selbst herbeizuführen. Er hatte damit gerechnet, dass irgendwann der Zeitpunkt kommen würde, da Zimmerman begriff, wie krank es eigentlich war, sich immer wieder ohnmächtig von den Wogen seiner Wut mitreißen zu lassen. Der Moment, in dem ein Wandel möglich wurde, wäre in der Tat gefährlich gewesen, denn die Erkenntnis, dass er zu dem Leben, das er führte, nicht schicksalhaft gezwungen war, hätte Zimmerman in eine signifikante Depression stürzen können. Wenn ihm dämmerte, wie viele Tage seiner kostbaren Zeit er vergeudet hatte, konnte ihn diese Einsicht verständlicherweise in eine echte und vielleicht sogar tödliche Verzweiflung stürzen.

Bis zu dem Zeitpunkt aber waren es noch Monate, vielleicht sogar Jahre gewesen.

Vorerst war Zimmerman immer noch zu seinen täglichen Sitzungen erschienen, hatte die Analyse immer noch als eine Gelegenheit verstanden, fünfzig Minuten lang seinen Frust zu ventilieren wie die Dampfpfeife an der Lok, die nur darauf wartet, dass der Lokführer an der Leine zieht. Die wenigen bislang gewonnenen Einblicke hatte er im Wesentlichen dazu benutzt, seine Wut in neue Bahnen zu lenken.

Es machte ihm Spaß, sich zu beklagen. Er war nicht in seiner Verzweiflung eingekapselt.

Ricky schüttelte den Kopf. In fünfundzwanzig Jahren hatte er drei Patienten gehabt, die sich das Leben nahmen. Zwei von ihnen hatten bereits, als sie zu ihm überwiesen wurden, die klassischen Symptome an den Tag gelegt und waren erst kurz in Behandlung gewesen, bevor sie Selbstmord begingen.

Er hatte sich bei diesen Gelegenheiten zwar hilflos gefühlt, aber nichts vorzuwerfen gehabt. An den dritten Todesfall dachte er allerdings nur sehr ungern zurück, da es sich dabei um einen langjährigen Patienten handelte, dessen Abwärtsspirale Ricky nicht hatte aufhalten können – nicht einmal mit Stimmungsaufhellern, die er nur ungern verschrieb. Seit Jahren hatte er nicht mehr an diesen Patienten gedacht, und nur widerwillig hatte er ihn gegenüber Detective Riggins erwähnt, auch wenn er vor der unhöflichen und nur mäßig neugierigen Ermittlerin wenigstens keine Einzelheiten ausgebreitet hatte. Mit einem kurzen Schauder, als ob es plötzlich kalt im Raum geworden wäre, dachte Ricky: Das war der klassische Selbstmordkandidat. Zimmerman nicht.

Doch der Gedanke, dass Zimmerman vor den Zug gestoßen worden war, um Ricky eine Botschaft zu schicken, war noch entsetzlicher. Er traf ihn ins Mark. Es war einer dieser Gedanken, die wie der Funke in einer Benzinlache zünden.

Abgesehen davon war es ein unmöglicher Gedanke. Er stellte sich vor, wie er in Detective Riggins' grell erleuchtetes und ein wenig schmuddeliges Büro hineinspazierte und behauptete, ein paar Fremde hätten absichtlich einen Menschen ermordet, den sie nicht kannten und der sie nicht im Mindesten interessierte, nur um Ricky zu einer Art Todesspiel zu zwingen.

Er kam zu dem Schluss: Es ist wahr, aber nicht glaubhaft, schon gar nicht für eine schlecht bezahlte, überarbeitete Kommissarin bei der Transit Authority.

Und im selben Moment wurde ihm klar, dass sie das wussten.

Der Mann, der sich Rumpelstilzchen nannte, und die Frau namens Virgil begriffen, dass es keinerlei stichhaltige Beweise gab, die sie mit diesem willkürlichen Verbrechen in Verbindung brachten, außer Rickys jammervollen Protesten. Selbst wenn Detective Riggins Ricky nicht unter spöttischem Gelächter aus ihrem Büro warf – und genau das würde sie vermutlich tun –, was könnte sie wohl dazu bringen, einem Arzt eine aberwitzige Geschichte abzukaufen? Einem Mann, der ihrer korrekten Einschätzung nach irgendeine weit hergeholte Revolvergeschichte dem offensichtlichen Selbstmord vorziehen würde, der ihn in ein so unvorteilhaftes Licht rücken musste?

Er konnte sich die Frage selbst beantworten: Nichts.

Zimmermans Tod diente dem Zweck, Ricky umzubringen.

Und niemand außer Ricky selbst würde es wissen.

Bei dem Gedanken wurde ihm schwindelig.

Während er mit einem Ruck kerzengerade saß, erkannte Ricky, dass er an einem kritischen Punkt angekommen war. In den Stunden, seit ihm der Brief ins Wartezimmer geflattert war, hatte er sich ohne jeden Durchblick in eine Abfolge von Aktionen verwickeln lassen. Die Psychoanalyse erfordert Geduld, und er hatte keine gehabt. Sie erfordert Zeit, und er hatte keine gehabt. Sein Blick fiel auf den Kalender, den Virgil ihm dagelassen hatte. Die verbleibenden vierzehn Tage schienen eine viel zu kurze Zeit. Eine Sekunde lang dachte er an einen Häftling im Todestrakt, der erfährt, dass der Gouverneur sein Todesurteil unterschrieben hat, mit Datum, Uhrzeit und Hinrichtungsort. Das war ein niederschmetternder Vergleich, und er gab ihn rasch wieder auf, indem er sich sagte, dass selbst Gefängnisinsassen mit aller Entschiedenheit um ihr Leben kämpften. Ricky schnappte nach Luft. Dass wir die uns zugewiesene Spanne nicht kennen, dachte Ricky, ist wohl – wie unglücklich wir auch sind – der größte Luxus des Lebens. Der Kalender auf dem Tisch schien ihn zu verhöhnen.

»Das ist kein Spiel«, sagte er ins Leere. »Ist es von Anfang an nicht gewesen.«

Er griff nach Rumpelstilzchens Brief und sah sich den kleinen Reim genauer an. Das ist ein Hinweis, brüllte er sich an. Ein Hinweis von einem Psychopathen. Sieh dir das genauer an!

Mit Vater, Mutter, kleinem Kind,
Die Stunden einstmals glücklich sind.
Dann aber segelt der Vater fort,
Vorbei ist's mit dem trauten Hort.

»... Mit Vater, Mutter, kleinem Kind ...«

Also, zunächst mal ist es interessant, sagte er sich, dass der Briefschreiber von einem *Kind* spricht und somit das Geschlecht offen lässt.

»... Dann aber segelt der Vater fort ...«

Der Vater ging weg. Segeln konnte entweder wörtlich oder symbolisch zu verstehen sein, aber in beiden Fällen hat der Vater die

Familie verlassen. Weshalb auch immer er die Familie im Stich gelassen hatte, Rumpelstilzchen musste seine Verbitterung jahrelang mit sich herumgetragen haben. Die verlassene Mutter hatte wohl zusätzlich Öl ins Feuer gegossen. Er selbst musste bei der Entstehung einer Wut, die im Lauf der Jahre zu mörderischer Raserei geworden war, eine Rolle gespielt haben. Aber was für eine Rolle? Das musste er herausbekommen.

Rumpelstilzchen, so glaubte er in diesem Moment, war das Kind eines Patienten. Die Frage war nur, welches Patienten? Offensichtlich eines unglücklichen, erfolglosen Patienten. Jemand, der seine Behandlung vorzeitig abgebrochen hatte vielleicht. Doch welche Seite vertrat der Patient: die der Kinder und der in ihrer Verbitterung zurückgelassenen Mutter oder die des Vaters, der die Familie im Stich gelassen hat? Hatte seine Behandlung bei der vereinsamten Mutter oder des Mannes, der das Weite sucht, versagt? Er fand, dass dies ein bisschen an den japanischen Film *Rashomon* erinnerte, in dem ein und dasselbe Geschehen aus diametral entgegengesetzten Blickwinkeln beleuchtet wird, mit vollkommen verschiedenen Interpretationen. Er hatte eine Rolle dabei gespielt, dass ein Konflikt zu mörderischer Wut eskaliert war, doch auf wessen Seite, konnte er nicht sagen. Wie dem auch sei, ging Ricky davon aus, dass es sich zwangsläufig auf eine Zeit vor ungefähr zwanzig bis fünfundzwanzig Jahren eingrenzen ließ, da Rumpelstilzchen erst einmal zu einem Erwachsenen heranreifen musste, der über die zur Durchführung dieses ausgetüftelten Spiels notwendigen Mittel verfügte.

Wieviel Zeit kostet es, bis aus einem Menschen ein Mörder wird? Zehn Jahre? Zwanzig? Einen einzigen Augenblick? Er wusste es nicht, vermutete aber, dass er es in Erfahrung bringen konnte.

Dies gab ihm zum ersten Mal, seit er in seinem Wartezimmer den Brief geöffnet hatte, ein zufriedenes Gefühl. Er kam in eine Stimmung, die vielleicht nicht unbedingt als Selbstvertrauen zu bezeichnen war, immerhin aber als Vertrauen in seine Fähigkeiten. Dabei übersah er, dass er in der realen, schäbigen Welt von Detective Riggins ziellos umhergetrieben und fehl am Platze gewesen war, wohingegen er sich nun, da er wieder auf vertrautem Terrain agierte, wo Emotionen und Handlungsweisen psychologisch gedeutet wurden, aufgehoben fühlte.

Zimmerman, ein unglücklicher Mensch, der viel Hilfe brauchte, sie aber zu spät erfuhr, verblasste in seiner Vorstellung, und Ricky kam nicht auf einen naheliegenden Gedanken, der ihn schwer getroffen hätte: dass er sich nämlich auf ein Spielfeld begeben hatte, das speziell für ihn entworfen worden war, genau wie Rumpelstilzchen vorhergesagt hatte.

Ein Psychoanalytiker ist nicht wie der Chirurg, der nur auf den Herzmonitor zu sehen braucht, an den er seinen Patienten angeschlossen hat, um anhand der Echoimpulse auf dem Bildschirm Erfolg oder Misserfolg abzulesen. Seine Beurteilungen sind bei weitem subjektiver. »Geheilt« ist ein Begriff, hinter dem sich ein gehöriges Maß an Absolutheitsanspruch verbirgt, weshalb man ihn – bei allem, was die Sparte mit anderen Richtungen der Medizin verbindet – in der Analyse vergeblich suchen wird.

Ricky machte sich erneut an die Aufstellung einer Liste. Er nahm sich eine Spanne von zehn Jahren vor, angefangen mit seiner Zeit als Assistenzarzt 1975 bis 1985. Er schrieb sämtliche Namen von Patienten auf, die in diesem Zeitraum bei ihm in Behandlung gewesen waren. Dabei stellte er fest, dass ihm die der langjährigen Patienten, derjenigen, die sich einer traditionellen Analyse unterzogen hatten, sofort einfielen. Sie sprangen ihm geradezu ins Gesicht, und es freute ihn, dass er sich auch noch an Gesichter, Stimmen und eine Menge Einzelheiten über ihre Lebenssituation erinnern konnte. In einigen Fällen fielen ihm sogar die Namen von Verlobten, Eltern, Kindern ein, dann wo sie arbeiteten, wo sie aufgewachsen waren, von seinen klinischen Diagnosen und seiner Einschätzung ihrer Probleme ganz zu schweigen. Das alles war sehr hilfreich, fand er, doch er bezweifelte, dass irgendjemand, der sich einer Langzeitbehandlung unterzogen hatte, für das Individuum verantwortlich war, das ihn jetzt bedrohte.

Rumpelstilzchen musste das Kind von jemandem sein, der in eher lockerer Verbindung zu ihm gestanden hatte. Jemand, der die Behandlung abrupt abgebrochen hatte. Jemand, der nach wenigen Sitzungen nicht mehr gekommen war.

Sich an diese Patienten zu erinnern, war ein weitaus schwierigeres Unterfangen.

Er saß, einen Schreibblock vor sich, an seinem Tisch, ging in freier Assoziation Monat für Monat seiner Vergangenheit durch und versuchte, Bilder von Menschen heraufzubeschwören, denen er vor einem Vierteljahrhundert begegnet war. Er kam sich wie ein psychoanalytischer Gewichtheber vor; nur mühsam stellten sich Namen, Gesichter und Probleme ein. Er wünschte sich, er hätte systematischere Akten geführt, doch das Wenige, das er hatte finden können, die spärlichen Notizen und Unterlagen, die er aus jenen Tagen noch besaß, bezogen sich auf Leute, die bei der Behandlung geblieben waren, die jahrelang auf seine Couch geplumpst waren und geredet hatten und sich in sein Gedächtnis eingegraben hatten.

Er musste die Person finden, die eine tiefe Narbe hinterlassen hatte.

Ricky stellte sich dem Dilemma in der einzigen Art und Weise, die er kannte. Er hielt sie nicht für besonders effizient, doch ihm fiel auch keine andere Vorgehensweise ein.

Er kam schleppend voran, in der Stille des Vormittags verflüchtigten sich die Minuten. Die Liste, die er aufstellte, füllte sich aufs Geratewohl. Hätte ihm jemand über die Schulter gesehen, dann hätte er einen Menschen vor sich gehabt, der, den Stift in der Hand, leicht vorgebeugt an seinem Schreibtisch saß wie ein blockierter Dichter auf der aussichtslosen Suche nach einem Reim für ein Wort wie »Granit«.

Ricky quälte sich lange und einsam.

Es ging auf Mittag zu, als es an der Wohnungstür summte.

Das Geräusch durchzuckte ihn, als hätte es ihn beim Tagträumen ertappt. Er nahm eine straffe Haltung an und merkte, wie sich seine Rückenmuskeln verspannten und die Kehle trocken wurde. Es summte ein zweites Mal – zweifellos jemand, der das mit seinen Patienten verabredete Klingelzeichen nicht kannte.

Er stand auf, durchquerte das Sprechzimmer, das Wartezimmer und ging vorsichtig zu der Tür, die er so selten verschloss. In der Mitte des Eichenpaneels befand sich ein Spion, von dem er eine Ewigkeit keinen Gebrauch gemacht hatte, und er legte das Auge an die kleine Scheibe, um hindurchzustarren, während es ein drittes Mal schellte.

Auf der anderen Seite stand, mit einem Brief und einem Handscanner bewaffnet, ein junger Mann in einem schweiß-verfleckten blauen Eilboten-Hemd. Er wirkte ein wenig irritiert und drauf und dran, wieder zu gehen, als Ricky die Tür aufschloss. Er löste nur die Riegel, nicht die Kette.

»Ja?«, sagte Ricky.

»Ich habe hier einen Brief für einen gewissen Dr. Starks. Sind Sie das, Sir?«

»Ja.«

»Ich brauche eine Unterschrift.« Ricky zögerte. »Können Sie sich ausweisen?«

»Wie?«, fragte der junge Mann mit einem Grinsen. »Die Uniform reicht Ihnen nicht?« Mit einem Seufzer verdrehte er den Oberkörper, um Ricky einen Plastikausweis mit Foto zu zeigen, der an seinem Hemd festgesteckt war. »Können Sie das lesen?«, fragte er. »Ich brauch nichts weiter als eine Unterschrift, und schon bin ich weg.«

Ricky öffnete widerstrebend die Tür. »Wo soll ich unterschreiben?«

Der Bote hielt ihm den Handscanner hin und zeigte auf die zweiundzwanzigste Zeile von oben. Der Bote überprüfte die Unterschrift und ging mit einem elektronischen Tabulator über den Strichcode. Der Apparat piepste zweimal. Ricky hatte keine Ahnung, was das zu bedeuten hatte. Dann reichte ihm der Mann den kleinen, mit Eilporto frankierten, kartonierten Umschlag. »Schönen Tag noch«, sagte er in einem Ton, der deutlich machte, dass es ihm herzlich egal war, wie Rickys Tag verlief, dass er es aber nun mal so gelernt und beschlossen hatte, sich an die Vorschriften zu halten.

Ricky blieb in der Tür stehen und starrte auf das Adressetikett. Der Absender war die New York Psychoanalytic Society, der Verband der Psychoanalytiker von New York, einer Organisation, in der er seit langem Mitglied war, mit der er aber über die Jahre herzlich wenig zu tun gehabt hatte. Der Verband war so etwas wie ein Führungsgremium für die Psychoanalytiker der Metropole, doch Ricky war dem Politisieren und Gemauschel, das sich mit solchen Organisationen verband, stets aus dem Weg gegangen. Er besuchte gelegentlich einen Vortrag und blätterte die halbjährliche Fachzeitschrift durch, um sich über seine Kollegen und ihre Meinungen auf dem Laufenden zu halten, doch er mied die von der Organisation veranstalteten Podiumsdiskussionen ebenso wie ihre Cocktailpartys in den Ferien.

Er trat in sein Wartezimmer zurück, schloss die Türen hinter sich ab und fragte sich, wieso er ausgerechnet jetzt von der Vereinigung hörte, zumal nach seiner Schätzung sowieso sämtliche Mitglieder in den Sommerurlaub abgereist waren. Wie so vieles bei dieser Zunft, war der Sommerurlaub ein geheiligtes Gut.

Ricky fand die Lasche und riss den Pappumschlag auf. Er enthielt einen weiteren Umschlag im normalen Briefformat mit der eingeprägten Verbandsadresse in der linken Ecke. Sein Name war auf den Umschlag gedruckt, und die untere Kante entlang eine einzige Zeile: PER EILZUSTELLUNG – DRINGEND.

Er öffnete den Brief und zog zwei Seiten heraus. Die erste trug den Briefkopf. Er sah sofort, dass das Schreiben vom Präsidenten kam, einem etwa zehn Jahre älteren Kollegen, den er nur flüchtig kannte. Er konnte sich nicht entsinnen, von einem Handschlag und ein paar Artigkeiten abgesehen, je mit dem Mann geplaudert zu haben.

Er las schnell:

Sehr geehrter Herr Dr. Starks,
es ist meine bedauerliche Pflicht, Ihnen mitzuteilen, dass bei der Psychoanalytic Society eine schwerwiegende Anschuldigung Ihre Beziehung zu einer früheren Patientin betreffend eingegangen ist. Eine Kopie des Beschwerdebriefs ist beigefügt.
In Übereinstimmung mit den Verbandsstatuten und nach eingehender Beratung mit der Leitung der Organisation habe ich die ganze Angelegenheit an den Untersuchungsausschuss der Ärztekammer für medizinische Ethik weitergeleitet. Das dortige Büro wird sich in Kürze mit Ihnen in Verbindung setzen.
Ich würde Ihnen dringend raten, sich so bald wie möglich einen Rechtsbeistand zu nehmen. Ich bin zuversichtlich, dass wir die Beschwerde aus den Medien heraushalten können, da Anschuldigungen dieser Art unseren gesamten Berufsstand in Verruf bringen.

Ricky warf nur einen flüchtigen Blick auf die Unterschrift, bevor er sich dem zweiten Blatt zuwandte. Auch hierbei handelte es sich um einen Brief, in diesem Fall an den Präsidenten gerichtet, mit Kopien an den Vizepräsidenten, den Vorsitzenden des Ethik-Ausschusses, den Sekretär und den Schatzmeister der Vereinigung. Genauer gesagt hatte, wie Ricky schnell erkannte, jeder Arzt, dessen Name irgendwie mit der Führung der Organisation in Verbindung stand, eine Kopie erhalten. Der Brief lautete wie folgt:

Sehr geehrte Damen und Herren,
vor über sechs Jahren habe ich mich bei Dr. Frederick Starks, einem Mitglied Ihres Verbands, in psychoanalytische Behandlung begeben. Nach einer etwa dreimonatigen Behandlungsdauer mit vier Sitzungen pro Woche fing er an, mir Fragen zu stellen, die man als unpassend bezeichnen könnte. Sie bezogen sich ausnahmslos auf meine sexuellen Beziehungen zu verschiedenen Partnern, die ich bis dahin gehabt hatte, einschließlich einer gescheiterten Ehe. Ich nahm an, diese Fragen seien Teil der Analyse. Doch im weiteren Verlauf der Sitzungen stellte er immer mehr intime Fragen zu meinem Sexualleben. Dabei wurde der Ton zunehmend pornografisch. Jedesmal, wenn ich das Thema wechseln wollte, kam er unweigerlich darauf zurück und vertiefte es qualitativ wie quantitativ. Ich beschwerte mich darüber, doch er entgegnete, die Wurzel meiner Depressionen läge in meiner Unfähigkeit, mich in sexuellen Beziehungen ganz hinzugeben. Kurz nach dieser Erklärung vergewaltigte er mich das erste Mal. Er sagte, ich könne auf keine Besserung hoffen, wenn ich mich nicht gänzlich fügte.
Die weitere Behandlung war jetzt unabdingbar an Sex während der Therapiesitzungen geknüpft. Er war unersättlich. Nach sechs Monaten erklärte er mir, meine Behandlung sei zu Ende und er könne nichts mehr für mich tun. Er sagte, ich sei so gehemmt, dass wahrscheinlich eine medikamentöse Therapie sowie ein Klinikaufenthalt erforderlich seien. Er drängte mich, in eine psychiatrische Privatklinik in Vermont zu gehen, war jedoch nicht einmal bereit, auch nur den Direktor anzurufen. Am Tag unserer letzten Sitzung zwang er mich zum Analverkehr.
Ich habe mehrere Jahre gebraucht, um mich von meiner Beziehung zu Dr. Starks zu erholen. In dieser Zeit wurde ich dreimal in die Klinik eingewiesen, jedesmal für mehr als ein halbes Jahr. Ich trug die Narben von zwei Selbstmordversuchen davon. Nur mithilfe eines einfühlsamen Therapeuten bin ich inzwischen auf dem Wege der Besserung.

Dieser Brief an Ihre Institution ist Teil meines Heilungsprozesses. Fürs erste habe ich das Gefühl, dass ich anonym bleiben muss, auch wenn Dr. Starks natürlich wissen wird, wer ich bin. Falls Sie zu dem Ergebnis kommen, dass Sie die Angelegenheit verfolgen wollen, wenden Sie sich mit Ihren Nachforschungen bitte an meinen Anwalt und/ oder meinen Therapeuten.

Der Brief trug keine Unterschrift, enthielt jedoch den Namen eines Anwalts mit einer zentralen Manhattaner Adresse und eines Psychiaters mit einer Zulassung in einem Vorort von Boston.

Ricky zitterten die Hände. Er war wie benommen und ließ sich an eine Wand sacken, um Halt zu finden. Er fühlte sich wie ein Preisboxer, der einige Prügel bezogen hat – desorientiert, voller Schmerzen, als die Runde ausgeläutet wird, zwar immer noch auf den Beinen, doch kurz davor, zu Boden zu gehen.

Der Brief enthielt kein einziges wahres Wort. Jedenfalls, so weit er sehen konnte.

Er fragte sich, ob das den geringsten Unterschied machte.

8

ER STARRTE AUF DIE LÜGEN vor seinen Augen und empfand einen gewaltigen Zwiespalt der Gefühle. Sein Mut sank auf den Nullpunkt, sein Inneres fühlte sich vor Verzweiflung kalt, wie ausgelaugt an, während ihn statt Willenskraft eine übermächtige Wut packte, die seinem normalen Wesen völlig fremd war und in der er sich kaum wiedererkannte. Sein Gesicht lief heiß an, und auf seiner Stirn bildete sich eine dünne Schicht Schweiß. Er spürte, wie ihm dieselbe Hitze den Nacken hochstieg, in die Achselhöhlen und die Kehle hinunter. Er wandte sich von den Briefen ab, hob auf der Suche nach etwas, das er packen und an die Wand schleudern konnte, den Kopf, fand aber auf Anhieb nichts, was ihn noch mehr in Rage versetzte.

Eine Weile marschierte Ricky in seinem Sprechzimmer auf und

ab. Es war, als hätte er im gesamten Körper ein nervöses Zucken. Schließlich warf er sich in seinen alten Ledersessel hinter dem Kopfende der Couch und ließ sich vom vertrauten Quietschen des Polsters und dem Gefühl der polierten Textur unter seinen Händen beruhigen, wenn auch nur oberflächlich. Er hegte nicht den geringsten Zweifel daran, wer sich diese Beschwerde gegen ihn ausgedacht hatte. Die scheinheilige Anonymität des Pseudo-Opfers sorgte dafür. Viel wichtiger war allerdings die Frage, wozu. Es gab einen genauen Plan, soviel hatte er begriffen, und er musste analysieren, welchen Platz dieser Schritt im Gesamtkonzept hatte.

Ricky hatte immer ein Telefon neben dem Sessel auf dem Boden, und er bückte sich danach. Binnen Sekunden hatte er von der Auskunft die Nummer des Präsidenten der Psychoanalytic Society. Statt sich weiterverbinden zu lassen, tippte er wütend die Nummern ein, lehnte sich zurück und wartete, dass sich jemand meldete.

Am anderen Ende ertönte die vage vertraute Stimme seines Kollegen, allerdings in diesem blechernen, unbeteiligten Ton einer automatischen Ansage.

»Hallo. Sie sind mit der Praxis von Dr. Martin Roth verbunden. Meine Praxis ist zwischen dem ersten und neunundzwanzigsten August nicht besetzt. In dringenden Fällen wählen Sie bitte die Nummer 555-1716, einen Dienst, der mich während der Urlaubszeit erreichen kann, oder wählen Sie 555-2436 und sprechen Sie mit Dr. Albert Michaels am Columbia Presbyterian Hospital, der mich diesen Monat vertritt. Falls es um eine echte Krise geht, rufen Sie bitte beide Nummern an, und Dr. Michaels wie auch ich werden Sie beide zurückrufen.«

Ricky trennte die Verbindung und wählte die erste der beiden Notdienst-Nummern. Er wusste, dass es sich bei der zweiten Anlaufstelle um einen psychiatrischen Assistenzarzt im zweiten oder dritten Klinikjahr handeln musste. Üblicherweise vertraten die psychiatrischen Assistenzärzte die niedergelassenen Kollegen während der Urlaubszeit und boten eine Art Ventil, wobei allerdings Medikamente die klassische Gesprächstherapie, die eigentliche Säule der psychoanalytischen Behandlung, ersetzten.

»Hallo«, meldete sich eine müde Stimme. »Telefondienst Dr. Roth.«

»Ich habe eine dringende Nachricht für Dr. Roth«, sagte Ricky energisch.

»Der Doktor ist im Urlaub. Bei einem Notfall rufen Sie bitte Dr. Albert Michaels im …«

»Ich habe die Nummer«, unterbrach sie Ricky, »aber es geht nicht um so einen Notfall und genauso wenig um so eine Nachricht.«

Die Frau schwieg, mehr überrascht als verwirrt. »Also, ich weiß nicht, ob ich ihn wegen sonst irgendeiner Nachricht im Urlaub anrufen darf …«

»Er wird das, was ich ihm zu sagen habe, hören wollen«, antwortete Ricky. Es fiel ihm schwer, den unterkühlten Ton in seiner Stimme zu verbergen.

»Ich weiß nicht«, sagte die Frau. »Es gibt klare Regeln.«

»Jeder hat seine klaren Regeln«, sagte Ricky schroff. »Sie dienen dazu, den Kontakt zu verhindern, nicht, ihn herzustellen. Kleingeister und einfallslose Gemüter lassen sich starre Verfahrensweisen und Regeln einfallen. Leute mit Charakter wissen, wann man das Protokoll ignorieren muss. Gehören Sie zu diesen Leuten, Fräulein?«

Die Frau schwieg zunächst. »Wie lautet die Nachricht?«, fragte sie dann abrupt.

»Sagen Sie Dr. Roth, dass Dr. Frederick Starks … Sie schreiben das am besten mit, damit Sie es wörtlich weitergeben …«

»Ich notiere«, sagte die Frau patzig.

» … sagen Sie, Dr. Starks hat seinen Brief bekommen, die darin enthaltene Beschwerde zur Kenntnis genommen und möchte ihn davon unterrichten, dass an der ganzen Sache kein Funken Wahrheit ist. Es ist von vorn bis hinten erlogen.«

»… kein Funken Wahrheit … okay. Erlogen. Hab ich notiert. Soll ich ihn mit dieser Nachricht anrufen? Er ist im Urlaub.«

»Wir sind alle im Urlaub«, erwiderte Ricky ebenso unverblümt. »Nur dass er bei einigen von uns interessanter ausfällt als bei anderen. Sorgen Sie dafür, dass er die Nachricht bekommt, und zwar genau so, wie ich es gesagt habe, sonst werde ich verdammt noch mal dafür sorgen, dass Sie sich am Labour Day nach einem neuen Job umsehen können. Verstanden?«

»Ja, ich denke schon«, antwortete die junge Frau unbeeindruckt.

»Aber wie gesagt, wir haben unsere klaren Vorgaben, und ich glaube nicht, dass diese Nachricht einer davon ent…«

»Versuchen Sie mal, nicht ganz so berechenbar zu sein«, sagte Ricky. »Dann behalten Sie auch Ihren Job.« Damit hängte er auf. Er lehnte sich auf seinem Sessel zurück. Seit Jahren war er, soweit er sich entsinnen konnte, nicht so unhöflich und auftrumpfend gewesen, von seinen Drohungen ganz zu schweigen. Auch das ging ihm völlig gegen den Strich. Andererseits würden ihn die kommenden Tage wohl noch zu manchem zwingen, was ihm gegen den Strich gehen könnte.

Er sah sich erneut Dr. Roths Begleitschreiben an und las noch einmal die anonyme Beschwerde. Während er noch mit der Empörung und Entrüstung des fälschlich Beschuldigten kämpfte, versuchte er, die Wirkung der Briefe abzuschätzen und die Frage nach dem Warum zu beantworten. Er ging davon aus, dass Rumpelstilzchen auf eine ganz bestimmte Wirkung zielte, aber welche?

Bei dieser Überlegung wurde ihm einiges nach und nach klar. Die Beschwerde selbst war weitaus raffinierter, als man zunächst denken mochte. Die anonyme Briefschreiberin schrie »Vergewaltigung!«, versetzte das Geschehen aber so weit zurück, dass es die Verjährungsfrist überschritt. Somit mussten keine polizeilichen Ermittler eingeschaltet werden. Stattdessen würde eine schwerfällige, plumpe Untersuchung durch die bundesstaatliche Medizinische Ethikkommission in Gang gesetzt. Sie würde langsam und ineffizient arbeiten, so dass sie dem Spiel auf Zeit kaum im Wege stehen konnte. Eine Beschwerde, die polizeiliches Eingreifen erforderlich gemacht hätte, wäre zügig behandelt worden, und Rumpelstilzchen wünschte eindeutig keine Polizeipräsenz, es sei denn ganz am Rande. Und indem er die Beschuldigung provokativ, dabei aber anonym vorbrachte, hielt sich der Briefschreiber auf Distanz. Niemand von der Psychoanalytic Society würde dafür plädieren, die Sache zu verfolgen. Sie würden sie vielmehr, oder hatten es offenbar schon getan, an eine dritte Instanz weiterleiten und ihre Hände in Unschuld waschen, um unnötigen Wirbel zu vermeiden.

Ricky las beide Briefe ein drittes Mal durch und hatte die Antwort vor Augen.

»Er will mich allein«, platzte er heraus.

Einen Moment lang lehnte Ricky sich zurück und starrte zur Decke, als ob das Weiß über ihm eine Projektionsfläche wäre. Er sprach ins Leere, seine Stimme schien ein wenig von den Wänden des kleinen Sprechzimmers widerzuhallen und klang fast hohl.

»Er will nicht, dass ich Hilfe bekomme. Er will, dass ich ohne jede noch so bescheidene Unterstützung gegen ihn antrete. Also hat er dafür gesorgt, dass ich mit keinem Kollegen reden kann.«

Fast musste er über das nahezu Diabolische in Rumpelstilzchens Vorgehensweise lächeln. Er wusste, dass Ricky sich mit Fragen zu Zimmermans Tod quälen würde. Er wusste, dass Ricky entsetzt sein würde, wenn er erfuhr, dass in seine Praxis eingebrochen worden war, während er selbst außer Haus war auf der Suche nach den wahren Umständen von Zimmermans Tod. Er wusste, dass Ricky nach den schweren Schlägen, die auf ihn niedergeprasselt waren, verwirrt und verunsichert war, wohl auch etwas in Panik und unter Schock. Rumpelstilzchen hatte das alles vorausgesehen und dann darüber spekuliert, was Ricky als erstes unternehmen würde: Unterstützung suchen. Und an wen würde er sich wohl aller Wahrscheinlichkeit nach wenden? Er würde reden – nicht handeln – wollen, da dies in der Natur seiner Tätigkeit lag, und er würde sich an einen anderen Psychoanalytiker wenden. Einen Freund, der ihm gleichsam als Resonanzboden diente. Jemanden, der soso, ach, verstehe sagen, der sich jede Einzelheit anhören und Ricky durch den Wust der sich überschlagenden Ereignisse helfen konnte.

Doch dazu sollte es nun nicht kommen, wurde Ricky klar. Die Beschwerde mit der Anschuldigung der Vergewaltigung, bis hin zu der überzogenen, abstoßenden Schilderung der letzten Sitzung, landete bei jedem einzelnen Amtsträger der Psychoanalytic Society, und zwar mitten im Aufbruch in den Sommerurlaub. Ihm blieb keine Zeit, die Beschuldigungen wirksam zurückzuweisen, es gab kein verfügbares Forum, vor dem er sich hätte verteidigen können. Das niederträchtige Verhalten, das ihm angehängt wurde, musste sich in der New Yorker Zunft wie ein Lauffeuer verbreiten, gleich dem Klatsch und Tratsch bei einer Hollywood-Premiere. Ricky hatte viele Kollegen und wenige echte Freunde, und das wusste er. Diese Kollegen würden nicht erpicht darauf sein, dass etwas von ihm auf sie abfärbte; sie würden sich nicht mit einem Kollegen in

Verbindung bringen lassen, der gegen das vielleicht größte Tabu verstoßen hatte, das der Berufsstand kannte: die Position als Therapeut und Analytiker für die niederträchtigste, primitivste sexuelle Gunst auszunutzen und dann dem psychologischen Desaster, das er zu verantworten hatte, den Rücken zu kehren. Ein solches Verhalten galt in der Welt der Psychoanalyse als wahre Pest, so dass er augenblicklich zu einer Art Aussätzigen gestempelt wurde. Solange dieser Verdacht über ihm schwebte, wäre wohl kaum jemand bereit, Ricky zu helfen, wie flehentlich er auch darum bitten und wie vehement er auch seine Unschuld beteuern mochte. Er hatte keine Chance bis zur Klärung der Sache, und das konnte Monate dauern.

Es gab noch einen zweiten, einen Nebeneffekt: eine Situation, in der Menschen, die glaubten, Ricky zu kennen, sich fragen würden, was sie tatsächlich wussten und auf welcher Grundlage sie es zu wissen glaubten. Die Lüge war eine geniale, räumte er ein, denn je mehr er es leugnete, desto mehr würde sich der Verdacht erhärten, dass er etwas zu vertuschen suchte.

Ich bin vollkommen allein, dachte Ricky. Isoliert. Meinem Schicksal überlassen.

Er atmete schwer ein, als wäre die Luft in der Praxis plötzlich ausgekühlt. Ihm wurde klar, dass sein Widersacher genau das bezweckte: Er wollte ihn allein.

Wieder betrachtete er die beiden Briefe. In der fingierten Beschwerde hatte der anonyme Schreiber zwei Namen angeführt – einen Anwalt in Manhattan und einen Therapeuten in Boston.

Ricky lief es eiskalt den Rücken herunter. Das sind bewusste Wegweiser für mich, meine nächsten Anlaufstellen.

Er dachte an die beängstigende Dunkelheit seiner Praxis die Nacht zuvor. Er hatte nichts weiter zu tun brauchen, als der sehr naheliegenden Spur zu folgen und wieder einzustecken, was herausgezogen war, um Licht ins Dunkel des Zimmers zu bringen. Er hegte den Verdacht, dass es hier um dasselbe Prinzip ging. Er wusste nur noch nicht, wohin ihn dieser Weg am Ende führte.

Er verplemperte den Rest des Tages damit, Rumpelstilzchens ersten Brief auf jedes Detail hin zu untersuchen, den Schlüsselreim weiter zu sezieren und sich dann zu allem, was ihm bis dahin zugestoßen war, Notizen zu machen, wobei er auf jedes Wort achtete, das gefallen war, jedes Gespräch wie ein Reporter rekonstruierte, der einen Artikel redigiert, in der Hoffnung, einen Aspekt zu entdecken, der ihm bis dahin entgangen war. Er merkte, wie schwer es ihm fiel, sich genau an die Aussagen dieser Virgil zu erinnern, was irritierend war. Er hatte kein Problem damit, sich ihre Figur ins Gedächtnis zu rufen oder ihren verschlagenen Ton, stellte aber fest, dass ihre Schönheit wie eine Art Schutzschild ihre Worte verhüllte. Das machte ihm zu schaffen, denn es widersprach seiner Ausbildung und seiner Gewohnheit, und wie jeder gute Psychoanalytiker überlegte er, wieso er sich so schlecht hatte konzentrieren können, wo die Wahrheit so offensichtlich war, dass jeder Teenager unter den üblichen Spannungen der Pubertät es ihm auf den Kopf hätte zusagen können.

So sammelte er Notizen und Überlegungen, um nach gewohnter Manier sein Heil in Worten zu suchen. Doch nachdem er sich am nächsten Morgen in Anzug und Krawatte geworfen und sich dann die Zeit genommen hatte, einen weiteren Tag im Kalender durchzustreichen, traf ihn der Zeitdruck, der auf ihm lastete, mit erneuter Wucht. Er machte sich klar, dass es wichtig für ihn war, wenigstens mit seiner ersten Frage herauszurücken und bei der *Times* anzurufen, um eine entsprechende Anzeige zu schalten.

Die morgendliche Hitze schien ihn zu verhöhnen, und kaum war er draußen, dampfte er förmlich in seinem Anzug. Er nahm an, dass er verfolgt wurde, weigerte sich aber auch diesmal, sich umzudrehen. Außerdem fiel ihm ein, dass er gar nicht gewusst hätte, woran man einen heimlichen Verfolger erkannte. Im Film, dachte er, war es dem Helden immer ein Leichtes, die Mächte des Bösen auszumachen, die gegen ihn aufgestellt waren. Die Bösen waren die mit den schwarzen Hüten und dem verschlagenen Blick. Im wirklichen Leben, wusste er jetzt, war es ein bisschen anders. Jeder war verdächtig. Jeder mit irgendetwas beschäftigt. Der Mann, der an den Feinkostladen an der Ecke Waren liefert; der Geschäftsmann, der zügig den Bürgersteig entlangläuft; der Obdachlose im Hauseingang, die Gesichter hinter der Scheibe des Restaurants oder ein vorbeifahrendes Auto. Jeder konnte ihn beschatten oder auch nicht. Es war unmöglich, das zu unterscheiden. Er war so an die hochspannungsgeladene Welt der Psychoanalysepraxis gewöhnt, in der die Rollenverteilung sehr viel klarer war. Draußen auf der Straße konnte er unmöglich sagen, wer sich an dem Spiel beteiligte und ihn beobachtete und wer einfach nur zu den übrigen acht Millionen Menschen zählte, die unversehens seine Kreise störten.

Ricky zuckte die Achseln und winkte ein Taxi heran. Der Fahrer hatte einen unaussprechlichen ausländischen Namen und einen seltsamen, arabisch klingenden Musiksender eingeschaltet. Eine Künstlerin sang mit hoher Stimme ein Klagelied mit melodiösen Arabesken bei jedem Tempowechsel. Beim nächsten Lied schien sich nur der Takt zu ändern, aber nicht der trillernde Gesang. Er konnte keine einzelnen Worte unterscheiden, doch der Fahrer klopfte hingebungsvoll mit den Fingern den Takt auf dem Lenkrad mit. Der Mann brummte etwas, als Ricky ihm die Adresse gab, und fädelte sich rasant in den Stadtverkehr ein. Für einen Moment überlegte Ricky, wie viele Leute wohl pro Tag in den Wagen dieses Mannes sprangen. Der Mann hinter der Plastiktrennscheibe konnte nicht wissen, ob er seine Fahrgäste zu einem denkwürdigen Ereignis in ihrem Leben chauffierte oder zu einem Anlass, bei dem nur die Minuten verstrichen. Ein-, zweimal drückte der Fahrer an einer Kreuzung auf die Hupe, ansonsten beförderte er ihn schweigsam durch die verstopften Adern der Metropole.

Ein großer weißer Möbelwagen blockierte fast die Nebenstraße, in der die Anwaltskanzlei lag, so dass sich die Autos nur mühsam vorbeiquetschen konnten. Drei oder vier stämmige Männer kamen und gingen durch die Eingangstür des bescheidenen, unauffälligen Bürogebäudes und trugen braune Pappkartons und gelegentlich ein Möbelstück – Schreibtischstühle, Sofas und Ähnliches mehr – behutsam die Stahlrampe ihres Lkw hinauf, um sie zu verstauen. Ein Mann im blauen Blazer mit einer Sicherheitsdienstmarke stand etwas abseits und wachte über den zügigen Umzug, während er gleichzeitig die Passanten derart aufmerksam beäugte, dass kein Zweifel bestand, wozu er eigentlich dort postiert und wie entschlossen er war, seine Aufgabe auch zu erfüllen. Ricky stieg aus dem Taxi, das davonraste, sobald er die Tür zuschlug, und ging auf den Mann im Blazer zu.

»Ich suche die Kanzlei eines gewissen Mr. Merlin. Er ist Anwalt …«

»Sechster Stock, ganz bis nach oben«, sagte der Mann, ohne den Blick von der Parade der Möbelpacker zu wenden. »Haben Sie einen Termin? Ziemlich was los da oben, mitten im Umzug und so.«

»Er zieht um?«

Der Mann im Blazer machte eine Handbewegung. »Wie Sie sehen«, sagte er. »Auf dem Weg nach ganz oben, zum großen Geld, nach allem, was man hört. Sie können ruhig rauf, aber stehen Sie nicht im Weg.«

Der Fahrstuhl summte zwar, doch dankenswerterweise spielte keine Hintergrundmusik. Eine Tür stand sperrangelweit offen, und zwei Männer kämpften mit einem Schreibtisch, den sie durch die Öffnung wanden, während eine Frau im mittleren Alter, die in Jeans, Halbschuhen und Designer-T-Shirt daneben stand, streng über die Aktion wachte. »Das ist mein Schreibtisch, verflucht noch mal, und ich kenne jeden Fleck und jeden Kratzer da dran. Wenn auch nur ein einziger neuer drankommt, kaufen Sie mir einen neuen.«

Die beiden Möbelpacker hielten inne und sahen sie grimmig an. Der Schreibtisch glitt millimetergenau durch den Rahmen. Ricky warf einen Blick an den Männern vorbei und sah im Flur des Büros gestapelte Kartons, leere Bücherregale sowie Tische und all die anderen Dinge, die man gewöhnlich mit einem gut gehenden Büro verbindet, für den Abtransport bereit. Aus dem Inneren des Büros kam ein dumpfes Geräusch und dann leises Fluchen. Die Frau in Jeans warf den Kopf herum und schüttelte, offensichtlich irritiert, eine wilde Mähne kastanienbraunes Haar. Sie schien ein Mensch zu sein, der Ordnung zu schätzen wusste und der unter dem vorübergehenden Umzugschaos beinahe physisch litt.

»Ich möchte zu Mr. Merlin«, sagte Ricky. »Ist er zufällig da?« Die Frau drehte sich schnell um. »Sind Sie ein Mandant? Wir haben für heute keine Termine gemacht. Umzugstag.«

»Könnte man so sagen.«

»Also«, sagte die Frau steif, »könnte man wie genau sagen?«

»Mein Name ist Dr. Frederick Starks, und ich denke, ich kann mit Fug und Recht behaupten, dass wir etwas zu besprechen haben. Ist er da?«

Die Frau wirkte einen Moment erstaunt, lächelte dann wenig freundlich und nickte. »An den Namen kann ich mich allerdings erinnern. Aber ich glaube kaum, dass Mr. Merlin gar so schnell mit Ihrem Besuch gerechnet hat.«

»Tatsächlich?«, sagte Ricky. »Ich hätte gedacht, das Gegenteil wäre der Fall.« Die Frau schwieg, als ein weiterer Möbelpacker erschien, eine Lampe unter den einen Arm geklemmt, einen Bücherkarton unter den anderen. »Pro Gang nur einen Gegenstand. Wenn Sie zuviel auf einmal nehmen, geht was kaputt. Stellen Sie eins davon ab und holen Sie es das nächste Mal.« Der Mann sah sie erstaunt an, zuckte die Achseln und stellte die Lampe nicht allzu sachte ab.

Sie wandte sich wieder an Ricky. »Wie Sie sehen, Doktor, kommen Sie ein bisschen ungelegen ...«

Ricky rechnete fast schon damit, dass die Frau ihn abzuwimmeln versuchte, als ein jüngerer Mann, vielleicht Mitte bis Ende dreißig, ein wenig übergewichtig und mit etwas schütterem Haar, in frisch gebügelter Khakihose, einem teuren Designer-Sporthemd und hochglanzpolierten Halbschuhen mit Quasten aus den hinteren Räumen des Büros erschien. Er bot ein höchst seltsames Erscheinungsbild – um mit anzupacken, zu fein angezogen, für seine berufliche Tätigkeit zu leger. Seine Kleidung war auffällig und teuer und kündete davon, dass das äußere Auftreten selbst unter ausgesprochen informellen Umständen von steifen Regeln bestimmt war. Ricky sah mit einem Blick, dass an den Freizeitsachen, die der Mann trug, nichts Freizügiges war.

»Ich bin Merlin«, sagte der Mann, während er ein gefaltetes Leinentaschentuch herauszog, um sich damit die Hände abzuwischen, bevor er Ricky eine entgegenstreckte. »Wenn Sie bitte die chaotische Umgebung entschuldigen, könnten wir uns vielleicht zu einem kurzen Gespräch in den Konferenzraum begeben. Da stehen noch die meisten Möbel, auch wenn fraglich ist, wie lange.«

Der Anwalt deutete auf eine Tür.

»Möchten Sie, dass ich Notizen mache, Mr. Merlin?«, fragte die Frau.

Merlin schüttelte den Kopf. »Ich glaube nicht, dass wir allzu lange brauchen.«

Ricky wurde in einen Raum geführt, den ein langer Kirschholztisch mit Stühlen beherrschte. Am anderen Ende des Zimmers befand sich eine kleine Anrichte mit einer Kaffeemaschine und einem

Krug mit Gläsern. Der Anwalt wies Ricky einen Platz und ging weiter, um die Maschine zu inspizieren. Mit einem Achselzucken kam er zu Ricky zurück.

»Tut mir leid, Doktor«, sagte Merlin. »Kein Kaffee mehr da, und auch der Wasserkrug scheint leer zu sein. Ich kann Ihnen nichts anbieten.«

»Das macht nichts«, antwortete Ricky. »Ich komme nicht, weil ich durstig bin.«

Die Antwort brachte den Anwalt zum Schmunzeln. »Nein, natürlich nicht«, sagte er, »aber mir ist nicht ganz klar, wie ich Ihnen helfen kann ...«

»Merlin ist ein ungewöhnlicher Name«, unterbrach ihn Ricky. »Man fragt sich, ob Sie eine Art Zauberer sind.«

Wieder grinste der Anwalt. »In meinem Beruf, Dr. Starks, ist ein solcher Name von Vorteil. Unsere Mandanten erwarten oft von uns, dass wir das sprichwörtliche Kaninchen aus dem Zylinder ziehen.«

»Und sind Sie dazu in der Lage?«, fragte Ricky.

»Leider nein«, antwortete Merlin. »Ich verfüge über keinen Zauberstab. Andererseits bin ich ausgesprochen erfolgreich darin, widerspenstige, gegnerische Kaninchen aus allen möglichen Verstecken, allen möglichen Hüten zu ziehen, wobei ich mich natürlich weniger auf magische Fähigkeiten stütze als vielmehr auf eine Flut von juristischen Papieren und einem Hagel gerichtlicher Forderungen. In der Welt, in der wir leben, kommt das vielleicht aufs Gleiche raus. Gewisse Gerichtsverfahren scheinen nicht viel anders zu funktionieren als Fluch und Bann bei meinem Namensvetter von einst.«

»Und Sie wechseln das Büro?«

Der Anwalt griff in eine Tasche und zog aus einem kleinen, kunstvoll gearbeiteten Lederetui eine Visitenkarte, die er Ricky über den Tisch hinweg reichte. »Die neue Bude«, sagte er nicht unfreundlich. »Der Erfolg macht eine größere Kanzlei erforderlich. Neue Junganwälte, mehr Platz.«

Ricky warf einen Blick auf die Karte mit einer Downtown-Adresse. »Und soll ich vielleicht als eine Ihrer Trophäen Ihre neuen Wände schmücken?«

Merlin nickte und grinste, auch diesmal nicht unfreundlich. »Wahrscheinlich«, sagte er. »Sogar sehr wahrscheinlich. Eigentlich dürfte ich gar nicht mit Ihnen sprechen, Doktor, besonders in Abwesenheit Ihres Anwalts. Wie wär's, wenn Sie Ihren Anwalt bitten würden, mich anzurufen, wir sehen uns mal Ihre Versicherungspolice zu ärztlichen Kunstfehlern an … Sie sind doch versichert, Doktor? Und finden schnell eine für alle Beteiligten sinnvolle Regelung.«

»Ich bin versichert, aber ich möchte bezweifeln, dass das eine Beschwerde abdeckt, wie sie sich Ihre Mandantin ausgedacht hat. Ich glaube, ich habe seit Jahrzehnten keinen Grund gehabt, mir die Police durchzulesen.«

»Kein Versicherungsschutz? Das ist schlecht … Und *ausgedacht* ist ein Wort, an dem ich Anstoß nehmen könnte.«

»Wer ist Ihre Mandantin?«, fragte Ricky schroff.

Der Anwalt schüttelte den Kopf. »Ich bin nach wie vor nicht befugt, ihren Namen preiszugeben. Sie ist auf dem Wege der Besserung und ….«

»Nichts dergleichen ist je geschehen«, schnitt Ricky dem Anwalt das Wort ab. »Das ist alles reine Phantasie. Frei erfunden. Kein Wort davon ist wahr. Ihr eigentlicher Klient ist jemand anders, stimmt's?«

Der Anwalt schwieg einen Moment. »Ich kann Ihnen versichern, dass meine Mandantin real ist«, sagte er. »Und dasselbe gilt für ihre Beschwerde. Miss X ist eine sehr verstörte junge Frau …«

»Wieso nennen Sie sie nicht Miss R?«, fragte Ricky. »*R* wie Rumpelstilzchen? Wäre das vielleicht passender?«

Merlin wirkte ein wenig konsterniert. »Ich weiß nicht, ob ich Ihnen ganz folgen kann, Doktor, X, R, was auch immer. Darum geht es eigentlich nicht, oder seh ich das falsch?«

»Das sehen Sie richtig.«

»Ich will Ihnen sagen, worum es hier geht, Dr. Starks. Sie sind in ernsten Schwierigkeiten. Und verlassen Sie sich drauf, Sie werden das größte Interesse daran haben, das Problem so schnell wie irgend möglich aus der Welt zu schaffen. Falls ich mich gezwungen sehe, Anklage zu erheben, nun ja, dann ist der Schaden nicht mehr zu beheben. Die Büchse der Pandora, Doktor. All das Böse flattert ans Tageslicht – und ans Licht der Öffentlichkeit. Anklagen und Dementis, auch wenn nach meiner Erfahrung die Dementis nie die gleiche Wirkung haben wie die Anklagen, meinen Sie nicht auch? Nicht die Dementis bleiben im Gedächtnis haften, stimmt's?« Der Anwalt schüttelte den Kopf.

»Zu keinem Zeitpunkt habe ich je auf die hier unterstellte Weise das Vertrauen einer Patientin missbraucht. Ich glaube nicht einmal, dass diese Person existiert. Eine solche Person geht nicht aus meinen Unterlagen hervor.«

»Na großartig, Doc. Ich hoffe, da liegen Sie hundert Prozent richtig. Denn ...« Während der Anwalt sprach, sackte seine Stimme um eine Oktave ab, und die Intonation jedes einzelnen Wortes bekam einen rasiermesserscharfen Unterton, »wenn ich mir erst jeden Patienten, den Sie in den letzten zehn Jahren oder so hatten, einzeln vorknöpfe und mich mit jedem Kollegen unterhalte, mit dem Sie irgendwann mal Meinungsverschiedenheiten hatten, und jeden Aspekt Ihres – wie ich nur hoffen kann – absolut untadeligen Lebenswandels ausleuchte wie auch jede Sekunde, die Sie da hinter der Couch gesessen haben, dann wird die Frage, ob meine Mandantin existiert oder nicht, nun ja, nicht mehr von allzu großer Bedeutung sein, weil Sie dann kein bisschen Reputation und kein Leben mehr haben werden. Nicht das geringste.«

Ricky wollte etwas entgegnen, sagte aber nichts.

Merlin starrte ihn unverfroren an, ohne auch nur mit der Wimper zu zucken.

»Haben Sie irgendwelche Feinde, Doktor? Wie steht's mit eifersüchtigen Kollegen? Glauben Sie, dass es unter Ihren Patienten den einen oder anderen gibt, der mit seiner Behandlung nicht hundert Prozent zufrieden ist? Haben Sie je einen Hund getreten? Vielleicht nicht gebremst, als Ihnen da draußen auf Cape Cod, wo Sie Ihr Ferienhaus haben, ein Eichhörnchen vor den Wagen gelaufen ist?«

Merlin lächelte erneut, doch jetzt war es ein niederträchtiges Grinsen.

»Ich weiß bereits was über das Häuschen da«, sagte er. »Ein hübsches Bauernhaus in einem schönen Feld am Waldrand mit einem Garten und ein wenig Meeresblick. Zwölf Morgen. 1984 einer Frau im mittleren Alter abgekauft, deren Mann gerade gestorben war. Haben wir bei der Transaktion die Hinterbliebene vielleicht ein bisschen über den Tisch gezogen, Doktor? Haben Sie auch nur die geringste Vorstellung, wie der Wert dieser Immobilie gestiegen ist? Bestimmt. Ich will Ihnen was sagen, Dr. Starks, nur dies eine. Egal, ob in den Anschuldigungen dieser Mandantin auch nur ein Hauch von Wahrheit steckt, ich werde Eigentümer dieser Immobilie sein, bevor wir mit dieser Sache fertig sind. Und mir werden Ihre Wohnung und Ihr Bankkonto bei der Chase und die Ruhegeldrücklagen bei der Dean Witter, die Sie noch nicht angerührt haben, gehören und das bescheidene Aktienpaket, das Sie bei demselben Börsenmakler hinterlegt haben. Aber mit dem Sommerhaus fange ich an. Zwölf Morgen. Ich denke, ich kann das parzellieren und einen Mordsreibach machen. Was meinen Sie, Doc?«

Ricky hörte dem Anwalt zu, innerlich von dem Schock wie gelähmt.

»Woher wissen Sie …«, fing er halbherzig an.

»Ich habe es mir zum Beruf gemacht, Dinge zu wissen«, unterbrach ihn Merlin schroff. »Wenn Sie nicht etwas besäßen, was ich haben will, wäre mir der Fall egal. Aber das tun Sie nun mal, und glauben Sie mir, Doc, denn Ihr Anwalt wird Ihnen dasselbe sagen, es lohnt sich nicht, darum zu kämpfen.«

»Um meine Berufsehre allemal«, erwiderte Ricky.

Merlin zuckte wieder die Achseln. »Ich glaube, Sie sehen nicht ganz klar, Doktor. Ich versuche Ihnen gerade begreiflich zu machen, wie Sie Ihre Integrität mehr oder weniger retten können. Sie scheinen dummerweise zu glauben, das hier hätte etwas damit zu tun, wer recht hat und wer nicht. Wer die Wahrheit sagt und wer lügt. Ich finde das faszinierend, von einem alten Hasen auf dem Gebiet der Psychoanalyse. Bekommen Sie etwa oft die Wahrheit zu hören – auf diese wundersam authentische, klar definierte Art und Weise? Oder werden Wahrheiten vertuscht, unter dem Deckel gehalten und mit allem möglichen kuriosen psychologischen Ballast überfrachtet, eher vage und schwer fassbar, kaum dass man sie aufgedeckt hat? Und niemals wirklich schwarz oder weiß? Viel eher wie Schattierungen von Grau, Braun und sogar Rot. Predigt das Ihr Berufsstand nicht immer?«

Ricky kam sich wie ein Trottel vor. Die Worte des Anwalts schlugen wie Fausthiebe in einem ungleichen Boxkampf auf ihn ein. Er holte tief Luft, kam zu dem Schluss, dass es dumm von ihm gewesen war, in diese Kanzlei zu kommen. Das Klügste, was er tun konnte, war wohl eher, so schnell wie möglich das Weite zu suchen. Er wollte sich gerade erheben, als Merlin hinzufügte: »Die Hölle kann vielerlei Gestalt annehmen, Dr. Starks. Sehen Sie in mir nur eine davon.«

»Wie bitte?«, sagte Ricky. Doch er erinnerte sich an Virgils Worte bei ihrem Besuch, als sie ihm sagte, sie sei seine Führerin zur Hölle, daher der Name.

Der Anwalt lächelte. »Zu König Artus' Zeiten«, sagte er nicht unfreundlich und mit dem Selbstvertrauen eines Mannes, der seinen Gegner taxiert hatte und deutlich unterlegen fand, »war die Hölle für alle möglichen Leute eine sehr reale Vorstellung, selbst für die Gebildeten und Arrivierten. Sie haben ganz handgreiflich an Dämonen, Teufel, Besessenheit durch Geister und was nicht alles geglaubt. Sie rochen förmlich Feuer und Schwefel, die die weniger Frommen erwarteten, und sahen in Höllenfeuer und ewigen Folterqualen für eine schlechte Lebensführung keine unangemessenen Strafen. Heute liegen die Dinge ein wenig komplizierter, Doktor, nicht wahr? Wir glauben nicht wirklich, dass wir in irgendeinem Höllenschlund mit Feuerzangen traktiert und in ewiger Verdammnis schmoren werden. Was haben wir also stattdessen? Anwälte. Und glauben Sie mir eines, Doktor, ich kann Ihr Leben mühelos in etwas verwandeln, das einer dieser mittelalterlichen Radierungen von einem dieser Albtraumkünstler recht nahe kommt. Sie suchen nach dem leichten Ausweg, Doc. Dem leichten. Sie sollten sich lieber mal diese Versicherungspolice anschauen.«

In dem Moment flog die Tür zum Konferenzzimmer auf, und zwei der Möbelpacker blieben zögerlich stehen, bevor sie den Raum betraten. »Wir würden jetzt gerne diese Sachen rausholen«, sagte einer der Männer. »Ist so ziemlich alles, was noch übrig ist.«

Merlin erhob sich. »Kein Problem. Ich glaube, Dr. Starks wollte auch gerade gehen.«

Ricky stand ebenfalls auf. Er nickte. »Ja, allerdings.« Er sah auf die Karte des Anwalts. »Unter der Adresse sollte mein Anwalt sich mit Ihnen in Verbindung setzen?«

»Ja.«

»In Ordnung«, sagte er. »Und Sie sind wann erreichbar?«

»Für Sie jederzeit, Doktor. Ich denke, Sie täten gut daran, die Angelegenheit unverzüglich zu regeln. Wäre doch ein Jammer, wenn Sie sich Ihre kostbare Urlaubszeit damit verderben würden, sich über mich Gedanken zu machen, nicht wahr?«

Ricky sagte nichts, auch wenn ihm auffiel, dass er gegenüber dem Anwalt seine Ferienpläne nicht erwähnt hatte. Er nickte nur, drehte sich um und verließ die Kanzlei, ohne noch einmal zurückzusehen.

Ricky schlüpfte in ein Taxi und bat den Fahrer, ihn zum Plaza-Hotel zu fahren. Es lag kaum ein Dutzend Häuserblocks entfernt, und für das, was Ricky vorschwebte, schien es die beste Wahl. Der Wagen schoss nach vorne und raste durch Midtown Manhattan, wie es für New Yorker Taxis charakteristisch ist – rasche Beschleunigung, scharfes Bremsen, häufiger Spurwechsel, Slalom durch den Verkehr, eine Fahrweise, die sie nicht langsamer und nicht schneller ans Ziel bringt als ein gerader, stetiger Kurs. Ricky sah auf das Namensschild des Fahrers und hatte es, wie zu erwarten, auch diesmal mit einem unaussprechlichen, ausländischen Namen zu tun. Er lehnte sich zurück und dachte, wie schwer es manchmal war, in Manhattan ein Taxi zu erwischen, und wie auffällig, dass gerade in dem Moment eins auf der Bildfläche erschien, als er vollkommen fertig aus der Anwaltskanzlei trat. Als hätte es nur auf ihn gewartet.

Vor dem Hoteleingang riss der Mann das Steuer herum und fuhr schwungvoll an den Bürgersteig heran. Ricky stopfte ein paar Geldscheine durch den Schlitz neben der Plexiglas-Trennwand und stieg aus. Er stürmte am Portier vorbei die Eingangsstufen hoch und ging durch die Drehtür hinein. In der Lobby drängten sich die Gäste, und er schlängelte sich an mehreren Menschentrauben und Reisegruppen und an Bergen von Gepäck und herumflitzenden Hotelpagen vorbei zum Palm Court. Am anderen Ende des Restaurants blieb er stehen, starrte einen Moment auf die Speisekarte. Dann lief er, leicht vorgebeugt und so schnell, wie er konnte, ohne unnötig aufzufallen, wie ein Mann, der Angst hat, den Zug zu verpassen, Richtung Flur. Er verließ das Hotel durch den Ausgang am südlichen Ende des Central Park und war wieder auf der Straße.

Ein Türsteher winkte Taxis heran, sobald ein Gast erschien. Ricky drängte an einer Familie am Bordstein vorbei.

»Gestatten Sie«, sagte er zu dem Vater um die vierzig im hawaiibedruckten Freizeithemd, der über drei wilde Bälger im Alter von sechs bis zehn Jahren wachte. Eine mausgraue Ehefrau stand ein Stück beiseite und gluckte über der ganzen Brut. »Ich habe eine Art Notfall. Ich will nicht unhöflich sein, aber …« Der Vater sah Ricky schief an, als ob es bei einem Familienausflug von Idaho nach New York nun mal dazu gehörte, dass einem das Taxi vor der Nase weggeschnappt wurde, und deutete wortlos auf die Tür. Ricky sprang hinein, knallte die Tür hinter sich zu und hörte nur noch, wie die Frau zu ihrem Gatten sagte: »Was tust du da, Ralph? Das war für uns …«

Dieser Fahrer, dachte Ricky, war wenigstens nicht von Rumpelstilzchen angeheuert. Er gab dem Mann die Adresse von Merlins Kanzlei.

Wie vermutet, stand der Umzugswagen nicht mehr vor der Tür. Auch der Mann vom Sicherheitsdienst in seinem blauen Blazer war verschwunden.

Ricky beugte sich vor und klopfte an die Scheibe. »Fahren Sie mich bitte zu dieser Adresse«, sagte er. »Ich hab's mir anders überlegt.« Er las die neue auf der Karte des Anwalts vor. »Aber halten Sie, wenn Sie in die Nähe kommen, etwa eine Straßenecke früher, ja? Ich möchte nicht direkt vorfahren.«

Der Fahrer nickte und zuckte stumm die Achseln.

Eine Viertelstunde lang wühlten sie sich durch den Verkehr. Die Adresse auf Merlins Karte war nicht weit von der Wall Street und roch nach Prestige.

Der Fahrer folgte Rickys Anweisungen und hielt einen Block vorher an. »Da vorne«, sagte der Mann. »Soll ich rüberfahren?«

»Nein«, erwiderte Ricky. »Das genügt.« Er bezahlte und befreite sich aus der Enge des Fahrgastraums.

Wie nicht weiter verwunderlich, war von dem Möbelwagen vor dem großen Bürogebäude noch nichts zu sehen. Er blickte links und rechts die Straße entlang, doch von dem Anwalt oder seiner Firma oder dem Büromobiliar keine Spur. Er überprüfte nochmals die Adresse auf der Karte, um jeden Irrtum auszuschließen, warf dann einen Blick in das Gebäude und sah, dass sich direkt hinter der Eingangstür der Wachtisch eines Sicherheitsdienstes befand. Ein einsamer Mann in Uniform saß hinter einer Reihe Video-Monitore und einer elektronischen Tafel, die die Bewegungen des Fahrstuhls anzeigte, und las in einem Taschenbuchroman. Ricky betrat das Gebäude und ging erst einmal zu dem Büroverzeichnis an der Wand. Er überflog die Liste und fand nirgends den Namen Merlin. Ricky trat zu dem Mann vom Sicherheitsdienst, der von seiner Lektüre aufsah.

»Kann ich Ihnen helfen?«, fragte er.

»Ja«, sagte Ricky. »Anscheinend bin ich hier falsch. Ich habe diese Visitenkarte eines Anwalts, aber ich finde ihn nicht im Verzeichnis. Er soll heute hier einziehen.«

Der Mann sah sich die Karte an, runzelte die Stirn und schüttelte den Kopf. »Das ist die richtige Anschrift«, sagte er, »aber mit dem Namen haben wir hier niemanden.«

»Vielleicht ein leeres Büro? Wie gesagt, zieht er erst heute ein.«

»Davon weiß der Sicherheitsdienst nichts. Außerdem ist kein Büro frei geworden. Schon seit Jahren nicht.«

»Tja, wirklich merkwürdig«, sagte Ricky. »Muss dann wohl ein Druckfehler sein.«

Der Mann gab ihm die Karte zurück. »Möglich«, sagte er.

Ricky steckte sie wieder ein und stellte fest, dass er soeben sein erstes Scharmützel mit dem Mann gewonnen hatte, der ihn verfolgte. Was es ihm brachte, musste sich erst noch zeigen.

Als Ricky an seinem eigenen Haus vorfuhr, war er immer noch mit sich zufrieden. Er konnte nicht sagen, wer der Kerl in dem Anwaltsbüro gewesen war, ob nicht gar der Mann, der sich Merlin nannte, Rumpelstilzchen höchstpersönlich war. Die Möglichkeit bestand durchaus, denn er war sich sicher, dass die Person, die hinter all dem steckte, Ricky direkt ins Auge sehen wollte. Er hätte nicht genau sagen können, was ihn zu der Annahme brachte. Vielleicht war es nur schwer vorstellbar, dass jemand sich an Rickys Qualen weidete, ohne sich persönlich davon zu überzeugen, was er angerichtet hatte.

Dabei reichte diese Feststellung für sich genommen noch lange nicht aus, um dem Individuum, dessen Namen er raten musste, auch nur erste Konturen zu verleihen.

»Was weißt du über Psychopathen?«, fragte er sich, während er die Treppe zu dem Sandsteinbau hochstieg, in dem sich seine Praxis sowie vier weitere Wohnungen befanden. Nicht viel, antwortete er stumm. Worin er sich auskannte, das waren die Nöte und Neurosen leicht bis schwer geschädigter Persönlichkeitsstrukturen. Er wusste, wie sich gut situierte Menschen etwas vormachten, um ihr Verhalten zu rechtfertigen. Über jemanden, der ein ganzes, komplexes Lügengebäude errichtete, um den Tod eines anderen Menschen herbeizuführen, wusste er, wie er einräumen musste, nur wenig. Ricky war sich bewusst, dass er hier Neuland betrat.

Im selben Moment verflog das Hochgefühl darüber, Rumpelstilzchen ausgetrickst zu haben, und er rief sich kühl und sachlich ins Gedächtnis, wie hoch der Einsatz war.

Er sah, dass die Post gekommen war, und schloss seinen Briefkasten auf. Ein länglicher, dünner Umschlag trug in der linken oberen Ecke ein offizielles Siegel der Transit Authority von New York, und Ricky riss ihn auf.

An ein größeres Blatt mit Fotokopie war ein Zettel angeheftet, den er als erstes las.

Sehr geehrter Herr Dr. Starks,
unsere Ermittlungen haben unter den persönlichen Dingen des Mr. Zimmerman den in Anlage beigefügten Brief zutage gefördert. Da Sie darin namentlich genannt werden und die Zeilen eine Bewertung Ihrer Behandlung enthalten, leite ich ihn weiter. Unsere Akte zu diesem Todesfall ist übrigens nunmehr geschlossen.
Mit freundlichen Grüßen

Detective J. Riggins

Ricky blätterte das Begleitschreiben zurück und las die Fotokopie. Der Inhalt war kurz, getippt und erfüllte ihn mit einer diffusen Angst.

Ich rede und rede, ohne dass ich irgendeine Besserung verspüre. Niemand hilft mir. Niemand hört auf den, der ich eigentlich bin. Ich habe für meine Mutter Vorkehrungen getroffen. Sie sind zusammen mit meinem Testament, den Versicherungspolicen und anderen Dokumen-

ten in meinem Schreibtisch im Büro hinterlegt. Ich entschuldige mich bei allen Betroffenen, mit Ausnahme von Dr. Starks.
Den anderen Lebewohl.

Roger Zimmerman

Selbst die Unterschrift war getippt. Ricky starrte auf den Abschiedsbrief und merkte, wie sämtliche Emotionen aus seinem Innern wichen.

9

ZIMMERMANS ZEILEN, dachte Ricky, konnten nicht authentisch sein.

Innerlich blieb er hartnäckig dabei: Zimmerman war kein wahrscheinlicherer Selbstmordkandidat als Ricky selbst. Er ließ keinerlei Selbstmordabsichten erkennen, keinerlei selbstzerstörerische Tendenzen, keine Neigung zu Gewalt gegen die eigene Person. Zimmerman war neurotisch und stur und erst am Anfang analytischer Erkenntnisse; er war ein Mann, der laufend Anstöße brauchte, um etwas zu tun, genauso wie er Rickys Meinung nach vor diesen U-Bahn-Zug gestoßen werden musste. Doch Ricky merkte, dass er allmählich nicht mehr klar zwischen echt und falsch unterscheiden konnte. Trotz des Briefs von Detective Riggins und nach seinem Besuch in der U-Bahn-Station sowie der Polizeidienststelle fiel es ihm immer noch schwer, Zimmermans Tod zu akzeptieren. Er schien irgendwo im Surrealen angesiedelt. Er starrte auf den Abschiedsbrief und stellte fest, dass er allein mit Namen genannt war. Auch das Fehlen einer Unterschrift fiel ihm auf. Stattdessen hatte derjenige, der die Zeilen geschrieben hatte, Zimmermans Unterschrift getippt. Oder aber Zimmerman selbst hatte ihn getippt, falls der Brief doch von ihm stammte.

In seinem Kopf drehte sich alles.

Der kurze Siegerstolz darüber, dass er den Anwalt ausgetrickst hatte, wich einem flauen Gefühl, das schon an Übelkeit grenzte und ihm schwer im Magen lag, auch wenn es, wie Ricky vermutete, psychosomatischer Herkunft war. Im Fahrstuhl auf dem Weg zu seinem Zuhause hatte er das Gefühl, als lasteten ihm Bleigewichte auf den Schultern und zerrten ihm an den Füßen. Die erste Spur von Selbstmitleid schlich sich in seine Gedanken, die Frage *Wieso gerade ich?* heftete sich an jeden seiner bleiernen Schritte. Als er schließlich vor seiner Praxis stand, war er erschöpft.

Er warf sich auf seinen Schreibtischstuhl und nahm den Brief von der Psychoanalytic Society zur Hand. Im Geist strich er den Namen des Anwalts aus, auch wenn er nicht so naiv war zu glauben, er würde nicht wieder von Mr. Merlin hören, wer immer er auch war. Auch der Name des Bostoner Therapeuten, zu dem das angebliche Opfer ging, stand in dem Brief, und Ricky begriff, dass dies seine nächste Anlaufstelle war. Für einen Moment wollte er den Namen ignorieren, einfach nicht tun, was von ihm erwartet wurde, doch dann machte er sich klar, dass es einem Schuldeingeständnis glich, wenn er nicht energisch das Gegenteil beteuerte. Er kam um den Anruf nicht herum, wie fingiert und nutzlos er auch sein mochte.

Immer noch mit dieser Übelkeit im Magen griff Ricky nach dem Telefon und wählte die Nummer des Therapeuten. Es klingelte einmal, dann schaltete sich, wie er schon halb erwartet hatte, der Anrufbeantworter ein. »Hier spricht Dr. Martin Soloman. Ich kann Ihren Anruf im Moment nicht persönlich entgegennehmen. Bitte hinterlassen Sie Ihren Namen, Ihre Telefonnummer und eine kurze Nachricht, und ich rufe Sie umgehend zurück.« Wenigstens ist er noch nicht in den Urlaub abgereist, dachte Ricky.

»Dr. Soloman«, sagte Ricky in energischem Ton, wie ein Schauspieler, der versucht, eine gewisse Wut und Empörung in seine Stimme zu legen, »Dr. Frederick Starks, Manhattan, am Apparat. Ich werde von einer Ihrer Patientinnen schwerwiegenden Fehlverhaltens beschuldigt. Ich möchte Sie hiermit davon in Kenntnis setzen, dass diese Behauptungen vollkommen aus der Luft gegriffen sind. Sie sind frei erfunden und entbehren jeder Grundlage. Danke.«

Dann legte er auf. Die Eindeutigkeit seiner Nachricht machte ihm wieder ein bisschen Mut. Er sah auf die Uhr. Fünf Minuten, dachte er, allenfalls zehn, bis er sich meldet.

Und damit lag er richtig. Nach sieben Minuten klingelte das Telefon.

Er meldete sich mit fester, tiefer Stimme. »Dr. Starks am Apparat.«

Der Mann am anderen Ende der Leitung schien erst einmal Luft zu holen, bevor er sagte: »Herr Kollege, hier spricht Martin Soloman. Ich habe Ihre Nachricht bekommen und hielt es für das Klügste, sofort zurückzurufen.«

Ricky wahrte eine Weile beredtes Schweigen, bevor er fragte: »Wer ist diese Patientin, die mich einer so verwerflichen Handlungsweise bezichtigt?«

Ihm schlug ebenso bedeutsame Stille entgegen, bevor Soloman erwiderte: »Vorerst bin ich nicht befugt, Ihnen ihren Namen preiszugeben. Sie hat mich wissen lassen, sie würde sich zur Verfügung halten, sobald sich der Untersuchungsausschuss der autorisierten Ärztekammer mit mir in Verbindung setzt. Die Beschwerde überhaupt erst einmal bei der New York Psychoanalytic Society vorzubringen, war ein wichtiger Schritt auf ihrem Weg zur Genesung. Sie muss behutsam vorgehen. Aber, Herr Kollege, das klingt mir doch recht unwahrscheinlich. Sie wissen zweifellos, wen Sie vor so kurzer Zeit behandelt haben? Und angesichts der Einzelheiten, die sie mir im Lauf des letzten halben Jahres preisgegeben hat, erscheinen mir ihre Aussagen ganz und gar authentisch.«

»Einzelheiten?«, fragte Ricky. »Was für Einzelheiten?«

Der Kollege zögerte. »Nun ja, ich weiß nicht, wieviel ich ...«

»Machen Sie sich nicht lächerlich. Ich glaube keinen Moment, dass diese Person existiert«, unterbrach Ricky ihn barsch.

»Ich kann Ihnen versichern, dass sie sehr wohl existiert. Und ihre Leiden sind beträchtlich«, sagte der Therapeut in enger Anlehnung an das, was kurz zuvor Anwalt Merlin behauptet hatte. »Offen gesagt, Herr Kollege, finde ich Ihr Leugnen alles andere als überzeugend.«

»Welche Einzelheiten also?«

Soloman zögerte eine Weile, bevor er sagte: »Sie hat Sie beschrieben, körperlich, in allen Einzelheiten. Sie hat Ihre Praxis beschrieben. Sie kann Ihre Stimme nachahmen, und zwar, wie ich jetzt sagen kann, geradezu unheimlich getreu ...«

»Unmöglich«, platzte Ricky heraus.

Doktor Soloman legte erneut eine Pause ein und fragte dann:

»Sagen Sie, Herr Kollege, an der Wand in Ihrer Praxis, neben dem Porträt von Freud, hängt da ein kleiner, in Blau-Gelb gehaltener Holzschnitt von einem Sonnenuntergang am Cape Cod?«

Ricky blieb die Luft weg. Zu den wenigen Kunstwerken, die in seiner mönchischen Welt verblieben waren, gehörte ebendieses Bild. Es war ein Geschenk seiner Frau zu ihrem fünfzehnten Hochzeitstag gewesen und einer der wenigen Gegenstände, die seine Säuberungsaktion, nachdem sie ihrem Krebsleiden erlegen war, überstanden hatte.

»Es hängt da, nicht wahr? Meine Patientin hat erklärt, sie habe immer dieses Kunstwerk fixiert und versucht, sich mit einer Willensanstrengung in dieses Bild zu versetzen, während sie von Ihnen sexuell missbraucht wurde. Eine außerkörperliche Erfahrung gewissermaßen. Mir sind andere Fälle von Sexualdelikten bekannt, bei denen die Opfer so etwas tun und sich vorstellen, an einem anderen Ort zu sein. Das ist kein ungewöhnlicher Selbstschutzmechanismus.«

Ricky schluckte schwer. »Nichts dergleichen hat jemals stattgefunden.«

»Nun ja«, sagte Soloman unvermittelt, »davon müssen Sie nicht mich überzeugen, oder?«

Ricky überlegte einen Moment, bevor er fragte: »Wie lange ist diese Patientin schon bei Ihnen in Behandlung?«

»Seit einem halben Jahr. Und wir haben noch einen verdammt langen Weg vor uns.«

»Wer hat sie an Sie überwiesen?«

»Wie bitte?«

»Wer sie an Sie überwiesen hat?«

»Ich weiß nicht, ob ich mich recht entsinne …«

»Wollen Sie mir erzählen, dass eine Frau, die ein derartiges Trauma erlitten hat, Sie einfach aus dem Telefonbuch rausgesucht hat?«

»Ich müsste in meinen Unterlagen nachsehen.«

»Das sollten Sie aus dem Kopf wissen, würde ich meinen.«

»Trotzdem müsste ich nachsehen.«

Ricky schnaubte verächtlich. »Sie werden feststellen, dass sie niemand überwiesen hat. Sie hat Sie sich aus einem ganz offensichtlichen Grund ausgesucht. Deshalb noch einmal die Frage: Wieso Sie, Herr Kollege?«

Soloman ließ sich mit der Antwort ein wenig Zeit. »Ich habe in dieser Stadt einen gewissen Ruf, Opfer von Sexualdelikten erfolgreich zu behandeln.«

»Was verstehen Sie unter *Ruf*?«

»Es hat ein paar Artikel über meine Arbeit in der hiesigen Presse gegeben.«

Rickys Gedanken überschlugen sich. »Sagen Sie oft vor Gericht aus?«

»Nicht allzu häufig. Aber ich bin mit den Verfahrensweisen vertraut.«

»Wie oft ist ›nicht oft‹?«

»Drei-, viermal. Und ich weiß sehr wohl, worauf Sie hinauswollen. Ja, es ging dabei um Fälle, die ein großes Interesse in der Öffentlichkeit erregt haben.«

»Sind Sie je als Sachverständiger aufgetreten?«

»Ja, schon. Bei mehreren Zivilverfahren, einschließlich einem gegen einen Psychiater, der mehr oder weniger desselben Vergehens wie Sie beschuldigt wurde. Außerdem habe ich an der Medizinischen Fakultät der Universität von Massachusetts eine Dozentur inne und halte Vorlesungen zum Thema Rehabilitationsprofile bei Verbrechensopfern …«

»Stand Ihr Name in der Zeitung, kurz bevor sich diese Patientin an Sie wandte? Ich meine, an markanter Stelle?«

»Ja. Ein Feature im *Boston Globe*. Aber ich kann nicht erkennen, wieso …«

»Und Sie wollen immer noch behaupten, Ihre Patientin sei glaubwürdig?«

»Allerdings. Ich habe sie jetzt seit einem halben Jahr in Behandlung. Zwei Sitzungen die Woche. Alles, was sie sagt, ist vollkommen stimmig. Nichts, was sie bisher gesagt hat, veranlasst mich auch nur im Mindesten, an ihrem Wort zu zweifeln. Herr Kollege, Sie wissen doch so gut wie ich, dass es nahezu unmöglich ist, einen Therapeuten erfolgreich anzulügen, besonders über einen so langen Zeitraum.«

Noch wenige Tage zuvor hätte Ricky dieser Einschätzung zugestimmt.

Jetzt war er sich da nicht mehr so sicher.

»Und wo ist sie jetzt?«

»Sie ist bis einschließlich der dritten Augustwoche in Urlaub.«

»Hat sie Ihnen zufällig eine Telefonnummer hinterlassen, wo sie im August für Sie erreichbar ist?«

»Nein, soviel ich weiß, nicht. Wir haben lediglich einen Termin für Ende des Monats vereinbart und es dabei bewenden lassen.«

Ricky dachte angestrengt nach, bevor er eine weitere Frage stellte. »Und hat Ihre Patientin vielleicht auffällige, durchdringende grüne Augen?«

Soloman schwieg. Als er sich wieder meldete, lag eine eisige Reserviertheit in seinem Ton. »Demnach kennen Sie sie also doch?«

»Nein«, sagte Ricky. »Ich habe nur geraten.«

Dann legte er auf. *Virgil*, sagte er in Gedanken.

Ricky ertappte sich dabei, wie er auf das Gemälde an der Bürowand starrte, das in den angeblichen Erinnerungen der Pseudo-Patientin oben in Boston eine so markante Rolle spielte. Er hegte nicht den geringsten Zweifel, dass Dr. Soloman echt und mit Bedacht ausgewählt worden war. Ebenso wenig Zweifel hegte er daran, dass diese so schöne und so verstörte junge Frau, die sich in die Obhut des bekannten Dr. Soloman begeben hatte, nie wieder bei ihm auftauchen würde. Zumindest nicht in dem von Soloman erwarteten Zusammenhang. Ricky schüttelte den Kopf. Es gab weiß Gott nicht wenige Therapeuten, denen ihre Stellung derart zu Kopf stieg, dass sie die Aufmerksamkeit der Presse ebenso liebten wie die Ergebenheit ihrer Patienten. Sie führten sich auf, als verfügten sie über irgendwelche einzigartigen und ganz und gar magischen Einblicke in den Gang der Welt und das Treiben der Menschen, weshalb sie mit schludriger Regelmäßigkeit Meinungen und Urteile vom Stapel ließen. Ricky hegte den Verdacht, dass Soloman eher zur Sorte dieser Talkshow-Seelenklempner gehörte, die sich den Anschein von Durchblick gaben, ohne ihn sich durch harte Arbeit zu verschaffen. Es ist viel leichter, jemandem kurz zuzuhören und einen Kommentar aus dem Ärmel zu schütteln, als Tag für Tag dazusitzen und langsam durch die Schichten des Alltäglichen und Trivialen in seelische Tiefen vorzustoßen. Für die Vertreter seiner Zunft, die ihren Namen für Meinungen im Gerichtssaal oder für Zeitungsartikel hergaben, hatte er nichts als Verachtung übrig.

Das Problem war allerdings, räumte Ricky ein, dass Solomans Reputation und öffentliche Präsenz den Anschuldigungen Glaubwürdigkeit verleihen würden. Sein Name unter dem Brief verschaffte dem Machwerk ein Gewicht, das lange genug vorhalten würde, damit der Anstifter des Ganzen seine Schlinge um Rickys Hals enger ziehen konnte.

Was hast du heute gelernt?, fragte sich Ricky.

Viel, kam prompt die Antwort. Vor allem aber, dass die Netze, in denen er sich immer mehr verfing, bereits vor Monaten ausgelegt worden waren.

Noch einmal sah er auf das Gemälde, das seine Praxiswand schmückte. Sie waren hier, dachte er, lange bevor Virgil hereinspaziert ist. Hier war nichts sicher. Eine Privatsphäre gab es nicht. *Sie waren schon vor Monaten hier, und ich habe es nicht gewusst.*

Ihn überkam Wut, die ihn wie ein Schlag in die Magengrube traf, und sein erster Impuls war es, aufzustehen, das Zimmer zu durchqueren, den vom Kollegen in Boston erwähnten kleinen Holzschnitt zu packen und vom Haken zu reißen. Er nahm das Bild und schleuderte es in den Papierkorb neben dem Schreibtisch, so dass der Rahmen zerbrach und das Glas splitterte. Das Geräusch war wie ein Schuss, der durch das kleine Sprechzimmer hallte. Obszönitäten platzten aus ihm heraus, untypisch und grobschlächtig, und erfüllten den Raum wie unzählige glühende Nadeln. Er drehte sich um und packte die Kanten seines Schreibtischs, als brauche er Halt. So schnell wie er aufwallte, verebbte der Zorn und ließ eine weitere Woge der Übelkeit zurück, die ihn überschwemmte. Ihm war schwindelig, alles drehte sich ihm vor Augen, wie es schon mal passieren kann, wenn man zu schnell aufsteht, besonders mit einer schlimmen Erkältung oder einer Grippe in den Knochen. Rickys Gefühle kamen ins Stocken. Sein Atem wurde kurz und keuchend, als hätte ihm jemand ein Seil um die Brust geschnürt, so dass er kaum Luft bekam.

Er brauchte einige Minuten, um sich zu fangen, und selbst dann fühlte er sich immer noch schwach, beinahe erschöpft. Er sah sich weiter in seinem Sprechzimmer um, das jetzt allerdings verändert schien. Es kam ihm so vor, als hätten all die Dinge, mit denen er sein Leben schmückte, eine unheilvolle Bedeutung gewonnen. Er glaubte, dass er ab jetzt den Dingen nicht mehr trauen konnte, die er direkt vor der Nase hatte. Er fragte sich, was Virgil dem Bostoner Arzt wohl sonst noch beschrieben hatte; welche anderen Einzelheiten aus seinem Leben im Rahmen einer Beschwerde vor der bundesstaatlichen Ethikkommission der Ärztekammer noch auf dem Präsentierteller serviert würden. Er erinnerte sich an Patienten, die nach einem Einbruch oder Raubüberfall verstört zu ihm gekommen waren, um sich darüber zu beklagen, wie unsicher ihnen ihr Leben nach dem Übergriff erschien. Er hatte diese Klagen zwar mit Anteilnahme, doch auch klinischer Distanz quittiert und dabei nie wirklich verstanden, wie elementar dieses Gefühl war. Jetzt wusste er es besser, räumte er ein.

Auch er fühlte sich beraubt.

Erneut sah er sich im Zimmer um. Was er einmal als sicher betrachtet hatte, konnte ihm dieses Gefühl nicht mehr geben. Eine Lüge glaubhaft als die Wahrheit hinzustellen, ist ein kniffliges Stück Arbeit, überlegte er. Dazu gehört sorgfältige Planung.

Ricky schaffte es irgendwie wieder hinter seinen Schreibtisch zurück und sah, dass das rote Lämpchen an seinem Anrufbeantworter fortwährend blinkte. Auch der Nachrichtenzähler leuchtete rot, mit der Zahl vier. Er drückte den Knopf, der die Vorrichtung einschaltete und hörte die erste Nachricht ab. Er erkannte sofort die Stimme eines Patienten, eines Journalisten bei der *New York Times* im schon etwas fortgeschrittenen Alter, der einer zwar gut bezahlten, doch im Wesentlichen eintönigen Tätigkeit nachging, bei der er für den Wissenschaftsteil die Artikel der jüngeren, dynamischeren Reporter redigierte. Er war ein Mann, der sich danach sehnte, mehr aus seinem Leben zu machen, der seine Kreativität und Originalität ausloten wollte, jedoch davor zurückschreckte, das empfindliche Gleichgewicht seines geordneten Alltags zu stören. Gleichwohl machte dieser intelligente, kultivierte Patient beachtliche Fortschritte bei seiner Therapie und durchschaute allmählich die Verbindung zwischen seiner strengen Erziehung im mittleren Westen als Kind engagierter Akademiker und seiner Angst vor dem Abenteuer. Ricky mochte den Mann gern und rechnete ihm gute Chancen aus, seine Analyse abzuschließen und die Befreiung, die sie mit sich brachte, als Chance zu nutzen, worin für den Therapeuten die größte Befriedigung liegt.

»Dr. Starks«, sagte der Mann gedehnt, fast widerstrebend, nachdem er seinen Namen genannt hatte. »Ich bitte um Entschuldigung, dass ich während Ihres Urlaubs eine Nachricht auf Ihrem Anrufbeantworter hinterlasse. Ich möchte Sie nicht in Ihren Ferien stören, aber heute morgen ist ein höchst besorgniserregender Brief mit der Post gekommen.«

Ricky atmete hastig ein. Die Durchsage des Patienten spulte sich weiter langsam ab.

»Es handelt sich bei dem Brief um die Kopie einer Beschwerde bei der bundesstaatlichen Kommission für medizinische Ethik sowie der Psychoanalytic Society von New York. Mir ist bewusst, dass die Anonymität dieser Beschuldigungen es außerordentlich erschwert, ihnen entgegenzutreten. Die Kopie des Briefs wurde mir übrigens nicht in mein Büro, sondern nach Hause zugestellt und enthielt keinen Absender oder andere Merkmale, die eine Zuordnung ermöglichen würden.«

Wieder zögerte der Patient.

»Ich sehe mich hier einem schweren Interessenskonflikt gegenüber. Ich hege wenig Zweifel, dass diese Beschwerde von hohem Nachrichtenwert ist und zur Überprüfung an einen unserer Lokalreporter weitergeleitet werden sollte. Andererseits würde ein solcher Schritt unser Verhältnis schwer beschädigen. Ich bin über diese Anschuldigungen, die Sie vermutlich leugnen werden, zutiefst beunruhigt …«

Der Patient schien Luft zu holen, bevor er mit einem bitteren Unterton hinzufügte: »… Alle leugnen ihre Vergehen. ›Ich hab das nicht getan, ich hab das nicht getan …‹ Bis die Ereignisse sie eingeholt haben und sie sich so in die Enge getrieben fühlen, dass sie nicht länger lügen können. Präsidenten. Regierungsvertreter. Geschäftsleute. Ärzte. Pfadfinderführer und Baseball-Jugendtrainer, verflucht noch mal. Am Ende sehen sie sich gezwungen, die Wahrheit zu sagen, und erwarten, dass alle ihre Auffassung teilen, ihnen wäre ja gar nichts anderes übrig geblieben als zu lügen, als wäre es ganz okay zu lügen, bis man an den Punkt kommt, wo man die Lüge nicht länger aufrechterhalten kann …«

Der Patient legte wieder eine Pause ein, dann war die Aufnahme zu Ende. Die Nachricht schien gekappt zu sein, bevor der Mann alles gesagt hatte, wozu er Rickys Stellungnahme hören wollte.

Rickys Hand zitterte ein wenig, als er wieder auf die Play-Taste drückte. Bei der nächsten Nachricht war nur das Schluchzen einer Frau zu hören. Unglückseligerweise erkannte er die Stimme und wusste, dass sie einer weiteren Langzeitpatientin gehörte. Auch sie hatte, vermutete er, eine Kopie des Briefs erhalten. Auch die letzten beiden Nachrichten kamen von Patienten. Einer von ihnen, ein prominenter Choreograf für Broadway-Inszenierungen, zischte geradezu vor mühsam beherrschter Wut. Die andere, eine recht bekannte Porträtfotografin, schien mindestens so verwirrt wie außer sich.

Ihn packte die Verzweiflung. Vielleicht zum ersten Mal in seiner beruflichen Laufbahn wusste er nicht, was er seinen eigenen Patienten sagen sollte. Die anderen, die noch nicht angerufen hatten, waren, so befürchtete er, nur noch nicht am Briefkasten gewesen.

Zu den wesentlichen Elementen der Psychoanalyse gehört die einzigartige Beziehung zwischen Patient und Therapeut, bei der der Patient jede intime Einzelheit seines Lebens vor einer Person ausbreitet, die das nicht erwidert und sogar auf die provokantesten Mitteilungen nur selten reagiert. Bei dem Kinderspiel »Wahrheit oder Pflicht« wird das Vertrauen durch geteiltes Risiko hergestellt. Ich sag dir etwas, und du sagst mir etwas. Du zeigst mir deins, ich zeig dir meins. Die Psychoanalyse stellt dieses Verhältnis durch ihre grandiose Einseitigkeit vollkommen auf den Kopf. Ricky wusste, dass die Frage, wer er war, was er dachte und fühlte, wie er reagierte, unverzichtbar zur Dynamik des großen Übertragungsprozesses gehörte, der sich in seiner Praxis abspielte und bei dem er, so wie er da hinter dem Kopf seiner auf der Couch ausgestreckten Patienten saß, für jeden von ihnen etwas anderes symbolisierte, etwas Beunruhigendes, so dass er sie, indem er jeweils eine bestimmte Rolle übernahm, durch ihre Probleme geleiten konnte. Sein Schweigen stand aus psychologischer Sicht für die Mutter eines Patienten, den Vater eines anderen, den Chef eines dritten. Sein Schweigen stand für Liebe und Hass, für Wut und Trauer. Es konnte Verlust und Zurückweisung bedeuten. In gewissem Sinne war der Psychoanalytiker nach seinem Verständnis ein Chamäleon, das auf jeder Berührungsfläche die Farbe wechselt.

Er reagierte auf keinen Anruf seiner Patienten, und bis es Abend war, hatten sie sich alle gemeldet. Der Redakteur von der *Times* hatte recht, dachte er. Wir leben in einer Gesellschaft, die den Begriff des Dementis vollkommen ausgehöhlt hat. Wer heutzutage eine Beschuldigung von sich wies, setzte sich automatisch dem Verdacht aus, nur zu einer Notlüge zu greifen, die man immer noch widerrufen und späteren Erfordernissen anpassen kann, wenn man eine akzeptable Wahrheit ausgehandelt hat.

Mehrere Stunden täglich, zusammengenommen Wochen, Monate und Jahre, die er mit diesen Patienten verbracht hatte, waren durch eine einzige gut fingierte Lüge brutal zunichte gemacht. Er wusste nicht, was er seinen Patienten sagen, ob er überhaupt antworten sollte. Der Kliniker in ihm begriff, dass die Reaktion eines jeden dieser Patienten auf die Anschuldigungen therapeutische Erkenntnisse enthielten, die jedoch zu nichts führen würden.

Zum Abendessen machte er sich an diesem Tag Hühnersuppe aus der Dose.

Während er sich die heiße Brühe in den Mund löffelte, fragte er sich, ob ein wenig von den Heilkräften, die man diesem Gebräu nachsagte, ihm direkt ins Herz strömen würde. Ihm wurde klar, dass er immer noch keinen Schlachtplan, keine systematische Vorgehensweise entwickelt hatte. Eine Diagnose, der die Behandlung folgen konnte. Bis jetzt war Rumpelstilzchen wie eine Art heimtückisches Krebsgeschwür erschienen, das ihn an mehreren Stellen befallen hatte und seine Fassade zum Bröckeln brachte. Eine schlüssige Strategie stand noch aus. Das Problem war nur, dass dies seiner Ausbildung zuwider lief. Wäre er Onkologe gewesen wie die Männer, die seine Frau ohne Erfolg behandelt hatten, oder auch nur ein Zahnarzt, der den maroden Zahn nicht nur sieht, sondern auch zieht, dann sähe die Sache anders aus. Doch Rickys Ausbildung war entschieden anderer Art. Ein Psychoanalytiker erkennt zwar gewisse klar umrissene Charakteristika und Syndrome, überlässt die konkrete Gestaltung seiner Behandlung aber letztlich dem Patienten selbst, wenn auch unter den schlichten Rahmenbedingungen der Analyse. Und so stand Ricky gegenüber Rumpelstilzchen und seiner Bedrohung genau das Rüstzeug im Wege, das ihm über die Jahre so hervorragende Dienste geleistet hatte. Die Passivität, die seine Tätigkeit kennzeichnete, erwies sich plötzlich als Gefahr.

Zum ersten Mal an diesem fortgeschrittenen Abend hatte er Angst, sie könnte sein Todesurteil sein.

10

AN DIESEM MORGEN strich er einen weiteren Tag auf Rumpelstilzchens Kalender durch und verfasste die folgende Anfrage:

Suche emsig seit Tagen schon
Aus zwanzig Jahren die eine Person.
Von welchem Zeitpunkt reden wir?
(Denn wenig Tage verbleiben mir.)
Und macht das auch die Sache schwer,
Bin ich wohl hinter Rs Mutter her?

Ricky war bewusst, dass er sich nicht allzu genau an Rumpelstilzchens Regeln hielt, indem er zwei statt nur eine Frage stellte und sie außerdem nicht im Sinne einer einfachen Ja-Nein-Antwort formulierte, wie er ihn angewiesen hatte. Doch er spekulierte darauf, dass Rumpelstilzchen diese Übertretung hinnehmen und ein wenig detaillierter antworten könnte, wenn Ricky sich desselben Kinderreimschemas bediente wie sein Peiniger selbst. Ricky war klar, dass er Informationen brauchte, wenn er herausbekommen wollte, wem er da ins Garn gegangen war. Und zwar eine Menge. Dabei war er nicht so naiv anzunehmen, dass Rumpelstilzchen irgendwelche Details preisgeben würde, die Ricky verrieten, wo er nach ihm zu suchen hatte, oder ihn unmittelbar auf die Fährte seines Namens setzen würde, den er den Behörden nennen konnte – falls Ricky herausfand, an welche Behörden er sich am besten wandte. Der Mann hatte seinen Rachefeldzug zu genau geplant, als dass ihm so etwas unterlaufen würde. Doch ein Psychoanalytiker gilt immerhin als ein Experte des Verborgenen und Verqueren. Schließlich sollte er sich mit dem Verschwiegenen auskennen, dachte Ricky, und falls er Rumpelstilzchens wirklichen Namen herausfinden wollte, dann konnte es nur durch einen Lapsus passieren, den der Mann, wie akribisch er das Ganze auch in die Wege geleitet hatte, nicht voraussehen konnte.

Die Dame bei der *Times*, die den Auftrag für die einspaltige Anzeige auf der Titelseite entgegennahm, schien angenehm überrascht von dem Reim. »Das ist mal was anderes«, sagte sie leichthin. »Sonst haben wir da immer nur diese Herzlichen-Glückwunsch-zum-Fünfzigsten-von-Mama-und-Papa-Anzeigen oder auch Köder für irgendein neues Produkt, das jemand verkaufen will«, sagte sie. »Das hier scheint was anderes zu sein. Was ist es denn für ein Anlass?«

Ricky versuchte, höflich zu sein, und antwortete daher mit einer wirkungsvollen Lüge: »Es ist Teil einer raffinierten Schnitzeljagd. Nur ein kleiner Ferien-Zeitvertreib für ein paar von uns, die Puzzle und Kreuzworträtsel lieben.«

»Oh«, erwiderte die Frau, »klingt lustig.«

Ricky ließ das unkommentiert. Die Frau bei der Zeitung las ihm den Reim ein letztes Mal vor, um sicherzustellen, dass sie alles richtig aufgeschrieben hatte, und notierte sich dann die nötigen Daten für die Rechnung. Sie fragte, ob er die Anzeige auf Rechnung oder Kreditkarte schalten wollte. Er entschied sich für die Kartenabbuchung. Er hörte, wie ihre Finger in die Computertastatur hämmerten, während er seine Visakartennummer vorlas.

»Also, dann haben wir's«, sagte die Frau. »Die Anzeige erscheint morgen. Und viel Glück mit Ihrem Spiel«, fügte sie hinzu. »Ich hoffe, Sie gewinnen.«

»Das hoffe ich auch«, sagte er. Er bedankte sich und legte auf. Dann wandte er sich wieder seinen Stapeln an Notizen und anderen Unterlagen zu.

Eingrenzen und ausschließen, dachte er. Geh systematisch und gründlich vor.

Schließe Männer oder Frauen aus. Schließe die Alten aus und

konzentrier dich auf die Jungen. Grenze den richtigen Zeitabschnitt ein. Das richtige Verwandtschaftsverhältnis. So kommst du an Namen. Ein Name wird zum nächsten führen.

Ricky atmete schwer. Ein Leben lang hatte er sich bemüht, Menschen dabei zu helfen, die emotionalen Kräfte zu verstehen, die bestimmte Ereignisse in ihrem Leben nach sich zogen. Von einem Psychoanalytiker durfte erwartet werden, dass er jede Schuldzuweisung eliminiert und in dem Bedürfnis nach Rache eine denkbar schwere Neurose erkennt. Der Therapeut suchte dann nach Möglichkeiten, dem Patienten über dieses Bedürfnis und die Wut hinwegzuhelfen. Es war nicht ungewöhnlich, dass sich ein Patient gleich zu Beginn der Behandlung zu einem Zorn bekennt, der danach verlangt, ausagiert zu werden. Die Therapie war dann darauf abgestellt, diesen Drang zu überwinden, so dass derjenige von da an ohne den zwanghaften Wunsch leben konnte, es jemandem heimzuzahlen.

Es jemandem heimzahlen zu wollen, war in seinen Augen eine Schwäche. Vielleicht sogar eine Krankheit.

Ricky zuckte die Achseln.

Während ihm noch der Kopf davon schwirrte, seine bisherigen Erkenntnisse zusammenzufassen und auf die Situation anzuwenden, klingelte das Telefon auf seinem Schreibtisch.

Er zuckte zusammen und zögerte, während er die Hand danach ausstreckte und sich fragte, ob es wohl Virgil war.

War es nicht. Es war die Anzeigenfrau bei der *Times*.

»Dr. Starks?«

»Ja.«

»Tut mir leid, dass ich noch mal anrufe, aber wir hatten ein kleines Problem.«

»Ein Problem? Wo liegt das Problem?«

Die Frau zögerte, als fiele es ihr schwer zu sagen, worum es ging, dann fuhr sie fort, »Die Visakartennummer, die Sie mir gegeben haben, ähm, die ist als gesperrt zurückgekommen. Sind Sie sicher, dass Sie mir die richtige Zahlenfolge gegeben haben?«

Ricky wurde rot, obwohl er sich allein im Zimmer befand. »Gesperrt? Das ist unmöglich«, sagte er empört.

»Vielleicht hab ich ja die Nummer falsch verstanden …«

Er griff nach seiner Brieftasche und las die Ziffern noch einmal langsam vor. Die Frau schwieg, bevor sie sagte: »Nein, das ist die Nummer, die ich eingegeben habe. Die Rückmeldung besagt, dass die Karte gesperrt ist.«

»Versteh ich nicht«, sagte Ricky mit wachsender Frustration. »Ich habe gar nichts gesperrt. Und ich gleiche jeden Monat das ganze Soll aus ...«

»Die Kreditkarteninstitute machen mehr Fehler, als Sie meinen würden«, sagte die Frau zur Erklärung. »Haben Sie vielleicht eine andere Karte? Oder soll ich Ihnen doch einfach eine Rechnung schicken, und Sie bezahlen per Scheck?«

Ricky wollte gerade eine andere Karte aus der Brieftasche ziehen, als er abrupt innehielt. Er schluckte schwer. »Tut mir leid, Ihnen die Umstände zu machen«, sagte er langsam, weil er sich plötzlich mühsam beherrschen musste. »Ich werde mich mit dem Kreditkarteninstitut in Verbindung setzen müssen. Inzwischen schicken Sie mir am besten einfach eine Rechnung zu.«

Die Frau murmelte etwas zur Bestätigung, überprüfte noch einmal seine Adresse und fügte hinzu, »Passiert alle Naselang. Haben Sie Ihre Brieftasche verloren? Manchmal bekommen Diebe die Nummern auch aus alten Kontoauszügen, die weggeworfen werden. Oder Sie kaufen etwas, und der Verkäufer verhökert Ihre Nummer an einen Betrüger. Es gibt unzählige Methoden, mit einer Kreditkarte Missbrauch zu treiben. Aber Sie rufen wirklich besser das Institut an, das sie ausgestellt hat, und klären die Sache. Schließlich wollen Sie sich nicht mit Abbuchungen rumschlagen, die Sie gar nicht gemacht haben. Jedenfalls werden die Ihnen wahrscheinlich binnen vierundzwanzig Stunden eine neue ausstellen.«

»Bestimmt«, sagte Ricky. Er legte auf.

Langsam zog er eine Kreditkarte nach der anderen aus der Brieftasche. Die sind alle unbrauchbar, sagte er sich. Die sind alle gesperrt.

Er wusste nicht wie, aber er wusste, durch wen.

Dennoch machte er sich daran, mühselig jedes Kreditinstitut einzeln anzurufen, um bestätigt zu finden, was er bereits wusste. Der telefonische Kundendienst war immer freundlich, wenn auch nicht sehr hilfreich. Als er zu erklären versuchte, dass er in Wahrheit seine Karten gar nicht hatte sperren lassen, wurde er jedesmal eines Besseren belehrt. So war es in ihrem Computer gespeichert, und der Computer konnte nicht irren. Er fragte jedesmal nach, wie genau die Karte gesperrt worden sei, und erfuhr übereinstimmend, der Auftrag sei über ihre jeweilige Webpage elektronisch erfolgt. Derartige einfache Transaktionen, erklärten die Mitarbeiter pflichtgemäß, könnten durch wenige Anschläge auf der Tastatur erfolgen. Dies sei, sagten sie, ein Service, den die Bank anbiete, um ihren Kunden in finanziellen Dingen das Leben zu erleichtern, auch wenn Ricky dies unter den gegebenen Umständen vielleicht nicht ganz nachvollziehen konnte. Alle boten ihm an, für ihn ein neues Konto zu eröffnen.

Er erklärte jedem Institut, er würde darauf zurückkommen. Dann nahm er eine Schere aus der obersten Schublade und schnitt jedes Stück nutzloses Plastik entzwei. Dabei war Ricky durchaus bewusst, dass einige seiner Patienten sich genau dazu gezwungen gesehen hatten, wenn sie ihr Dispolimit überzogen hatten und in die Schuldenfalle getappt waren.

Ricky wusste nicht, wie weit Rumpelstilzchen sich Zugang zu seinen Finanzen verschafft hatte. Ebenso wenig wusste er, wie überhaupt. Schulden passen gut in das Spiel, das der Mann ausgeheckt hat, gab Ricky zähneknirschend zu. Er glaubt, ich stehe in seiner Schuld, und zwar einer, die nicht per Scheck oder Kreditkarte zu begleichen ist.

Es war wohl ein morgendlicher Besuch bei der nächsten Zweigstelle seiner Bank angesagt. Er versäumte auch nicht, einen Anruf bei dem Mann zu machen, der sein bescheidenes Anlage-Portefeuille betreute, und hinterließ bei seiner Sekretärin die dringende Bitte um Rückruf des Börsenmaklers. Dann lehnte er sich einen Moment zurück und fragte sich, wie es Rumpelstilzchen wohl gelungen war, in diesen Bereich seines Lebens einzudringen.

Ricky war ein Computeridiot. Internet und AOL, Yahoo oder Ebay, Websites, Chatrooms und Cyberspace kannte er dem Namen nach, aber nicht aus eigener Anschauung. Seine Patienten erzählten des Öfteren von einem Leben mit der Tastatur, und so hatte er eine gewisse Vorstellung davon, wozu ein Computer imstande war, aber noch mehr davon, was er mit den Patienten anstellen konnte. Er hatte nie die Notwendigkeit gesehen, sich selbst irgendwelche Kenntnisse dieser Art anzueignen. Was er festzuhalten hatte, schrieb er mit dem Stift in seine Notizbücher. Wenn er einen Brief schreiben wollte, tippte er ihn auf einer vorsintflutlichen Schreibmaschine, die über zwanzig Jahre auf dem Buckel hatte und die er im Schrank aufbewahrte. Dabei besaß er eigentlich einen Computer. Im ersten Jahr ihrer Krankheit hatte seine Frau sich einen angeschafft und in dem Jahr, als sie starb, noch aufgerüstet. Er hatte mitbekommen, dass sie den Apparat dazu benutzt hatte, elektronisch mit Selbsthilfegruppen für Krebspatienten in Verbindung zu treten und sich in jener eigentümlich abgerückten Welt des Internet mit Leidensgefährten auszutauschen. Er hatte sich bei diesen Vorstößen nicht eingebracht, um ihre Privatsphäre zu respektieren, auch wenn man ihm dies als mangelndes Interesse hätte auslegen können. Der Computer hatte auf ihrem Schreibtisch in der Schlafzimmerecke gestanden, an dem sie saß, wenn sie sich stark genug fühlte, das Bett zu verlassen. Kurz nach ihrem Tod hatte er ihn in einen Karton gepackt und in einem der Kellerräume seines Gebäudes verstaut. Er hatte vorgehabt, ihn wegzuwerfen, vielleicht auch einer Schule oder Bücherei zu spenden, sich aber einfach nicht darum gekümmert. Ihm wurde bewusst, dass er ihn jetzt vielleicht brauchen könnte.

Weil, wie er vermutete, Rumpelstilzchen sehr wohl damit umzugehen verstand.

Ricky erhob sich und beschloss in diesem Moment, den Computer seiner toten Frau aus dem Keller zu holen. In der rechten oberen Schreibtischschublade bewahrte er den Schlüssel zu einem Vorhängeschloss auf, den er sich schnappte.

Er schloss sorgsam seine Wohnungstür hinter sich ab und nahm den Fahrstuhl in den Keller. Seit Monaten war er nicht mehr da unten gewesen, und bei der abgestandenen, muffigen Luft, die ihm entgegenschlug, zog er die Nase kraus. Sie stank widerwärtig nach Alter und Dreck, ausgedörrt von der Heizung. Kaum war er aus dem Fahrstuhl getreten, schnürte es ihm die Brust zu wie bei einem Asthmatiker. Er fragte sich, wieso die Hausverwaltung hier unten nie sauber machte. An der Wand war ein Schalter, und als er ihn umlegte, tauchte eine nackte Hundert-Watt-Glühbirne den Keller in schwaches Licht. In jede Richtung, die er lief, warf er Schatten, die sich in grotesken Streifen über die modrige Dunkelheit legten. Jede der sechs Wohnungen im Gebäude verfügte über einen eigenen Verschlag hinter Maschendraht, der an billige Balsaholzrahmen genagelt war; in jeden war außen die Wohnungsnummer eingestanzt. Es war ein Ort zerbrochener Stühle und alter Pappkartons, verrosteter Fahrräder, von Skiern und Schrank- sowie anderen Koffern. Das Ganze verschwand unter einer Staub- und Spinnwebenschicht und gehörte größtenteils in die Kategorie: zum Wegschmeißen zu schade, zum täglichen Gebrauch zu alt. Dinge, die sich über die Jahre angesammelt hatten, nach dem Motto, erst mal behalten, wer weiß, wozu es doch noch mal taugt.

Ricky ging leicht vorgebeugt, obwohl er reichlich Platz über sich hatte. Es lag eher an der beengten Atmosphäre. Den Schlüssel zum Vorhängeschloss in der Hand, näherte er sich seinem eigenen Verschlag.

Doch das Schloss war bereits geöffnet. Es hing am Türgriff wie vergessener Weihnachtsschmuck. Er sah genauer hin und erkannte, dass es mit einem Bolzenschneider aufgetrennt war. Schockiert machte Ricky einen Schritt zurück, als wäre ihm gerade eine Ratte vor die Füße gerannt.

Sein erster Instinkt war, kehrtzumachen und wegzulaufen, sein zweiter, den Verschlag zu betreten. Und das tat er auch. Langsam näherte er sich dem Gitter und zog es auf. Er sah auf der Stelle, dass genau das, weswegen er heruntergekommen war, der Karton mit dem Computer seiner Frau, verschwunden war. Er arbeitete sich tiefer in den Stauraum vor. Teilweise stand er sich selbst im Licht von der Deckenlampe, so dass nur schmale helle Streifen durch das Dunkel schnitten. Er sah sich weiter um und merkte, dass noch eine Box fehlte, und zwar ein großer Karteikasten aus Plastik mit Kopien seiner gesamten Steuererklärungen.

Der Rest seines aussortierten Krams schien, was immer er davon hatte, unangetastet.

Niedergeschmettert wankte Ricky zurück, drehte sich um und eilte in den Lift. Erst als er aus dem Keller wieder ans Licht des Tages und an saubere Luft zum Atmen aufstieg, als er den Schmutz und Staub der dort unten abgelagerten Erinnerungen hinter sich ließ, wagte er, darüber nachzudenken, welchen Schaden der verschwundene Computer und die fehlenden Steuererklärungen wohl mit sich brachten.

Was ist gestohlen worden?, fragte er sich und schauderte, als ihm die Antwort klar vor Augen stand: Alles vielleicht.

Bei dem Gedanken an die fehlenden Steuererklärungen drehte sich ihm der Magen um, und er hatte einen bitteren Beigeschmack im Mund. Kein Wunder, dass der Anwalt Merlin so viel über seine Vermögenswerte wusste. Wahrscheinlich war ihm rein gar nichts hinsichtlich Rickys bescheidener Finanzen entgangen. Eine Steuererklärung ist wie eine Straßenkarte, auf der, von der Sozialversicherungsnummer bis zu gemeinnützigen Spenden, alles verzeichnet ist. Man kann darauf sämtliche Lebensrouten ablesen, mit Ausnahme ihrer Entstehungsgeschichte. Wie bei einer Straßenkarte erfährt man, was im Leben eines anderen von A nach B führt, wo sich die Mautschranken befinden und wo die Nebenstraßen einmünden. Was fehlt, sind lediglich Farbe und Beschreibung.

Der fehlende Computer machte Ricky nicht weniger Angst. Er hatte keine Ahnung, was sich noch auf der Festplatte befand, er wusste nur, dass es keine Tabula rasa war. Er versuchte, sich zu erinnern, wie viele Stunden seine Frau an dem Apparat zugebracht hatte, bevor die Krankheit sie so schwächte, dass sie nicht einmal tippen konnte. Wieviel von ihrem Schmerz, ihren Erinnerungen, Einsichten und virtuellen Reisen noch ablesbar waren, konnte er nicht sagen. Er wusste nur, dass erfahrene Computertechniker aus den Speicher-Chips alle möglichen Pfade abrufen konnten. Er ging davon aus, dass Rumpelstilzchen über die nötigen Fähigkeiten verfügte, um dem Apparat die Informationen zu entlocken, die er haben wollte.

Ricky stürzte in seine Wohnung. Der Übergriff fühlte sich an, als würde er mit einer heißen Rasierklinge aufgeschlitzt. Er sah sich um und verstand, dass Rumpelstilzchen auf alles, was Ricky für seine unantastbare Privatsphäre gehalten hatte, uneingeschränkten Zugriff hatte.

Nichts blieb verborgen.

Wäre er noch ein Kind gewesen, gestand er sich ein, hätte Ricky in diesem Moment geweint.

Durch seine Träume spukten in dieser Nacht düstere Bilder der Gewalt, in denen ihn Messer zerschnitten. In einem Traum versuchte er, sich durch einen schwach erleuchteten Raum zu manövrieren, während er die ganze Zeit wusste, dass er, falls er stolperte und fiel, durch das Dunkel in eine Art Vergessen hinabstürzen würde, doch während er planlos durch seine Traumlandschaft tappte, bewegte er sich linkisch und unkoordiniert, versuchte er, sich mit den Händen eines Betrunkenen an Wänden aus Dunstschwaden festzuklammern. Als er in seinem pechschwarzen Schlafzimmer erwachte, packte ihn an der Grenze zwischen Schlafen und Wachen die blanke Angst. Sein T-Shirt war schweißgetränkt, sein Atem flach, seine Kehle kratzig, als hätte er mehrere Stunden lang seine Verzweiflung herausgeschrien. Einen Moment lang war er sich nicht sicher, ob er den Albtraum tatsächlich hinter sich gelassen hatte, und erst als er die Nachttischlampe anknipste und sich in seinen vertrauten, eigenen vier Wänden umsah, verlangsamte sich allmählich sein Puls.

Ricky ließ den Kopf wieder aufs Kissen sinken, auch wenn er wusste, dass er, wie sehr er sich auch danach sehnte, kaum Ruhe finden würde. Es fiel ihm nicht schwer, seine Träume zu deuten. Sie spiegelten den schlimmen Zustand seines Lebens im Wachzustand.

Die Anzeige erschien, wie von Rumpelstilzchen angewiesen, an diesem Morgen am unteren Rand der Titelseite in der *Times*. Er las sie sich mehrmals durch und kam zu dem Schluss, dass sie seinem Peiniger wenigstens zu denken geben würde. Ricky wusste nicht, wieviel Zeit der Mann sich mit seiner Antwort nehmen würde, rechnete aber mit einer baldigen Rückmeldung, vielleicht schon in der nächsten Nummer. Bis dahin würde er weiter an der Lösung des Rätsels arbeiten.

Der Gedanke an die geschaltete Anzeige vermittelte ihm – vorübergehend und illusorisch – ein Gefühl des Triumphs; er hatte einen wichtigen Schritt unternommen, der seine Entschlusskraft stärkte. Die Verzweiflung, die ihn am Vortag bei der Entdeckung des doppelten Diebstahls ergriffen hatte, war, wenn auch nicht wirklich vergessen, so doch wirksam verdrängt. Die Anzeige gab Ricky das Gefühl, wenigstens für diesen Tag nicht das Opfer zu sein. Er merkte, dass er sich konzentrieren konnte und sein Gedächtnis geschärft, wenn auch nicht unbedingt verlässlich war. Während Ricky seine Erinnerungen sondierte und bedächtig durch seine eigene Binnenlandschaft reiste, verflog der Tag so schnell wie irgendein gewöhnlicher Tag mit seinen Patienten.

Bis etwa ein Uhr hatte er zwei getrennte Arbeitslisten zusammengetragen. Nach wie vor beschränkte er sich vorerst auf den Zeitraum von 1975 bis 1985 und trug in der ersten Liste ungefähr dreiundsiebzig Leute zusammen, die er behandelt hatte. Dabei reichte die Dauer der Therapie von maximal sieben Jahren im Falle eines schwer gestörten Mannes bis zu einem Schub von nur drei Monaten bei einer Frau mit Eheproblemen. Die meisten seiner Patienten waren zwischen drei und fünf Jahren bei ihm. Ein paar von ihnen kürzer. Die meisten behandelte er mit klassischer freudianischer Analyse vier-, fünfmal die Woche und griff dabei auf die verschiedenen Verfahrenstechniken zurück. Ein paar fielen aus diesem Rahmen; es handelte sich dabei um Leute, bei denen einfachere Gesprächssitzungen von Angesicht zu Angesicht genügten, in denen er mehr als gewöhnlicher Therapeut denn als Psychoanalytiker fungierte und Meinungen oder Kommentare abgab oder auch Ratschläge erteilte – all die Dinge, die ein Analytiker peinlichst vermied. Er stellte fest, dass er bis Mitte der Achtzigerjahre die meisten dieser Patienten abgenabelt und sich von da an ausschließlich auf die Tiefenerfahrung der Psychoanalyse beschränkt hatte.

Da waren im Lauf dieser zehn Jahre, wie er wusste, auch noch vielleicht zwei Dutzend Fälle gewesen, die die Therapie abgebrochen hatten. Dafür konnte es vielfältige Gründe geben: Einige verfügten nicht über die Mittel oder die nötige Krankenversicherung, um seine Honorare zu bezahlen; andere hatten sich aus beruflichen oder schulischen Gründen zu einem Ortswechsel gezwungen gesehen; einige wenige waren verärgert zu dem Schluss gekommen, dass ihnen nicht ausreichend oder schnell genug geholfen wurde, oder waren schlicht zu erbittert über das, was die Welt ihnen zu bieten hatte, um mit der Therapie fortzufahren. Diese Fälle waren selten, aber immerhin vorhanden und bildeten seine zweite Rubrik.

Und – auf den ersten Blick – seine weitaus heiklere Klientel. Diesen Leuten war zuzutrauen, dass sich ihre Wut auf Ricky zu einer Obsession verfestigt hatte, die sich später vielleicht ein anderer zu eigen machte.

Er legte beide Listen vor sich auf den Tisch und überlegte, wie er sich als Nächstes daranmachen konnte, die Namen weiterzuverfolgen. Hatte er erst einmal Rumpelstilzchens Antwort, dachte er, konnte er auf jedem Blatt eine Reihe Leute streichen und sich von da aus weiter vorarbeiten.

Den ganzen Vormittag hatte er damit gerechnet, dass das Telefon klingeln und sein Finanzberater sich melden würde. Er war ein wenig erstaunt, nichts von dem Mann zu hören, der Rickys Anlagen bislang mit öder Sorgfalt und Zuverlässigkeit geregelt hatte. Er wählte noch einmal die Nummer und erreichte auch diesmal nur die Sekretärin.

Sie schien nervös, als sie seine Stimme hörte. »Ach, Dr. Starks, Mr. Williams wollte Sie gerade zurückrufen. Es hat einige Verwirrung bei Ihrem Depot gegeben«, sagte sie.

Ricky zog sich der Magen zusammen. »Verwirrung?«, fragte er. »Wie kann Geld verwirrt sein? Menschen können verwirrt sein, vielleicht auch Hunde. Aber nicht Geld?«

»Ich stell Sie zu Mr. Williams durch«, erwiderte die Sekretärin. Es herrschte einen Moment Stille, dann meldete sich die vielleicht nicht gerade vertraute, aber doch wiedererkennbare Stimme des Depotbevollmächtigten in der Leitung. Rickys Wertpapiere waren allesamt konservativ, unspektakulär, sichere Rentenpapiere und Fonds. Kein Schnickschnack, keine trendigen Spekulationen, sondern einfach nur bescheidene, stetige Gewinne. Auch handelte es sich um keine großen Beträge. Unter allen Sparten ärztlicher Tätigkeit waren Psychoanalytiker in der Höhe ihrer Honorarforderungen wie auch der Zahl ihrer Patienten am stärksten eingeschränkt. Anders als ein Radiologe konnten sie nicht im gleichen Zeitraum drei Patienten in verschiedenen Untersuchungszimmern abfertigen oder wie der Anästhesist – am Fließband – von einem Fall zum nächsten eilen. Psychoanalytiker wurden selten reich, und Ricky bildete keine Ausnahme von der Regel. Er besaß das Haus auf Cape Cod und die Wohnung, und das war's dann auch schon. Kein Mercedes. Keine zweimotorige Piper. Keine vierzehn Meter lange Jolle namens *Icutknees*, die im Long Island Sound vor Anker lag. Nur ein paar umsichtig getätigte Aktienkäufe zur Alterssicherung, für den Fall, dass er irgendwann einmal beschließen sollte, seine Patientenzahl zu verringern. Ricky sprach vielleicht ein-, zweimal im Jahr mit seinem Börsenmakler, mehr nicht. Er hatte sich in den Gewässern dieses Mannes stets zu den kleinen Fischen gezählt.

»Dr. Starks?« Der Angestellte meldete sich in schroffem, hastigem Ton. »Tut mir leid, dass Sie warten mussten, aber wir versuchen gerade, einem Problem auf den Grund zu gehen ...«

Rickys Magen schien leer und angespannt. »Was für ein Problem?«

»Also«, sagte der Makler, »haben Sie ein eigenes Portfolio für Privatanleger bei einem dieser neuen Online-Makler eröffnet? Weil ...«

»Nein. Ich habe keine Ahnung, wovon Sie reden.«

»Das ist ja gerade das Verwirrende. Wie's aussieht, hat es beträchtliche Tagesspekulationen von Ihrem Konto aus gegeben.«

»Was sind Tagesspekulationen?«, erkundigte sich Ricky.

»Es handelt sich dabei um den schnellen Handel mit Aktien, mit dem Ziel, den Marktbewegungen eine Nasenlänge voraus zu sein.«

»Okay, das habe ich verstanden. Aber so was mache ich nicht.«

»Hat noch jemand Zugang zu Ihren Konten? Vielleicht Ihre Frau ...«

»Meine Frau ist vor drei Jahren verstorben«, sagte Ricky kalt.

»Natürlich«, beeilte sich der Makler. »Ich erinnere mich. Ich bitte um Entschuldigung. Aber vielleicht jemand anders. Haben Sie Kinder?«

»Nein. Wir hatten keine Kinder. Wo ist mein Geld?«

Ricky sprach in scharfem, forderndem Ton.

»Nun ja, wir suchen danach. Das könnte ein Fall für die Polizei sein, Dr. Starks. Genauer gesagt, gehe ich, wenn ich darüber nachdenke, tatsächlich davon aus. Das heißt, falls es jemandem gelungen ist, sich widerrechtlich Zugang zu Ihrem Konto zu verschaffen ...«

»Wo ist das Geld?«, beharrte Ricky.

Der Makler zögerte. »Das kann ich im Moment noch nicht sagen. Ich weiß nur, dass es beträchtliche Bewegungen auf Ihrem Konto gegeben hat ...«

»Was meinen Sie mit Bewegungen? Das Geld hat doch einfach nur da gelegen ...«

»Na ja, nicht so ganz. Es hat buchstäblich Dutzende, vielleicht sogar hunderte Geschäfte, Überweisungen, Verkäufe, Investitionen gegeben ...«

»Und wo ist es jetzt?«

Der Makler fuhr ungerührt fort. »Eine wirklich außergewöhnliche Spur extrem komplizierter und aggressiver Transaktionen …«

»Sie beantworten meine Frage nicht«, sagte Ricky in kaum noch verhaltenem Ärger. »Meine Ersparnisse. Meine Alterssicherung, meine Bargeldreserven …«

»Wir gehen der Sache auf den Grund. Ich habe meine besten Leute auf den Fall angesetzt. Ich werde unseren Leiter der Wertpapierabteilung bitten, sich mit Ihnen in Verbindung zu setzen, sobald sie ein bisschen vorangekommen sind. Bei all den Aktivitäten kann ich mir nicht erklären, wieso hier niemand gemerkt hat, dass da was faul ist …«

»Aber mein ganzes Geld …«

»Im Moment«, sagte der Angestellte gedehnt, »ist keins da. Jedenfalls, so weit wir es überblicken.«

»Das ist unmöglich.«

»Ich wünschte, es wäre so«, fuhr der Mann fort, »aber keine Sorge, Dr. Starks. Unsere Ermittler werden den Transaktionen auf den Grund gehen. Wir werden hinter die Sache kommen. Und Ihre Konten sind versichert, teilweise jedenfalls. Früher oder später klären wir die ganze Angelegenheit. Es wird nur eine Weile brauchen, und wie gesagt müssen wir wohl die Polizei oder die SEC, die nationale Aufsichtsbehörde für den Finanz- und Wirtschaftssektor, einschalten, da es sich hier nach allem, was Sie sagen, um eine Form von Diebstahl handelt.«

»Wie lange?«

»Es ist Ferienzeit, ein Teil unserer Mitarbeiter ist im Urlaub. Ich glaube, nicht mehr als ein paar Wochen. Höchstens.« Ricky legte den Hörer auf. Ihm blieben keine paar Wochen.

Unter dem Strich, so ermittelte er, hatte er noch ein einziges Konto, das nicht von einem Unbefugten geplündert und leer geräumt war – das kleine Girokonto, das er bei der First Cape Bank draußen in Wellfleet unterhielt. Dieses Konto hatte er nur für die Sommerferien eingerichtet. Es waren kaum zehntausend Dollar darauf, Geld, mit dem er auf dem örtlichen Fischmarkt oder im Lebensmittelladen, in der Spirituosenhandlung oder im Haushaltswarenladen bezahlte. Davon bestritt er seine Gartengeräte, Pflanzen und Samen; es vereinfachte ihm die Ferienaufenthalte. Eine Art Haushaltskasse für den Urlaubsmonat in seinem Feriendomizil.

Er war schon fast erstaunt, dass sich Rumpelstilzchen nicht auch diesen Posten unter den Nagel gerissen hatte. Er fühlte sich wie die Maus in den Krallen der Katze, als ließe der Mann ihm diesen Batzen nur, um mit ihm zu spielen. Nichtsdestoweniger überlegte Ricky, wie er die Summe in die Hände bekommen konnte, bevor auch sie in irgendeinem bizarren finanziellen Dickicht verschwand. Er rief den Manager der First Cape an und erklärte ihm, er müsse das Konto schließen und brauche den Saldo in bar.

Der Filialleiter ließ ihn wissen, dass er für die Transaktion persönlich vorbeikommen müsse, wogegen Ricky nichts einzuwenden hatte. Vielmehr hätte er sich gewünscht, das eine oder andere seiner Geldinstitute wäre so vorgegangen. Er erklärte dem Direktor, es habe Ärger mit anderen Konten gegeben und es sei daher wichtig, dass niemand außer ihm persönlich Zugang zu dem Guthaben bekäme. Der Mann erbot sich, ihm in der Höhe des Betrags einen Bankscheck auszustellen, den er persönlich bis zu Rickys Ankunft für ihn bereit halten würde.

Das Problem war nur, wie er das Geld holen sollte.

In seinem Schreibtisch lag immer noch ein Flugticket von La Guardia nach Hyannis. Er fragte sich, ob die Reservierung noch galt. Er öffnete seine Brieftasche und zählte etwa dreihundert Dollar in bar. In der obersten Schublade in der Schlafzimmerkommode hatte er noch einmal tausendfünfhundert in Travellerschecks. Welch ein Anachronismus; in einer Zeit, in der es an jeder Straßenecke Geldautomaten gab, war der Gedanke, sich einen Notgroschen in Form von Travellerschecks zurückzulegen, ziemlich verschroben. Es bereitete Ricky eine gewisse Genugtuung, dass seine altmodischen Gewohnheiten sich als hilfreich erwiesen. Für einen Moment überlegte er, ob er das Prinzip nicht viel konsequenter verfolgen sollte.

Doch er hatte nicht die Zeit, mehr Gedanken daran zu verschwenden.

Er konnte zum Cape und auch wieder zurück. Es würde ihn mindestens vierundzwanzig Stunden kosten. Doch im selben Moment überfiel ihn urplötzlich ein lähmendes Gefühl der Lethargie, fast als könne er seine Muskeln nicht bewegen, als wären die Synapsen in seinem Gehirn, die allem Gewebe in seinem Körper Befehle erteilten, schlagartig in Streik getreten. Eine düstere Erschöpfung, die seinem Alter spottete, legte ihn lahm. Er fühlte sich nur noch dumpf und benommen.

Ricky sackte gegen die Lehne und starrte an die Decke. Er erkannte die Warnzeichen einer klinischen Depression so schnell, wie eine Mutter die aufkommende Erkältung beim ersten Niesen ihres Kindes registriert. Er hielt die Hände vor sich ausgestreckt und prüfte, ob sie zitterten oder sich taub anfühlten. Ohne Befund. Fragte sich nur, wie lange noch.

11

AM FOLGENDEN MORGEN bekam Ricky eine Antwort in der *Times*, wenn auch nicht so, wie er erwartet hatte. Seine Zeitung wurde ihm jeden Tag vor die Tür gelegt, bis auf sonntags, wo er – wie Rumpelstilzchen in seinem Drohbrief so treffend angemerkt hatte – lieber ins nahegelegene Feinkostgeschäft lief und sich dort die Zeitung besorgte, bevor er das nicht weit entfernte Café ansteuerte. In der zurückliegenden Nacht hatte er noch schlechter geschlafen, und so war er hellwach, als er den leisen, dumpfen Aufschlag der Zeitung vor seiner Wohnungstür hörte. Binnen Sekunden hielt er das Blatt in der Hand und knallte es in voller Länge auf den Küchentisch. Automatisch wanderte sein Blick zu den Kleinanzeigen unten auf der Seite, wo er aber nichts weiter als einen Geburtstagsglückwunsch, die Reklame für ein Online-Partnervermittlungsinstitut sowie eine dritte einspaltige Anzeige mit dem Wortlaut: BESONDERE GELEGENHEITEN, SIEHE SEITE B-16 entdecken konnte.

Frustriert schleuderte Ricky die Zeitung quer durch die Küche. Mit einem Geräusch wie ein Vogel, der mit einem gebrochenen Flügel zu fliegen versucht, klatschte sie an die Wand. Er war in Rage, schäumte geradezu vor Wut. Er hatte mit einem Vers gerechnet, einer weiteren kryptischen Antwort, die Spielchen mit ihm trieb, und zwar am unteren Rand der ersten Seite, genau wie seine Frage. Kein Gedicht, keine Antwort, fauchte er innerlich. »Wie soll ich deinen verfluchten Termin einhalten, wenn du mir nicht pünktlich Antwort gibst?«, herrschte er denjenigen an, der, wenn auch nicht in physischer Gestalt, den Raum beherrschte.

Er merkte, dass ihm ein wenig die Hände zitterten, als er sich seinen Frühstückskaffee bereitete. Das heiße Getränk trug wenig zu seiner Beruhigung bei. Er versuchte es mit ein paar entspannenden Atemübungen, die zumindest seinen rasenden Herzschlag momentan verlangsamten. Er fühlte, wie der Zorn seinen ganzen Körper durchflutete, bis er unter der Haut jedes Organ erreichte und verkrampfte. Ihm pochten bereits die Schläfen, und in der Wohnung, die schon so lange sein Zuhause gewesen war, fühlte er sich wie in der Falle. Ihm tropfte der Schweiß aus den Achseln, seine Stirn fühlte sich fiebrig an, sein Hals so trocken wie Schmirgelpapier.

So musste er – äußerlich reglos, während er innerlich kochte – wie in Trance stundenlang dagesessen haben, ohne zu wissen, was er als Nächstes tun sollte. Er wusste, dass er Pläne machen, Entscheidungen fällen, in bestimmte Richtungen aktiv werden musste, doch das Ausbleiben der erwarteten Antwort paralysierte ihn. Er glaubte, sich nicht rühren zu können, als wären ihm von einem Moment auf den anderen sämtliche Gelenke in Armen und Beinen wie abgestorben, so dass sie auf keinen Befehl reagierten.

Ricky hatte keine Ahnung, wie lange er so verharrt hatte, bevor er den Blick kaum merklich hob, so dass er auf den Zeitungshaufen fiel, der immer noch auf dem Boden lag. Auch hätte er nicht sagen können, wie lange er auf die zerzausten Seiten gestarrt hatte, bevor ihm der kleine rote Streifen ins Auge sprang, der ihm von unten aus dem Papierchaos entgegenleuchtete. Oder wieviel Zeit es kostete, bis er diese Abweichung von der Normalität – nicht umsonst wurde die *Times* Gray Lady genannt – auf sich selbst bezog. Er fixierte diesen kleinen, farbigen Streifen und sagte sich endlich: Es gibt keinen knallroten Druck in der *Times*. Durchweg sattes Schwarzweiß in sieben Kolumnen, Zwei-Sektionen-Format, so verlässlich wie ein Uhrwerk. Selbst die Farbfotos vom Präsidenten oder von Models, die die neueste Pariser Mode vorführten, schienen automatisch die triste Tönung der ehrwürdigen Tradition anzunehmen.

Ricky zog sich aus dem Sessel hoch und durchquerte das Zimmer, um sich über das Durcheinander zu beugen. Er griff nach dem Farbtupfer und zog die Seite heraus.

Es war B-16, die Seite mit den Todesanzeigen.

Doch in grell-roter Tinte stand quer über die Bilder, Nachrufe und Todesanzeigen geschrieben, folgender Wortlaut:

Du bist auf dem richtigen Gleis,
Zwanzig Jahre sind schon mal heiß.
Meine Mutter ist der besagte Fall.
Mit ihrem Namen hast du die Qual der Wahl,
Wenn ich dich zappeln lasse.
Deshalb, auch wenn ich dich hasse,
Fürs erste einmal nur dies:
Sie war Fräulein, als sie so hieß.
Und danach, was will man machen,
Hörtest du sie nie mehr lachen.
Viel versprochen, nichts gehalten,
Aus diesem Grund muss Rache walten.
Als ihr Sohn,
Mach ich das schon.
Vater weg, Mutter tot:
Deshalb seh ich rot.
Dir bleibt nur wenig Zeit,
Sei allzeit bereit.

Unter dem Gedicht stand ein großes rotes R, und darunter wiederum hatte der Mann in schwarzer Tinte eine Todesanzeige mit einem Kästchen markiert und das Gesicht des Toten sowie seinen Nachruf mit einem Pfeil. Daneben standen die Worte: *Das passt perfekt auf dich.*

Er starrte auf das Gedicht und die Botschaft, die es enthielt. Aus einem Augenblick wurden Minuten und schließlich fast eine Stunde, in der er sich jedes Wort einzeln zu Gemüte führte, so wie sich ein Feinschmecker ein gutes Essen in Paris auf der Zunge zergehen lässt, nur dass Ricky die Suppe gründlich versalzen war. Der Vormittag war schon recht weit fortgeschritten, ein weiterer Tag durchgestrichen, als ihm das Offensichtliche zu Bewusstsein kam: Rumpelstilzchen hatte sich zwischen dem Eintreffen der Zeitung im Haus und ihrer Auslieferung an seiner Wohnungstür Zugang zu dem Blatt verschafft. Seine Hand schoss ans Telefon, und in kürzester Zeit hatte er die Nummer des Zustelldienstes herausbekommen. Es tutete zweimal, bevor sich eine automatische Wähleinrichtung meldete:

»Neue Abonnenten drücken bitte die Eins. Beschwerden über eine ausgebliebene oder fehlerhafte Zustellung, bitte die Drei.«

Keine dieser Optionen traf auf sein Anliegen zu, doch er ging davon aus, dass eine Beschwerde einen Menschen aus Fleisch und Blut ans Telefon brachte, und so versuchte er es mit der Drei. Es klingelte, dann meldete sich eine Frau:

»Welche Anschrift, bitte?«, fragte sie, ohne sich vorzustellen. Ricky zögerte und nannte dann seine Adresse.

»Bei uns sind alle Zustellungen an diese Adresse ausgewiesen«, sagte sie.

»Ja«, sagte Ricky. »Ich habe die Zeitung auch bekommen, aber ich wüsste gerne, wer sie ausgeliefert hat ...«

»Wo liegt das Problem, Sir? Sie wünschen keine zweite Auslieferung?«

»Nein ...«

»Diese Nummer ist für Leute, die ihre Zeitung nicht bekommen haben.«

»Das ist mir klar«, sagte er und wurde ein wenig gereizt. »Aber hier gab es trotzdem ein Problem mit der Auslieferung ...«

»Sie wurden nicht pünktlich beliefert?«

»Nein, das heißt, doch, schon ...«

»Hat der Zustelldienst zu viel Lärm gemacht?«

»Nein.«

»Diese Leitung ist für Leute, die sich über ihre Zustellung beschweren wollen.«

»Ja, das sagten Sie bereits, das heißt, so in etwa, und ich verstehe ...«

»Nennen Sie mir Ihr Problem, Sir.«

Ricky hielt inne und versuchte, eine gemeinsame Sprache zu finden, mit der er und die junge Frau am Telefon sich verständigen konnten. »Meine Zeitung wurde verunstaltet«, platzte er heraus.

»Meinen Sie, sie war zerfetzt oder nass oder unleserlich?«

»Ich meine, dass sich jemand daran zu schaffen gemacht hat.«

»Manchmal kommen Zeitungen mit falschen Seitenzahlen oder falsch gefaltet aus der Presse, geht es um so etwas?«

»Nein«, sagte Ricky und legte allmählich seinen apologetischen Ton ab. »Was ich sagen will, ist, dass jemand etwas darauf geschrieben hat, und zwar in einer Anstoß erregenden Ausdrucksweise.«

Die Frau schwieg. »Das hatten wir noch nicht«, sagte sie langsam. Diese Reaktion verlieh der körperlosen Stimme etwas Menschliches.

Ricky entschied sich für einen indirekten Vorstoß. Er sprach schnell und aggressiv. »Sind Sie zufällig Jüdin, Miss? Wie würden Sie es dann finden, eine Zeitung zu bekommen, auf die jemand ein Hakenkreuz gekritzelt hat? Oder sind Sie Puertoricanerin? Wie würde es Ihnen dann gefallen, wenn jemand ›Geh doch zurück nach San Juan!‹ draufschmiert? Oder sind Sie Afroamerikanerin? In dem Fall kennen Sie zweifellos das Wort, das rückwärts Regen erzeugt, nicht wahr?« Die Angestellte sagte nichts, als hätte sie Mühe, mitzukommen. »Jemand hat ein Hakenkreuz auf Ihre Zeitung gemalt?«, fragte sie.

»Etwas in der Art«, sagte Ricky. »Deshalb muss ich mit den Leuten reden, die sie ausgeliefert haben.«

»Ich denke, da sprechen Sie am besten mit meinem Vorgesetzten.«

»Gerne«, erwiderte Ricky. »Aber zuerst brauch ich den Namen und die Telefonnummer der Person, die für die Auslieferung in meinem Gebäude zuständig ist.«

Die Frau sagte wieder eine Weile nichts, und Ricky hörte, wie sie in irgendwelchen Papieren wühlte, danach ertönte das Klicken einer Tastatur im Hintergrund. Als sie sich wieder meldete, las sie den Namen eines Zustellbezirksleiters sowie eines Fahrers vor, beide Telefonnummern und Adressen. »Ich möchte Sie bitten, mit meinem Vorgesetzten zu reden«, sagte sie, nachdem sie ihm die Informationen durchgegeben hatte.

»Er soll mich anrufen«, erwiderte Ricky, bevor er auflegte. Binnen Sekunden rief er die Nummer an, die sie ihm mitgeteilt hatte. Eine andere Frau meldete sich.

»Direktion Zustelldienst.«

»Verbinden Sie mich bitte mit Mr. Ortiz«, sagte er in höflichem Ton.

»Ortiz ist draußen am Ladeplatz. Worum geht es, bitte?«

»Ein Zustellproblem.«

»Haben Sie schon bei der Lieferabteilung angerufen?«

»Ja, so bin ich an diese Nummer gekommen, und an seinen Namen.«

»Um was für ein Problem geht's denn?«

»Wie wär's, wenn ich das mit Mr. Ortiz besprechen könnte?« Die Frau zögerte. »Vielleicht hat er schon Feierabend gemacht«, sagte sie.

»Wie wär's, wenn Sie einfach mal nachsehen würden«, antwortete Ricky unterkühlt. »Auf die Weise können wir uns alle ein paar Unannehmlichkeiten ersparen.«

»Was für Unannehmlichkeiten?«, fragte die Frau, die ihre Hinhaltetaktik immer noch nicht aufgeben wollte.

Ricky bluffte. »Die Alternative hieße, dass ich – mit ein, zwei Polizisten und vielleicht meinem Anwalt im Schlepptau – persönlich bei Ihnen auf der Bildfläche erscheine.« Dabei bemühte sich Ricky redlich um einen blasierten Ton, nach dem Motto: Ich bin ein reicher Weißer, hier bin ich, was kostet die Welt?

Die Frau sagte erst einmal gar nichts, dann: »Warten Sie, ich hole Mr. Ortiz an den Apparat.«

Wenig später meldete sich ein Mann mit Hispano-Akzent. »Ortiz am Apparat. Was ist los?«

Ricky zögerte keine Sekunde. »Um etwa fünf Uhr dreißig heute früh haben Sie eine Ausgabe der *Times* vor meiner Tür abgeliefert, so wie Sie es fast an jedem Wochentag und sonntagmorgens machen. Der einzige Unterschied ist, dass heute jemand eine Nachricht in diese Zeitung geschrieben hat. Deshalb rufe ich an.«

»Nein, davon weiß ich nichts …«

»Mr. Ortiz, Sie haben kein Gesetz übertreten, und ich bin nicht an Ihnen persönlich interessiert. Wenn Sie in der Sache allerdings nicht kooperativ sind, werde ich ganz schön Stunk machen. Anders gesagt, bis jetzt haben Sie noch kein Problem, aber Sie bekommen eins, wenn ich nicht bald ein paar hilfreichere Antworten kriege.«

Der Zusteller schwieg einen Moment, um Rickys Drohung sacken zu lassen.

»Ich wusste nicht, dass das Probleme machen wird«, sagte er schließlich. »Der Kerl hat behauptet, es macht keine.«

»Da hat er Sie wohl belogen. Also raus damit«, sagte Ricky ruhig.

»Ich halte in der Straße, wir haben in dem Block sechs Häuser zu beliefern, ich und der Carlos, mein Neffe, das ist unsere Route. Da steht so 'ne riesige alte, schwarze Luxuskarosse, mitten auf der Straße, mit laufendem Motor, hat nur auf uns gewartet. Steigt direkt dieser Mann aus, und kaum dass er den Lieferwagen sieht, fragt er, wer geht in Ihr Gebäude? Ich so, ›Warum?‹, und er so, das geht mich nix an. Dann grinst er ein bisschen, sagt, ist keine große Sache, geht nur um 'ne kleine Geburtstagsüberraschung für 'nen alten Freund. Will ihm was in die Zeitung schreiben.«

»Und? Ich höre?«

»Sagt, welche Wohnung. Welche Tür. Dann nimmt er die Zeitung und 'nen Stift und schreibt direkt auf die Seite. Legt die Zeitung flach auf die Motorhaube, aber was er schreibt, kann ich nicht sehen …«

»War noch jemand dabei?«

Ortiz überlegte einen Moment. »Na ja, muss wohl 'n Fahrer hinter dem Lenkrad gewesen sein. Soviel is schoma klar. Die Fenster von dieser Karosse sind getönt, aber vielleicht ist auch noch einer drin. Der Kerl hat nämlich noch mal reingesehen, als ob er bei jemand noch mal nachhören will, ob er alles richtig gemacht hat, dann hat er fertig geschrieben. Gibt mir die Zeitung wieder. Dann steckt er mir einen Zwanziger zu …«

»Wieviel?«

Ortiz zögerte. »Vielleicht auch 'n Hunderter …«

»Und dann?«

»Hab gemacht, was der Mann mir gesagt hat. Werf die Zeitung direkt vor die Tür, wie abgemacht.«

»Hat er draußen auf Sie gewartet, als Sie fertig waren?«

»Nein. Der Mann, der Schlitten, alle weg.«

»Können Sie den Mann beschreiben?«

»Weißer. Dunkler Anzug, vielleicht blau. Schlips. Richtig feine Klamotten, und hat 'ne Menge Bares dabei. Den Hunderter hat er aus 'nem Bündel gezogen, als wär's 'ne Münze, die er 'nem Penner in die Sammelbüchse schmeißt.«

»Und wie sah er aus?«

»Hatte so getönte Brillengläser, war nicht besonders groß, irgendwie komische Haare, als ob die ihm schief auf der Birne sitzen …«

»Wie eine Perücke?«

»Ja. Kann 'ne Perücke gewesen sein. Und außerdem 'nen kleinen Bart. Vielleicht ist der auch falsch. War nicht sonderlich groß. Hat auf jeden Fall 'n bisschen zu gern gegessen. War vielleicht so um die dreißig …«

Ortiz schwieg einen Moment.

»Was ist?«

»Kann mich erinnern, wie sich die Straßenlaterne in dem seine Schuhe gespiegelt haben. Die waren echt blitzblank. Und teuer. So Halbschuhe, mit Dingens vorne dran, wie nennt man so was?«

»Weiß nicht. Meinen Sie, dass Sie ihn wiedererkennen würden?«

»Keine Ahnung, vielleicht, wohl eher nicht. War echt dunkel auf der Straße. Nur Straßenlampen, sonst nix. Vielleicht hab ich mir auch den Hunderter genauer angeguckt als ihn.«

Das leuchtete Ricky ein. Er versuchte es anders.

»Haben Sie zufällig das Nummernschild der Limousine erkannt?«

Der Zustellfahrer ließ sich mit der Antwort ein wenig Zeit.

»Nee, Mann, hab ich nicht dran gedacht. So 'n Mist. Wär nicht übel gewesen, was?«

»Ja«, sagte Ricky. Dabei wusste er, dass das gar nicht nötig war, da er den Mann, der an diesem Morgen auf der Straße gewesen war und auf den Lieferwagen gewartet hatte, bereits kannte.

Zwischen zehn und elf Uhr vormittags bekam er einen Anruf vom stellvertretenden Direktor der First Cape Bank, eben dem Mann, der den Bankscheck mit dem Rest von Rickys Geld aufbewahrte. Der leitende Angestellte klang nervös und aufgeregt. Ricky versuchte, sich das Gesicht des Mannes ins Gedächtnis zu rufen, während er ihm zuhörte, aber es gelang ihm nicht, obwohl er sich sicher war, ihn schon einmal persönlich gesehen zu haben.

»Dr. Starks? Michael Thompson von der Bank. Wir haben kürzlich telefoniert …«

»Ja«, sagte Ricky. »Sie bewahren eine gewisse Summe für mich auf …«

»Das stimmt. Der Scheck ist in meiner Schreibtischschublade weggeschlossen. Deshalb rufe ich aber nicht an. Wir hatten ungewöhnliche Bewegungen auf Ihrem Konto. Einen Vorfall, könnte man sagen.«

»Was für ungewöhnliche Bewegungen?«, fragte Ricky. Der Mann schien ein wenig mit sich zu kämpfen, bevor er antwortete.

»Nun ja, ich setze nicht gerne wilde Spekulationen in die Welt, aber jemand hat offenbar unbefugt versucht, sich Zugang zu Ihrem Konto zu verschaffen.«

»In welcher Weise?«

Wieder schien der Mann zu zögern. »Nun ja, wie Sie wissen, haben wir wie alle anderen auch vor ein paar Jahren auf Online-Banking umgestellt. Aber da wir eine eher kleine Ortsbank sind, na ja, also wir halten uns etwas darauf zugute, dass wir uns in mancherlei Hinsicht eine altmodische Note bewahrt haben …«

Ricky erkannte in dieser Bemerkung den Werbeslogan der Bank wieder. Auch war ihm bekannt, dass die Treuhänder eine Übernahme durch eine Großbank ganz und gar willkommen heißen würden, falls eines Tages ein lukratives Angebot zur Tür hereinspazierte. »Ja«, sagte er. »Das war von jeher eine Ihrer besten Verkaufsstrategien …«

»Schon, danke. Wir halten uns etwas auf unseren persönlichen Service zugute …«

»Und was ist nun mit dem unbefugten Zugang?«

»Kurz nachdem wir Ihr Konto gemäß Ihrer Anweisung aufgelöst haben, hat jemand über unser Online-Banking versucht, das Konto zu bereinigen. Wir haben davon nur erfahren, weil jemand bei uns anrief, nachdem der Zugang verweigert worden war.«

»Angerufen?«

»Jemand, der sich als Sie ausgab.«

»Was hat er gesagt?«

»Es war eine Art Beschwerde. Aber sobald er hörte, dass das Konto aufgelöst war, legte er auf. Das war alles ziemlich mysteriös und ein bisschen verwirrend, weil wir unseren Computer-Daten entnehmen können, dass er Ihr Passwort kannte. Haben Sie das irgendjemandem mitgeteilt?«

»Nein«, sagte Ricky.

Doch einen Moment lang kam er sich reichlich dämlich vor. Sein Passwort war 37383, was FREUD ergab, wenn man die Zahlen in die entsprechenden Buchstaben auf den Telefontasten übertrug, und so peinlich offensichtlich war, dass er fast errötete. Nur sein Geburtsdatum wäre noch dümmer gewesen, vielleicht aber auch nicht.

»Wie auch immer, vermutlich war es klug von Ihnen, das Konto aufzulösen.«

Ricky überlegte einen Moment, bevor er fragte, »Ist es Ihrem Sicherheitsdienst möglich, entweder die Telefonnummer oder den Computer aufzuspüren, mit deren Hilfe die versucht haben, an das Geld ranzukommen?«

Der stellvertretende Direktor überlegte einen Moment. »Ja, schon. Dazu sind wir in der Lage. Aber die meisten Online-Diebe sind den Ermittlern immer eine Nasenlänge voraus. Sie benutzen gestohlene Computer und illegale Telefoncodes und ähnliche Tricks, damit man nicht rauskriegt, wer dahintersteckt. Das FBI wird manchmal fündig, aber die haben natürlich auch die besten Sicherheitsverfahren auf der Welt. Unsere Möglichkeiten sind nicht ganz so fortgeschritten und damit auch weniger effizient. Und da ja kein Diebstahl stattgefunden hat, sind wir auch nur beschränkt haftbar. Wir sind gesetzlich verpflichtet, den Versuch der Bankaufsichtsbehörde zu melden, aber das heißt im Grunde nur, ein weiterer Vermerk in einer ständig anschwellenden Akte. Trotzdem kann ich unseren Mann bitten, Ihre Daten in das entsprechende Programm einzugeben. Ich glaube nur nicht, dass uns das weiterbringt. Diese elektronischen Bankräuber sind ganz schön gewieft. Führt normalerweise irgendwann in eine Sackgasse.«

»Würden Sie es bitte trotzdem versuchen und sich wieder bei mir melden? Direkt? Ich stehe hier nämlich unter einem gewissen Zeitdruck«, sagte Ricky.

»Wir tun, was wir können, und melden uns wieder«, antwortete der Mann und legte auf.

Ricky lehnte sich im Sessel zurück. Einen Moment lang gab er sich der angenehmen Vorstellung hin, die Sicherheitsabteilung der Bank würde mit einem Namen und einer Telefonnummer aufwarten, und dieser eine kleine Patzer könnte ihm die Identität seines Peinigers verraten. Dann schüttelte er den Kopf, denn er fragte sich, ob jemand wie Rumpelstilzchen, der bis jetzt so planvoll und umsichtig vorgegangen war, einen derart einfachen Fehler begehen würde. Viel wahrscheinlicher war es, dass der Mann sich zunächst Zugang zu diesem Konto verschafft und danach in voller Absicht den verdächtigen Anruf getätigt hatte, um Ricky auf eine Fährte zu locken.

Dieser Gedanke machte ihm zu schaffen.

Als der Tag allmählich zur Neige ging, war Ricky dennoch klar, dass er über den Mann, der ihn verfolgte, inzwischen eine Menge in Erfahrung gebracht hatte. Rumpelstilzchens Hinweis in seinem Gedicht war eigentümlich großzügig gewesen, besonders für jemanden, der zunächst auf Ja-Nein-Fragen bestanden hatte. Diese Reaktion hatte ihn dem Namen des Mannes ein ganzes Stück näher gebracht, wie er fand. Zwanzig Jahre, mit einem gewissen Spielraum darüber oder darunter, verwies ihn auf einen Zeitraum von 1978 bis 1983. Und es handelte sich bei seiner Patientin um eine ledige Frau, was eine Menge Kandidaten ausschloss. Jetzt hatte er einen Bezugsrahmen, mit dem er etwas anfangen konnte.

Es ging nunmehr darum, sagte sich Ricky, fünf Jahre Therapie zu rekonstruieren. Jede Patientin in diesen Jahren unter die Lupe zu nehmen. Irgendwo dazwischen würde er die Frau mit der richtigen Mischung aus Neurosen und Problemen entdecken, die sie in der Folge auf ihr Kind übertragen hatte. Finde die Psychose in voller Blüte, befahl er sich.

Nach alter Gewohnheit – so hatte er es nun mal gelernt – saß er da und versuchte, alle Geräusche um sich herum auszuschalten und sich auf seine Erinnerungen zu konzentrieren. Wer war ich vor zwanzig Jahren?, fragte er sich. Und wen habe ich behandelt?

Es gibt einen unumstößlichen Lehrsatz in der Psychoanalyse, einen Eckpfeiler der Therapie: Jeder kann sich an alles erinnern. Das hieß nicht unbedingt, mit der Faktentreue eines Journalisten oder akribisch bis ins letzte Detail, denn Wahrnehmungen und Empfindungen sind oft von allen möglichen emotionalen Kräften getrübt oder eingefärbt, und so können Ereignisse, an die man sich vielleicht sehr deutlich zu erinnern glaubt, in Wahrheit höchst verschwommen sein; doch wenn am Ende alles gesichtet ist, steht fest, dass sich jeder an alles erinnern kann. Verletzungen und Ängste liegen möglicherweise unter mehreren Schichten Stress verborgen, doch sie sind da und können hervorgeholt werden, wie mächtig der Verdrängungsinstinkt auch sei.

In seiner Praxis war er mit diesem Häutungsprozess – Schicht um Schicht, bis man auf Knochen, den harten Kern der Probleme stieß – bestens vertraut. Und so machte er sich in der Abgeschiedenheit seines Sprechzimmers daran, seine eigenen Erinnerungen zu ergründen. Gelegentlich warf er einen Blick auf die verschiedenen Bruchstücke in seinen Notizen, Bilder, die ihm ins Bewusstsein stiegen und aus denen er ein Gesamtbild zu erstellen hoffte. Doch wütend über sich selbst musste er erkennen, dass sein Protokoll nicht präzise genug war. Jeder andere Arzt, den man mit einer Angelegenheit aus der Vergangenheit konfrontierte, hätte einfach einen alten Aktenordner abgestaubt und den richtigen Namen mitsamt Diagnose aufgeschlagen. Seine Aufgabe war deutlich schwieriger, da seine Akten allein in seinem Gedächtnis gespeichert waren. Dennoch stellte sich ein Gefühl der Zuversicht ein, die Aufgabe meistern zu können. Den Schreibblock auf dem Schoß, konzentrierte er sich mit aller Macht und rekonstruierte die Vergangenheit.

Einer nach dem anderen gewannen die Menschen in seiner Erinnerung an Kontur. Ein wenig war es so, als würde er mit Geistern Kontakt aufnehmen.

Die Männer ignorierte er, wann immer sie sich ihm ins Gedächtnis drängten, so dass nur die Frauen übrig blieben. Namen stellten sich langsam ein; seltsamerweise war es fast leichter, sich an die Beschwerden zu erinnern. Jedes Bild von einer Patientin, jedes Detail über ihre Behandlung schrieb er auf. Die Erinnerungen waren immer noch ungeordnet und zusammenhangslos, waren beliebig und ineffizient, aber ein Fortschritt, sagte er sich, war es schon.

Als er aufblickte, sah er, dass sich Schatten über das Zimmer gelegt hatten. In seinem halbwachen Zustand war ihm der Tag zwischen den Fingern zerronnen. Auf den gelben Seiten seines Blocks hatte er zwölf verschiedene Erinnerungen aus der fraglichen Zeitspanne notiert. Mindestens achtzehn Frauen waren bei ihm in Behandlung gewesen. Das war zu bewältigen, doch es machte ihm zu schaffen, dass es mehr geben musste, bei denen er wohl eine Blockade hatte, so dass er sich nicht auf Anhieb erinnern konnte. Er wusste nur die Hälfte der Namen von denen, die ihm eingefallen waren. Und das auch nur bei den Langzeitpatienten. Er konnte das Gefühl nicht loswerden, dass Rumpelstilzchens Mutter jemand war, den er nur kurz behandelt hatte.

Gedächtnis und Erinnerung waren wie Rickys Beziehungen. Aus jetziger Sicht flüchtig und unbeständig.

Als er aufstand, waren ihm vom langen Sitzen in derselben Haltung die Glieder steif geworden, und er fühlte einen dumpfen Schmerz im Nacken und in den Knien. Er streckte sich langsam, beugte sich vor und rieb sich eins der widerspenstigen Knie, um es zu durchbluten und wiederzubeleben. Ihm wurde bewusst, dass er an diesem Tag noch nichts gegessen hatte, nicht einen einzigen Bissen, und dass er Hunger hatte. Er wusste, dass seine Küche kaum etwas hergab, und er sah aus dem Fenster in den fortgeschrittenen Abend über der Stadt und wusste, dass er sich etwas besorgen musste. Die Vorstellung, seinen schützenden Bau zu verlassen, dämpfte seinen Hunger und ließ seinen Hals trocken werden.

Ihm kam ein seltsamer Gedanke: Es hatte in seinem Leben so wenig Ängste gegeben, so wenig Zweifel. Jetzt machte ihm schon der simple Schritt vor seine Wohnungstür zu schaffen. Doch er stählte sich gegen solch unerwünschte Bedenken und beschloss, zwei Häuserblocks nach Süden zu einer kleinen Bar zu laufen, wo er sich ein Sandwich besorgen konnte. Er wusste nicht, ob er beobachtet wurde – die Frage ließ ihn nicht mehr los –, befahl sich aber, so zu tun, als wäre nichts. Außerdem, sagte er sich, hatte er Fortschritte gemacht.

Die Hitze des Tages schlug ihm vom Bürgersteig wie aus einem

Gasofen entgegen. Den Blick soldatisch geradeaus gerichtet, marschierte er zügig voran. Der Imbiss, zu dem er wollte, befand sich in der Mitte eines Blocks und hatte im Sommer ein halbes Dutzend kleine Tische auf dem Bürgersteig, während es drinnen eng und düster war, mit einer Bar an der einen Wand und zehn Tischen, die dicht gedrängt den spärlichen Platz ausfüllten. An den Wänden prangte eine ungewöhnliche Mischung an Dekorationen, von Sportandenken bis zu Broadwayplakaten sowie Bildern von Filmdiven und ihren männlichen Kollegen nebst dem einen oder anderen Politiker. Es schien, als ob das Lokal sich nicht recht entscheiden konnte, wohin es gehörte und wem es Stammkneipe sein wollte, und sich daher anstrengte, eine bunte Schar von Gästen mit einem entsprechenden Mischmasch zufriedenzustellen. Doch wie bei so vielen kleinen Bars und Restaurants in Manhattan brachte die bescheidene Küche einen durchaus passablen Hamburger und ein ebenso schmackhaftes Reuben-Sandwich zustande, die ebenso wie die gelegentlich angebotenen Pastagerichte auch noch relativ preiswert waren, ein Vorzug, der Ricky erst zu Bewusstsein kam, als er über die Schwelle trat. Er besaß keine gültige Kreditkarte mehr, und seine Bargeldreserven waren ziemlich dürftig. Künftig musste er daran denken, seine Travellerschecks mitzunehmen.

Drinnen war es schummrig, und er blinzelte ein paarmal, bis sich seine Augen an das Dunkel gewöhnten. An der Bar saßen einige Gäste, und ein, zwei Tische waren frei. Eine Kellnerin im mittleren Alter wurde auf ihn aufmerksam, als er unschlüssig stehen blieb. »Was zum Abendessen, Schätzchen?«, fragte sie in einem plump vertraulichen Ton, der die sonstige Anonymität in der Kneipe störte.

»Ja, genau«, sagte er.

»Nur für Sie?«, fragte sie. Dabei machte der Tonfall klar, dass die Frage rhetorisch zu verstehen war, da er schließlich jeden Abend alleine aß, sie sich aber an die Gepflogenheiten hielt, die vielleicht auf dem Lande üblich waren.

»Auch richtig.«

»Wollen Sie an der Bar sitzen oder an einem Tisch?«

»Einem Tisch, wenn's geht. Vorzugsweise hinten.«

Die Kellnerin drehte sich schwungvoll um, entdeckte an der Rückwand einen leeren Platz und nickte. »Kommen Sie«, sagte sie.

Sie deutete auf einen Stuhl und schlug vor ihm die Speisekarte auf. »Was von der Bar?«, wollte sie wissen.

»Ein Glas Wein, Rotwein bitte«, antwortete er.

»Kommt sofort. Wir haben heute Bandnudeln mit Lachs als Spezialität. Gar nicht schlecht.«

Ricky blickte der Kellnerin hinterher. Die Speisekarte war groß, eingeschlagen in eine dieser Plastikhüllen zum Schutz gegen Flecken – viel sperriger, als die bescheidene Auswahl gerechtfertigt hätte. Er stellte sie vor sich auf, um sich in die Liste der Burger und Vorspeisen zu vertiefen – schlichte Hausmannskost, die sich unter einer vollmundigen, blumigen Wortwahl verbarg. Wenig später legte er die Speisekarte weg und hielt nach der Bedienung mit dem Wein Ausschau. Sie war verschwunden, wahrscheinlich in die Küche.

Statt ihrer stand Virgil vor ihm, je ein volles Glas Rotwein in der Hand. Sie trug ausgewaschene Jeans, ein violettes, kurzes T-Shirt dazu und eine teuer wirkende, mahagonifarbene Etuitasche aus Leder unter einen Arm geklemmt. Sie setzte die Getränke auf dem Tisch ab, zog sich einen Stuhl heran und ließ sich ihm gegenüber fallen. Sie nahm die Speisekarte und legte sie auf den Nachbartisch.

»Ich hab uns beiden bereits das Tagesmenü bestellt«, sagte sie mit einem angedeuteten, koketten Grinsen. »Die Kellnerin hat absolut recht: Es ist nicht schlecht.«

12

ER WAR VOLLKOMMEN VERBLÜFFT, zeigte aber keine Reaktion. Stattdessen starrte er die junge Frau über den Tisch hinweg mit so ausdrucksloser Miene an wie viele seiner Patienten. Schließlich sagte er nur: »Sie meinen also, der Lachs ist frisch?«

»So frisch, dass er noch nach Luft schnappt und auf dem Teller zappelt«, erwiderte Virgil munter.

»Wie treffend formuliert«, sagte Ricky leise.

Die junge Frau nippte gemächlich an ihrem Glas Wein, benetzte sich mit der dunklen Flüssigkeit so eben die Lippen. Ricky schob sein eigenes Glas beiseite und trank hastig Wasser.

»Zu Pasta und Fisch sollten wir eigentlich Weißwein trinken«, sagte Virgil. »Andererseits halten die sich hier sowieso nicht so streng an die Regeln, nicht wahr? Kann mir jedenfalls nicht vorstellen, dass hier gleich so ein stirnrunzelnder Weinkellner aufkreuzt und uns steckt, wie unpassend unsere Zusammenstellung ist.«

»Nein, eher unwahrscheinlich«, stimmte Ricky zu.

Virgil redete schnell, wenn auch ohne die Nervosität, die oft hinter hastig gesprochenen Worten steckt. Sie klang eher wie ein freudig erregtes Kind an seinem Geburtstag. »Andererseits hat es auch so was Unbekümmertes, Rotwein dazu zu trinken, finden Sie nicht? So was Aufmüpfiges, als wollten wir sagen, was kümmern uns die Konventionen? Empfinden Sie das auch so, Dr. Starks? Ein bisschen Abenteuer und Gesetzlosigkeit, ein Spiel, das nicht den Regeln folgt. Was meinen Sie, Ricky?«

»Ich meine, dass die Regeln ständig geändert werden«, entgegnete er.

»Die Regeln der Etikette?«

»Geht es darum, um Etikette?«, antwortete er.

Virgil schüttelte den Kopf, so dass ihre blonde Mähne verführerisch wippte. Sie warf lachend den Kopf zurück und entblößte ihren langen, attraktiven Hals. »Nein, natürlich nicht, Ricky, da haben Sie recht.«

In diesem Moment brachte die Kellnerin ein Weidenkörbchen mit Brötchen und Butter und versetzte sie beide für einen kurzen konspirativen Moment in drückendes Schweigen. Kaum war sie gegangen, griff Virgil nach dem Brot. »Ich falle um vor Hunger«, sagte sie.

»Mein Leben zu ruinieren, verbrennt also Kalorien?«, fragte Ricky.

Wieder lachte Virgil. »Sieht so aus«, sagte sie. »Das gefällt mir, wirklich. Wie sollen wir es nennen, Doc? Wie wär's mit ›die Ruin-Diät‹ – gefällt Ihnen das? Wir könnten ein Vermögen damit machen und uns in irgendein exotisches Inselparadies verziehen, nur wir beide, ganz allein.«

»Eher unwahrscheinlich«, sagte Ricky brüsk.

»Wer weiß«, erwiderte Virgil, während sie ihr Brötchen großzügig mit Butter bestrich und dann mit einem knuspernden Geräusch in den Rand biss.

»Weshalb sind Sie hergekommen?«, fragte Ricky, leise zwar, doch mit all dem Nachdruck, den er aufbringen konnte. »Sie und Ihr Auftraggeber scheinen meinen Ruin bis ins letzte Detail von langer Hand geplant zu haben. Schritt für Schritt. Sind Sie gekommen, um sich über mich lustig zu machen? Um sein Spiel vielleicht noch ein bisschen mit Folterqualen anzureichern?«

»Das ist das erste Mal, dass meine Gesellschaft jemandem Folterqualen bereitet«, sagte Virgil mit gespieltem Unschuldsblick. »Ich hätte mir doch erhofft, dass Sie sie, wenn schon nicht als angenehm, so doch immerhin als interessant empfinden. Und denken Sie mal an Ihren eigenen Status, Ricky. Sie sind allein hierher gekommen, alt, nervös, voller Zweifel und Ängste. Die einzigen Leute, die auch nur in Ihre Richtung gestarrt haben, die haben eine Anwandlung von Mitleid empfunden und sich dann wieder dem Essen und Trinken gewidmet und den alten Mann, der Sie inzwischen geworden sind, schon vergessen. Das ändert sich schlagartig, sobald ich Ihnen gegenübersitze. Auf einmal sind Sie nicht mehr so vorhersagbar, hab ich recht?« Virgil lächelte. »Gibt Schlimmeres, oder?«

Ricky nickte kaum merklich. Sein Magen hatte sich zu einem festen Klumpen verkrampft, und ein saurer Geschmack lag ihm auf der Zungenwurzel. »Mein Leben …«, setzte er an.

»Ihr Leben hat sich verändert. Und wird sich weiter verändern. Zumindest ein paar Tage noch. Und dann … na ja, da liegt der Hase im Pfeffer, nicht wahr?«

»Sie genießen das hier, stimmt's?«, fragte Ricky unvermittelt. »Mich leiden zu sehen. Irgendwie seltsam, weil ich Sie nicht für eine solch obsessive Sadistin gehalten hätte. Ihren Mr. R. vielleicht, aber von dem kann ich mir noch kein genaues Bild machen, der ist mir immer noch ein bisschen fremd. Nimmt aber schon Gestalt an, würde ich sagen. Aber Sie, Miss Virgil, bei Ihnen wäre ich nicht auf einen entsprechenden pathologischen Befund gekommen. Natürlich kann ich mich da irren. Und darum geht es ja bei dem Ganzen, nicht wahr? Um einen solchen Irrtum meinerseits, hab ich recht?«

Ricky trank sein Wasser in kleinen Schlucken und wartete in der

Hoffnung, die Frau würde den Köder schlucken. Für einen Moment sah er, wie sich Virgils Augenwinkel in kleine Fältchen legten, dazu ein kaum merkliches, unheilvolles Zucken um den Mund. Doch dann hatte sie sich augenblicklich wieder im Griff und wedelte mit dem halb gegessenen Brötchen verächtlich zwischen ihnen beiden in der Luft.

»Sie scheinen nicht ganz zu verstehen, welche Rolle ich bei der Sache spiele, Ricky.«

»Dann erklären Sie sie mir eben noch mal.«

»Jeder braucht einen Führer auf dem Weg in die Hölle, Ricky. Das habe ich Ihnen schon mal gesagt.«

Ricky nickte. »Ich entsinne mich.«

»Jemanden, der Sie um die Felsgestade und versteckten Sandbänke navigiert.«

»Und Sie sind dieser Jemand, ich weiß. Sagten Sie bereits.«

»Nun, sind Sie denn schon in der Hölle, Ricky?«

Er zuckte die Achseln, um sie wütend zu machen, doch ohne Erfolg.

Sie grinste. »Vielleicht klopfen Sie gerade erst an die Pforte, Ricky.«

Er schüttelte den Kopf, doch sie ignorierte die trotzige Geste. »Sie sind ein stolzer Mann, Doktor Ricky. Es bereitet Ihnen Qualen, die Kontrolle über Ihr Leben zu verlieren, oder? Viel zu stolz. Und wir alle wissen ja, was nach dem Hochmut kommt. Der Wein ist übrigens gar nicht schlecht. Vielleicht probieren Sie mal ein Schlückchen.«

Er nahm das Weinglas in die Hand, hob es an die Lippen, fragte aber, statt zu trinken: »Sind Sie glücklich, Virgil? Glücklich mit Ihren kriminellen Machenschaften?«

»Wie kommen Sie darauf, dass ich etwas Kriminelles getan hätte, Doktor?«

»Alles, was Sie und Ihr Auftraggeber getan haben, ist kriminell. Alles, was Sie geplant haben, ist kriminell.«

»Meinen Sie wirklich? Und ich dachte, Sie kennen sich nur mit Schickimicki-Neurosen und den Ängsten der oberen Mittelschicht aus. In den letzten Tagen haben Sie allerdings eine gewisse forensische Ader in sich entdeckt, könnte ich mir denken.«

Ricky schwieg. Normalerweise spielte er sein Blatt ganz anders aus. Der Analytiker verteilt die Karten bedächtig und lotet die Reaktionen aus, versucht Schneisen zu schlagen, die zu verschütteten Erinnerungen führen. Aber er hatte so wenig Zeit, und während er einen Moment beobachtete, wie die junge Frau ihm gegenüber die Sitzhaltung wechselte, sah er gewisse Anzeichen dafür, dass diese Begegnung nicht ganz so verlaufen würde, wie der chimärenhafte Mr. R. es sich vorgestellt hatte. Mit einer gewissen Genugtuung registrierte er, dass er den geplanten Ausgang der Dinge ein wenig durcheinander brachte, und wenn auch nur in bescheidenem Maße. »Sicher«, sagte er ruhig, aber bestimmt. »Schon jetzt haben Sie eine Reihe schwerer Verbrechen begangen, angefangen mit dem vermutlichen Mord an Roger Zimmerman ...«

»Die Polizei hat den Fall bereits als Selbstmord abgeschlossen ...«

»Sie haben einen Mord wie Selbstmord aussehen lassen. Davon bin ich überzeugt.«

»Nun ja, wenn Sie so stur sein wollen, meinetwegen. Ich dachte nur, es gehörte zu den Markenzeichen Ihres Berufs, für verschiedene Möglichkeiten offen zu sein.

Ricky überhörte diesen Seitenhieb und spann seinen Gedanken weiter, » ... bis zu Raub und Betrug ...«

»Oh, ich bezweifle, dass sich das irgendwie beweisen lässt. Wie heißt es noch so schön? *Esse est percipi,* was keiner weiß, macht keinen heiß. Wenn es keine Beweise dafür gibt, hat dann überhaupt ein Verbrechen stattgefunden? Und falls es doch einen Beweis gibt, dann irgendwo da draußen im Cyberspace, genau da, wo auch Ihre Gelder rumschwirren ...«

»Ganz zu schweigen von Ihrer kleinen Verleumdungskampagne mit den getürkten Briefen an die Psychoanalytic Society. Das waren Sie, nicht wahr? Sie haben diesen Volltrottel oben in Boston mit dieser Geschichte, die Sie sich da ausgeheckt haben, an der Nase rumgeführt. Haben Sie sich für den auch ausgezogen ...?«

Virgil strich sich wieder das Haar aus dem Gesicht und lehnte sich ein wenig auf ihrem Stuhl zurück. »Musste ich gar nicht. Der ist der Typ von Mann, der sich wie ein kleiner Welpe benimmt, wenn man mit ihm schimpft. Legt sich gleich unterwürfig auf den Rücken und winselt. Ist es nicht bemerkenswert, was mancher so alles glaubt, wenn er es nur glauben will?«

»Ich werde meinen Ruf wiederherstellen«, sagte Ricky grimmig.

Virgil grinste. »Dafür müssen Sie erst mal am Leben bleiben, und im Moment hege ich da so meine Zweifel.«

Ricky antwortete nicht, da auch er seine Zweifel hegte. Er schaute auf und sah die Kellnerin mit ihrem Essen kommen. Sie stellte die Teller ab und fragte, ob sie ihnen sonst noch etwas bringen könne. Virgil wollte ein zweites Glas Wein, Ricky schüttelte nur den Kopf.

»Das ist gut«, sagte Virgil, als die Kellnerin ging. »Einen klaren Kopf bewahren.«

Einen Augenblick stocherte Ricky in dem Essen herum, dessen Dampf ihm in die Nase stieg. »Wieso«, fragte er abrupt, »wieso helfen Sie diesem Mann? Wieso hören Sie nicht mit all diesen idiotischen Täuschungsmanövern auf und gehen mit mir zur Polizei? Wir können diesem Spiel augenblicklich ein Ende setzen, und ich würde dafür sorgen, dass Sie so was Ähnliches wie ein normales Leben zurückbekommen. Kein Strafverfahren. Ich könnte dafür sorgen.«

Virgil hatte den Blick ebenfalls auf ihr Essen gerichtet und wühlte mit der Gabel in dem Berg Pasta und dem Stück Lachs herum. Als sie den Kopf hob, konnten ihre Augen den Zorn kaum verbergen.

»Sie sorgen dafür, dass ich zu einem normalen Leben zurückkehren kann, ja? Sind Sie ein Zauberer? Und überhaupt, was, bitte schön, soll an einem normalen Leben so großartig sein?«

Er überhörte die Frage und machte weiter. »Wenn Sie nicht kriminell sind, wieso helfen Sie dann einem Kriminellen? Wenn Sie nicht sadistisch sind, wieso arbeiten Sie dann für einen Sadisten? Wenn Sie selber nicht psychopathisch sind, wieso tun Sie sich dann mit einem Psychopathen zusammen? Und wenn Sie kein Killer sind, wieso helfen Sie dann jemandem dabei, einen Mord zu begehen?«

Virgil starrte ihn nur weiter an. All die exzentrische Unbeschwertheit und das lebhafte Temperament wichen plötzlich frostiger Härte, die eisig über den Tisch wehte. »Vielleicht, weil ich gut bezahlt werde«, sagte sie langsam. »Heutzutage gibt es eine Menge Leute, die für Geld alles tun würden. Können Sie sich das bei mir vorstellen?«

»Nur schwer«, antwortete Ricky vorsichtig, wenngleich wohl eher das Gegenteil stimmte.

Virgil schüttelte den Kopf. »Demnach möchten Sie Geld als mein Motiv nicht gelten lassen, auch wenn ich nicht sicher bin, ob das klug von Ihnen ist. Vielleicht ein ganz anderes Motiv? Welche kämen für mich denn noch infrage? Da sollten Sie sich doch auskennen. Umschreibt ›Suche nach Motiven‹ nicht ziemlich gut, was Sie tun? Und ist nicht genau das Bestandteil der kleinen Übung, die wir durchspielen? Also, kommen Sie schon, Ricky. Wir haben jetzt zwei Sitzungen miteinander gehabt. Wenn nicht das Geld, was könnte sonst mein Motiv sein?«

Ricky starrte die junge Frau unverwandt an. »Ich weiß nicht genug über Sie …«, sagte er lahm. Sie legte Messer und Gabel mit einer betont steifen Gebärde ab, die ihr Missfallen an seiner Antwort bekundete.

»Strengen Sie sich an, Ricky, mir zuliebe. Immerhin bin ich auf meine Weise da, um Sie zu führen. Das Problem ist nur, dass das Wort *führen* positive Konnotationen hat, die vielleicht nicht ganz zutreffend sind. Ich muss Sie vielleicht in die eine oder andere Richtung lenken, die Ihnen missfällt. Eines allerdings ist sicher: Ohne mich kommen Sie nicht an die Antwort, und dann sterben entweder Sie – oder jemand, der Ihnen nahesteht und der keine Ahnung von alledem hat. Und blind zu sterben ist dumm, Ricky. In gewissem Sinne ein schlimmeres Verbrechen. Also, beantworten Sie jetzt meine Frage: Welche Motive könnte ich noch haben?«

»Sie hassen mich. Hassen mich so wie dieser Kerl namens R., nur dass ich nicht weiß, wofür.«

»Hass ist eine unpräzise Gefühlsregung, Ricky. Meinen Sie, Sie können sie verstehen?«

»Ich höre täglich in meiner Praxis davon …«

Sie schüttelte den Kopf. »Nein, nein, nein, tun Sie nicht. Sie hören eine Menge über Wut und Frustration, beides nur Nebendarsteller; Sie hören viel über Missbrauch und Grausamkeiten, beides wichtige Akteure auf der Bühne, aber dennoch nichts weiter als Teile des Ensembles. Am meisten aber hören Sie über Unannehmlichkeiten. Und das nun wieder hat so wenig mit purem Hass zu tun wie eine einzige dunkle Wolke mit einem Gewitter. Diese Wolke muss mit anderen verschmelzen und mächtig anschwellen, bevor sie sich entlädt.«

»Aber Sie …«

»Ich hasse Sie nicht Ricky. Auch wenn ich es vielleicht lernen könnte. Lassen Sie sich was anderes einfallen.«

Er kaufte ihr das zwar keine Sekunde ab, versuchte aber fieberhaft, eine Antwort zu finden. Er zog heftig den Atem ein. »Dann eben Liebe«, platzte Ricky heraus.

Virgil lächelte wieder. »Liebe?«

»Sie spielen diese Rolle, weil Sie in diesen Mann, in Rumpelstilzchen, verliebt sind.«

»Das ist ein faszinierender Gedanke. Besonders, wo ich Ihnen gesagt habe, dass ich gar nicht weiß, wer er ist. Dem Kerl nie persönlich begegnet bin.«

»Ja, ich erinnere mich, dass Sie das gesagt haben. Ich glaub's nur nicht.«

»Liebe, Hass, Geld. Sind das die einzigen Motive, die Ihnen einfallen?«

Ricky überlegte. »Vielleicht auch Angst.«

Virgil nickte. »Angst ist gut, Ricky. Angst kann jemanden zu den seltsamsten Dingen verleiten, nicht wahr?«

»Ja.«

»Ihre Analyse der Beziehung besagt demnach, dass Mr. R. mich vielleicht mit einer Drohung in der Hand hat? Wie der Kidnapper, der seine Opfer zwingt, ihm Geld zu blechen, weil sie verzweifelt hoffen, dass er ihnen ihren Hund oder ihr Kind zurückgeben wird? Verhalte ich mich denn wie jemand, der etwas gegen seinen Willen tut?«

»Nein«, räumte Ricky ein.

»Na schön, auch gut. Wissen Sie, Ricky, ich denke, Sie sind ein Mann, der die Gelegenheit nicht beim Schopfe packt, wenn sie sich ihm bietet. Das ist jetzt das zweite Mal, dass ich Ihnen gegenübersitze, und statt dass Sie versuchen, sich selber zu helfen, flehen Sie mich um Hilfe an, wo Sie nichts getan haben, um sich meinen Beistand zu verdienen. Ich hätte es wissen müssen, aber ich hegte gewisse Hoffnungen für Sie. Wirklich. Jetzt kaum noch, obwohl …«

Sie machte eine abwinkende Handbewegung, die eine Antwort im Keim ersticken sollte. » … Kommen wir zum Geschäftlichen.

Sie haben die Antwort auf Ihre Fragen heute morgen in Ihrer Zeitung gefunden?«

Ricky zögerte, bevor er antwortete: »Ja.«

»Gut. Deshalb hat er mich heute Abend hergeschickt. Um das sicherzustellen. Wär nicht fair, fand er, wenn Sie auf die Antworten verzichten müssten, nach denen Sie suchen. Ich war natürlich überrascht. Mr. R. hat beschlossen, Sie ein gutes Stück an sich ranzulassen. Näher, als ich es für klug gehalten habe. Wägen Sie Ihre nächsten Fragen sorgsam ab, Ricky, wenn Sie gewinnen wollen. Ich habe den Eindruck, er hat Ihnen eine große Chance gegeben. Aber ab morgen früh bleibt Ihnen nur noch eine Woche Zeit. Sieben Tage und noch zwei weitere Fragen.«

»Mir ist die Zeit bewusst.«

»Wirklich? Ich glaube, Sie haben nicht ganz begriffen. Noch nicht. Aber apropos Motivation, Mr. R. hat mir was mitgegeben, das Ihnen dabei helfen soll, Ihre Ermittlungen zu beschleunigen.«

Virgil beugte sich hinunter und hob die kleine Ledertasche auf, die sie zuvor unter dem Arm getragen und anschließend auf den Boden gestellt hatte. Sie öffnete die Tasche bedächtig und zog einen braunen Umschlag heraus, der sich von anderen, die Ricky kannte, nicht weiter unterschied. Sie reichte ihm den Brief über den Tisch. »Machen Sie auf«, sagte sie. »Der ist voller Motivation.«

Er öffnete den Verschluss. In dem Umschlag befand sich ein halbes Dutzend Schwarzweiß-Fotos im Format zwanzig mal fünfundzwanzig. Er zog sie heraus und sah sie sich an. Es waren jeweils zwei Bilder von insgesamt drei Objekten. Bei den ersten handelte es sich um Aufnahmen von einem jungen Mädchen, vielleicht sechzehn oder siebzehn Jahre alt, das ein schweißgetränktes T-Shirt zur blauen Jeans und einen Zimmermanns-Ledergürtel um die Taille trug, dazu einen großen Hammer in der Hand. Sie schien auf einer Baustelle zu arbeiten. Auf den nächsten beiden Fotos war ein anderes, jüngeres Kind, ein Mädchen von vielleicht zwölf Jahren, das im Bug eines Kanus saß und in einer bewaldeten Gegend über einen See paddelte. Das erste Foto schien ein wenig körnig, das zweite, offenbar mit einem extrem scharfen Teleobjektiv aus einiger Entfernung geschossen, war eine Großaufnahme, nah genug, um im Mund des vor Anstrengung grinsenden Mädchens die Zahnspange erkennen zu lassen. Dann kam die dritte Reihe, Bilder von einem anderen Teenager, einem Jungen mit recht langem Haar und einem unbekümmerten Lächeln, der neben einem Straßenverkäufer – auf einer Straße in Paris? – posierte.

Alle sechs Aufnahmen schienen ohne das Wissen der Abgelichteten entstanden zu sein. Es war offensichtlich, dass die jungen Leute von den Schnappschüssen nichts mitbekommen hatten.

Ricky sah sich die Fotos genau an, dann blickte er zu Virgil auf. Ihr Lächeln war verflogen.

»Kommt Ihnen einer von denen bekannt vor?«, fragte sie kalt. Er schüttelte den Kopf.

»Sie leben derart isoliert, Ricky. Das macht die ganze Sache so verdammt einfach. Sehen Sie genauer hin. Wissen Sie wirklich nicht, wer die drei sind?«

»Nein, weiß ich nicht.«

»Das sind drei entfernte Verwandte von Ihnen. Jedes dieser Kinder steht auf der Liste mit Namen, die Mr. R. Ihnen zu Beginn des Spiels zugeschickt hat.«

Ricky sah noch einmal hin.

»Paris, Frankreich, Habitat for Humanity in Honduras und Lake Winnipesaukee in New Hampshire. Drei Jugendliche in den Sommerferien. Genau wie Sie.«

Er nickte.

»Sehen Sie, wie schutzlos sie sind? Meinen Sie, es war schwer, diese Aufnahmen zu machen? Wäre es denkbar, die Kamera gegen ein Gewehr oder eine Pistole zu tauschen? Können Sie sich vorstellen, wie einfach es wäre, eins dieser Kinder aus seiner heilen Ferienwelt zu reißen, die sie gerade genießen? Meinen Sie, eins von denen hat auch nur die geringste Ahnung, wie nahe es möglicherweise dem Tode ist? Glauben Sie, eins von denen hat auch nur die geringste Vorstellung davon, dass in sieben Tagen das Leben einfach so ein blutiges, kreischendes Ende nehmen könnte?«

Virgil zeigte auf die Fotos.

»Schauen Sie ruhig noch mal hin, Ricky«, sagte sie, während sich ihm die Bilder ins Gedächtnis einbrannten. Dann griff sie über den Tisch, um sie ihm aus der Hand zu nehmen. »Ich denke, es genügt, dass Sie die Porträts im Kopf behalten, Ricky. Prägen Sie sich ihr

Lachen ein. Versuchen Sie, daran zu denken, wie sie auch künftig, wenn sie erwachsen werden, noch etwas zu lachen haben. Was für ein Leben sie wohl einmal führen werden? Wollen Sie eins von denen – oder ein anderes Kind wie diese hier – um seine Zukunft bringen, indem Sie an Ihren eigenen erbärmlichen paar Jährchen hängen, die Sie vielleicht noch haben?«

Virgil schwieg, dann schnappte sie ihm die Fotos mit schlangenhafter Geschwindigkeit aus der Hand. »Die nehme ich wieder mit«, sagte sie und steckte die Bilder in ihre Mappe zurück. Sie schob ihren Stuhl vom Tisch zurück und ließ zugleich einen Hundert-Dollar-Schein auf ihren halb abgegessenen Teller fallen. »Sie haben mir den Appetit verdorben«, sagte sie. »Aber da ich weiß, dass sich Ihre finanzielle Lage verschlechtert hat, bezahle ich das Essen.«

Sie drehte sich zur Kellnerin um, die an einem Nachbartisch bereit stand. »Haben Sie Schokotorte?«, fragte sie.

»Eine Schoko-Käsetorte«, erwiderte die Frau. Virgil nickte. »Bringen Sie meinem Freund hier ein Stück«, sagte sie. »Sein Leben hat mit einem Mal einen bitteren Beigeschmack bekommen, und er braucht ein bisschen was Süßes, um die nächsten Tage durchzustehen.«

Damit machte sie auf dem Absatz kehrt und ließ Ricky allein zurück. Er griff nach einem Glas Wasser und merkte, dass seine Hand ein wenig zitterte, so dass die Eiswürfel klirrten.

In nahezu vollkommener Isolation ging er nach Hause.

Die ganze Welt um ihn herum erschien ihm wie eine einzige Rüge, eine ständige Tantalusqual im täglichen Handel und Wandel menschlicher Existenz. Auf dem Weg zu seiner Wohnung hatte er fast das Gefühl, unsichtbar zu sein. Auf seltsame Weise fühlte sich Ricky beinahe transparent. Niemand, der vorbeiging oder -fuhr, nicht einer, dessen Blick ihn streifte, würde ihn auch nur registrieren. Sein Gesicht und seine übrige Gestalt, seine Person war für alle außer seinem Verfolger vollkommen uninteressant, sein Tod hingegen für einen fernen Verwandten von entscheidender Bedeutung. Rumpelstilzchen und stellvertretend Virgil sowie Anwalt Merlin, vielleicht auch noch ein paar Typen, denen er noch nicht begegnet war, waren die Brücke zwischen Leben und Sterben. Ricky hatte das Gefühl, als sei er in das Fegefeuer jener Menschen gestürzt, denen der Arzt die schlimmste Diagnose oder der Richter das Datum ihrer Hinrichtung mitteilt. Eine Wolke der Verzweiflung braute sich über ihm zusammen, und er fühlte sich an die berühmte Comic-Figur aus seiner Jugend erinnert, Al Capps grandiose Gestalt des Joe Bflspk, der dazu verurteilt ist, unter einer persönlichen Regenwolke einherzuschreiten, aus der ständig der Regen auf ihn heruntertropft und, wo er geht und steht, die Blitze zucken.

Die Gesichter der drei jungen Leute auf den Fotos verfolgten ihn wie Geister – durchscheinend wie Nebeldunst. Er wusste, dass er ihnen Substanz verleihen musste, damit sie für ihn reale Gestalt annahmen. Er wünschte sich, wenigstens ihre Namen zu kennen, und wusste, dass er etwas unternehmen musste, um sie zu schützen. Während er sich ihre Züge ins Kurzzeitgedächtnis einprägte, beschleunigte er seine Schritte. Er sah die Zahnspange in diesem Lächeln, das lange Haar, den Schweiß von der körperlichen Anstrengung, und als er jedes Foto so deutlich vor sich sah wie in dem Augenblick, als Virgil es ihm vor die Nase gehalten hatte, spannten sich seine Muskeln, und er fing zu laufen an. Er hörte, wie seine Schuhe auf dem Pflaster des Bürgersteigs klatschten, und es erschien ihm, als käme das Geräusch von irgendwo außerhalb seines Lebens, bis er auf seine Füße schaute und feststellte, dass er beinahe rannte. Die Begegnung hatte in ihm etwas losgetreten, und er wehrte sich nicht länger gegen dieses Gefühl, das neu für ihn war, auch wenn jeder, der beiseite trat, um ihn vorbeizulassen, die ausgewachsene Panikattacke unschwer in seinem Gesicht erkennen musste.

Ricky rannte, bis sein Atem rasselte und keuchte. Ein Block, der nächste, ohne anzuhalten, so dass ihm ein Schwall von Taxihupen und üblen Flüchen folgte, als er wie blind und taub weiterrannte. Er hatte nur Bilder vom Sterben im Kopf. Erst als er den Eingang zu seinem Gebäude schon vor sich sah, drosselte er das Tempo. Er blieb stehen, rang vorgebeugt nach Luft und fühlte den brennend sauren Schweiß in den Augen. Eine ganze Weile, vielleicht minutenlang, blieb er reglos stehen und rang nach Luft, während er alles außer der Hitze, dem Stechen in der Brust und dem Geräusch seines Atems aus seiner Wahrnehmung verbannte.

Als er den Blick irgendwann hob, dachte er: Ich bin nicht allein.

Dieser Moment unterschied sich im Prinzip nicht sehr von den anderen in den vergangenen Tagen, als ihn dasselbe Gefühl überkommen hatte. Es war geradezu vorhersehbar und ein klarer Fall von Paranoia. Ricky versuchte, sich in den Griff zu bekommen, dem Druck nicht nachzugeben, fast so, als wehrte er sich gegen eine heimliche Leidenschaft, ein starkes Verlangen nach einer Zigarette oder Schokolade. Es gelang ihm nicht.

Er fuhr herum und versuchte, seinen Verfolger auszumachen, obwohl er wusste, wie nutzlos das war. Sein Blick irrte von möglichen Kandidaten, die gemächlich die Straße entlangschlenderten, zu leeren Fenstern in nahegelegenen Gebäuden. In der Hoffnung, irgendeine Bewegung zu registrieren, mit der sich sein gedungener Verfolger verriet, wirbelte er in alle Richtungen, doch die Chancen waren äußerst gering.

Als Ricky sich wieder zu seinem Gebäude umdrehte, hatte er das sichere Gefühl, dass jemand in seiner Wohnung gewesen war, während er mit Virgil gesprochen hatte. Er machte einen Satz nach vorn und blieb ruckartig stehen. Unter Aufbietung aller Willenskraft bezwang er die Emotionen, die in ihm tobten, befahl sich, Ruhe zu bewahren und seine fünf Sinne zusammenzuhalten. Er holte tief Luft und machte sich klar, dass mit großer Wahrscheinlichkeit jedesmal, wenn er – egal aus welchem Grund – seine Wohnung verließ, Rumpelstilzchen oder einer seiner Henkersleute hinter ihm hineinschlüpfte. Diese Übergriffe waren auch nicht mithilfe eines Schlossers zu verhindern und standen nach seiner letzten Rückkehr in ein Heim ohne Licht außer Zweifel.

Rickys Magen war angespannt wie bei einem Athleten nach dem Rennen. Ihm kam der Gedanke, dass sich alles, was ihm bisher widerfahren war, auf zwei Ebenen abspielte. Jede Botschaft des Mannes hatte eine wörtliche und eine symbolische Komponente.

Zu Hause, so viel war klar, konnte er sich nicht mehr sicher fühlen. Langsam kroch ihm dort draußen vor dem Haus, in dem Ricky den größten Teil seines Lebens als Erwachsener verbracht hatte, die Erkenntnis hoch, dass es vielleicht keinen einzigen Winkel mehr in seinem Leben gab, in den sein Verfolger nicht vorgedrungen war.

Zum ersten Mal dämmerte ihm: Ich muss einen Ort finden, an dem ich sicher bin.

Ohne die blasseste Ahnung, wo er – innerlich wie äußerlich – einen solchen Zufluchtsort auftreiben konnte, schleppte sich Ricky die Stufen zu seiner Wohnung hoch.

Zu seiner Verwunderung gab es keinerlei offensichtliche Anzeichen dafür, dass diesmal jemand eingedrungen war. Die Lampen funktionierten normal, im Hintergrund surrte die Klimaanlage vor sich hin. Dieser sechste Sinn, die panische Angst, dass jemand dagewesen war, blieb aus. Er schloss die Tür hinter sich ab und fühlte eine Woge der Erleichterung. An seinem rasenden Puls konnte das nichts ändern, ebenso wenig am Zittern seiner Hand, das sich nicht gebessert hatte, seit Virgil ihn im Restaurant hatte sitzen lassen. Er hielt die Hand vors Gesicht, um das nervöse Zucken zu diagnostizieren, doch sie war trügerisch ruhig. Er traute der Sache nicht mehr; es war, als könnte er eine fortschreitende Erschlaffung in den Muskeln und Sehnen tief in seinem Körper spüren, so dass er möglicherweise jeden Moment die Kontrolle verlor.

Die Erschöpfung zerrte an seinen Gliedern und breitete sich in jedem Winkel seines Körpers aus. Er verstand nicht, wieso er nach dem bisschen Rennen kaum noch Luft bekam.

»Du brauchst dringendst eine Runde Schlaf«, sagte er laut vor sich hin und erkannte den Tonfall wieder, den er gegenüber Patienten anschlug. »Du brauchst Ruhe, du musst deine Gedanken sammeln und Fortschritte sehen.« Zum ersten Mal dachte er daran, nach dem Rezeptblock zu greifen und sich selbst ein Beruhigungsmittel zu verschreiben. Er wusste, dass er einen klaren Kopf benötigte, was sich als immer schwieriger erwies. Er hasste Tabletten, doch dieses eine Mal war er vielleicht darauf angewiesen. Einen Stimmungsaufheller, überlegte er. Ein Schlafmittel, damit er Ruhe fand. Dann vielleicht morgens ein Amphetamin, damit er sich im Lauf der verbleibenden Woche vor Rumpelstilzchens Ultimatum konzentrieren konnte.

Ricky hatte ein selten benutztes Exemplar des *Kompakten Arzthandbuchs*, eines Arzneimittelführers, in der Schublade, und er steuerte seinen Schreibtisch an, während er überlegte, dass die rund um die Uhr geöffnete Apotheke zwei Häuserblocks entfernt ihm alles liefern würde, was er telefonisch bestellte.

Er setzte sich auf seinen Sessel und hatte im Handbuch schnell gefunden, was er brauchte. Er nahm seinen Rezeptblock zur Hand und rief die Apotheke an, um zum ersten Mal seit Jahren, wie ihm schien, sein Ärzte-Passwort durchzugeben.

»Name des Patienten?«, fragte der Apotheker.

»Die sind für mich«, sagte Ricky.

Der Apotheker schwieg einen Moment. »Diese Medikamente vertragen sich nicht sonderlich gut, Dr. Starks«, sagte er, »Sie sollten vorsichtig dosieren und kombinieren.«

»Danke für Ihre Warnung. Ich passe auf. Ich werde vorsichtig sein …«

»Sie sollten sich nur darüber im Klaren sein, dass eine Überdosis tödlich sein kann.«

»Dessen bin ich mir bewusst«, sagte Ricky, »aber ein Zuviel kann bei allem tödlich sein.«

Der Apotheker hielt das für einen Witz und lachte. »Na ja, vermutlich schon, nur dass wir bei manchen Dingen wenigstens mit einem Lächeln auf den Lippen abtreten würden. Mein Kurier bringt Ihnen die Sachen im Lauf der nächsten Stunde vorbei. Soll ich die Sachen Ihrem Konto in Rechnung stellen? Sie haben schon 'ne ganze Weile nichts mehr darauf bezogen.«

Ricky überlegte einen Moment und sagte: »Ja. Unbedingt.« Die harmlose Frage des Mannes versetzte ihm einen tiefen Stich mitten ins Herz. Ricky wusste, dass er das letzte Mal von dem Konto bei der Apotheke Gebrauch gemacht hatte, als er für seine im Sterben liegende Frau Morphium besorgt hatte. Das war mindestens drei Jahre her.

Er würgte die Erinnerung ab und versuchte, sie innerlich herunterzuschlucken. Dann holte er tief Luft und sagte: »Der Kurier soll bitte folgendermaßen klingeln: dreimal kurz, dreimal lang, dreimal kurz. Dann weiß ich, dass er es ist, und mache auf.«

Der Apotheker überlegte einen Augenblick, bevor er fragte, »Ist das nicht das Morsezeichen für SOS?«

»Richtig«, sagte Ricky.

Er legte auf und ließ sich schwer gegen die Stuhllehne fallen, während ihn Bilder aus den letzten Tagen seiner Frau bedrängten. Sie waren zu schmerzhaft für ihn, und er wandte sich ein wenig ab und senkte den Blick auf die Tischplatte. Er merkte, dass die Liste der Verwandten, die Rumpelstilzchen ihm geschickt hatte, auffällig mitten auf seiner Schreibtischunterlage prangte, und einen schwindelerregenden Moment lang konnte Ricky sich nicht entsinnen, sie dort hingelegt zu haben. Langsam streckte er die Hand danach aus und zog das Blatt heran, das sich augenblicklich mit den Gesichtern der jungen Leute füllte, die Virgil ihm auf den Tisch geknallt hatte. Er ging die Namen auf der Seite durch und versuchte, die Gesichter mit den Buchstaben zu verknüpfen, die ihm vor den Augen flirrten wie die Hitze, die bei einer Autofahrt aus dem Highway aufsteigt. Er versuchte, sich zusammenzureißen, denn er wusste, dass ihm die Zuordnung unbedingt gelingen musste; dass das Leben eines Menschen davon abhängen konnte, ohne dass derjenige es ahnte.

Bei dem Versuch, sich zu konzentrieren, blickte er nach unten.

Urplötzlich verwirrt, sah er sich um, und seine Augen schössen hin und her, während ihm ein unbehagliches Gefühl durch die Glieder zuckte. Er merkte, wie er einen trockenen Mund bekam und sich ihm der Magen umdrehte.

Er hob einzelne Notizen, Schreibblöcke und anderen Papierkram hoch, auch wenn er im selben Moment wusste, dass das, wonach er suchte, verschwunden war.

Rumpelstilzchens erster Brief, in dem er ihm die Grundzüge des Spiels erklärte und die ersten Hinweise gab, war von seinem Schreibtisch entfernt worden. Der handgreifliche Beweis für das, was Ricky drohte, war nicht mehr da. Was nichts daran änderte, wie reell diese Bedrohung war.

13

ER STRICH EINEN WEITEREN TAG in seinem Kalender aus und notierte auf dem Block, der vor ihm lag, zwei Telefonnummern. Die erste gehörte zu Detective Riggins von der New York City Transit

Authority Police. Bei der zweiten handelte es sich um eine Nummer, die er seit Jahren nicht mehr gewählt hatte, so dass er Zweifel hegte, ob sie überhaupt noch gemeldet war. Es war der Anschluss von Dr. William Lewis. Vor fünfundzwanzig Jahren war Dr. Lewis der Psychoanalytiker gewesen, der Ricky ausgebildet, der Rickys eigene Analyse vorgenommen hatte, die er für seine Zulassung brauchte. Es gehört zu den kuriosen Besonderheiten dieses Berufs, dass jeder, der die Methode praktizieren will, sich erst einmal selbst behandeln lassen muss. Ein Herzchirurg käme nie auf den Gedanken, sich als Teil seiner Ausbildung selbst unters Messer zu begeben, ein Analytiker dagegen schon. Die zwei Nummern, kam ihm in den Sinn, standen für zwei völlig gegensätzliche Hilfsquellen. Er war sich keineswegs sicher, ob eine davon tatsächlich Hilfe versprach, doch er war nicht sicher, ob er noch in der Lage war, all diese Ereignisse für sich zu behalten, wie Rumpelstilzchen empfohlen hatte. Er musste mit jemandem reden. Wer der richtige Ansprechpartner war, würde sich allerdings erst erweisen.

Die Kommissarin meldete sich beim zweiten Klingelzeichen mit einem knappen »Riggins«.

»Detective, Dr. Frederick Starks. Sie erinnern sich bestimmt, wir haben letzte Woche über den Tod eines meiner Patienten gesprochen ...«

Einen Moment lang herrschte am anderen Ende Schweigen, nicht mangels Erinnerungsvermögen, sondern eher vor Überraschung über den unverhofften Anruf. »Sicher, Doktor. Ich hatte Ihnen eine Kopie des Abschiedsbriefs zugeschickt, den wir noch gefunden hatten. Ich dachte, der Fall wäre damit ziemlich eindeutig geklärt. Was macht Ihnen zu schaffen, Doktor?«

»Ich dachte, ich könnte vielleicht mit Ihnen über einige Umstände in Verbindung mit dem Tod von Mr. Zimmerman reden.«

»Was für Umstände, Doktor?«

»Lieber nicht am Telefon.«

Die Polizistin lachte kurz auf, als sei das Anliegen amüsant. »Das klingt schrecklich melodramatisch, Doktor. Aber klar. Wollen Sie herkommen?«

»Ich nehme an, Sie haben irgendwo eine Räumlichkeit, wo wir unter vier Augen sprechen können?«

»Selbstverständlich. Wir haben ein grässliches kleines Verhörzimmer, wo wir den unterschiedlichsten Verdächtigen Geständnisse entlocken. Eigentlich dasselbe wie in Ihrer Praxis, nur weniger zivilisiert und sehr viel schneller …«

Ricky winkte an der Straßenecke ein Taxi heran, mit dem er zehn Häuserblocks nach Norden fuhr, wo er sich an der Ecke Madison und Sechsundneunzigste absetzen ließ. Er betrat den erstbesten Laden, bei dem es sich zufällig um ein Geschäft für Damenschuhe handelte, verbrachte genau neunzig Sekunden damit, sich die Waren anzusehen, während er regelmäßig durch das Schaufenster auf die Ampel an der Ecke schielte. Kaum sprang sie auf Grün, verließ er den Laden und überquerte die Straße, um ein weiteres Taxi heranzuwinken. Diesen Fahrer wies er an, Richtung Süden bis zur Grand Central Station zu fahren.

Für die Mittagszeit an einem Sommertag war der Bahnhof nicht sonderlich belebt. Ein stetiger Menschenstrom verteilte sich in dem höhlenartigen Labyrinth auf die Pendlerzüge oder U-Bahn-Verbindungen, machte einen Bogen um den einen oder anderen singenden oder murmelnden Obdachlosen, der in der Nähe der Eingänge lungerte, lief achtlos an den großen, grellen Werbeflächen vorüber, die Grand Central mit einem überirdischen Licht erfüllten. Ricky fädelte sich in den Menschenstrom ein und versuchte, auf seinem Weg quer durch den Bahnhof möglichst zügig mitzulaufen. Dies war ein Ort, an dem man sich nicht gern unentschlossen zeigte, und so lief er in der Parade dieser zielstrebigen Menschen mit und wappnete sich wie sie mit diesem eisernen Gesichtsausdruck gegen den Rest der Menschheit – jeder Passant eine eigene kleine Insel im Strom. So schwammen sie alle, nicht haltlos, sondern innerlich fest verankert, stetig im Fahrwasser mit. Nur dass er sich bei aller Verstellung innerlich ankerlos fühlte. Er nahm den erstbesten einfahrenden Zug nach Westen, fuhr bis zur nächsten Station, sprang rasch auf den Bahnsteig und lief die Treppen zur wie im Backofen glühenden Straße hoch, wo er wiederum das nächste Taxi nahm, das er erwischte. Dabei sorgte er dafür, dass der Wagen nach Süden, also genau in die entgegengesetzte Richtung, fuhr. Er ließ den Mann eine Runde um den Häuserblock drehen, dann in eine Querstraße einbiegen, wo er sich zwischen Lieferwagen hindurchmanövrieren musste, während Ricky unentwegt durch die Heckscheibe starrte, um zu sehen, wer ihnen vielleicht folgte.

Für den Fall, dass Rumpelstilzchen oder Virgil oder Merlin oder wer sonst noch für seinen Widersacher arbeitete, ihm unbemerkt hatte folgen können, rechnete sich Ricky keinerlei Chancen aus. Er sackte geräuschvoll in den Sitz und fuhr schweigend zur Station der Transit Authority Police in der Sechsundneunzigsten Ecke Broadway.

Als er zur Tür des Kommissariats hereinkam, erhob sich Detective Riggins. Sie wirkte nicht annähernd so erschöpft wie bei ihrer ersten Begegnung, auch wenn ihre Kleidung fast unverändert war: modische dunkle Hose zu unpassenden Sportschuhen, hellblaues Anzughemd mit locker gebundenem rotem Schlips, daneben ein Schulterhalfter aus braunem Leder mit einer kleinen Automatik links von ihrer Brust. Eine höchst seltsame Erscheinung, musste Ricky denken. Die Polizistin kombinierte Männerkleidung mit einem femininen Zug, während ihr Make-up und Parfüm im Gegensatz zum insgesamt maskulinen Stil standen. Das Haar fiel ihr lässig gewellt bis auf die Schulter, während die Laufschuhe agile Schnelligkeit signalisierten.

Ihr Händedruck war fest. »Freut mich, Sie zu sehen, Doc, auch wenn es, wie ich zugebe, überraschend kommt.« Ihr taxierender Blick wanderte, wie bei einem Schneider angesichts eines aus der Form gegangenen Kunden, der sich in einen modischen Anzug zwängen will, ein paarmal blitzschnell an ihm auf und ab.

»Danke, dass Sie so schnell …«, fing er an, doch sie unterbrach ihn mitten im Satz.

»Sie sehen lausig aus, Doc. Vielleicht nehmen Sie sich Zimmermans Bekanntschaft mit einem U-Bahn-Zug ein wenig zu sehr zu Herzen.«

Er schüttelte den Kopf und brachte ein zaghaftes Lächeln zuwege. »Bisschen zu wenig Schlaf«, räumte Ricky ein.

»Tatsächlich«, erwiderte Riggins ironisch. Sie deutete mit einer Armbewegung auf einen Nebenraum, das Verhörzimmer, von dem sie gesprochen hatte.

Der enge Raum war kahl und menschenfeindlich, bar jeder Dekoration, und ein einziger Tisch aus Metall mit drei passenden

Klappstühlen in der Mitte bildete das einzige Mobiliar. Der Tisch hatte eine Linoleumplatte, die von Kratzern und Tintenflecken verunstaltet war. Er dachte an sein Sprechzimmer, besonders an die Couch und an die Bedeutung jedes Gegenstands in Sichtweite des Patienten für den Behandlungsverlauf. Die triste Mondlandschaft, in der er stand, war eine schreckliche Umgebung für Geständnisse, aber schließlich handelte es sich bei den Geständnissen, die hier zu hören waren, auch um schreckliche Taten.

Riggins hatte seine Gedanken wohl erraten, denn sie sagte: »Das städtische Budget für Raumausstattung ist dieses Jahr ein bisschen dürftig ausgefallen. Wir mussten uns von den Picassos an den Wänden und den Roche-Bobois-Möbeln trennen.« Sie deutete auf einen der Eisenstühle. »Setzen Sie sich, Doktor, und sagen Sie mir, was Sie bedrückt.« Detective Riggins konnte ein Grinsen nur mühsam unterdrücken. »So oder so ähnlich klingt das doch sicher bei Ihnen?«

»Mehr oder weniger«, erwiderte Ricky. »Auch wenn ich nicht weiß, was daran so lustig ist.«

Riggins nickte und schwächte den amüsierten Unterton ab. »Bitte um Entschuldigung«, sagte sie. »Nur wegen der verkehrten Rollen, Dr. Starks. Schließlich kriegen wir hier Leute aus Ihren gehobenen Kreisen nicht alle Tage zu Gesicht. Die Transit Authority Police hat es mit ziemlich gewöhnlichen und hässlichen Straftaten zu tun. Meistens Raubüberfälle. Bandenkriminalität. Obdachlose geraten in Schlägereien, die mit Totschlag enden. Was belastet Sie dermaßen? Ich verspreche Ihnen, die Sache äußerst ernst zu nehmen.«

»Es amüsiert Sie, mich so zu sehen …«

»Unter Stress. Ja, gebe ich zu.«

»Mit Psychiatrie haben Sie nichts am Hut?«

»Nein. Ich hatte einen Bruder, der depressiv und schizophren war und von einer Anstalt in die andere kam, und jeder Arzt hat ihn nur totgequatscht. Daher die Vorurteile. Lassen wir's dabei bewenden.«

Ricky schwieg, bevor er sagte: »Na ja, meine Frau ist vor ein paar Jahren an Eierstockkrebs gestorben, aber ich hab nicht die Ärzte gehasst, die ihr nicht helfen konnten, sondern die Krankheit.«

Riggins nickte wieder. »Der Punkt geht an Sie.«

Ricky war nicht sicher, wo er beginnen sollte, und so kam er zu dem Schluss, dass er genauso gut mit Zimmerman anfangen konnte wie irgendwo sonst. »Ich hab die Abschiedszeilen gelesen«, sagte er. »Um ehrlich zu sein, klangen sie nicht nach meinem Patienten. Ob Sie mir wohl sagen könnten, wo Sie sie gefunden haben?«

Riggins zuckte ein wenig die Achseln. »Wieso nicht? Sie lagen auf dem Kissen seines Bettes in seiner Wohnung. Fein säuberlich gefaltet und nicht zu übersehen.«

»Wer hat den Brief gefunden?«

»Ich selbst. Nachdem ich mit den Zeugen fertig war und mit Ihnen geredet hatte, bin ich am nächsten Tag in seine Wohnung gegangen und hab ihn sofort gesehen, als ich sein Schlafzimmer betrat.«

»Zimmermans Mutter, sie ist bettlägerig …«

»Sie war nach dem ersten Anruf so verstört, dass ich die Sanitäter geholt habe, die sie für ein paar Nächte ins Krankenhaus eingewiesen haben. Soweit ich weiß, kommt sie in den nächsten Tagen in ein Heim für betreutes Wohnen in Rockland County. Der Bruder kümmert sich drum. Telefonisch, von Kalifornien aus. Scheint nicht allzu sehr von der Rolle zu sein nach dem, was passiert ist, und vor Menschlichkeit sprüht er wohl auch nicht gerade, besonders in bezug auf seine Mutter.«

»Nur dass ich das richtig verstehe«, sagte Ricky. »Die Mutter kommt ins Krankenhaus, und am nächsten Tag finden Sie den Brief …«

Detective Riggins lächelte matt. »Na ja, ich weiß auch, dass Zimmerman ihn da nicht irgendwann nach drei Uhr nachmittags hingelegt hat, weil er da nämlich schon den Zug genommen hatte, bevor er hielt, was wohl keine so gute Idee gewesen ist.«

»Jemand anders könnte ihn da hingelegt haben.«

»Sicher, wenn man in allen Ecken und Winkeln Verschwörungen sieht. Wenn man die Flöhe husten hört. Doktor, er war unglücklich und ist vor einen Zug gesprungen. Das kommt vor.«

»Dieser Brief«, beharrte Ricky, »der war getippt, nicht wahr? Und ohne Unterschrift, ich meine, der Name war auch getippt.«

»Ja, auch das ist richtig.«

»Mit dem Computer geschrieben, nehme ich mal an.«

»Ja, wieder richtig. Doktor, Sie klingen schon wie ein Ermittler.«

Ricky überlegte einen Moment. »Ich glaube, ich hab mal irgendwo gehört, dass man Schreibmaschinen zurückverfolgen kann, dass jede Type auf unverwechselbare Art und Weise auf das Papier anschlägt. Gilt das auch für einen Computerdrucker?«

Riggins schüttelte den Kopf. »Nein.«

Ricky überlegte. »Ich kenne mich mit Computern nicht aus«, sagte er. »Bei meiner Tätigkeit hab ich nie einen gebraucht ...«

Er starrte die Polizistin ihm gegenüber an, die sich angesichts seiner Fragen ein wenig unbehaglich zu fühlen schien. »Aber wird nicht im Apparat selbst alles festgehalten, was darauf geschrieben wurde?«

»Auch da haben Sie recht. Auf der Festplatte gewöhnlich. Und ich sehe auch, worauf Sie hinauswollen. Nein, ich habe nicht Zimmermans Computer überprüft, um zu sehen, ob er diesen Brief tatsächlich auf seinem PC, der im Schlafzimmer stand, geschrieben hat. Ein Mann springt vor einen Zug, und auf dem Kopfkissen bei ihm zu Hause finde ich einen Abschiedsbrief. Ein solches Szenario legt nicht unbedingt weitere Ermittlungen nahe.«

»Dieser Computer an seinem Arbeitsplatz, dazu hätten eine Menge Leute Zugang, oder?«

»Ich würde mal annehmen, er benutzt ein Passwort, um seine Dateien zu schützen. Aber kurz gesagt lautet die Antwort ja.«

Ricky nickte und saß eine Weile schweigend da.

Riggins wechselte die Haltung, bevor sie fortfuhr, »Also, Sie erwähnten Umstände in Verbindung mit diesem Todesfall, über die Sie mit mir sprechen wollten. Worum handelt es sich dabei?«

Ricky holte tief Luft, bevor er sagte: »Ein Angehöriger einer ehemaligen Patientin droht damit, mir oder meinen Verwandten Schaden zuzufügen, den er nicht näher benennt. Zu diesem Zweck hat derjenige bereits einige Schritte unternommen, die mein Leben empfindlich, drastisch beeinträchtigen. Zu diesen Maßnahmen gehören vorgetäuschte Beschwerden gegen meine berufliche Integrität, elektronische Zugriffe auf meine Finanzen, Einbrüche in meine Wohnung, Übergriffe auf meine Privatsphäre und die Forderung, dass ich Selbstmord begehe. Ich habe Grund zu der Annahme, dass Zimmermans Tod zu diesen systematischen, schweren Schikanen gehört, denen ich seit einer Woche ausgesetzt bin. Ich glaube nicht, dass es Selbstmord war.«

Riggins' Augenbrauen schnellten in die Höhe. »Du lieber Himmel, Doktor Starks. Klingt, als säßen Sie ganz schön in der Tinte. Eine ehemalige Patientin?«

»Nein, das Kind einer Patientin. Im Moment weiß ich noch nicht, welche.«

»Und Sie meinen, derjenige, der es auf Sie abgesehen hat, der hat auch Zimmerman dazu überredet, vor den Zug zu springen?«

»Nicht überredet. Vielleicht wurde er geschubst.«

»Es war viel los, und niemand hat gesehen, dass er geschubst wurde. Schlechterdings niemand.«

»Dass es keinen Augenzeugen gibt, heißt noch nicht, dass es nicht so war. Ist es nicht ganz natürlich, dass jeder Richtung Zug sieht, wenn er in die Station einfährt? Wenn Zimmerman ganz hinten in der Menge stand, wie es das Fehlen von Augenzeugen nahelegt, wie schwer wäre es da wohl gewesen, ihn ein bisschen zu rempeln?«

»Nun ja, Doktor, das ist richtig. Das wäre nicht schwer, überhaupt nicht schwer. Und so, wie Sie es beschreiben, passiert es tatsächlich ab und zu. Über die Jahre hatten wir ein paar Morde, die in dieses Schema passen. Und es stimmt auch, dass bei der Einfahrt des Zuges aller Augen natürlicherweise in eine Richtung wandern, so dass am Ende der Plattform so ziemlich alles passieren kann, ohne dass es jemand sieht. Aber in diesem Fall haben wir LuAnne, die sagt, er ist gesprungen. Sie mag zwar nicht ganz zuverlässig sein, aber immerhin. Und wir haben es mit einem Abschiedsbrief und einem unglücklichen Mann mit einer schwierigen Mutterbeziehung zu tun, der auf ein Leben blickt, das viele als Enttäuschung bezeichnen würden ...«

Ricky schüttelte den Kopf. »Jetzt klingen Sie ein bisschen so, als wollten Sie sich herausreden. Mehr oder weniger so, wie Sie es mir bei unserem ersten Gespräch vorgeworfen haben.«

Diese Bemerkung brachte Detective Riggins zum Schweigen. Sie fixierte Ricky lange, bevor sie sagte: »Doktor, ich habe das Gefühl, Sie sollten mit dieser Geschichte zu jemandem gehen, der Ihnen helfen kann.«

»Und an wen hatten Sie da gedacht?«, fragte er. »Sie sind Kommissarin. Ich habe Ihnen kriminelle Handlungen gemeldet, oder etwas, das nach kriminellen Handlungen aussieht. Müssten Sie das nicht irgendwie in einem Bericht festhalten?«

»Wollen Sie eine förmliche polizeiliche Meldung machen?«

Ricky nahm die Kommissarin fest ins Visier. »Sollte ich? Was passiert dann?«

»Ich gebe sie an meinen Vorgesetzten weiter, der sie für verrückt halten wird und durch die bürokratische Mühle schickt, und in ein paar Tagen bekommen Sie einen Anruf von einem anderen Kommissar, der noch skeptischer ist als ich. Mit wem haben Sie bis jetzt über diese anderen Dinge gesprochen?«

»Nun ja, mit den zuständigen Leuten bei den Banken und der Psychoanalytic Society ...«

»Melden die so was nicht routinemäßig dem FBI oder einer staatlichen Ermittlungsbehörde, wenn sie zu dem Schluss kommen, dass es sich um kriminelle Machenschaften handelt? Klingt mir so, als müssten Sie mit jemandem im Betrugsdezernat bei der Kripo New York reden. Wenn ich Sie wäre, würde ich vielleicht einen Privatdetektiv anheuern. Und mir einen verdammt guten Anwalt nehmen.«

»Was muss ich tun, um die Sache der Kripo New York zu melden ...?«

»Ich gebe Ihnen einen Namen und eine Nummer.«

»Und Sie meinen nicht, dass Sie der Sache nachgehen sollten, dass Sie den Fall Zimmerman wieder aufrollen müssen?«

Detective Riggins kam ins Grübeln. Sie hatte sich während der Unterhaltung keine Notizen gemacht. »Möglich«, sagte sie bedacht. »Ich werde darüber nachdenken. Es ist schwer, einen Fall wieder zu eröffnen, wenn er einmal offiziell abgeschlossen ist.«

»Aber nicht unmöglich.«

»Schwierig, aber nicht unmöglich.«

»Können Sie sich von Ihrem Vorgesetzten eine entsprechende Vollmacht einholen ...«, fing Ricky an.

»Ich glaube nicht, dass ich das schon an dieser Stelle tun möchte«, sagte die Polizistin. »Hab ich meinem Vorgesetzten erst gesagt, dass es ein offizielles Problem gibt, trete ich eine bürokratische Lawine los. Ich denke, ich werde einfach selber ein bisschen herumschnüffeln. Vielleicht. Wissen Sie was, Doktor, wie wär's, wenn ich mir erst mal selber ein paar Dinge genauer anschaue und mich dann wieder bei Ihnen melde? Zumindest kann ich den Computer überprüfen, den Zimmerman in seinem Schlafzimmer hatte. Vielleicht finde ich ja eine Zeitangabe bei der Datei mit dem Abschiedsbrief.

Ich mach mich heute Abend oder morgen dran. Wie finden Sie das?«

»Gut«, sagte Ricky, »besser heute Abend als morgen. Ich stehe unter einem gewissen Zeitdruck. Und gleichzeitig könnten Sie mir Namen und Nummer der richtigen Leute bei der Kripo New York geben …«

Das schien ein vernünftiges Arrangement zu sein. Die Polizistin nickte. Es erfüllte Ricky mit Genugtuung, dass der leicht spöttische, sarkastische Ton aus ihrer Stimme gewichen war, seit ihr schwante, dass sie den Fall vielleicht vermasselt hatte. Selbst wenn sie auch nur entfernt an diese Möglichkeit dachte, war ein fälschlich als Selbstmord eingestufter Mord in einer Welt, in der Beförderungen und Gehaltserhöhungen so eng an den erfolgreichen Abschluss von Ermittlungen geknüpft waren, der schiere Albtraum des Bürokraten. »… Ich erwarte Ihren Anruf so bald wie möglich«, sagte er.

Dann erhob sich Ricky mit dem Gefühl, dass er gerade einen Pluspunkt für sich verbuchen konnte. Kein Siegesrausch, aber immerhin doch das Gefühl, ein bisschen weniger allein auf der Welt zu sein.

Ricky nahm ein Taxi zur Met im Lincoln Center, die außer ein paar Touristen und den Leuten vom Sicherheitsdienst wie ausgestorben war. Vor den Toiletten stand, wie er wusste, eine Reihe Münztelefone. Der Vorteil dieser Fernsprecher war, dass er von dort aus einen Anruf machen konnte und zugleich jeden im Visier hatte, der vielleicht versuchte, ihm in die Oper zu folgen. Er bezweifelte, dass irgendjemand nahe genug an ihn herankam, um mitzuhören, mit wem er telefonierte.

Die Nummer, die er für Dr. Lewis hatte, stimmte wie erwartet nicht mehr. Doch er wurde an eine andere Nummer mit einer anderen Vorwahl weiterverwiesen. Er warf fast alle Vierteldollarmünzen ein, die er noch hatte. Als er es tuten hörte, überlegte er, dass Dr. Lewis inzwischen wahrscheinlich gut über achtzig war, und er fragte sich, ob er ihm überhaupt helfen konnte. Andererseits wusste Ricky, dass er nur so einen klaren Blick auf seine Situation gewinnen konnte, und da alles, was er unternahm, einem Verzweiflungsakt gleichkam, sollte er es nicht unversucht lassen.

Es klingelte mindestens achtmal am anderen Ende, bevor abgehoben wurde. »Ja?«

»Dr. Lewis, bitte.«

»Am Apparat.«

Ricky hatte die Stimme seit zwanzig Jahren nicht mehr gehört, und sie löste Gefühle in ihm aus, die ihn selbst erstaunten. Es war, als ob ein Sturzbach aus Angst und Hass, aus Liebe und Frustration in seinem Innern losbrach, so dass er nur mühsam Haltung bewahrte.

»Dr. Lewis, hier spricht Dr. Frederick Starks ...« Einen Moment lang schwiegen beide Männer, als wäre die plötzliche Wiederbegegnung am Telefon ein wenig zuviel für sie.

Dr. Lewis ergriff als erster das Wort. »Da hol mich doch der Teufel. Wie schön, von Ihnen zu hören, Ricky, auch nach so vielen Jahren. Ich kann's kaum fassen.«

»Es tut mir leid, Dr. Lewis, so mit der Tür ins Haus zu fallen, aber ich wusste nicht, an wen ich mich sonst hätte wenden sollen.«

Wieder herrschte kurzes Schweigen.

»Sie sind in Schwierigkeiten, Ricky?«

»Ja.«

»Und die Mittel der Selbstanalyse sind unzulänglich?«

»Ja. Ich hatte gehofft, Sie könnten vielleicht ein bisschen Zeit für ein Gespräch erübrigen.«

»An sich praktiziere ich nicht mehr«, sagte Lewis. »Der Ruhestand. Das Alter. Die Zipperlein. Es ist schrecklich, alt zu werden. So vieles, was einem einfach entgleitet.«

»Kann ich zu Ihnen kommen?«

Der alte Mann überlegte. »Sie klingen ziemlich gehetzt. Es geht um etwas Ernstes? Sie haben schlimme Probleme?«

»Ich bin in großer Gefahr, und mir bleibt wenig Zeit.«

»Na, na, na.« Ricky sah förmlich das Lächeln im alten Gesicht des Psychoanalytikers. »Das klingt ja hochinteressant. Und Sie meinen, ich kann Ihnen helfen?«

»Ich weiß nicht, immerhin möglich.«

Der ältere Kollege ließ das erst einmal auf sich wirken, bevor er erwiderte: »Aus Ihnen spricht unser Berufsstand. Sie werden hier rauskommen müssen, fürchte ich. Habe keine Praxis mehr in Manhattan.«

»Und wo ist ›hier‹?«

»Rhinebeck«, sagte Dr. Lewis und nannte eine Adresse in der River Road. »Der ideale Ort, um seinen Ruhestand zu verbringen, außer dass es im Winter verdammt kalt und vereist ist. Um diese Zeit aber wunderschön. Sie können einen Zug von der Pennsylvania Station nehmen.«

»Wenn ich heute Nachmittag ankomme …«

»Ich empfange Sie, egal, wann Sie kommen. Das ist einer der wenigen Vorteile des Ruhestands. Dringende Termine sind höchst selten. Nehmen Sie sich vom Bahnhof aus ein Taxi, und ich erwarte Sie so um sieben, acht herum.«

Er ließ sich so weit hinten im Zug wie möglich mit einem knirschenden Geräusch in einen Ecksitz fallen und verbrachte den größten Teil des Nachmittags damit, aus dem Fenster zu starren. Der Zug fuhr genau nach Norden, immer am Hudson entlang, zuweilen so nah am Fluss, dass ihn nur wenige Meter vom Wasser trennten. Ricky saß da, starrte auf den breiten Strom und war wie gebannt von den unterschiedlichen Blaugrüntönen, die der Fluss annahm, von einem satten Grünschwarz dicht am Ufer bis zu einem helleren, lebendigeren Blau in der Mitte. Segelboote schnitten durch das Wasser und warfen weiße Gischtfontänen auf, während sich das eine oder andere Containerschiff durch die tiefste Fahrrinne wälzte. In der Ferne ragten, von dunkelgrünen Baumgruppen bekrönt, die Palisaden mit ihren graubraunen Felsspitzen in den Horizont. Herrschaftliche Villen waren in die weiten Rasenflächen eingestreut, Prachtbauten von einer Größe, die einen schier unvorstellbaren Reichtum bezeugte. Am West Point erhaschte er einen Blick auf die Militärakademie hoch oben über dem Fluss; die trutzigen, grauen Gebäude schienen so stramm zu stehen wie die uniformierte Phalanx der Kadetten. Der Hudson war breit und spiegelglatt, und Ricky konnte sich mühelos in den Entdecker hineinversetzen, der dem Fluss fünfhundert Jahre zuvor den Namen gegeben hatte. Eine Weile betrachtete er die Wasserfläche, ohne ganz sicher sagen zu können, in welche Richtung die Strömung verlief, ob nach New York in seinem Rücken und von dort ins Meer, oder, von den Gezeiten und der Erddrehung angetrieben, nach Norden. Es irritierte ihn ein wenig, dass er noch so lange auf die Oberfläche starren konnte, ohne die Zielrichtung zu wissen oder erraten zu können.

In Rhinebeck stieg nur eine Handvoll Fahrgäste aus, und Ricky blieb noch eine Weile unschlüssig auf dem Bahnsteig stehen, um sich jeden genau anzusehen, da er die Sorge nicht loswerden konnte, dass ihm trotz seiner Vorsichtsmaßnahmen jemand gefolgt war. Da gab es ein paar junge Leute um die zwanzig in Jeans oder Shorts, die miteinander lachten; eine Frau im mittleren Alter mit einer Meute von drei Kindern, die Mühe hatte, gegenüber einem kleinen, blonden Jungen nicht die Geduld zu verlieren; zwei gehetzt wirkende Geschäftsmänner, die ihre Handys zückten, noch bevor sie das Bahnhofsgebäude erreicht hatten. Kein Einziger der Reisenden sah auch nur einmal zu Ricky herüber. Nur der kleine Junge blieb vor ihm stehen und schnitt eine Fratze, um im nächsten Moment vom Bahnsteig aus die lange Treppe hinaufzustürmen. Ricky wartete, bis der Zug sich erst langsam, dann schneller mit metallischem Kreischen in Bewegung setzte. Als er sich endlich davon überzeugt hatte, dass sonst niemand mehr ausgestiegen war, folgte Ricky den anderen zum Bahnhof. In dem alten Backsteingebäude hallten seine eiligen Schritte vom Fliesenboden wider, während die kühle Luft der Spätnachmittagshitze trotzte. Auf einem einsamen Schild mit rotem Pfeil über einer breiten Flügeltür stand: TAXIS. Er verließ das Gebäude und konnte nur eine einzige, schmuddelig weiße Limousine entdecken, die neben der Taxilizenz an der Seite und dem unbeleuchteten Emblem auf dem Dach eine Beule in einem der vorderen Kotflügel zierte. Der Fahrer warf gerade den Motor an, als er Ricky erspähte und scharf rechts an den Bordstein fuhr.

»Brauchen Se 'n Taxi?«

»Ja, bitte«, erwiderte Ricky.

»Na denn, ich bin der Letzte hier. Gerade drauf und dran zu fahren, als ich Sie durch die Tür spazieren seh. Springen Sie rein.«

Ricky folgte der Aufforderung und gab dem Mann die Anschrift von Dr. Lewis.

»Aha, Top-Adresse«, sagte der Fahrer und gab so kräftig Gas, dass die Reifen sich ein wenig beklagten, als sie das Bahnhofsgelände verließen.

Die Fahrt zum Haus des alten Psychoanalytikers führte sie auf eine schmale, zweispurige Straße, die sich durch die Landschaft wand. Stattliche Eichen bildeten einen Baldachin über der Fahrbahn, und das letzte sommerabendliche Licht schien wie Mehl durch ein Sieb gemächlich durch die Schatten links und rechts zu rieseln. Die Hügelketten zogen sich in sanften Wellen dahin wie die Dünung auf dem stillen Meer. Auf einigen Feldern standen Pferde in Gruppen zusammen, und in der Ferne ragten große, imposante Villen auf. Die näher zur Straße gelegenen Anwesen waren antik, oft Schindelbauten, und von den kleinen, auffällig platzierten Schildern war das Baujahr abzulesen, so dass jeder, der vorbeikam, erfuhr, dass er ein Haus aus dem Jahr 1788 oder 1902 vor Augen hatte. In mehr als einem farbenfrohen Blumengarten saß ein Eigentümer rittlings auf einem kleinen Traktor-Rasenmäher und schnitt eine makellose grüne Schneise in den Rasen. Es war eine Gegend für Eskapisten, dachte er. Er vermutete, dass das eigentliche Leben der meisten Bewohner in den Straßenfluchten von Manhattan angesiedelt war, wo sie es sich mit Geld, Macht oder Prestige und recht häufig mit allen dreien erarbeiteten. Das hier waren Wochenendhäuser und Fluchtburgen für den Sommer, schwindelerregend teuer, dafür mit echtem Grillenzirpen bei Nacht.

Der Taxifahrer sah, wie er die Blicke schweifen ließ und sagte: »Nicht schlecht, was? Paar von den Hütten kosten echt Geld.«

»Und am Wochenende bekommt man in keinem Restaurant mehr einen Platz, möchte ich wetten«, erwiderte Ricky.

»Im Sommer oder so um die Ferienzeit, da liegen Sie richtig. Aber sind ja nicht alle Stadtpflanzen. Paar von denen schlagen hier echt Wurzeln. So gerade genug, dass es keine Geisterstadt wird. Ist 'n schönes Fleckchen Erde.« Er drosselte das Tempo und bog in eine Einfahrt ab. »Das Problem is eben, dass es für New York zu gut zu erreichen ist«, sagte er.

Dr. Lewis' Heim gehörte zu den alten, renovierten Farmhäusern, ein schlichter, zweistöckiger Bau im Cape-Stil. Auf dem strahlend weißen Anstrich prangte eine Plakette, auf der 1791 stand.

Es war keineswegs das größte der Domizile, an denen Ricky vorbeigekommen war. Es war mit einem weinüberwucherten Spalier geschmückt, am Eingang waren Blumen gepflanzt, ein kleiner Fischteich schimmerte am Rand des Gartens. Eine Hängematte sowie einige Adirondack-Gartenstühle, an denen die weiße Farbe abblätterte, befanden sich seitlich davon. Vor einem ehemaligen Stall, der nunmehr als Garage diente, parkte ein zehn Jahre alter blauer Volvo-Kombi.

Das Taxi fuhr hinter ihm wieder ab, und Ricky blieb vor dem Kiesweg stehen. Ihm wurde plötzlich nur allzu bewusst, dass er mit leeren Händen kam. Er hatte keine Tasche, nicht einmal ein kleines Geschenk oder auch nur die übliche Flasche mittelteuren Weißwein dabei. Er kämpfte mit einer Flut widerstreitender Emotionen und atmete heftig ein. Angst war vielleicht nicht der richtige Ausdruck für das, was er empfand, sondern eher das Gefühl eines Kindes, das seinen Eltern eine Übertretung zu beichten hat. Ricky wollte über sich selbst schmunzeln, denn wie er sehr wohl wusste, ist die Beziehung zwischen Analytiker und Analysant tiefgreifend, provozierend und in mancherlei Hinsicht mit der zwischen einer Autoritätsperson und einem Kind zu vergleichen, so dass er sich für seine bleiernen Füße und den beschleunigten Puls nicht zu schämen brauchte. Dies alles gehörte nun einmal zum Übertragungsprozess, bei dem der Analytiker nach und nach unterschiedliche Rollen übernimmt, die allesamt zum Verständnis beitragen. Dennoch, dachte Ricky, haben nicht viele Ärzte eine solche Wirkung auf ihre Patienten. Ein Orthopäde würde sich nach so vielen Jahren und so vielen Operationen wohl nicht einmal mehr an das betreffende Knie oder Hüftgelenk erinnern. Da der menschliche Geist aber nun einmal etwas differenzierter, wenn auch nicht immer so funktionstüchtig ist wie ein Knie, wird sich der Analytiker vermutlich noch an das Meiste erinnern.

Er ging langsam weiter und betrachtete aufmerksam den Eingang, um möglichst alles in sich aufzunehmen. Er rief sich eine weitere Grundkonstellation der Analyse ins Bewusstsein; der Arzt kennt praktisch jede emotionale und sexuelle Intimität des Patienten, der seinerseits nahezu nichts über den Therapeuten weiß. Diese Geheimnisstruktur ahmt gewissermaßen die Beziehungsmuster im wirklichen Leben und in der Familie nach, und das Vordringen in unbekannte Gefilde geht stets mit einer Mischung aus Beklommenheit und Faszination einher.

Dr. Lewis weiß viel über mich, dachte Ricky, und jetzt werde ich etwas über ihn erfahren, was die Sachlage ein wenig verändert. Die

Überlegung brachte ihn ein wenig ins Schwitzen. Als er noch auf halbem Wege zur Eingangstreppe war, ging die Haustür auf. Er hörte die Stimme, bevor er den Mann zu sehen bekam. »Ein bisschen unbehaglich, möchte ich wetten.«

»Sie können Gedanken lesen«, erwiderte Ricky mit einem altbekannten Analytiker-Witz.

Er wurde in ein Arbeitszimmer geleitet, das direkt an der Frontseite des alten Hauses lag. Er ertappte sich dabei, wie er sich in alle Richtungen umsah und sich jede Einzelheit einprägte. Bücher in einem Regal. Den Tiffany-Lampenschirm. Den Orientteppich. Wie viele alte Häuser war auch dieses hier im Gegensatz zu den strahlend weißen Außenwänden innen ein wenig dunkel; es wirkte kühl, nicht muffig, sondern frisch, als könnte es sich an die offenen Fenster und niedrigeren Temperaturen der letzten Nacht erinnern. Er roch einen zarten Fliederduft, während aus dem hinteren Bereich des Hauses Kochgeräusche kamen.

Dr. Lewis war ein Mann von zartem Körperbau, mit leicht gebeugten Schultern, Glatze und Haarbüscheln, die ihm dreist aus den Ohren wucherten, was ihm ein unverwechselbares Aussehen verlieh. Seine Brille saß tief auf der Nase, so dass er nur selten durch die Gläser zu sehen schien. Seine Hände hatten ein paar Altersflecken und zitterten kaum merklich. Er ging langsam und hinkte dabei ein wenig. Schließlich ließ er sich in einen großen roten, prall gepolsterten Ledersessel fallen, während er Ricky das etwas kleinere Gegenstück einen Meter entfernt anbot. Ricky sank hinein.

»Ich bin hoch erfreut, Sie wiederzusehen, Ricky, selbst nach so vielen Jahren. Wie lange ist das jetzt her?«

»Mindestens zehn Jahre. Sie sehen gut aus …«

Dr. Lewis grinste und schüttelte den Kopf. »Wir sollten wohl nicht mit einer so offensichtlichen Lüge anfangen, auch wenn man in meinem Alter eine Lüge weit mehr als die Wahrheit zu schätzen weiß. Die Wahrheit ist meist so verdammt unerfreulich. Ich bräuchte eine neue Hüfte, eine neue Blase, eine neue Prostata, je zwei neue Augen und Ohren und ein paar neue Zähne. Neue Füße könnten auch nicht schaden. Neues Herz wär vermutlich langsam fällig, aber ich bekomme nichts dergleichen. Könnte einen neuen Wagen in der Garage vertragen, und dem Haus täten neue Leitungen gut. Wenn ich drüber nachdenke, mir eigentlich auch. Das Dach dagegen ist noch in Ordnung.« Er tippte sich an die Stirn. »Meins auch.« Dann kicherte er. »Aber ich bin sicher, Sie haben mich nicht aufgespürt, um zu hören, wie's mir geht. Ich vergesse meine beruflichen Prinzipien und meine Manieren. Sie essen natürlich mit mir zu Abend, und ich habe das Gästezimmer für Sie herrichten lassen. Und jetzt sollte ich den Mund halten, was wir in unserem Metier doch so meisterlich beherrschen, und hören, was Sie zu mir führt.«

Ricky überlegte einen Moment, wo er anfangen sollte. Er starrte auf den alten Mann, der in seinem Sessel versank, und hatte das Gefühl, als risse in seinem Innern eine Saite. Er fühlte, wie ihm die Selbstkontrolle schwand und die Lippen zitterten, während er mühsam herausbekam: »Ich glaube, ich habe nur noch eine Woche zu leben.«

Dr. Lewis zog die Augenbrauen hoch.

»Sie sind krank, Ricky?«

Ricky schüttelte den Kopf.

»Ich glaube, ich muss mir das Leben nehmen«, antwortete er. Der alte Analytiker beugte sich vor. »Das ist allerdings ein Problem«, sagte er.

14

RICKY MUSSTE ÜBER EINE STUNDE LANG wie ein Wasserfall geredet haben, ohne dass ihn Dr. Lewis mit einer einzigen Frage oder Bemerkung unterbrochen hätte. Stattdessen saß sein Lehrer, das Kinn in die Hand geschmiegt, reglos da. Ein-, zweimal stand Ricky auf und schritt das Zimmer ab, als könnte die Bewegung seiner Füße seinen Bericht beschleunigen, bevor er sich wieder in die Polster warf und fortfuhr, die Ereignisse der letzten Tage zu schildern. Bei mehr als einer Gelegenheit fühlte er, wie ihm – trotz der angenehmen Zimmertemperatur, der geöffneten Fenster und der frischen Abendluft aus dem Hudsontal – in den Achselhöhlen der Schweiß ausbrach.

Er hörte fernes Gewittergrollen aus den Catskill Mountains ein paar Meilen hinter dem Fluss, tiefe Donnersalven wie Artilleriebeschuss. Er entsann sich, dass der hiesigen Sage nach das Geräusch von zauberischen Zwergen und Elfen herrührte, die in den grünen Tälern Kegel spielten. Er erzählte Dr. Lewis, wie er den ersten Brief erhalten hatte, er gab die Verse und die Drohungen wider und erzählte ihm, welchen Einsatz dieses Spiel von ihm verlangte. Er beschrieb Virgil und Merlin sowie die Anwaltskanzlei, die es gar nicht gab. Er versuchte, nichts auszulassen, von den elektronischen Übergriffen auf seine Konten bis zu der pornografischen Botschaft an seine entfernte Verwandte an ihrem gemeinsamen Geburtstag. Er verbreitete sich ausführlich über Zimmerman, seine Behandlung, seinen Tod und die zwei Besuche bei Detective Riggins. Er sprach über die falsche Anschuldigung wegen sexuellen Fehlverhaltens, die bei der Ärztekammer eingegangen war, und bekam dabei einen roten Kopf. Manchmal plapperte er geradezu, zum Beispiel über die beiden Einbrüche in seine Praxis, das Gefühl, keine Privatsphäre mehr zu haben, oder über seine erste Anzeige bei der *Times* und Rumpelstilzchens Antwort. Nicht immer hielt er sich an die chronologische Abfolge der Ereignisse und sprach als letztes über seine Reaktion auf die Fotos der drei Jugendlichen, die Virgil ihm vorgelegt hatte. Dann lehnte er sich schweigend zurück und starrte den alten Analytiker ihm gegenüber an, der inzwischen das Kinn in beide Hände stützte, als brauchte sein Kopf besonderen Halt, während er über das ganze Ausmaß des Unheils nachdachte, das über Ricky hereingebrochen war.

»Höchst interessant«, sagte Dr. Lewis schließlich, lehnte sich zurück und stieß einen langen Seufzer aus. »Ich frage mich, ob Ihr Rumpelstilzchen ein Philosoph ist. Hat nicht Camus behauptet, die einzige echte Wahl, die dem Menschen im Leben bleibt, sei die Frage, ob er Selbstmord begeht oder nicht? Die große existenzielle Frage, auf die alles hinausläuft.«

»Ich dachte, das war Sartre«, erwiderte Ricky. Er zuckte die Achseln.

»Ich denke, das ist die zentrale Frage bei dem Ganzen, Ricky, die erste und wichtigste Frage, die Rumpelstilzchen Ihnen stellt.«

»Entschuldigen Sie, was …«

»Werden Sie sich das Leben nehmen, um es einem anderen zu retten, Ricky?«

Die Frage machte Ricky betroffen. »Ich bin mir nicht sicher«, stammelte er. »Ich glaube, diese Alternative habe ich noch gar nicht in Betracht gezogen.«

Dr. Lewis setzte sich in seinem Sessel zurecht. »Die Frage ist aber gar nicht so weit hergeholt«, sagte er. »Und ich bin sicher, dass Ihr Peiniger Stunden damit zugebracht hat, sich auszumalen, wie wohl Ihre Antwort lautet. Was für ein Mensch sind Sie, Ricky? Was für ein Arzt? Denn am Ende läuft dieses Spiel darauf hinaus: Werden Sie sich das Leben nehmen? Er scheint bewiesen zu haben, wie ernst er es mit seinen Drohungen meint, oder zumindest hat er Ihnen weisgemacht, dass er einmal getötet hat und es daher durchaus ein zweites Mal tun kann. Und dabei handelt es sich, wenn ich das so freimütig sagen darf, Ricky, um völlig kaltblütige Morde, die ihm ein Leichtes sind. Die Opfer bedeuten ihm nichts. Die sind einfach nur Mittel zum Zweck, um Sie dahin zu bekommen, wo er Sie haben will. Und diese Morde haben den zusätzlichen Vorteil, dass kein FBI-Agent oder Polizist auf der Welt, kein Maigret oder Hercule Poirot, keine Miss Marple oder eine von Mickey Spillanes oder Robert Parkers Geschöpfen sie je wird auflösen können. Überlegen Sie mal, Ricky, denn das Ganze ist wirklich teuflisch und außerordentlich existenziell: In Paris, Guatemala City oder Bar Harbor in Maine geschieht ein Mord. Es passiert völlig unerwartet, spontan, und es trifft das Opfer absolut unvorbereitet. Es wird ganz einfach von einer Sekunde zur anderen ausgelöscht. Wie vom Blitz getroffen. Dabei befindet sich die Person, die unter diesem Mord leiden soll, tausende Meilen weit weg. Der Alb träum für jede Polizeibehörde, die erst einmal Sie ausfindig machen müsste, um dann dem Mörder auf die Spur zu kommen, der irgendwann in Ihrer Vergangenheit zu dem geworden ist, was er ist, und schließlich dieses Geschehnis in irgendeinem fernen Land, mit all den bürokratischen und diplomatischen Komplikationen damit in Verbindung bringen müsste. Vorausgesetzt, sie finden den Mörder überhaupt. Wahrscheinlich hat er sich so hinter der einen oder anderen falschen Identität verschanzt und so viele falsche Fährten gelegt, dass das unmöglich ist. Die Polizei hat selbst dann noch genug Probleme, wenn sie über DNS-Analysen und Augenzeugen verfügt. Nein, Ricky, ich würde davon ausgehen, dass sie mit so einem Verbrechen vollkommen überfordert wäre.«

»Wollen Sie demnach sagen …«

»Ihnen bleibt, wie mir scheint, eine relativ einfache Wahl: Können Sie gewinnen? Können Sie in den wenigen Tagen, die Ihnen noch bleiben, die Identität dieses Mannes namens Rumpelstilzchen herausbekommen? Und falls nicht, werden Sie sich dann selbst das Leben nehmen, um es jemand anderem zu retten? Das ist die faszinierendste Frage, die man einem Arzt stellen kann. Schließlich ist es unser Metier, Leben zu retten. Wozu wir natürlich normalerweise auf Medikamente, ärztliches Können und Geschick mit dem Skalpell zurückgreifen. In diesem Fall ist vielleicht Ihr Tod die Rettung für jemand anderen. Sind Sie zu diesem Opfer bereit? Und, falls nicht, können Sie sich danach noch in die Augen sehen? Zumindest oberflächlich betrachtet ist es nicht allzu kompliziert. Kompliziert wird es erst, nun ja, innerlich.«

»Wollen Sie also sagen …« fing Ricky an und stotterte ein wenig. Er blickte zu dem Analytiker hinüber und sah, dass der alte Kollege sich zurückgelehnt hatte, so dass der Lichtkegel von einer Tischlampe sein Gesicht in zwei Hälften schnitt. Dr. Lewis gestikulierte mit einer vom Alter klauenhaft langen Hand und knorrigen Fingern.

»Ich will damit gar nichts sagen. Ich weise nur darauf hin, dass das, was dieser Herr von Ihnen verlangt, eine Möglichkeit ist, die in Betracht gezogen werden muss. Es kommt laufend vor, dass jemand sich opfert, damit jemand anders am Leben bleibt. Soldaten in der Schlacht. Feuerwehrleute in einem brennenden Gebäude. Polizisten in den Großstädten. Ist Ihr Leben so lebenswert und so produktiv und so wichtig, dass wir es automatisch höher einstufen dürfen als das Leben, das es vielleicht kostet?«

Ricky rutschte auf seinem Sessel hin und her, als wäre die Polsterung unter ihm plötzlich steinhart. »Ich kann nicht glauben …«, fing er an, sprach den Satz aber nicht zu Ende.

Dr. Lewis zog die Schultern hoch und sah ihn an. »Tut mir leid. Natürlich haben Sie diese Variante nicht bewusst erwogen. Ich frage mich nur, ob Sie sich diese Fragen nicht längst in Ihrem Unterbewusstsein gestellt haben, weshalb Sie folgerichtig zu mir gekommen sind.«

»Ich suche Hilfe«, sagte Ricky ein wenig zu prompt. »Ich brauche Ihre Hilfe, um dieses Spiel zu spielen.«

»Wirklich? Auf einer Ebene vielleicht. Auf einer anderen sind Sie vielleicht wegen etwas ganz anderem gekommen. Um meine Erlaubnis einzuholen? Meinen Segen?«

»Ich muss den Abschnitt in meiner Vergangenheit ausloten, in dem Rumpelstilzchens Mutter bei mir Patientin war. Und dazu brauche ich Sie, denn ich habe diesen Abschnitt irgendwie verdrängt. Er scheint dicht unter der Oberfläche zu liegen, aber ich komme nicht dran. Für einen Durchbruch benötige ich Sie. Ich weiß, dass ich die Patientin identifizieren kann, die mit Rumpelstilzchen in Verbindung steht, aber nicht aus eigener Kraft, und ich glaube, dass besagte Patientin zu derselben Zeit bei mir in Behandlung war wie ich bei Ihnen in der Analyse. Ich muss die Frau bei unseren Sitzungen erwähnt haben. Ich brauche demnach einen Resonanzboden. Jemanden, von dem diese Erinnerungen sozusagen widerhallen. Ich bin sicher, dass ich den Namen aus dem Unterbewusstsein hervorkramen kann.«

Dr. Lewis nickte wieder. »Eine ganz vernünftige Bitte und offensichtlich ein kluger Ansatz. Der Ansatz des Analytikers. Reden heilt, Handeln nicht. Klinge ich grausam, Ricky? Ich denke, ich bin mit zunehmendem Alter aufbrausend und allzu direkt geworden. Natürlich helfe ich Ihnen. Allerdings scheint es mir angeraten, während wir die Vergangenheit sezieren, besser auch die Gegenwart im Auge zu behalten, denn am Ende werden Sie die Antworten sowohl in Ihrer Vergangenheit als auch in Ihrer Gegenwart finden müssen. Vielleicht auch in Ihrer Zukunft. Sehen Sie sich dazu in der Lage?«

»Ich weiß es nicht.«

Bei dieser Antwort spielte ein unangenehmes Grinsen um Dr. Lewis' Lippen. »Schon wieder die klassische Reaktion eines Analytikers. Ein Fußballspieler oder Rechtsanwalt oder moderner Geschäftsmann hätte gesagt: ›Und ob ich das verdammt noch mal kann!‹ Unsere Spezies dagegen behält sich immer ein Hintertürchen offen, nicht wahr? Wir können schlecht mit Gewissheiten leben, habe ich recht?« Er holte tief Luft und verlagerte sein Gewicht. »Das Problem ist nur, dass dieser Kerl, der Ihren Kopf auf dem Tablett serviert haben will, wesentlich entschlussfreudiger ist, nicht wahr?«

»Ja«, antwortete Ricky prompt. »Er scheint alles genau geplant und durchdacht zu haben. Ich habe den Eindruck, dass er jeden meiner Schritte im Voraus kalkuliert und in seinen Plan mit einbezogen hat.«

»Das wird zweifellos so sein.«

Ricky nickte zur Bekräftigung, und Dr. Lewis fuhr mit seinen Fragen fort.

»Würden Sie sagen, er verfügt über psychologischen Scharfsinn?«

»Ich habe den Eindruck, ja.«

Dr. Lewis nickte. »Das ist bei manchen Spielen das Entscheidende. Beim Fußball zum Beispiel. Ganz sicher auch beim Schach.«

»Sie meinen …«

»Um ein Schachspiel zu gewinnen, müssen Sie weiter planen als Ihr Gegner. Dieser eine entscheidende Zug, den Sie ihm voraus haben, führt zum Schachmatt und zum Sieg. Ich denke, Sie sollten das Gleiche tun.«

»Und wie soll ich …«

Dr. Lewis stand auf. »Das sollten wir über einem bescheidenen Essen und im Verlauf des Abends herausfinden.« Er lächelte wieder, diesmal mit einem kaum merklichen sarkastischen Zucken um die Mundwinkel. »Natürlich setzen Sie einen wichtigen Faktor voraus.«

»Der wäre?«, fragte Ricky.

»Na ja, es sieht ganz so aus, als hätte dieser Rumpelstilzchen das, was da mit Ihnen passiert, Monate, wenn nicht sogar Jahre im Voraus geplant. Es ist eine Rache, die viele Faktoren in Betracht zieht, und wie Sie ganz richtig bemerkt haben, hat er praktisch jeden Ihrer Schritte vorausgesehen.«

»Ja, nur zu wahr.«

»Dann frage ich mich«, sagte Dr. Lewis bedächtig, »wieso Sie davon ausgehen, dass er mich nicht längst vor seinen Karren gespannt hat, vielleicht mithilfe von Drohungen oder sonstigen Druckmitteln, um seine Vorstellungen durchzusetzen. Vielleicht hat er mich ja auch irgendwie gekauft. Woher nehmen Sie die Überzeugung, Ricky, dass Sie mich bei der ganzen Sache auf Ihrer Seite haben?«

Statt auf Rickys Antwort zu warten, forderte der alte Psychoanalytiker ihn mit einer ausladenden Geste auf, ihm in die Küche zu folgen, in die er sich jetzt mit seinem leicht hinkenden Gang begab.

Auf dem antiken Doppelplattentisch in der Mitte der Küche war für zwei Personen gedeckt, und ein Krug mit Eiswasser sowie ein Weidenkörbchen mit Weizenbrot standen dazwischen. Dr. Lewis ging zum Herd und holte einen Schmortopf aus der Röhre, den er auf einen Untersetzer stellte, und nahm dann einen bescheidenen Salat aus dem Kühlschrank. Er summte leise vor sich hin, während er den Tisch fertig deckte. Ricky erkannte ein paar Mozartmelodien.

»Nehmen Sie Platz, Ricky. Das da ist Hühnchen. Bitte greifen Sie zu.«

Ricky zögerte. Er griff zuerst nach dem Krug, goss sich ein großes Glas Wasser ein und trank es so hastig aus, als hätte er gerade die Wüste durchquert. Sein schlimmster Durst war gelöscht.

»Und? Hat er?«, fragte er unvermittelt. Ricky erkannte kaum seine eigene Stimme wieder. Sie schien hoch und schrill. »Hat er was?«

»Ist Rumpelstilzchen an Sie herangetreten? Sind Sie ein Teil seines Plans?«

Dr. Lewis setzte sich, breitete sorgsam die Serviette auf den Schoß, nahm sich dann eine reichliche Portion Fleisch und Salat, bevor er antwortete. »Mal andersherum gefragt, Ricky«, sagte er langsam. »Würde das einen Unterschied machen?«

»Allerdings würde es das«, stammelte Ricky. »Ich muss wissen, ob ich Ihnen trauen kann.«

Dr. Lewis nickte. »Tatsächlich? Ich denke, Vertrauen wird heutzutage überbewertet. Wie auch immer, was habe ich bis jetzt getan, um das Vertrauen, das Sie in mich setzen und das Sie hergeführt hat, zu untergraben?«

»Nichts.«

»Dann sollten Sie essen. Die Kasserolle hat meine Haushälterin gemacht, und ich versichere Ihnen, sie ist ziemlich gut, wenn auch leider nicht so gut, wie ich sie von früher kenne, als meine Frau noch am Leben war. Und Sie sehen bleich aus, Ricky, als hätten Sie in letzter Zeit nicht auf sich Acht gegeben.«

»Ich muss es wissen. Arbeiten Sie für Rumpelstilzchen?«

Dr. Lewis schüttelte den Kopf, aber nicht als Verneinung auf Rickys Frage, sondern eher als Kommentar zu der Situation. »Ricky, mir scheint, was Sie brauchen, sind Informationen. Erkenntnisse. Durchblick. Nichts von alledem, was Sie bis jetzt über das Vorgehen des Mannes berichtet haben, dient offenbar dazu, Sie irrezuführen. Wann hat er gelogen? Na ja, vielleicht bei diesem Anwalt, dessen Kanzlei nicht an der angeblichen Adresse war, doch das kann als einfaches, unumgängliches Täuschungsmanöver durchgehen. In Wahrheit zielt doch offenbar alles, was er bisher getan hat, darauf ab, Sie tatsächlich auf seine Spur zu führen. Zumindest kann man es so deuten. Er gibt Ihnen Tipps. Er schickt Ihnen eine attraktive junge Frau, die Ihnen helfen soll. Meinen Sie im Ernst, er will verhindern, dass Sie rausbekommen, wer er ist?«

»Helfen Sie ihm?«

»Ich versuche, Ihnen zu helfen, Ricky. Mag sein, dass ich ihm helfe, indem ich Ihnen helfe, das ist nicht auszuschließen. Und jetzt setzen Sie sich endlich und essen Sie was. Das ist ein wirklich guter Rat.«

Ricky zog einen Stuhl zurück, während sich ihm bei dem Gedanken an Essen der Magen zusammenzog.

»Ich muss wissen, dass Sie auf meiner Seite stehen.«

Der alte Psychoanalytiker zuckte die Achseln. »Steht die Antwort auf diese Frage nicht am Ende dieses Wettkampfs?« Er stieß die Gabel in die Kasserolle und schob sich einen großen Happen in den Mund.

»Ich bin als Freund gekommen. Als ehemaliger Patient. Sie haben entscheidenden Anteil an meiner Ausbildung, verflucht noch mal. Und jetzt …«

Dr. Lewis wedelte mit der Gabel in der Luft wie ein Dirigent mit dem Stab vor einem aus dem Takt gekommenen Orchester. »Die Leute, die Sie behandeln, betrachten Sie die als Freunde?«

Ricky schwieg und schüttelte den Kopf. »Nein, natürlich nicht. Aber das ist doch bei dem Analytiker, der einen ausbildet, etwas vollkommen anderes.«

»Wirklich? Haben Sie nicht zu dem einen oder anderen Ihrer derzeitigen Patienten ein vergleichbares Verhältnis?«

Beide Männer schwiegen, während die Frage im Raum stand. Ricky wusste, dass die Antwort ja lautete, brachte das Wort aber nicht über die Lippen. Nach einer Weile tat Dr. Lewis die Sache mit einer Handbewegung ab. »Ich muss es wissen«, beharrte Ricky in scharfem Ton. Dr. Lewis setzte eine aufreizend ausdruckslose Miene auf. Passend für eine Pokerrunde. Innerlich kochte Ricky, da er den leeren Gesichtsausdruck durchaus richtig zu deuten wusste. Genauso undurchdringlich sah er seine Patienten an, um weder Zustimmung noch Schock, Staunen, Angst oder Ärger preiszugeben. Dieser Blick gehört zum Standardrepertoire, zur Grundausrüstung des Psychoanalytikers. Er kannte ihn noch zu gut von seiner eigenen Analyse vor rund fünfundzwanzig Jahren und wehrte sich jetzt mit Händen und Füßen dagegen.

Der alte Mann schüttelte langsam den Kopf. »Nein, Ricky, müssen Sie nicht. Das Einzige, was Sie wissen müssen, ist, dass ich Ihnen helfen will. Meine Motive spielen dabei keinerlei Rolle. Vielleicht hat Rumpelstilzchen etwas gegen mich in der Hand, vielleicht auch nicht. Ob er dafür gesorgt hat, dass irgendein Damoklesschwert über mir oder meiner Familie hängt, ist für Ihre Situation von keinem Belang. Bin ich in Sicherheit? Bedeutet eine Beziehung Gefahr für mich oder nicht? – Diese Fragen werden Sie sich in dieser Welt immer wieder stellen. Werden wir nicht oft von denen am meisten verletzt, die wir lieben und achten, und nicht von denen, die wir hassen und fürchten?«

Ricky antwortete nicht, das übernahm Dr. Lewis für ihn. »Die Antwort, die Sie derzeit nicht auszusprechen wagen, lautet: Ja. Und jetzt essen Sie was. Ich denke, wir haben eine lange Nacht vor uns.«

Die beiden Ärzte wandten sich ihrer Mahlzeit zu, und während sie aßen, herrschte weitestgehend Schweigen zwischen ihnen. Die Kasserolle war ausgezeichnet; zum Nachtisch folgte ein selbstgemachter Apfelkuchen mit einem Hauch Zimt. Dazu gab es schwarzen Kaffee, der frisch und so stark aufgebrüht war, dass er sie für einige Stunden wach halten würde. Ricky kam der Gedanke, dass ihm noch keine Mahlzeit zugleich so normal wie seltsam erschienen war. Er war ebenso ausgehungert wie erbost. Zerging ihm das Essen eben noch auf der Zunge, fühlte es sich im nächsten Moment staubtrocken und kalt am Gaumen an. Zum ersten Mal seit Jahren erinnerte er sich an Mahlzeiten, die er alleine zu sich genommen hatte, wenn er sich in den letzten Tagen ihres Sterbens für Minuten von der Seite seiner Frau gestohlen hatte, nachdem sie unter Schmerzmitteln endlich in eine Art Halbschlaf gefallen war. Dieses Essen hier schmeckte ähnlich.

Dr. Lewis räumte das schmutzige Geschirr in den Spülstein. Er goss sich Kaffee nach und bedeutete Ricky, sich erneut ins Arbeitszimmer zu begeben. Sie nahmen wieder in ihren Sesseln Platz, so dass sie sich gegenübersaßen. Ricky kämpfte seinen Ärger über die indirekte, ausweichende Art des älteren Kollegen herunter. Er mahnte sich, aus seinem Frust Gewinn zu schlagen. Das war leichter gesagt als getan. Wie ein Kind, das für etwas ausgeschimpft wird, für das es nichts kann, rutschte er auf seinem Sitz hin und her.

Dr. Lewis starrte ihn an, und Ricky wusste, dass dem Älteren wie einem Medium in einer Eso-Show nicht die flüchtigste Regung entging. »Also, Ricky, wo fangen wir an?«

»In der Vergangenheit, vor dreiundzwanzig Jahren. Als ich zu Ihnen kam.«

»Ich entsinne mich, dass Sie mit einer Menge Theorien im Kopf und voller Enthusiasmus zu mir kamen.«

»Ich war fest davon überzeugt, ich könnte die Menschheit vom Wahn und von der Verzweiflung erlösen. Ich gegen den Rest der Welt.«

»Hat nicht ganz geklappt?«

»Nein. Sie wissen ja. Tut es schließlich nie.«

»Aber manche haben Sie schon gerettet?«

»Will ich hoffen. Glaube schon.«

Dr. Lewis verzog das Gesicht zu einem Grinsen, einem katzenhaften Grinsen. »Schon wieder eine typische Analytikerantwort. Nur ja nicht festlegen, immer ein Hintertürchen offen. Mit zunehmendem Alter, jedenfalls in meinen fortgeschrittenen Jahren, kommt man auch zu anderen Interpretationen. Nicht nur unsere Adern werden starr, sondern auch unsere Auffassungen. Darf ich genauer nachfragen: Wen haben Sie gerettet?«

Ricky schwieg, als brütete er über seiner Antwort. Er wollte seine erste Reaktion unterdrücken, doch vergeblich. Die Worte rutschten ihm heraus, als hätte er Öl auf der Zunge. »Ich konnte den Menschen nicht retten, der mir am meisten bedeutet hat.«

Dr. Lewis nickte. »Bitte, fahren Sie fort.«

»Nein, sie hat nichts damit zu tun.«

Der Ältere zog leicht die Augenbrauen hoch. »Wirklich? Ich nehme mal an, wir reden von Ihrer Frau?«

»Ja. Wir haben uns kennen gelernt. Uns verliebt. Geheiratet. Jahrelang waren wir unzertrennlich. Sie wurde krank. Wegen ihrer Krankheit hatten wir keine Kinder. Sie starb. Ich machte ganz alleine weiter. Ende der Geschichte. Sie hat damit nichts zu tun.«

»Natürlich nicht«, sagte Dr. Lewis. »Aber wann genau haben Sie beide sich kennen gelernt?«

»Kurz bevor wir mit der Analyse begonnen haben. Wir sind uns auf einer Cocktailparty begegnet. Wir waren beide gerade mit der Ausbildung fertig; sie als Anwältin, ich als Arzt. Unsere erste Liebe fiel in die Zeit, als ich bei Ihnen in Analyse war. Sie müssten sich erinnern.«

»Und was war sie von Beruf?«

»Sie war Anwältin, wie gesagt. Auch das müssten Sie noch wissen.«

»Ja, tu ich auch. Aber was für eine Anwältin? Worauf war sie spezialisiert?«

»Na ja, als wir uns kennen lernten, hatte sie gerade beim Amt für Pflichtverteidigung Manhattan, in der Abteilung Kleinkriminalität, angefangen. Von da aus hat sie sich langsam zu schweren Delikten hochgearbeitet, bis sie es irgendwann leid war zuzusehen, wie alle ihre Klienten ins Kittchen wanderten oder, schlimmer noch, nicht ins Kittchen wanderten. Deshalb hat sie von dort zu einer sehr ungewöhnlichen kleinen Anwaltskanzlei gewechselt. Meist Zivilrechtsprozesse und Arbeit für Bürgerrechtsorganisationen. Sie hat Vermieter in den Slums vor Gericht gebracht und Berufungsverfahren für Justizopfer angestrengt. Sie war eine liberale Idealistin, die Gutes tat. Sie machte sich selber lustig darüber, dass sie zu der verschwindenden Minderheit von Yale-Absolventen gehörte, die nie richtig Geld verdienten.« Ricky schmunzelte, als er im Geist ihre eigenen Worte hörte. Viele Jahre lang hatten sie miteinander darüber gewitzelt.

»Verstehe. Im Verlauf Ihrer Analyse, zur selben Zeit, als Sie Ihre

Frau kennen lernten und sich in sie verliebten, verteidigte sie Kriminelle. Später dann hatte sie mit vielen wütenden Randständigen zu tun, die sie zweifellos noch mehr in Rage versetzte, indem sie sie vor Gericht brachte. Und jetzt scheinen Sie selber mit jemandem zu tun zu haben, den man wohl durchaus als Kriminellen bezeichnen kann, wenngleich er weitaus raffinierter und gerissener sein dürfte als diejenigen, mit denen Ihre Frau zu tun bekam. Und trotzdem glauben Sie, dass eine Verbindung völlig ausgeschlossen ist?«

Ricky machte den Mund auf, um etwas zu erwidern, doch ihm fehlten die Worte. Dieser Gedanke lief ihm kalt den Rücken herunter.

»Rumpelstilzchen hat nichts davon erwähnt ...«

»Ich meine ja bloß«, sagte Dr. Lewis und schwang die Hand in der Luft. »Wäre immerhin denkbar.«

Ricky schwieg, während sein Gedächtnis auf Hochtouren arbeitete. Es wurde still zwischen den beiden Männern. Ricky versuchte, sich vorzustellen, wie er als junger Mann gewesen war. Es war, als hätte sich in einem granitharten Stein in seinem Innern plötzlich ein Riss aufgetan. Er hatte sich selbst vor Augen: viel jünger und voller Energie. In einem Moment, da sich die Welt für ihn öffnete. Es war ein Leben, das mit seiner gegenwärtigen Existenz nur wenig gemein hatte. Diese Kluft, die er hartnäckig geleugnet hatte, machte ihm plötzlich Angst.

Dr. Lewis musste ihm etwas angesehen haben, denn er sagte: »Reden wir davon, was für ein Mensch Sie vor etwa zwanzig Jahren waren, allerdings nicht der Ricky Starks, der sich aufs Leben freute, auf seinen Beruf, seine Ehe. Befassen wir uns mit dem Ricky Starks, der voller Zweifel war.«

Er hatte schon eine Antwort auf der Zunge, wollte den Gedanken mit einer Handbewegung abtun, als er stockte. Er stürzte sich tief in seine Erinnerungen und entsann sich wieder der Unentschlossenheit und der Ängste, des ersten Tags, an dem er in Dr. Lewis' Praxis in der Upper East Side spaziert war. Er betrachtete den alten Mann ihm gegenüber, der scheinbar jedes Zucken in Rickys Körper registrierte, und als er dachte, wie alt der Mann geworden war, kam ihm die Frage in den Sinn, ob dasselbe auch auf ihn selbst zutraf. Der Versuch, sich an die psychischen Beschwerden zu erinnern, die er vor so vielen Jahren mit zum Psychoanalytiker gebracht hatte, war ein wenig so wie der Phantomschmerz, den ein Amputierter fühlt, wenn das Bein nicht mehr da ist, der Schmerz aber bleibt, wirklich und unwirklich zugleich. Also überlegte Ricky: Wer war ich zu der Zeit?

Schließlich kam seine Antwort mit Bedacht: »Ich glaube, die Zweifel, die Ängste und die Sorgen, die ich damals hatte, ließen sich jeweils in zwei Gruppen einteilen, die mich beide zu lähmen drohten. Die erste Gruppe rührte von einer übertrieben verführerischen Mutter, einem anstrengenden, gefühlskalten und früh verstorbenen Vater her und einer Kindheit, in der Leistung mehr zählte als Zuneigung. Ich war eine Art Nachzügler in der Familie, doch sie machten mich nicht zum verhätschelten Nesthäkchen, sondern legten nur eine unerreichbar hohe Messlatte an mich an. Das fasst es so ziemlich zusammen. Das war die Konstellation, die Sie im Verlauf der Behandlung mit mir durchgegangen sind. Doch diese Neurosen überlagerten auch die Beziehung zu meinen Patienten. Im Verlauf meiner eigenen Behandlung arbeitete ich selber an dreierlei Orten: in der Ambulanz am Columbia Presbyterian Hospital; dann die kurze Phase bei den psychisch schwer Kranken am Bellevue …«

»Ja«, sagte Dr. Lewis und nickte. »Eine klinische Studie. Ich entsinne mich, dass es Ihnen nicht besonders behagte, die richtig Geisteskranken zu behandeln …«

»Ja, das ist richtig. Ich musste ihnen psychotrope Medikamente verabreichen und die Leute davon abhalten, sich oder anderen Schaden zuzufügen.« Ricky ahnte eine bewusste Provokation hinter Dr. Lewis' Bemerkung, einen Köder, den er nicht schluckte. »… Und als Drittes hatte ich im Verlauf dieser Jahre vielleicht zwölf bis achtzehn Patienten in Therapie, die meine ersten Analysefälle wurden. Das waren die Fälle, von denen Sie damals hörten, während ich bei Ihnen war.«

»Ja, ja. Die Zahlen kann ich wohl so bestätigen. Hatten Sie keinen Kollegen, der Ihre Fortschritte bei diesen Patienten überwachte?«

»Doch. Einen gewissen Dr. Kaplan. Aber der …«

»… ist gestorben«, unterbrach ihn der Ältere. »Ich kannte den Mann. Herzinfarkt. Traurige Geschichte.«

Ricky wollte weiterreden, doch ihm wurde bewusst, dass er einen ungeduldigen Unterton bei Dr. Lewis herausgehört hatte. Er notierte sich den Eindruck im Kopf und fuhr fort. »Es fällt mir schwer, den Namen Gesichter zuzuordnen.«

»Sie sind verdrängt?«

»Ja. Es müsste mir ein Leichtes sein, sie mir ins Gedächtnis zu rufen, aber es funktioniert einfach nicht. Mir kommt ein Gesicht in Erinnerung und ein Problem dazu, aber kein Name. Oder auch umgekehrt.«

»Und wie erklären Sie sich das?«

Ricky überlegte, bevor er antwortete, »Stress. Das ist furchtbar einfach. Unter der Anspannung, die ich auszuhalten habe, fällt es mir schwer, mich an die einfachsten Dinge zu erinnern. Die Dinge verdrehen und verheddern sich.«

Der alte Psychoanalytiker nickte wieder. »Und meinen Sie nicht, dass Rumpelstilzchen das weiß? Glauben Sie nicht, dass er in der Stresspsychologie sehr beschlagen ist? In dieser Hinsicht vielleicht weitaus mehr als Sie, der Arzt? Und würde Ihnen das nicht eine Menge darüber sagen, um wen es sich handeln könnte?«

»Um einen Mann, der weiß, wie die Menschen auf Druck und Ängste reagieren?«

»Natürlich. Ein Soldat? Ein Polizist? Ein Rechtsanwalt? Ein Geschäftsmann vielleicht?«

»Oder ein Psychologe.«

»Ja, jemand aus unserer eigenen Zunft.«

»Aber ein Arzt würde niemals …«

»Sag niemals nie.«

Ricky lehnte sich einsichtig zurück. »Ich bin nicht präzise genug«, sagte er. »Die Leute, mit denen ich am Bellevue zu tun hatte, können wir ausklammern, da sie viel zu krank waren, um etwas so Abgrundböses auszubrüten. Bleibt meine eigene Praxis und die Leute, die ich an der Klinik behandelt habe.«

»Dann zuerst die Klinik.«

Ricky schloss einen Moment die Lider, als könnte ihm dies dabei helfen, die Vergangenheit vor seinem geistigen Auge heraufzubeschwören. Die Ambulanz im Erdgeschoss des weitläufigen Columbia Presbyterian war ein Labyrinth aus kleinen Sprechzimmern nicht weit von der Notaufnahme. Größtenteils kam die Klientel entweder aus Harlem rauf oder aus der South Bronx herunter. Die meisten der Patienten in allen Hautfarbenschattierungen kamen aus der Arbeiterschicht und schlugen sich mehr schlecht als recht durch. Geisteskrankheit und Neurosen waren für sie exotisch und entrückt. Sie bevölkerten eine Grauzone psychischer Befindlichkeit, irgendwo angesiedelt zwischen Mittelstand und Obdachlosigkeit. Die Probleme, mit denen sie kamen, waren handfester Natur; er bekam es ebenso mit Drogen- wie sexuellem Missbrauch oder körperlicher Misshandlung zu tun. Er bekam mehr als eine Mutter zu Gesicht, die von ihrem Mann verlassen worden war und ihre eiskalten, abgebrühten Kinder mitbrachte, deren Berufs Vorstellung sich auf die Zugehörigkeit zu einer Straßengang beschränkte. In dieser Schar der Verelendeten und Unterprivilegierten gab es, daran hegte Ricky keinen Zweifel, eine ganze Reihe Menschen, die später ein gehöriges Maß an krimineller Energie entfaltet haben mussten. Drogendealer, Zuhälter, Einbrecher und Mörder. Er erinnerte sich, wie einige Patienten, die in die Klinik kamen, eine Aura der Grausamkeit fast wie einen Geruch verströmten. Das waren die Mütter und Väter, die für eine neue Generation von kriminellen Großstadtpsychopathen sorgten. Doch er wusste auch, dass es sich dabei um herzlose Menschen handelte, die ihre Wut gegen ihresgleichen richteten. Sollten sie einmal gegen jemanden aus einer wohlhabenderen Schicht zuschlagen, dann war das allenfalls ein Zufallstreffer. Der Geschäftsführer, dessen Mercedes nach langen Überstunden im Downtown-Büro auf dem Nachhauseweg Richtung Darien auf dem Cross-Bronx-Expressway eine Panne hat, oder der betuchte Tourist aus Schweden, der zur falschen Zeit die falsche U-Bahn-Linie in die falsche Richtung nimmt.

Er dachte: Ich habe eine Menge Böses gesehen. Aber das habe ich hinter mir gelassen.

»Ich weiß es nicht«, sagte er endlich. »An der Klinik habe ich nur Leute aus der Unterschicht behandelt. Leute am Rand der Gesellschaft. Ich würde eher vermuten, das derjenige, nach dem ich suche, zu den ersten Patienten gehört, die ich in Analyse hatte. Nicht zu den anderen. Und Rumpelstilzchen hat mir bereits verraten, dass es um seine Mutter geht. Aber noch unter ihrem Mädchennamen. »Ein ›Fräulein‹, sagt er.«

»Interessant«, erwiderte Dr. Lewis. Seine Augen schienen von dem, was Ricky sagte, voller Faszination zu sprühen. »Ich verstehe, weshalb Sie es so sehen, und ich halte es für wichtig, den Radius der Nachforschungen einzugrenzen. Wie viele alleinstehende Frauen gab es demnach unter diesen Patienten?«

Ricky überlegte angestrengt und führte sich eine Handvoll Gesichter vor Augen. »Sieben«, sagte er.

Dr. Lewis schwieg. »Sieben. Gut. Und jetzt ist es Zeit für den Sprung ins kalte Wasser, Ricky, nicht wahr? Der Moment, wo Sie das erste Mal eine Entscheidung zu treffen haben.«

»Ich weiß nicht, ob ich Ihnen folgen kann.«

Dr. Lewis lächelte müde. »Bis zu diesem Punkt, so scheint mir, haben Sie einfach nur auf die entsetzliche Situation reagiert, in die Sie da geraten sind. So viele Brände auf einmal, die Sie austreten und löschen müssen. Ihre Finanzen. Ihre berufliche Reputation. Ihre derzeitigen Patienten. Ihre Angehörigen. Aus diesem ganzen furchtbaren Schlamassel haben Sie für Ihren Peiniger nur eine einzige Frage ableiten können, und die wiederum hat Ihnen eine Richtung gewiesen: eine Frau, die das Kind hervorgebracht hat, das zu einem Psychopathen herangewachsen ist und jetzt will, dass Sie sich das Leben nehmen. Der Sprung ins kalte Wasser ist die Frage: Hat er Ihnen die Wahrheit gesagt?«

Ricky schluckte schwer. »Das steht wohl zu vermuten.«

»Ist das keine gefährliche Vermutung?«

»Natürlich ist es das«, entgegnete Ricky leicht gereizt. »Aber was bleibt mir anderes übrig? Wenn ich mit der Möglichkeit rechne, dass Rumpelstilzchen mich in die Irre leitet, hab ich überhaupt keine Chance, oder?«

»Ist Ihnen schon mal der Gedanke gekommen, dass Sie auch gar keine Chance haben sollen?«

Die Bemerkung war so direkt und erschreckend, dass Ricky merkte, wie ihm im Nacken der Schweiß ausbrach. »In dem Fall sollte ich mir wirklich einfach das Leben nehmen.«

»Vermutlich. Oder Sie tun nichts und sehen, was einem anderen passiert. Vielleicht ist es ja auch alles ein Bluff. Vielleicht geschieht ja gar nichts. Vielleicht ist Ihr Patient, dieser Zimmerman, ja wirklich vor den Zug gesprungen – in einem für Sie denkbar unpassenden und für Rumpelstilzchen höchst vorteilhaften Moment. Vielleicht, vielleicht, vielleicht. Vielleicht lautet die Spielregel: Sie haben keine Chance. Ich denke nur laut nach, Ricky.«

»Ich kann die Tür zu einer solchen Möglichkeit nicht öffnen«, erwiderte Ricky.

»Eine interessante Reaktion für einen Psychoanalytiker«, sagte Dr. Lewis nassforsch. »Eine Tür, die man nicht aufmachen kann. Das widerspricht so ziemlich allem, wofür wir stehen.«

»Ich meine, ich habe nicht genug Zeit, oder?«

»Zeit ist ein dehnbarer Begriff. Vielleicht haben Sie sie, vielleicht auch nicht.«

Ricky rutschte unbehaglich auf seinem Sessel herum. Er hatte einen roten Kopf bekommen und fühlte sich ein wenig wie ein Teenager mit den Gefühlen und Gedanken eines Erwachsenen, der immer noch wie ein Kind behandelt wird.

Dr. Lewis rieb sich, nach wie vor in Gedanken, das Kinn. »Ich glaube wirklich, Ihr Verfolger ist eine Art Psychologe«, sagte er schließlich fast wie nebenbei, als ginge es um das Wetter. »Oder er arbeitet in einer verwandten Sparte.«

»Ich denke, Sie haben recht«, sagte Ricky. »Aber Ihre Argumentation …«

»Das Spiel, so wie es Rumpelstilzchen ausgeheckt hat, ist wie eine Sitzung auf der Couch, nur dass sie ein bisschen länger als fünfzig Minuten dauert. Bei jeder psychoanalytischen Sprechstunde müssen Sie sich durch ein verwirrendes Gestrüpp aus Wahrheit und Fiktion kämpfen.«

»Ich muss mit dem arbeiten, was ich habe.«

»Ist das nicht immer der Fall? Wobei unsere Aufgabe natürlich oft darin besteht zu hören, was der Patient *nicht* sagt.«

»Das ist allerdings richtig.«

»Demnach …«

»Vielleicht ist alles eine Lüge. In einer Woche werde ich es wissen. Unmittelbar, bevor ich mir das Leben nehme. Oder noch eine Anzeige in der *Times* schalte. So oder so.«

»Interessanter Gedanke.« Der alte Arzt schien nachzusinnen. »Er könnte dasselbe Ziel erreichen und gleichzeitig sicherstellen, dass ihm niemals ein Polizist oder sonst ein Ermittler in die Quere kommt, indem er einfach nur lügt. Da würde niemand durchsteigen, oder? Und Sie wären tot oder ruiniert. Das ist diabolisch. Und raffiniert auf seine Weise.«

»Ich glaube nicht, dass mir diese Art von Spekulation weiterhilft«, sagte Ricky. »Sieben Frauen in Behandlung, von denen eine ein Monster herangezogen hat. Welche?«

»Führen Sie sie mir vor Augen«, sagte Dr. Lewis und deutete mit einer leichten Handbewegung nach draußen, auf die Nacht, die sie immer enger umschloss, als versuchte er, Rickys Erinnerungen aus dem Dunkel in den hell erleuchteten Raum zu dirigieren.

15

SIEBEN FRAUEN.

Von den sieben, die ihn im fraglichen Zeitraum aufsuchten, waren zwei verheiratet, drei andere verlobt oder fest liiert und zwei sexuell haltlos. Ihre Altersgruppe reichte von Anfang zwanzig bis Anfang dreißig. Alle waren das, was man gemeinhin als Karrierefrau bezeichnet – Börsenmaklerinnen, Chefsekretärinnen, Anwältinnen oder Geschäftsfrauen. Es gab in dieser Mischung auch eine Redakteurin und eine College-Professorin. Ricky dachte nach und führte sich die stattliche Reihe von Neurosen vor Augen, die diese Frauen in seine Praxis gebracht hatten. Sowie die Erkrankungen in seinem Kopf Gestalt annahmen, erinnerte er sich auch an den jeweiligen Behandlungsverlauf.

Langsam stiegen Stimmen auf, bestimmte Sätze, die in seiner Praxis fielen. Von den einfachen, direkten Fragen des alten Arztes angespornt, der wie eine Krähe in seinem Sessel kauerte, stürmten besondere Momente, Durchbrüche, Erkenntnisse auf ihn ein. Er hätte nicht sagen können, wieviel Zeit darüber verging, er wusste nur, dass es spät geworden war. Ricky hielt – mitten im Erinnerungsfluss – plötzlich inne und starrte den Mann ihm gegenüber an. Dr. Lewis' Augen funkelten immer noch von einer fast überirdischen Energie, die – wie Ricky dachte – vom schwarzen Kaffee kommen konnte, vielleicht aber auch von der Fülle der Erinnerungen oder etwas anderem, Verborgenem, das seinen Eifer anspornte.

Ricky fühlte den kalten Schweiß am Hals. Er schob ihn auf die Luftfeuchtigkeit, die durch die geöffneten Fenster drang und einen erfrischenden Schauer verhieß, ohne das Versprechen zu halten.

»Sie ist nicht dabei, Ricky, stimmts?«, fragte Dr. Lewis unvermittelt.

»Das sind die Frauen, die ich in Behandlung hatte«, erwiderte er.

»Und ausnahmslos mehr oder weniger mit Erfolg, nach allem, was Sie sagen und was ich aus Ihren Sitzungen bei mir damals in Erinnerung habe. Und alle führen, möchte ich wetten, nach wie vor ein relativ erfülltes Leben. Eine Kleinigkeit, die, wenn ich das hinzufügen darf, mit ein wenig Detektivarbeit leicht zu klären wäre.«

»Aber was ...«

»Und Sie können sich an jede erinnern. Präzise und *en detail.* Und genau da stimmt etwas nicht, habe ich recht? Weil die Frau, nach der Sie Ihr Gedächtnis erforschen, keine Kontur annimmt. Sie ist verdrängt, Ihrem Erinnerungsvermögen entzogen und verschüttet.«

Ricky stammelte etwas, brach jedoch mitten im Satz ab, weil die Wahrheit in dem, was Dr. Lewis sagte, auch ihm klar vor Augen stand.

»Können Sie sich nicht an Ihre Fehlschläge erinnern, Ricky? Denn da müssen Sie Ihre Verbindung zu Rumpelstilzchen suchen. Nicht bei Ihren Erfolgen.«

»Ich glaube, ich habe allen diesen Frauen dabei geholfen, die verschiedenen Probleme, mit denen sie kämpften, zu ordnen und einen Weg zu finden. Ich entsinne mich an niemanden, der in einer Krise abgebrochen hätte.«

»Ah, ein milder Fall von Hybris, Ricky. Strengen Sie sich mehr an. Was hat Mr. R. Ihnen mit seinem Tipp verraten?«

Ricky erschrak ein wenig, als der alte Analytiker dasselbe Kürzel wie Virgil benutzte. Er versuchte fieberhaft, sich zu erinnern, ob er selbst im Lauf des Abends den Ausdruck Mr. R. verwendet hatte, stieß jedoch auf kein einziges Beispiel. Sicher war er sich natürlich nicht. Möglicherweise hatte er es gesagt. Unsicherheit und nagende Zweifel schlugen ihm innerlich wie Wind entgegen. Er fühlte sich hin und her gerissen, fast schwindelig, und fragte sich, wo seine Fähigkeit geblieben war, sich an eine solche Kleinigkeit zu erinnern. Er rutschte auf seinem Sitz herum und hoffte, dass ihm der Schreck nicht allzu deutlich vom Gesicht oder seiner Körperhaltung abzulesen war.

»Er hat mich wissen lassen«, sagte Ricky kalt, »dass die Frau, nach der ich suche, nicht mehr am Leben ist. Und dass ich ihr etwas versprochen habe, was ich nicht halten konnte.«

»Dann konzentrieren Sie sich auf die zweite Hälfte. Gab es in der fraglichen Zeit irgendwelche Frauen, denen Sie die Behandlung verwehrt haben? Vielleicht waren sie nur kurz bei Ihnen, ein Dutzend Sitzungen oder so, und kamen dann nicht wieder? Sie wollen sich weiter nur mit den Frauen befassen, mit denen Sie Ihre eigene Praxis angefangen haben. Wie steht es mit denen in der Klinik, in der Sie gearbeitet haben?«

»Sicher, das wäre möglich, aber wie soll ich –«

»Diese andere Patientengruppe, die rangierte bei Ihnen irgendwie an zweiter Stelle, nicht wahr? Sie waren weniger wohlhabend? Weniger arriviert? Weniger gebildet? Also haben sie auf dem Radarschirm des jungen Dr. Starks einen schwächeren Eindruck hinterlassen.«

Ricky verkniff sich eine Antwort, da er in der Bemerkung des älteren Kollegen eine Mischung aus Wahrheit und Vorurteil erkannte.

»Handelt es sich nicht im Wesentlichen um ein Versprechen, wenn ein Patient zur Tür hereinkommt und zu reden beginnt? Ihnen sein Herz ausschüttet? Und erheben Sie in dem Moment nicht als Analytiker gleichzeitig einen Anspruch? Und geben anschließend ein Versprechen ab? Sie machen Hoffnung auf Besserung, Anpassung, Befreiung von der Quälerei, so wie es jeder andere Arzt tut.«

»Sicher, aber …«

»Wer ist gekommen und dann weggeblieben?«

»Ich weiß es nicht …«

»Wen haben Sie fünfzehn Sitzungen lang behandelt, Ricky?« Die Stimme des alten Analytikers klang plötzlich fordernd und insistierend.

»Fünfzehn? Wieso fünfzehn?«

»Wie viele Tage hat Rumpelstilzchen Ihnen gegeben, um rauszufinden, wer er ist?«

»Fünfzehn.«

»Zwei Wochen und einen Tag. Eine ungewöhnliche, altmodische Zeitspanne. Ich denke, Sie sollten die Zahl im Auge behalten, denn da gibt es eine Verbindung. Und was verlangt er von Ihnen?«

»Dass ich mir das Leben nehme.«

»Also, Ricky, wer ist für fünfzehn Sitzungen zu Ihnen gekommen und hat sich dann das Leben genommen?«

Ricky hatte das Gefühl, als drehte sich alles, er konnte nicht still sitzen, und der Kopf tat ihm weh. Ich hätte das sehen müssen, dachte er. Ich hätte es sehen müssen, es war so offensichtlich.

»Ich weiß es nicht«, stammelte er wieder.

»Sie wissen es nicht«, sagte der alte Arzt, und es schwang ein wenig Verärgerung in seiner Stimme mit. »Sie wollen es nur nicht wissen. Das ist ein grundlegender Unterschied.«

Dann stand Dr. Lewis auf. »Es ist spät, und ich bin enttäuscht. Ich habe das Gästezimmer für Sie herrichten lassen. Die Treppe rauf rechts. Ich habe heute Abend noch ein paar Kleinigkeiten zu erledigen. Vielleicht können wir morgen früh nennenswerte Fortschritte machen, nachdem Sie noch ein paar Überlegungen angestellt haben.«

»Ich glaube, ich brauche mehr Hilfe«, sagte Ricky kleinlaut.

»Die haben Sie bekommen«, erwiderte Dr. Lewis. Er deutete zum Treppenhaus.

Das Gästezimmer war ordentlich und gut ausgestattet, mit einer sterilen Hotelzimmer-Atmosphäre, die Ricky augenblicklich auf den Gedanken brachte, dass es selten gebraucht wurde. Am Flur lag noch ein Bad, das ein ähnliches Gefühl vermittelte. Beide Räume warfen wenig Licht auf Dr. Lewis und sein Leben. Keine Medikamentenfläschchen im Badezimmerschrank, keine Zeitschriftenstapel neben dem Bett, keine Bücherberge in einem Regal, keine Familienfotos an den Wänden. Ricky zog sich bis auf die Unterwäsche aus und warf sich ins Bett, nachdem ihm ein Blick auf die Armbanduhr verraten hatte, dass es schon weit nach Mitternacht war. Er war erschöpft und benötigte dringend Schlaf, doch solange sich seine Gedanken unermüdlich im Kreise drehten, fühlte er sich nicht geborgen, und so fand er lange keinen Schlaf. Die ländlichen Geräusche vom Grillenzirpen bis zum gelegentlichen Falter oder Junikäfer, der gegen seine Fensterscheibe stieß, erschienen ihm doppelt so laut wie der Lärm in der Stadt. So lag er wach im Dunkeln und schaltete ab, bis er nichts mehr hörte als den Klang von Dr. Lewis' Stimme. Ricky versuchte, sich zu konzentrieren, und stellte nach kurzer Zeit fest, dass der alte Psychoanalytiker über irgendetwas verärgert war, dass er – so ruhig und melodisch sein Ton in den Stunden mit Ricky gewesen war – nunmehr die Stimme erhoben hatte und hastig sprach. Ricky lauschte angestrengt, um aus der übrigen Geräuschkulisse die Worte herauszuhören, doch das war nicht möglich. Dann der Knall eines Telefons, das auf den Sockel gerammt wird. Wenige Sekunden später hörte er die Schritte des alten Mannes auf der Treppe und dann das Öffnen und Schließen einer Tür.

Er zwang sich, die Augen offen zu halten. Fünfzehn Sitzungen und dann der Tod, dachte er. Wer konnte das sein?

Er merkte nicht mehr, wie er in den Schlaf sank, fühlte nur die helle Sonne mitten im Gesicht, als er erwachte. Es mochte ein makelloser Sommermorgen sein, doch auf Ricky lasteten die Erinnerungen und das Gewicht der Enttäuschung. Er hatte gehofft, der alte Arzt wäre vielleicht in der Lage gewesen, ihn direkt auf einen Namen zuzusteuern, stattdessen fühlte er sich auf den stürmischen Wogen seiner Erinnerungen so ankerlos wie nie zuvor. Dieses Gefühl des Versagens hämmerte ihm wie ein Kater in den Schläfen. Er zog sich die Hose an, die Schuhe, das Hemd, schnappte sich sein Jackett und machte sich, nachdem er sich Wasser ins Gesicht gespritzt und mit den Fingern durch die Haare gegangen war, um halbwegs präsentabel auszusehen, auf den Weg nach unten. Zielstrebig lief er die Stufen herunter, von dem einen Gedanken beseelt, dass er sich auf nichts anderes zu konzentrieren hatte als auf den geheimnisvollen Namen von Rumpelstilzchens Mutter. Er hatte sich mit der Einsicht gewappnet, dass Dr. Lewis' Vorschlag, die ihm gestellte Frist mit der Dauer der Behandlung zu verbinden, richtig war. Was noch nicht an die Oberfläche kam, wurde Ricky klar, waren die Lebensumstände der Frau. Er gestand sich ein, dass er die weniger gut situierten Frauen, die er an der Psychiatrischen Klinik behandelt hatte, viel zu arrogant und voreilig ausgeklammert hatte, weil er sich am liebsten auf diejenigen Patientinnen konzentriert hätte, die er als erste analysiert hatte. Ihm kam der Gedanke, dass die Frau ihn genau in der Zeit aufgesucht hatte, als er für sich selbst wichtige Weichen gestellt hatte: über seine berufliche Laufbahn, über die Entscheidung, Psychoanalytiker zu werden, über seine große Liebe und seine Eheschließung. Es war eine Zeit, in der er wie in einer Einbahnstraße nur in die Zukunft blickte, und so musste sein Fehlschlag in ein Umfeld gehören, das er lieber von sich wies.

Deshalb wohl war er so blockiert. Auf dem Weg die Treppe hinunter beflügelte ihn der Gedanke, dass er wie eine Art Dammbrecher im Zweiten Weltkrieg auf diese Erinnerungen losgehen konnte: Wirf einen ordentlichen Sprengsatz auf den Beton der verdrängten Geschichte, und alles bricht auf. Er war zuversichtlich, dass er mithilfe von Dr. Lewis zu dieser Attacke übergehen konnte.

Die Sonne, die milde Landluft, die in die Räume drang, schienen all seine Fragen und Zweifel, die ihm zu seinem alten Analytiker gekommen waren, zu zerstreuen. Die irritierenden Aspekte ihrer gestrigen Unterhaltung verflogen im hellen Glanz des Morgens. Auf der Suche nach seinem Gastgeber steckte Ricky den Kopf ins Arbeitszimmer, doch es war leer. Er lief den Flur des alten Bauernhauses entlang zur Küche, wo ihm der Duft von Kaffee in die Nase stieg.

Dr. Lewis war nicht da.

Ricky versuchte es mit einem lauten und deutlichen Hallo, bekam jedoch keine Antwort. Er warf einen Blick auf die Kaffeemaschine und sah die frisch aufgebrühte Kanne auf der Wärmeplatte, daneben eine Tasse, die für ihn bereitgestellt war. Daran lehnte ein gefaltetes Blatt Papier, auf dem in Bleistift sein Name stand. Ricky goss sich eine Tasse Kaffee ein und faltete den Zettel auf, während er die bittere, heiße Flüssigkeit schlürfte. Er las:

Ricky,
ich musste unerwartet weg und rechne nicht damit, zurückzukehren, solange Sie noch da sind. Ich glaube, Sie sollten die Arena genauer unter die Lupe nehmen, die Sie damals verließen, und nicht diejenige, die Sie betraten, um die fragliche Person zu finden. Darüber hinaus frage ich

mich, ob Sie nicht, falls Sie das Spiel gewinnen, in Wahrheit verlieren, oder wenn Sie es umgekehrt verlieren, nicht in Wirklichkeit gewinnen können. Denken Sie gründlich über Ihre beiden Alternativen nach. Bitte nehmen Sie aus keinem Grund und zu keinem Zweck wieder Verbindung mit mir auf.

gez. M. Lewis, M. D.

Er wirbelte so heftig herum, als hätte ihm jemand ins Gesicht geschlagen.

Der Kaffee schien ihm Zunge und Rachen zu verbrühen. Unter einer Aufwallung von Wut und Verwirrung lief Ricky rot an. Dreimal las er die Zeilen durch, doch jedesmal erschienen sie ihm verschwommener und unverständlicher statt klarer. Am Ende zerknüllte er den Zettel und stopfte ihn sich in die Hosentasche. Er ging bewusst zum Spülstein und stellte fest, dass der Berg Geschirr vom Abend abgewaschen und säuberlich auf der Arbeitsplatte gestapelt war. Er schüttete den Kaffee in das weiße Porzellanbecken, ließ das Wasser laufen und sah zu, wie der schmutzig braune Strudel in den Ausguss floss. Er spülte die Tasse aus und stellte sie ab. Eine Sekunde lang packte er die Kante der Arbeitsplatte, um sich Halt zu verschaffen. In dem Moment hörte er einen Wagen die Einfahrt heraufkommen.

Sein erster Gedanke war, dass es sich um Dr. Lewis handeln musste, der mit einer Erklärung seines Verhaltens zurückgekehrt war, und so rannte er fast zur Tür. Doch was er stattdessen sah, erstaunte ihn.

Dort kam derselbe Taxifahrer den Kiesweg herauf, der ihn am Vortag am Rhinebecker Bahnhof mitgenommen hatte. Der Mann winkte ihm kurz zu und kurbelte, während er hielt, die Scheibe herunter.

»Hey, Doc, wie geht's? Hören Sie, wir machen uns besser auf die Socken, wenn Sie Ihren Zug noch bekommen wollen.«

Ricky zögerte. Er drehte sich halb zum Haus um, weil er dachte, es gäbe erst noch etwas zu tun – eine Notiz hinterlegen, jemandem Bescheid sagen oder dergleichen, doch so weit er sehen konnte, stand das Haus leer. Ein Blick auf den umfunktionierten Stall sagte ihm außerdem, dass Dr. Lewis' Wagen verschwunden war.

»Im Ernst, Doc, es wird knapp, und der nächste Zug fährt erst wieder heute Nachmittag. Wenn Sie den hier verpassen, sitzen Sie den ganzen Tag herum. Springen Sie rein, wir müssen los.«

»Wer hat Ihnen gesagt, dass Sie mich abholen sollen?«, fragte Ricky. »Ich hab nicht angerufen …«

»Irgendjemand schon, vermutlich der Typ, der hier wohnt. Ich hatte eine Nachricht auf meinem Funkgerät, ich soll sofort hier rüberkommen und Dr. Starks abholen, und zwar ein bisschen plötzlich, damit er unbedingt den Zug um Viertel nach neun erwischt. Also zisch ich los, und da bin ich, aber wenn Sie sich nicht endlich da auf den Rücksitz schmeißen, dann wissen Sie ehrlich für den Rest des Tages nicht, wie Sie Ihre Zeit totschlagen sollen.«

Ricky blieb noch einen Moment stehen, dann packte er den Türgriff und warf sich in den Fond. Für einen Moment hatte er ein schlechtes Gewissen, das Haus sperrangelweit offen stehen zu lassen, verwarf den Gedanken aber und setzte ein stummes ›Du kannst mich mal‹ drauf. »Na schön«, sagte er. »Fahren wir.«

Der Mann gab so heftig Gas, dass Steine, Schotter und Staub aufflogen.

Binnen weniger Minuten erreichte der Wagen die Kreuzung, an der die Zufahrt zur Kingston-Rhinecliff-Bridge über den Hudson auf die River Road trifft. Ein Beamter der New-York-State-Polizei stand in der Mitte und regelte den Verkehr auf der gewundenen Landstraße. Der Mann von der Staatspolizei mit seinem Smokey-the-Bear-Hut und der grauen Uniformjacke hatte diesen typisch stahlgrauen Mich-kann-nichts-mehr-erschüttern-Blick, der seiner Jugend widersprach, und winkte das Taxi augenblicklich links raus. Der Fahrer kurbelte die Scheibe herunter und rief zu dem Ordnungshüter hinüber: »Hören Sie, Trooper, kann ich nicht durch? Muss den Zug erwischen.«

Der Polizist schüttelte den Kopf. »Leider nicht möglich. Etwa 'ne halbe Meile weiter ist die Straße gesperrt, bis die Ambulanz und der Abschleppdienst fertig sind. Sie müssen einen Umweg nehmen. Wenn Sie sich beeilen, schaffen Sie's noch.«

»Was ist passiert?«, fragte Ricky vom Rücksitz aus. Der Taxifahrer zuckte die Achseln.

»Hey, Trooper!«, rief der Fahrer laut. »Was ist passiert?«

Der Polizist schüttelte den Kopf. »Alter Mann hat's ein bisschen zu eilig gehabt und nicht ganz die Kurve gekriegt. Um einen Baum gewickelt. Hatte vielleicht einen Herzinfarkt und ist ohnmächtig geworden.«

»Tot?«, fragte der Fahrer zurück.

Der Polizist schüttelte den Kopf, als wisse er es nicht genau. »Der Rettungswagen ist jetzt da. Die haben Spreizer angefordert.«

Ricky rutschte auf die Sitzkante. »Was für ein Wagen war das?«, fragte er. Er lehnte sich vor. »Was für ein Wagen?«, rief er durchs Fahrerfenster.

»Alter blauer Volvo«, sagte der Polizist, während er den Fahrer links durchwinkte, um ihn aus dem Weg zu haben.

»Verdammt«, sagte der Fahrer. »Wir müssen außen rum. Wird knapp mit dem Zug.«

Ricky wandt sich auf seinem Sitz. »Ich muss es sehen!«, sagte er. »Der Wagen …«

»Wenn Sie noch 'n bisschen Sightseeing wollen, verpassen wir den Zug.«

»Aber dieser Wagen, Dr. Lewis …«

»Sie meinen, das ist Ihr Freund?«, fragte der Fahrer, während er weiter von der Unfallstelle abdrehte, so dass Ricky hilflos zusehen musste, wie sie ihren Blicken entschwand.

»Er fuhr einen alten blauen Volvo …«

»Mein Gott, davon gibt es Dutzende in der Gegend.«

»Nein, es kann nicht …«

»Die Cops lassen Sie sowieso nicht hin. Und selbst wenn, was könnten Sie schon machen?«

Ricky wusste keine Antwort. Als hätte ihn jemand geohrfeigt, sackte er wieder in seinen Sitz zurück. Der Taxifahrer nickte und gab so heftig Gas, dass der Motor aufheulte und das Chassis klapperte.

»Wenn Sie erst mal zurück in New York sind, können Sie in der Kaserne der Staatspolizei Rhinebeck anrufen. Die können Ihnen mehr sagen. Rufen Sie die Notaufnahme im Krankenhaus an, die werden Ihnen auch weiterhelfen. Es sei denn, Sie wollen unbedingt jetzt da hin. Würde ich Ihnen aber nicht raten. Würden nur rumsitzen und auf den Notarzt und den Krankenwagen warten, vielleicht auch auf den Leichenwagen und den Cop, der den Unfall untersucht, und Sie wüssten trotzdem nicht viel mehr als jetzt. Haben Sie keine wichtigen Termine?«

»Doch«, sagte Ricky, wenn er auch nicht sicher war, ob das stimmte.

»Der Kerl mit dem Wagen, richtig guter Freund von Ihnen?«

»Nein«, erwiderte Ricky. »Überhaupt kein Freund. Nur jemand, den ich kannte. Dachte ich jedenfalls.«

»Na, sehen Sie«, sagte der Fahrer. »Ich denke, wir schaffen es gerade noch bis zum Bahnhof.« Er gab wieder Gas und schoss im letzten Moment über die Kreuzung, als die Ampel von Gelb auf Rot wechselte. Er lachte leise und kämpfte sich weiter voran. Ricky lehnte sich an und blickte ein einziges Mal durch die Heckscheibe zurück, wo der Unfall und derjenige, den es getroffen hatte, unaufhaltsam in der Ferne verschwanden. Er suchte angestrengt nach Blaulicht und horchte, ebenso vergeblich, auf Sirenen.

Er bekam den Zug ein, zwei Minuten vor der Abfahrt. Der Zeitdruck gab ihm keine Gelegenheit, darüber nachzudenken, was sein Besuch bei dem alten Psychoanalytiker für ihn bedeutete. Er hastete durch das leere Gebäude, in dem seine Schritte auf dem glatten Steinboden hallten, während der Zug mit dem penetranten Kreischen der Druckluftbremsen am Bahnsteig hielt. Wie bei seiner Hinfahrt wartete auch jetzt, morgens unter der Woche, nur eine Handvoll Menschen auf den Zug nach New York. Ein paar Geschäftsleute, die ständig an ihren Handys hingen, drei Frauen, offenbar zum Einkaufsbummel unterwegs, ein paar Teenager in Jeans. Die zunehmende Sommerhitze verlangte nach einer langsameren Gangart, die ihm fremd geworden war. Doch ihm erschien der Tag wie eine Hast, die sich erst in der City wieder normal anfühlen würde.

Der Waggon war fast leer, die wenigen Fahrgäste verteilten sich gleichmäßig spärlich auf die Sitze. Er ging bis ans hintere Ende und kauerte sich in eine Ecke. Er wandte den Kopf ab und legte die Wange an die Scheibe, während die Landschaft an ihm vorüberzog – auch diesmal auf der dem Hudson zugewandten Seite.

Ricky fühlte sich wie eine abgerissene, lose auf dem Wasser

schwimmende Boje, die hilflos mit der Strömung treibt, statt als zuverlässige Orientierungshilfe die sichere Fahrrinne anzuzeigen. Er wusste nicht recht, was er von seinem Besuch bei Dr. Lewis halten sollte. Er glaubte, gewisse Fortschritte gemacht zu haben, auch wenn er sich nicht sicher war, worin diese Fortschritte bestanden. Er hatte nicht das Gefühl, seinem Verfolger durch diese Reise wesentlich näher gekommen zu sein. Doch bei genauerer Betrachtung musste er sich korrigieren. Er hatte nunmehr begriffen, dass zwischen ihm und der entscheidenden Erinnerung eine mentale Blockade lag. Die richtige Patientin, die richtige Beziehung war fast mit Händen zu greifen, aber wie sehr er sich auch danach reckte, er griff jedesmal zu kurz.

In einem war er sich allerdings sicher: Das, was er aus sich gemacht hatte, zählte nicht das Geringste.

Der Fehler, der ihm unterlaufen war, der Stachel in Rumpelstilzchens Fleisch, ging auf seine ersten Gehversuche in der Welt der Psychiatrie und Psychoanalyse zurück. Er musste ihm in dem Moment unterlaufen sein, als er der schwierigen, frustrierenden Arbeit mit sozial benachteiligten Patienten den Rücken gekehrt und sich stattdessen der intellektuell stimulierenden Aufgabe zugewandt hatte, intelligente, wohlhabende Menschen zu behandeln. Die Schickimicki-Neurotiker, wie ein Kollege aus seinem Bekanntenkreis seine Klientel gerne nannte. Die bedrückten Betuchten.

Der Gedanke machte ihn wütend. Junge Männer machen Fehler. Das lässt sich nicht vermeiden, egal in welchem Beruf. Jetzt war er nicht mehr jung, und er hätte nicht denselben Fehler begangen, egal, worin er bestand. Es machte ihn rasend, dass er jetzt für etwas zur Verantwortung gezogen werden sollte, das er vor mehr als zwanzig Jahren getan hatte, und jetzt für eine Wahl büßen sollte, die Dutzende andere Ärzte unter ähnlichen Umständen ebenso getroffen hatten. Das war weder logisch noch fair. Wäre Ricky nicht von allem, was geschehen war, so gebeutelt gewesen, hätte er vielleicht gesehen, dass sein ganzer Beruf mehr oder weniger auf einer zentralen Erkenntnis basierte: Die Zeit macht seelische Wunden nur schlimmer. Sie kanalisiert den Schmerz, heilt jedoch nie.

Durchs Fenster sah er den Fluss vorbeiströmen. Er hatte zwar keine Ahnung, was er als Nächstes tun sollte, doch eines war für ihn gewiss: Er wollte in seine Wohnung zurück. Er wollte an einen sicheren Ort, und wenn auch nur für eine Weile.

Für den Rest der Fahrt starrte Ricky fast wie in Trance aus dem Fenster. Selbst wenn der Zug hielt, sah er kaum auf und rührte sich selten. Die letzte Station vor der City war Croton-on-Hudson, vielleicht fünfzig Minuten vor der Pennsylvania Station. Der Waggon war immer noch so gut wie leer, mit Dutzenden freien Plätzen, und so zuckte Ricky zusammen, als von hinten ein anderer Fahrgast kam und sich dumpf auf den Platz neben ihm fallen ließ.

Erstaunt fuhr Ricky herum.

»Hallo, Doktor«, sagte Anwalt Merlin beschwingt. »Ist der Platz noch frei?«

16

MERLIN SCHIEN EIN WENIG AUSSER ATEM und hatte ein leicht gerötetes Gesicht wie jemand, der die letzten fünfzig Meter rennen musste, um den Zug zu erwischen. Auf seiner Stirn war ein feiner Schweißfilm zu erkennen, und er griff sich in die Brusttasche seines Jacketts, um ein weißes Leinentaschentuch herauszuziehen und sich damit das Gesicht abzutupfen. »Hätte beinahe den Zug verpasst«, erklärte er überflüssigerweise. »Ich brauche mehr Bewegung.«

Ricky holte tief Luft, bevor er sagte: »Weshalb sind Sie hier?« Unter den gegebenen Umständen eine ziemlich dumme Frage, wie er sich eingestand.

Nachdem der Anwalt sein Gesicht getrocknet hatte, breitete er das Taschentuch auf den Schoß und strich es glatt, bevor er es wieder in die Tasche steckte. Dann verstaute er sein ledernes Aktenköfferchen und eine kleine, wasserdichte Tragetasche zu seinen Füßen. Er räusperte sich und antwortete: »Tja, also, um Sie zu ermutigen, Dr. Starks. Um Ihnen Mut zu machen.«

Ricky merkte, dass sein anfängliches Staunen über das plötzliche Erscheinen des Anwalts verflogen war. Er drehte sich halb zur Seite, um seinen Sitznachbarn besser sehen zu können. »Sie haben mich angelogen, neulich. Ich bin zu Ihrer neuen Adresse …«

Der Anwalt sah ihn ein wenig amüsiert an. »Sie sind zur neuen Kanzlei gefahren?«

»Direkt nach unserem Gespräch. Da hatte man von Ihnen noch nie gehört. In dem ganzen Gebäude nicht. Und ein Büro, das sie an jemanden namens Merlin vermietet hatten, gab es schon gar nicht.«

»Ich bin es aber wirklich«, sagte er. »Das ist höchst seltsam.«

»In der Tat«, sagte Ricky mit Nachdruck. »Höchst seltsam.«

»Und etwas verwirrend. Wieso sind Sie nach unserem Gespräch zu meinem neuen Büro gefahren? Was wollten Sie denn dort, Dr. Starks?« Der Zug beschleunigte das Tempo, während Merlin sprach, und schlingerte ein wenig, so dass die beiden Männer sich unangenehm an den Schultern berührten.

»Ich habe nicht geglaubt, dass Sie derjenige sind, als der Sie sich mir vorgestellt haben, und auch sonst nichts von alledem, was Sie behauptet haben. Mein Verdacht hat sich kurz danach erhärtet, denn als ich an der Adresse auf Ihrer Visitenkarte ankam …«

»Ich habe Ihnen eine Karte gegeben?« Merlin schüttelte den Kopf und verzog das Gesicht ein wenig zu einem Grinsen. »Am Umzugstag? Das erklärt einiges.«

»Ja«, sagte Ricky irritiert. »Das haben Sie allerdings. Sie erinnern sich doch zweifellos …«

»Wir hatten einen harten Tag. Ziemliches Chaos. Wie heißt es noch so schön? Tod, Scheidung und Umzüge bringen den meisten Stress fürs Herz. Und auch für die Psyche.«

»Sagt man, ja.«

»Also, der erste Stoß Visitenkarten, den ich drucken ließ, kam mit der falschen Anschrift zurück. Die neue Kanzlei ist einen Block weiter. Der Kerl bei der Druckerei hat sich nur mit einer Ziffer vertan, und wir haben es leider nicht sofort bemerkt. Ich muss so etwa ein Dutzend davon vergeben haben, bevor ich den Fehler entdeckte. So was kann passieren. Soweit ich weiß, haben sie den armen Teufel gefeuert, weil die Druckerei den ganzen Posten schlucken und neue Karten drucken musste.« Merlin griff in die Brusttasche und zog ein Lederetui heraus. »Hier«, sagte er. »Das ist die richtige.« Er reichte

Ricky eine Karte, der begriffsstutzig darauf starrte und dann eine ausladende, abwehrende Geste machte.

»Ich glaube Ihnen nicht«, sagte Ricky. »Ich glaube Ihnen gar nichts mehr, was Sie sagen, weder jetzt noch in Zukunft. Ein paar Tage danach waren Sie auch bei mir, vor meiner Wohnung, mit der Nachricht in der *Times*. Ich weiß, dass Sie das waren.«

»Vor Ihrer Wohnung? Wie seltsam. Wann soll das gewesen sein?«

»Um fünf Uhr früh.«

»Bemerkenswert. Woher wollen Sie wissen, dass ich das war?«

»Der Zeitungsausträger hat Ihre Schuhe genau beschrieben. Die übrige Beschreibung stimmte auch.«

Merlin schüttelte zum zweiten Mal den Kopf. Darauf folgte ein Grinsen, das wieder etwas Katzenhaftes hatte, wie schon bei ihrer ersten Begegnung. Es sagte Ricky, dass der Anwalt sich auf seine Aalglätte verließ und wusste, dass Ricky ihn nicht festnageln konnte. Eine wichtige Fähigkeit für seinen Beruf. »Nun ja, Dr. Starks, der Gedanke, meine Kleidung und Erscheinung seien unverwechselbar, schmeichelt mir durchaus, ich fürchte nur, die Wahrheit ist ein wenig banaler. Meine Schuhe mögen zwar ganz schön sein, aber man kann sie in Dutzenden Läden kaufen, und im Zentrum von Manhattan sind sie keineswegs ungewöhnlich. Ich trage die üblichen Nadelstreifenanzüge von der Stange – Business-Standard, würde ich sagen. Gute Qualität, aber für Sie oder jeden anderen, der fünfhundert Dollar in der Tasche hat, erschwinglich. Vielleicht gehe ich bald wie andere auch zu Maßanzügen über. Ich habe Ambitionen in der Richtung. Im Moment gehöre ich aber noch zu den weiten Kreisen unserer Bevölkerung, die in die Herrenabteilung, dritter Stock, marschieren, wenn sie was Neues brauchen. Konnte dieser Zeitungsbursche mein Gesicht beschreiben? Oder vielleicht mein ach so schütteres Haar? Nicht? Die Antwort liegt Ihnen auf der Zunge. Ich hätte daher so meine Bedenken, dass meine Identifizierung einer genauen Überprüfung standhalten würde. Diejenige, die Sie so überzeugend finden, allemal. Ich glaube, Doktor, das bringt Ihr Beruf mit sich. Sie nehmen das, was die Leute sagen, zu ernst. Sie meinen, dass Worte, die man miteinander wechselt, einen der Wahrheit näher bringen, während sie mir dazu dienen, die Wahrheit zu verschleiern.«

Der Anwalt schielte mit einem schiefen, leicht spöttischen Grinsen zu Ricky hinüber. »Sie scheinen unter Druck zu stehen, Doktor.«

»Das wissen Sie wohl am besten, Mr. Merlin, da entweder Sie oder Ihr Auftraggeber diesen Druck erzeugen.«

»Wie ich Ihnen bereits sagte, Doktor, ist meine Auftraggeberin eine junge Frau, an der Sie sich vergangen haben. Das hat mich zu Ihnen geführt.«

»Aber sicher. Wissen Sie was, Mr. Merlin?«, sagte Ricky, und erst jetzt schlich sich ein ärgerlich schroffer Ton bei ihm ein. »Wissen Sie was? Gehen Sie und suchen Sie sich einen anderen Platz. Der hier ist besetzt. Von mir. Ich will mich nicht weiter mit Ihnen unterhalten. Ich mag es genauso wenig, belogen zu werden, wie Sie, und ich höre mir das nicht länger an. Es gibt eine Menge freie Plätze in diesem Zug ...« Ricky deutete mit einer wilden Geste in dem fast leeren Waggon herum. »Suchen Sie sich einen aus und lassen Sie mich in Frieden. Oder hören Sie wenigstens auf, mich anzulügen.«

Merlin rührte sich nicht vom Fleck.

»Das wäre nicht klug«, sagte er bedächtig.

»Vielleicht habe ich es satt, klug zu handeln«, entgegnete Ricky. »Vielleicht sollte ich unbesonnen handeln. Und jetzt lassen Sie mich in Ruhe.« Er rechnete nicht damit, dass der Anwalt seiner Aufforderung folgte.

»Haben Sie sich tatsächlich so verhalten?«, fragte Merlin. »Klug? Haben Sie sich an einen Anwalt gewendet, wie ich Ihnen geraten hatte? Haben Sie etwas unternommen, um sich und Ihr Vermögen vor gerichtlichen Schritten und peinlichen Enthüllungen zu schützen?«

»Ich habe Schritte unternommen«, erwiderte Ricky. Er war sich nicht sicher, ob das den Tatsachen entsprach.

Der Anwalt glaubte ihm offensichtlich nicht. Er lächelte. »Nun denn, ich bin hoch erfreut, das zu hören. Vielleicht können wir uns dann auf einen Vergleich einigen, Sie, Ihr Anwalt und ich.«

Ricky senkte die Stimme. »Sie wissen sehr wohl, wie die Vergleichsforderung lautet, nicht wahr, Mr. Merlin, oder wie immer Sie heißen mögen. Also können wir dann endlich Schluss mit dem Affentheater machen und zur Sache kommen? Weshalb sind Sie in diesen Zug gestiegen und haben sich neben mich gesetzt?«

»Ah, Dr. Starks, höre ich einen Anflug von Verzweiflung aus Ihrer Stimme heraus?«

»Nun denn, Mr. Merlin, wieviel Zeit genau bleibt mir Ihrer Meinung nach?«

»Zeit, Dr. Starks? Zeit? So viel, wie Sie eben brauchen …«

»Tun Sie mir den Gefallen, Mr. Merlin, und gehen Sie entweder oder hören Sie auf zu lügen. Sie haben mich wohl verstanden.«

Merlin betrachtete Ricky aufmerksam, während wieder das Cheshire-Cat-Grinsen um seine Mundwinkel spielte. Doch bei aller Selbstgefälligkeit fiel ein wenig von der gespielten Rolle wie eine Maske ab. »Nun ja, Doktor, ticktack, ticktack. Die Antwort auf Ihre letzte Frage lautet: Ich würde sagen, Ihnen bleibt noch weniger als eine Woche.«

Ricky atmete heftig ein. »Endlich mal eine ehrliche Auskunft. Und jetzt zu Ihnen. Wer sind Sie?«

»Tut nichts zur Sache. Nur eine kleine Nebenrolle. Jemand, der für einen Auftrag angeheuert wurde. Und ganz gewiss nicht derjenige, von dem Sie hoffen, dass ich es bin.«

»Wieso sind Sie dann also hier?«

»Wie gesagt: um Ihnen Mut zu machen.«

»Na schön«, sagte Ricky. »Schießen Sie los.«

Merlin schien einen Moment zu überlegen, bevor er antwortete: »Es gibt eine Zeile am Anfang von Dr. Spocks berühmtem Buch über Kindererziehung, die hier, denke ich, ganz gut passt …«

»Ich hatte nie Anlass, das Buch zu lesen«, sagte Ricky bitter. »Die Zeile lautet: ›Sie wissen mehr, als Sie zu wissen glauben‹.«

Ricky schwieg und überlegte einen Moment, bevor er sarkastisch entgegnete: »Großartig. Toll. Ich werd's mir merken.«

»Würde sich lohnen.«

Ricky sparte sich einen Kommentar und sagte nur: »Wie wär's, wenn Sie Ihre Botschaft loswürden? Deshalb sind Sie doch immerhin gekommen, nicht wahr? Als Laufbursche gewissermaßen. Also, spucken Sie's aus. Was sollen Sie mir begreiflich machen?«

»Dass es eilig ist, Doktor. Dass Tempo angesagt ist, hohes Tempo.«

»Wie das?«

»Legen Sie einen Zahn zu«, sagte Merlin grinsend in einem ungewohnten Ton. »Sie müssen Ihre zweite Frage in der Zeitung von morgen stellen. Sie müssen vorankommen, Doktor. Sie sind dabei, Ihre kostbare Zeit ... vielleicht nicht ganz zu vergeuden, aber doch verstreichen zu lassen.«

»Ich habe mir meine zweite Frage noch nicht überlegt«, räumte Ricky ein.

Der Anwalt verzog schmerzlich das Gesicht, als fühlte er sich auf seinem Sitz nicht wohl oder spürte einen stechenden Schmerz in einem Zahn. »Das wurde in gewissen Kreisen befürchtet. Daher wurde beschlossen, Sie ein wenig anzuspornen.«

Merlin bückte sich und hob das Lederköfferchen hoch. Er legte es sich auf den Schoß und machte es auf. Ricky sah, dass es einen Laptop enthielt, ein paar braune Sammelhefter und ein Handy. Außerdem erspähte Ricky eine kleine stahlblaue halbautomatische Pistole in einem Lederhalfter. Der Anwalt schob die Waffe beiseite und grinste beim Anblick von Rickys entsetztem Gesicht, während er selbst nach dem Telefon griff. Er ließ es aufschnappen, so dass es in jenem einmaligen elektronischen Grün aufglühte, das in der modernen Welt so allgegenwärtig ist.

Er drehte sich zu Ricky um. »Ist nicht von heute Morgen eine Frage bei Ihnen offen geblieben?«

Ricky starrte weiter auf die Pistole, bevor er etwas sagte.

»Wie meinen Sie das?«

»Was haben Sie heute Morgen auf dem Weg zum Zug gesehen?«

Ricky überlegte. Er hatte noch nicht darüber nachgedacht, ob Merlin oder Virgil oder Rumpelstilzchen von seinem Besuch bei Dr. Lewis wussten, bis ihm in diesem Moment schlagartig klar wurde, dass sie ihm sonst nicht Merlin in diesen Zug hätten nachschicken können.

»Was haben Sie gesehen?«, fragte Merlin erneut.

Ricky machte eine steinerne Miene. Seine Stimme war schneidend kalt, als er sagte: »Einen Unfall habe ich gesehen.«

Der Anwalt nickte. »Sind Sie sich da sicher, Doktor?«

»Ja.«

»›Sicher‹ ist so eine wundersame Vorstellung«, dozierte Merlin. »Der Vorteil eines Anwalts gegenüber, sagen wir, einem Psychoanalytiker besteht darin, dass Anwälte in einer Welt arbeiten, in der nichts sicher ist. In unserer Welt gibt es allenfalls Vermutungen und Überzeugungen. Aber wenn ich recht drüber nachdenke, ist es bei Ihnen vielleicht auch nicht so viel anders, Doktor. Stellen Sie nicht auch Vermutungen an?«

»Kommen Sie auf den Punkt.«

Wieder lächelte der Anwalt. »Ich wette, den Satz haben Sie noch nie gegenüber einem Patienten gebraucht.«

»Sie sind nicht mein Patient.«

»Stimmt. Sie glauben also, Sie hätten einen Unfall gesehen. Wen hat es erwischt?«

Ricky konnte nicht sagen, wieviel der Mann über Dr. Lewis wusste. Möglicherweise alles. Vielleicht aber auch nichts. Ricky schwieg beharrlich.

Der Anwalt beantwortete schließlich selbst seine Frage. »Jemanden, den Sie einmal kannten und dem Sie vertraut haben und den Sie in der etwas optimistischen Hoffnung aufgesucht haben, er könnte Ihnen in Ihrer gegenwärtigen Situation behilflich sein. Hier …« Er tippte einige Zahlen ein und reichte Ricky das Handy. »Stellen Sie Ihre Frage. Drücken Sie auf *Senden*, damit es funktioniert.«

Ricky zögerte, doch dann nahm er das Telefon und tat, was der Mann verlangte. Es tutete einmal, dann meldete sich eine Stimme. »Staatspolizei Rhinebeck. Trooper Johnson. Wie kann ich Ihnen helfen?«

Ricky schwieg gerade so lange, dass der Trooper wiederholte, »Staatspolizei, hallo?« Dann redete er.

»Hallo, Trooper, Dr. Frederick Starks am Apparat. Als ich heute Morgen zum Bahnhof fuhr, gab es offenbar auf der River Road einen Unfall. Ich hege die Befürchtung, dass es jemanden betrifft, den ich kenne. Können Sie mir wohl sagen, was passiert ist?«

Der Trooper reagierte erstaunt, aber bestimmt: »Auf der River Road? Heute Morgen?«

»Ja«, sagte Ricky. »Da war ein Trooper, der den Verkehr umgeleitet hat …«

»Und Sie sagen, heute?«

»Ja, vor gerade mal zwei Stunden.«

»Tut mir leid, Doktor, aber uns liegen für heute Morgen keine Unfallmeldungen vor.«

Ricky saß plötzlich senkrecht. »Aber ich hab doch mit eigenen Augen gesehen … mit einem blauen Volvo? Der Name des Opfers ist Dr. William Lewis. Er wohnt in der River Road …«

»Jedenfalls nicht heute. Wir hatten hier genauer gesagt seit Wochen keine Unfallermittlung mehr, was für den Sommer ziemlich ungewöhnlich ist. Und ich hab seit sechs heute früh Bereitschaftsdienst, jeder Polizei- oder Notruf wäre also bei mir gelandet. Sind Sie sicher, dass Sie das gesehen haben?« Ricky holte tief Luft. »Dann muss ich mich wohl geirrt haben. Danke, Trooper.«

»Kein Problem«, sagte der Mann und legte auf.

Ricky drehte sich alles im Kopf. »Aber ich habe doch selber gesehen …«, fing er an.

Merlin schüttelte den Kopf. »Was haben Sie gesehen? Tatsächlich gesehen? Überlegen Sie mal, Doktor Starks. Denken Sie in Ruhe drüber nach.«

»Ich habe einen Trooper gesehen …«

»Haben Sie auch seinen Streifenwagen gesehen?«

»Nein. Er stand da und hat den Verkehr geregelt und er hat gesagt …«

»›Er hat gesagt …‹, toller Satz. ›Er hat also gesagt‹, und Sie haben es für bare Münze genommen. Sie haben einen Mann gesehen, der ein bisschen wie ein Trooper der Staatspolizei angezogen war, also gehen Sie gleich davon aus, dass es auch einer war. Haben Sie in der Zeit, die Sie an der Kreuzung standen, gesehen, wie er andere Autos umgeleitet hat?«

Ricky sah sich gezwungen, den Kopf zu schütteln. »Nein.«

»Demnach kann es sonst jemand gewesen sein, der einen Pfadfinderhut trug? Wie genau haben Sie sich seine Uniform angesehen?«

Ricky stellte sich den jungen Mann vor und musste einräumen, dass er sich vor allem an Augen erinnerte, die unter einem Smokey-the-Bear-Hut hervorschauten. Er versuchte, sich andere Einzelheiten ins Gedächtnis zu rufen, doch vergeblich. »Er sah wie ein State-Trooper aus«, sagte Ricky.

»Aussehen zählt herzlich wenig. In Ihrem Geschäft wie dem meinen, Doktor«, sagte Merlin. »Also, wie sicher konnten Sie sein, dass es einen Unfall gegeben hat? Haben Sie einen Krankenwagen gesehen? Einen Löschzug vielleicht? Andere Polizisten oder Leute vom Rettungsdienst? Haben Sie Sirenen gehört? Vielleicht das typische Geräusch von Hubschrauberrotoren?«

»Nein.«

»Demnach haben Sie sich schlicht auf die Aussage eines einzigen Mannes verlassen, derzufolge es einen Unfall gegeben hat, in den jemand verwickelt gewesen ist, mit dem Sie gerade zusammen gewesen waren, und Sie sahen keine Notwendigkeit, der Sache nachzugehen? Sie sind einfach abgehauen, um einen Zug zu erwischen, weil Sie glaubten, Sie müssten in die Stadt zurück, sehe ich das richtig? Aber was war denn so dringend?«

Ricky antwortete nicht.

»Und nach allem, was Sie inzwischen wissen, hat es in Wahrheit gar keinen Unfall gegeben.«

»Keine Ahnung. Vielleicht nicht. Kann ich nicht mit Sicherheit sagen.«

»Nein, können Sie nicht«, erwiderte Merlin. »Aber wir können eines mit Sicherheit sagen: dass Sie das, was Sie tun zu müssen glaubten, wichtiger genommen haben, als festzustellen, ob jemand Hilfe braucht. Vielleicht behalten Sie diese Tatsache im Auge, Doktor.«

Ricky wollte sich in seinem Sitz drehen, um Merlin in die Augen zu sehen. Es fiel ihm nicht leicht. Merlin lächelte immer noch – der irritierende Inbegriff von einem Menschen, der absolut Herr der Lage ist. »Vielleicht sollten Sie versuchen, denjenigen anzurufen, dem Sie Ihren Besuch abgestattet haben?« Er deutete auf das Handy. »Um sicherzugehen, dass ihm nichts fehlt?«

Ricky tippte hastig Dr. Lewis' Telefonnummer ein. Es tutete mehrmals, doch niemand meldete sich.

Die Verblüffung stand ihm ins Gesicht geschrieben und entging Merlin nicht. Bevor Ricky etwas sagen konnte, meldete sich der Anwalt wieder zu Wort.

»Was macht Sie so sicher, dass das wirklich Dr. Lewis' Wohnsitz war?«, fragte Merlin in etwas förmlichem Ton. »Was haben Sie gesehen, das den Doktor unmittelbar mit diesem Haus in Verbindung bringt? Hingen Familienfotos an den Wänden? Haben Sie sonst irgendjemanden getroffen? Welche Zeitungen, welchen Krimskrams – all die Dinge, die ein Domizil mit Leben erfüllen –, was haben Sie dort vorgefunden, das darauf schließen lässt, dass Sie tatsächlich im Haus des Arztes waren? Abgesehen von seiner persönlichen Anwesenheit natürlich.«

Ricky strengte sich an, konnte sich aber an nichts erinnern. Das Arbeitszimmer, in dem sie den Abend verbracht hatten, war ein typisches Arbeitszimmer. Bücher an den Wänden. Stühle. Lampen. Teppiche. Ein bisschen Papierkram auf der Schreibtischplatte, aber nichts, was er sich näher angesehen hätte. Nichts Unverwechselbares, das ihm als solches im Gedächtnis haften geblieben wäre. Die Küche war einfach nur eine Küche. Die Flure verbanden die Zimmer miteinander. Das Gästezimmer, in dem er geschlafen hatte, war auffällig steril gewesen.

Wieder sagte er nichts, doch er wusste, dass sein Schweigen dem Anwalt als Antwort genügte.

Merlin atmete tief ein, er zog erwartungsvoll die Augenbrauen hoch, dann entspannten sich seine Züge wieder zu diesem überlegenen Grinsen. Es erinnerte Ricky für einen Moment ans College, wo er einmal einem anderen Studenten beim Pokern gegenübergesessen und gewusst hatte, dass er seinen Gegner nicht schlagen konnte, egal wie gut seine Karten waren. »Lassen Sie mich kurz zusammenfassen, Doktor«, sagte Merlin. »Ich finde es immer klug, in regelmäßigen Abständen innezuhalten und die Lage zu sondieren, um Zwischenbilanz zu ziehen, bevor man weitermacht. Das hier ist vielleicht ein solcher Moment. Das Einzige, was Sie mit Bestimmtheit wissen, ist, dass Sie ein paar Stunden mit einem Arzt verbracht haben, den Sie von früher kennen. Sie wissen nicht, ob das sein richtiges Zuhause war oder nicht, oder ob er vielleicht einen Unfall hatte oder nicht. Sie können nicht sicher sein, dass Ihr damaliger Psychoanalytiker am Leben ist oder nicht, habe ich recht?«

Ricky wollte etwas erwidern, überlegte es sich aber anders.

Merlin sprach etwas leiser weiter, als habe das Folgende etwas Konspiratives. »Wo war die erste Lüge? Wo war die entscheidende Lüge? Was haben Sie gesehen? All diese Fragen …«

Plötzlich hielt er die Hand hoch. Dann schüttelte er den Kopf, wie man es vielleicht tut, wenn man ein widerspenstiges Kind zurechtweist. »Ricky, Ricky, Ricky, ich frage Sie noch einmal: Hat es heute Morgen einen Autounfall gegeben?«

»Nein.«

»Sind Sie sicher?«

»Ich habe eben mit der Staatspolizei gesprochen. Der Kerl hat gesagt …«

»Woher wollen Sie wissen, dass Sie da gerade mit der Staatspolizei gesprochen haben?«

Ricky zögerte. Merlin grinste. »Ich habe die Nummer gewählt und Ihnen dann das Handy gereicht. Sie haben Senden gedrückt, erinnern Sie sich? Nun könnte ich ja irgendeine beliebige Nummer gewählt haben, und jede x-beliebige Person könnte auf den Anruf gewartet haben. Vielleicht ist das die Lüge, Ricky. Vielleicht liegt Ihr Freund Dr. Lewis ja in diesem Moment auf einem Tisch im Leichenschauhaus von Dutchess County und wartet auf einen Angehörigen, der ihn identifiziert.«

»Aber …«

»Sie begreifen nicht, worum es geht, Ricky.«

»Na schön«, sagte Ricky patzig, »worum geht es?« Die Augen des Anwalts verengten sich kaum merklich, als habe ihn Rickys forsche Antwort aus dem Konzept gebracht. Er deutete auf die wasserdichte Sporttasche zu seinen Füßen. »Vielleicht hatte er ja gar nicht diesen Unfall, Doktor, und ich habe stattdessen seinen abgeschlagenen Kopf in dieser Tasche. Halten Sie das für möglich, Ricky?«

Ricky zuckte heftig zurück.

»Halten Sie das für möglich, Ricky?«, bohrte der Anwalt nunmehr in zischendem Ton.

Rickys Blick senkte sich auf die Tasche. Es war eine Art Matchbeutel, der äußerlich nicht zu erkennen gab, was sich darin befand. Er war groß genug, um den Kopf eines Menschen unterzubringen, und wasserdicht, so dass es keine Flecken gab und nichts auslaufen konnte. Doch während Ricky diese Dinge registrierte, wurde ihm die Kehle trocken, und er hätte nicht sagen können, was ihn mehr erschreckte, der Gedanke, dass dort der Kopf eines Mannes zu seinen Füßen lag, den er kannte, oder der Gedanke, dass er es nicht wusste.

Er sah wieder Merlin an. »Es wäre möglich«, hauchte er.

»Sie müssen unbedingt verstehen, dass alles möglich ist, Ricky. Ein Autounfall kann vorgetäuscht werden. Das Gleiche gilt für eine Beschwerde wegen sexueller Belästigung an die entsprechenden führenden Leute bei der Ärztekammer. Ihre Bankkonten können geplündert werden. Ihre Angehörigen oder Freunde oder auch nur Bekannten können ermordet werden. Sie müssen handeln, Ricky. Handeln Sie!«

Rickys Stimme bebte bei seiner nächsten Frage. »Kennen Sie denn keine Grenzen?«

Merlin schüttelte den Kopf. »Nicht die geringsten. Das macht für alle Beteiligten ja die Faszination der Sache aus. Die Spielregeln, die mein Auftraggeber abgesteckt hat, besagen, dass alles zu einem Teil des Geschehens werden kann. Dasselbe, wage ich zu sagen, trifft auf Ihre berufliche Tätigkeit zu, Dr. Starks, oder irre ich mich?«

Ricky rutschte auf seinem Sitz. »Nehmen wir an«, sagte er leise, heiser, »ich würde jetzt einfach gehen. Und Sie blieben mit Ihrer Tasche, egal, was da drin ist, hier sitzen ...«

Wieder lächelte Merlin. Er bückte sich und drehte die Oberseite der Tasche ein wenig, so dass die Buchstaben F.A.S., die dort eingestanzt waren, zum Vorschein kamen. Ricky starrte auf die Initialen. »Meinen Sie nicht, dass zusammen mit dem Kopf etwas in der Tasche ist, das Sie damit in Verbindung bringt? Meinen Sie nicht, dass die Tasche mit einer Ihrer Kreditkarten gekauft wurde, bevor sie gesperrt wurden? Und meinen Sie nicht, dass der Taxifahrer, der Sie heute Morgen abgeholt und zum Bahnhof gebracht hat, sich daran erinnern wird, dass Sie nichts weiter bei sich hatten als eine mittelgroße, blaue Sporttasche? Und dass er das jedem Ermittler von der Mordkommission erzählen wird?«

Ricky versuchte, sich die Lippen zu lecken, irgendwo etwas Feuchtigkeit aufzutreiben.

»Natürlich«, sagte Merlin, »kann ich die Tasche selber mitnehmen. Und Sie können so tun, als hätten Sie sie noch nie im Leben gesehen.«

»Wie –«

»Stellen Sie Ihre zweite Frage, Ricky. Rufen Sie unverzüglich bei der *Times* an.«

»Ich weiß nicht, ob ich …«

»Sofort, Ricky. Wir nähern uns der Penn Station, und wenn wir erst unterirdisch weiterfahren, funktioniert das Handy nicht mehr, und dieses Gespräch ist beendet. Sie müssen sich schon jetzt entscheiden!« Um seinen Worten Nachdruck zu verleihen, wählte Merlin eine Nummer ein. »Hier«, sagte er forsch. »Ich habe für Sie bei der Anzeigenannahme der *Times* angerufen. Stellen Sie Ihre Frage, Ricky!«

Ricky nahm das Telefon und drückte die *Senden*-Taste. Im nächsten Moment wurde er mit derselben Frau verbunden, die die Woche zuvor seinen Anruf entgegengenommen hatte. »Hier spricht Dr. Starks«, sagte er langsam. »Ich würde gerne eine weitere Kleinanzeige auf der Titelseite aufgeben.« Während er sprach, arbeitete sein Hirn auf Hochtouren, um die richtigen Worte zu formulieren.

»Selbstverständlich, Doktor. Wie läuft die Schnitzeljagd denn so?«, fragte die Frau.

»Ich bin dabei zu verlieren …«, gab Ricky zur Antwort, um hinzuzufügen, »Folgendes soll in der Anzeige stehen …«

Er schwieg einen Moment, holte so tief Luft, wie er konnte, und sagte:

Vor zwanzig Jahren behandelte ich anders als heute,
An einem Krankenhaus vorwiegend ärmere Leute.
Ich nutzte die Gunst der Stunde,
Starb Ihre Mutter aus diesem Grunde?
Ich verriet wohl ein paar der damaligen Patienten.
Beschloss sie deshalb, ihr Leben zu beenden?

Die Anzeigenfrau las Ricky den Wortlaut noch einmal vor und sagte: »Das ist aber ein seltsamer Anhaltspunkt zu einer Schnitzeljagd.«

»Es ist auch ein seltsames Spiel«, sagte Ricky. Dann gab er ihr erneut die Rechnungsanschrift durch und legte auf.

Merlin nickte. »Sehr gut, sehr gut«, sagte er. »Äußerst clever, wenn man bedenkt, unter welchem Stress Sie stehen. Sie können ein ganz schön cooler Typ sein, Dr. Starks. Vermutlich weitaus mehr, als Sie wissen.«

»Wieso rufen Sie nicht einfach Ihren Auftraggeber an und setzen ihn ins Bild …«, fing Ricky an. Doch Merlin schüttelte den Kopf.

»Meinen Sie, wir wären nicht genauso von ihm abgeschottet wie Sie? Glauben Sie, ein Mann mit seinen Fähigkeiten hätte nicht mehrere Schutzwälle zwischen sich und den Leuten errichtet, die seine Weisungen befolgen?«

Ricky vermutete, dass es so war.

Der Zug fuhr langsamer und tauchte in die unterirdische Tiefe, so dass er die mittägliche Sonne hinter sich ließ, während er der Station entgegenruckelte. Im Waggon glühten die Lampen und überzogen alle Gegenstände und Gestalten mit einem blassgelben Licht. Vor dem Fenster huschten die dunklen Schatten von Schienen, Zügen, Betonpfeilern vorbei. Ricky fühlte sich beinahe lebendig begraben.

Sobald der Zug hielt, stand Merlin auf.

»Lesen Sie jemals die *New York Daily News*, Ricky? Nein, ich fürchte, Sie sind nicht der Typ, der Boulevardzeitungen liest. Sie fühlen sich in der altehrwürdigen Welt der oberen Zehntausend wohler, Sie lesen die *Times*. Ich bin von weitaus bescheidenerer Herkunft. Ich mag die *Post* und die *Daily News*. Manchmal bringen die Geschichten groß raus, für die sich die *Times* viel weniger interessiert. Die *Times*, wissen Sie, berichtet über Kurdistan, die *News* und die *Post* dagegen über die Bronx. Heute allerdings denke ich, dass Sie gut daran täten, diese Blätter zu lesen und nicht die *Times*. Habe ich mich absolut klar ausgedrückt, Ricky? Lesen Sie heute die *Post* und die *News*, weil die nämlich eine Geschichte bringen, die überaus interessant, ja von unverzichtbarem Wert für Sie sein wird.«

Merlin winkte ihm noch einmal mit einer knappen Geste zu. »Das war eine interessante Fahrt, meinen Sie nicht auch, Doktor? Die Zeit ist wie im Flug vergangen.« Er wies auf die Tasche.

»Die ist für Sie, Doktor. Ein Geschenk. Zum Mutmachen, wie gesagt.«

Damit wandte Merlin sich um und ließ Ricky allein im Waggon zurück.

»Warten Sie!«, brüllte Ricky. »Halt!«

Merlin ging weiter. Ein paar andere Reisende drehten die Köpfe nach Ricky um. Ricky war drauf und dran, erneut zu rufen, doch er beherrschte sich. Er wollte keine unnötige Aufmerksamkeit auf sich lenken, sondern lieber in den schwarzen Schatten der Station versinken. Die Tasche mit seinen Initialen versperrte ihm wie ein plötzlich aufragender Eisberg den Weg.

Er konnte das Gepäckstück weder mitnehmen noch stehen lassen. Er beugte sich vor und hob es auf. Etwas verrutschte darin, und Ricky wurde flau. Für einen Moment sah er auf und versuchte, sich an irgendetwas festzuhalten, an etwas Normalem, einer Routine, etwas Gewöhnlichem, das ihn mit der Wirklichkeit verband.

Er fand nichts.

Stattdessen packte er den langen Reißverschluss an der Oberseite der Tasche, zögerte, holte tief Luft und zog ihn langsam auf. Er öffnete den Schlitz und starrte hinein.

In der Mitte der Tasche lag eine Honigmelone, rund und von der Größe eines Kopfes.

Ricky musste lachen, erfasst von einer Woge der Erleichterung, die sich in schallendem Prusten und Gekicher Luft machte. Die Schweißausbrüche hörten auf. Die Welt, die sich eben noch um ihn gedreht hatte, stand still, und er konnte wieder klar sehen.

Er zog den Reißverschluss zu und stand auf. Der Zug war ebenso leer wie die Plattform draußen, von der Handvoll Gepäckträger und zwei Schaffnern in blauer Jacke einmal abgesehen.

Ricky schlang sich die Tasche über die Schulter und trat auf den Bahnsteig. Er überlegte, wie er weiter vorgehen sollte. Er war sicher, dass Rumpelstilzchen den Ort und die Umstände der Behandlung seiner Mutter bei Ricky bestätigen würde. Er hoffte inständig, dass die Klinik tatsächlich noch Akten aus der Zeit vor zwanzig Jahren hatte. Der Name, der sich seiner Erinnerung entzog, könnte dann einfach auf einer Archiv-Liste stehen.

Ricky schritt zügig voran, seine Schuhe klackten auf dem Steinboden und hallten aus der Dunkelheit ringsum wider. Vor ihm lag das Zentrum der Pennsylvania Station, und er ging eilig auf die Lichter zu. Während er mit soldatischer Zielstrebigkeit zu den hell erleuchteten Menschentrauben strebte, fiel sein Blick auf einen der Gepäckträger, der, in die *Daily News* vertieft, auf einem Kofferkarren hockte, während er auf das Eintreffen des nächsten Zuges wartete. In genau dieser Sekunde faltete der Mann die Zeitung auf, so dass Ricky die schrille Schlagzeile auf der Titelseite entgegenschlug. In großen Lettern, die nach Aufmerksamkeit heischten, war zu lesen: FAHRERFLUCHT: POLIZISTIN IM KOMA.

Und der Untertitel: EHEDRAMA, EX GESUCHT.

17

RICKY SASS MIT JE EINER *NEWS* UND EINER *POST* auf dem Schoß auf einer Holzbank der Pennsylvania Station und beugte sich wie ein einsamer Baum im Sturm über die Berichte. Jedes Wort, das er las, schien sich in seiner Vorstellungskraft zu beschleunigen, um wie ein außer Kontrolle geratenes Fahrzeug mit blockierten, ohnmächtig quietschenden Reifen davonzugleiten, und er war unfähig, dem Schlingern Einhalt zu gebieten und dem Aufprall auszuweichen.

Beide Artikel warteten im Wesentlichen mit denselben Einzelheiten auf: Joanne Riggins, eine vierunddreißigjährige Kommissarin bei der Transit Authority Police, war in der Nacht zuvor nur einen halben Häuserblock von ihrem Zuhause entfernt von einem Auto überfahren worden, dessen Halter anschließend Fahrerflucht beging. Nach einer Notoperation hing die im Koma liegende Polizistin im Brooklyn Medical Center an lebenserhaltenden Apparaten. Eine Prognose war derzeit nicht möglich. Nach Augenzeugenberichten war ein leuchtend roter Pontiac Firebird von der Unfallstelle geflohen. Ein ganz ähnliches Fahrzeug besaß der getrennt lebende Ehemann des Opfers. Obwohl das Auto noch vermisst wurde, verhörte die Polizei derzeit den Ex. Der *Post* zufolge behauptete er, der Wagen sei ihm in der Nacht vor dem Unfall gestohlen worden. Die *News* enthüllte, dass Detective Riggins im Lauf des Scheidungsverfahrens eine einstweilige Verfügung gegen den Mann erwirkt habe und dass es eine zweite solche Verfügung seitens einer anderen jungen Frau gebe, bei der es sich um eine junge Polizistin handele, die Detective Riggins zu Hilfe geeilt war, nachdem das rasende Auto sie überfahren hatte. Die Zeitung berichtete auch, dass der Exmann im letzten Jahr ihrer Ehe seine Frau vor Zeugen bedroht habe.

Die Geschichte war ein gefundenes Fressen für die Boulevardblätter, die sich in geschmacklosen Andeutungen über eine ungewöhnliche sexuelle Dreiecksgeschichte ergingen, über eine stürmische Liebschaft und außer Kontrolle geratene Leidenschaft, die in Gewalt mündete.

Und wie Ricky außerdem wusste, ging sie gänzlich an der Wahrheit vorbei.

Natürlich nicht in den wesentlichen Zügen, sondern nur in einem winzigen Detail: Bei dem Fahrer des Wagens handelte es sich nicht um den Mann, den die Polizei verhörte, auch wenn er als Täter nur allzu gut infrage kam. Ricky wusste, dass sie sehr lange brauchen würden, bis es ihnen vielleicht dämmerte, dass die Unschuldsbeteuerungen des Ex den Tatsachen entsprachen, und vermutlich noch länger, um etwaige Alibis des Mannes zu überprüfen. Ricky hielt es für wahrscheinlich, dass der Mann sich eine solche Tat in der Phantasie tausendmal ausgemalt hatte und dass derjenige, der diesen Unfall in Wirklichkeit arrangiert hatte, das wusste.

Wütend zerknüllte und verkrumpelte Ricky jedes Blatt der Tageszeitung einzeln, wrang die Seiten, als drehte er einem kleinen Tier den Hals um, und verstreute sie neben sich auf der Bank. Er überlegte, ob er die Dienststelle anrufen sollte, die den Fall bearbeitete. Er dachte daran, sich bei Riggins' Vorgesetzten in der Transit Police zu melden. Er versuchte sich vorzustellen, wie einer von Riggins' Kollegen seine Geschichte aufnehmen würde. Mit wachsender Verzweiflung schüttelte er den Kopf. Es bestand nicht die geringste Chance, dachte er, dass sich einer von ihnen anhören würde, was er zu sagen hatte. Sie würden ihm kein Wort glauben.

Langsam hob er den Kopf und hatte erneut das Gefühl, als würde er beobachtet, überwacht. Als würden seine Reaktionen wie bei einer bizarren klinischen Studie registriert. Bei der Vorstellung merkte er, wie ihm der kalte Schweiß aus den Poren trat; an seinen Armen bildete sich eine Gänsehaut. Er sah sich in der riesigen, höhlenhaften Bahnstation um. Im Verlauf weniger Sekunden waren dutzende, hunderte, ja vielleicht tausende Menschen an ihm vorbeigeströmt. Doch Ricky fühlte sich ganz und gar verlassen.

Er stand auf und schleppte sich wie ein Verwundeter nach draußen Richtung Taxistand. Neben dem Eingang zur U-Bahn-Station saß ein Obdachloser, der um Kleingeld bettelte, was Ricky verwunderte; die meisten dieser Benachteiligten verscheuchte die Polizei von solch markanten Stellen. Er blieb stehen und ließ die paar Münzen, die er fand, in den leeren Styroporbecher des Mannes fallen.

»Hier«, sagte er. »Das brauch ich nicht.«

»Danke, Sir, danke«, sagte der Mann. »Gott segne Sie.«

Einen Moment lang starrte Ricky den Mann an, bemerkte die wunden Stellen an den Händen, die kleinen Verletzungen im Gesicht, die teilweise unter einem struppigen Bart verschwanden. Verdreckt und zerlumpt, von der Straße und Geisteskrankheit gezeichnet. Der Mann mochte irgendwo zwischen vierzig und sechzig sein.

»Alles in Ordnung?«, fragte Ricky.

»Ja, ja, danke, Sir. Gott segne Sie für Ihre großzügige Gabe. Gott segne Sie. Etwas Kleingeld?« Damit fuhr der Kopf des Obdachlosen zur nächsten Person herum, die aus dem U-Bahn-Ausgang kam. Ohne Ricky, der immer noch vor ihm stand, jetzt noch weiter zu beachten, wiederholte er fast im Sprechgesang seinen Refrain.

»Woher kommen Sie?«, fragte Ricky plötzlich.

Der Mann starrte ihn mit einem misstrauischen Flackern in den Augen an.

»Ich bin von hier«, sagte er vorsichtig und deutete auf den Bürgersteig unter seinen Füßen. »Von da«, fügte er hinzu und wies auf die Straße. »Von überall her«, und drehte dabei den Kopf in alle Richtungen.

»Wo sind Sie zu Hause?«, fragte Ricky.

Der Mann zeigte auf seine Stirn. Das leuchtete Ricky ein.

»Also dann«, sagte Ricky, »schönen Tag noch.«

»Ja, ja, Sir, Gott segne Sie, Sir«, fuhr der Mann melodisch fort. »Etwas Kleingeld?«

Ricky ging weiter und fragte sich plötzlich, ob der Obdachlose diesen kurzen Wortwechsel wohl mit dem Leben bezahlen musste. Er lief zum Taxistand und dachte immer noch darüber nach, ob jede Person, mit der er Kontakt aufnahm, so wie die Kommissarin und vielleicht auch Dr. Lewis zur Zielscheibe wurde. Oder wie Mr. Zimmerman. Einer verletzt, einer verschwunden, der Dritte tot. Ihm wurde klar: Hätte ich einen Freund, könnte ich ihn nicht anrufen. Hätte ich eine Geliebte, könnte ich nicht zu ihr gehen. Hätte ich einen Anwalt, könnte ich keinen Termin mit ihm machen. Hätte ich Zahnschmerzen, könnte ich nicht mal zum Zahnarzt und mir eine Füllung machen lassen, ohne den in Gefahr zu bringen. Wer mit mir in Berührung kommt, ist nicht mehr sicher.

Ricky blieb auf dem Bürgersteig stehen und betrachtete seine Hände. Gift, dachte er.

Ich bin giftig geworden.

Von dem Gedanken entsetzt, ging Ricky an der Schlange wartender Taxis vorbei. Er lief weiter durch die Stadt. Das Geräusch seiner endlosen Schritte nahm er bald nicht mehr wahr, so dass er, wie ihm schien, in vollkommener Stille weitereilte und die Welt ringsum immer kleiner würde. Bis zu seiner Wohnung waren es fast sechzig Häuserblocks, und er ging den ganzen Weg zu Fuß, ohne auch nur zu merken, dass er dabei Atem holte.

Ricky schloss sich in seine Wohnung ein und ließ sich in den Sessel in seinem Sprechzimmer fallen. Dort verbrachte er aus Angst, nach draußen zu gehen, aus Angst zu verharren, aus Angst vor der Erinnerung, aus Angst, die Gedanken schweifen zu lassen, aus Angst, wach zu bleiben und aus Angst vor dem Schlafen den Rest des Tages und die ganze Nacht.

Irgendwann gegen Morgen musste er eingenickt sein, denn als er erwachte, war es draußen vor seinem Fenster helllichter Tag. Er hatte ein steifes Genick, und von den vielen Stunden im Sitzen taten ihm sämtliche Glieder weh. Er stand vorsichtig auf und ging ins Bad, wo er sich das Gesicht nass spritzte und die Zähne putzte, bevor er reglos in den Spiegel starrte und sich innerlich bescheinigte, dass die Anspannung in jeder Falte und jedem Winkel seiner Züge Spuren eingegraben hatte. Er registrierte, dass er seit den letzten Tagen seiner Frau nicht mehr derart verzweifelt gewesen war, nämlich in einem Maße – wie er sich kläglich eingestand –, das emotional dem Tod sehr nahe kam.

Der Kalender mit den ausgestrichenen Tagen auf seinem Schreibtisch war nunmehr zu zwei Dritteln voll.

Er versuchte noch einmal, Dr. Lewis in Rhinebeck telefonisch zu erreichen, bekam jedoch wieder keine Antwort. In der Hoffnung, dass es eine zweite Nummer gab, versuchte er es bei der zuständigen Auskunft, doch ohne Ergebnis. Er überlegte, ob er im Krankenhaus und im Leichenschauhaus anrufen sollte, um herauszufinden, was wahr und was erfunden war, ließ es dann aber sein. Er war sich nicht sicher, ob er es wirklich wissen wollte.

Das Einzige, an das er sich klammerte, war eine Bemerkung, die Dr. Lewis im Verlauf ihrer Unterhaltung gemacht hatte: Alles, was Rumpelstilzchen mache, diene offenbar dazu, Ricky immer näher an sich heranzulassen.

Zu welchem Zweck allerdings, wenn nicht zu seinem Tod, konnte Ricky nicht sagen.

Die *Times* lag vor seiner Tür, und schon beim Aufheben sah er seine Frage unten auf der Titelseite, neben einer Suchanzeige nach Männern für eine Impotenzstudie. Im Korridor vor seiner Wohnung rührte sich nichts. Der Flur war schummrig, der einzige Fahrstuhl im Haus fuhr quietschend hoch. Die anderen Türen, einheitlich schwarz lackiert, mit einer goldenen Nummer in der Mitte, waren verschlossen. Er nahm an, dass viele der anderen Bewohner im Urlaub waren.

In der vagen Hoffnung, bereits die Antwort auf seine Frage zu finden, blätterte Ricky hastig die Zeitung durch, denn immerhin hatte Merlin seinen Text mit angehört und höchst wahrscheinlich seinen Auftraggeber davon unterrichtet. Doch nichts deutete darauf hin, dass Rumpelstilzchen sich an dem Blatt zu schaffen gemacht hatte, was ihn nicht überraschte. Es war nicht damit zu rechnen, dass der Mann sich zweimal derselben Methode bediente, denn das hätte ihn zu sehr exponiert.

Der Gedanke, vierundzwanzig Stunden auf eine Antwort warten zu müssen, war schier unerträglich. Ricky wusste, dass er auch ohne Hilfe vorankommen musste. Der einzig gangbare Weg, den er sah, bestand darin, die Akten jener Patienten zu finden, die er vor zwanzig Jahren in dieser Klinik behandelt hatte. Natürlich war das nur eine vage Vermutung, doch sie gab ihm wenigstens das Gefühl, dass er etwas tat, statt nur zuzusehen, wie eine Frist verstrich. Er zog sich rasch an und lief zur Wohnungstür. Doch kaum hatte er die Hand am Knauf, um die Tür zu öffnen und hinauszugehen, blieb er plötzlich stehen. Er merkte, wie eine Woge der Angst über ihn schwappte, die seinen Herzschlag beschleunigte und in den Schläfen pochte. Eine gewaltige Hitze schien sich in ihm auszubreiten, und er sah, dass ihm die Hand am Türknauf zitterte. Ein Teil von ihm schrie, dass er außerhalb seiner vier Wände nicht sicher sei, und für einen kurzen Moment gab er nach und trat zurück.

Ricky atmete tief ein und versuchte, die Panikattacke in den Griff zu bekommen.

Er wusste sehr wohl, was mit ihm passierte. Er hatte schon viele Patienten mit ähnlichen Anfällen behandelt. Dagegen gab es Xanax, Prozac und andere Stimmungsaufheller, die er, wenn auch nur ungern, schon mehr als einmal verschrieben hatte.

Er biss sich auf die Lippen und begriff, dass es zweierlei ist, so etwas zu behandeln und selbst durchzumachen. Er trat noch einen Schritt von der Tür zurück und starrte auf das dicke Holz, während er sich vorstellte, welche Schrecken auf der anderen Seite, vielleicht im Flur, gewiss aber auf der Straße auf ihn lauerten. Dämonen, die sich wie ein aufgebrachter Mob auf dem Bürgersteig drängten. Er hatte das Gefühl, als steckte er mitten in einem schwarzen Strudel, und wenn er jetzt nach draußen ging, wäre es zweifellos sein Ende.

In diesem Moment schrie jede Faser seines Seins nach Rückzug – danach, sich in seiner Praxis zu verkriechen.

Der Theorie folgend konnte er diesen Angstzustand mühelos diagnostizieren.

Die Wirklichkeit sah bei weitem schlimmer aus.

Er kämpfte gegen den Drang an und merkte, wie sich sämtliche Muskeln zusammenzogen, wie sich alles dagegen sträubte – gleich dem Moment, in dem man ein sehr schweres Gewicht hochhebt, eine Sekunde lang Muskelkraft gegen die Last und die Notwendigkeit abwägt und dann entweder aufsteht und trägt oder absetzt und aufgibt. Dies war ein solcher Moment für Ricky, und es kostete ihn jedes Quäntchen Kraft, dieser übermächtigen Angst etwas entgegenzustellen.

Wie ein Fallschirmjäger, der im Dunkeln hinter den feindlichen Linien abspringt, zwang sich Ricky, die Tür zu öffnen und in den Flur zu treten. Es tat beinahe physisch weh, einen Schritt nach vorn zu machen.

Als er auf die Straße trat, war er bereits schweißgebadet und vor Erschöpfung wie benommen. Blass, ungepflegt und mit irrem Blick musste er wohl ein beunruhigendes Erscheinungsbild bieten, denn ein junger Mann, der vorbeikam, wirbelte herum und starrte ihn an, bevor er mit beschleunigten Schritten weiterlief. Ricky stürzte fast wie betrunken den Bürgersteig entlang zur nächsten Straßenecke, wo es leichter war, ein Taxi zu bekommen.

Er blieb an der Ecke stehen, um sich ein wenig den Schweiß aus dem Gesicht zu wischen, und trat mit erhobener Hand an die Bordsteinkante. In dieser Sekunde fuhr wundersamerweise ein gelbes Taxi heran und blieb direkt vor ihm stehen, um einen Fahrgast hinauszulassen. Ricky griff nach der Tür, um sie für den Unbekannten aufzuhalten und nach alter Städtersitte das Taxi für sich zu reklamieren.

Die Frau, die sich vom Sitz erhob, war Virgil.

»Danke, Ricky«, sagte sie fast wie nebenbei. Sie rückte sich die Sonnenbrille zurecht und grinste über seine zweifellos entsetzte Miene. »Ich hab die Zeitung für Sie liegen lassen«, fügte sie hinzu.

Ohne ein weiteres Wort drehte sie sich um und lief zügig die Straße weiter. Binnen Sekunden war sie um die nächste Ecke verschwunden.

»Kommen Sie, Kumpel, wollen Sie nun mit?«, riss ihn der Fahrer aus seinen Gedanken.

Erst jetzt merkte Ricky, dass er immer noch, den Türgriff in der Hand, auf dem Bürgersteig stand. Er sah in den Wagen und entdeckte die aktuelle *Times* gefaltet auf dem Rücksitz. Ohne länger zu zögern, sprang er hinein. »Wo soll's denn hingehen?«, fragte der Mann.

Ricky wollte gerade antworten, als ihm ein Gedanke kam. »Die Frau, die gerade ausgestiegen ist«, sagte er, »wo haben Sie die aufgenommen?«

»Seltsame Dame«, erwiderte der Fahrer. »Sie kennen sich?«

»Ja, gewissermaßen.«

»Na ja, sie hält mich zwei Häuserblocks von hier an, sagt, ich soll einfach ein Stück weiter die Straße rauf stehen bleiben und die Uhr laufen lassen, während sie da hinten sitzt und nichts weiter tut, als aus dem Fenster zu starren und sich dabei ein Handy ans Ohr zu halten, ohne dass sie ein Wort sagt. Auf einmal sagt sie, ›Fahren Sie da drüben ran!‹ und zeigt auf die Stelle, wo Sie waren. Sie schiebt mir einen Zwanziger durch die Scheibe und sagt, ›Der Mann ist Ihr nächster Fahrgast, verstanden?‹ Ich sag, ›Ihr Wunsch ist mir Befehl, Lady‹, und mach, was sie sagt. Da sind Sie also. Echter Hingucker, die Frau. Also, wohin?«

Ricky schwieg einen Moment und sagte: »Hat sie Ihnen das nicht gesagt?«

Der Fahrer lächelte. »Hat sie allerdings, verdammt. Aber sie sagt, ich soll Sie trotzdem fragen, mal sehen, ob Sie's raten.«

Ricky nickte. »Columbia Presbyterian Hospital. Die Ambulanz an der Hundertzweiundfünfzigsten Ecke West End.«

»Bingo!«, rief der Fahrer und stellte den Taxameter an, bevor er sich in den Vormittagsverkehr einfädelte.

Ricky griff nach der Zeitung auf dem Sitz. Im selben Moment fiel ihm eine Frage ein, und er lehnte sich zu der Plastikscheibe zwischen sich und dem Fahrer vor. »Hören Sie«, sagte er. »Diese Frau, hat sie Ihnen auch gesagt, was Sie machen sollen, falls ich Ihnen eine andere Adresse nenne? Ich meine, wenn ich woanders hin will als zu der Klinik?«

Der Fahrer grinste. »Was soll das hier werden, 'ne Art Spiel?«

»Könnte man so sagen«, erwiderte Ricky. »Wenn auch kaum eins, das Ihnen Spaß machen würde.«

»Hätte nix gegen das eine oder andere Spielchen mit der einzuwenden, wenn Sie verstehen, was ich meine.«

»Oh, hätten Sie doch«, sagte Ricky. »Auch wenn Sie's sich nicht vorstellen können, glauben Sie mir, Sie hätten ganz entschieden was dagegen.«

Der Mann nickte. »Schon verstanden«, sagte er. »Manche Frauen, die so wie die da aussehen, machen mehr Ärger, als sich lohnt. Sind sozusagen das Eintrittsgeld nicht wert ...«

»Das sehen Sie richtig«, stimmte Ricky zu.

»Jedenfalls sollte ich Sie zur Klinik bringen, egal, was Sie sagen. Sie sagt, Sie würden es schon kapieren, wenn wir erst da sind. Hat mir 'nen Fünfziger dafür gegeben, dass ich Sie da hinbringe.«

»Sie steht sich gut, finanziell«, sagte Ricky und lehnte sich zurück. Er atmete schwer, der Schweiß nahm ihm in den Augenwinkeln die Sicht und trat ihm fleckig durchs Hemd. Ricky griff nach der Zeitung.

Er fand, wonach er suchte, auf Seite A-13, und zwar mit demselben roten Stift quer über eine Dessousreklame der Kaufhauskette Lord & Taylor's geschrieben, so dass die Worte die schlanke Gestalt des Models zerfurchten und das Bikinihöschen verdeckten.

Ricky zieht seine Kreise immer enger.
Dabei wird sein Schatten immer länger.
Ehrgeiz und Wechsel verstellten dir die Sicht,
So sahst du die Qual der Patientin nicht.
Ignoriertest selbstsüchtig ihre Not,
Es dauerte nicht lange, und sie war tot.
Der Sohn sieht deine Schlechtigkeit,
Und fordert für sie Gerechtigkeit.
Heute verfügt er über viel Geld,
Und kann tun, was er für richtig hält.
Du findest sie im Krankenhausarchiv,
Nach dem Motto, die Geister, die man rief…
Doch hast du sie und mich in zweiundsiebzig Stunden,
Armer Dr. Ricky, auch wirklich mit Namen gefunden?

Der primitive Vers war wie das erstemal spöttisch, ja zynisch mit seinen kindlichen Reimen. Ein wenig, dachte er, wie die Gemeinheiten auf dem Hof des Kindergartens, voller Häme und Hänseleien. Wenn er bedachte, was Rumpelstilzchen bezweckte, hörte die Sache allerdings auf, kindisch zu sein. Ricky riss die Seite aus der *Times*, faltete sie und steckte sie sich in die Hosentasche. Den Rest der Zeitung warf er auf den Boden. Der Fahrer fluchte leise über den dichten Verkehr und redete mit jedem Laster oder Pkw, dem gelegentlichen Radfahrer oder Fußgänger, der ihm im Weg war, ein paar Takte. Das Interessante an dieser Unterhaltung war nur, dass ihn sonst niemand hören konnte. Weder kurbelte er das Fenster herunter, um ein paar Kraftausdrücke vom Stapel zu lassen, noch drückte er wie andere seiner Zunft kräftig auf die Hupe, eine Art nervöse Reaktion auf den dichten Verkehr, in dem sie ständig steckten. Dieser Mann redete stattdessen unentwegt, gab Anweisungen,

Warnungen von sich und manövrierte die Worte zusammen mit seinem Wagen, was ihn wohl mit allem, was in seinen Gesichtskreis trat – oder auch in sein Fadenkreuz –, auf seltsame Weise verband. Es musste eigenartig sein, dachte Ricky, jeden Tag aufs Neue Dutzende Gespräche zu führen, die niemand hörte. Doch dann fragte er sich, ob es den übrigen anders erging.

Das Taxi setzte ihn vor dem großen Krankenhauskomplex ab. Er sah ein Stück weiter den Eingang zur Notaufnahme, mit einem großen Schild in roten Lettern und einem Krankenwagen davor. Trotz der drückenden, hochsommerlichen Hitze fühlte Ricky, wie ihm ein Schauer den Rücken herunterlief. Diese Kälte rührte von seinen letzten Besuchen in diesem Krankenhaus her, bei denen er seine Frau begleitete, als sie gegen die Krankheit, der sie später erlag, noch kämpfte, als sie gegen die schleichenden Vorgänge in ihrem Körper noch Bestrahlung und Chemotherapie einsetzte. Die onkologische Abteilung befand sich in einem anderen Teil des Komplexes, doch das half wenig gegen das Gefühl der ohnmächtigen Angst, das ihn heute bei der Erinnerung kaum weniger heftig befiel als damals. Er sah zu den mächtigen Backsteinbauten empor. Drei Anlässe in seinem Leben hatten ihn zu diesem Bau geführt: zunächst das halbe Jahr, in dem er dort, bevor er seine eigene Praxis eröffnete, in der Ambulanz tätig war; dann als Begleiter seiner Frau auf dem Marathon von einem Krankenhaus zum anderen in ihrem vergeblichen Kampf gegen den Tod; und nunmehr auf der Suche nach dem Namen der Patientin, die er vernachlässigt und im Stich gelassen hatte und die jetzt sein eigenes Leben bedrohte.

Ricky schleppte sich weiter Richtung Eingang und merkte, wie sich etwas in ihm dagegen sträubte, dass er genau wusste, wo die Patientenakten zu finden waren.

Hinter der Theke des Archivs für ebendiese Dokumente stand ein schmerbäuchiger Büroangestellter in mittleren Jahren, mit Hawaiihemd und einer Khakihose, die Tinten-, vielleicht auch Essensflecken hatte, und musterte Ricky mit einem bedenklichen Blick, als der sein Anliegen erklärte.

»Und was genau von vor zwanzig Jahren suchen Sie?«, fragte er mit kaum verhohlenem Staunen.

»Sämtliche Patientenakten der Psychiatrischen Ambulanz aus den sechs Monaten, die ich da gearbeitet habe«, sagte Ricky. »Jeder, der sich hier behandeln ließ, bekam eine Patientennummer zugewiesen. Diese Akten enthalten sämtliche Krankenberichte, die angelegt wurden.«

»Ich weiß nicht, ob diese Akten in den Computer eingegeben worden sind«, sagte der Angestellte ausweichend.

»Davon gehe ich aus«, sagte Ricky. »Schauen wir beide doch mal nach.«

»Das dauert aber ein Weilchen, Doktor«, sagte der Mann. »Und ich hab noch 'ne Menge andere Anfragen …« Ricky überlegte einen Moment, bis ihm dämmerte, wie leicht es Virgil und Merlin fiel, Leute zu kleinen Gefälligkeiten zu bewegen, indem sie mit ein paar Scheinchen winkten. Er hatte zweihundertfünfzig Dollar im Portemonnaie und zog zweihundert heraus, die er auf die Theke legte. »Vielleicht hilft das«, sagte er, »um mich oben auf die Liste zu setzen?«

Der Angestellte sah kurz in alle Richtungen und vergewisserte sich, dass niemand sonst zusah, bevor er das Geld von der Theke nahm. »Doktor«, sagte er mit einem zarten Grinsen, »ich stehe mit meinem Wissen ganz zu Ihrer Verfügung.« Er stopfte sich die Barschaft in die Tasche und wirbelte mit den Fingern. »Dann wollen wir mal sehen, was wir finden«, sagte er und machte sich daran, Befehle in den Computer einzutippen.

Die beiden Männer brauchten den übrigen Vormittag, um eine Liste mit Fallnummern zusammenzutragen, die Ricky weiterhelfen konnte. Zwar gelang es ihnen, das entsprechende Jahr einzugrenzen, doch per Computer war nicht zu ermitteln, ob die Aktennummern für Männer oder Frauen standen, und ebenso wenig gab es einen Code dafür, welcher Arzt welchen Patienten behandelt hatte. Rickys halbes Jahr an der Klinik hatte von März bis Anfang September gedauert. Die Akten mit einem früheren oder späteren Datum konnte der Mann ausklammern. Um die Auswahl nochmals einzugrenzen, ging Ricky davon aus, dass Rumpelstilzchens Mutter in den drei Sommermonaten vor zwanzig Jahren gekommen war. Während dieser Zeitspanne waren zweihundertneunundsiebzig neue Patientenakten in der Klinik angelegt worden.

»Wenn Sie eine bestimmte Person finden wollen«, sagte der Angestellte, »müssen Sie jede einzelne Akte ziehen und sich ansehen. Ich kann sie für Sie rausholen, aber der Rest liegt bei Ihnen. Das wird kein Kinderspiel.«

»Das macht nichts«, sagte Ricky. »Hatte ich auch nicht erwartet.«

Der Mann führte Ricky zu einem kleinen Stahltisch seitlich vom Archiv. Er nahm auf dem Holzstuhl Platz, während der Mann mit den entsprechenden Akten kam. Es dauerte mindestens zehn Minuten, bis sämtliche zweihundertneunundsiebzig Akten auf dem Boden neben Ricky gestapelt waren. Der Mann drückte Ricky einen Schreibblock und einen alten Kugelschreiber in die Hand und zuckte die Achseln. »Bringen Sie sie möglichst nicht durcheinander«, sagte er, »damit ich sie nicht einzeln wieder einsortieren muss. Und achten Sie bitte darauf, die Blätter nicht durcheinander zu bringen, dass ja nicht etwas von einer Akte in eine andere kommt. Nicht dass die noch mal irgendjemand einsehen will. Mir sowieso schleierhaft, wieso wir die alle aufbewahren. Aber ich hab die Vorschriften schließlich nicht gemacht.« Er sah Ricky an. »Wissen Sie, wer sie gemacht hat?«

»Nein«, erwiderte Ricky, während er nach der ersten Akte griff. »Kann ich nicht sagen. Höchstwahrscheinlich die Krankenhausverwaltung.«

Der Angestellte lachte und schnaubte verächtlich. »Hören Sie«, sagte er auf dem Weg zu seinem Stammsitz hinter dem Computer, »Sie sind Seelenklempner, Doc. Ich dachte, die ganze Sache bei Ihnen dreht sich darum, den Leuten zu helfen, dass sie sich ihre eigenen Regeln machen.«

Ricky ließ die Bemerkung unkommentiert, fand aber, dass es eine kluge Einschätzung seiner Aufgabe war. Das Problem war nur, dass alle möglichen Leute nach ihren eigenen Regeln spielten. Besonders Rumpelstilzchen. Er nahm die erste Mappe vom ersten Stapel und schlug sie auf. Es war, so kam es Ricky vor, als schlage er eine Erinnerung auf.

Stunden vergingen im Flug. Die Lektüre fühlte sich ein bisschen so an, als stünde er mitten in einem Wasserfall der Verzweiflung. Jede Akte enthielt den Namen und die Anschrift eines Patienten, die Adresse der nächsten Angehörigen sowie Angaben zur Versicherung, sofern es eine gab. Ferner fanden sich ein paar Bemerkungen auf einem Diagnoseblatt mit einer Einstufung des Patienten. Dann kamen Vorschläge zur Therapie. So wurde jeder Fall im Schnellverfahren abgehandelt und auf den psychologischen Kern reduziert. Die dürftigen Zeilen in den Akten konnten die bitteren Wahrheiten, die jede dieser Personen in die Klinik mitbrachte, nicht verbergen: sexueller Missbrauch, Wutausbrüche, Misshandlungen, Drogenabhängigkeit, Schizophrenie, Wahnvorstellungen – eine Büchse der Pandora, aus der die ganze Vielfalt an Geisteskrankheiten ausbrach. Die Ambulanz des Krankenhauses war ein Relikt der Sechziger, ein Weltverbessererplan, um den weniger Begünstigten zu helfen und die Türen der Klinik allen Gesellschaftsschichten zu öffnen. Zurückgeben, lautete der damalige Slogan. Die Wirklichkeit war viel nüchterner gewesen als die utopischen Träume. Die Armen der Stadt litten an einer Vielfalt von Krankheiten, und die Klinik hatte schnell begriffen, dass sie nur eins von tausenden Löchern stopfte. Ricky war kurz vor dem Abschluss seiner eigenen Ausbildung als Psychoanalytiker dazugekommen. Zumindest war dies sein offizieller Grund. Doch als er damals zum Klinikpersonal stieß, war er auch voller Idealismus und mit der Zielstrebigkeit der Jugend an die Arbeit gegangen. Er erinnerte sich, wie er voller Verachtung für das Elitedenken seines künftigen Berufsstands hier hereinspaziert war und beschlossen hatte, die ganze Bandbreite der Verzweifelten mit der analytischen Methodik zu heilen. Dieser überschwängliche Altruismus hatte eine Woche vorgehalten.

In den ersten fünf Tagen seiner Tätigkeit hatte ihm ein Patient auf der Suche nach Medikamentenproben den Schreibtisch geplündert; von einem Mann, der Stimmen hörte und um sich schlug, hatte er Prügel bezogen; er hatte tatenlos zusehen müssen, wie ein mit einer Rasierklinge bewaffneter, wutentbrannter Zuhälter in seine Sitzung mit einer jungen Frau hereinplatzte und seiner ehemaligen Freundin das Gesicht und einem Wachmann den Arm aufschlitzte, bevor er überwältigt wurde; und er hatte ein nicht mal dreizehnjähriges Mädchen zur Behandlung ihrer Brandwunden von ausgedrückten Zigaretten an Armen und Beinen in die Notaufnahme schicken müssen, ohne dass sie bereit gewesen wäre, ihm den Täter zu nennen. Er konnte sich noch recht gut an sie erinnern; sie war Puertoricanerin und hatte schöne, sanfte Augen so schwarz wie ihr Haar. Sie war in die Klinik gekommen, weil sie wusste, dass jemand zu Hause psychisch krank war und dass es früher oder später auch sie treffen würde, denn sie hatte bereits begriffen, dass sich Missbrauch und Misshandlung in einer endlosen Spirale vervielfältigten, und sie hatte in Abgründe geblickt, die keine offiziellen Studien und klinischen Testreihen je erfassen würden. Sie hatte über keine Versicherung und auch sonst keine Mittel verfügt, und so hatte Ricky die fünf Sitzungen angesetzt, die der Staat bezahlt, und versucht, aus ihr herauszuholen, wer sie gefoltert hatte, während sie sehr wohl wusste, dass es sie wahrscheinlich das Leben kostete, wenn sie ihr Schweigen brach.

Er erinnerte sich, wie hoffnungslos seine Versuche waren. Und er wusste, dass ihr Schicksal besiegelt war, selbst wenn sie überlebte.

Ricky nahm eine andere Akte zur Hand und fragte sich für einen Moment, wie er es auch nur die sechs Monate in der Klinik ausgehalten hatte. Er musste daran denken, wie er sich die ganze Zeit über vollkommen hilflos gefühlt hatte, und er begriff, dass seine Hilflosigkeit gegenüber Rumpelstilzchen sich davon nicht allzu sehr unterschied.

Von diesem Gedanken getrieben stürzte er sich in die zweihundertneunundsiebzig Akten zu den Patienten, die er vor all den Jahren behandelt hatte.

Gut zwei Drittel davon waren Frauen gewesen. Wie so viele im Teufelskreis der Armut trugen sie die Zeichen psychischer Störungen so unübersehbar an sich wie die Schnittwunden und Prellungen ihrer täglichen Misshandlungen. Ihm war nichts erspart geblieben, von Drogensucht bis hin zu Schizophrenie, und er wusste noch allzu gut, wie ohnmächtig er sich dadurch gefühlt hatte. Und so hatte er die Flucht ergriffen und den Rückzug in die gehobene Mittelschicht angetreten, wo mangelnde Selbstachtung und die damit verbundenen Probleme durch Reden vielleicht nicht unbedingt geheilt, zumindest aber annehmbar wurden. Bei einigen seiner Klinikpatienten war er sich geradezu albern vorgekommen, wenn er mit ihnen zu reden versuchte, als ob lange Diskussionen sie von ihren seelischen Qualen hätten erlösen können, wo in Wahrheit ein Revolver und etwas Mumm das einzige probate Mittel waren, eine Option, für die sich einige von ihnen entschieden, nachdem ihnen die Einsicht dämmerte, dass ein Gefängnis dem Zuhause vorzuziehen war.

Ricky schlug eine andere Akte von damals auf und entdeckte seine handschriftlichen Notizen. Er zog sie heraus und versuchte, den Namen, der auf dem Deckel stand, mit seinen Zeilen in Verbindung zu bringen. Doch die Gesichter blieben verschwommen wie in einer Luftspiegelung. Wer bist du?, fragte er stumm. Und gleich darauf, Was ist aus dir geworden?

Ein Stück von ihm entfernt ließ der Archivar einen Stift von seiner Theke fallen und bückte sich mit einem kurzen deftigen Fluch danach.

Ricky schielte zu dem Mann hinüber, der sich erneut dem Computermonitor vor seiner Nase widmete, und in der Sekunde fiel es Ricky wie Schuppen von den Augen. Fast kam es ihm so vor, als sprächen die leicht vorgebeugte, gekrümmte Haltung, der nervöse Tick, mit dem Bleistift auf der Platte zu trommeln, eine klare Sprache, die Ricky vom ersten Moment an hätte verstehen müssen, zumindest aber die Art, wie sich der Mann die angebotenen Scheine gekrallt hatte. Doch auf diesem Gebiet war Ricky Neuling, und das erklärte wohl, wieso der Groschen so spät fiel. Er erhob sich bedächtig von seinem Tisch und ging zu dem Mann hinüber.

»Wo ist sie?«, fragte Ricky in leisem, forderndem Ton. Noch während er sprach, packte er den Mann am Schlüsselbein.

»Hey, mal sachte! Was ist?« Der Mann war überrumpelt. Er versuchte, sich herauszuwinden, doch Rickys Finger bohrten sich ihm ins Fleisch und ließen ihm wenig Bewegungsspielraum. »Au! Was soll das zum Teufel?«

»Wo ist sie?«, wiederholte Ricky, diesmal in schärferem Ton.

»Was soll das? Verdammt! Lassen Sie mich los!«

»Erst, wenn Sie mir gesagt haben, wo sie ist«, entgegnete Ricky. Inzwischen hatte er die linke Hand an der Kehle des Mannes und drückte langsam zu. »Haben sie Ihnen nicht gesagt, dass ich in einer verzweifelten Lage bin? Dass ich unter einem gewaltigen Zeitdruck stehe? Haben die Sie nicht gewarnt, dass ich unberechenbar sein könnte? Dass mir alles zuzutrauen ist?«

»Nein! Bitte! Aua! Nein, verdammt, das haben sie nicht gesagt! Lassen Sie los!«

»Wo ist sie?«

»Sie haben sie mitgenommen!«

»Ich glaube Ihnen nicht.«

»Doch!«

»Na schön. Wer hat sie mitgenommen?«

»Ein Mann und eine Frau. Sind vor ungefähr zwei Wochen reingekommen.«

»Der Mann war gut gekleidet, untersetzt, sagte, er sei Rechtsanwalt? Die Frau ein richtiger Hingucker?«

»Ja! Die. Was zum Teufel soll das Ganze?«

Ricky ließ den Archivar los, der unwillkürlich ein Stück nach hinten trat. »Jesses, Maria und Josef«, sagte der Mann und rieb sich das Schlüsselbein. »Was soll der ganze Mist?«

»Wieviel haben die Ihnen bezahlt?«

»Mehr als Sie, 'ne ganze Menge mehr. Hab nicht geahnt, dass es so verdammt wichtig ist, wissen Sie? Ging ja nur um eine Akte von vor ewigen Zeiten, für die sich zwanzig Jahre lang kein Schwein interessiert hat. Ich meine, was soll das jetzt auf einmal?«

»Was haben die Ihnen denn gesagt, wozu sie sie brauchen?«

»Der Typ sagt, für einen Rechtsstreit, ging um 'ne Erbschaft oder so. Konnte ich nicht so ganz nachvollziehen. Die Leute, die hier in die Klinik kommen, haben normalerweise nicht viel zu vererben. Aber der Mann hat mir seine Karte gegeben und gesagt, er gibt mir die Akte zurück, wenn sie damit durch sind. Hatte kein Problem damit.«

»Besonders, nachdem er Sie entsprechend entlohnt hatte.«

Der Mann schien zunächst zu zögern, zuckte dann aber die Achseln. »Fünfzehnhundert, in neuen Scheinen. Hat sie einfach so hingeblättert, wie so'n Gangster in den guten alten Zeiten. Wissen Sie, dafür muss ich wochenlang arbeiten.«

Die Übereinstimmung des Betrags mit einer anderen Zahl entging Ricky nicht. Einen Hunderter für jeden der fünfzehn Tage. Er warf einen Blick auf den Aktenstapel und stöhnte über die vielen Stunden, die er damit vergeudet hatte. Dann sah er den Angestellten wieder an und kniff die Augen zusammen. »Die Akte, die ich suche, ist also weg?«

»Tut mir leid, Doc, wusste ja nicht, dass es so 'ne große Sache ist. Wollen Sie die Visitenkarte von dem Typ?«

»Ich hab schon eine.« Er starrte den Mann weiter an, der unbehaglich auf seinem Stuhl herumrutschte. »Die haben demnach die Akten an sich genommen und Sie ausgezahlt, aber so dumm sind Sie nicht, hab ich recht?«

Der Angestellte zuckte unter der Frage kaum merklich zusammen. »Wie meinen Sie das?«

»Ich meine, dass Sie nicht so dumm sind. Und Sie arbeiten nicht all die Jahre im Archiv, ohne zu lernen, wie man sich den Rücken freihält, nicht wahr? Es fehlt also eine Akte in dem ganzen Stapel, aber nicht, ohne dass Sie vorher etwas sichergestellt haben, oder?«

»Wie meinen Sie das?«

»Sie haben diese Akte nicht rausgerückt, ohne sich vorher eine Kopie zu machen, habe ich recht? Egal, wieviel der Typ Ihnen dafür gezahlt hat, Sie haben sich überlegt, dass ja vielleicht, wenn auch nur vielleicht, noch jemand anders kommen und danach suchen könnte, der womöglich noch mehr Kies hat als der Anwalt und die Frau. Vielleicht haben die Ihnen sogar gesagt, dass eventuell noch jemand kommen und danach suchen würde, sehe ich das richtig?«

»Kann sein, dass sie so was erwähnt haben.«

»Und vielleicht, wenn auch nur vielleicht, haben Sie gedacht, Sie könnten noch mal fünfzehnhundert oder sogar mehr rausschlagen, wenn Sie das Ding kopieren?«

Der Mann nickte. »Dann krieg ich von Ihnen noch mal was?«

Ricky schüttelte den Kopf. »Betrachten Sie die Tatsache, dass ich Ihren Chef nicht rufe, als Ihre Bezahlung.«

Der Archivar schien innerlich einen Seufzer loszulassen, während er über Rickys Worte nachdachte, und machte in Rickys Gesicht wohl genug Zorn und Stress aus, um ihm die Drohung endlich abzukaufen.

»War sowieso nicht viel drin, in der Akte«, sagte er langsam. »Aufnahmeformular und ein paar Seiten voll mit Notizen und Anweisungen, die an das Diagnoseformular angeheftet waren. Das hab ich kopiert.«

»Geben Sie sie mir«, sagte Ricky.

Der Mann schwieg. »Ich will keinen Ärger mehr«, sagte er. »Wenn nun noch jemand nach dem Ding fragt …«

»Außer mir kommt keiner mehr«, sagte Ricky.

Der Archivar beugte sich vor und öffnete eine Schublade. Er griff hinein und zog einen Umschlag heraus, den er Ricky reichte. »Da«, sagte er. »Und jetzt lassen Sie mich in Frieden.«

Ricky warf einen Blick hinein und sah die nötigen Unterlagen. Er widerstand der Versuchung, sich augenblicklich darauf zu stürzen, und machte sich klar, dass er allein sein musste, wenn er seine Vergangenheit auslotete. Er steckte den Umschlag in die Tasche in seinem Jackett. »Ist das alles?«, fragte er.

Der Mann zögerte, bevor er noch einmal nach unten griff und einen weiteren, kleineren Umschlag aus der Schublade holte. »Hier«, sagte er. »Der gehört dazu. Der war außen an die Akte geheftet, wissen Sie, an den Deckel geklammert. Den hab ich dem Typ nicht gegeben. Weiß auch nicht, wieso. Ging davon aus, dass er das eh schon hat, weil er alles über den Fall zu wissen schien.«

»Was ist das?«

»Ein Polizeibericht und ein Totenschein.«

Ricky schnappte nach Luft und füllte seine Lunge mit dem abgestandenen Muff des Krankenhauskellers.

»Was soll an einer armen Frau so wichtig sein, die hier vor zwanzig Jahren aufgetaucht ist?«, wollte der Mann plötzlich wissen.

»Jemand hat einen Fehler gemacht«, erwiderte Ricky.

Der Mann schien die Erklärung zu akzeptieren. »Und jetzt soll dieser Jemand dafür bezahlen?«, fragte er.

»Sieht ganz danach aus«, antwortete Ricky, während er sich zum Gehen wandte.

18

ALS RICKY AUS DEM KRANKENHAUS TRAT, kribbelte es ihm immer noch in den Händen, besonders in den Fingerspitzen, die er dem Büroangestellten tief unters Schlüsselbein gegraben hatte. Er konnte sich an keinen Moment in seinem Leben erinnern, wo er etwas mit Gewalt durchgesetzt hatte. Nach seinem Selbstverständnis gab es für ihn nur Diskussion und Überzeugungarbeit; der Gedanke, dass er den Mann physisch bedroht hatte, wenn auch in Maßen, sagte ihm, dass er eine Art Barriere, eine Demarkationslinie übertrat. Ricky war ein Mann des Wortes oder hatte sich zumindest dafür gehalten, bis er den Brief von Rumpelstilzchen bekommen hatte. In seiner Tasche befand sich der Name der Frau, die er in einer Übergangsphase seines Lebens behandelt hatte. Er fragte sich, ob er jetzt wieder an einem solchen Abschnitt angekommen war. Und im selben Moment fragte er sich, ob er am Scheideweg zu etwas Neuem stand.

Er bahnte sich einen Weg durch den riesigen Krankenhauskomplex in Richtung Hudson. Nicht weit von der Vorderseite des Harkness Pavilion, einer Einrichtung für die besonders Wohlhabenden wie auch besonders Kranken, befand sich ein kleiner Innenhof. Es handelte sich um riesige, vielstöckige Bauten aus Ziegel und Stein, wuchtige Trutzburgen, die zum Schutz vor den vielen Erscheinungsformen winzigster Krankheitsorganismen errichtet worden waren. Er erinnerte sich aus früheren Jahren an diesen stillen Ort, wo man auf einer Bank sitzen und den Lärm der Stadt hinter sich lassen konnte, um mit den Problemen, die an einem nagten, und den Abgründen, die sich auftaten, allein zu sein.

Zum ersten Mal seit fast zwei Wochen merkte er, dass er nicht das Gefühl hatte, ihm sei jemand gefolgt. Er war sicher, er war allein. Er erwartete nicht, dass das von Dauer sein würde.

Ricky brauchte nicht lange, bis er die Bank erspäht hatte, und im nächsten Moment saß er auch schon, die Akte und den Umschlag, den der Archivar ihm ausgehändigt hatte, auf dem Schoß. Jedem Passanten musste er wie einer der Ärzte oder Angehörige eines Patienten erscheinen, der eine kurze Pause vor dem Krankenhaus einlegte, um sich etwas durch den Kopf gehen zu lassen oder einen Happen zu essen. Einen Moment lang scheute Ricky aus Angst vor dem, was ihn erwartete, davor zurück, die Unterlagen aus der Mappe zu ziehen, doch dann griff er hinein.

Die Patientin, die er vor zwanzig Jahren behandelt hatte, hieß Claire Tyson.

Er starrte auf die Lettern ihres Namens. Sie sagten ihm nichts. Kein Gesicht, das zu dem Namen passte, stieg aus der Versenkung hoch. Keine Stimme, die ihm nach zwanzig Jahren noch in den Ohren hallte. Keine Gesten, keine Mimik und kein Laut drangen über die Barriere von Jahren. In seinem Gedächtnis klang keine Saite auch noch so leise an. Es war nur ein Name von Dutzenden aus jener Zeit.

Angesichts seiner Unfähigkeit, sich auch nur an ein einziges Detail zu erinnern, wurde ihm eiskalt.

Ricky überflog das Aufnahmeformular.

Die Frau war in einem Zustand fast akuter Depression, verbunden mit panikartigen Angstzuständen in die Klinik gekommen. Sie war von der Notaufnahme überwiesen worden, wo sie wegen Prellungen und offenen Fleischwunden behandelt worden war. Es gab klare Hinweise auf Misshandlung durch den Mann, mit dem sie zusammenlebte, der aber nicht der Vater ihrer drei kleinen Kinder war. Das Alter der Kinder war mit zehn, acht und fünf angegeben, doch die Namen waren nicht aufgeführt. Sie war erst neunundzwanzig Jahre alt und hatte eine Anschrift nicht weit von der Klinik angegeben, in einer ganz und gar miesen Gegend, wie Ricky sofort wusste. Sie hatte über keine Krankenversicherung verfügt und als Teilzeitkraft in einem Lebensmittelladen gearbeitet. Sie stammte nicht aus New York, sondern hatte in der Rubrik »Nächste Angehörige« Familienmitglieder aus einer Kleinstadt in Nordflorida angegeben. Ihre Sozialversicherungs- und Telefonnummer waren das Einzige, was sie noch ausgefüllt hatte.

Er wandte sich dem zweiten Blatt, einem Diagnoseformular, zu und hatte seine eigene Handschrift vor Augen. Die Worte machten ihm Angst.

Bei Miss Tyson handelt es sich um eine neunundzwanzigjährige Mutter von drei kleinen Kindern in einer möglicherweise physisch problematischen Partnerschaft mit einem Mann, der nicht der Vater ihrer Kinder ist. Sie gibt an, dass der leibliche Vater sie vor einigen Jahren verlassen hat, um eine Stelle auf den Bohrinseln im Südwesten anzunehmen. Sie verfügt über keine gültige Krankenversicherung und kann nur einer Teilzeittätigkeit nachgehen, da sie sich Ganztagsbetreuung für ihre Kinder nicht leisten kann. Sie empfängt Sozialhilfe und Kindergeld, Lebensmittelmarken sowie Mietzuschüsse. Ins heimatliche Florida könne sie nicht zurückkehren, erklärt Miss Tyson, da

sie aufgrund ihrer Beziehung zum Vater der Kinder mit ihren Eltern zerstritten sei. Darüber hinaus fehlten ihr für eine solche Übersiedlung die finanziellen Mittel.
Klinisch gesehen scheint Miss Tyson eine Frau von überdurchschnittlicher Intelligenz zu sein, der das Wohlergehen ihrer Kinder sehr am Herzen liegt. Sie verfügt über einen Highschool-Abschluss und hat zwei Jahre das College besucht, das sie verließ, als sie schwanger wurde. Sie scheint deutlich unterernährt zu sein und hat ein fortwährendes Zucken im rechten Augenlid entwickelt. Sie meidet Augenkontakt, wenn sie über ihre Situation spricht, und hebt den Kopf nur, wenn sie nach ihren Kindern gefragt wird, die ihr nach eigener Aussage sehr nahe stehen. Sie verneint, Stimmen zu hören, räumt aber ein, spontan in Verzweiflungstränen auszubrechen, die sie nicht unter Kontrolle bringen kann. Sie sagt, sie bleibt nur den Kindern zuliebe am Leben, leugnet aber weiterreichende suizidale Gedanken. Sie leugnet Drogenabhängigkeit; sichtbare Anzeichen von Narkotikakonsum waren ebenfalls nicht festzustellen, auch wenn eine toxikologische Untersuchung angeraten scheint.
Erstdiagnose: Akute, anhaltende, durch Armut ausgelöste Depression. Persönlichkeitsstörung. Möglicher Drogenkonsum.
Ärztliche Empfehlung: Ambulante Behandlung im staatlichen Förderrahmen von fünf Sitzungen.

Dann seine Unterschrift. Er fragte sich, als er auf seinen Namenszug starrte, ob er damit sein eigenes Todesurteil unterschrieben hatte.

Auf einem zweiten Blatt befand sich ein zweiter Eintrag, der belegte, dass Claire Tyson noch viermal zu ihm in die Klinikambulanz gekommen war, zu ihrer fünften und letzten Sitzung, die ihr zustand, aber nicht mehr erschienen war. Zumindest in dieser Hinsicht lag sein alter Mentor, Dr. Lewis, also daneben.

Doch in dem Moment kam ihm ein anderer Gedanke, und er faltete die Todesurkunde mitsamt dem Stempel des städtischen Coroner auf, um das Datum mit dem ursprünglichen Behandlungsdatum auf seinem eigenen Klinikformular zu vergleichen.

Fünfzehn Tage.

Schlagartig saß er senkrecht. Die Frau war ins Krankenhaus gekommen und an ihn überwiesen worden. Einen halben Monat später war sie tot.

Die Sterbeurkunde schien in seinen Händen zu glühen, und Ricky überflog hastig das Formular. Claire Tyson hatte sich mithilfe eines Herrenledergürtels, den sie über eine freiliegende Rohrleitung geschlungen hatte, im Bad ihrer Wohnung erhängt. Dem Autopsiebericht war zu entnehmen, dass sie kurz vor ihrem Tod geschlagen worden war und dass sie im dritten Monat schwanger war. Der dem Totenschein angeheftete Polizeibericht vermerkte, dass ein Mann namens Rafael Johnson zu den Schlägen befragt, jedoch nicht festgenommen worden war. Für die drei Kinder bekam das Jugendamt die Vormundschaft.

Und das war's, dachte Ricky.

Nicht in noch so vielen Worten vermittelte das, was da in den Formularen stand, auch nur ansatzweise den endlosen Horror von Claire Tysons Leben und Sterben, dachte er. Das Wort Armut vermag nicht annähernd eine Welt aus Ratten, Schmutz und Verzweiflung einzufangen. Das Wort Depression lässt kaum die lähmende, düstere Last erahnen, die sie mit sich herumgetragen haben musste. In dem Strudel, der Claire Tyson in den Abgrund zog, hatte nur eines ihrem Leben noch Sinn gegeben: ihre drei Kinder.

Das älteste, dachte Ricky. Sie muss dem ältesten gesagt haben, dass sie zu mir ins Krankenhaus wollte, um sich helfen zu lassen. Hatte sie ihm gesagt, ich sei ihre einzige Chance? Ich sei die Hoffnung auf ein anderes Leben? Was habe ich zu ihr gesagt, das ihr Hoffnung machte und das sie den drei Kindern weitersagte?

Egal was – es reichte nicht, sonst hätte sich die Frau nicht das Leben genommen.

Claire Tysons Selbstmord musste für jene drei Kinder, besonders für den ältesten Sohn, zum Dreh- und Angelpunkt ihres Lebens geworden sein, überlegte Ricky. Und dabei hatte es in seinem eigenen Leben nicht die leiseste Spur hinterlassen. Als die Frau zu ihrer letzten Sitzung nicht erschienen war, hatte Ricky nichts unternommen. Er konnte sich nicht einmal erinnern, aus Sorge einen einzigen Anruf getätigt zu haben. Stattdessen hatte er diese Papiere einfach in einer Mappe gesammelt und die Frau vergessen. Und ihre Kinder.

Und jetzt hatte eines davon es auf ihn abgesehen.

Finde dieses Kind, und du hast Rumpelstilzchen, dachte er. Er stand auf, da er wusste, wieviel Arbeit auf ihn wartete, und war irgendwie froh, dass die Zeit so drängte und er nicht gezwungen war, tatsächlich darüber nachzudenken, was er vor zwanzig Jahren getan – oder auch unterlassen hatte.

Den ganzen übrigen Tag verbrachte Ricky in New Yorks bürokratischer Hölle.

Mit nichts weiter als einem zwanzig Jahre alten Namen mit Anschrift bewaffnet, wurde er bei seiner Suche nach dem Verbleib der drei Kinder von Claire Tyson beim staatlichen Jugendamt in Downtown-Manhattan von einem Amt nebst Sachbearbeiter zum anderen verwiesen. Das Frustrierende an seinem Vorstoß in die Welt der Behörden war, dass er wie auch all die anderen Leute in all den Büros, in denen er vorstellig wurde, genau wusste, dass es irgendwo irgendwelche Aufzeichnungen zu den Kindern geben musste; diese aber im Wust der Computer-Ordner und -Dateien, der Aktenberge in den Archiven tatsächlich zu finden, erwies sich – anfangs zumindest – als unmöglich. Danach zu wühlen, war eine Sache von Stunden. Ricky wünschte sich, er wäre ein investigativer Journalist oder Privatdetektiv gewesen, der Typ Mensch, der die Geduld hat, Stunden mit verstaubten Akten zuzubringen. Er hatte sie nicht. Und auch nicht die Zeit.

Es existieren drei Menschen auf dieser Welt, die durch diesen seidenen Faden mit mir verbunden sind, und es kann mich das Leben kosten, sagte er sich, als er sich mit einem weiteren Bürohengst in einem weiteren Amt herumschlug. Bei dem Gedanken schrillten sämtliche Alarmglocken in seinem Kopf.

Er stand im Archiv des Jugendgerichts einer kräftigen, freundlichen Latina gegenüber. Sie hatte ihre üppige schwarze Haarpracht streng aus dem Gesicht gekämmt, so dass die eigenwillig modische Silberrandbrille, die sie trug, ihre Erscheinung dominierte. »Doktor«, sagte sie, »ein bisschen dürftig, was Sie da haben.«

»Mehr hab ich leider nicht zu bieten«, erwiderte er.

»Wenn diese drei Kinder adoptiert sind, dann die Akten kamen höchstwahrscheinlich unter Verschluss. Nicht unmöglich, dranzukommen, aber sehr schwer, verstehen Sie, was ich meine? Meistens haben wir es mit Kindern zu tun, die längst erwachsen sind und jetzt nach ihre leibliche Eltern suchen. Wir müssen uns da an strenge Vorschriften halten. Das, wo Sie nach fragen, ist was anderes.«

»Das ist mir klar. Und ich stehe unter einigem Zeitdruck ...«

»Alle haben es eilig. Immer nur eilig. Was ist nach zwanzig Jahren so eilig?«

»Es ist ein medizinischer Notfall.«

»Also, ein Richter wird Sie bestimmt anhören, wo Sie Papiere haben. Holen Sie sich gerichtliche Verfügung. Dann können wir vielleicht Nachforschungen machen.«

»Eine gerichtliche Verfügung würde Tage in Anspruch nehmen.«

»Das ist richtig. Hier drinnen nichts läuft so besonders schnell. Wenn Sie nicht einen Richter persönlich kennen. Hingehen und sich gleich was unterschreiben lassen.«

»Der Zeitfaktor ist entscheidend.«

»Ist für die meisten Leute. Tut mir leid. Aber wissen Sie, wie Sie vielleicht besser machen?«

»Und wie?«

»Sie müssen rauskriegen ein bisschen mehr Informationen über die Leute, die Sie suchen, vielleicht mit einem von diesen raffinierten Suchprogrammen in Ihrem Computer. Vielleicht Sie kriegen Informationen. Funktioniert ziemlich gut. Sie nehmen sich einen Privatdetektiv. Das ist das Erste, was er macht, wenn er sich von Ihnen Geld hat in die Tasche gesteckt.«

»Ich benutze selten Computer.«

»Nicht? Doktor, das ist moderne Welt. Mein Dreizehnjähriger, der findet Sachen, Sie würden nicht für möglich halten. Hat tatsächliche meine Kusine Violetta aufgespürt, hatte seit zehn Jahren nichts von ihr gehört. Sie arbeitete in eine Krankenhaus in L.A., aber er sie hat gefunden. Hat mal gerade ein paar Tage dafür gebraucht. So sollten Sie mal versuchen.«

»Ich denk drüber nach«, antwortete Ricky.

»Schon sehr hilfreich, wenn Sie die Sozialversicherungsnummer hätten oder so«, fügte die Frau hinzu. Ihr Tonfall war melodisch, und ihre Unterhaltung mit Ricky bildete offensichtlich eine willkommene Abwechslung in ihrem Alltag. Fast konnte man den Eindruck gewinnen, dass sie, auch wenn sie ihn bei seinem Anliegen enttäuschen musste, ihn nur ungern gehen ließ. Sie hatte sicher bald Feierabend, dachte er, und vermutlich konnte sie nach Hause gehen, wenn sie mit ihm fertig war, und so kam es ihr wohl gelegen, die verbleibende Zeit mit ihm herumzubringen. Eine innere Stimme sagte ihm, er sollte sich besser verabschieden, nur dass er nicht wusste, wie es weitergehen sollte.

»Was für eine Art Doktor sind Sie denn?«, fragte sie ohne Umschweife.

»Psychoanalytiker«, erwiderte Ricky und sah, wie sie die Augen verdrehte.

»Sie können Gedanken lesen, Doc?«

»So funktioniert das nicht«, erwiderte er.

»Nein, vielleicht nicht. Dann wären Sie ja eine Art Medizinmann, oder?« Die Angestellte kicherte. »Aber ich möchte wetten, Sie können ziemlich gut raten, was die Leute als Nächstes machen?«

»Ein bisschen. Nicht ganz so, wie Sie vielleicht denken.«

Die Frau grinste. »Na ja, heutzutage, wenn Sie ein bisschen Informationen kriegen und wenn Sie die richtigen Tasten drücken, dann können Sie 'ne Menge rausbekommen. So läuft es nun mal.« Sie deutete mit einem dicken Unterarm auf die Tastatur und den Monitor.

»Vermutlich, ja.« Ricky schwieg und warf einen Blick auf die Blätter, die er im Krankenhausarchiv bekommen hatte. Er betrachtete den Polizeibericht und entdeckte etwas, das vielleicht weiterhelfen konnte. Dank der Beamten, die Rafael Johnson, den gewalttätigen Freund der Toten, befragt hatten, war auch seine Sozialversicherungsnummer vermerkt. »Hören Sie«, sagte Ricky, »wenn ich Ihnen einen Namen und eine Sozialversicherungsnummer gebe, kann dann dieser Computer jemanden für mich ausfindig machen?«

»Und lebt der noch hier? Geht er wählen? Oder ist er verhaftet?«

»Wahrscheinlich trifft alles drei auf einmal zu. Oder zumindest zwei. Keine Ahnung, ob er wählt.«

»Könnte klappen. Wie heißt er?«

Ricky zeigte der Frau den Namen und die Nummer im Polizeibericht. Sie warf einen prüfenden Blick in alle Richtungen, um zu sehen, ob sie jemand im Büro beobachtete. »Dürfen so was eigentlich nicht«, murmelte sie. »Aber wo Sie Doktor sind und so, also, gucken wir mal.«

Die Frau ließ rot lackierte Fingernägel über die Tasten schnellen. Der Computer surrte und gab elektronische Piepsgeräusche von sich. Ricky sah, wie auf dem Bildschirm ein Eintrag erschien und im selben Moment die schmal gezupften Augenbrauen der Frau in die Höhe schnellten.

»Übler Bursche, der Kerl, Doktor. Sie sicher, dass Sie den brauchen?«

»Was ist denn?«

»Na ja, eine Raub, noch eine, dann tätlicher Angriff, Verdächtiger in Autodiebebande, hat sechs Jahre wegen schwere Raubüberfall gesessen. Das wird schwer. Ganz schön miese Register, das hier.« Die Frau las weiter, dann kam ein erstauntes »Oh!«.

»Was ist?«

»Der kann Ihnen nicht mehr helfen, Doktor.«

»Wieso?«

»Jemand muss ihn erwischt haben.«

»Und?«

»Er ist tot. Vor sechs Monate.«

»Tot?«

»Ja. Hier steht *verstorben*, und ein Datum. Halbes Jahr her. Ist nicht schade um den, wenn Sie mich fragen. Ist eine Bericht dabei. Mit Namen von dem Kommissar aus dem einundvierzigsten Revier oben in der Bronx. Fall ist noch nicht gelöst. Scheint, jemand hat Rafael Johnson totgeprügelt. Schrecklich, wirklich schrecklich.«

»Was steht denn da?«

»Sieht so aus, jemand hat ihn verprügelt und dann mit seine eigene Gürtel an ein Rohr aufgehängt. Das ist nicht nett, gar nicht nett.« Die Frau schüttelte den Kopf, während sie zugleich ein wenig schmunzelte. Keine Sympathie für Rafael Johnson, ein Typ, der vermutlich einmal zu oft bei ihr hereinspaziert war.

Ricky taumelte zurück. Es war für ihn nicht schwer zu raten, wer Rafael Johnson aufgestöbert hatte. Und wozu.

Am selben Münztelefon in der Vorhalle konnte er den Kommissar ausfindig machen, der im Fall von Rafael Johnsons Tod ermittelt hatte. Auch wenn er nicht sagen konnte, ob ein Telefonat viel bringen würde, hielt er es für angebracht, es zu versuchen. Der Beamte in der Leitung wirkte zwar ein wenig kurz angebunden, doch energisch und schien neugierig, als Ricky sich vorgestellt und erklärt hatte, weshalb er sich bei ihm meldete.

»Ich bekomme nicht viele Anrufe von arrivierten Medizinern. Normalerweise verkehren die nicht in denselben Kreisen wie der dahingeschiedene Rafael Johnson, dem wohl kaum jemand eine Träne nachweint. Weshalb interessieren Sie sich für den Fall, Dr. Starks?«

»Dieser Mann, Johnson, war vor rund zwanzig Jahren mit einer damaligen Patientin von mir liiert. Ich versuche, mit ihren Angehörigen Kontakt aufzunehmen, und hatte gehofft, Johnson könnte mir die Richtung weisen.«

»Das hätte ich sehr bezweifelt, Doc, es sei denn, Sie hätten ihn dafür gut entlohnt. Rafi war für jeden Gefallen gut, vorausgesetzt, es sprang dabei genug für ihn raus.«

»Sie kannten Johnson, bevor er ermordet wurde?«

»Sagen wir mal einfach, dass er hier oben auf dem Radarschirm von 'ner Reihe Cops kein Unbekannter war. Er war der Typ, der immer für schlechte Neuigkeiten sorgte. Kleindealerei. Auftragsschlägereien, Einbrüche, Raubüberfälle, ein, zwei sexuelle Übergriffe. Kurz gesagt, einer von diesen ziemlich schlimmen Fingern. Die Art seines Abgangs war, um ehrlich zu sein, Doc, nicht eben überraschend, und ich glaube ehrlich nicht, dass bei der Beerdigung von dem Burschen allzu viele Tränen vergossen wurden.«

»Wissen Sie, wer ihn auf dem Gewissen hat?«

»Das ist die Eine-Million-Dollar-Frage. Aber die Antwort lautet, wir können uns einen ziemlich guten Reim drauf machen.«

Ricky stürzte sich hoffnungsvoll auf die Bemerkung.

»Tatsächlich?«, fragte er aufgeregt. »Haben Sie jemanden verhaftet?«

»Nein, sieht im Moment auch nicht danach aus. Jedenfalls vorerst nicht.«

Ricky landete unsanft auf dem Boden der Tatsachen. »Und wieso?«

»Nun ja, bei so einem Fall gibt es meistens nicht gerade üppiges forensisches Beweismaterial. Vielleicht ein bisschen Blut, das man untersuchen kann, falls es zu einem Kampf gekommen ist, aber Fehlanzeige, denn wie's aussieht, wurde Rafi ziemlich fest verschnürt, als sie ihn verprügelt haben, und derjenige, der ihn sich zur Brust genommen hat, trug Handschuhe. Deshalb wollen wir einen seiner Kumpel ausquetschen, bis er einen Namen ausspuckt, und uns dann von einem zum anderen weiterarbeiten, bis wir den Killer haben.«

»Ja, verstehe.«

»Nur dass keiner den Kerl, von dem wir glauben, dass er Rafael Johnson allegemacht hat, ans Messer liefern will.«

»Und wieso nicht?«

»Na ja, Knastloyalität. Ehrencodex des Singsing. Wir haben einen Kerl im Visier, mit dem Rafael Ärger hatte, während sie zusammen auf Staatskosten logierten. Scheinen im Knast echte Probleme miteinander gehabt zu haben. Konnten sich vermutlich nicht darüber einig werden, wer welchen Teil des Drogenhandels unter sich hatte. Haben gegenseitig versucht, sich um die Ecke zu bringen. Messer Marke Eigenbau. Nennen sie ›Shivs‹. Ziemlich unangenehme Art zu sterben, hab ich mir sagen lassen. Wie's aussieht, waren die beiden schlimmen Finger sich auch nach dem Knast nicht grün. Vielleicht eine der ältesten Geschichten der Welt. Wir kriegen den Burschen, der Rafi ausgeknipst hat, wenn wir erst mal ein bisschen besser an einen von seinen beschränkten Kumpeln rangekommen sind. Einer von ihnen wird früher oder später in die Falle tappen, und dann drücken wir ein bisschen fester zu.«

»Sie gehen also davon aus, dass der Mörder jemand war, den Johnson im Gefängnis kannte?«

»Unbedingt. Ein Kerl namens Rogers. Schon mal von dem gehört? Übler Bursche. Mit Sicherheit so schlimm wie Rafael Johnson, vielleicht auch ein bisschen schlimmer, immerhin ist er noch auf freiem Fuß, während sich Johnson auf Staten Island den Rasen von unten beguckt.«

»Wie können Sie so sicher sein, dass er es ist?«

»Ich darf Ihnen das eigentlich nicht sagen …«

»Natürlich, ich habe Verständnis, wenn Sie keine Einzelheiten preisgeben wollen«, sagte Ricky.

»Na ja, es war ein bisschen ungewöhnlich«, fuhr der Polizist fort. »Aber kann wahrscheinlich nicht schaden, wenn Sie es wissen, solange Sie es für sich behalten. Dieser Rogers hat sozusagen seine Visitenkarte hinterlassen. Wie's aussieht, wollte er, dass Johnsons sämtliche Kumpel erfahren, wer ihn erst so beschissen zugerichtet und dann kaltgemacht hat. Kleine Lektion für die Jungs im Knast, würde ich sagen. Alte Gefängnismentalität. Na jedenfalls, nachdem er 'ne ganze Weile auf Johnson eingedroschen, sein Gesicht zu Brei geschlagen und ihm beide Beine sowie sechs Finger gebrochen hat – keine guten Manieren, der Bursche, so viel kann ich Ihnen sagen – nimmt sich der Kerl kurz bevor er ihn aufhängt, noch die Zeit, Johnson seine Initialen in die Brust zu ritzen. Schneidet ein großes gottverdammtes R ins Fleisch. Ziemlich übel so was, bringt die Botschaft allerdings mehr als deutlich rüber.«

»Den Buchstaben R?«

»Ganz recht. Ziemlich eindeutige Visitenkarte, oder?«

Das war es in der Tat, dachte Ricky. Und die Person, der sie eigentlich zugedacht war, nahm sie gerade in Empfang.

Ricky versuchte, sich Rafael Johnsons Ende nicht plastisch auszumalen. Er fragte sich, ob der Exganove und Kleinkriminelle die leiseste Ahnung gehabt hatte, von wessen Hand er starb. Jeder Schlag, den Johnson zwanzig Jahre zuvor der unglücklichen Claire Tyson ausgeteilt hatte, war ihm mit Zins und Zinsenszins heimgezahlt worden. Ricky wollte sich nicht lange mit dem, was er erfahren hatte, aufhalten, doch eines lag auf der Hand: Der Mann, der sich Rumpelstilzchen nannte, hatte seinen Rachefeldzug mit beträchtlicher Sorgfalt geplant. Und er warf längere Schatten, als Ricky hatte ahnen können.

Zum dritten Mal wählte Ricky die Nummer der Anzeigenabteilung bei der *New York Times*, um seine letzte Frage zu stellen. Er stand immer noch in der Vorhalle des Gerichtsgebäudes und hielt sich einen Finger ins Ohr, um den Lärm der Leute auszuschalten, die aus ihren Büros strömten. Der Mitarbeiter bei der Zeitung schien sich zu ärgern, dass Ricky es mit seinem Anruf so gerade eben vor Abgabenschluss um achtzehn Uhr geschafft hatte. Er war kurz angebunden. »Also, Doktor, was soll in der Anzeige stehen?«

Ricky überlegte einen Moment, bevor er sagte,

Ist einer von drei Geschwistern mein Mann?
Bestraft er die, die ihnen Unrecht getan,
Jetzt Auge um Auge und Zahn um Zahn?

Der Zeitungsangestellte las ihm, offenbar gegen jegliche Neugier gefeit, die Zeilen noch einmal kommentarlos vor. Er nahm zügig die Rechnungsanschrift auf und ging ebenso zügig aus der Leitung.

Ricky konnte sich nicht vorstellen, was so Verlockendes zu Hause auf den Angestellten wartete, dass ihm seine Reime nicht einmal die kleinste Bemerkung entlockten, doch er war dankbar dafür.

Er ging auf die Straße hinaus und hob schon den Arm, um ein Taxi heranzuwinken, als er es sich anders überlegte und unerfindlicherweise beschloss, die U-Bahn zu nehmen. Es herrschte der abendliche Rushhour-Verkehr, und so strömte eine enorme Menschenmasse in den Unterleib von Manhattan hinab, um mit dem Zug nach Hause zu fahren. Er reihte sich ein und fühlte sich in der Menge sonderbar behütet. In der Bahn herrschte drangvolle Enge; er musste stehen, und so hing er auf seiner Fahrt Richtung Norden an einer Metallstange und ließ sich vom Rhythmus der Fahrt und der Passagiermasse durchrütteln. Er genoss den Luxus der Anonymität.

Er versuchte, den Gedanken beiseite zu schieben, dass ihm am Morgen nur noch achtundvierzig Stunden blieben. Er kam zu dem Schluss, dass er zwar seine Frage geschaltet hatte, die Antwort aber bereits wusste, so dass ihm zwei Tage blieben, um die Namen von Claire Tysons verwaisten Kindern herauszufinden. Er konnte nicht sagen, ob das zu schaffen war, zumindest aber war es etwas, worauf er sich konzentrieren konnte, eine konkrete Information, an die er herankam oder auch nicht, eine nackte, nüchterne Tatsache, die irgendwo in der Welt von Akten und Gerichten angesiedelt war. Nicht die Welt, in der er zu Hause war, wie er an diesem Nachmittag reichlich bewiesen hatte, doch immerhin eine handfeste Welt, und das gab ihm Hoffnung. Er zermarterte sich das Hirn, um sich an einen der Richter zu erinnern, mit dem seine Frau seinerzeit auf gutem Fuße stand; vielleicht wäre einer davon bereit, eine Verfügung zu unterschreiben, damit er an die Adoptionsunterlagen kam. Bei dem Gedanken, dass er das hinbiegen könnte und Rumpelstilzchen mit diesem Schachzug nicht gerechnet hatte, musste er schmunzeln.

Der Zug rumpelte hin und her und verlor an Fahrt, so dass er die Metallstange noch fester packen musste. Es war nicht leicht, das

Gleichgewicht zu halten, und er wurde an einen jungen Mann mit Rucksack und langem Haar gedrückt, der den plötzlichen physischen Kontakt ignorierte.

Die U-Bahn-Station war zwei Häuserblocks von Rickys Wohnung entfernt, und er stieg die Treppen zur Straße hoch, erleichtert, wieder draußen zu sein. Er blieb stehen und atmete die Hitze ein, die ihm vom Bürgersteig entgegenschlug, bevor er sich zügig in Bewegung setzte. War er auch nicht gerade zuversichtlich, so doch zumindest entschlossen. Er nahm sich vor, in seinem Kellerverschlag das alte Adressbuch seiner Frau zu suchen und noch am selben Abend die Richter anzurufen, die sie damals gekannt hatte. Einer musste sich doch bereit erklären, ihm zu helfen. Das Vorhaben war noch kein Plan, aber besser als nichts. Während er zügig voranschritt, war er sich plötzlich nicht sicher, ob er in Rumpelstilzchens Rachefeldzug an diesen Punkt gelangt war, weil sein Widersacher es so wollte, oder weil er clever gewesen war. Und auf abstruse Weise beflügelte ihn der Gedanke an Rumpelstilzchens schreckliche Vergeltung gegenüber Rafael Johnson, dem Mann, der die Mutter des Unbekannten verprügelt hatte. Ihm kam der Gedanke, dass zwischen der Nachlässigkeit, die er selbst sich zuschulden hatte kommen lassen und die im Grunde aus den Mängeln des bürokratischen Systems resultierte, und der körperlichen Misshandlung, die auf Johnsons Konto ging, ein riesiger Unterschied bestand. Er gestattete sich den optimistischen Gedanken, dass vielleicht alles, was ihm, seiner Karriere, seinen Bankkonten, seinen Patienten zugefügt worden war, an diesem Punkt enden könnte – mit einem Namen und einer Art Entschuldigung, so dass er sich daranmachen konnte, sich in seinem bisherigen Leben wieder einzurichten.

Keine Sekunde lang machte er sich über das wahre Wesen der Rache Gedanken, ein Phänomen, das für ihn vollkommenes Neuland war, und die Drohung gegen einen seiner Verwandten, die nach wie vor bestand, hatte er für den Augenblick aus seinem Bewusstsein verbannt.

Stattdessen wiegte er sich in der zumindest verhaltenen Hoffnung, den Anschein von Normalität wiederherzustellen und womöglich siegreich aus diesem Wettstreit hervorzugehen, als er zu seinem Häuserblock um die Ecke bog und plötzlich erstarrte.

Vor seinem Sandsteingebäude standen drei Streifenwagen mit blitzendem Blaulicht, ein großer Löschzug der städtischen Feuerwehr sowie zwei Baufahrzeuge. Die kreisenden Warnblinkleuchten verschmolzen mit dem abendlichen Dämmerlicht.

Ricky stolperte wie ein Betrunkener, wie nach einem Schlag ins Gesicht zurück. Er sah mehrere Polizisten vor seinem Eingang stehen und mit Arbeitern in Schutzhelmen und schweißgetränkten Overalls reden. Ein wenig abseits der Gruppe waren noch ein, zwei Feuerwehrleute zugange, die sich aber, als er näher trat, aus der Traube lösten und in ihren Löschzug schwangen. In das tiefe Motorendröhnen mischte sich das schrille Kreischen der Sirene, und der Löschzug brauste davon.

Ricky rannte los, obwohl er unterschwellig registrierte, dass die Männer vor seinem Haus es nicht eilig hatten. Als er sie erreichte, war er außer Atem. Einer der Polizisten drehte sich zu ihm um.

»Nicht so eilig, junger Mann«, sagte der Beamte.

»Ich wohne hier«, antwortete Ricky besorgt, »was ist passiert?«

»Sie wohnen hier?«, fragte der Mann, obwohl er die Antwort bereits hatte.

»Ja«, bestätigte Ricky. »Was ist hier los?«

Statt ihm Auskunft zu geben, sagte der Beamte nur, »Oh Mann. Da wenden Sie sich besser an den feinen Zwirn da drüben.«

Erst jetzt sah Ricky eine zweite Gruppe von Männern zusammenstehen, darunter einen Nachbarn ein Stockwerk über ihm, einen Börsenmakler, der die lose Interessengemeinschaft der Wohnungseigentümer vertrat und sich gerade mit einem Mann vom Bauamt mit gelbem Schutzhelm herumschlug. In einem anderen Mann erkannte Ricky den Verwalter ihres Gebäudes und in einem dritten den Hausmeister wieder.

Der Mann vom Bauamt hatte die Stimme erhoben und sagte gerade: »Mir doch scheißegal, ob ich den Leuten Unannehmlichkeiten mache. Die Entscheidung, ob das Haus bewohnbar ist oder nicht, liegt ganz allein bei mir, und ich sage Ihnen, kommt nicht in die Tüte, verdammt noch mal!«

Der Börsenmakler wandte sich verärgert ab und erkannte Ricky wieder. Er hob die Hand zum Gruß und kam auf Ricky zu, während sich die anderen weiterstritten.

»Dr. Starks«, sagte er und streckte ihm die Hand entgegen. »Ich hatte gehofft, Sie wären längst in Urlaub gefahren.«

»Was ist hier los?«, platzte Ricky heraus. »Eine Schweinerei«, fuhr der Makler fort. »Eine einzige Riesenschweinerei.«

»Was denn?«

»Haben die Polizisten Ihnen das denn nicht gesagt?«

»Nein. Was ist passiert?«

Der Nachbar seufzte und zuckte die Achseln. »Na ja, wie's aussieht, hat es einen gewaltigen Rohrbruch im dritten Stock gegeben. Mehrere Rohre sind offenbar gleichzeitig geplatzt, weil sich wohl irgendwie ein Überdruck gebildet hat. Sind wie Bomben explodiert. Das Wasser hat sich über die ersten beiden Stockwerke ergossen, und im dritten und vierten funktioniert rein gar nichts mehr. Kein Strom, kein Gas, kein Wasser, kein Telefon – alles im Eimer.«

Der Makler musste wohl Rickys ungläubiges Gesicht gesehen haben, denn er fuhr in tröstlichem Ton fort. »Tut mir leid. Ich weiß, dass es Ihre Wohnung mit am schlimmsten getroffen hat. Ich hab sie nicht gesehen, aber ...«

»Meine Wohnung ...«

»Ja. Und jetzt will dieser Idiot vom Bauamt, dass wir das gesamte Gebäude räumen, bis die Ingenieure und Bauleute drinnen gewesen sind und sich die Sache angesehen haben ...«

»Aber meine Sachen ...«

»Einer von den Bauamttypen geht mit Ihnen rein, damit Sie sich holen können, was Sie brauchen. Haben Sie jemanden, den Sie anrufen können? Wo Sie unterkommen können? Ich dachte, normalerweise sind Sie im August immer auf dem Cape. Ich dachte, Sie sind längst ...«

»Aber wie ist das passiert?«

»Das wissen sie nicht. Muss wohl in der Wohnung direkt über Ihnen angefangen haben. Und die Wolfsons sind über den Sommer oben in den Adirondacks. Verdammt, ich muss sie anrufen. Kann nur hoffen, dass sie da oben im Telefonbuch stehen. Kennen Sie zufällig einen guten Bauunternehmer? Einen, der sich um Decken, Böden und alles dazwischen kümmern kann? Und Sie sollten besser Ihren Versicherungsfritzen anrufen, auch wenn er vermutlich alles andere als glücklich sein wird, wenn er hört, was los ist. Sie werden ihn sofort hier rüberbestellen müssen, um die Schadensregulierung zu klären, ansonsten sind schon ein paar Leute drinnen und machen Fotos.«

»Ich verstehe immer noch nicht …«

»Der Typ sagt, die Rohrleitungen wären praktisch explodiert. Vielleicht eine Verstopfung. Kann Wochen dauern, bis wir es wissen. Möglicherweise hat sich Gas gestaut. Wie auch immer, hat gereicht, um wie 'ne Bombe hochzugehen.«

Ricky trat zurück und starrte zu der Wohnung hinauf, die ein Vierteljahrhundert lang sein Zuhause gewesen war. Es war ein bisschen so, als erführe man vom Tod eines alten Bekannten, der einem nahe gestanden hatte. Er hatte das Gefühl, es mit eigenen Augen sehen, mit Händen greifen zu müssen, um es zu fassen. Wie damals, als er seiner Frau die Wange gestreichelt und ihre Haut sich kalt wie Porzellan angefühlt hatte, so dass er schließlich begriff, was geschehen war. Er winkte dem Hausmeister zu. »Kommen Sie bitte mit rein«, bat er ihn. »Ich will es sehen.«

Der Mann nickte unglücklich. »Wird Ihnen nicht gefallen«, sagte er. »Ganz bestimmt nicht. Und Sie ruinieren sich diese Schuhe.« Widerstrebend reichte der Mann ihm einen silbrig glänzenden Helm voller Kratzer und Schrammen.

Als Ricky das Haus betrat, lief immer noch Wasser durch die Decke und die Wände der Lobby herunter, so dass die Farbe aufquoll und von den Mauern blätterte. Die Feuchtigkeit war mit Händen zu greifen, es war stickig und modrig wie in einem Dschungel, ein schwacher Fäkaliengeruch hing in der Luft. Auf dem Marmorboden hatten sich Lachen gebildet, so dass es glitschig war wie auf einem zugefrorenen Teich. Der Hausmeister lief ein paar Schritte vor Ricky und achtete darauf, wohin er trat. »Riechen Sie das? Sie wollen sich schließlich keinen Infekt einfangen«, sagte der Mann über die Schulter gewandt.

Auf dem Weg die Treppe hoch gingen sie langsam und mieden das stehende Wasser, wenngleich Rickys Schuhe bereits platschende Geräusche machten und er merkte, wie das Leder durchnässte. Im zweiten Stock hantierten zwei junge Männer in Overalls, Gummistiefeln und Schutzhandschuhen sowie Atemschutzmasken mit großen Wischmopps und versuchten, erst einmal der größeren Abwasserpfützen Herr zu werden. Klatschend landeten die Lappen wieder und wieder auf dem Boden. Die Männer arbeiteten langsam und konzentriert. Ein dritter Mann, ebenfalls mit Mundschutz und Stiefeln ausgerüstet, ansonsten aber in einem billigen braunen Anzug mit loser Krawatte um den Hals, stand ein Stück entfernt. Er hielt eine Polaroid-Kamera in der Hand und machte ein Foto nach dem anderen, um das Ausmaß der Zerstörung festzuhalten. Das Blitzlicht leuchtete auf und knallte wie eine kleine Explosion. Ricky blickte nach oben und sah eine gewaltige Wölbung in einer der Decken, wie eine gigantische Eiterbeule, kurz bevor sie platzt. An der Stelle hatte sich das Wasser gesammelt und drohte den Mann zu überfluten, der die Fotos machte.

Die Tür zu Rickys Wohnung stand sperrangelweit offen. Der Hausmeister sagte: »Tut mir leid, wir mussten hier rein, um an die Quelle des Schadens zu kommen ...« Er brach mitten im Satz ab, als erübrige sich jede weitere Erklärung, und schloss mit zwei Worten, »... Verfluchte Scheiße ...«, die er nicht weiter zu erläutern brauchte.

Ricky machte einen einzigen Schritt in seine Wohnung und blieb jäh stehen.

Es war, als wäre eine Art Hurrikan durch sein Zuhause gefegt. Das Wasser stand zwei, drei Zentimeter hoch. Es hatte wohl einen Kurzschluss gegeben, denn es lag ein deutlicher Schmorgeruch in der Luft. Sämtliche Möbel und Teppiche waren durchnässt, vieles davon für immer ruiniert. Große Partien der Decke waren gewellt und verbeult, andere wiesen tiefe Risse auf, unter denen sich weißer Putzstaub ausgebreitet hatte. Ganze Brocken Spachtelmasse hatten sich gelöst und wie Klumpen Pappmaschee auf dem Boden gehäuft. An unzähligen Stellen tropfte immer noch dunkles, braun gefärbtes, stinkendes Wasser. Je weiter er in die Wohnung trat, desto stärker wurde der Fäkaliengeruch, der sich bereits in der Lobby angedeutet hatte, bis er kaum noch auszuhalten war.

Die Zerstörung war allgegenwärtig. Seine Sachen waren entweder überflutet oder zerstreut. Es sah aus, als wäre eine hohe Woge in die Wohnung geschwappt. Vorsichtig trat er in sein Sprechzimmer und blieb im Türrahmen stehen. Aus der Decke hatte sich ein großer Brocken gelöst und war auf die Couch gefallen. Sein Schreibtisch verschwand unter einer Gipsschicht. Aus mindestens drei klaffenden Löchern in der Decke tropfte Wasser, während zerklüftete, freiliegende Rohre wie Stalaktiten in einer Höhle herunterhingen. Auf dem Boden stand das Wasser. Eine Reihe seiner Bilder, darunter seine Diplome und das Porträt von Freud, waren von der Wand gefallen, an mehreren Stellen lagen Glasscherben.

»Bisschen wie 'n Terroranschlag, was?«, sagte der Mann. Als Ricky einen Schritt nach vorne machte, fühlte er, wie er am Arm gepackt wurde. »Nicht da rein«, sagte der Hausmeister. »Aber meine Sachen ...«, brachte Ricky heraus.

»Ich glaube nicht, dass der Boden noch sicher ist«, sagte sein Begleiter. »Und von diesen Rohren, die hier lose in der Decke hängen, kann jeden Moment eins runterkommen. Was Sie holen wollen, ist wahrscheinlich sowieso hin. Am besten vergessen Sie's. Es ist verflucht gefährlich hier drinnen, mehr als Sie denken. Schnuppern Sie mal, Doc. Riechen Sie das auch? Ich meine nicht nur die Scheiße und so. Ich glaube, ich rieche Gas.«

Ricky zögerte und nickte dann. »Und das Schlafzimmer?«, fragte er.

»Nicht viel anders als hier. Auch die Klamotten. Und das Bett ist unter einem gewaltigen Brocken aus der Decke zusammengebrochen.«

»Ich muss es trotzdem sehen«, sagte Ricky.

»Nee, müssen Sie nich«, antwortete der Mann. »Sie machen sich keine Vorstellung, was für 'ne Sauerei das da is, also lassen Sie's einfach und machen Sie, dass Sie hier rauskommen. Das berappt so ziemlich alles die Versicherung.«

»Aber meine Sachen ...«

»Sachen sind einfach nur Sachen, Doc. Paar Schuhe, paar Klamotten – lassen sich ziemlich fix ersetzen. Lohnt sich nich, für so was krank zu werden oder dass einem die Decke auf den Schädel kracht. Wir müssen hier raus, sollen die Fachleute sich damit rumschlagen. Was da von der Decke noch übrig ist, dem trau ich nich. Und für den Boden leg ich auch nich die Hand ins Feuer. Die müssen das Ganze hier entkernen, von oben bis unten.«

Genau so fühlte sich Ricky in dem Moment – von oben bis unten entkernt. Er drehte sich um und folgte dem Mann nach draußen.

Wie um die Warnung des Hausmeisters zu bekräftigen, fiel hinter ihnen ein kleines Stück Decke ein.

Als er wieder auf den Bürgersteig trat, kamen der Mann von der Hausverwaltung und der Börsenmakler zusammen mit dem Bauamts Vertreter auf ihn zu.

»Schlimm?«, fragte der Makler. »Schon mal Schlimmeres gesehen?«

Ricky schüttelte den Kopf.

»Die Typen von der Versicherung sind schon auf dem Weg hierher«, fuhr der Makler fort. Er reichte Ricky seine Visitenkarte. »Hören Sie, rufen Sie mich in ein paar Tagen im Büro an. Und wissen Sie, wo Sie erst mal unterkommen?«

Ricky nickte, während er die Karte in die Tasche steckte. Ein einziger Ort in seinem Leben war noch intakt, doch er machte sich wenig Hoffnung, dass es so blieb.

19

WAS VON DER NACHT NOCH ÜBRIG WAR, hüllte ihn wie ein schlecht sitzender Anzug ein, eng und unbequem. Er drückte die Wange ans Fensterglas und fühlte, wie die Kälte der frühen Morgenstunden durch die Scheibe drang und ihm ungehindert in die Glieder kriechen konnte, wie die Dunkelheit von draußen in das schwarze Loch sickerte, das in seinem Innern klaffte. In der Hoffnung, dass die Sonne helfen würde, seine düsteren Aussichten ein wenig aufzuhellen, sehnte sich Ricky nach dem Morgen, auch wenn er wusste, wie illusorisch das war. Er atmete langsam ein, schmeckte die schale Luft auf der Zunge und versuchte, die Verzweiflung, die ihn niederdrückte, abzuschütteln. Doch dazu war er nicht in der Lage.

Seit sechs Stunden saß Ricky im Nachtbus von Port Authority nach Provincetown. Er lauschte auf das stetige Dieselbrummen des Busmotors, ein fortwährendes Auf und Ab, wann immer der Fahrer die Gänge wechselte. Nach einer Pause in Providence war der Bus endlich auf der Route Six auf dem Cape angekommen und tuckerte langsam, aber sicher den Highway entlang. Unterwegs ließ er in Bourne, in Falmouth, Hyannis, Eastham und schließlich seiner Haltestelle in Wellfleet Fahrgäste aussteigen, bevor er sein letztes Ziel, P-Town, an der Spitze des Cape anfuhr.

Inzwischen war er nur noch zu etwa einem Drittel besetzt. Die anderen Passagiere waren junge Männer oder Frauen im Alter von achtzehn, neunzehn bis Mitte zwanzig, Studenten und Collegeabgänger an der Schwelle ins Berufsleben, die sich für ein Wochenende auf Cape Cod davonstahlen. In den ersten Stunden der Fahrt hatten die jungen Leute herumgelärmt, hatten gelacht und geplappert und waren sich so zwanglos nahe gekommen, wie es Jugendlichen selbstverständlich ist, und dabei Ricky, der ganz hinten saß und den nicht nur das Alter, sondern Welten von ihnen trennten, schlichtweg ignoriert. Doch das stetige dumpfe Pochen des Motors hatte alle Mitreisenden außer ihm im Lauf der Stunden eingelullt, so dass sie nunmehr in allen möglichen Schlafstellungen hingestreckt waren, während Ricky die zurückgelegten Meilen zählte und seine Gedanken ebenso schnell an ihm vorüberjagten wie der Mittelstreifen zwischen den Rädern.

Keinen Moment glaubte er daran, dass seine Wohnung einem zufälligen Rohrbruch zum Opfer gefallen war, und er konnte nur hoffen, dass nicht dasselbe mit seinem Sommerhaus geschehen war.

Es stellte, wurde ihm klar, so ziemlich das Einzige dar, was ihm geblieben war.

Er versuchte abzuschätzen, was vor ihm lag, eine kleine Bestandsaufnahme, die ihn mehr deprimierte als ermutigte: ein Haus voller verstaubter Erinnerungen. Ein leicht verbeulter, zerkratzter, zehn Jahre alter Honda Accord, den er nur für die Sommerferien im Schuppen hinter dem Haus stehen hatte, da ein Leben in Manhattan ein Auto überflüssig machte. Dann ein paar abgetragene Kleider, Baumwollhosen, Polohemden, Pullover mit ausgefranstem Kragen und Mottenlöchern. Ein Bankscheck im Wert von etwa zehntausend Dollar, der in der Filiale auf ihn wartete. Eine ruinierte Karriere, sein Leben ein einziges Chaos.

Und noch ungefähr sechsunddreißig Stunden bis zu Rumpelstilzchens Ultimatum.

Zum ersten Mal seit Tagen sah er der Wahl ins Auge, die er zu treffen hatte: den Namen oder seinen eigenen Nachruf. Andernfalls würde die Strafe einen Unschuldigen treffen, in einem Ausmaß, das Ricky nur ahnen konnte. Das ganze grausige Spektrum vom Ruin bis zum Tod. Er hatte nicht den geringsten Zweifel, dass der Mann seine Drohung wahr machen würde und dass er über die Mittel und Wege verfügte, seine Entschlüsse in die Tat umzusetzen.

Da bin ich nun herumgerannt, dachte Ricky, und habe spekuliert und versucht, die Rätsel zu lösen, die er mir stellt, doch letztlich läuft es die ganze Zeit auf das Gleiche hinaus. Ich bin noch in derselben Lage wie in dem Moment, als der erste Brief in meine Praxis flatterte.

Unvermittelt schüttelte er dann den Kopf, denn diese Einschätzung war falsch. Seine Lage hatte sich seitdem, wie er erkannte, rapide verschlechtert. Der Dr. Frederick Starks, der in seiner gut situierten Praxis im besseren Teil von Manhattan souverän über jede Minute, jeden Tag seines wohlgeordneten, fest geregelten Lebens verfügte, den gab es nicht mehr. Dieser Dr. Starks war ein Mann in Schlips und Jackett, geschniegelt und gebügelt. Einen Moment blinzelte er in die Fensterscheibe, um sein Spiegelbild zu sehen. Der Mann, der ihm entgegenstarrte, hatte wenig mit dem gemein, der er glaubte, einmal gewesen zu sein. Rumpelstilzchen hatte ein Spiel mit ihm treiben wollen. Doch an dem, was ihm widerfahren war, konnte er nichts Spielerisches entdecken.

Der Bus machte einen leichten Ruck und verlor an Fahrt, ein Zeichen, dass sie sich einer weiteren Haltestelle näherten. Ricky sah auf die Armbanduhr und rechnete sich aus, dass sie etwa zu Sonnenaufgang in Wellfleet eintreffen würden.

Vielleicht das Wunderbarste an seinem Ferienbeginn ein ums andere Jahr war der Reiz des Gewohnten. Das Ritual der Ankunft war immer das gleiche, und so war es jedesmal wie das Wiedersehen eines alten, lieb gewonnenen Freundes nach allzu langer Abwesenheit. Auch, als seine Frau gestorben war, hatte Ricky unbeirrbar daran festgehalten, stets auf genau die gleiche Weise zu seinem Feriendomizil zu gelangen. Jedes Jahr nahm er am ersten August denselben Flug von La Guardia zu dem kleinen Flugplatz in Provincetown, von wo aus ihn dasselbe Taxiunternehmen auf altbekannten Straßen die zehn bis fünfzehn Meilen zu seinem Anwesen fuhr. Dann öffnete er sein Haus in ein und derselben eingespielten Weise: Er riss die Fenster auf und ließ die saubere Seeluft herein, faltete die alten, fadenscheinigen Laken, die über die Korb- und Polstermöbel gebreitet waren, zusammen und wischte den Staub, der sich im Lauf der Wintermonate auf den Oberflächen und Regalen gesammelt hatte. Früher hatten sie sich all diese Aufgaben geteilt. In den vergangenen Jahren hatte er sie allein erledigt und, während er den bescheidenen Stapel Post durchging – zumeist Galerie-Eröffnungen und Einladungen zu Cocktailpartys, die ihn nicht interessierten –, seiner Frau eine geisterhafte Gegenwart in seinem Leben verliehen, die ihm durchaus willkommen war. Seltsamerweise hatte er sich dadurch weniger einsam gefühlt.

Dieses Jahr war alles anders. Obwohl er mit leeren Händen kam, war das Gepäck, das ihn begleitete, schwerer als je zuvor, sogar schwerer als in dem ersten Sommer, nachdem seine Frau gestorben war.

Der Bus setzte ihn ohne viel Federlesen auf dem schwarz geteerten Parkplatz vor dem Lobster Shanty ab. In all den Jahren, die er zum Cape rauskam, hatte er noch nie dort gegessen – vermutlich hatte ihn der lächelnde Hummer auf dem Eingangsschild abgeschreckt, der ein Lätzchen trug und Messer und Gabel in den Scheren schwang. Zwei Wagen hatten dort bereits auf andere Fahrgäste gewartet und waren davongebraust, nachdem ein paar andere Mitreisende eingestiegen waren. Es war ein wenig kühl und feucht um diese Zeit, und ein paar der Hügel verbarg der Nebeldunst. Die Welt lag noch wie eine leicht verwackelte Fotografie unter einem grauen Schleier. Der Morgen kroch Ricky unters Hemd, als er zitternd auf dem Bürgersteig stand. Er wusste genau, wo er war – etwas über drei Meilen von seinem Haus entfernt, an einer Stelle, an der er hunderte Male vorbeigefahren war. Doch unter den jetzigen Umständen wirkte alles fremd, ein wenig daneben wie ein Instrument, das die richtigen Noten in der falschen Tonart spielt. Ein, zwei Minuten lang dachte er daran, sich ein Taxi heranzuwinken, dann machte er sich, immer den Highway entlang, wie ein kriegsmüder Soldat zu Fuß auf den Weg.

In einer knappen Stunde hatte Ricky die Schotterstraße erreicht, die zu seinem Haus hinunterführte. Inzwischen hatte sich die unvermeidliche Sommerhitze eingestellt, und an den umliegenden Hängen war der Nebel größtenteils verdunstet. Von seinem Standort am Eingang seines Hauses aus konnte er etwa zwanzig Meter weiter auf der Straße drei schwarze Krähen sehen, die aggressiv am Kadaver eines Waschbären pickten. Das Tier hatte in der Nacht davor den falschen Moment gewählt, um die Straße zu überqueren, und war in dieser Sekunde einem anderen Tier zum Fraß geworden. Die Krähen hatten eine Art zu fressen, die einen Moment lang Rickys Aufmerksamkeit fesselte: Sie standen neben dem toten Tier und drehten unablässig die Köpfe hin und her, als verstünden sie die Gefahren, die ihnen mitten auf der Straße drohten, und kein noch so nagender Hunger brachte sie dazu, auch nur eine Sekunde in ihrer Wachsamkeit nachzulassen. Hatten sie sich davon überzeugt, dass sie sicher waren, stießen ihre grausam langen Schnäbel wieder in den Kadaver und zerrissen das Fleisch. Offenbar nicht bereit, sich den Überfluss zu teilen, den sie einem rasenden BMW oder Geländewagen verdankten, hackten sie auch aufeinander ein. Es war ein vertrauter Anblick, und normalerweise hätte Ricky kaum darauf geachtet. An diesem Morgen jedoch machten ihn die Vögel wütend, als hackten ihre Schnäbel auf ihm herum. Aasfresser, dachte Ricky wütend. Weiden sich an den Toten. Plötzlich hob er die Hände und wedelte heftig in ihre Richtung. Doch die Vögel ignorierten ihn, bis er ein paar bedrohliche Schritte in ihre Richtung machte. Da flatterten sie laut krächzend in die Luft, um kurz über den Bäumen zu kreisen und, kaum dass Ricky wieder auf seiner Einfahrt war, zu ihrem Fraß zurückzukehren. Die wissen besser als ich, was sie wollen, dachte Ricky frustriert. Er kehrte der Szene den Rücken und lief etwas wacklig, doch mit energischen Schritten, so dass er einiges an Staub aufwirbelte, zu seinem Haus, das zwar nur eine Viertelmeile entfernt lag, aber von der Straße aus nicht einzusehen war.

Die meisten Neubauten auf dem Cape künden sowohl im Baustil als auch in der Lage von der Arroganz des Geldes. Große Eigenheime an jeden Hang, auf jede Landzunge geklatscht, um – koste es, was es wolle – ein Stück Meeresblick zu ergattern. Und wo kein Wasser zu haben ist, muss die Aussicht auf Lichtungen, auf Gruppen windgekrümmter Bäume reichen, die die Landschaft prägen.

Neue Häuser werden grundsätzlich mit Aussicht konzipiert, egal auf was. Rickys Haus war anders. Vor über hundert Jahren erbaut, war es einmal eine kleine Farm gewesen und hatte somit an Felder gegrenzt. Die Fläche, auf der einstmals Mais angebaut worden war, gehörte jetzt zum Naturschutzgebiet, so dass das Anwesen abgeschieden lag. Das Haus schöpfte seinen Frieden aus seiner urtümlichen Verbundenheit mit dem Land, auf dem seine Fundamente ruhten, und nicht aus einem spektakulären Panorama. Inzwischen ein wenig schäbig und in die Jahre gekommen, hatte es eine gewisse Ähnlichkeit mit einem alten, ergrauten Veteran, der in den Ferien noch gerne seine Abzeichen trug und seine Zeit mit Nickerchen in der Sonne verbrachte. Das Haus hatte jahrzehntelang seine Pflicht erfüllt und genoss jetzt die wohlverdiente Ruhe. Es besaß nicht die Energie moderner Häuser, in denen Entspannung zu einem dringlichen Erfordernis wird.

Ricky lief im Schatten unter den ausladenden Bäumen, bis der Weg aus dem Wäldchen führte und er das Haus am Rande eines offenen Feldes vor sich sah. Fast verwunderte es ihn, dass es noch stand.

Er verharrte auf den Eingangsstufen, erleichtert, dass er wie erwartet den Ersatzschlüssel unter der losen grauen Steinplatte gefunden hatte. Er wartete einen Moment, schloss auf und trat ein. Der muffige Geruch nach abgestandener Luft war beinahe eine Erleichterung. Er sah sich um – nichts als Staub und Stille.

Bei dem Gedanken an die Arbeit, die ihn erwartete – aufräumen, kehren, das Haus für seinen Aufenthalt herrichten – überkam ihn eine fast schwindelerregende Erschöpfung. Er stieg die schmale Treppe zum Schlafzimmer hoch. Die verzogenen, ausgetretenen Dielen knarrten unter seinen Füßen. In seinem Zimmer öffnete er das Fenster, um sich von der warmen Luft umspülen zu lassen. In einer Kommodenschublade hatte er ein Foto seiner Frau – ein seltsamer Aufbewahrungsort für ihr Andenken und ihr Bild. Er ging hin und zog es heraus, drückte es an sich wie ein Kind seinen Teddybär, warf sich auf das Bett, in dem er die vergangenen drei Sommer allein geschlafen hatte, und fiel fast auf der Stelle in einen tiefen, wenn auch unruhigen Schlaf.

Als er am frühen Nachmittag die Augen öffnete, hatte er das Gefühl, als hätte die Sonne gründlich reinegemacht. Für Sekunden war er desorientiert, doch je wacher er wurde, desto schärfer sah er seine Umgebung. Es war eine vertraute, innig geliebte Welt, doch ihr Anblick tat weh, fast als ob dieser tröstliche Lebensbereich jetzt außer seiner Reichweite lag. Es bereitete ihm keine Freude, auf diese Welt zu blicken. Wie das Bild von seiner Frau, das er immer noch in Händen hielt, war es unerreichbar fern.

Ricky ging ins Badezimmer und spritzte sich am Becken kaltes Wasser ins Gesicht. Der Mann im Spiegel wirkte gealtert. Die Hände auf den Porzellanrand gelegt, starrte er sich an und dachte an die vielen Dinge, die zu erledigen waren, und das in kürzester Zeit.

Er machte sich rasch an die üblichen Besorgungen. Ein Gang in die Scheune, um die Autoplane von dem alten Honda zu ziehen und den Stecker des Aufladegeräts einzustöpseln, das er jeden Sommer genau für diesen Moment dort aufbewahrte. Während die Autobatterie aufgeladen wurde, zog er im Haus die Tücher von den Möbeln und fegte einmal kurz über die Böden. In der Besenkammer befand sich auch ein alter Wedel, mit dessen Hilfe er im ganzen Haus die Staubmilben aufwirbelte, so dass sie in den einfallenden Sonnenstreifen tanzten.

Wie immer auf dem Cape ließ er die Haustür offen, wenn er ging. Falls ihm, womit er rechnen musste, jemand gefolgt war, dann wollte er Virgil oder Merlin oder einen anderen von Rumpelstilzchens Helfern nicht dazu zwingen, einzubrechen. So hoffte er, die Gewaltanwendung zu minimieren. Er wusste nicht, ob er es ertragen würde, wenn ihm noch etwas im Leben in die Brüche ging. Sein Zuhause in New York, seine Karriere, sein Ruf, alles, worauf sich sein Selbstverständnis gründete und was er sich im Leben erarbeitet hatte, das hatten sie systematisch ruiniert. Er merkte, wie ihn ein Gefühl äußerster Verletzlichkeit überkam, als könnte ein einziger Riss in einer Fensterscheibe, ein einziger Kratzer im Holz, eine zerbrochene Teetasse oder ein verbogener Löffel das Fass zum Überlaufen bringen.

Als der Honda sich mühelos starten ließ, stieß er einen langen Seufzer der Erleichterung aus. Er trat mehrmals auf die Bremse, und sie schien ebenfalls zu funktionieren. Er fuhr vorsichtig aus dem Schuppen und wurde dabei den Gedanken nicht los, dass man sich so wie er jetzt fühlen musste, wenn man an der Schwelle des Todes stand.

Eine freundliche Empfangsdame verwies Ricky auf den Glaskasten etwa drei Meter entfernt, in dem der Bankdirektor zu finden war. Die First Cape Bank befand sich in einem kleinen Gebäude mit der für die älteren Häuser typischen Schindelverkleidung. Innen jedoch war sie ausgesprochen modern, so dass die Filiale die alte Patina mit neuem Design verband. Irgendein Architekt hatte das für eine tolle Idee gehalten, doch nach Rickys Gefühl wusste der Bau nicht so recht, wo er hingehörte. Trotzdem war er froh, dass er da war und noch geöffnet hatte.

Der Direktor war ein kleiner, leutseliger Mann, mit einer untersetzten Figur und einer kahlen Stelle auf dem Kopf, die in diesem Sommer offenbar zuviel Sonne abbekommen hatte. Er schüttelte Ricky kräftig die Hand. Dann trat er zurück und betrachtete ihn mit dem Blick eines Sachverständigen. »Alles in Ordnung mit Ihnen? Sind Sie krank gewesen?«

Ricky überlegte einen Moment, bevor er sagte: »Mir geht's gut. Wieso fragen Sie?«

Der Direktor schien verlegen und machte eine abfällige Handbewegung, als könnte er damit die Frage, die er ausgesprochen hatte, ungeschehen machen. »Tut mir leid. Ich wollte nicht aufdringlich sein.«

Ricky vermutete, dass ihm der Stress der vergangenen Tage anzusehen war. »Ich hatte so eine Sommergrippe. Hat mich ziemlich geschlaucht …«, log er.

Der Mann nickte. »Die können ganz schön heftig sein. Bestimmt haben Sie sich auch auf Borreliose untersuchen lassen. Wenn hier draußen jemand ein bisschen angeschlagen aussieht, ist es das erste, woran wir denken.«

»Mir fehlt nichts«, log Ricky erneut.

»Nun ja, wir haben Sie schon erwartet, Dr. Starks. Ich denke, wir haben alles zu Ihrer Zufriedenheit geregelt, aber ich muss schon sagen, so eine seltsame Kontenauflösung ist mir noch nie untergekommen.«

»Wieso?«

»Na ja, zuerst versucht jemand, sich Zugang zu Ihrem Konto zu verschaffen. Das war für unsere Verhältnisse hier schon seltsam genug. Dann liefert heute ein Kurier hier eine Sendung für Sie zu unseren Händen ab.«

»Eine Sendung?«

Der Direktor händigte ihm einen Eilbrief aus. Er war an ihn und den Bankdirektor adressiert und kam aus New York. Als Absender war eine Postfachnummer vermerkt und der Name R. S. Chen.

Ricky nahm den Brief, ohne ihn zu öffnen. »Danke«, sagte er. »Bitte entschuldigen Sie die Unregelmäßigkeiten.«

Der Bankdirektor zog einen kleineren Umschlag aus seiner Schreibtischschublade. »Ein Bankscheck«, sagte er. »Über einen Betrag von zehntausendsiebenhundertzweiundsiebzig Dollar. Wir bedauern, dass wir Ihr Konto verlieren, Doktor. Ich hoffe, Sie wechseln nicht zur Konkurrenz.«

»Nein.« Ricky schielte auf den Scheck.

»Beabsichtigen Sie, Ihr Haus zu verkaufen, Doktor? Wir könnten Ihnen dabei behilflich sein ...«

»Nein, ich verkaufe nicht.«

Der Mann wirkte erstaunt. »Wieso kündigen Sie dann Ihr Konto? In den meisten Fällen werden seit langem bestehende Konten aufgelöst, weil in der Familie tiefgreifende Veränderungen eingetreten sind. Ein Todesfall, eine Scheidung. Manchmal auch Konkurs. Etwas Tragisches oder große Schwierigkeiten, die jemanden zwingen, sich vollkommen neu zu orientieren. Irgendwo ganz von vorne anzufangen. Aber dieser Fall ...«

Der Direktor versuchte, ihn aus der Reserve zu locken.

Ricky ging nicht darauf ein. Er starrte auf den Scheck. »Könnte ich den Betrag vielleicht in bar haben, wenn es Ihnen nicht zuviel Umstände macht?«

Der Direktor verdrehte ein wenig die Augen. »Es könnte gefährlich sein, so viel Bargeld bei sich zu haben, Doktor. Vielleicht lieber Travellerschecks?«

»Nein danke, aber ich weiß Ihre Fürsorge zu schätzen. Bargeld ist mir lieber.«

Der Mann nickte. »Dann geh ich schnell und hol es Ihnen.

Kleinen Moment. Hunderter?«

»Das wäre nett.«

Eine Weile saß Ricky allein.

Todesfall, Scheidung, Konkurs. Krankheit, Verzweiflung, Depression, Erpressung. Beinahe alles, dachte er, traf auf ihn zu.

Der Direktor kehrte zurück und reichte Ricky einen anderen Umschlag, diesmal mit Scheinen. »Würden Sie bitte nachzählen?«, fragte er.

»Ich vertraue Ihnen«, sagte Ricky und steckte das Geld ein.

»Nun ja, Dr. Starks, falls wir einmal wieder zu Ihren Diensten sein können, hier ist meine Karte …«

Ricky nahm sie ebenfalls entgegen und murmelte ein Dankeschön. Er wandte sich zum Gehen, blieb aber plötzlich stehen und drehte sich noch einmal zu dem Bankdirektor um.

»Weshalb, sagten Sie, lösen die Leute gewöhnlich ihre Konten auf?«

»Nun ja, gewöhnlich, wenn ihnen etwas wirklich Schlimmes zugestoßen ist. Wenn sie in eine neue Gegend ziehen, eine neue berufliche Laufbahn antreten müssen. Mit ihrer Familie noch mal von vorne anfangen müssen. Viele Kündigungen, ich würde sagen, die überwältigende Mehrzahl von ihnen, haben den einfachen Grund, dass ein älterer, langjähriger Kunde verstirbt und sein Vermögen, das wir betreut haben, von den Kindern, die es erben, in die aggressiveren Geldmärkte geschleudert wird. Ich würde sagen, dass fast neunzig Prozent unserer Kontenauflösungen auf Todesfälle zurückgehen. Vielleicht sogar noch mehr. Deshalb habe ich mich so über Ihren Fall gewundert, Doktor. Er passt einfach nicht in das übliche Schema.«

»Interessant«, sagte Ricky. »Da wäre ich mir nicht so sicher. Nun ja, seien Sie jedenfalls versichert, dass ich, falls ich in Zukunft einmal wieder ein Konto brauche, auf Ihr Haus zurückkommen werde.«

Dies beschwichtigte den Direktor offenbar ein wenig. »Wir werden gerne wieder für Sie tätig«, sagte er, während Ricky, der an den Worten des Mannes zu kauen hatte, kehrtmachte und ins letzte Licht des vorletzten Tages trat, den er noch hatte.

Bis Ricky wieder am Farmhaus war, schwebte die erste Dunkelheit schwerelos über der Landschaft. Im Sommer, dachte er, lässt die richtig tiefe Nacht bis zwölf oder später auf sich warten. Auf den Feldern rings um sein Haus zirpten die Grillen, und über ihm sprenkelten die ersten Sterne den Himmel. Ein Bild des Friedens, dachte er. Eine Nacht, in der man keine Sorgen und Probleme haben sollte.

Er rechnete halb damit, drinnen auf Merlin oder Virgil zu treffen, doch es war still und leer. Er knipste die Lichter aus, ging in die Küche und brühte sich eine Tasse Kaffee auf. Dann setzte er sich an den Holztisch, an dem er über die Jahre so oft mit seiner Frau gegessen hatte, und öffnete den Brief, den er in der Bank erhalten hatte. In dem Kurierbeutel befand sich ein Umschlag, auf dem in Druckschrift sein Name stand.

Ricky riss ihn auf und zog einen gefalteten Bogen Papier heraus. Er war mit Briefkopf versehen, so dass er den Eindruck einer mehr oder weniger routinemäßigen Geschäftskorrespondenz vermittelte. Auf dem Briefkopf stand:

R. S. Chen
Privatdetektei
»Alle Ermittlungen streng vertraulich«
Postfach 66-66
Church Street Station
New York, N.Y. 10008

Es folgte ein kurzes Schreiben im knappen Geschäftston:

Sehr geehrter Herr Dr. Starks,
betreffs Ihrer kürzlichen Anfrage in unserem Büro freuen wir uns, Ihnen mitteilen zu können, dass Ihre Vermutungen richtig sind. Zum gegenwärtigen Zeitpunkt sehen wir uns allerdings außerstande, Ihnen hinsichtlich der fraglichen Personen mit weiteren Einzelheiten zu dienen. Wir sind uns dessen bewusst, dass Sie unter beträchtlichem Zeitdruck stehen. Aus diesem Grunde können wir Ihnen – ungeachtet etwaiger künftiger Anfragen Ihrerseits – mit keinen weiteren Informationen dienlich sein. Unter veränderten Umständen wenden Sie sich bitte mit weiteren Anfragen vertrauensvoll an unser Büro.
Rechnung für in Anspruch genommene Dienste folgt binnen vierundzwanzig Stunden.
Hochachtungsvoll,

R. S. Chen, Geschäftsführer
Privatdetektei R. S. Chen

Ricky las den Brief dreimal durch, bevor er ihn auf den Tisch zurücklegte. Es war, wie er einräumen musste, ein wirklich bemerkenswertes Dokument. Fast bewundernd, auf jeden Fall verzweifelt, schüttelte er den Kopf. Die Anschrift wie auch die Detektei waren mit Sicherheit reine Phantasie. Doch nicht darin lag das Geniale dieses Briefs. Das wirklich Geniale war, dass dieser Brief auf jeden außer Ricky vollkommen unbedeutend wirken musste. Alles andere, was ihn mit Rumpelstilzchen in Verbindung brachte, war aus Rickys Leben getilgt. Die kleinen Gedichte, der erste Brief, die Tipps und Anweisungen waren allesamt entweder vernichtet oder gestohlen. Dieser Brief nun sagte Ricky, was er wissen musste, doch auf eine Weise, die bei niemandem sonst, in dessen Hände er fallen mochte, Misstrauen erregen würde. Und sollte doch jemand neugierig werden, würden seine Nachforschungen sehr schnell in einer Sackgasse enden. Eine Spur, die sich im Nichts verlor.

Das, musste Ricky ihm lassen, war intelligent.

Er wusste, wer ihn dazu bringen wollte, sich das Leben zu nehmen, und falls er der Forderung nicht nachkam, so wusste er auch, dass derjenige über die Möglichkeiten verfügte, genau das zu tun, was er von Anfang an versprochen hatte: die Rechnung für seine Dienste schicken.

Er wusste, dass das ganze Chaos, das Rumpelstilzchen in den letzten beiden Wochen in seinem Leben angerichtet hatte, sich in nichts auflösen würde, wenn er sich an das Ultimatum hielt. Der vermeintliche sexuelle Missbrauch, dem seine berufliche Laufbahn zum Opfer gefallen war, das Geld, die Wohnung, das ganze Intrigengebäude, das in diesen zwei Wochen über ihn hereingebrochen war, hätte sich, sobald er tot war, erledigt.

Doch dann dachte er den schlimmsten Gedanken zu Ende: Niemand würde sich darum scheren.

Er hatte sich beruflich wie gesellschaftlich über die letzten Jahre isoliert. Von seinen Verwandten hatte er sich vielleicht nicht gerade entfremdet, zumindest aber sehr zurückgehalten. Er hatte keine Familie im engeren Sinne und keine echten Freunde. Seine Beerdigung würden Leute in dunklem Anzug mit angemessen betroffener Miene und falscher Reue bevölkern. So viel zu seinen Kollegen. Auf ein paar Kirchenbänken würden wohl frühere Patienten sitzen, denen er geholfen hatte. Sie würden ihre Emotionen entsprechend zum Ausdruck bringen. Doch es gehörte nun einmal zu den Eckpfeilern der Psychoanalyse, dass eine erfolgreiche Behandlung diese Leute befähigte, ihre Sorgen und Depressionen zu überwinden. Darauf hatte er all die Jahre in seinen täglichen Sprechstunden hingearbeitet. Somit wäre es unvernünftig zu erwarten, dass auch nur einer von ihnen eine Träne über seinen Tod vergoss.

Die einzige Person, die auf der harten Kirchenbank aus echter Erregung vermutlich nicht würde still sitzen können, war diejenige, die seinen Tod verursacht hatte.

Ich bin, fasste Ricky zusammen, vollkommen allein.

Was brächte es schon, wenn er den Namen auf dem Brief rot anstrich und für irgendeinen Kommissar die Bemerkung hinterließ: Das ist der Mann, der mich gezwungen hat, mir das Leben zu nehmen.

Der Mann existierte nicht. Zumindest nicht auf der Ebene, auf der ihn ein Vertreter der örtlichen Polizei in Wellfleet, Massachusetts, mitten in der sommerlichen Hochsaison finden konnte, wo er sich vornehmlich mit Trunkenheit am Steuer nach durchzechten Nächten, mit familiären Streitigkeiten in den wohlhabenden Häusern und mit rüpelhaften Teenagern herumzuschlagen hatte, die versuchten, an illegale Drogen heranzukommen.

Und was noch schlimmer war: Wer würde ihm glauben? Jeder würde beim flüchtigsten Blick auf Rickys Leben augenblicklich feststellen, dass seine Frau gestorben war, dass seine Karriere wegen der Unterstellung sexuellen Fehlverhaltens in Scherben lag, dass seine Finanzen ein einziges Fiasko waren und dass zufällig seine Wohnung zerstört worden war. Ein fruchtbarer Boden für eine suizidale Depression.

Für jeden, der diesen Scherbenhaufen sah, wäre sein Tod eine logische Folge. Einschließlich jedes Kollegen in Manhattan. Oberflächlich betrachtet, wäre sein Tod geradezu ein Fall wie aus dem Lehrbuch. Niemand würde auch nur eine Sekunde lang stutzen und etwas Ungewöhnliches daran finden.

Für einen Moment wallte in Ricky die Wut über sich selbst auf: Du hast dich zu einer derart leichten Zielscheibe gemacht.

Er ballte die Hände zu Fäusten und schlug heftig auf den Tisch. Ricky holte einmal tief Luft und sagte laut: »Willst du leben?«

Es war vollkommen still. Er lauschte, als rechnete er halb mit einer geisterhaften Antwort.

»Was ist an deinem Leben lebenswert?«, fragte er weiter.

Wieder war das ferne Zirpen der Sommernacht die einzige Antwort.

»Kannst du weiterleben, wenn es jemand anderen das Leben kostet?«

Er holte tief Luft, bevor er seine eigene Frage mit einem Kopfschütteln beantwortete.

»Bleibt dir eine Wahl?«

Es folgte Stille.

Wenn es etwas gab, das Ricky mit absoluter Klarheit verstand, dann dies: Dr. Frederick Starks musste binnen vierundzwanzig Stunden sterben.

20

DER LETZTE TAG IN RICKYS LEBEN verging mit fieberhaften Vorbereitungen.

Im Depot für Marinebestände im Hafen kaufte er zwei Zwanzig-Liter-Treibstoffkanister für einen Außenbordmotor, einen von diesen knallroten Dingern, die am Boden eines Skiffs stehen und sich an einen Motor anschließen lassen. Nachdem er einen Jungen, der in dem Laden arbeitete, in rüdem Ton um Hilfe gebeten hatte, entschied er sich für die zwei billigsten Modelle. Der Junge versuchte, ihn zu den etwas teureren Kanistern zu überreden, die mit Tankanzeigen und Überdruck-Sicherheitsventilen ausgerüstet waren, doch Ricky verschmähte das Angebot. Der Junge wollte auch wissen, wozu er zwei benötigte, und Ricky machte ihm klar, dass einer für das, was er vorhatte, nicht genügte. Er gab sich verärgert und stur und benahm sich so unfreundlich und rücksichtslos, wie er nur konnte, bis hin zur Barzahlung mit seinen letzten Kröten.

Kaum war der Kauf getätigt, besann sich Ricky, als fiele ihm gerade etwas ein, und forderte den Jungen auf, ihm eine Auswahl

Leuchtraketenpistolen zu zeigen. Willig breitete der Verkäufer ein halbes Dutzend vor ihm aus. Auch diesmal entschied sich Ricky für die billigste, obwohl der Teenager ihn warnte, die Pistole habe nur eine mäßige Reichweite von vielleicht fünfzehn Metern in die Höhe. Er wies darauf hin, dass andere, geringfügig teurere Produkte ihre Leuchtfeuer beträchtlich höher schössen und somit mehr Sicherheit böten. Wieder winkte Ricky verächtlich und ruppig ab, indem er ihm sagte, er habe nicht vor, das Leuchtfeuer mehr als einmal zu verwenden, und wieder bezahlte er bar, während er sich über die Kosten beklagte.

Ricky konnte sich vorstellen, wie froh der Verkäufer sein musste, als er den Laden verließ.

Als Nächstes steuerte er eine große Apothekenfiliale an. Er begab sich zur Rückseite des Geschäfts und verlangte nach dem leitenden Apotheker. Der Mann kam in weißer Jacke und mit herrischer Miene aus einem angrenzenden Raum. Ricky stellte sich vor.

»Ich brauche etwas auf Rezept«, sagte er. Er gab dem Apotheker sein Ärztepasswort. »Elavil. Einen Dreißig-Tage-Vorrat an Dreißig-Milligramm-Tabletten. Insgesamt neuntausend Milligramm.«

Der Mann schüttelte den Kopf, aber nicht aus Protest, sondern eher ein wenig erstaunt. »Solche Mengen habe ich schon lange nicht mehr ausgegeben, Doktor. Es sind übrigens viel modernere Mittel auf dem Markt, die bei erheblich weniger Nebenwirkungen ungleich wirkungsvoller sind, und nicht annähernd so gefährlich wie Elavil. Das ist schon fast ein Altertümchen, wird kaum noch verschrieben. Ich meine, ich hab ein paar auf Lager, deren Verfallsdatum noch nicht abgelaufen ist, aber sind Sie sicher, dass Sie die wirklich haben wollen?«

»Allerdings«, erwiderte Ricky.

Der Apotheker zuckte die Achseln, als wollte er sagen, er habe sein Bestes getan, um Ricky von dem Fehlgriff abzuraten und ihm einen anderen Stimmungsaufheller nahezubringen, der viel besser wirkte. »Welchen Namen soll ich aufs Etikett schreiben?«

»Meinen«, antwortete Ricky.

Von der Apotheke lief Ricky zu einem kleinen Schreibwarenladen weiter. Ricky ging achtlos an den langen Reihen vorgefertigter Genesungs-, Beileids-, Geburts- und Geburtstags- sowie Jubiläumskarten vorbei, die sich in sämtlichen Gängen ausbreiteten, und nahm einen billigen Block liniertes Briefpapier, ein Dutzend dicke Umschläge und zwei Kugelschreiber. An der Theke konnte er auch Marken für die Briefe kaufen. Die junge Frau, die an der Kasse saß, sah ihm nicht einmal in die Augen, während sie die Waren eintippte.

Er warf seine Sammlung auf den Rücksitz des alten Honda und fuhr zügig die Route Six Richtung Provincetown hinunter. Diese Stadt am Ende des Cape stand mit den anderen Ferienorten in der Nähe in einer ungewöhnlichen Beziehung. Sie bediente nämlich eine entschieden jüngere, hippere Klientel, darunter viele Schwule und Lesben, das genaue Gegenteil der eher konservativen Ärzte, Rechtsanwälte, Schriftsteller und Akademiker, die es nach Wellfleet und Truro zog. In den beiden Badeorten drehte sich alles nur ums Entspannen, ums Cocktailschlürfen, um Diskussionen über Bücher oder Politik und darum, wer sich gerade scheiden lassen wollte und wer eine Affäre hatte, so dass eine gewisse Fadheit und Vorhersehbarkeit nicht zu leugnen war. Provincetown pulsierte im Sommer von musikalischen Rhythmen und sexueller Energie. Es ging nicht ums Entspannen und Abschalten. Sondern um Partys und Kontakte knüpfen. Es war ein Ort, an dem Jugend und Dynamik angesagt waren. Es bestand kaum die Gefahr, dass ihn dort jemand sah, der ihn auch nur von ferne kannte. Folglich war es genau der richtige Ort, um seine nächsten Einkäufe zu tätigen.

In einem Sportartikelgeschäft erstand er einen dieser kleinen schwarzen Rucksäcke, wie sie Studenten für ihre Bücher verwenden. Es folgte das billigste Portemonnaie für die Gesäßtasche und ein Paar Laufschuhe in mittlerer Preisklasse. Diese Einkäufe tätigte er so wortkarg wie möglich, wobei er zwar jeden Augenkontakt mit dem Verkäufer mied, sich aber nicht verstohlen benahm, sondern zügig für die entsprechenden Artikel entschied und sich normal und unauffällig gab. Von diesem Geschäft führte ihn sein Weg weiter zur Filiale einer großen Ladenkette, wo er Grecian 5 – ein Fünf-Minuten-Haarfärbemittel in Schwarz –, eine billige Sonnenbrille und ein Paar verstellbare Aluminiumkrücken kaufte – nicht die Variante, die bis unter die Achseln reichte und von verletzten Athleten bevorzugt wurde, sondern eher für den Langzeitgebrauch bestimmt, mit einem Handgriff und einer halbkreisförmigen Unterarmstütze, für Menschen, die durch Krankheit gehbehindert sind.

Blieb noch eine letzte Station in Provincetown, am Busbahnhof Bonanza, einem kleinen Schalterbüro mit einer einzigen Theke, drei Stühlen zum Warten und einem geteerten Parkplatz, auf den zwei oder drei Busse passten. Er setzte die Sonnenbrille auf und wartete draußen, bis ein Bus eintraf und eine ganze Horde Wochenendbesucher ausspie, dann mischte er sich unter die Menschen und brachte schnell seine Einkäufe hinter sich.

Auf der Rückfahrt in seinem Honda beunruhigte ihn der Gedanke, dass ihm an diesem Tag kaum genug Zeit für alles blieb. Die Sonne fiel durch die Windschutzscheibe, die Hitze strömte durch die geöffneten Seitenfenster ein. Es war die Tageszeit, in der die Menschen allmählich vom Strand aufbrechen, die Kinder aus der Brandung rufen, die Handtücher und Kühlboxen, die bunten Plastikeimer und -schaufeln einsammeln und sich auf den etwas beschwerlichen Rückweg zu ihrem Fahrzeug machen – ein Moment des Übergangs, vor der abendlichen Routine des Essens, eines Fernsehfilms, eines Partybesuchs oder einer stillen Mußestunde mit einem verknickten Taschenbuchroman. Es war die Zeit, in der Ricky in früheren Jahren eine warme Dusche genossen hatte, um danach mit seiner Frau über die ganz normalen Dinge des Lebens zu sprechen: er über ein besonders schwieriges Stadium mit einem Patienten, sie über einen Klienten, der sein Leben nicht umkrempeln konnte. Unscheinbare Momente, die Tage füllten und in ihrem stillen Miteinander einen schlichten, doch großen Reiz ausübten. Er erinnerte sich an diese Zeiten und fragte sich, wieso er in den Jahren seit ihrem Tod nicht daran gedacht hatte. Die Erinnerung machte ihn nicht traurig, wie es gewöhnlich der Fall war, wenn man sich einen toten Partner ins Gedächtnis rief, sondern tröstete ihn sogar. Er lächelte, da er sich zum ersten Mal seit Monaten, wie ihm schien, an den Klang ihrer Stimme erinnern konnte. Einen Augenblick kam ihm die Frage, ob sie damals an der Schwelle des Todes an dieselben Dinge gedacht hatte, nicht an die großen, außerordentlichen Ereignisse, sondern die unbeschwerten, gewöhnlichen Zeiten, die an Routine grenzten und die so schnell vergessen waren. Er schüttelte den Kopf. Vermutlich hatte sie es versucht, doch die Qualen, die der Krebs ihr bereitete, waren zu groß, und unter dem dämpfenden Einfluss des Morphiums war sie zu solchen Erinnerungen nicht mehr fähig gewesen, eine Erkenntnis, die Ricky schmerzte.

Mein Sterben scheint anders zu sein, sagte er sich.

Ganz und gar anders.

Er bog zu einer Texaco-Tankstelle ab und hielt an den Zapfsäulen. Er stieg aus, holte die beiden Benzinkanister aus dem Kofferraum und füllte sie randvoll mit Normalbenzin. Ein halbwüchsiger Junge, der in dem Bereich mit Bedienung arbeitete, sah ihn und rief: »Hören Sie, Mister, wenn die für einen Außenbordmotor gedacht sind, sollten Sie genug Platz für das Öl lassen. Manche nehmen eine Mischung von fünfzig zu eins, andere hundert zu eins, aber Sie müssen es direkt in den Kanister geben …«

Ricky schüttelte den Kopf. »Ist nicht für einen Außenbordmotor, danke.«

Der Junge gab nicht klein bei. »Die sind aber für einen Außenbordmotor.«

»Klar«, sagte Ricky. »Aber ich besitze keinen.«

Der Junge zuckte die Achseln. Wahrscheinlich war er kein Saisonarbeiter, sondern ein Highschool-Schüler aus der Gegend, der sich nicht vorstellen konnte, dass man diese Kanister zweckentfremden wollte, weshalb er Ricky vermutlich sofort in die Rubrik Sommergäste einordnete, die von den Bewohnern des Cape nur mit Verachtung gestraft wurden, war man doch der unerschütterlichen Überzeugung, dass die Typen aus New York oder Boston nicht die leiseste Ahnung von dem hatten, was sie trieben. Ricky bezahlte, packte die nunmehr vollen Kanister wieder in den Kofferraum – wobei selbst er begriff, wie gefährlich das war – und machte sich auf den Nachhauseweg.

Er stellte seine Fracht vorübergehend im Wohnzimmer ab und kehrte in die Küche zurück. Er fühlte sich plötzlich wie ausgedörrt, als hätte er eine Menge Energie verbraucht, und er fand eine Flasche Quellwasser im Kühlschrank, die er sich hastig herunterspülte. Sein Herzschlag schien beschleunigt, als die letzten Stunden seines letzten Tages zur Neige gingen, und er mahnte sich, Ruhe zu bewahren. Ricky breitete die Briefumschläge und den Schreibblock vor sich auf dem Küchentisch aus, setzte sich, nahm einen der Kugelschreiber zur Hand und schrieb die folgende kurze Notiz:

An das Naturschutzamt:
Bitte nehmen Sie die beigefügte Spende entgegen. Erwarten Sie nicht mehr, da ich nicht mehr geben kann und nach diesem Abend nicht mehr da sein werde, um es zu geben.
Mit freundlichen Grüßen, *Frederick Starks, Dr. med.*

Dann nahm er einen Hundert-Dollar-Schein aus seinem Bündel, steckte ihn zusammen mit seinem Brief in einen der frankierten Umschläge und klebte ihn zu.

Anschließend schrieb Ricky ähnliche kurze Briefe mit jeweils demselben Geldbetrag und steckte sie in die restlichen Umschläge, bis nur einer übrig war. Er spendete an die Amerikanische Krebsgesellschaft, den Sierra Club, den Küstenschutzverband, an CARE und das Nationalkomitee der Demokraten, wobei er nur jeweils den Adressaten auf den Umschlag schrieb.

Als er damit fertig war, sah er auf die Uhr und stellte fest, dass die abendliche Abgabefrist für eine Anzeige bei der *Times* bald verstrich. Er ging ans Telefon und rief wie schon dreimal zuvor die Anzeigenannahmestelle an.

Doch der Text, den er diesmal aufgab, war anders. Keine Reime, keine Gedichte, keine Fragen. Nur die einfache Erklärung:

Mr. R.: Sie haben gewonnen.
Schauen Sie in die Cape Cod Times.

Als das erledigt war, kehrte Ricky wieder an den Küchentisch zurück und zog den Schreibblock heran. Einen Moment lang kaute er am Ende des Kugelschreibers herum, während er sich seine Abschiedszeilen überlegte:

An alle, die es angeht:
Ich habe dies getan, weil ich allein war und weil ich die Leere in meinem Leben hasse. Ich hätte es einfach nicht ertragen, einem weiteren Menschen Schaden zuzufügen.

Die Dinge, deren ich bezichtigt wurde, habe ich nicht getan. Doch auch wenn ich in dieser Hinsicht unschuldig bin, habe ich mich gegenüber den Menschen, die ich geliebt habe, schuldig gemacht, und das hat mich zu diesem Schritt bewogen. Wenn jemand so freundlich wäre, die verschiedenen Zuwendungen, die ich hinterlasse, abzuschicken, wäre ich dankbar. Meine übrigen Vermögenswerte sollen verkauft werden und der Erlös an dieselben Wohltätigkeitsorganisationen fließen. Das, was von meinem Anwesen hier in Wellfleet übrig bleibt, soll Naturschutzgebiet werden.

An meine Freunde, falls vorhanden, die Bitte, mir zu verzeihen.

An meine Patienten, die Bitte um Verständnis.

Und an Mr. R., dem es großenteils zu verdanken ist, dass es so weit kam: Ich hoffe, du fährst selber bald zur Hölle, denn ich warte bereits auf dich.

Er unterschrieb den Brief schwungvoll und verschloss ihn im letzten Umschlag, den er noch hatte, und adressierte diesen an die Polizeidienststelle Wellfleet.

Er nahm sein Haarfärbemittel und seinen Rucksack und ging nach oben, um zu duschen. Er befolgte die Gebrauchsanweisung und trat mit fast pechschwarzen Haaren aus dem Bad. Er warf einen flüchtigen Blick auf sein Spiegelbild, fand es ein wenig albern und trocknete sich dann ab. Dann holte er ein paar der alten, abgetragenen Sommersachen aus der Kommode und stopfte sie zusammen mit einer abgewetzten Windjacke in den Rucksack. Er legte sich eine zusätzliche Garnitur Kleider heraus und faltete sie sorgsam auf sein Gepäckstück. Dann zog er sich wieder die Sachen an, die er tagsüber getragen hatte. In eine Außentasche des Rucksacks steckte er das Foto seiner toten Frau. In eine andere Tasche steckte er die letzte Nachricht von Rumpelstilzchen und die wenigen Dokumente, die sich noch in seinem Besitz befanden und aus denen hervorging, was ihm widerfahren war. Die Dokumente über den Tod der Mutter.

Er nahm den Rucksack und die Kleidergarnitur, die Aluminiumkrücken sowie den Stapel Briefe und brachte sie zu seinem Wagen, wo er sie auf den Beifahrersitz neben seine billige Sonnenbrille und die Laufschuhe legte. Anschließend ging er wieder ins Haus und blieb die übrigen Abendstunden in der Küche sitzen. Er war aufgeregt, ein wenig fasziniert, und ab und zu packte ihn eine urplötzliche Anwandlung von Angst. Er gab sich Mühe, an nichts zu denken, summte vor sich hin und schob alles beiseite, was ihn bedrängte. Doch das funktionierte natürlich nicht.

Ricky wusste, dass er nicht den Tod eines anderen Menschen verschulden konnte, mit dem ihn nichts weiter als Blutsverwandtschaft oder Verschwägerung verband. Darin hatte Rumpelstilzchen vom ersten Tag an richtig gelegen. In seinem ganzen Leben, in seiner ganzen Vergangenheit, in all den Momenten, die zusammen seine Person ausmachten, den Menschen, der er war, zu dem er geworden war und zu dem er vielleicht noch werden würde, kam nichts dieser Bedrohung gleich. Er schüttelte den Kopf und dachte, dass Mr. R. ihn um einiges besser kannte als er selbst. Er hat mich von Anfang an in diese Schublade gesteckt.

Auch wenn Ricky nicht wusste, wen er rettete, wusste er, dass es diesen Menschen gab.

Denk daran, schärfte er sich ein.

Kurz nach Mitternacht erhob er sich. Er gestattete sich eine letzte Runde durch sein Haus, die ihm zu Bewusstsein brachte, wie sehr er jeden Winkel, jede Krümmung in der Wand und jede knarrende Bodendiele liebte.

Seine Hand zitterte ein wenig, als er den ersten Kanister mit dem Benzin ins obere Stockwerk trug, wo er es reichlich über den Boden schüttete. Dann tränkte er das Bettzeug.

Mit dem zweiten Kanister verfuhr er ähnlich im Erdgeschoss.

In der Küche blies Ricky die Stichflammen am Gasherd aus. Dann drehte er jeden Hahn einzeln auf, so dass sich der Raum im Nu mit dem Gestank nach verfaulten Eiern füllte und der Herd alarmierend zischte. Der Geruch vermischte sich mit dem nach Benzin, der ihm in den Kleidern hing.

Ricky nahm die Leuchtpistole und ging nach draußen. Er lief zum alten Honda, ließ den Motor an und fuhr ihn in sichere Entfernung vom Haus, wo er ihn Richtung Einfahrt stehen ließ.

Dann ging er zu einer Stelle gegenüber den Wohnzimmerfenstern. Der Benzingeruch im Haus mischte sich mit dem an seinen Händen und Kleidern. Er dachte unwillkürlich, wie deplatziert diese aggressiven Gerüche waren, verglichen mit dem Duft von Geißblatt und Wildblumen in der lauen Sommernacht, mit einer zarten Prise Salzluft vom Meer, die mit jedem Windstoß über die Bäume herüberwehte. Ricky atmete ein einziges Mal tief ein und versuchte, nicht daran zu denken, was er tat, zielte genau mit der Pistole, spannte den Hahn und feuerte eine einzige Leuchtkugel durch das mittlere Fenster. Das Geschoss flog im hohen Bogen durch die Nacht und zog einen glühend weißen Lichtstreifen durch das Dunkel zwischen der Stelle, an der er stand, und dem Haus. Das Geschoss schlug klirrend ins Fenster ein. Er hatte halb mit einer Explosion gerechnet, hörte stattdessen aber nur einen dumpfen Schlag, dem unmittelbar Knistern folgte. Ein Schimmer Glut, wenige Sekunden später die ersten züngelnden Flammen, die über den Boden rasten und sich im Wohnzimmer ausbreiteten.

Ricky drehte sich um und rannte zum Honda zurück. Als er den Gang einlegte, stand bereits das ganze Erdgeschoss in Flammen. Als er den Weg hinunterfuhr, brachten die Flammen das Gas in der Küche zur Explosion.

Er beschloss, nicht zurückzusehen, sondern beschleunigte den Wagen in die tiefe Nacht.

Ricky fuhr langsam und behutsam zu einer Stelle am Strand, die er seit Jahren kannte und die allgemein Hawthorne Beach genannt wurde. Er musste mehrere Meilen über ein abgelegenes, schmales Teersträßchen fern jeder Besiedlung fahren, wo nur ein paar alte Farmhäuser ähnlich seinem eigenen im Dunkeln standen. Jedesmal, wenn er sachte ein Cottage passierte, dessen Bewohner vielleicht gerade zu Hause waren, machte er die Scheinwerfer aus. Es gab mehrere Strände in der Umgebung von Wellfleet, die sich für seine Zwecke geeignet hätten, doch dieser war der einsamste und somit vor einer nächtlichen Teenagerparty ziemlich sicher. Am Strandaufgang gab es einen kleinen Parkplatz, den der Naturschutzverband von Massachusetts betrieb, der sich um den Erhalt der unberührtesten Landstriche im Bundesstaat bemühte. Auf den Platz passten höchstens zwei Dutzend Wagen, und so war er bis spätestens halb zehn Uhr morgens bereits voll, denn der Strand war hier wahrhaft spektakulär: eine breite Sandfläche am Fuß eines zwanzig

Meter hohen Kliffs mit goldgelbem Sandboden, mit grünen Seegrasbüscheln und einer der stärksten Brandungen auf dem Cape. Diese Kombination war bei Familien wegen des phantastischen Anblicks und bei Surfern wegen der hohen Wellen sowie der Sogwirkung der Gezeiten sehr beliebt, die ihnen den gewissen Nervenkitzel verschaffte. Am Ende des Parkplatzes stand ein Schild: STARKE STRÖMUNGEN UND GEFÄHRLICHE WIDERSEE. SCHWIMMEN NUR IN ANWESENHEIT DES BADEMEISTERS. ACHTUNG BEI GEFÄHRLICHEN WASSERVERHÄLTNISSEN.

Ricky parkte neben dem Schild. Er ließ die Schlüssel stecken. Er legte die Briefe mit den Zuwendungen auf das Armaturenbrett und lehnte den an die Polizei Wellfleet adressierten Umschlag ans Lenkrad.

Er holte die Krücken, den Rucksack, die Laufschuhe, die frische Kleidergarnitur heraus und ließ seinen Wagen stehen. Dann legte er, nachdem er das Foto seiner Frau aus dem Rucksack genommen und sich in die Hosentasche gesteckt hatte, die Sachen oberhalb des Kliffs, wenige Schritte von der Holzschranke entfernt, die den schmalen Abstieg zum Strand markierte, ins Gras. Er hörte das stetige, rhythmische Krachen der Wellen und spürte eine leichte südöstliche Brise im Gesicht. Das Tosen kam ihm gelegen, denn es sagte ihm, dass die Brandung in den Stunden nach Sonnenuntergang zugenommen hatte und wie ein frustrierter Kämpfer gegen den Küstensaum schlug.

Der Vollmond breitete sein blasses Licht über den Strand, was den rutschigen, holprigen Abstieg die Böschung hinunter zum Wasser bedeutend leichter machte.

Vor ihm tobte die See wie ein Betrunkener im Rausch und explodierte so heftig am Strand, dass sie weiße Gischtschauer versprühte.

Ein kalter Windstoß traf Ricky mitten auf die Brust, so dass er fröstelte und ein Mal tief einatmen musste, um seinen Anflug von Zaudern zu überwinden.

Dann zog er sämtliche Kleider, einschließlich der Unterwäsche, aus und faltete sie säuberlich zu einem Stapel, den er ein gutes Stück oberhalb der Linie, die die abendliche Flut deutlich sichtbar hinterlassen hatte, im Sand ablegte, so dass der erste, der am Morgen dort oben am Rand des Kliffs stehen würde, sie nicht übersehen konnte. Er nahm das Döschen mit den Pillen, die er am Morgen in der Apotheke gekauft hatte, und leerte sie in die Hand. Das Röhrchen steckte er zu seinen Kleidern. Neuntausend Milligramm Elavil, dachte er. Auf einmal genommen, mussten sie jemanden binnen drei bis fünf Minuten bewusstlos machen. Als Letztes legte er das Foto von seiner Frau auf den Kleiderstapel und beschwerte es am Rand mit seinem Schuh. Du hast viel für mich getan, als du noch am Leben warst, dachte er. Das hier ist das Letzte, worum ich dich bitte.

Er sah auf und blickte über die endlose Weite der schwarzen See. Die Sterne sprenkelten das Dunkel über ihm, als gälte es, die Grenze zwischen den Wellen und dem Himmel zu markieren.

Es ist, sagte er sich, immerhin eine schöne Nacht zum Sterben. Dann ging er so nackt wie die frühen Morgenstunden zu der wütenden Brandung hinab.

TEIL II

Der Mann, den es nie gab

21

ZWEI WOCHEN NACH DER NACHT, in der er gestorben war, saß Ricky auf der Kante eines klumpigen Betts, das bei jeder Bewegung knarrte, und lauschte auf den Verkehrslärm in der Ferne, der durch die dünnen Wände des Motelzimmers drang. Er mischte sich mit der Geräuschkulisse aus einem Fernseher im Nachbarzimmer, in dem zu laut ein Baseballspiel lief. Ricky konzentrierte sich einen Moment lang auf die Laute von nebenan und schloss daraus, dass die Red Sox in Fenway waren. Die Saison ging bald zu Ende, und das hieß, sie waren fast, aber auch nur fast am Ziel. Für einige Augenblicke dachte er daran, den Apparat in der Ecke seines eigenen Zimmers einzuschalten, doch er überlegte es sich anders. Sie werden verlieren, sagte er sich, und er vertrug keine weiteren Niederlagen mehr, nicht einmal die vorübergehenden der Baseballmannschaft, deren Hoffnungen immer wieder vereitelt wurden. Stattdessen wandte er sich zum Fenster und starrte in den Abend. Er hatte die Jalousien nicht heruntergelassen und sah, wie auf dem nahegelegenen Highway die Scheinwerfer durch das Dunkel schnitten. An der Einfahrt zum Motel, befand sich ein Neonschild, dem die Fahrer entnehmen konnten, dass man die Zimmer für eine Nacht, eine Woche oder einen Monat buchen konnte und dass manche wie bei Ricky über eine Kochnische verfügten; wieso allerdings jemand länger als eine Nacht hier bleiben wollte, überstieg seine Phantasie. Jemand außer ihm selbst, fügte er trübselig hinzu.

Er stand auf und ging in das kleine Badezimmer. Er überprüfte seine Erscheinung in dem Spiegel über dem Becken. Die schwarze Farbe, die sein helles Haar verunstaltet hatte, verblasste bereits, und Ricky fing an, wieder normal auszusehen. Ironie des Schicksals, dachte er, denn er wusste, dass er nie wieder der Alte sein würde, egal, wie ähnlich er ihm sah.

Zwei Wochen lang hatte er kaum einmal die Zuflucht seines Motelzimmers verlassen. Zuerst hatte er sich in eine Art Schock gesteigert, mit Symptomen wie ein Junkie auf Entzug, Zittern, Schweißausbrüche und schmerzhafte Krämpfe. Diese erste Phase wich einer unbändigen Empörung, einem heißen, blindwütigen Zorn. Er war mit zusammengebissenen Zähnen und wutverzerrtem Körper in der Enge seines Zimmers auf und ab marschiert und hatte mehr als einmal mit den Fäusten an die Wand gehämmert. Einmal hatte er im Badezimmer ein Glas genommen und es mit bloßen Händen zu Scherben zerquetscht, was nicht ohne Schnittwunden abging. Er hatte sich über die Toilette gebeugt und zugesehen, wie das Blut in die Kloschüssel tropfte, und sich dabei kurz gewünscht, einfach bis zum letzten Tropfen auszulaufen. Doch der Schmerz in der verletzten Handfläche und in den zerschnittenen Fingern erinnerte ihn daran, dass er am Leben war, und leitete irgendwann in die nächste Phase über, in der sämtliche Furcht und dann auch sämtlicher Zorn sich allmählich legten wie der Wind nach einem heftigen Gewitter. Dieses neue Stadium hatte etwas ungemein Kühles, wie die polierte Fläche von Metall an einem Wintermorgen.

In diesem Abschnitt machte er die ersten Pläne.

Sein Zimmer gehörte zu einem schäbigen, heruntergekommenen Motel, einer Absteige für Fernfahrer, Vertreter und eine Handvoll ansässige Teenager, die sich für ein paar ungestörte Stunden vor den allzu neugierigen Blicken der Erwachsenen sicher fühlten. Es lag am Rande von Durham, New Hampshire, einer Stadt, die Ricky nur ausgesucht hatte, weil sie über eine staatliche Universität verfügte und die wenigsten Menschen hier lange wohnen blieben. Die Akademia, so sein Kalkül, würde dafür sorgen, dass die überregionalen Zeitungen, die er brauchte, dort zu haben waren und dass er bei dem ständigen Kommen und Gehen der Studenten am besten untertauchen konnte. Diese Annahme hatte sich, so weit er es beurteilen konnte, als richtig erwiesen.

Am Ende der zweiten Woche nach seinem Tod hatte er die ersten kleinen Vorstöße in die Welt gewagt. Bei den ersten paar Ausflügen dieser Art hatte er sich auf einen fußläufigen Radius beschränkt. Er redete mit niemandem, mied Augenkontakt, hielt sich an verlassene Straßen und ruhige Viertel, als rechnete er immer noch mit der Möglichkeit, erkannt zu werden, oder, schlimmer noch, urplötzlich hinter seinem Rücken die spöttische Stimme von Virgil oder Merlin zu hören. Doch seine Anonymität flog nicht auf, und so wuchs seine Zuversicht. Er hatte seinen Horizont rasch erweitert und eine Buslinie gefunden, mit der er durch die ganze Kleinstadt fahren, an beliebigen Haltestellen aussteigen und seine neue Welt erkunden konnte.

Bei einer dieser Fahrten hatte er ein Secondhand-Kleidergeschäft entdeckt und sich einen erstaunlich gut sitzenden, billigen und zweckmäßigen blauen Blazer sowie eine getragene Hose und ein paar Anzughemden gekauft. In einem nahegelegenen Kommissionswarenladen hatte er eine gebrauchte Ledermappe gefunden. Er wechselte die Brille gegen Kontaktlinsen, die er in der Filiale einer Optikerkette erstand. Diese wenigen Dinge, komplettiert durch eine Krawatte, verliehen ihm das Aussehen eines Mannes im Dunstkreis der akademischen Welt, achtbar, aber unbedeutend. Er fand, dass er gut in der Menge unterging, und genoss es, unsichtbar zu sein.

Auf dem Tisch der Kochnische seines kleinen Zimmers lagen mehrere Ausgaben der *Cape Cod Times* und der *New York Times* aus den Tagen nach seinem Tod. Das Lokalblatt hatte die Geschichte quer über die untere Hälfte der Titelseite ausgebreitet und mit der Schlagzeile aufgemacht: PROMINENTER ARZT NIMMT SICH DAS LEBEN; BEKANNTES FARMHAUS GEHT IN FLAMMEN AUF. Der Berichterstatter hatte sich tatsächlich fast alle Einzelheiten verschafft, die Ricky geliefert hatte, vom Kauf der Kanister und des Benzins, das er im Haus ausgeschüttet hatte, bis zum Abschiedsbrief und den Zuwendungen an Wohltätigkeitsorganisationen. Er hatte auch Wind davon bekommen, dass es in jüngster Zeit »Beschuldigungen wegen ungebührlichen Verhaltens« gegen Ricky gegeben habe, auch wenn der Reporter darauf verzichtete, diese Meldung mit Details aus dem von Rumpelstilzchen ausgeheckten und von Virgil so dramatisch in Szene gesetzten Lügengebäude zu vertiefen. Der Artikel erwähnte auch den Tod seiner Frau vor drei Jahren und den Umstand, dass Ricky kurz zuvor »finanzielle Rückschläge« erlitten habe, die ebenfalls zu seiner lebensmüden Verfassung beigetragen haben könnten. Es war, wie Ricky einräumen musste, eine hervorragende journalistische Arbeit, gut recherchiert und voller überzeugender Details, die genau seinen Vorstellungen entsprachen. Der Nachruf in der *New York Times*, der einen

Tag später erschien, war ernüchternd kurz ausgefallen, mit nur ein, zwei knappen Bemerkungen zu den möglichen Gründen für seinen Tod. Er hatte irritiert auf den Beitrag gestarrt, ein wenig schockiert und verärgert darüber, seine gesamte Lebensleistung in vier Absätzen verklausulierter Journalistenprosa verdichtet zu sehen. Er fand, dass er der Welt ein bisschen mehr als das gegeben hatte. Oder vielleicht doch nicht? Ein Gedanke, der ihn eine Weile beschäftigte. Dem Nachruf war außerdem zu entnehmen, dass kein Gedenkgottesdienst vorgesehen war, was, wie Ricky begriff, noch viel bemerkenswerter war. Er vermutete stark, dass der Verzicht auf einen Gottesdienst zu seinen Ehren auf Rumpelstilzchens und Virgils Kampagne um seine angeblichen sexuellen Verfehlungen zurückzuführen war. Keiner seiner Kollegen in Manhattan wollte, dass Rickys angeschlagener Ruf auf sie selbst abfärbte, indem sie einer solchen Feierlichkeit beiwohnten. Es war wohl anzunehmen, dass eine große Zahl von Kollegen in der Metropole die Nachricht von seinem Tod als den schlagenden Beweis für die Richtigkeit der Anschuldigungen gegen ihn deuteten und diese Wendung, die der Fall genommen hatte, nur begrüßten, da dem Berufsstand somit der peinliche Moment erspart blieb, in dem die Beschuldigungen in der *New York Times* ausgebreitet wurden, was früher oder später unvermeidlich gewesen wäre.

Er fragte sich, ob er bis zu diesem denkwürdigen ersten Ferientag ebenso blind gewesen war.

Beide Zeitungen berichteten, er sei offenbar durch Ertrinken gestorben und die Einheiten der Küstenwache am Cape suchten das Wasser nach Rickys Leiche ab. Dabei zitierte die *Cape Cod Times* zu Rickys großer Erleichterung den örtlichen Einsatzleiter mit dem Hinweis, bei den heftigen Strömungen in der Gegend des Hawthorne Beach sei es äußerst unwahrscheinlich, dass Rickys Leichnam je geborgen würde.

Bei genauerer Betrachtung kam Ricky zu dem Schluss, dass er für eine so kurze Vorbereitungszeit einen recht passablen Tod zuwege gebracht hatte.

Er hoffte, dass sämtliche Fährten, die er zu seinem Selbstmord gelegt hatte, von dem Rezept für die Überdosis, die er scheinbar vor seinem Gang in die Wellen genommen hatte, bis hin zu seiner unvergesslich und untypisch rüden Art gegenüber dem jungen Verkäufer im Depot für Marinebestände verfolgt worden waren. Genug, um die örtliche Polizei auch ohne eine Leiche für die Autopsie zufrieden zu stellen. Und hoffentlich auch genug, um Rumpelstilzchen davon zu überzeugen, dass seine Rechnung bezüglich Ricky aufgegangen war.

Die absurde Situation, vom eigenen Selbstmord in der Zeitung zu lesen, löste einen Aufruhr bei ihm aus, mit dem er nur schwer zurande kam. Die Plackerei und der Stress der letzten fünfzehn Tage bis zu seinem Freitod, von dem Moment an, als Rumpelstilzchen sein Leben kreuzte, bis zu dem Augenblick, als er ans Wasser trat und saubere Fußabdrücke im glatt gespülten Sand hinterließ, hatten Ricky durch eine Tour de Force der Gefühle gejagt, die in keinem psychiatrischen Lehrbuch auch nur angedacht war.

Angst, Hochstimmung, Verwirrung, Erleichterung – ein Wechselbad der Emotionen – hatten ihn überflutet, als er die ersten Schritte in die Brandung machte, das Wasser ihm um die Zehen spülte und er die Handvoll Pillen in die Wogen warf, sich zur Seite drehte und hundert Meter durchs kalte, seichte Wasser lief, weit genug, damit die neue Fußspur, die er hinterließ, als er wieder auf trockenen Boden trat, weder für die Polizei noch sonst jemanden, der den Ort seines Verschwindens untersuchte, zu sehen war.

Die Stunden danach, in denen er allein in der Kochnische gesessen hatte, waren für Ricky ein einziger Albtraum gewesen, der in allen Einzelheiten haften blieb wie bei einem echten Traum, der ebenso lange nach dem Erwachen dieses Unbehagen hinterlässt. Ricky hatte vor Augen, wie er sich auf dem Kliff die bereitgelegten frischen Kleider anzog und in panischer Hektik in die Laufschuhe schlüpfte, um unbemerkt vom Strand zu entkommen. Er hatte die Krücken am Rucksack festgeschnallt und über die Schultern geschlungen. Bis zum Parkplatz des Lobster Shanty waren es sechs Meilen, und er wusste, dass er vor dem Morgengrauen, bevor irgendjemand sonst eintraf, der den Sechs-Uhr-Express nach Boston erwischen wollte, dort sein musste.

Ricky spürte immer noch, wie ihm der Wind in den Lungen brannte, als er die Strecke lief. Es herrschte immer noch Nacht, und er atmete schwarze Luft, und während seine Füße auf dem Teerweg stampften, kam es ihm so vor, als ob er durch eine Kohlenzeche rannte. Ein einziges Augenpaar, das ihn bemerkte, konnte seine geringen Überlebenschancen, an die er sich klammerte, zunichte machen, und der Gedanke trieb ihn bei jedem Schritt an.

Bei seiner Ankunft war der Platz leer gewesen, und er hatte sich in den tiefen Schatten an der Ecke des Restaurants zurückgezogen. Dort hatte er die Krücken vom Rucksack geschnallt und die Arme hineingeschmiegt. Nur wenig später hatten von ferne Sirenen geheult. Es war eine gewisse Befriedigung für ihn gewesen, wie lange es gedauert hatte, bis jemand bemerkte, dass sein Haus abgebrannt war. Ein paar Minuten danach waren die ersten Autos auf dem Parkplatz eingetroffen und hatten Leute abgesetzt, die auf den Bus warteten. Es war eine zusammengewürfelte Schar, zumeist junge Leute, die in ihre Büros in Boston zurückwollten, und ein paar Geschäftsleute im mittleren Alter, die trotz aller praktischen Erwägungen von der Aussicht auf die Busfahrt nicht begeistert schienen. Ricky hatte sich weiter im Hintergrund gehalten, da er wohl der Einzige war, der an diesem feuchtkalten Morgen auf dem Cape vor Angst und Erschöpfung Blut und Wasser schwitzte. Als der Bus mit zwei Minuten Verspätung kam, hatte Ricky sich auf Krücken in die Warteschlange gestellt.

Zwei junge Männer hatten Platz gemacht, bis er sich die Stufen hinauf gekämpft und dem Fahrer den am Vortag gekauften Fahrschein vorgezeigt hatte. Dann hatte er sich nach hinten gesetzt und noch einmal überlegt: Für den Fall, dass Virgil oder Merlin oder sonst jemand, den Rumpelstilzchen beauftragt hatte, der Wahrheit auf den Grund zu gehen und seinen Selbstmord unter die Lupe zu nehmen, den Busfahrer oder Mitreisende befragen sollte, würden sich alle bestenfalls an einen Mann mit schwarzem Haar und auf Krücken erinnern, von dem wohl kaum jemand glaubte, dass er im Eiltempo zur Haltestelle gelaufen war.

Er war mit einer Stunde Verspätung angekommen, bevor er den Anschlussbus nach Durham nehmen konnte. In dieser Zeit war er zwei Häuserblocks vom South-Street-Busbahnhof weggelaufen, bis er vor einem Bürogebäude einen Container fand. Er hatte die Krücken hineingeworfen und war zur Station zurückgekehrt, um in einen anderen Bus zu steigen.

Durham, dachte er, hatte noch einen weiteren Vorzug: Er war noch nie im Leben dagewesen, kannte auch niemanden, der jemals dort gewohnt hatte, und hatte auch sonst nicht den geringsten Bezug zu dieser Stadt. Was ihm auf Anhieb gefiel, waren die neuen Nummernschilder in New Hampshire, mit dem Wahlspruch des Bundesstaates darauf: Lebe in Freiheit oder stirb. Dies fasste, wie er fand, seinen eigenen Wahlspruch zusammen.

Bin ich entkommen?, fragte er sich.

Er glaubte schon, doch sicher war er sich nicht.

Ricky trat ans Fenster und starrte wieder ins Dunkel der unbekannten Umgebung. Es gibt eine Menge zu tun, sagte er sich. Während er immer noch das schwarze Einerlei jenseits des Motelzimmers absuchte, erkannte Ricky so eben sein eigenes Spiegelbild im Glas. Dr. Frederick Starks existiert nicht mehr, sagte er sich. Jemand anders lebt an seiner Stelle. Er atmete schwer ein und begriff, dass seine erste Aufgabe darin bestand, sich eine neue Identität zu verschaffen. War das erst einmal geschafft, konnte er sich für den kommenden Winter eine dauerhafte Bleibe suchen. Er wusste, dass er Arbeit finden musste, um das Geld, das ihm geblieben war, aufzubessern. Er musste sein Verschwinden absichern und seine Anonymität zementieren.

Ricky starrte auf den Tisch seitlich von ihm. Er hatte den für Rumpelstilzchens Mutter ausgestellten Totenschein behalten, ebenso den Polizeibericht über den Mord an ihrem verflossenen Liebhaber und die Kopie der Akte aus seinem halben Jahr in der Klinik des Columbia Presbyterian, wo die Frau sich um Hilfe an ihn gewandt und er sie im Stich gelassen hatte. Er stellte fest, dass er für eine einzige Nachlässigkeit einen hohen Preis gezahlt hatte.

Er hatte bezahlt, und es gab kein Zurück.

Allerdings, dachte Ricky und merkte, wie sein Herz dabei kalt wie Eisen wurde, habe ich jetzt ebenfalls eine Schuld einzutreiben.

Ich werde ihn finden, dachte er trotzig. Und dann mache ich mit ihm, was er mit mir getan hat.

Ricky stand auf und ging zur Wand, um den Lichtschalter zu betätigen, so dass der Raum im Dunkel lag. Gelegentlich huschte von draußen ein Scheinwerferlicht über die Wände. Er legte sich aufs Bett, das unfreundlich unter ihm quietschte.

Ich habe einmal mit Eifer studiert, um Leben zu retten.
Jetzt muss ich mir beibringen, wie man es jemandem nimmt.

Ricky war erstaunt, wie diszipliniert er seine Gedanken und Gefühle ordnete. Die Psychoanalyse, der Berufszweig, den er soeben hinter sich gelassen hatte, ist vielleicht die kreativste Sparte der Medizin, eben wegen der wandelbaren Natur der menschlichen Persönlichkeit. Während es in dieser Sparte der Heilkunde definierbare Krankheiten und bewährte Behandlungsverfahren gibt, verlangt doch jeder Fall nach einem individuellen Zugang, da es keine zwei Formen von Traurigkeit gibt, die sich genau gleichen. Ricky hatte Jahre damit verbracht, die Flexibilität des Therapeuten zu perfektionieren, und er hatte gelernt, dass jeder beliebige Patient an jedem beliebigen Tag mit demselben oder einem völlig anderen Problem zur Tür hereinspazieren konnte und dass der Arzt jederzeit auf die wildesten Stimmungs- und Meinungsumschwünge gefasst sein musste. Das Problem, dachte er, lag darin, die Stärken und Fähigkeiten, die er in all den Jahren hinter der Couch erworben hatte, so zielstrebig zu kanalisieren, dass er sich sein Leben zurückerobern konnte.

Er gab sich keinen Illusionen hin, er könnte irgendwann wieder zu dem zurückkehren, was er einmal gewesen war. Kein hoffnungsvolles Tagträumen, dass er je in seine alte Wohnung in New York und in die Routine seines früheren Lebens zurückkehren könnte. Darum ging es nicht, so viel war ihm klar. Vielmehr ging es darum, dass der Mann, der sein Leben ruiniert hatte, den Preis dafür zahlen sollte.

War diese Schuld erst beglichen, erkannte Ricky, dann stand es ihm frei, zu werden, was er wollte. Bis das Schreckgespenst von Rumpelstilzchen endgültig aus seinem Leben verbannt war, würde er keinen Moment frei sein, keine Sekunde Frieden haben.

Daran gab es nicht den geringsten Zweifel.

Überdies konnte er nicht sicher sein, dass Rumpelstilzchen Rickys Selbstmord geschluckt hatte. Es war mit der Möglichkeit zu rechnen, dass er nur Zeit gewonnen hatte, für sich selbst wie auch für den unschuldigen Angehörigen, den der Mann ins Visier genommen hatte. Es war eine höchst seltsame Situation. Rumpelstilzchen war ein Killer. Jetzt musste es Ricky gelingen, den Mann bei seinem eigenen Spiel zu schlagen.

So viel war ihm klar: Er musste jemand werden, der sich von dem Mann, der er einmal gewesen war, vollkommen unterschied.

Er musste diese neue Persona erfinden, ohne irgendwie zu verraten, dass der Mann, der einmal als Dr. Frederick Starks bekannt gewesen war, noch existierte. Seine eigene Vergangenheit stand ihm nicht mehr offen. Er wusste nicht, wo Rumpelstilzchen ihm eine Falle gestellt hatte, doch er wusste, dass es eine solche Falle gab, die bei dem geringsten Anzeichen dafür, dass er nicht vor Cape Cod im Wasser trieb, zuschnappen würde.

Er wusste, dass er einen neuen Namen brauchte, einen erfundenen, glaubhaften Lebenslauf.

In diesem Land, wurde Ricky bewusst, sind wir zu allererst einmal Nummern. Sozialversicherungsnummern. Bankkonten- und Kreditkartennummern. Steuernummern. Führerscheinnummern. Telefonnummern und Anschriften mit Hausnummer. Diese zu kreieren, stand somit in seiner Geschäftsordnung obenan. Dann musste er eine Arbeit finden, ein Zuhause, er musste sich eine Welt erschaffen, die glaubhaft war und zugleich vollkommen anonym. Er musste der kleinste, unbedeutendste Wicht sein, den man je gesehen hatte, und sich anschließend das Wissen und Können antrainieren, um den Mann aufzuspüren und hinzurichten, der ihn zum Selbstmord gezwungen hatte.

Der fiktive Lebenslauf und die neue Identität machten ihm keine Sorgen. Immerhin war er Experte, wenn es um das Verhältnis zwischen den tatsächlichen Ereignissen im Leben eines Menschen und den Eindrücken ging, die sie in der Psyche hinterlassen. Viel schwieriger war es, mit den Nummern aufzuwarten, die den neuen Ricky glaubhaft machten.

Sein erster Versuch scheiterte kläglich. Er ging zur Bibliothek der University of New Hampshire, nur um festzustellen, dass er einen Studentenausweis brauchte, um am Sicherheitsdienst an der Tür vorbeizukommen. Einen Moment lang blickte er sehnsüchtig zu den Studenten hinüber, die durch die Reihen der Bücher wanderten. Es gab jedoch eine zweite, wenn auch bedeutend kleinere Bibliothek, die in der Jones Street lag. Es handelte sich um eine öffentliche

Bücherei, die zwar nicht annähernd so umfangreich war wie die Universitätsbibliothek und nicht diese höhlenartige Stille bot, dafür aber zweifellos das, was Ricky brauchen würde, nämlich Bücher und Informationen. Ein zweiter Vorzug lag auf der Hand: Sie stand jedermann offen. Jeder konnte in diesen geduckten, zweistöckigen Ziegelbau marschieren, sich in einen der überall verstreuten breiten Ledersessel setzen und jede beliebige Zeitung oder Zeitschrift oder auch Bücher lesen. Die Ausleihe hätte allerdings einen Bibliotheksausweis erfordert. Die Bücherei bot noch einen zweiten Vorteil: An einer Wand stand ein langer Tisch mit vier verschiedenen Computern. Auf einer Liste waren die Regeln für die Benutzung gedruckt, angefangen mit dieser: Wer zuerst kommt, mahlt zuerst. Anschließend die Bedienungsanleitung.

Ricky schielte zu den Computern hinüber und überlegte, ob sie ihm vielleicht von Nutzen sein konnten. Unsicher, wo er anfangen sollte, mit einer altmodischen Ehrfurcht vor der modernen Technik, begab er sich, sein Leben lang ein Mann des Gesprächs, zwischen die vielen Reihen mit den Büchern und suchte nach einer Abteilung über Computer. Nach wenigen Minuten stand er davor. Er neigte den Kopf ein wenig, um die Titel auf den Buchrücken lesen zu können, und hatte schon bald gefunden, was er suchte: *Die ersten Schritte am Heimcomputer – Ein Führer für die Ängstlichen und Uneingeweihten.*

Er ließ sich in einen der Sessel fallen und begann mit seiner Lektüre. Die Prosa in dem Buch, stellte er fest, war irritierend und überpointiert, offenbar für Vollidioten konzipiert. Immerhin aber bot die Lektüre eine Menge Informationen, und mit ein wenig Scharfsinn hätte Ricky begriffen, dass die kindischen Formulierungen sich an Leute seines Schlages richteten, da in Amerika jedes durchschnittliche elfjährige Kind bereits wusste, was auf diesen Seiten erklärt wurde.

Nachdem er eine Stunde lang gelesen hatte, ging Ricky zu den Computern hinüber. Es war im Spätsommer mitten in der Woche, mitten am Vormittag, und die Bibliothek war fast leer. Er hatte den Bereich ganz für sich. Er drückte bei einem der Apparate auf den Knopf und zog sich einen Stuhl heran. Er sah zu den Instruktionen an der Wand auf und fand die Stelle, an der erklärt wurde, wie man ins Internet geht. Er folgte der Anleitung, und der Bildschirm erwachte vor seinen Augen zum Leben. Er tippte weiter in die Tastatur, gab Befehle ein und hatte binnen weniger Minuten die virtuelle Welt betreten. Er öffnete eine Suchmaschine, so wie es in dem Führer stand, und tippte die Phrase *Falsche Identität* ein.

Keine zehn Sekunden später ließ der Computer ihn wissen, dass es zu diesem Thema über 100 000 Einträge gebe, und Ricky las sie von Anfang an.

Als der Tag zur Neige ging, hatte Ricky erfahren, dass mit neuen Identitäten ein blühendes Geschäft getrieben wurde. Über die ganze Welt verteilt gab es Dutzende Firmen, die ihm so gut wie alle falschen Ausweispapiere beschafften, die alle unter der Haftungsausschlussklausel NUR ALS SCHERZARTIKEL verkauft wurden. Er fand, dass die kriminelle Absicht bei einem französischen Anbieter, der kalifornische Führerscheine verkaufte, nicht zu übersehen war. Doch trotz der allzu offensichtlichen Absicht, war nichts Illegales daran. Er machte sich eine Liste von Anlaufstellen und Dokumenten für ein fiktionales Portefeuille. Er wusste, was er brauchte, die Frage war nur, wie er daran kam.

Schnell hatte er begriffen, dass Leute, die sich eine falsche Identität beschaffen wollten, bereits jemand waren.

Was er nicht von sich behaupten konnte.

Immerhin hatte er noch Geld in der Tasche und wusste jetzt, wo er es an den Mann bringen konnte. Das Problem war nur, dass diese Firmen alle in der virtuellen Welt angesiedelt waren und sein Bargeld ihm dort nichts nützte. Sie wollten Kreditkartennummern. Er hatte keine. Sie wollten eine E-Mail-Adresse. Er hatte keine. Sie wollten einen ständigen Wohnsitz, an den sie das Material liefern sollten. Er hatte keinen.

Ricky verfeinerte seine Computersuche und fing an, über Identitätsdiebstahl zu lesen. Er erfuhr, dass auch dies in den Vereinigten Staaten eine lohnende kriminelle Sparte war. Er las eine Horrorstory nach der anderen über Leute, die eines Morgens erwachten und feststellten, dass ihr Leben ein einziges Chaos war, weil irgendwo irgendjemand mit einem unbekümmerten Gewissen in ihrem Namen Schulden machte.

Nun erinnerte sich Ricky nur allzu gut, wie seine eigenen Bankkonten und Börsen-Depots leergefegt worden waren, und er vermutete, dass dies Rumpelstilzchen ein Leichtes gewesen war, nachdem er sich nur ein paar von Rickys Nummern beschafft hatte. Dies war vermutlich eine Erklärung dafür, weshalb Ricky den Karton mit seinen alten Steuererklärungen nicht mehr finden konnte. In der elektronischen Welt war es nicht weiter schwer, jemand anders zu sein. Er schwor sich, nie wieder einen genehmigten Kreditantrag, den er unaufgefordert mit der Post bekam, in den Papierkorb zu werfen, wenn er erst einmal wieder jemand war.

Ricky schob seinen Stuhl vom Computer zurück und verließ die Bücherei. Draußen schien die Sonne, und die sommerliche Hitze lag immer noch über der Stadt. Er lief beinahe ziellos weiter, bis er sich in einer Wohngegend mit bescheidenen zweistöckigen Holzständerhäusern wiederfand, deren kleine Vorgärten oft mit leuchtend buntem Plastikspielzeug übersät waren. Er hörte ein paar Kinderstimmen, die aus einem Garten hinter einem der Häuser kamen. Ein Hund von undefinierbarer Rasse sah von seinem Platz auf einer kleinen Rasenfläche hoch, wo er mit dem Halsband und einem Strick an einer dicken Eiche festgebunden war. Der Hund wedelte bei Rickys Anblick heftig mit dem Schwanz, als wollte er ihn einladen, herüberzukommen und ihn an den Ohren zu kraulen. Ricky sah sich zwischen den Wohnalleen um, wo die belaubten Zweige ihre Schatten auf die Bürgersteige warfen. Eine leichte Brise fuhr durch den grünen Baldachin, so dass die dunklen Streifen und Flecken ihre Form und Lage wechselten, bevor sie wieder zur Ruhe kamen. Er lief noch ein paar Schritte die Straße entlang und blieb vor einem Fenster zur Straße stehen, in dem sich ein kleines, handschriftliches Schild befand: ZIMMER ZU VERMIETEN. FÜR NÄHERE AUSKUNFT BITTE KLINGELN.

Ricky ging ein paar Schritte darauf zu und blieb plötzlich stehen. Ich habe keinen Namen. Keinen Lebenslauf. Keine Referenzen.

Er merkte sich die Adresse und ging weiter, während er dachte: Ich muss jemand sein. Ich muss jemand sein, den man nicht aufstöbern kann. Jemand, der nur sich selbst hat, aber aus Fleisch und Blut ist.

Einen Toten kann man wieder auferstehen lassen. Doch das wirft Fragen auf, hinterlässt einen Riss in einem dünnen Gespinst, den man entdecken kann. Eine erfundene Person kann zwar aus dem Nichts entstehen, doch auch das lädt zu Fragen ein.

Ricky hatte im Vergleich zu einem Kriminellen oder einem Exmann, der sich vor seinen Alimentenzahlungen drückt, einem Aussteiger aus einem Kult, der Angst hat, dass ihm jemand folgt, oder einer Frau, die sich vor ihrem gewalttätigen Ehemann versteckt, ein gravierendes Problem: Er musste jemand werden, der sowohl tot als auch lebendig war.

Er dachte über diesen Widerspruch nach und schmunzelte. Er lehnte den Kopf zurück und hielt das Gesicht in die strahlende Sonne.

Der Kleiderladen der Heilsarmee war schnell gefunden. Er lag in einer kleinen, unauffälligen Einkaufspassage an der Buslinie, die aus Pflaster, niedrigen Kastenbauten und verblichener, abblätternder Farbe bestand, nicht wirklich baufällig und heruntergekommen, aber doch ein Ort, dem die Vernachlässigung an den ungeleerten Mülltonnen und den Rissen im Asphalt des Parkplatzes anzusehen war. Der Laden war in einem kalten Weiß gestrichen und spiegelte die Nachmittagssonne wider. Im Innern glich er einem Warenlager, mit einem Angebot an Elektrogeräten wie Toastern und Waffeleisen an einer Wand und reihenweise gespendeten Kleidern, die in der Mitte des Ladens an Ständern hingen. Außer ihm waren nur ein paar Teenager da, die nach Drillichhosen und anderen verschlissenen Artikeln wühlten, und Ricky stellte sich unauffällig hinter sie, um dieselben Stapel zu durchforsten. Auf den ersten Blick kam es ihm so vor, als ob niemand etwas der Heilsarmee spendete, das nicht schwarz oder schokoladenbraun war, was ganz seinen Wünschen entsprach.

Er fand rasch, was er suchte, nämlich einen langen, zerrissenen, wollenen Wintermantel, der ihm bis zu den Knöcheln reichte, einen fadenscheinigen Pullover und eine zwei Nummern zu große Hose. Alles war billig, doch er entschied sich für das Billigste aus dem gesamten Angebot und außerdem das Zerrissenste und Unzweckmäßigste für das immer noch heiße Sommerwetter, das Neuengland fest im Griff hatte.

Der Kassierer war ein älterer Ehrenamtlicher mit dicken Brillengläsern und einem unpassend roten Sporthemd, das sich scharf von der öden, braunen Welt der Kleiderspenden abhob. Der Mann hielt sich den Mantel an die Nase und schnüffelte daran.

»Sicher, dass Sie den wollen, mein Freund?«

»Genau den«, erwiderte Ricky.

»Riecht ziemlich streng«, fuhr der Mann fort. »Manchmal kriegen wir hier Ware rein, die es bis auf die Ständer schafft, auch wenn sie es eigentlich nicht sollte. Da gibts viel bessere Sachen, Sie müssen nur ein bisschen gründlicher suchen. Der hier stinkt, und jemand hätte diesen Riss an der Seite stopfen sollen, bevor er ihn zum Verkaufen bringt.«

Ricky schüttelte den Kopf. »Das ist genau, was ich brauche«, sagte er.

Der Mann zuckte die Achseln, rückte sich die Brille auf der Nase zurecht und schaute auf das Preisschild. »Also, dafür nehm ich nicht mal die zehn Dollar, die sie dafür haben wollen. Wie wär's mit, sagen wir, drei? Scheint mir fairer zu sein. Geht das in Ordnung?«

»Sehr großzügig von Ihnen«, sagte Ricky.

»Wofür brauchen Sie den Schrott denn überhaupt?«, fragte der Mann neugierig, aber nicht unfreundlich.

»Der ist für eine Theateraufführung«, log Ricky. Der ältere Kassierer nickte. »Dann kann ich nur hoffen, dass der nicht für den Star der Bühne ist, denn wenn die nur einmal an dem Mantel riechen, können sie sich nach einem neuen Kostümbildner umsehen.« Der Mann lachte keuchend über seinen eigenen Witz und gab dabei kurze, schnaufende Laute von sich, die eher mühsam als belustigt klangen. Ricky fiel mit seinem eigenen falschen Lachen ein.

»Na ja, der Regisseur hat gesagt, was richtig Vergammeltes, soll sich also nicht beklagen«, sagte er. »Ich bin nur der Laufbursche. Gemeindetheater, wissen Sie? Bescheidenes Budget …«

»Wollen Sie 'ne Tüte?«

Ricky nickte und verließ den Heilsarmeeladen mit der Tüte unter dem Arm. An der Haltestelle hinter der Passage entdeckte er einen wartenden Bus, und er rannte hinüber. Von der Anstrengung brach ihm der Schweiß aus, und kaum hatte er sich auf den Rücksitz geworfen, fasste er in die Tüte und wischte sich mit dem alten Pullover Stirn und Achseln trocken.

Bevor er an diesem Abend sein Motelzimmer erreichte, nahm Ricky seine sämtlichen Einkäufe mit in einen kleinen Park, wo er einige Zeit darauf verwandte, jedes Stück unter einer Baumgruppe durch den Dreck zu ziehen.

Am nächsten Morgen packte er die neuen Kleider wieder in die große braune Papiertüte.

Alles andere, die wenigen Dokumente, die er über Rumpelstilzchen hatte, die Zeitungen, die übrige gekaufte Kleidung, wanderte in den Rucksack. Er bezahlte seine Rechnung bei dem Hotelangestellten und erklärte, er wäre wahrscheinlich in ein paar Tagen zurück, eine Auskunft, die den Mann nicht einmal dazu brachte, vom Sportteil der Zeitung aufzuschauen, der ihn offensichtlich fesselte.

Der Trailways-Vormittagsbus nach Boston war Ricky inzwischen vertraut geworden. Bei jedem Schritt auf seine Abgeschiedenheit und Anonymität bedacht, saß er wie immer zusammengekauert ganz hinten und vermied den Blickkontakt mit der kleinen Schar der übrigen Fahrgäste. In Boston stieg er bewusst als Letzter aus. Die Mischung aus Hitze und Auspuffgasen, die über dem Bürgersteig hing, löste einen Hustenanfall aus. Im Innern des Terminals lief eine Klimaanlage, doch selbst hier wirkte die Luft seltsam schmutzig. Reihen orangefarbener und gelber Plastiksitze, die im Linoleumboden verankert waren, leuchteten ihm entgegen. Viele der Schalen wiesen starke Abnutzungsspuren auf, die gelangweilte Mitmenschen in den Stunden, während sie auf die Ankunft oder Abfahrt eines Busses warteten, dort hinterlassen hatten. Ein starker Bratfettgeruch hing in dem geschlossenen Gebäude, und Ricky sah an einer Wand des Terminals eine Hamburgerbude in trauter Nachbarschaft mit einem Doughnutstand. Ein Zeitungskiosk verkaufte die Tageszeitungen und aktuellen Zeitschriften zusammen mit Pseudopornografie für das breite Publikum. Ricky fragte sich, wie viele Menschen im Busbahnhof wohl die *U.S. News & World Report* und den *Hustler* in einem Aufwasch kauften.

Ricky suchte sich einen Platz so nah wie möglich an der Herrentoilette und wartete auf eine Pause in dem unablässigen Besucherstrom.

Nach etwa zwanzig Minuten hatte er das Gefühl, dass niemand mehr drinnen war, besonders, nachdem ein Beamter der Bostoner

Polizei mit verschwitztem blauem Hemd hineingegangen und beim Verlassen fünf Minuten später seinem amüsierten Kollegen laut vernehmlich die unangenehmen Folgen eines erst kürzlich vertilgten Wurstsandwiches geschildert hatte. Kaum entfernte sich das Klacken der schwarzen Polizeistiefel auf dem schmutzigen Boden, schoss Ricky von seinem Sitz und huschte in die Toilette, wo er sich in eine Kabine einschloss und die ordentlichen, erst kürzlich erstandenen Kleider auszog, um sie gegen die von der Heilsarmee zu tauschen. Bei der gewöhnungsbedürftigen Duftnote aus Schweiß und anderen Ingredienzien, die ihm entgegenschlug, als er in den Mantel schlüpfte, rümpfte er die Nase. Er packte die anderen Sachen zusammen mit seinen sämtlichen Habseligkeiten, einschließlich des Bargelds minus hundert Dollar in Zwanzigernoten, in den Rucksack, den er wiederum in einen Riss im Mantel steckte und zwischen Wollstoff und Innenfutter schob, so dass er weitgehend sicher war. Ein bisschen Kleingeld steckte er sich in die Hosentasche. Als er aus der Kabine trat, starrte er in den über dem Waschbecken befindlichen Spiegel. Er hatte sich seit ein paar Tagen nicht mehr rasiert, und das tat ein Übriges, wie er fand.

An einer Wand des Bahnhofs war eine Reihe Schließfächer aus blauem Metall angebracht. In eins davon stopfte er seinen Rucksack, während er die Papiertüte, in der er die Altkleider mitgebracht hatte, behielt. Er steckte die Vierteldollarmünzen in den Schlitz und drehte den Schlüssel um. Es fiel ihm schwer, die letzten Dinge wegzuschließen, die er noch besaß. Einen Moment lang stand er da und dachte nur, dass er jetzt in dieser Minute so ankerlos dahintrieb wie noch nie in seinem Leben.

Bis auf den kleinen Schlüssel zu Nummer 569, den er in Händen hielt, gab es nichts mehr, was ihn mit irgendetwas auf der Welt verband. Er verfügte über keine Ausweispapiere und keine menschlichen Beziehungen.

Ricky atmete einmal heftig ein und steckte den Schlüssel in die Tasche.

Er entfernte sich zügig vom Busbahnhof und blieb nur einmal, als er sich unbeobachtet fühlte, stehen, um sich nach dem Dreck auf dem Bürgersteig zu bücken und Haare sowie Gesicht damit einzuschmieren.

Er hatte noch keine zwei Häuserblocks hinter sich, als ihm der Schweiß nur so herunterlief, den er sich mit dem Mantelärmel von Stirn und Wangen wischte.

Bevor er an der nächsten Straßenkreuzung war, dachte er: Jetzt sieht man mir wenigstens an, was ich bin: obdachlos.

22

ZWEI TAGE LANG wanderte Ricky so durch die Straßen, ohne in irgendeine Welt zu passen.

Der äußeren Erscheinung nach war er ein Obdachloser, augenscheinlich Alkoholiker, drogenbenebelt oder schizophren oder etwas von allem, auch wenn jemand, der ihm in die Augen gesehen hätte, darin einen Ausdruck zielgerichteter Entschlossenheit erkannt hätte, eine ungewöhnliche Eigenschaft bei einem heruntergekommenen Penner. Was sein Innenleben betraf, so ertappte sich Ricky dabei, wie er die Leute auf der Straße beäugte und sich vorstellte, wer sie wohl sein mochten und was sie beruflich machten, fast neidisch auf die schlichte Befriedigung, die eine Identität vermittelte. Eine grauhaarige Frau, die eilig ihre Einkaufstüten mit den Logos der Newbury-Street-Boutiquen nach Hause trug, war für Ricky eine Geschichte, ein Teenager mit abgeschnittener Jeans, Rucksack auf der Schulter und Red-Sox-Kappe schief auf dem Kopf, eine ganz andere. Er erspähte Geschäftsleute und Taxifahrer, Haushaltsgeräte-Lieferanten und Computertechniker. Er beobachtete Börsenmakler und Ärzte und Handwerker und einen Mann, der an einem Kiosk an der Straßenecke Zeitungen verhökerte. Sie alle, von der elendsten, verwahrlosesten, Stimmen hörenden, Selbstgespräche führenden Irren bis zum Baulöwen, der im Armani-Anzug auf den Rücksitz einer Limousine hüpft, hatten durch das, was sie waren, eine Identität. Ricky nicht.

Sein derzeitiger Status brachte, wie er erkannte, sowohl einen gewissen Luxus als auch Ängste mit sich; er war gewissermaßen unsichtbar. Zwar war es beruhigend zu wissen, dass er sich auf diese

Weise erfolgreich vor seinem Widersacher verbergen konnte, der ihm seine frühere Existenz genommen hatte, doch er wusste auch, dass er sich nicht in falscher Sicherheit wiegen durfte. Noch immer war seine Existenz unauflöslich mit dem Mann verknüpft, den er nur als Rumpelstilzchen kannte, der aber einmal das Kind einer Frau namens Claire Tyson gewesen war, die er im Augenblick ihrer größten Not im Stich gelassen hatte, weshalb er selbst jetzt von allen guten Geistern verlassen war.

Die erste Nacht verbrachte er allein unter dem Backsteinbogen einer Brücke über den Charles River. Obwohl er immer noch in der vom Tage angestauten Hitze schwitzte, wickelte er sich in einen Mantel und versuchte, an eine Mauer gelehnt, ein paar Stunden Nachtschlaf zu finden. Kurz nach Sonnenaufgang erwachte er mit einem steifen Hals, während sich sämtliche Muskeln in seinem Rücken und den Beinen über die schlechte Behandlung empörten. Er stand auf, streckte vorsichtig die Glieder und überlegte, wann er das letzte Mal draußen geschlafen hatte. Er musste bis in seine Kindheit zurückgehen, und er hatte auch nichts versäumt, sagten ihm seine steifen Glieder. Er stellte sich sein Äußeres vor und kam zu dem Schluss, dass nicht einmal der passionierteste Schauspieler, der zur Vorbereitung auf seine Rolle das wirkliche Leben studierte, so radikal vorgehen würde wie er.

Dunstschleier erhoben sich aus dem Charles, graue Nebelschwaden, die über den Rändern der glatten Wasserfläche hingen. Ricky trat aus dem Brückenbogen hervor ins Freie und stieg zu dem Fahrradweg hinauf, der parallel zum Fluss verlief. Er stand da und fand, dass der Fluss dem altmodischen Farbband einer Schreibmaschine glich, wie er sich matt glänzend wie Satin durch die Großstadt wand. Er starrte ins Wasser und sagte sich, dass die Sonne beträchtlich höher stehen musste, bevor das Wasser eine blaue Farbe annahm und die stattlichen Gebäude spiegelte, die am Ufer aufragten. So früh am Morgen übte der Fluss eine fast hypnotische Wirkung auf ihn aus, und ein, zwei Minuten lang stand er einfach stocksteif da und starrte geradeaus.

Rickys Tagtraum wurde vom rhythmischen Klatschen von Schuhen auf dem Teerweg unterbrochen. Er drehte sich um und sah zwei Männer, die Seite an Seite joggten und rasch näher kamen. Sie trugen schimmernde Turnhosen und den letzten Schrei an Joggingschuhen. Ricky schätzte, dass sie etwa in seinem Alter waren.

Einer der Männer gestikulierte wild in Rickys Richtung. »Weg da!«, brüllte der Mann.

Ricky trat hastig zurück, und die Sportler rannten an ihm vorbei.

»Aus dem Weg, Mann«, sagte einer der beiden energisch und verdrehte den Körper, um ihm in sicherem Abstand auszuweichen.

»Beweg dich«, sagte der andere Mann. »Herrje!«

Dann hörte Ricky einen der beiden sagen, »Scheiß Pennerleben. Schon mal mit Arbeit versucht? Heh?«

Der Mitläufer lachte und erwiderte etwas, doch Ricky konnte den Wortlaut nicht verstehen. In einer Aufwallung von Zorn lief er den Joggern ein paar Schritte hinterher. »He!«, brüllte er. »Bleiben Sie stehen!«

Blieben sie nicht. Einer der Männer warf einen Blick über die Schulter, dann beschleunigten sie ihr Tempo. Ricky machte Anstalten, hinter ihnen herzulaufen. »Ich bin nicht ...«, stammelte er. »Ich bin nicht das, was Sie denken ...«

Sein zweiter Gedanke war: Oder doch?

Ricky wandte sich wieder Richtung Fluss. In dem Moment begriff er, dass er dem, was er zu sein schien, näher war als dem, was er einmal gewesen war. Es dämmerte ihm, dass er sich in der denkbar prekärsten psychologischen Situation befand. Er hatte den Mann getötet, der er war, um dem Mann zu entkommen, der entschlossen war, sein Leben zu zerstören. Wenn er noch sehr lange den Niemand mimte, würde ihn ebendiese Anonymität verschlingen.

Als er zu dem Fazit kam, dass er jetzt auf andere Weise nicht weniger gefährdet war, als wenn ihm Rumpelstilzchen noch im Nacken säße, rannte er los, entschlossen, auf die alles entscheidende Frage eine Antwort zu finden.

Den ganzen Tag lief er, ständig auf der Suche, quer durch die Stadt von einem Obdachlosenheim zum anderen.

Es war eine Wanderung durch die Welt der Benachteiligten: ein Frühstück mit dünnflüssigen Eiern und kaltem Toast, das in einem Hinterzimmer der katholischen Kirche in Dorchester serviert wurde; eine Stunde in der Warteschlange vor einem Ladenlokal, in dem Jobs auf Zeit vermittelt wurden, wie etwa ein paar Stunden Laub harken oder Abfalltonnen leeren. Von dort aus ging es weiter zu einem staatlich betriebenen Heim in Charlestown, wo ein Mann ihm unerbittlich klarmachte, dass er ohne einen Vermittlungsnachweis keinen Zutritt habe, was Ricky etwa so unsinnig fand wie die Trugbilder der echten Geisteskranken. Er stampfte wütend mit dem Fuß und kehrte auf die Straße zurück, wo zwei Prostituierte, die sich für die große Mittagspause in Position gebracht hatten, ihn auslachten, als er sie nach dem Weg zu fragen versuchte. Das endlose Pflastertreten führte ihn an schmalen Gassen und verlassenen Gebäuden vorbei. Kam ihm jemand zu nahe, flüchtete er sich in den Schutzpanzer leise gemurmelter Selbstgespräche, dem typischen Phänomen an den fließenden Grenzen zum Wahn, während sein zunehmend übler Körpergeruch ihm ebenso wirksam die Leute vom Halse hielt. Er spürte jeden Muskel und hatte wunde Füße, suchte aber unbeirrbar weiter.

Einmal schielte an einer Straßenecke ein Polizist misstrauisch zu ihm herüber, machte einen Schritt auf ihn zu, überlegte es sich jedoch und ging weiter.

Am späten Nachmittag endlich, als die Sonne immer noch über der City brütete und wabernd vom Asphalt abstrahlte, erspähte Ricky seine Chance.

Der Mann wühlte in einem Abfallbehälter am Rande eines Parks nicht weit vom Fluss. Er hatte etwa Rickys Größe und Statur, mit schmutzig braunen, dünnen Strähnen unter einer Pudelmütze, zerrissenen Shorts, dazu ein Wintermantel, der ihm fast bis auf das ungleiche Paar aus einem braunen Slipper und einem schwarzen groben Stiefel reichte. Ganz in den Inhalt der Mülltonnen vertieft, murmelte der Mann vor sich hin. Ricky ging so nahe heran, dass er die Verletzungen im Gesicht und an den Handrücken sehen konnte. Während er arbeitete, hustete der Mann wiederholt, ohne Ricky hinter sich zu bemerken. Eine Parkbank stand nur zehn Meter entfernt, und Ricky ließ sich darauf fallen. Jemand hatte Teile einer Tageszeitung darauf liegen lassen, und Ricky schnappte sie sich, um so zu tun, als ob er darin läse, während er den Mann beäugte. Nach ein, zwei Sekunden sah er, wie seine Zielperson eine weggeworfene Limodose aus dem Container angelte und in einen alten

Einkaufswagen warf, die Sorte, die man hinter sich herzog, statt sie zu schieben. Der Wagen war fast bis an den Rand mit leeren Dosen gefüllt.

Ricky sah sich den Mann so genau wie möglich an und sagte sich: Bis vor wenigen Wochen warst du Arzt. Los, eine Diagnose!

Der Mann schien plötzlich erbost, als er eine Dose aus dem Abfall zog, mit der wohl etwas nicht stimmte, denn er warf sie mit Nachdruck zu Boden und trat sie mit dem Fuß ins nahe Gebüsch.

Bipolar, dachte Ricky. Und schizophren. Hört Stimmen, kriegt keine Medikamente, zumindest keine, die er auch nimmt. Leidet unter plötzlichen manischen Ausbrüchen. Wohl auch mit einer gewalttätigen Neigung verbunden, aber wohl weniger eine Bedrohung für andere als für sich selbst. Die Verletzungen könnten entweder offene, schwärende Wunden vom Leben auf der Straße sein oder auch Kaposi-Sarkome. Aids lag eindeutig im Bereich der Möglichkeiten. Ebenso Tuberkulose oder Lungenkrebs, wenn man den fürchterlichen Husten des Mannes bedachte. Es kann auch Lungenentzündung sein, mutmaßte Ricky weiter, auch wenn es dafür die falsche Jahreszeit ist. Der Mann stand – so schloss Ricky seine Diagnose ab – mit einem Bein im Grab.

Wenige Minuten später kam der Stadtstreicher offenbar zu dem Schluss, dass es in dem Abfalleimer nichts mehr zu holen gab, und machte sich zum nächsten auf. Ricky blieb sitzen und behielt den Mann im Auge. Nach einer Begutachtung dieses Behälters ging der Obdachlose weiter und zog den Einkaufswagen hinter sich her. Ricky schlenderte ihm nach.

Sie brauchten nicht lange, bis sie an einer Straße in Charlestown mit geduckten, schmuddeligen Läden angekommen waren. Hier kauften die Minderbemittelten ein. Ein Discount-Möbelladen, der in großen Lettern auf den Schaufenstern *Easy Credit* anbot. Zwei Pfandhäuser, ein Haushaltswarengeschäft, ein Kleiderladen mit Schaufensterpuppen dekoriert, denen jeweils ein Arm oder ein Bein abhanden gekommen war, als hätten sie einen Unfall erlitten. Ricky sah zu, wie der Mann, den er verfolgte, zielstrebig bis zur Mitte des Häuserblocks lief. An einem quadratischen Gebäude mit verblichener gelber Fassade befand sich ein Schild: L'S DISCOUNT GETRÄNKESHOP. Darunter stand auf einem zweiten Schild in fast gleich großen Blockbuchstaben: LEERGUTRÜCKGABE. Ein Pfeil wies zur Rückseite des Gebäudes.

Der Mann mit den gesammelten Dosen im Schlepptau marschierte zielstrebig um die Ecke. Ricky ging hinterher.

An der Rückseite befand sich eine Halbtür mit einem ähnlichen Schild darüber: LEERGUT HIER ABGEBEN. Seitlich davon befand sich eine Klingel, die der Mann drückte. Ricky schmiegte sich an die Wand.

Nach kurzer Zeit erschien ein Teenager an der Tür. Die Transaktion als solche war in wenigen Minuten abgewickelt. Der Mann gab die gesammelten Dosen ab, der Teenager zählte sie und blätterte dem Lieferanten aus einem Bündel, das er aus der Tasche zog, ein paar Scheine hin. Der Mann nahm das Geld, griff in eine der großen Taschen in seinem Mantel und zog eine dicke, alte, mit Papieren vollgestopfte Lederbrieftasche heraus. Ein paar der Scheine steckte er in die Brieftasche, dann gab er einen dem Teenager wieder. Der Junge verschwand und kam wenig später mit einer Flasche zurück, die er dem Stadtstreicher aushändigte.

Ricky hockte sich auf den Zementboden und ließ den Mann passieren. Die Flasche, ein billiger Wein, wie Ricky vermutete, war bereits in den Falten des Mantels verschwunden. Der Obdachlose sah einen kurzen Moment zu Ricky hinüber, doch ohne dass sich ihre Blicke trafen, denn Ricky hatte den Kopf gesenkt. Ein paar Sekunden lang atmete er heftig, dann stand er auf und lief dem Mann weiter hinterher.

In Manhattan hatte Ricky gegenüber Virgil und Merlin – Rumpelstilzchens Katzen – die Maus gespielt. Jetzt hatte er die Rollen getauscht. Er blieb zurück, holte auf und setzte alles daran, den Mann nicht aus den Augen zu verlieren, während er gleichzeitig genügend Abstand hielt, um nicht entdeckt zu werden. Die Flasche in seiner Manteltasche, hatte der Mann nunmehr ein klares Ziel vor Augen und steuerte es im Eiltempo an. Dabei fuhr er wiederholt mit dem Kopf herum und schaute in alle Richtungen. Ricky dachte unwillkürlich, dass der Verfolgungswahn des Obdachlosen durchaus begründet war.

Sie legten Dutzende Häuserblocks zurück und schlängelten sich durch den Verkehr, bis die Gegend, durch die sie streiften, mit jedem Schritt schäbiger wurde. Das schwindende Tageslicht warf Schatten über die Straßen, und die ramponierten Ladenfronten, von denen der Putz abbröckelte, schienen die äußere Erscheinung von Ricky und seiner Zielperson nachzuäffen.

Er sah, wie der Mann in der Mitte zwischen zwei Straßenkreuzungen stehen blieb, und drückte sich an ein Gebäude, als der Verfolgte sich in seine Richtung wandte. Aus den Augenwinkeln heraus sah er, wie der Mann abrupt in eine Gasse, einen schmalen Durchgang zwischen zwei Backsteinbauten, verschwand. Ricky holte tief Luft und ging ihm nach.

Er erreichte die Ecke und sah vorsichtig in die Gasse. Es war eine Stelle, an der es früher als anderswo dunkel wurde. An diesem abgeschotteten Ort, der im Winter nicht warm wurde, im Sommer keine Abkühlung bot, herrschte schon Nacht. Ricky konnte am hinteren Ende des Durchgangs, dort, wo er an die Rückseite eines anderen Gebäudes grenzte, schemenhaft eine Ansammlung weggeworfener Pappkartons und einen grünen Stahlcontainer erkennen, eine Sackgasse also, wie Ricky schloss.

Eine Kreuzung davor war er an einem Tante-Emma-Laden und einer Spirituosenhandlung vorbeigekommen. Er ließ von seiner Verfolgung ab und wandte sich in die Richtung. Er zog einen seiner kostbaren Zwanzig-Dollar-Scheine aus dem Mantelfutter und hielt ihn in der geschlossenen Faust, so dass das Papier bald schweißgetränkt war.

Zuerst ging er in die Spirituosenhandlung. Es war ein kleiner Laden, der in rot gemalten Lettern an den Schaufensterscheiben auf Sonderangebote aufmerksam machte. Er trat näher und legte die Hand an die Tür, um hineinzugehen, stellte jedoch fest, dass geschlossen war. Er sah auf und entdeckte einen Verkäufer, der hinter der Registrierkasse saß. Er drückte erneut, so dass es klirrte. Der Verkäufer starrte in seine Richtung, beugte sich dann plötzlich vor und sprach in ein Mikrofon. Aus einem Lautsprecher neben der Tür ertönte eine blecherne Stimme.

»Mach, dass du da wegkommst, du alter Arsch, es sei denn, du hast Geld.«

Ricky nickte. »Ich habe Geld«, erwiderte er.

Der Verkäufer mit dem Schmerbauch musste etwa in Rickys Alter sein. Als er die Stellung wechselte, sah Ricky, dass er eine große Pistole in einem Gürtelhalfter trug.

»Du hast Geld? Klar doch. Dann lass mal sehen.«

Ricky hielt den Zwanzig-Dollar-Schein hoch. Der Mann betrachtete ihn misstrauisch von der Kasse aus.

»Wie kommst du da dran?«, fragte er.

»Hab ich auf der Straße gefunden«, erwiderte Ricky.

Der Türöffner surrte, und Ricky schob sich in den Laden. »Wer's glaubt, wird selig«, sagte der Verkäufer. »Na schön, du hast zwei Minuten. Was willst du haben?«

»Flasche Wein«, sagte Ricky.

Der Verkäufer griff hinter sich in ein Regal und holte eine Flasche heraus. Mit dem, was Ricky unter Wein verstand, hatte das hier nichts zu tun. Die Flasche hatte einen Schraubverschluss, und auf dem Etikett stand die Marke Silver Satin. Kostenpunkt zwei Dollar. Ricky nickte und reichte dem Mann seinen Schein. Der steckte den Wein in eine Papiertüte, öffnete die Kasse und holte einen Zehn-Dollar- und zwei Ein-Dollar-Scheine heraus, die er Ricky gab.

»Moment mal!«, sagte Ricky. »Sie schulden mir ein paar mehr.«

Mit einem bösartigen Grinsen legte der Verkäufer die Hand auf den Kolben des Revolvers und antwortete: »Ich glaube, ich hab dir dieser Tage einen Kredit gegeben. Hol mir nur wieder, was mir zusteht.«

»Sie lügen«, sagte Ricky wütend. »Ich war noch nie hier.«

»Willst du dich wirklich mit mir anlegen, du scheiß Penner?« Der Mann ballte die Faust und hielt sie Ricky dicht vors Gesicht. Ricky machte einen Schritt zurück. Er starrte den Verkäufer an, der nur hämisch lachte. »Ich hab dir Geld zurückgegeben, mehr als du verdienst. Und jetzt hau ab. Mach, dass du rauskommst, oder ich verpass dir 'nen Tritt in den Hintern. Und wenn du mich zwingst, um die Theke hier rumzukommen, dann nehm ich dir die Flasche wieder ab und das Wechselgeld auch und beförder dich auf meiner Stiefelspitze an die frische Luft. Was darf's also sein?«

Ricky trat langsam den Rückzug an. Er drehte sich um und zermarterte sich den Kopf nach einer passenden Entgegnung, doch der Verkäufer fragte nur: »Und? Was ist? Gibt's ein Problem?«

Ricky schüttelte den Kopf und ging, die Flasche fest an die Brust gedrückt, und der Mann lachte ihm hinterher.

Er lief die Straße weiter zu dem Laden an der Ecke. Dort wurde er mit derselben Losung begrüßt: »Hast du Geld?« Er zeigte den Zehn-Dollar-Schein vor. Drinnen kaufte er eine Packung der billigsten Zigarettensorte, die er finden konnte, eine Doppelpackung Biskuitkuchen, zwei Muffins und eine kleine Taschenlampe. In diesem Geschäft bediente ein Teenager, der die Sachen in einen Plastikbeutel warf und ihm ein sarkastisches »Guten Appetit zum Abendessen« wünschte.

Ricky trat auf den Bürgersteig. Inzwischen war es Abend geworden. Das trübe Licht aus den noch geöffneten Geschäften schnitt kleine helle Quadrate in die Dunkelheit.

Ricky kehrte zum Eingang der schmalen Gasse zurück. So leise er konnte, schlich er sich ein Stück hinein, schmiegte den Rücken an die Ziegelmauer und glitt tiefer in den Schlund. Dann setzte er sich und wartete, während er darüber nachsann, dass er bis zu diesem Abend nicht die blasseste Vorstellung davon gehabt hatte, wie leicht es war, den Hass der Welt auf sich zu ziehen.

Das Dunkel schien ebenso langsam, aber sicher in ihn einzusickern wie die Hitze während des Tages. Wie schwarzer Sirup träufelte es zähflüssig in ihn ein. So ließ er ein paar Stunden verstreichen. Er glitt in einen Halbschlaf hinüber, mit Traumbildern von dem Menschen, der er einmal gewesen war, und von denen, die in sein Leben getreten waren, um es zu zerstören. Dazwischen spukte ihm sein Plan im Kopf herum, wie er sich sein Leben wiederholen konnte. Es wäre, wie er so in einem ihm unbekannten Teil der Stadt im Dunkeln an die Backsteinmauer der Häuserspalte lehnte, tröstlich gewesen, hätte er sich das Bild seiner verstorbenen Frau ins Gedächtnis rufen können oder wenigstens einen vergessenen Freund oder vielleicht eine Kindheitserinnerung, irgendeinen glücklichen Moment – Weihnachten, das bestandene Abitur, den ersten Smoking zum Ball am Ende eines Highschool-Jahres oder das Festessen zum Polterabend. Doch all diese Momente schienen zu einer anderen Existenz, zu einer anderen Person zu gehören. Er hatte es nie mit Reinkarnation, mit Seelenwanderung, gehabt, doch jetzt kam es ihm beinahe so vor, als sei er als jemand anders auf die Welt zurückgekehrt. Er roch den immer schlimmer werdenden, schweißnassen Gestank, den sein Stadtstreichermantel verströmte; im Dunkeln hielt er die Hand vor die Augen und malte sich seine schwarz verdreckten Fingernägel aus. Früher einmal hatten dreckige Nägel für die glücklichen Tage gestanden, denn da bedeuteten sie, dass er stundenlang im Garten hinter dem Haus auf dem Cape gearbeitet hatte. Ihm zog sich der Magen zusammen, und der dumpfe Knall, kurz nachdem das im Haus verschüttete Benzin Feuer gefangen hatte, dröhnte ihm in den Ohren. Es war eine akustische Erinnerung, die aus einer anderen Zeitrechnung stammte, von einem Archäologen ans Licht der Gegenwart gezerrt.

Ricky sah auf und stellte sich vor, Virgil und Merlin säßen jetzt an der Mauer ihm gegenüber. Er sah ihre Gesichter vor sich, hatte den untersetzten Anwalt und die stattliche Frau mit jeder Nuance ihres Mienenspiels vor Augen. Ein Führer auf dem Weg zur Hölle, hatte sie gesagt. Das traf es besser, als sie wohl selbst ahnte. Er spürte die Gegenwart des Dritten in diesem Bunde, doch Rumpelstilzchen war immer noch eine Ansammlung von Schatten, die sich in die nächtliche Umgebung mischten und in die Häuserspalte schwappten wie eine stetig steigende Flut.

Er hatte völlig steife Beine. Er konnte nicht sagen, wie viele Meilen er seit seinem Eintreffen in Boston gelaufen war. Er spürte seinen leeren Magen und öffnete die Packung mit den Muffins, die er mit zwei, drei Bissen vertilgte. Die Schokolade schlug ein wie ein billiges Amphetamin, und er fühlte wieder etwas Kraft. Ricky rappelte sich auf und drang tiefer in den Schlund der Gasse.

Er hörte einen schwachen Laut und horchte angestrengt, bevor er ihn einordnen konnte: eine Stimme, die leise und schräg sang.

Ricky lief sachte auf die Stimme zu. Neben sich hörte er ein kratzendes Geräusch, vermutlich eine davonhuschende Ratte. Er legte sich die Taschenlampe in der Hand zurecht, bemühte sich aber, seine Augen an das Dunkel zu gewöhnen. Das war nicht leicht, und er stolperte ein-, zweimal, als er mit den Füßen gegen undefinierbare Brocken stieß. Einmal fiel er fast hin, fing sich aber so eben und setzte seinen Weg fort. Sein Gefühl sagte ihm, dass er fast vor dem Mann stand, als der Gesang verstummte.

Ein, zwei Sekunden lang herrschte Stille, dann hörte er die Frage: »Wer ist da?«

»Ich bin's nur«, erwiderte Ricky.

»Keinen Schritt weiter«, kam die Antwort. »Ich tu dir was, vielleicht bring ich dich um. Ich hab ein Messer.«

Die Worte waren gelallt, mit vom Alkohol schwerer Zunge. Ricky hatte fast gehofft, der Mann wäre weggetreten, stattdessen war er noch halbwegs klar. Aber nicht mehr sehr beweglich, wie Ricky bemerkte, denn er hatte nicht gehört, dass der Mann versuchte, wegzukrabbeln oder sich zu verstecken. Er bezweifelte, dass er tatsächlich eine Waffe bei sich hatte, doch sicher konnte er nicht sein. Er blieb stocksteif stehen. »Das ist meine Gasse«, sagte der Mann. »Hau ab.«

»Nein, es ist genauso gut meine«, sagte Ricky. Er holte tief Luft und unternahm einen Vorstoß in die Vorstellungswelt, in die er sich hineinversetzen musste, um zu dem Mann durchzudringen. Es war wie ein Kopfsprung in schwarzes Wasser, bei dem man nicht sehen konnte, was sich unter der Oberfläche verbarg. Willkommen im Club der Irren, sagte sich Ricky und versuchte, alles, was er in seinem früheren Leben und Beruf gelernt hatte, in die Waagschale zu werfen. Schaffe eine Wahnvorstellung. Säe Zweifel. Gib der Paranoia Vorschub. »Er hat mir gesagt, ich soll mich mit dir unterhalten. Das hat er gesagt. ›Finde den Mann in der Gasse und frag ihn nach seinem Namen.‹«

Der Mann zögerte. »Wer hat dir das gesagt?«

»Was meinst du, wer?«, antwortete Ricky. »Er eben. Er redet die ganze Zeit mit mir und sagt mir, wen ich aufsuchen soll, und das muss ich dann auch machen, weil er es mir gesagt hat, und da bin ich nun.« Er ratterte dieses Gefasel hastig herunter.

»Wer spricht mit dir?« Die Frage kam in einem inbrünstigen Ton aus dem Dunkel, der mit der Wirkung des Fusels, den der Mann intus hatte, kämpfte.

»Ich darf seinen Namen nicht nennen, jedenfalls nicht laut oder wo jemand mich hören könnte, schsch! Aber er sagt, du wüsstest schon, weshalb ich komme, wenn du der Richtige bist, und ich müsste es nicht weiter erklären.«

Der Mann schien zu zögern und sich auf diesen blödsinnigen Befehl einen Reim machen zu wollen.

»Ich?«, fragte er.

Ricky nickte im Dunkeln. »Falls du der Richtige bist. Bist du es?«

»Ich weiß nicht«, kam die Antwort nach einer kurzen Pause. »Denke schon.«

»Hab ich mir fast gedacht«, sagte Ricky und nutzte den Moment, um die Täuschung einen Schritt weiterzutreiben. »Er nennt mir die Namen, weißt du, und ich soll dann zu den Leuten und ihnen die Fragen stellen, weil ich den Richtigen finden muss. Das mach ich also, jedesmal, und das muss ich auch, also, bist du nun der Richtige? Ich muss es nämlich wissen. Sonst ist das hier alles umsonst.«

Der Mann musste das offenbar erst einmal verdauen. »Woher soll ich wissen, dass ich dir trauen kann?«, lallte er.

Ricky streckte augenblicklich die Hand mit der kleinen Taschenlampe aus und leuchtete ihm damit ins Gesicht, ließ sie dann über die ganze Gestalt des Mannes gleiten und brauchte noch einmal Sekunden, um die Umgebung zu inspizieren. Er sah, dass der Stadtstreicher mit dem Rücken an einer Backsteinwand lehnte, die Weinflasche in der Hand. Neben ihm lagen noch einige Gegenstände und ein Pappkarton verstreut, vermutlich sein Zuhause. Er knipste die Lampe aus.

»Aha«, sagte Ricky so überzeugend, wie er konnte. »Brauchst du noch mehr Beweise?«

Der Stadtstreicher rutschte unruhig hin und her. »Ich kann nicht klar denken«, stöhnte er. »Mir dröhnt der Kopf.«

Einen Augenblick fühlte sich Ricky versucht, dem Mann einfach in die Tasche zu fassen und sich zu nehmen, was er brauchte. Es juckte ihm in den Fingern. Er befand sich mit dem Mann allein in einer verlassenen Häuserspalte, und die Leute, die ihn in diese Lage gebracht hatten, hätten zweifellos nicht einen Moment gezögert, Gewalt anzuwenden. Nur mit äußerster Willensanstrengung konnte er dem Drang widerstehen. Er wusste, was er brauchte, nur dass er den Mann dazu bringen wollte, es freiwillig herauszurücken.

»Sag mir, wer du bist!«, befahl Ricky halb schreiend, halb im Flüsterton.

»Ich will, dass du mich in Ruhe lässt«, flehte der Mann. »Ich hab nix getan. Ich will hier weg.«

»Du bist nicht der Richtige«, sagte Ricky. »Das sehe ich schon. Aber ich muss sichergehen. Sag mir, wer du bist.«

Der Mann schluchzte. »Was willst du von mir?«

»Deinen Namen. Ich will deinen Namen.«

Ricky hörte die aufwallenden Tränen hinter jedem Wort des Mannes.

»Will ich nicht sagen«, erwiderte er. »Ich hab Angst. Willst du mich umbringen?«

»Nein«, sagte Ricky. »Ich tu dir nichts, wenn du mir beweist, wer du bist.«

Der Mann schwieg, als dächte er über das Gesagte nach. »Ich hab eine Brieftasche«, sagte er gedehnt.

»Gib her!«, forderte Ricky in scharfem Ton. »Nur so kann ich sicher sein!«

Der Mann fuchtelte unbeholfen an seinem Mantel herum, bis er schließlich in die Tasche griff. Im Dunkeln konnte Ricky soeben erkennen, dass er ihm etwas entgegenhielt. Ricky packte es und steckte es sich in die eigene Tasche.

In dem Moment heulte der Mann los. Ricky sprach in sanfterem Ton weiter.

»Du brauchst keine Angst mehr zu haben«, sagte er. »Ich lass dich jetzt in Ruhe.«

»Bitte«, sagte der Mann. »Geh einfach.«

Ricky griff nach dem billigen Wein, den er in der Spirituosenhandlung erstanden hatte, und holte einen Zwanzig-Dollar-Schein aus dem Innenfutter seines Mantels. Beides streckte er dem Mann entgegen. »Hier«, sagte er. »Da hast du was, weil du nicht der Richtige bist, aber du kannst ja nichts dafür, und er will, dass ich dich dafür entschädige, dass ich dich belästigt habe. Ist das fair?«

Der Mann griff nach der Flasche. Einen Moment antwortete er nicht, doch dann schien er zu nicken. »Wer bist du?«, fragte er Ricky wieder, und immer noch schwangen Angst und Verwirrung in seiner Stimme mit.

Ricky grinste innerlich bei dem Gedanken, dass eine klassischhumanistische Bildung zuweilen ihre Vorzüge hatte.

»Niemand ist mein Name.«

»Neemann?«

»Nein. Niemand. Wenn dich also irgendjemand fragt, wer heute Nacht zu dir gekommen ist, kannst du sagen, es war niemand.« Der durchschnittliche Polizist auf Streife, vermutete Ricky, würde die Geschichte, die Jahrhunderte zuvor ein anderer Mann erfunden hatte, der in einer unbekannten, gefahrvollen Welt ein Getriebener war, ungefähr ebenso wohlwollend aufnehmen wie Polyphems Zyklopenbrüder. »Genehmige dir einen Schluck und schlaf 'ne Runde, und wenn du aufwachst, wird alles genauso sein wie immer.«

Der Mann wimmerte, nahm dann aber doch einen ausgiebigen Schluck aus der Flasche.

Ricky stand auf und trat vorsichtig den Rückzug aus der schmalen Gasse an, während er resümierte, dass er das Benötigte streng genommen weder gekauft noch gestohlen hatte. Er hatte nur getan, wozu er gezwungen war, sagte er sich, und zwar, ohne die Spielregeln zu verletzen. Sicher, Rumpelstilzchen wusste nichts davon, dass er überhaupt noch im Rennen war, doch das würde sich bald ändern. Ricky lief langsam weiter auf den Lichtschimmer zu, der von der Straße herüberdrang.

23

RICKY ÖFFNETE DIE BRIEFTASCHE DES MANNES ERST, als er – nach zweimaligem Umsteigen mit der U-Bahn – wieder am Busbahnhof landete. Er hatte seine Kleider aus dem Schließfach geholt, in dem er sie aufbewahrt hatte. In der Herrentoilette konnte er sich wenigstens den gröbsten Dreck von Gesicht und Händen schrubben und sich mithilfe von Papierhandtüchern, lauwarmem Wasser und stark antibakteriell riechender Seife die Achselhöhlen und den Hals abreiben. Es gab wenig, was er gegen sein schmierig fettiges Haar tun konnte oder den muffigen Geruch, den nur eine ausgiebige Dusche entfernen würde. Er warf die schmutzigen Stadtstreichersachen in den nächsten Papierkorb und stieg in die passable Baumwollhose und das Sporthemd, die er im Rucksack hatte. Er sah prüfend in den

Spiegel und kam zu dem Schluss, dass er erneut eine unsichtbare Grenze überschritten hatte: Er konnte jetzt wieder für jedermann sichtbar am normalen Leben teilnehmen, statt in der Unterwelt zu vegetieren. Er strich sich ein paarmal mit einem billigen Plastikkamm durchs Haar, was sein Aussehen noch eine Stufe verbesserte. Trotz allem aber, musste er denken, balancierte er noch immer auf einem schmalen Grat oder zumindest nicht allzu weit vom Abgrund, und seine frühere Existenz lag in scheinbar unerreichbarer Ferne.

Er trat aus der Herrentoilette und kaufte eine Busfahrkarte zurück nach Durham. Er musste fast eine Stunde warten, und so besorgte er sich noch ein Sandwich und eine Limonade, dann zog er sich in eine ungestörte Ecke des Bahnhofs zurück. Nachdem er sich umgeschaut und vergewissert hatte, dass ihn niemand beobachtete, wickelte er das Sandwich auf. Dann öffnete er die Brieftasche und verdeckte sie mit seinem Frühstück.

Das Erste, was er sah, brachte ein Lächeln auf seine Lippen, und er fühlte eine Woge der Erleichterung: eine abgegriffene und verblichene, doch lesbare Sozialversicherungskarte.

Darauf in Druckbuchstaben der Name: Richard S. Lively.

Das gefiel ihm, und zum ersten Mal seit Wochen fühlte er sich wieder lebendig. Und in noch einer Hinsicht hatte er Glück: Er musste sich nicht an einen neuen Vornamen gewöhnen, da der übliche Spitzname für Richard und Frederick identisch war.

Er legte den Kopf zurück und starrte zu der Neon-Deckenleuchte hoch. Wiedergeburt in einem Busbahnhof, dachte er. Für den Wiedereinstieg ins Leben hätte er es schlechter treffen können.

Die Brieftasche roch nach getrocknetem Schweiß, und Ricky untersuchte hastig den übrigen Inhalt. Es war nicht viel zu holen, doch das Wenige, so erkannte er, war nicht mit Gold aufzuwiegen. Neben der Versicherungskarte fand er noch einen abgelaufenen, in Illinois ausgestellten Führerschein, einen Bibliotheksausweis aus St. Louis, Missouri, und eine Automobilclubkarte aus demselben Bundesstaat. Mit Ausnahme des Führerscheins, in dem, wie Ricky feststellte, neben einem leicht unscharfen Passfoto von Richard Lively Haar- und Augenfarbe, Größe und Gewicht vermerkt waren, enthielten die Papiere kein Foto des Eigentümers. Er fand außerdem einen Behindertenausweis, den ein Krankenhaus in Chicago ausgestellt hatte, mit einem roten Sternchen in einer Ecke. Aids, dachte Ricky, HIV-positiv. Er hatte die Schwären im Gesicht des Mannes also richtig gedeutet. Sämtliche Ausweispapiere trugen unterschiedliche Adressen. Ricky zog sie alle heraus und steckte sie sich in die Tasche. Dann kramte er zwei vergilbte, abgegriffene Zeitungsausschnitte aus den Brieftaschenfächern, die er sorgsam auffaltete und las. Beim ersten handelte es sich um den Nachruf auf eine dreiundsiebzigjährige Frau, beim zweiten um eine Entlassungswelle in einer Autozuliefererfabrik. Beim ersten, vermutete Ricky, ging es um Richard Livelys Mutter, beim zweiten um den Job, den er verloren hatte, bevor er dem Alkohol verfallen und auf eben der Straße gelandet war, auf der Ricky ihn schließlich entdeckte. Ricky hatte keine Ahnung, was den Mann dazu gebracht haben mochte, aus dem Mittleren Westen an die Ostküste zu kommen, doch da ihm das sehr gelegen kam, dachte er nicht weiter darüber nach. Die Wahrscheinlichkeit, dass jemand mit Richard Lively Verbindung aufnahm, war damit verschwindend gering.

Ricky überflog die beiden Artikel und merkte sich die Einzelheiten. Besonders registrierte er, dass die Frau nur eine einzige weitere Angehörige hinterlassen hatte, eine Hausfrau in Albuquerque, New Mexico. Eine Schwester, dachte Ricky, die ihren Bruder bereits vor Jahren aufgegeben hatte. Die Mutter war Bibliothekarin in einer öffentlichen Bücherei gewesen und hatte sich in dieser bescheidenen Funktion auch den Nachruf verdient, der erwähnte, dass ihr Mann Jahre zuvor verstorben war. Die Fabrik, der einstige Brötchengeber von Richard Lively, hatte Bremsbeläge hergestellt und war der Unternehmensentscheidung zum Opfer gefallen, den Standort nach Guatemala zu verlegen, wo dieselben Beläge für bedeutend geringeren Lohn produziert werden konnten. Es fiel Ricky nicht schwer, die Verbitterung nachzuempfinden, die eine solche Erfahrung üblicherweise mit sich bringt, genug, um sich aufzugeben und dem Alkohol zu überlassen. Wie der Mann an die Krankheit gekommen war, vermochte er nicht zu sagen. Vermutlich durch Spritzen. Er steckte die Blätter wieder in die Brieftasche und warf die Brieftasche in den nächstbesten Abfalleimer. Er dachte an den Behindertenausweis mit der verräterischen roten Markierung. Er griff in die Tasche und holte ihn heraus. Er verbog ihn, bis er brach, und zerriss ihn in zwei Hälften, die er in sein Sandwichpapier wickelte und zuunterst in den Eimer stopfte.

Ich weiß genug, dachte er.

Die Ansage für seinen Bus kam über Lautsprecher; ein Angestellter hinter einer Glasabtrennung sprach sie so undeutlich ins Mikrofon, dass sie kaum zu verstehen war. Ricky stand auf und schwang sich seinen Rucksack über die Schulter. Er speicherte Dr. Starks im hintersten Winkel seines Bewusstseins ab und machte die ersten Gehversuche als Richard Lively.

Sein neues Leben gewann rasch Kontur.

Binnen einer Woche hatte Ricky zwei Teilzeitjobs an Land gezogen: einen als Kassierer in einem nahe gelegenen Molkereigeschäft, für fünf Stunden abends, den zweiten als Lagerist in einem Lebensmittelladen für nochmals fünf Stunden am Vormittag, so dass ihm für alles andere der Nachmittag blieb. In beiden Fällen hatte man ihm nicht viele Fragen gestellt, auch wenn der Filialleiter des Lebensmittelgeschäfts ihn mit Nachdruck gefragt hatte, ob Ricky an einem Entzugsprogramm teilnehme, was er bestätigt hatte. Wie sich herausstellte, traf das auch auf den Filialleiter zu, und nachdem Ricky mit einer Liste zuständiger Kirchen und Behördenstellen einschließlich sämtlicher Termine ausgestattet war, hatte sein Chef ihm zuletzt die allgegenwärtige grüne Schürze gereicht und ihn in die Arbeit eingewiesen.

Mithilfe von Richard Livelys Sozialversicherungsnummer eröffnete er bei einer Bank ein Girokonto, auf das er den Rest seines Bargelds einzahlte. Kaum war das erledigt, stellte Ricky fest, dass die nächsten Anläufe in die Welt der Bürokratie relativ einfach waren. Für eine neue Sozialversicherungskarte musste er nur ein Formular ausfüllen, diesmal mit seiner eigenen Unterschrift.

Ein Mitarbeiter der Kraftfahrzeugstelle hatte nicht einmal einen Blick auf das Foto des Führerscheins aus Illinois geworfen, als Ricky ihn einreichte und gegen einen neu ausgestellten von New Hampshire tauschte, mit eigenem Foto und eigener Signatur, mit seiner Augenfarbe sowie seiner Größe und seinem Gewicht. Dann richtete er sich ein Postfach ein, so dass er für seine Kontoauszüge wie auch für all den übrigen Schriftverkehr, den er in kürzester Zeit abwickeln würde, eine gültige Anschrift besaß. Er ließ sich Kataloge schicken. Er trat einem Videoverleih bei und wurde Mitglied beim YMCA. Alles, was ihm zu einer neuen Karte mit seinem neuen Namen verhalf. Ein weiteres Formular und ein Fünf-Dollar-Scheck wurde mit einer Kopie von Richard Livelys Geburtsurkunde belohnt, die ihm ein gewissenhafter Verwaltungsbeamter aus der Gegend um Chicago schickte.

Dabei versuchte er, den Gedanken an den wahren Richard Lively zu unterdrücken. Er räumte ein, dass es nicht besonders schwer gewesen war, einen betrunkenen, schwerkranken und geistig verwirrten Mann um seine Brieftasche und Identität zu prellen. Auch wenn er sich sagte, dass es immerhin besser war, als sie aus ihm herauszuprügeln, so war der Unterschied doch gering.

Ricky schüttelte die Schuldgefühle ab und erweiterte seinen Horizont. Er schwor sich, Richard Lively seine Ausweispapiere wiederzugeben, sobald er sich endgültig von Rumpelstilzchen befreit hatte. Er wusste nur nicht, wie lange das dauern würde.

Ricky wusste, dass er aus dem Zimmer mit Kochnische ausziehen musste, und so lief er wieder in die Gegend nicht weit von der Stadtbücherei und suchte nach dem Haus mit dem Schild ZIMMER ZU VERMIETEN. Zu seiner Erleichterung hing es immer noch im Fenster des bescheidenen Häuschens. Das Haus hatte seitlich einen kleinen Garten im Schatten einer großen Eiche, in dem es von leuchtend buntem Plastikspielzeug wimmelte. Ein temperamentvoller vierjähriger Junge spielte mit einem Kipper und einer Phalanx Spielsoldaten im Gras, während ein, zwei Meter entfernt eine ältere Frau in einem Liegestuhl saß und nur gelegentlich von der Tageszeitung zu dem Jungen aufsah, der beim Spielen Motoren- und Schlachtgeräusche von sich gab. Ricky sah, dass das Kind in einem Ohr ein Hörgerät trug.

Die Frau schaute auf und sah Ricky auf dem Eingangsweg stehen. »Hallo«, sagte er. »Ist das Ihr Haus?«

Sie nickte, faltete die Zeitung auf dem Schoß zusammen und sah zu dem spielenden Kind hinüber.

»Ja, ist es«, sagte sie.

»Ich hab das Schild gesehen. Wegen des Zimmers«, sagte er. Sie musterte ihn kritisch. »Wir vermieten gewöhnlich an Studenten«, erwiderte sie.

»Ich bin eine Art Student«, sagte er. »Das heißt, ich möchte ein Aufbaustudium machen, aber ich brauche ein bisschen länger, weil ich gleichzeitig meinen Lebensunterhalt verdienen muss. Kommt mir etwas in die Quere«, sagte er mit einem Lächeln.

Die Frau stand auf. »Was für ein Aufbaustudium?«, wollte sie wissen.

»Kriminologie«, antwortete Ricky, ohne zu überlegen. »Ich sollte mich vorstellen. Ich heiße Richard Lively. Meine Freunde nennen mich Ricky. Ich stamme nicht aus der Gegend, bin genauer gesagt erst seit kurzem hier. Aber ich brauche eine Bleibe.«

Sie sah ihn weiter abwartend an. »Keine Familie? Keine Wurzeln?«

Er schüttelte den Kopf.

»Waren Sie im Gefängnis?«, fragte sie.

Ricky dachte, dass die Antwort darauf genau genommen »Ja« lautete. Ein Gefängnis, in das mich ein Mann gebracht hat, den ich nicht kenne, der mich aber trotzdem hasst. »Nein«, sagte er. »Aber die Frage liegt nahe. Ich bin im Ausland gewesen.«

»Wo?«

»Mexiko«, log er.

»Was haben Sie in Mexiko gemacht?«

Er sog sich eine Geschichte aus den Fingern. »Ich hatte einen Cousin, der nach Los Angeles rüber ist und da in den Drogenhandel geriet, deshalb hat er sich nach Mexiko abgesetzt. Ich bin runter, um ihn zu finden. Sechs Monate nichts als ausweichende Antworten und Lügen, leider. Aber dadurch ist mein Interesse an der Kriminologie erwacht.«

Sie schüttelte den Kopf. Ihrem Tonfall war anzuhören, dass sie augenblicklich große Zweifel an der haarsträubenden Geschichte hegte. »Sicher«, sagte sie. »Und was treibt Sie hier nach Durham?«

»Ich wollte nur so weit wie möglich von dem allen weg«, erklärte Ricky. »Hab mir mit meinen Fragen über meinen Cousin nicht unbedingt Freunde gemacht. Ich hab mir ausgerechnet, dass es irgendwo weit vom Schuss sein sollte, und ein Blick auf die Landkarte ergab, dass es entweder New Hampshire oder Maine sein musste, und so bin ich hier gelandet.«

»Ich weiß nicht, ob ich Ihnen glaube«, antwortete die Frau. »Klingt alles ziemlich weit hergeholt. Woher soll ich wissen, ob Sie vertrauenswürdig sind? Haben Sie Referenzen?«

»Referenzen sind leicht zu bekommen, zu allem und jedem«, entgegnete Ricky. »Scheint mir viel vernünftiger, wenn Sie sich einfach mein Gesicht ansehen und auf meine Stimme hören und sich am Ende unserer kleinen Unterhaltung selbst einen Eindruck verschaffen.«

Darüber musste die Frau schmunzeln.

»Die Einstellung passt nach New Hampshire«, sagte sie. »Ich zeig Ihnen das Zimmer, aber ich bin mir immer noch nicht sicher.«

»Das ist Ihr gutes Recht«, sagte Ricky.

Das Zimmer füllte zusammen mit einem bescheidenen Bad das ausgebaute Dachgeschoss aus und bot gerade genug Platz für ein Bett, einen Schreibtisch und einen alten Polstersessel. An einer Wand standen ein leeres Bücherregal und eine Kommode. Ein hübsches Fenster war von einer mädchenhaft rosafarbenen Gardine sowie einem halbmondförmigen Oberlicht gerahmt und bot einen Blick auf den ruhigen Garten sowie die stille Nebenstraße. Die Wände waren mit Postern aus dem Reisebüro von den Florida Keys und Vail in Colorado geschmückt. Eine Sporttaucherin im Bikini und ein Skifahrer, der eine Fontäne unberührten Schnees aufwirbelt. In einer an das Zimmer grenzenden Nische befand sich ein winziger Kühlschrank und ein Tisch mit einer Kochplatte. Auf einem Regalbrett an der Wand war weißes Alltagsgeschirr gestapelt. Ricky starrte auf den zweckmäßig eingerichteten Raum und musste unwillkürlich denken, dass er etwas von einer Mönchszelle hatte, was zu seiner derzeitigen Befindlichkeit durchaus passte.

»Sie können sich hier nicht richtig bekochen«, sagte die Frau. »Nur Snacks und Pizza, so was in der Art. Wir bieten keine richtige Küchenbenutzung ...«

»Ich esse gewöhnlich außer Haus«, sagte Ricky. »Bin sowieso kein großer Esser.«

Die Eigentümerin betrachtete ihn immer noch ein wenig kritisch. »Wie lange würden Sie denn bleiben? Wir vermieten normalerweise für die Dauer des Studienjahrs ...«

»Das würde mir passen«, sagte er. »Möchten Sie einen Mietvertrag?«

»Nein. Uns reicht gewöhnlich ein Handschlag. Wir tragen die Nebenkosten, außer Telefon. Hier oben liegt eine separate Leitung. Dafür sind Sie zuständig. Die Telefongesellschaft schaltet die Leitung frei, sobald Sie es wünschen. Kein Besuch. Keine Partys. Keine laute Musik. Keine nächtlichen …« Er lächelte und unterbrach sie. »Und Sie sagen, Sie vermieten normalerweise an Studenten?«

Sie erkannte den Widerspruch. »Na ja, ernsthafte Studenten, wenn wir welche finden.«

»Leben Sie hier allein mit Ihrem Kind?«

Sie schüttelte den Kopf und grinste ein wenig. »Wenn das keine schmeichelhafte Frage ist. Er ist mein Enkel. Meine Tochter ist in der Ausbildung. Geschieden, macht ihren Buchhalterabschluss. Ich hüte den Jungen, während sie arbeitet oder lernt, also fast die ganze Zeit.«

Ricky nickte. »Ich lebe ziemlich zurückgezogen. Ich hab mehrere Jobs, das kostet einiges an Zeit. Und wenn ich frei habe, studiere ich.«

»Sie sind alt für einen Studenten. Vielleicht ein bisschen zu alt.«

»Wir sind nie zu alt, um dazuzulernen, oder?«

Wieder schmunzelte die Frau, immer noch sah sie Ricky misstrauisch an.

»Sind Sie gefährlich, Mr. Lively? Oder laufen Sie vor etwas weg?«

Ricky überlegte einen Moment, bevor er etwas sagte. »Jetzt laufe ich nicht mehr weg, Mrs. …«

»Williams. Janet. Der Junge heißt Evan, und meine Tochter, die Sie ja noch nicht kennen gelernt haben, heißt Andrea.«

»Nun ja, hier möchte ich mit dem Weglaufen aufhören, Mrs. Williams. Ich bin nicht auf der Flucht, weil ich ein Verbrechen begangen hätte, auch nicht vor meiner Exfrau und ihrem Anwalt oder vor einem rechten christlichen Kult, wenngleich Ihre Phantasie in eine dieser Richtungen gehen mag, oder auch in alle diese Richtungen zugleich. Und ob ich gefährlich bin? Also, jemand der gefährlich ist, glauben Sie, der rennt davon?«

»Da ist was dran«, sagte Mrs. Williams. »Sehen Sie, es ist mein Haus, und wir sind zwei alleinstehende Frauen mit einem Kind …«

»Ihre Bedenken sind wohl begründet. Ich nehme Ihnen die Frage nicht übel.«

»Ich weiß allerdings nicht, was ich Ihnen von dem, was Sie gesagt haben, glauben soll«, erwiderte Mrs. Williams.

»Ist es denn gar so wichtig, dass Sie mir glauben, Mrs. Williams? Würde es einen Unterschied ausmachen, wenn ich Ihnen sagen würde, ich wäre ein Alien von einem anderen Planeten, das hierher geschickt wurde, um die Lebensgewohnheiten der Bewohner von Durham, New Hampshire, auszuspionieren, bevor wir die Welt erobern? Oder wenn ich sagen würde, ich wäre ein russischer Agent, oder arabischer Terrorist, dem FBI immer eine Nasenlänge voraus, und ob ich wohl das Badezimmer benutzen darf, um darin Bomben zu basteln? Man kann sich alle möglichen Geschichten einfallen lassen, doch letztlich ist keine von Belang. Für Sie zählt doch nur, ob ich ruhig bin, für mich bleibe, pünktlich meine Miete zahle und überhaupt Ihnen und Ihrer Tochter oder Ihrem Enkel keine Scherereien mache. Ist das nicht entscheidend?«

Mrs. Williams lächelte. »Ich denke, Sie sind mir sympathisch, Mr. Lively. Das heißt nicht, dass ich Ihnen schon allzu sehr traue, und schon gar nicht, dass ich Ihnen glaube. Aber es gefällt mir, wie Sie die Dinge sehen, das heißt, Sie haben den ersten Test bestanden. Wie wär's mit einer einmonatigen Kaution und einer Miete im voraus, und dann sehen wir einfach von Monat zu Monat weiter, so dass wir für den Fall, dass einer von uns Probleme sieht, schnell einen Schlussstrich ziehen können?«

Ricky lächelte und nahm die Hand der alten Frau. »Meiner Erfahrung nach«, sagte er, »kann man einen Schlussstrich selten schnell ziehen. Und wie definieren Sie ›Probleme‹?«

Das Grinsen im Gesicht der älteren Frau wurde noch ein wenig breiter, und sie ließ Rickys Hand nicht los. »Probleme definiere ich als die Zahl neun, eins, eins, die ich in die Tastatur des Telefons eintippe, und dann als eine beliebige Zahl von unangenehm direkten Fragen von Männern in blauer Uniform, die keinen Spaß verstehen. Habe ich mich deutlich ausgedrückt?«

»Ganz und gar, Mrs. Williams«, sagte Ricky. »Ich denke, wir sind uns einig.«

»Dachte ich mir«, erwiderte Mrs. Williams.

Die Routine hielt ebenso schnell in Rickys Leben Einzug wie der Herbst in New Hampshire.

Im Lebensmittelladen bekam er schon bald eine Gehaltserhöhung und zusätzliche Pflichten übertragen, auch wenn der Filialleiter ihn fragte, wieso er ihn noch in keinem der Selbsthilfetreffen gesehen hatte, und so ging Ricky zu einigen hin und erhob sich vor einem Raum voller Alkoholiker, um eine typische Geschichte darüber vom Stapel zu lassen, wie der Suff sein Leben verpfuscht habe, worauf er spontan zustimmendes Gemurmel von Männern und Frauen erntete, gefolgt von gerührten Umarmungen, in denen sich Ricky ziemlich scheinheilig fühlte.

Er mochte seinen Job im Lebensmittelladen, und sein Verhältnis zu den Kollegen war gut, wenn auch vielleicht nicht überschwänglich. Er verbrachte die eine oder andere Mittagspause mit ihnen, scherzte ein bisschen und pflegte einen freundlichen Umgang, der seine Einsamkeit wirkungsvoll kaschierte. Er schien ein Händchen für Lagerbestände zu haben, was ihn auf den Gedanken brachte, dass sich die Aufgabe, Regale mit Lebensmitteln zu füllen, gar nicht einmal allzu sehr von dem unterschied, was er für seine Patienten getan hatte. Auch sie mussten sich ihre Regale wieder auffüllen und in Ordnung bringen lassen.

Einen wahren Volltreffer landete er Mitte Oktober, als er eine Anzeige für einen Aushilfsjob beim Hausmeisterpersonal der Universität entdeckte. Er kündigte seine Kassiererstelle im Molkereigeschäft und verbrachte täglich vier Stunden in den naturwissenschaftlichen Labors mit Kehren und Schrubben. Dabei ging er mit einer Zielstrebigkeit an seine Arbeit, die seinen Vorgesetzten beeindruckte. Doch was viel wichtiger war: Die Stelle verschaffte ihm eine Uniform, einen Spind sowie einen Universitätsausweis und dadurch wiederum Zugang zum Computersystem. Und so ging Ricky daran, sich zwischen örtlicher Bücherei und dem Computerpool eine neue Welt zu schaffen.

Er gab sich einen virtuellen Namen: Odysseus.

Dieser führte zu einer E-Mail-Adresse und Zugang zu allem, was das Internet zu bieten hatte. Mithilfe seiner Postfachadresse eröffnete er mehrere Konten.

Dann kam der zweite Schritt, der darin bestand, eine vollkommen neue Person zu erschaffen. Jemanden, den es nie gegeben hatte, der aber in Form eines bescheidenen Kundenkreditstatus und verschiedener Bescheinigungen sowie einer Form der Vergangenheit, die leicht zu dokumentieren war, auf seiner Daseinsberechtigung bestand. Einiges davon, wie etwa unter neuem Namen an falsche Ausweispapiere zu kommen, erwies sich als ein Kinderspiel. Auch jetzt konnte er sich über die buchstäblich Tausende von Firmen, die »allein zu Unterhaltungszwecken« über das Internet gefälschte Ausweise vertrieben, nur wundern. Er bestellte getürkte Führerscheine und College-Ausweise. Er konnte sich auch ein Diplom der Universität von Iowa, Examensjahrgang 1970, besorgen sowie eine Geburtsurkunde von einem nicht existenten Krankenhaus in Des Moines. Überdies ließ er sich auf die Ehemaligen-Liste einer nicht mehr existierenden katholischen Highschool derselben Stadt setzen. Er schrieb sich eine falsche Sozialversicherungsnummer zu. Mit diesem Stapel neuer Papiere bewaffnet, begab er sich zu einer Konkurrenzbank des Instituts, bei dem er Richard Livelys Konto führte, und eröffnete unter einem zweiten Namen ein weiteres kleines Girokonto. Diesen Namen wählte er mit Bedacht: Frederick Lazarus. Sein eigener Vorname gekoppelt mit dem des Mannes, der von den Toten auferweckt worden war.

Und in der Person des Frederick Lazarus machte sich Ricky auf die Suche.

Dabei ging er von einer äußerst simplen Maxime aus: Richard Lively würde real sein und eine ungefährdete Existenz haben. Bei ihm würde er sozusagen zu Hause sein. Frederick Lazarus dagegen war eine Fiktion. Zwischen den beiden würde es keinerlei Verbindung geben. Einer der Männer würde sich hinter der Fassade der Normalität sicher fühlen. Der andere war eine Kunstfigur, und falls irgendjemand auf den Gedanken käme, Frederick Lazarus zu hinterfragen, dann würde er abgesehen von erfundenen Nummern und einer imaginären Identität vollkommen ins Leere stoßen. Er konnte gefährlich werden. Er war zu kriminellen Handlungen fähig. Er scheute kein Risiko. Bei alledem blieb er jedoch eine Fiktion, zu einem einzigen Zweck geschaffen: Den Mann ausfindig zu machen, der Rickys Leben zerstört hatte, und es ihm in gleicher Münze heimzuzahlen.

24

RICKY LIESS WOCHEN, JA MONATE VERSTREICHEN, hüllte sich in den New-Hampshire-Winter, zog sich in die Dunkelheit und Kälte zurück, die sich zwischen ihn und das Geschehene legten. Während er sein Leben als Richard Lively täglich weiter entfaltete, verlieh er gleichzeitig seiner zweiten Gestalt, Frederick Lazarus, Kontur. Richard Lively besuchte, wenn er mal einen freien Abend hatte, Basketballspiele am College und sprang bei seinen Vermieterinnen, die schnell Vertrauen zu ihm fassten, gelegentlich als Babysitter ein. Er fehlte äußerst selten bei der Arbeit und verschaffte sich bei seinen Kollegen im Lebensmittelladen wie auch der Universitätshausmeisterei Respekt, indem er in die Rolle des unbekümmerten Spaßvogels schlüpfte, der die Dinge leicht nahm, außer wenn es um gewissenhafte, harte Arbeit ging. Wurde er nach seiner Vergangenheit befragt, dann erfand er die eine oder andere harmlose Geschichte, nichts allzu Hahnebüchenes, das Zweifel säen konnte; oder aber er lenkte mit einer Gegenfrage von der Frage ab. Ricky, der ehemalige Psychoanalytiker, stellte fest, dass er Experte darin war, eine Situation zu schaffen, in der die Leute glaubten, er habe etwas von sich erzählt, während er in Wahrheit von ihnen sprach. Er staunte selbst zuweilen, wie leicht ihm die Lügen über die Lippen kamen.

Zuerst half er auf ehrenamtlicher Basis in einem Obdachlosenasyl aus, dann wurde daraus ein weiterer Job. Zwei Nächte die Woche übernahm er bei einer örtlichen Telefonseelsorge die Stunden von zehn Uhr abends bis zwei Uhr früh, die mit Abstand interessanteste Schicht. Nicht selten redete er um Mitternacht in sanftem Ton Studenten gut zu, die sich in unterschiedlich schweren Stresssituationen befanden, und merkte, wie ihn der Kontakt mit anonymen, doch bedrängten Menschen eigentümlich stimulierte. Es war keine schlechte Methode, als Psychoanalytiker in der Übung zu bleiben. Jedesmal, wenn er den Hörer auflegte, nachdem er einen jungen Menschen von einer Kurzschlusshandlung abgebracht und überredet hatte, in der Universitätsklinik Hilfe zu suchen, dachte er, dass er gewissermaßen für seine Nachlässigkeit vor zwanzig Jahren Buße tat, als Claire Tyson in sein verhasstes Klinikseprechzimmer gekommen war und er kein Ohr für ihre Beschwerden gehabt hatte und keinen Blick für die Gefahr, in der sie schwebte.

Frederick Lazarus war aus anderem Holz geschnitzt. Ricky schuf in ihm einen derart abgebrühten Menschen, dass er selbst staunen musste.

Frederick Lazarus war Mitglied in einem Fitness-Club, wo er endlose Meilen auf einem Laufband herunterstrampelte, um anschließend die Hanteln zu attackieren, so dass er mit jedem Tag leistungsfähiger und kräftiger wurde und den dünnen, doch verweichlichten Körper des New Yorker Seelenklempners neu modellierte. Seine Taille wurde schmaler, seine Schultern breiter. Von einem gelegentlichen Stöhnen und dem Stampfen seiner Füße auf der Tretmaschine abgesehen, trainierte er stumm und allein. Er ging dazu über, sich das dunkelblonde Haar heftig zu gelen und glatt aus der Stirn zu kämmen. Er ließ sich einen Vollbart stehen. Er gewann ein eiskaltes Vergnügen an der physischen Anstrengung, die er sich abverlangte, besonders, als er merkte, dass er nicht mehr kurzatmig war, wenn er sein Tempo beschleunigte. Der Club bot – in erster Linie für Frauen – einen Kurs in Selbstverteidigung an, und er stellte seinen Zeitplan ein wenig um, so dass er daran teilnehmen konnte und die grundlegende Wurftechnik sowie die schnellen, wirkungsvollen Schläge gegen Hals, Gesicht oder Lenden lernte. Zuerst kam seine Teilnahme den Frauen im Kurs nicht unbedingt gelegen, doch seine Bereitschaft, bei ihren Übungen als Versuchskaninchen herzuhalten, brachte ihm ein gewisses Wohlwollen ein. Zumindest waren sie gewillt, ohne Schuldgefühle auf ihn einzudreschen, wenn er Schutzkleidung trug. Für ihn war es ein Mittel, sich weiter abzuhärten.

An einem Samstagnachmittag in der zweiten Januarhälfte schlitterte Ricky durch Schneeverwehungen und über vereiste Bürgersteige und betrat das Sportartikelgeschäft »R and R«, das sich ein gutes Stück vom Universitätsgelände entfernt in einer billigen Einkaufsstraße mit Discountläden für Reifen und Schnellölservice befand. R and R – es gab nirgends ein Schild, dem zu entnehmen war, wofür die Buchstaben standen – befand sich in einem niedrigen, quadratischen Ladenlokal, das von Zielscheiben in Form von Plastikhirschen, von Jagdkleidung in leuchtendem Orange, von Regalen mit Angelausrüstung sowie Pfeilen und Bogen wimmelte. Eine Wand war mit einer großen Auswahl an Jagdgewehren und Schrotflinten bestückt sowie mit Schnellfeuerwaffen, die sogar noch die relativ bescheidene Ästhetik der Holzschäfte und polierten Läufe ihrer ansehnlicheren Verwandten vermissen ließen. Die AR-15 und AK-47 waren von militärischer, schnörkelloser Zweckmäßigkeit. In der Glastheke wiederum lagen reihenweise Handfeuerwaffen aus. Stahlblau glänzender Chrom. Schwarzes Metall.

Er brachte eine glatte Stunde damit zu, mit dem Verkäufer über die jeweiligen Vorzüge verschiedener Waffen zu plaudern. Der bärtige, glatzköpfige Mann war etwa Mitte vierzig und trug um die ausladende Taille unter dem rot karierten Jagdhemd eine Pistole mit kurzem Lauf im Halfter. Sie wogen das Für und Wider von Revolvern gegenüber Automatikwaffen ab, von Größe gegen Durchschlagskraft, Treffsicherheit gegen Feuergeschwindigkeit. Im Kellergeschoss verfügte der Laden über einen Schießstand mit zwei schmalen Bahnen, die vage an dunkle, verlassene Bowlingbahnen erinnerten. Ein elektrischer Flaschenzug bewegte Kopfscheiben in Richtung einer etwa fünfzehn Meter entfernten Wand, die mit braunen, sägemehlgefüllten Säcken gepuffert war. Der Verkäufer zeigte Ricky, der in seinem ganzen Leben noch keine Waffe abgefeuert hatte, wie er den Lauf auszurichten hatte, wie er richtig stand, die Waffe mit beiden Händen hielt und dann sein Ziel so anvisierte, dass er den Rest der Welt aus dem Auge verlor, bis nur noch das Zielobjekt, der Druck des Fingers am Abzug und sein Augenmaß zählten. Ricky feuerte Dutzende Ladungen ab und probierte alles aus, von einer kleinen Automatik, Kaliber 22, über eine 9-mm-Magnum, wie sie die Polizei vorzugsweise im Einsatz hatte, bis hin zur Kaliber-45-Kategorie, die sich im Zweiten Weltkrieg großer Beliebtheit erfreut hatte und ihm beim Abfeuern über die Handfläche in den Arm, die Schulter bis in die Brust hinunter einen Stoß versetzte.

Schließlich entschied er sich für etwas dazwischen, eine Ruger Halbautomatik mit einem Fünfzehn-Schuss-Magazin. Es handelte sich dabei um eine Waffe, die irgendwo zwischen den Ballerkanonen der Polizei und den heimtückischen kleinen Meuchelmordwaffen angesiedelt war, wie sie Frauen und Berufskiller liebten. Ricky wählte dieselbe Waffe, die er im Zug nach Manhattan in Merlins Aktenköfferchen gesehen hatte, eine Begebenheit, die ihm jetzt Lichtjahre entrückt zu sein schien. Er hielt es für eine gute Idee, auf gleicher Augenhöhe zu sein, und sei es auch nur hinsichtlich der Handfeuerwaffen. Er füllte die Zulassungsformulare unter dem Namen Frederick Lazarus aus und brachte die Sozialversicherungsnummer zum Einsatz, die er genau zu diesem Zweck erfunden hatte.

»Braucht ein paar Tage«, sagte der dicke Verkäufer. »Auch wenn's bei uns viel schneller als in Massachusetts geht. Wie wollen Sie zahlen?«

»In bar«, erwiderte Ricky.

»Ein bisschen antiquiert«, sagte der Mann und lächelte. »Nicht mit Karte?«

»Karten machen das Leben nur unnötig kompliziert.«

»Eine Ruger vereinfacht es.«

Ricky nickte. »Genau darum geht es ja, nicht wahr?«

Der Verkäufer nickte, als er mit dem Papierkram fertig war. »Jemand Besonderes im Auge, wenn's ums Vereinfachen geht, Mr. Lazarus?«

»Das ist aber eine ungewöhnliche Frage«, erwiderte Ricky.

»Oder seh ich vielleicht wie ein Mann aus, dem der Chef das Leben zur Hölle macht? Oder dessen Nachbar seinen Köter einmal zu häufig auf meinen Rasen gelassen hat? Oder wie einer, an dem die Frau einmal zu oft herumgenörgelt hat?«

»Nee«, sagte der Verkäufer und grinste. »Tun Sie nicht. Andererseits haben wir es hier nicht allzu oft mit Leuten zu tun, die zum ersten Mal eine Handfeuerwaffe kaufen. Die meisten unserer Kunden kommen ziemlich regelmäßig, und man kennt sich zumindest vom Sehen, wenn auch vielleicht nicht mit Namen.« Er betrachtete das Formular. »Alles korrekt damit, Mr. Lazarus?«

»Ja, natürlich, wieso nicht?«

»Is ja die Frage. Ich hasse diesen bürokratischen Mist.«

»Vorschrift ist Vorschrift«, antwortete Ricky.

Der Mann nickte. »Können Sie laut sagen.«

»Wie sieht's mit dem Üben aus?«, fragte Ricky. »Ich meine, was nützt mir die schönste Waffe, wenn ich nicht wirklich gut damit umgehen kann?«

Der Mann nickte. »Da liegen Sie hundert Prozent richtig, Mr. Lazarus. Gibt zu viele, die denken, sie brauchen nur 'ne Knarre zu kaufen, und schon sind sie sicher. Verflucht noch mal, damit fängt's doch erst an. Man muss doch wissen, wie man das Ding bedient, besonders, wenn es, sagen wir mal, eng wird, wenn plötzlich ein Einbrecher in der Küche steht und Sie sind oben im Schlafzimmer, im Pyjama ...«

»Genau«, unterbrach ihn Ricky. »Man will die Hose ja nicht so voll haben ...«

»Dass man am Ende die Gattin oder den Hund oder die Katze abknallt«, fuhr der Verkäufer fort. Dann lachte er. »Auch wenn das manchmal gar nicht das Verkehrteste wäre. Wenn Sie mit meiner Alten verheiratet wären, würden Sie den Einbrecher hinterher auf'n Bier einladen. Und dann ihre verfluchte Katze, von der ich ständig niesen muss.«

»Also, was ist mit dem Schießstand?«

»Während der Öffnungszeiten können Sie ihn jederzeit benutzen, wenn nicht schon jemand anders da ist. Zielscheiben kosten Sie nur fünfzig Cent. Müssen nur Ihre Munition hier kaufen. Und Sie dürfen nicht mit 'ner geladenen Waffe hier reinspazieren. Das Magazin muss leer sein. Halten Sie sie unter Verschluss. Laden Sie erst hier, wo jemand sieht, was Sie machen. Dann können Sie so viele wegdrücken, wie Sie wollen. Im Frühling dann machen wir 'nen Schießübungsplatz im Wald auf. Vielleicht wollen Sie den mal ausprobieren?«

»Und ob«, sagte Ricky.

»Soll ich Sie anrufen, wenn die Zulassung da ist, Mr. Lazarus?«

»In achtundvierzig Stunden? Ich schau einfach von mir aus wieder vorbei. Oder frag telefonisch bei Ihnen an.«

»Geht in Ordnung, so oder so.« Der Verkäufer betrachtete Ricky aufmerksam. »Manchmal kriegen wir die Anträge zurück und sie sind wegen irgend so einem blöden Computerfehler abgelehnt. Wissen Sie, wenn es zum Beispiel Probleme gibt mit den Nummern, die Sie mir gegeben haben. Irgendeiner kriegt irgendwas auf den Computer, Sie wissen schon ...«

»Fehler passieren nun mal, nicht wahr?«

»Sie scheinen ein richtig netter Kerl zu sein, Mr. Lazarus. Wär 'n

Jammer, wenn die Ihnen wegen irgend so 'nem bürokratischen Schlamassel den Schein nicht geben würden. Wär nicht fair.« Der Verkäufer sprach langsam, fast bedächtig. Ricky hörte zwischen den Zeilen heraus, was der Mann ihm sagen wollte. »Kommt ganz drauf an, auf welchem Schreibtisch Ihr Antrag landet. Gibt 'n paar Typen drüben im Amt, die tippen einfach die Nummern ein, ohne sich was bei zu denken. Andere nehmen ihren Job wirklich ernst ...«

»Klingt, als wollten Sie sicherstellen, dass der Antrag auf genau dem richtigen Schreibtisch landet.«

Der Mann nickte. »Wir dürfen ja eigentlich nicht wissen, wer die Sache überprüft, aber ich hab da drüben ein paar Freunde ...«

Ricky zückte die Brieftasche. Er legte einen Hundert-Dollar-Schein auf die Theke.

Der Mann lächelte wieder. »Wär aber nicht nötig gewesen«, sagte er, während das Geld in seiner Hand verschwand. »Ich werd dafür sorgen, dass Sie an den richtigen Mann geraten. Einen, der die Sache zügig und reibungslos erledigt ...«

»Also«, sagte Ricky. »Das ist wirklich hilfreich, echt hilfreich. In dem Fall hätte ich das Gefühl, dass ich Ihnen einen Gefallen schulde.«

»Nicht nötig. Wir versuchen nur, unsere Kunden zufriedenzustellen, weiter nichts.«

Der Verkäufer steckte sich Rickys Geld in die Tasche. »Hören Sie, wären Sie vielleicht auch an 'nem Gewehr interessiert? Wir hätten da ein Sonderangebot, ein echt schönes Stück, Kaliber 30, Schussweite für Damwild.«

Ricky nickte. »Vielleicht«, sagte er. »Ich muss erst mal sehen, was ich brauche. Ich meine, sobald ich weiß, dass ich keine Probleme mit dem Waffenschein habe, schau ich mal, was ich brauche. Die sehen ziemlich beeindruckend aus.« Er zeigte auf die Phalanx der Schnellfeuerwaffen.

»Eine Uzi oder 'ne Ingram-45-Maschinenpistole oder eine Kalaschnikow mit einem netten kleinen bananenförmigen Magazin kann 'ne Menge bewirken, wenn's darum geht, 'nen kleinen Streit beizulegen«, sagte der Verkäufer. »Schrecken von Meinungsverschiedenheiten ab. Überzeugendes Argument für den anderen, lieber einzulenken.«

»Werde ich mir merken«, erwiderte Ricky.

Ricky wurde zusehends versierter am Computer.

Unter seinem Decknamen führte er zwei getrennte elektronische Suchvorgänge nach seinem eigenen Familienstammbaum durch und entdeckte in beängstigend kurzer Zeit, wie leicht es für Rumpelstilzchen gewesen sein musste, an die Liste der Verwandten zu kommen, die seine erste Drohung begleitet hatte. Die etwas über fünfzig Mitglieder von Dr. Frederick Starks' Familie waren binnen weniger Stunden auf dem Bildschirm erschienen. Und wenn man erst einmal die Namen hatte, stellte Ricky anschließend fest, dann waren die Adressen ein Kinderspiel. Die Anschrift führte zum Beruf. Es war wirklich nicht schwer, nachzuvollziehen, wie Rumpelstilzchen – der über die nötige Zeit und Energie verfügte – an seine Informationen über diese Leute gekommen war und wie er ein paar davon als geeignete Zielscheiben ausgesucht hatte.

Ricky saß ein wenig erstaunt am PC.

Als sein eigener Name dran war und im zweiten der beiden Stammbaumprogramme, die er benutzte, unter »kürzlich verstorben« erschien, durchzuckte es ihn, auch wenn das unlogisch war, und er saß senkrecht auf seinem Stuhl. Es war dieser sekundenlange Schreck, den man erlebt, wenn nachts plötzlich ein Tier vors Auto läuft und gleich wieder im Gebüsch am Straßenrand verschwindet. Ein Augenblick der Angst, der sofort wieder vergeht.

Jahrzehntelang hatte er in einer Welt der Verschwiegenheit gearbeitet, in der Geheimnisse unter emotionalen Nebelschleiern und unter Panzern der Skepsis verschwanden, im Morast verdrängter Erinnerungen versanken oder unter dem Deckel der Leugnung und der Depressionen gehalten wurden. Bestand die Psychoanalyse bestenfalls darin, die Frustrationen schichtenweise abzupellen, damit die Wahrheit zutage treten konnte, so schien der Computer das klinische Äquivalent zum Skalpell zu bieten. Details und Fakten huschten wie Echoimpulse über den Monitor und waren mit wenigen Eingaben freigelegt. Er hasste das ebenso sehr, wie es ihn faszinierte.

Dabei wurde Ricky auch bewusst, wie antiquiert der von ihm erwählte Beruf im Grunde war. Und ganz schnell hatte er erkannt, wie gering seine Chance gewesen war, das Spiel gegen Rumpelstilzchen zu gewinnen. Als er die fünfzehn Tage zwischen dem Brief und seinem Scheintod Revue passieren ließ, wurde ihm klar, wie leicht es der Mann gehabt hatte, jeden Zug, den Ricky machen würde, vorauszusehen, wie berechenbar jede einzelne seiner Reaktionen gewesen war.

Ricky dachte angestrengt über einen anderen Aspekt des Spiels nach. Jeder Moment war im Vorhinein geplant, jeder Augenblick hatte ihn in eine Richtung getrieben, die eindeutig erwartet worden war. Rumpelstilzchen hatte ihn bis ins Letzte so gut gekannt wie er sich selbst. Virgil und Merlin waren eingesetzt worden, um ihn so abzulenken, dass er nie ein klares Bild bekam. Sie hatten das halsbrecherische Tempo vorgegeben, ihn bis zum letzten Tag mit Forderungen überhäuft, hatten jede Bedrohung real und handgreiflich erscheinen lassen.

Jeder Schritt hatte von Anfang an im Drehbuch gestanden. Von Zimmermans Tod durch die U-Bahn bis zu seiner Fahrt zu Dr. Lewis in Rhinebeck, bis hin zu dem Archiv in dem Krankenhaus, in dem ihn Claire Tyson aufgesucht hatte. Was macht ein Psychoanalytiker?, fragte sich Ricky. Er legt die einfachsten, doch unantastbaren Regeln fest. Einmal täglich, fünfmal die Woche stehen die Patienten bei ihm auf der Matte und melden sich mit dem verabredeten Klingelzeichen. Dank dieses geregelten Ablaufs nahm das Chaos ihres Lebens allmählich Gestalt und eine erkennbare Ordnung an. Und damit gewannen sie Kontrolle.

Die Aufgabe, die vor ihm lag, war denkbar einfach, dachte Ricky: Er durfte nicht länger vorhersagbar sein. Das traf die Sache nicht ganz, korrigierte er sich. Richard Lively durfte so normal wie nötig sein oder so normal, wie er wollte. Der nette Typ von nebenan. Frederick Lazarus dagegen sollte von einem anderen Kaliber sein.

Ein Mann ohne Vergangenheit, ging es ihm durch den Kopf, kann jede beliebige Zukunft schreiben.

Frederick Lazarus verschaffte sich einen Bibliotheksausweis und tauchte in die Kultur der Rache ab. Gewalt. Jede Seite, die er las, triefte vor Gewalt. Er las historische Abhandlungen, Dramen, Gedichte und Sachliteratur mit Schwerpunkt auf dem Genre »Wahre Verbrechen«. Er verschlang Romane, die vom Thriller aus dem Vorjahr bis zum Schauerroman aus dem neunzehnten Jahrhundert reichten. Er brütete über Theaterstücken, bis er den *Othello* fast auswendig konnte, und versenkte sich noch tiefer in *Die Orestie*. Bruchstücke davon kramte er aus seinem Gedächtnis hervor und las Passagen noch einmal, die ihm aus der College-Zeit haften geblieben waren. Er widmete einen Großteil seiner Zeit dem Mann, dem er seinen Computernamen verdankte, wie auch dem Namen, den er gegenüber dem Obdachlosen benutzt hatte, dessen Brieftasche er entwenden konnte. Er sog die Stelle in sich auf, an der Odysseus den Freiern die Tür vor der Nase zuschlägt und prompt sämtliche Männer ermordet, die ihn tot geglaubt hatten.

Bis dahin hatte Ricky wenig von Verbrechen und Verbrechern gewusst, doch jetzt wurde er schnell zum Experten – zumindest in dem Maße, wie man aus Büchern lernen konnte. Zu seinen Lehrern gehörten Thomas Harris und Robert Parker, Norman Mailer ebenso wie Truman Capote. Edgar Allan Poe und Arthur Conan Doyle wurden reichlich mit FBI-Ausbildungshandbüchern angereichert, die über Internet-Anbieter zu beziehen waren. Er las darüber, wie Psychopathen dachten und warum sie töteten, und arbeitete eine ganze Enzyklopädie über Serienmörder von A bis Z durch. Namen und Verbrechen geisterten durch seine Vorstellungswelt, von Jack the Ripper über Billy the Kid zu John Wayne Gacy und den Zodiac-Killer. Von der Vergangenheit bis zur Gegenwart. Er las über Kriegsverbrechen und Heckenschützen, über Auftragsmörder und satanistische Rituale, über Gangster und verwirrte Teenager, die Sturmgewehre mit in die Schule nahmen und nach Klassenkameraden suchten, die sie vielleicht einmal zu oft gehänselt hatten.

Zu seiner Überraschung war er in der Lage, alles, was er las, zu rubrizieren. Kaum hatte er den nächsten Wälzer zugeschlagen, in dem die grässlichsten Taten, die ein Mensch an einem anderen begehen kann, in allen Einzelheiten ausgebreitet wurden, legte er zusammen mit dem Buch auch Frederick Lazarus ab und wurde wieder zu Richard Lively. In der einen Rolle befasste er sich damit, wie man ein ahnungsloses Opfer in ein Halseisen zwängen kann und wieso ein Messer ein so ungeeignetes Mordinstrument darstellt, in der anderen las er dem vierjährigen Enkel seiner Vermieterin Gutenachtgeschichten vor und lernte Dr. Seuss auswendig, wovon der Junge zu keiner Tag- und Nachtzeit genug bekommen konnte. Und während einer von ihnen die revolutionierende Bedeutung der DNS-Analyse für die Tatortuntersuchung studierte, schlug sich der andere eine Nacht am Telefon um die Ohren, um einen Studenten, der eine Überdosis genommen hatte, von seinem gefährlichen High herunterzuholen.

Dr. Jekyll und Mr. Hyde, dachte er.

Und er stellte fest, dass er auf eine perverse Weise die Gesellschaft beider genoss – so absurd es auch war, vielleicht sogar mehr als die des Mannes, der er gewesen war, bevor Rumpelstilzchen in sein Leben trat.

In den ersten Frühlingstagen verbrachte Ricky mitten in der Nacht drei Stunden mit einer verstörten, zutiefst depressiven jungen Frau am Telefon, die, eine Flasche Schlaftabletten vor sich auf dem Tisch, in ihrer Verzweiflung die Hotline für Suizidgefährdete angerufen hatte. Er sprach mit ihr über das, was aus ihrem Leben geworden war und was daraus werden konnte. Mit seiner bloßen Stimme breitete er ein Wortgemälde vor ihr aus und schilderte in höchsten Tönen eine Zukunft frei von den Sorgen und Zweifeln, die sie in ihren gegenwärtigen Zustand getrieben hatten. Dabei wob er Hoffnung in jeden Gesprächsfaden ein, den er knüpfte, und als sie beide den Morgen heraufziehen sahen, hatte sie die Überdosis beiseite gelegt und einen Termin bei einem Klinikarzt gemacht.

Als er später am Tag seine Schicht in der Hausmeisterei hinter sich hatte, betrat er mithilfe seines elektronischen Studentenausweises den studentischen Lesesaal des Informatikinstituts. Dabei handelte es sich um einen quadratischen Raum mit Lesekabinen, die je über einen ans Hauptsystem angeschlossenen Computer verfügten. Er fuhr seinen hoch, gab sein Passwort ein und schon war er drin. In einer Mappe links von ihm befanden sich die spärlichen Informationen, die er in seinem früheren Leben über die von ihm vernachlässigte Frau zusammengetragen hatte. Er zögerte einen Moment, bevor er seinen ersten elektronischen Vorstoß unternahm. Ricky hatte sehr wohl verstanden, dass er aller Wahrscheinlichkeit nach auch dann seine Freiheit erlangen und ein stilles, einfaches Leben führen konnte, wenn er schlicht für den Rest seiner Tage Richard Lively blieb. Das Leben als Hausmeister war gar nicht mal so schlecht, gab er zu. Er fragte sich ehrlich, ob es am Ende nicht besser wäre, nichts in Erfahrung zu bringen. Denn eines wusste er auch: Hatte er erst einmal begonnen, die wahre Identität von Rumpelstilzchen und seinen Partnern Merlin und Virgil aufzudecken, gäbe es kein Halten mehr. Zweierlei würde geschehen, sagte er sich. All die Jahre, in denen er als Dr. Starks der Maxime gefolgt war, dass es ein lohnendes Unterfangen war, die Wahrheit aus dem Innersten hervorzuholen, würden die Oberhand gewinnen. Und Frederick Lazarus würde – als Medium für seine Attacke – seinen eigenen Tribut einfordern.

Eine Zeit lang, wie lange, konnte er nicht sagen, war Ricky zwischen diesen beiden Möglichkeiten hin und her gerissen. Es mochten Sekunden gewesen sein oder Stunden, die er – die Finger reglos über der Tastatur – auf den Monitor gestarrt hatte.

Er sagte sich, dass er schließlich kein Feigling sein wollte.

Das Problem war nur, welche der beiden Optionen die feige darstellte. Sich verstecken? Oder handeln?

Als er seine Entscheidung traf, überkam ihn ein kalter Schauder. Wer warst du, Claire Tyson?

Und wo sind deine Kinder heute?

Es gibt viele Formen von Freiheit, dachte Ricky. Eine davon hatte es Rumpelstilzchen ermöglicht, ihn zu töten. Jetzt würde er seine eigene Freiheit finden.

25

FOLGENDES WUSSTE RICKY BEREITS: Vor zwanzig Jahren starb in New York eine Frau; das staatliche Jugendamt übernahm die Vormundschaft für ihre drei Kinder und gab sie zur Adoption frei. Allein aus diesem Grunde war er zum Selbstmord gezwungen gewesen.

Rickys erste Versuche am Computer, unter Claire Tysons Namen etwas zu finden, hatten seltsamerweise keinerlei Ergebnisse gezeitigt. Es war, als hätte ihr Tod sie nicht nur von dieser Erde getilgt, sondern auch aus sämtlichen Akten, die ihm elektronisch zugänglich waren. Selbst mit der Kopie des zwanzig Jahre alten Totenscheins kam er zunächst nicht weiter. Die Familienstammbaum-Programme, über die er so schnell an seine eigene Mischpoke gekommen war, erwiesen sich auf ihrer Spur als weitaus weniger effizient. Sie schien aus einer Familie von wesentlich geringerem Status zu stammen, und dieser Mangel an Identität beeinträchtigte ihre Präsenz in der Welt. Er war ein wenig erstaunt über den Mangel an Informationen. Die Programme für die Suche nach verschollenen Verwandten versprachen, praktisch jeden ausfindig zu machen, und so war ihr offensichtliches Verschwinden aus sämtlichen Verzeichnissen ein beunruhigendes Phänomen.

Dennoch sollten seine ersten Bemühungen nicht völlig vergebens sein. Zu den Dingen, die er in den Monaten seit seiner großen Auszeit gelernt hatte, gehörte die Fähigkeit, mehr tangentiell zu denken. Als Psychoanalytiker war er darin geübt, Symbolen zu folgen und die Lebenswirklichkeit dahinter aufzuspüren. Jetzt bediente er sich ähnlicher Methoden, wenngleich auf eine viel konkretere Weise. Nachdem Claire Tysons Name keine Ergebnisse hervorgebracht hatte, suchte er nach anderen Wegen. Ein elektronischer Vorstoß ins Grundbuch von Manhattan führte ihn immerhin zum derzeitigen Eigentümer des Gebäudes, in dem sie gewohnt hatte. Eine weitere Suche ergab Namen und Adressen in der Stadtbürokratie, wo sie ihre Sozialhilfe beantragt haben musste, wie auch die Lebensmittelmarken und das Kindergeld. Er brauchte sich nur, so seine Überlegung, Claire Tysons Leben vor zwanzig Jahren vorzustellen und weiter einzugrenzen, um zu begreifen, welche Kräfte damals im Spiel gewesen waren. An irgendeiner Stelle musste ihn das Bild, das auf diese Weise Gestalt annahm, zu seinem Widersacher führen.

Zudem durchforstete er die elektronischen Telefonbücher des nördlichen Florida. Dort war sie groß geworden, und Ricky ging davon aus, dass weitere Angehörige außer Rumpelstilzchen, falls es denn welche gab, am ehesten dort zu finden waren. Auf dem Totenschein war eine Adresse unter der Rubrik *Nächste Angehörige* verzeichnet, doch als er die Anschrift mit dem entsprechenden Namen abglich, stellte er fest, dass dort inzwischen jemand anders wohnte. In der Gegend von Pensacola gab es eine Menge Tysons, und denen allen nachzugehen, kam einer Sisyphusarbeit gleich – bis Ricky sich seiner eigenen handschriftlichen Notizen aus den Sitzungen mit der Frau entsann. Sie hatte, erinnerte er sich, einen Highschool-Abschluss und war zwei Jahre aufs College gegangen, bevor sie das Studium abbrach und mit einem Matrosen von der Marinebasis türmte, dem Vater ihrer drei Kinder.

Ricky druckte die Namen potenzieller Verwandter und die Adressen sämtlicher Highschools in der Gegend aus.

Je länger er auf die Worte auf dem Papier starrte, desto mehr dämmerte ihm, dass er gerade tat, wozu er vor so vielen Jahren verpflichtet gewesen wäre: sich über eine junge Patientin kundig machen, um diese Frau zu verstehen.

Er nahm an, dass sich in beiden Welten seither nicht allzu viel verändert hatte. Pensacola, Florida, liegt im so genannten Bibel-Gürtel. Schrille Stimmen trichtern den Menschen Jesus ein, loben unentwegt den Herrn und gehen nicht nur sonntags zur Kirche, sondern auch an jedem anderen Tag, den Gott werden lässt, wenn Seine Gegenwart vonnöten scheint. New York dagegen, nun ja, dachte Ricky, die Stadt stand vermutlich für so ziemlich alles, was jemandem, der aus Pensacola kam, falsch und verwerflich war. Es musste eine irritierende Kombination gewesen sein. Eines jedoch schien ihm relativ sicher: Es war weitaus naheliegender, dass er Rumpelstilzchen in der City fand als im Norden Floridas auf dem Lande. Gleichwohl ging er davon aus, dass der Mann da unten im Süden seine Spuren hinterlassen hatte.

Und so beschloss Ricky, dort zu beginnen.

Er griff auf seine neuesten Fertigkeiten zurück und orderte bei einem der virtuellen Ausweisanbieter einen in Florida ausgestellten Führerschein sowie einen Wehrdienstausweis. Die Dokumente sollten an die Postfachanschrift von Frederick Lazarus geliefert werden, jedoch auf den Namen Rick Tyson lauten.

Einem lange verschollenen Angehörigen auf der harmlosen Suche nach seinen Wurzeln, so sein Kalkül, würden die Leute gerne behilflich sein. Als weitere Absicherung erfand er eine Krebsklinik, und unter einem ebenfalls fiktionalen Briefkopf setzte er ein Schreiben auf, demzufolge Mr. Tysons Cousine an der Hodgkin-Krankheit litt und eine Knochenmarktransplantation benötigte; jede Hilfe bei der Suche nach Blutsverwandten mit kompatiblen Knochenmarksmerkmalen sei sehr zu begrüßen und möglicherweise lebensrettend.

Ein solcher Brief war eine zynische Idee, räumte Ricky ein. Doch vermutlich würde er ihm ein paar Türen öffnen, die ihm sonst verschlossen wären.

Er buchte einen Flug, stimmte sich mit seinen Vermieterinnen sowie mit seinem Vorgesetzten an der Uni ab, tauschte einige Dienstage und -stunden, um ein paar Tage am Stück frei zu bekommen. Anschließend ging er beim Secondhand-Laden vorbei, um sich einen einfachen, äußerst billigen schwarzen Sommeranzug zu kaufen, in etwa das, was ein Leichenbestatter tragen würde, genau das Richtige für seine Zwecke. Am späten Abend vor seinem Abflug begab er sich in seiner Hausmeisteruniform ins Theaterwissenschaftliche Institut. Mit einem seiner Generalschlüssel konnte er die Requisitenkammer öffnen, wo diverse Kostüme der Studentenbühne aufbewahrt wurden. Es dauerte nicht lange, und er fand, was er brauchte.

Die Golfküstenregion lag unter einer feuchtschwülen Hitzeglocke wie unter einer unausgesprochenen Drohung. Als er aus der klimatisierten Flughafenhalle trat, um zur Autovermietung hinüberzugehen, bekam er bei den ersten Atemzügen das Gefühl, als träfe ihn ein Schwall zähflüssig drückender Wärme, mit der sich selbst die heißesten Tage auf dem Cape Cod oder auch eine Hitzewelle in New York mitten im August nicht messen konnte. Es war fast so, als mischte sich eine feste Substanz in die Luft – unsichtbar zwar, doch umso quälender. Krankheitserreger, war seine erste, aber doch wohl übertriebene Assoziation.

Sein Plan war denkbar einfach: Er würde sich in einem billigen Motel einquartieren und dann zu der Adresse auf Claire Tysons Sterbeurkunde gehen. Er würde an einige Türen klopfen, sich umhören und sehen, ob irgendjemand, der zur Zeit dort wohnte, etwas über den Verbleib ihrer Familie wusste. Anschließend würde er seine Suche auf die nächstgelegenen Highschools ausdehnen. Zugegeben, kein detaillierter Plan, aber von geradezu journalistischer Akribie: Klopfe so lange an Türen, bis du was erfährst.

Ricky fand ein Motel an einem breiten Boulevard, wo sich eine Einkaufspassage an die andere reihte, dazu Filialen sämtlicher Fastfoodketten und Discountläden. Es war eine Straße aus Zement, die unter der unabweislichen Sonne der Golfregion brütete. Die paar kümmerlichen Palmen und Bepflanzungen schienen wie Strandgut nach einem Sturm an den Kai aus Billigkommerz angespült. Er schmeckte und roch das Salz in der Luft, doch der Blick aufs Meer war von der Endloskette der zweistöckigen Bauten und grellen Reklamen verstellt. Er trug sich unter dem Namen Frederick Lazarus ein und beglich den dreitägigen Aufenthalt in bar. Dem nicht allzu interessierten Portier erzählte er, er sei Handelsvertreter. Nach einem kurzen Blick auf das bescheidene Zimmer ließ Ricky seine Tasche da und ging zu Fuß zu dem kleinen Laden mit Tankstelle hinüber, der an der Rückseite des Parkplatzes lag. Dort besorgte er sich eine detaillierte Straßenkarte von Pensacola und Umgebung.

Die Häuserparzellen, die sich um die Marinebasis breiteten, waren von einer Gleichförmigkeit, die Ricky wie der erste Höllenkreis erschien. Reihenweise Betonhäuser mit winzigen Flecken grünem Gras, das unter der Sonne dampfte, während sich, so weit das Auge reichte, Rasensprenger mühten, die Farbe aufzufrischen. Es war, musste Ricky unwillkürlich denken, eine Kurzhaar- und Bubikopf-Gegend; jeder Häuserblock schien die Ambitionen seiner Bewohner klar zu definieren: Die Straßenzüge mit den regelmäßig gemähten Rasenflächen und gepflegten kleinen Gärten, mit frisch gestrichenen Häusern, die übernatürlich weiß unter der Golfsonne glitzerten, zeugten, so schien es, von Hoffnung und Zukunftschancen. Die Autos, die auf den Einfahrten parkten, glänzten sauber und neu. Auf einigen Rasenflächen sah er Schaukelanlagen und Plastikspielzeug, und trotz der Vormittagshitze waren Kinder draußen und spielten unter den wachsamen Augen ihrer Eltern. Die Demarkationslinien waren allerdings nicht zu übersehen: Nur wenige Straßen in eine andere Richtung weiter, und die Häuser wirkten plötzlich schäbig und ungepflegt – Farbe, die von den Wänden blätterte, verfleckte Regenrinnen; braune Schmutzstriemen, Maschendrahtzäune, der eine oder andere Wagen, ohne Räder und verrostet, auf Steinen aufgebockt. Weniger vergnügtes Kindergekreisch, dafür randvoll mit Flaschen gefüllte Abfalltonnen. Ein Viertel, in dem die Träume schnell an ihre Grenzen stoßen, resümierte er.

In der Ferne lag die Golfbucht mit ihrer strahlend blauen Wasserfläche und der Stützpunkt mit seiner stolzen Flotte grauer Marineschiffe – die Achse, um die sich alles drehte. Doch je weiter er sich vom Meer entfernte, desto heftiger schlug ihm die soziale Benachteiligung entgegen. Je tiefer er in das Straßengeflecht eindrang, desto begrenzter, zielloser schien ihm diese Welt – so hoffnungslos wie eine leere Flasche.

Er fand die Straße, in der Claire Tysons Familie wohnte, und schauderte. Sie war nicht besser oder schlechter als all die anderen Häuserblocks, doch gerade dieses Mittelmaß sprach Bände: ein Ort, aus dem man besser flieht.

Ricky suchte nach der Nummer dreizehn, die in der Mitte des Straßenzugs lag. Er hielt an und parkte am Bürgersteig.

Das Haus selbst unterschied sich wenig von den anderen. Ein eingeschossiges, Zwei- oder Drei-Zimmer-Domizil mit den Kästen der Klimaanlage unter mehreren Fenstern. Eine Betonplatte diente als Eingangsbereich, ein rostiger alter Kesselgrill lehnte an der Seitenwand. Auf dem verblichenen rosa Anstrich des Hauses prangte nahe der Tür eine krakelige, handgeschriebene schwarze Dreizehn. Die Eins war deutlich größer als die Drei, und das Ganze machte den Anschein, als habe es sich derjenige, der die Adresse an der Wand anbrachte, mitten im Schreiben anders überlegt. An die Vorderseite eines offenen Carports war ein Basketballkorb angenagelt, der für seinen ungeübten Blick zwanzig bis dreißig Zentimeter unter der vorschriftsmäßigen Höhe hing. An einem Pfosten lag ein verblasster, orangefarbener Ball. Der Vorgarten wirkte verwildert, das unkrautüberwucherte Gras wechselte mit Streifen blanker Erde. Kaum betrat er den Weg zur Haustür, ließ ein blonder, angeketteter Hund hinter einem Drahtzaun, der den winzigen Garten einfriedete, ein wütendes Gekläff ertönen. Die aktuelle Tageszeitung lag noch vorne an der Straße; er hob sie auf und nahm sie mit zur Tür. Er drückte die Klingel und hörte es drinnen schrillen. Im Haus schrie ein Baby, verstummte aber sofort, als eine Stimme sagte: »Ich komm ja schon …«

Die Tür ging auf, und vor ihm stand eine junge schwarze Frau, ein Kleinkind auf die Hüfte gestemmt. Sie ließ die Fliegengittertür geschlossen.

»Was wollen Sie?«, fragte sie in kaum verhaltenem Ärger. »Was darf's denn diesmal sein, der Fernseher? Die Waschmaschine? Vielleicht die Möbel? Oder wie wär's mit der Babyflasche? Was nehmen Sie diesmal mit?« Sie blickte an ihm vorbei auf die Straße, als rechnete sie dort mit einem Lkw und Möbelpackern.

»Ich komme nicht, um irgendwas zu holen«, erwiderte er.

»Sind Sie von den Elektrizitätswerken?«

»Nein, ich bin von keiner Inkassofirma, und ich bin auch kein Zwangsvollstrecker.«

»Wer sind Sie dann?«, fragte sie in nach wie vor aggressivem, abweisendem Ton.

»Ich bin nur jemand, der ein paar Fragen an Sie hätte«, sagte Ricky mit einem Lächeln. »Und für ein paar Antworten vielleicht auch ein bisschen Geld.«

Die Frau sah ihn mit einer Mischung aus Argwohn und Neugier an. »Was für Fragen denn?«, wollte sie wissen.

»Fragen zu jemandem, der hier mal gewohnt hat. Vor einer ganzen Weile.«

»Ich weiß nicht viel«, sagte die Frau.

»Eine Familie namens Tyson«, hakte Ricky nach.

Die Frau nickte. »Muss der Mann sein, wo sie an die Luft gesetzt haben, bevor dass wir hier eingezogen sind.«

Ricky zückte seine Brieftasche und holte einen Zwanzig-Dollar-Schein heraus. Er hielt ihn ihr entgegen, und die Frau öffnete die Fliegengittertür. »Sind Sie so was wie'n Cop?«, fragte sie. »Kommissar oder so?«

»Ich bin nicht von der Polizei«, erklärte Ricky. »Schon möglich, dass ich Detektiv bin oder etwas in der Art.« Er trat ins Haus.

Er blinzelte und brauchte eine Weile, bis sich seine Augen an das Dunkel gewöhnt hatten. Es war stickig in dem kleinen Flur, und er folgte der Frau und dem Kind ins Wohnzimmer. Hier waren die Fenster geöffnet, doch die aufgestaute Hitze in dem kleinen Raum erinnerte vage an eine Gefängniszelle. Es gab einen Stuhl, eine Couch, einen Fernseher sowie einen rot-blau gemusterten Laufstall, in den das Kind gesteckt wurde. Abgesehen von zwei Fotos – einem vom Baby und einem Hochzeitsbild, auf dem die Frau in steifer Pose neben einem jungen schwarzen Mann in Marineuniform stand –, waren die Wände kahl. Er hätte die beiden auf neunzehn, allenfalls zwanzig geschätzt. Ricky sah noch einmal auf das Foto und stellte die naheliegende Frage: »Ist das Ihr Mann? Wo ist er jetzt?«

»Sie sind ausgelaufen«, sagte die Frau. Jetzt, wo ihr Ärger verflogen war, lag ein angenehmer Singsang in ihrem Ton. Sie hatte den typischen Akzent der Schwarzen aus dem Süden, aus dem tiefen Süden, wie Ricky schätzte. Alabama oder Georgia, vielleicht auch Mississippi. Die Marine hatte die Flucht vom Lande ermöglicht, tippte er, und sie war mitgezogen, ohne zu wissen, dass sie bloß eine Form von Armut gegen eine andere tauschte. »Er ist in irgendeinem Golf irgendwo in Arabien, auf der *USS Essex*. Das ist ein Zerstörer. Noch zwei Monate, bis er nach Hause kommt.«

»Wie heißen Sie?«

»Charlene«, erwiderte sie. »Also, was sind das für Fragen, die wo ich 'n bisschen was extra mit verdienen kann?«

»Knapp bei Kasse?«

Sie lachte, als hätte er einen schlechten Witz gemacht. »Können Sie laut sagen. Die zahlen nich gerade üppig bei der Marine, bis du 'n gutes Stück aufgestiegen bist. Ham schon den Wagen verloren und sind mit der Miete zwei Monate zurück. Die Möbel sind auch noch nich abgezahlt. Selbe Geschichte überall hier in der Gegend.«

»Macht der Vermieter Ärger?«, fragte Ricky. Zu seinem Staunen schüttelte die Frau den Kopf. »Der Vermieter is 'n anständiger Mann, weiß auch nich, wieso. Wenn ich das Geld hab, schicke ich es auf ein Bankkonto. Aber ein Mann bei der Bank, vielleicht auch 'n Anwalt oder so, der ruft hier an und sagt, ich soll mir keine Sorgen machen, ich zahl einfach, wenn ich kann, sagt, er versteht, dass es bei 'n Soldaten schomal hart auf hart kommen kann. Mein Mann, Reggie, der is nur einfacher Matrose. Muss sich erst mal hocharbeiten, bevor er mal richtig ans Geldverdienen dran kommt. Aber der Vermieter is echt cool, wie sonst keiner. Die Stromleute sagen, dasse abschalten, deshalb tut es die Klimaanlage nich und so.«

Ricky ging zu ihr hinüber und setzte sich auf den einzigen Stuhl, während Charlene sich ein Fleckchen auf dem Sofa suchte. »Sagen

Sie mir, was Sie über die Familie Tyson wissen. Die haben hier gewohnt, bevor Sie eingezogen sind, nicht wahr?«

»Ja«, sagte sie. »Ich weiß nich besonders viel über die Leute. Das Einzige is über den alten Tyson. War hier ganz alleine. Was interessiert Sie so an 'nem alten Mann?« Ricky zog seine Brieftasche heraus und zeigte der jungen Frau den falschen Führerschein auf den Namen Ricky Tyson. »Entfernter Verwandter von mir, hat vielleicht 'ne kleine Erbschaft gemacht«, log Ricky. »Die Familie schickt mich, soll ihn ausfindig machen.«

»Weiß nich, ob er da, wo er hin is, noch was mit dem Geld anfangen kann«, sagte Charlene.

»Und wo ist er hin?«

»Drüben ins Veteranenpflegeheim in der Midway Road. Falls er noch am Leben is.«

»Und seine Frau?«

»Tot. Schon seit 'n paar Jahren. Hatte ein schwaches Herz, hab ich mir sagen lassen.«

»Haben Sie ihn kennen gelernt?«

Charlene schüttelte den Kopf. »Das Einzige, was ich weiß, hab ich von Nachbarn.«

»Dann erzählen Sie mir doch am besten, was Sie von den Nachbarn gehört haben.«

»Der alte Mann und die alte Frau haben hier ganz alleine gelebt …«

»Sie sollen eine Tochter haben …«

»Hab ich auch gehört, soll aber gestorben sein, vor langer Zeit.«

»Ach so. Fahren Sie fort.«

»Haben von der Stütze gelebt. Vielleicht auch noch 'ne Rente, jedenfalls nich viel. Die alte Frau, die hatte dann was mit dem Herz. Waren nich versichert. Dann kommen die ganzen Rechnungen. Die alte Frau, die stirbt ganz plötzlich, und der alte Mann hat noch mehr Rechnungen am Hals. Keine Versicherung. Nur 'n mieser alter Knacker, nich gerade besonders beliebt bei den Nachbarn, keine Freunde, keine Familie, jedenfalls nich, dass einer wüsste. Bleibt ihm nur dasselbe als wie bei mir, nur Rechnungen. Leute, wo ihr Geld haben wollen. Dann irgendwann zahlt er seine Zinsen nich pünktlich, und er kriegt raus, dass es nich mehr die alte Bank is, wo seinen Schuldschein hat – den hat jemand der Bank abgekauft. Er kann wieder nich bezahlen, vielleicht noch mal nich, und der Sheriff schickt seine Leute mit 'nem Räumungsbescheid. Und zack sitzt der Alte auf der Straße. Nächste, was ich höre, is, dass er im Veteranenheim landet. Glaub kaum, dass er da je wieder rauskommt, außer vielleicht mit die Füße zuerst.«

Ricky dachte über die Geschichte nach. »Und Sie sind nach der Zwangsräumung eingezogen?«

»Ja.« Charlene seufzte und schüttelte den Kopf. »Dieser ganze Häuserblock muss noch vor zwei Jahren viel, viel besser dran gewesen sein. Nich so viel von dieser üblen Sorte, nich so viel gesoffen, nich so viel Prügeleien. Hab gedacht, wär 'n guter Anfang hier, aber jetzt wüsste ich nich mal, wo ich sonst hin soll, und Geld für 'n Umzug is auch keins da. Jedenfalls hab ich die Geschichte über die Alten von den Leuten gegenüber. Sind inzwischen weg. Wahrscheinlich sind alle, die den Alten noch gekannt haben, weg. Aber zu viele Freunde hat er, wie's aussieht, nich gehabt. Der alte Mann hatte 'nen Pitbull, war da hinten, wo unserer jetzt is, an der Kette. Unser Hund, der bellt einfach nur, macht Radau, so wie eben, wo Sie gekommen sind. Wenn ich ihn loslasse, kommt er und leckt Sie eher im Gesicht, als dass er Sie beißt. Tysons Pitbull is da ganz was anderes gewesen. Als er jung war, da hat er bei diesen Hundekämpfen mitgemacht und ordentlich zugebissen. So wo können Sie 'ne Menge weiße Männer schwitzen sehen, die Geld verwetten, wo sie nich haben, und sie trinken und fluchen. So wo kommen die Touristen nich hin, die nach Florida kommen, auch nich die Leute von der Navy. Is eher wie in Alabama oder Mississippi. Hinterwäldler-Florida. Hinterwäldler und Kampfhunde.«

»Klingt nicht so toll«, sagte Ricky.

»Sind 'ne Menge Kinder hier im Viertel. So 'n Hund is 'ne Gefahr für alle, kann eins von denen was tun. Is vielleicht noch 'n Grund, wieso die Leute hier aus der Gegend den Kerl nich sonderlich leiden konnten.«

»Was für Gründe gibt es denn noch?«

»Hab so was läuten gehört.«

»Was haben Sie läuten gehört?«

»Üble Sachen, Mister. Gemeine, ekelhafte Sachen, richtig mies.

Weiß nich, ob das alles stimmt, deshalb hat mir meine Mutter, mein Vater beigebracht, nich Sachen weiterzusagen, die wo ich nich sicher weiß, ob sie stimmen. Aber vielleicht fragen Sie jemand anders, der nich so gottesfürchtig ist wie ich, der erzählt Ihnen wahrscheinlich mehr. Wüsste allerdings nich, wer. Keiner mehr da von damals.«

Ricky überlegte wieder einen Moment und fragte dann: »Haben Sie den Namen, vielleicht die Anschrift von dem Mann, dem Sie jetzt Miete zahlen?«

Charlene sah ihn ein wenig erstaunt an und sagte dann, »Sicher. Ich stell den Scheck auf 'n Anwalt im Zentrum aus und schick ihn an 'nen anderen Mann bei der Bank. Wenn ich das Geld habe.« Sie hob ein Stück Buntstift vom Boden auf und schrieb einen Namen und eine Anschrift auf die Rückseite einer Mietmöbelfirma. Auf dem Umschlag war ein Stempel: ZWEITE MAHNUNG. »Hoffe, das hilft Ihnen irgendwie weiter.«

Ricky zog noch zwei Zwanzig-Dollar-Scheine aus der Brieftasche und reichte sie der Frau. Sie bedankte sich mit einem stummen Nicken. Er zögerte und zog noch einen dritten heraus. »Für das Baby«, sagte er.

»Nett von Ihnen, Mister.«

Als er wieder zur Straße lief, hielt er sich die Hand über die Augen. Der Himmel über ihm war eine einzige unbeirrbare blaue Weite, und es war noch heißer geworden. Für einen Moment fühlte er sich an die Hochsommertage in New York erinnert und an seine regelmäßige Flucht in das kühlere Klima am Cape. Das war vorbei, dachte er. Er sah zu seinem Leihwagen am Bürgersteig hinüber und versuchte, sich einen alten Mann vorzustellen, der zwischen seinen dürftigen Habseligkeiten auf der Straße sitzt. Ohne Freunde aus dem Haus geschmissen, in dem er so viele Jahre ein hartes, zumindest aber sein eigenes Leben geführt hatte. Ohne mit der Wimper zu zucken, rausgeschmissen. Dem Alter, der Krankheit und der Einsamkeit überlassen. Ricky steckte das Papier mit Namen und Adresse des Anwalts in die Tasche. Er wusste, wer den alten Mann vor die Tür gesetzt hatte. Doch er hätte gerne gewusst, ob der alte Mann in der Hitze und der Verzweiflung dieses Augenblicks begriffen hatte, dass ihm das vom Kind seines Kindes angetan wurde, dem er vor so vielen Jahren den Rücken gekehrt hatte.

Kaum sieben Straßen von dem Haus, aus dem Claire Tyson geflüchtet war, befand sich eine große, weitläufige Highschool. Ricky bog auf den Parkplatz ein, starrte zu dem Gebäude hoch und versuchte, sich vorzustellen, wie ein Kind in diesem Gemäuer seine Individualität entfalten, geschweige denn Bildung erlangen konnte. Es war ein riesiger sandfarbener Zementkomplex mit einem Footballplatz sowie einer Aschenbahn hinter einem drei Meter hohen Maschendrahtzaun. Es kam Ricky so vor, als hätte der Architekt einfach ein riesiges Rechteck gezeichnet und ein zweites angefügt, so dass ein T-förmiger Klotz entstand, und fertig war der Lack. An eine Mauer waren die Umrisse eines riesigen Helms nach Art der alten Griechen aufgemalt und dazu in verblasster, roter Schreibschrift der Slogan: HIER SIND DIE SOUTH SIDE SPARTANS ZUHAUSE! Wie ein Napfkuchen in der Röhre schmorte das Ganze unter dem wolkenlosen Himmel und der gnadenlosen Sonne.

Direkt hinter dem Haupteingang befand sich ein Wachtisch, an dem ein Mann vom Sicherheitsdienst in blauem Hemd und schwarzer Hose, dazu Lackledergürtel und -schuhe in Schwarz – zumindest der Kleidung nach so etwas wie ein Polizist – einen Metalldetektor bediente. Der Wachmann beschrieb Ricky den Weg zu den Verwaltungsbüros, ließ ihn dann zwischen den Pfosten der Apparatur hindurchlaufen und zeigte noch einmal die Richtung an. Rickys Absätze klickten über den gewienerten Linoleumboden des Korridors. Er war kurz nach der Pause gekommen und hatte daher die Flure mit ihren grauen Spinden fast für sich allein. Nur ab und zu eilte ein Schüler an ihm vorbei.

Hinter der Tür mit der Aufschrift VERWALTUNG saß eine Sekretärin an ihrem Schreibtisch. Er erklärte ihr den Grund für seinen Besuch, und sie verwies ihn an die Direktorin. Während die Sekretärin kurz mit ihrer Vorgesetzten sprach, wartete Ricky vor der Tür. Die Frau kam zurück und geleitete ihn hinein. Er betrat den Raum und erblickte eine Frau in reiferem Alter, die Bluse bis unters Kinn zugeknöpft, die über die Brille hinweg von ihrem Computerbildschirm aufsah und ihm einen schulmeisterlich strengen Blick zuwarf. Sie schien von seiner Störung nicht begeistert, bot ihm aber dennoch einen Stuhl an und drehte sich hinter ihrem mit Papieren übersäten Schreibtisch zu ihm um. Er nahm auf dem Stuhl

Platz, auf dem sich, wie er vermutete, meist verängstigte Schüler wanden, die sich bei einer Übertretung hatten erwischen lassen, oder auch entsetzte Eltern, die von dem Vorfall erfuhren.

»Was genau kann ich für Sie tun?«, fragte die Direktorin kurz angebunden.

Ricky nickte. »Ich bin auf der Suche nach Informationen«, sagte er. »Ich stelle Nachforschungen über eine junge Frau an, die in den späten Sechzigern hier zur Schule ging. Sie hieß Claire Tyson …«

»Die Schulakten sind vertraulich«, unterbrach ihn die Direktorin. »Aber ich entsinne mich an die junge Frau.«

»Dann müssen Sie schon eine ganze Weile an der Schule sein …«

»Mein ganzes Berufsleben«, sagte die Direktorin. »Ich kann Ihnen das Jahrbuch von 1967 zeigen, aber sonst weiß ich nicht, ob ich eine große Hilfe bin. Wie gesagt, die Schülerakten sind vertraulich.«

»Also, ich brauche ihre Schülerakte eigentlich gar nicht«, sagte Ricky und zog seinen Krebsklinikbrief aus der Tasche, um ihn der Schulleiterin zu reichen. »Ich bin eigentlich nur auf der Suche nach jemandem, der vielleicht von einem Verwandten weiß …«

Die Frau überflog den Brief. Ihr Gesicht nahm einen milderen Ausdruck an. »Verstehe«, sagte sie in apologetischem Ton. »Tut mir leid. Mir war nicht klar …«

»Schon in Ordnung«, sagte Ricky. »Das Ganze ist ziemlich aussichtslos, aber wenn man eine Nichte hat, die krank ist, will man natürlich nichts unversucht lassen.«

»Selbstverständlich«, beeilte sich die Frau. »Wer würde das nicht. Ich glaube allerdings nicht, dass hier in der Gegend noch irgendwelche Tysons übrig sind. Jedenfalls nicht, dass ich wüsste, und ich kann mich so ziemlich an jeden erinnern, der hier zur Tür hereinspaziert.«

»Ich staune, dass Sie sich an Claire erinnern können …«, sagte Ricky.

»Claire kann man nicht so leicht vergessen, in mehr als einer Hinsicht. Damals war ich ihre Vertrauenslehrerin. Ich bin beruflich weitergekommen.«

»Offensichtlich«, sagte Ricky. »Aber Ihr Erinnerungsvermögen, besonders nach so vielen Jahren …«

Die Frau winkte ab. Sie stand auf und ging an ein Bücherregal an der Rückwand, um wenig später mit einem alten, in Kunstleder eingebundenen Jahrbuch der Klasse von 1967 zurückzukehren. Sie reichte es Ricky über den Tisch.

Es war ein ganz und gar typisches Jahrbuch: Seite um Seite Schnappschüsse von Schülern bei verschiedenen Aktivitäten oder Spielen, ergänzt durch übertrieben enthusiastische Texte. Zum größten Teil bestand es aus offiziellen Porträts der Abschlussklasse. Es waren gestellte Aufnahmen von jungen Leuten, die älter und ernster auszusehen versuchten, als sie waren. Ricky blätterte die Reihe durch, bis er zu Claire Tyson kam. Er hatte etwas Mühe, zwischen der Frau, die rund zehn Jahre später bei ihm in der Praxis gewesen war, und diesem frischen, herausgeputzten, fast erwachsenen Mädchen im Jahrbuch eine Verbindung herzustellen. Ihr Haar war länger und fiel ihr in einer großzügigen Welle über die Schulter. Um ihre Lippen spielte ein zartes Grinsen, sie wirkte einen Hauch weniger steif als die meisten ihrer Klassenkameraden, so wie jemand, der um ein Geheimnis weiß. Er las den Eintrag neben ihrem Porträt. Darin waren ihre AGs aufgelistet – Französisch, Naturwissenschaften, Hauswirtschaftslehre und der Theaterclub – daneben ihre Sportarten, Softball und Volleyball. Darüber hinaus waren ihre akademischen Meriten aufgeführt, zu denen ein Platz unter den Spitzenschülern über acht Semester hinweg sowie eine Empfehlung für ein Stipendium gehörten. Ein Zitat von ihr fiel zwar unter die Rubrik Humor, hatte für Ricky jedoch einen unheimlichen Beigeschmack. »Tu anderen, bevor sie dir tun, wie du nicht willst …«

Dann die Rubrik Vorhersage: »Möchte auf der Überholspur leben …«, und ein Blick in die Kristallkugel des Teenagers: »In zehn Jahren wird sie sein: Auf dem Broadway oder darunter …«

Die Direktorin sah ihm über die Schulter. »Sie hatte keine Chance«, sagte sie.

»Wie meinen Sie das?«, fragte Ricky.

»Sie war das einzige Kind, ähm, schwieriger Eltern. Die am Rande der Armut lebten. Der Vater war ein Tyrann. Vielleicht schlimmer als das …«

»Sie meinen …«

»Wir konnten viele der klassischen Zeichen für sexuellen Missbrauch bei ihr ausmachen. Ich hab oft mit ihr gesprochen, wenn sie diese unkontrollierbaren Anfälle von Depression überkamen. Sie weinte. Hysterisch. Dann wieder war sie ruhig, unterkühlt, fast entrückt, als wäre sie gar nicht da, obwohl sie vor mir saß. Hätte ich auch nur den geringsten konkreten Beweis gehabt, hätte ich die Polizei gerufen, aber was sie verraten hat, reichte nie aus, um diesen Schritt zu rechtfertigen. In meiner Position muss man vorsichtig sein. Außerdem wussten wir damals noch nicht so viel über diese Dinge wie heute.«

»Natürlich.«

»Und dann wusste ich, dass sie die erste Gelegenheit wahrnehmen würde zu türmen. Dieser Junge ...«

»Ihr Freund?«

»Ja. Ich bin mir ziemlich sicher, dass sie, als sie in dem Frühjahr ihren Abschluss machte, schwanger war, und zwar schon ziemlich lang.«

»Wissen Sie noch, wie er hieß? Könnte ja sein, dass noch eins der Kinder ... Das könnte von entscheidender Bedeutung sein, wissen Sie, bei dem Genpool und so, ich verstehe nichts von diesen Dingen, die mir die Ärzte da erzählen, aber ...«

»Es gab ein Baby. Aber ich weiß nicht, wie es weiterging. Sie haben hier keine Wurzeln geschlagen, so viel steht fest. Den Jungen drängte es zur Marine, auch wenn ich nicht sicher sagen kann, ob er tatsächlich da gelandet ist, und sie ging ans hiesige College. Ich glaube nicht, dass sie überhaupt geheiratet haben. Ich hab sie mal wiedergesehen, auf der Straße. Sie blieb stehen, um Hallo zu sagen, aber das war's auch schon. Es war, als könnte sie einfach über nichts reden. Claire schämte sich immerzu für dieses oder jenes. Das Problem war, dass sie ein intelligentes Mädchen war. Wundervoll auf der Bühne. Sie konnte jede Rolle spielen, von Shakespeare bis hin zu ›Guys and Dolls‹. Echtes Schauspieltalent. Ihr Problem war die Realität.«

»Verstehe ...«

»Sie gehörte zu diesen Menschen, denen man gerne helfen möchte, ohne es zu können. Sie war immer auf der Suche nach jemandem, der sich um sie kümmern würde, aber sie ist immer auf die falschen gestoßen. Unweigerlich.«

»Der Junge?«

»Daniel Collins?« Die Direktorin nahm das Jahrbuch und blätterte ein paar Seiten zurück, um es Ricky erneut zu reichen. »Sieht gut aus, was? Frauenheld. Football und Baseball, aber nie ein Star. Weiß Gott nicht dumm, ohne sich allerdings im Unterricht hervorzutun. Der Typ, der immer weiß, wo's was zum Feiern gibt, wo's was zu trinken gibt, oder auch Pot, und er war derjenige, der sich nie erwischen ließ. Einer von der Sorte, die sich so durchwurstelt. Hatte jedes Mädchen im Schlepptau, das er wollte, aber besonders Claire. Das war eine von diesen Beziehungen, bei denen Sie von vornherein wissen, dass das nicht gut gehen kann und nichts als Ärger bringt.«

»Sie mochten ihn offenbar nicht sonderlich?«

»Was sollte man an dem mögen? Er hatte was von einem Raubtier. Einiges sogar. Interessierte sich nur für sich selbst und seine eigene Befindlichkeit.«

»Haben Sie die hiesige Adresse seiner Familie?«

Die Direktorin stand auf, ging an den Computer und tippte einen Namen ein. Dann nahm sie einen Bleistift und schrieb eine Telefonnummer auf einen Zettel ab, den sie Ricky reichte.

Er nickte.

»Sie glauben also, er hat sie verlassen …«

»Sicher. Nachdem er sie aufgebraucht hatte. Darin war er gut: Leute zu benutzen und dann fallen zu lassen. Ob das ein Jahr oder zehn gedauert hat, weiß ich nicht. Wenn Sie lange genug in meinem Beruf gearbeitet haben, dann bekommen Sie einen ziemlich guten Riecher dafür, was später mal aus diesen Jugendlichen wird. Manche überraschen einen, aber nicht allzu viele.« Sie deutete auf die Vorhersage im Jahrbuch. »Auf dem Broadway oder darunter.« Ricky wusste, was eingetroffen war. »Die Schüler verbinden immer einen Witz mit einer Prognose. Aber das Leben ist selten so amüsant, nicht wahr?«

Bevor er sich auf den Weg zum Veteranenkrankenhaus begab, fuhr Ricky bei seinem Motel vorbei und zog den schwarzen Anzug an. Dann nahm er das Kleidungsstück mit, das er sich an der Universität in New Hampshire aus der Theater-Requisite ausgeliehen hatte, legte sich den Kragen um den Hals und bewunderte sich im Spiegel.

Das Krankenhaus war ein ähnlich seelenloses architektonisches Gebilde wie die Highschool. Der zweigeschossige weiß getünchte Klinkerbau wirkte, als habe man ihn zwischen mindestens sechs verschiedenen Kirchen hingeknallt. Pfingstler, Baptisten, Katholiken, Kongregationalisten, Unitarier, Afrikanisch-Methodistische Episkopale hatten allesamt Schilder mit Frohbotschaften auf den Rasenflächen vor den Eingangsportalen aufgepflanzt, in denen die ungetrübte Freude über Jesu nahes Kommen verkündet oder zumindest der Trost des biblischen Wortes verheißen wurde, das zweimal pro Sonntag inbrünstig gepredigt wurde. Ricky, dem in seiner psychoanalytischen Praxis der Respekt vor der Religion vergangen war, hatte sein heimliches Vergnügen an dem Widerspruch des Veteranenkrankenhauses zu den Gotteshäusern: Es war, als bildete die raue Realität der Abgeschobenen, für die die Einrichtung stand, ein gehöriges Gegengewicht zu dem geballten Optimismus, der sich in den Kirchen austobte. Er fragte sich, ob Claire Tyson wohl regelmäßig zur Kirche gegangen war. Vermutlich schon, wenn man bedachte, wo sie aufgewachsen war. Das Problem war nur, dass die fromme Gewohnheit die Leute nicht daran hinderte, an den übrigen Wochentagen ihre Frauen zu schlagen oder ihre Kinder zu missbrauchen, was Jesus, da war er sich relativ sicher, nicht gut geheißen hätte, falls er denn überhaupt eine Meinung dazu hatte.

Das Veteranenkrankenhaus zierten zwei Fahnenmasten, an denen Seite an Seite das Sternenbanner und die Flagge von Florida schlaff in der für den Spätfrühling untypischen Hitze hingen. Neben der Einfahrt waren ein paar wenig überzeugende Büsche gepflanzt, und Ricky sah einige alte Männer in abgerissener Anstaltskleidung in ihren Rollstühlen unbeaufsichtigt in der Nachmittagshitze auf einer kleinen Veranda sitzen. Die Männer hockten nicht in einer Gruppe oder auch nur je zu zweit beisammen. Vielmehr schien jeder für sich in einer eigenen Umlaufbahn zu kreisen, die dem Diktat des Alters und der Krankheit folgte. Er ging weiter durch die Eingangstür. Im Innern war es dunkel, man fühlte sich fast wie in einem klaffenden Schlund. Er schauderte beim Betreten. Die Krankenhäuser, in die er seine Frau gebracht hatte, bevor sie starb, waren hell, modern und so konzipiert gewesen, dass sie vom Fortschritt der Medizin kündeten; sie strotzten geradezu vor Energie und Überlebenswillen. Oder, wie in ihrem Fall, dem Kampf gegen das Unvermeidliche; von dem Willen, der Krankheit Tage abzutrotzen, so wie ein Footballspieler sich jeden Meter hart erkämpft, egal wie viele Gegenspieler sich an ihn klammern. Dieses Krankenhaus war das genaue Gegenteil. Es war ein Bau am unteren Ende der medizinischen Skala, wo die Behandlungspläne so einfallslos und öde waren wie der Speiseplan. Ricky fröstelte plötzlich, als er weiterlief, bei dem Gedanken, was für ein trauriger Ort zum Sterben das hier war.

Er sah eine Empfangsschwester hinter einer Theke und ging auf sie zu.

»Guten Morgen, Herr Pfarrer«, sagte sie strahlend. »Wie kann ich Ihnen helfen?«

»Guten Morgen, mein Kind«, erwiderte Ricky den Gruß und fummelte an dem Priesterkragen, der unfreiwilligen Leihgabe der Requisitenkammer, herum. »Ziemlich heiß für das Gewand des Herrn«, witzelte er. »Manchmal frage ich mich, wieso der Herr nicht, ja, diese hübschen Hawaiihemden mit den bunten Farben zu seinem Gewand auserkoren hat statt dieses Kragens«, sagte Ricky. »Wär an einem solchen Tag bedeutend angenehmer.«

Die Empfangsschwester prustete los. »Was hat Er sich nur dabei gedacht?«, ging sie auf den Spaß ein.

»Nun ja, ich komme, um einen Mann zu besuchen, der hier Patient ist. Er heißt Tyson.«

»Sind Sie ein Angehöriger, Herr Pfarrer?«

»Nein, leider nein, mein Kind. Aber seine Tochter hat mich gebeten, nach ihm zu sehen, wenn mich andere kirchliche Pflichten einmal wieder herführen.«

Diese Auskunft schien, wie Ricky erwartet hatte, durchzugehen.

Er glaubte nicht, dass irgendwo auf diesem ganzen Wurmfortsatz von Florida irgendjemand einem Mann in geistlicher Tracht etwas abschlagen würde. Die Frau konsultierte irgendwelche Computerdateien. Sie verzog ein wenig das Gesicht, als der Name auf dem Bildschirm erschien. »Das ist seltsam«, sagte sie. »Laut seines Krankenblatts gibt es gar keine lebenden Angehörigen. Sind Sie sicher, dass es seine Tochter ist?«

»Sie waren sich stark entfremdet, und sie hat ihm vor längerer

Zeit den Rücken gekehrt. Aber jetzt kann es vielleicht, mit meiner Hilfe und mit Gottes Segen, gelingen, im Alter eine Versöhnung herbeizuführen …«

»Das wäre schön, Herr Pfarrer. Würde mich freuen. Trotzdem müsste sie hier eigentlich stehen.«

»Ich werd's ihr sagen«, versicherte er.

»Er wird sie brauchen …«

»Gott segne Sie, mein Kind«, sagte Ricky. Wenn er ehrlich war, genoss er die Scheinheiligkeit seiner Worte und seiner Geschichte so wie ein Schauspieler seine Darbietung auf der Bühne. Momente, die Anspannung bargen und auch Zweifel, die von der Energie des Publikums erfüllt waren. Nachdem er so viele Jahre hinter der Couch zu so vielen Dingen geschwiegen hatte, verspürte Ricky den Drang, in die Welt hinauszugehen und zu lügen.

»Wie's aussieht, bleibt für eine Versöhnung nicht mehr allzu viel Zeit, Herr Pfarrer. Mr. Tyson liegt leider im Hospiz«, sagte sie. »Tut mir leid, Herr Pfarrer.«

»Er liegt …«

»Im Sterben.«

»Dann fügt sich das zeitlich offenbar besser, als ich zu hoffen wagte. Vielleicht kann ich ihm in seinen letzten Tagen ein wenig Trost spenden …«

Die Empfangsschwester nickte. Sie deutete auf einen Lageplan des Krankenhauses. »Da müssen Sie hin. Die diensthabende Schwester dort wird Ihnen weiterhelfen.«

Ricky arbeitete sich durch das Flurenlabyrinth vor und stieg in Gefilde hinab, die immer kälter und trostloser wurden. In seinen Augen wirkte alles zunehmend verschlissen. Er fühlte sich erinnert an den Unterschied zwischen den teuren Herrenausstattern in Manhattan, die er aus seinen Tagen als Psychoanalytiker kannte, und der Welt der Heilsarmeeläden, die er als Hausmeister in New Hampshire frequentierte. Im Veteranenkrankenhaus gab es nichts Neues, nichts Modernes, dem ersten Anschein nach nichts, was auf Anhieb funktionierte; alles zeugte von mehrfachem Gebrauch. Selbst die weiße Farbe an den Betonwänden war verblasst und vergilbt. Es war ein seltsames Gefühl, durch eine Einrichtung zu laufen, die sich eigentlich der Reinlichkeit und dem wissenschaftlichen Fortschritt verschrieben haben sollte, und das Bedürfnis nach einer Dusche zu verspüren. Die Unterschicht der Medizin, fasste er zusammen.

Und während er an der Abteilung für Herzerkrankungen und der für Lungenerkrankungen und dann an einer verschlossenen Tür mit der Aufschrift PSYCHIATRIE vorüberkam, wurde es immer schäbiger und schmuddeliger, bis er die letzte Station erreichte, eine Doppeltür, in die die Aufschrift HOSPIZ STATION eingestanzt war. Demjenigen, der die Beschriftung vorgenommen hatte, waren die Buchstaben auf den beiden Flügeln ein wenig verrutscht, so dass sie keine gerade Linie bildeten.

Der Priesterkragen und der Anzug erfüllten auch hier ihren Zweck, stellte Ricky fest. Niemand forderte ihn auf, sich auszuweisen, niemand schien an seiner Anwesenheit den geringsten Anstoß zu nehmen. Als er die Station betrat, entdeckte er ein Schwesternzimmer und ging auf die Theke zu. Die diensthabende Schwester, eine kräftig gebaute schwarze Frau, sah auf und sagte: »Ah, Herr Pfarrer, die haben schon angerufen und mir gesagt, dass Sie kommen. Mr. Tyson liegt auf Zimmer dreihundert. Das Bett direkt an der Tür …«

»Danke«, sagte Ricky. »Ob Sie mir vielleicht sagen können, woran er leidet …«

Die Schwester reichte Ricky daraufhin pflichtbewusst ein Krankenblatt. Lungenkrebs. Nicht mehr viel Zeit, und die größtenteils unter Schmerzen. Er empfand eine Spur von Mitleid.

Unter dem Vorwand, Hilfe zu leisten, dachte Ricky, bringen Krankenhäuser eine Menge Erniedrigung mit sich. Das traf zweifellos auf Calvin Tyson zu, der an eine Reihe Maschinen angeschlossen war und in halb sitzender Stellung unbequem auf dem Bett ruhte und auf einen Fernseher starrte, der zwischen ihm und seinem Zimmernachbarn hing. Es lief eine Soap, doch ohne Ton. Außerdem war das Bild verschwommen.

Tyson war abgemagert, nur noch Haut und Knochen. Er hatte eine Sauerstoffmaske um den Hals, die er sich gelegentlich an die Nase hielt, um besser Luft zu bekommen. Seine Nase hatte die für Lungenemphysem typische bläuliche Färbung, und seine knorrigen, nackten Beine lagen auf dem Laken ausgestreckt wie Äste und

Stöcke, die der Sturm vom Baum gerissen und über die Straße verstreut hatte. Der Mann im Nachbarbett sah kaum anders aus, und die beiden röchelten in einem qualvollen Duett. Tyson drehte, als Ricky den Raum betrat, den Kopf ein wenig zur Seite.

»Ich will mit keinem Priester reden«, keuchte er heraus.

Ricky lächelte, nicht freundlich. »Aber dieser Priester will mit Ihnen sprechen.«

»Ich will meine Ruhe«, sagte Tyson.

Ricky betrachtete den Mann in dem Bett von oben bis unten. »Wie's aussieht«, sagte er unverblümt, »ruhen Sie bald in alle Ewigkeit.«

Tyson schüttelte mühsam den Kopf. »Brauch keine Religion, jetzt nich mehr.«

»Ich wollte auch keine an Sie verschwenden«, erwiderte Ricky, »jedenfalls nicht, wie Sie denken.«

Ricky blieb stehen und schloss sorgsam die Tür hinter sich.

Er sah, dass über der Ecke des Betts ein Paar Kopfhörer für den Ton des Fernsehers baumelten. Er ging um das Bettende herum und starrte Tysons Zimmernachbarn an.

Auch wenn der Mann keinen Deut besser dran zu sein schien, erwiderte er Rickys Blick mit distanzierter Erwartung. Ricky zeigte auf die Kopfhörer neben seinem Bett. »Wollen Sie die aufsetzen, damit ich vertraulich mit Ihrem Nachbarn reden kann?«, fragte er, obwohl es einer Order gleichkam. Der Mann zuckte die Achseln und stülpte sich die Dinger mühsam über die Ohren.

»Gut«, sagte Ricky wieder an Tyson gewandt. »Wissen Sie, wer mich schickt?«, fragte er.

»Keine Ahnung«, krächzte Tyson. »Is keiner mehr da, dem ich was bedeute.«

»Da irren Sie«, erwiderte Ricky. »Da irren Sie gewaltig.«

Ricky beugte sich über den sterbenden Mann und flüsterte kalt: »Also, alter Mann, raus mit der Sprache: Wie oft hast du deine Tochter gevögelt, bevor sie für immer abgehauen ist?«

26

DIE AUGEN DES ALTEN MANNES weiteten sich vor Staunen, und er rutschte auf seinem Bett hin und her. Er hob eine knöcherne Hand und fuchtelte damit in dem geringen Abstand zwischen Ricky und seiner eingefallenen Brust in der Luft, als könnte er die Frage von sich weisen, doch schwach, wie er war, blieb es bei einer hilflosen Geste. Er hustete und keuchte und schluckte schwer, bevor er antwortete: »Was sind Sie für ein Priester?«

»Ein Priester der Erinnerung«, erwiderte Ricky.

»Wie meinen Sie das?« Die Worte kamen gehetzt. In Panik schössen seine Blicke durch den Raum, als suchte er verzweifelt nach Hilfe.

Ricky ließ sich mit der Antwort Zeit. Er betrachtete den sich windenden Calvin Tyson und überlegte, ob Tyson vor Ricky Angst hatte oder vor der Geschichte, die Ricky offenbar über ihn wusste. Er vermutete, dass der Mann – allen bösen Ahnungen der Schulleitung, der Nachbarn und seiner Frau zum Trotz – nach so vielen Jahren, in denen er mit dem Wissen um seine Taten allein gewesen war, sich tatsächlich eingeredet hatte, er teilte dieses Geheimnis nur mit seiner toten Tochter. So musste ihm Ricky mit seiner provokanten Frage wie ein fürchterlicher Racheengel erschienen sein. Er sah, wie die Hand des Mannes nach dem Klingelknopf über dem Kopf des Bettes tastete, um die Krankenschwester zu rufen. Er beugte sich über Tyson und schob die Vorrichtung außer Reichweite.

»Das wird nicht nötig sein«, sagte er. »Das ist ein Gespräch unter vier Augen.« Die Hand des alten Mannes sank wieder aufs Bett und griff nach der Sauerstoffmaske, aus der er, immer noch mit weit geöffneten Augen, ein paar tiefe Züge nahm. Es war eine altmodische Maske in Grün, die Mund und Nase mit undurchsichtigem Plastik bedeckte. In einer moderneren Einrichtung hätte Tyson ein kleineres Gerät bekommen, das man unter die Nasenlöcher klemmt. Das Veteranen-Krankenhaus gehörte jedoch zu den Einrichtungen, denen man ausgemusterte Geräte schickte – für die ausgemusterten Männer, die in den Betten lagen. Ricky zog Tyson die Maske vom Gesicht.

»Wer sind Sie?«, fragte der Mann voller Angst.

Er hatte den typischen Tonfall des Südens. Das blanke Entsetzen in seinen Augen erinnerte Ricky an ein Kind.

»Ich bin ein Mann, der ein paar Fragen hat«, sagte Ricky. »Der nach ein paar Antworten sucht. Ob es hart oder leicht für dich wird, hängt ganz von dir ab, alter Mann.«

Zu seiner eigenen Überraschung fiel es ihm leicht, einem dahinsiechenden, alten Mann zu drohen, der seine einzige Tochter missbraucht und später ihren verwaisten Kindern den Rücken gekehrt hatte.

»Sie sind kein Prediger«, sagte der Mann. »Sie arbeiten nicht für Gott.«

»Da irrst du«, erwiderte Ricky. »Und wenn man bedenkt, dass du jeden Moment vor deinen Richter trittst, ist es vielleicht besser so.«

Dieses Argument schien den alten Mann ein bisschen zur Vernunft zu bringen, denn er ruckte erst ein wenig hin und her und nickte dann.

»Deine Tochter«, fing Ricky an, doch er wurde unterbrochen.

»Meine Tochter ist tot. Hat nix getaugt. Von Anfang an.«

»Und könnte es vielleicht sein, dass du daran nicht ganz unschuldig bist?«

Calvin Tyson schüttelte den Kopf. »Sie haben doch keine Ahnung. Keiner hat 'ne Ahnung. Diese alten Geschichten sind Schnee von gestern.«

Ricky schwieg und starrte dem Mann in die Augen. Er konnte zusehen, wie sie sich verhärteten, gleich Zement in der sengenden Sonne. Er zog sein Kalkül, eine psychologisch fundierte Gleichung: Tyson war ein gnadenloser Pädophiler. Ohne jede Reue und unfähig zu sehen, welch unermesslichen Schaden er seiner Tochter zugefügt hatte. Er lag im Sterben und hatte vermutlich mehr Angst vor dem, was ihn erwartete, als vor dem, was gewesen war. Er würde es einmal von dieser Seite anpacken und sehen, wie weit er damit kam.

»Ich kann dafür sorgen, dass dir vergeben wird …«, sagte Ricky.

Der alte Mann schnaubte verächtlich. »Das schafft kein Priester nicht. Ich werd's drauf ankommen lassen.«

Ricky schwieg eine Weile und sagte: »Deine Tochter Claire hatte drei Kinder …«

»Sie war 'ne Hure, ist mit diesem Windei durchgebrannt, und dann nach New York abgehauen. Das hat sie umgebracht. Nicht ich.«

»Als sie starb«, fuhr Ricky fort, »haben sich die Behörden an dich gewandt. Du warst ihr nächster lebender Angehöriger. Du hast einen Anruf aus New York bekommen, sie wollten wissen, ob du die Kinder nehmen wolltest ...«

»Was sollte ich denn mit den Bastarden machen? Sie hat nie geheiratet, ich wollte sie nicht.«

Ricky starrte Calvin Tyson an und kam zu dem Schluss, dass ihm die Entscheidung schwer gefallen sein musste. Einerseits scheute er die finanzielle Belastung, die drei Waisenkinder seiner Tochter großzuziehen. Andererseits hätte es ihm neue Quellen erschlossen, um seinen perversen sexuellen Drang zu befriedigen. Ricky vermutete, dass die Versuchung groß, fast unwiderstehlich gewesen sein musste. Ein Pädophiler im Griff seiner Begierde ist eine mächtige, unaufhaltsame Kraft. Was mochte ihn dazu gebracht haben, eine neue, leicht zugängliche Quelle der Lust so mir nichts, dir nichts auszuschlagen? Ricky sah den Mann weiter durchdringend an, und dann fiel der Groschen. Calvin Tyson verfügte über andere Quellen. Die Kinder aus der Nachbarschaft? Ein Stück die Straße runter? Um die Ecke? Auf dem Spielplatz? So genau konnte es Ricky nicht sagen, nur dass es der Antwort ziemlich nahe kam.

»Du hast also ein paar Papiere unterschrieben und sie zur Adoption freigegeben, ja?«

»Ja. Wieso interessiert Sie das?«

»Weil ich sie finden muss.«

»Wieso?«

Ricky sah sich um. Er deutete auf das Krankenzimmer. »Willst du wissen, wer dich an die Luft gesetzt hat? Hast du eine Ahnung, wer die Zwangsvollstreckung betrieben und dich rausgeschmissen hat, so dass du hier gelandet bist und ganz alleine stirbst?«

Tyson schüttelte den Kopf. »Jemand hat der Hypothekenbank den Schuldschein auf mein Haus abgekauft. Hat mir, als ich nur einen Monat im Verzug war, keine Chance gegeben. Zack, war ich draußen.«

»Wie ist es danach mit dir weitergegangen?«

Der Mann bekam plötzlich feuchte Augen. Ein Bild des Jammers, dachte Ricky. Doch er unterdrückte jeden Anflug von Mitleid. Calvin Tyson hätte etwas ganz anderes verdient.

»Ich saß auf der Straße. Wurde krank. Zusammengeschlagen. Jetzt mach ich mich ans Sterben, genau wie Sie sagen.«

»Na schön«, sagte Ricky, »der Mann, dem du es verdankst, dass du hier gelandet bist, ist das Kind deiner Tochter.«

Calvin machte große Augen und schüttelte den Kopf. »Wie das denn?«

»Er hat den Schuldschein gekauft. Er hat die Zwangsräumung angestrengt. Wahrscheinlich hat er dich auch zusammenschlagen lassen. Wurdest du vergewaltigt?«

Tyson schüttelte den Kopf. Mal endlich etwas, das Rumpelstilzchen nicht wusste, dachte Ricky. Dieses Geheimnis hatte Claire Tyson offenbar vor ihren Kindern gewahrt. Der alte Mann konnte von Glück sagen, dass Rumpelstilzchen nicht mit den Nachbarn oder jemandem von der Schule gesprochen hatte. »Er hat mir das alles eingebrockt? Aber wieso?«

»Weil du ihm und seiner Mutter den Rücken gekehrt hast. Also hat er es dir in gleicher Münze heimgezahlt.«

Der Mann schluchzte einmal auf. »All die schlimmen Sachen, die mir passiert sind …«

»… verdankst du ihm«, sprach Ricky den Gedanken zu Ende. »Das ist der Mann, den ich finden will. Also noch mal: Du hast ein paar Papiere unterschrieben, um die Kinder zur Adoption freizugeben, stimmt's?« Tyson nickte.

»Hast du auch Geld dafür gekriegt?«

Wieder nickte der Alte. »Paar tausend.«

»Wie hießen die Leute, die die drei Kinder adoptierten?«

»Steht auf 'nem Papier.«

»Wo ist dieses Papier?«

»In einer Kiste, bei meinen Sachen im Schrank.« Er wies auf einen verkratzten, grauen Metallspind.

Ricky öffnete die Tür und sah ein paar abgewetzte Kleidungsstücke an Haken. Auf dem Boden stand eine billige Kasse mit einem aufgebrochenen Schloss. Ricky machte sie auf und sichtete einen Stapel alte Papiere, bis er einige gefaltete, mit einem Gummi zusammengebundene Dokumente fand. Er entdeckte ein Siegel des Bundesstaates New York, nahm die Papiere und steckte sie sich in die Jackentasche.

»Du brauchst sie nicht mehr«, sagte er zu dem alten Mann. Er betrachtete die Gestalt auf den schmutzig weißen Laken des Krankenbettes, dessen OP-Hemd kaum seine Blöße bedeckte. Tyson sog noch einmal am Sauerstoff, sein Gesicht war aschfahl. »Weißt du was?«, fragte Ricky langsam und staunte selbst über seine Grausamkeit. »Jetzt kannst du dich ans Sterben machen, alter Mann. Ich denke, es wird das Beste sein, wenn du es möglichst bald hinter dich bringst, denn ich glaube, dich erwarten größere Qualen. All die Schmerzen, die du hier auf Erden bereitet hast, verhundertfacht. Also mach schon und stirb.«

»Was haben Sie vor?«, fragte Tyson. Die Worte kamen, von Keuchen und Rasseln aus seiner angefressenen Lunge untermalt, nur noch als ein entsetztes Flüstern.

»Diese Kinder finden.«

»Wozu?«

»Weil eins davon auch mich auf dem Gewissen hat«, erwiderte Ricky und wandte sich zum Gehen.

Am frühen Abend klopfte Ricky an die Tür eines gepflegten Bungalows an einer ruhigen, palmengesäumten Straße. Er trug immer noch sein priesterliches Gewand, was ihm zusätzlich Selbstvertrauen einflößte, als ob der Kragen um seinen Hals ihn gleichsam unsichtbar machte und vor lästigen Fragen schützte. Er wartete, während er drinnen schlurfende Schritte hörte, dann öffnete sich einen Spalt breit die Tür, und eine ältere Frau spähte um die Ecke. Beim Anblick des Klerikergewands ging die Tür ein Stückchen weiter auf, doch das Fliegengitter blieb zu.

»Ja?«, fragte sie.

»Hallo«, grüßte Ricky fröhlich. »Ob Sie mir vielleicht helfen könnten? Ich versuche, einen Mann namens Daniel Collins ausfindig zu machen …«

Die Frau holte tief Luft und hielt sich vor Staunen die Hand vor den Mund. Ricky schwieg und ließ der Frau Zeit, sich wieder zu fangen. Dabei versuchte er zu ergründen, wieso das Gesicht der Frau in kurzer Abfolge einen solchen Wechsel der Gefühle durchlief, vom ersten Schock über angespannte Härte bis zu frostiger Kälte, die durch die Gittertür zu ihm nach draußen drang. Schließlich blieb nur ein unnahbar strenger Blick, und als sie ihre Stimme wiedergefunden hatte, kamen ihre Worte wie aus Eis gemeißelt.

»Wir haben ihn verloren«, sagte sie. Dabei standen ihr Tränen in den Augenwinkeln, die mit dem eisernen Ton ihrer Worte im Widerstreit lagen.

»Tut mir leid«, sagte Ricky unverdrossen beschwingt, um den Impuls der Neugier zu überspielen. »Ich verstehe nicht ganz, was Sie mit ›verloren‹ meinen?«

Die Frau schüttelte den Kopf, ohne sofort zu antworten. Sie musterte seine priesterliche Erscheinung und fragte: »Herr Pfarrer, was wollen Sie von meinem Sohn?«

In der Annahme, dass die Frau höchstens einen Blick darauf werfen und ihn nicht weiter hinterfragen würde, zog er den Krebsklinikbrief aus der Tasche.

Während sie die ersten Worte las, fing er zu reden an, damit sie sich nicht auf die Lektüre konzentrieren konnte. Es war ein Leichtes, sie abzulenken. »Hören Sie, Mrs. … Collins, habe ich recht? Die Gemeinde setzt wirklich alles daran, einen geeigneten Knochenmarkspender für dieses junge Mädchen zu finden, Ihre entfernte Verwandte. Sehen Sie das Problem? Ich würde ja gerne Sie bitten, sich einem entsprechenden Bluttest zu unterziehen, aber ich fürchte, Sie haben das Alter überschritten, in dem man noch Mark spenden kann. Sie sind über sechzig, nicht wahr?«

Ricky hatte keine Ahnung, ob Knochenmark einem Verfallsdatum unterlag, und so warf er die Frage ein, obwohl die Antwort offensichtlich war. Die Frau blickte von dem Brief auf, um zu antworten, und Ricky nutzte die Gelegenheit, um ihr das Schreiben aus der Hand zu nehmen, bevor sie dazu kam, das Ganze zu verdauen. Dabei sagte er, »Eine Menge medizinischer Fachjargon. Ich kann es Ihnen erklären, wenn Ihnen das lieber ist. Vielleicht könnten wir uns kurz zusammensetzen?«

Die Frau nickte widerstrebend und hielt ihm die Gittertür auf. Er trat in das Haus, das so zerbrechlich wirkte wie die Frau, die darin lebte. Es war mit kleinen Porzellanfigürchen sowie anderem Nippes und leeren Vasen vollgestopft und hatte einen muffigen Geruch, dem die Klimaanlage nicht gewachsen schien, auch wenn sie mit einem klirrenden Geräusch, das auf lockere Schrauben schließen ließ, schale Luft in die Räume pumpte. Auf den Teppichen lagen Plastikfolien, und auch das Sofa verschwand unter einem Schonbezug, als hätte die Frau Angst vor eingeschlepptem Schmutz. Er hatte das Gefühl, als habe jeder Gegenstand im Haus seinen festen Platz, und er war davon überzeugt, dass es der Frau nicht entging, falls irgendein Gegenstand auch nur geringfügig verschoben wurde.

Das Sofa quietschte, als er sich setzte.

»Ihr Sohn, könnte ich den vielleicht sprechen? Sehen Sie, sein Knochenmark könnte passen …«, log Ricky beherzt drauflos.

»Er ist tot«, sagte die Frau in eisigem Ton.

»Tot? Aber wie ist das passiert?«

Mrs. Collins schüttelte den Kopf. »Für uns alle hier tot. Für mich ebenfalls tot. Tot und nichtswürdig, hat uns nichts als Kummer bereitet, Herr Pfarrer. Tut mir leid.«

»Wie ist er denn …?«

Sie schüttelte den Kopf. »Noch nicht. Aber bald, denke ich.«

Ricky lehnte sich zurück und erzeugte dabei dasselbe quietschende Geräusch. »Ich fürchte, ich verstehe nicht ganz …«

Die Frau beugte sich vor und zog aus einer Couchtischablage ein Album hervor. Sie schlug es auf und blätterte ein paar Seiten um. Ricky erkannte Zeitungsausschnitte über Sportereignisse und erinnerte sich, dass Daniel Collins an der Highschool ein Wettkämpfer gewesen war. Sie blätterte zu einem Schulabschlussfoto weiter und dann zu einer leeren Seite. Hier hielt sie inne und reichte es ihm. »Blättern Sie weiter«, sagte sie bitter.

Mitten auf der ansonsten leeren Seite war ein einziger Artikel aus der *Tampa Tribüne* eingeklebt. Die Schlagzeile lautete: FESTNAHME NACH TOTSCHLAG IN BAR. Außer der Meldung, dass Daniel Collins kaum ein Jahr zuvor nach einer Prügelei in einer Bar verhaftet und wegen Totschlags angeklagt worden war, enthielt der Bericht nur dürftige Informationen. Auf der gegenüberliegenden Seite eine weitere Schlagzeile: STAATSANWALT FORDERT TODESSTRAFE FÜR TOTSCHLAG IN BAR. Dieser Bericht, der säuberlich ausgeschnitten und mitten auf das Blatt geklebt war, enthielt ein Foto von Daniel Collins in mittlerem Alter, wie er in Handschellen in den Gerichtssaal geleitet wurde. Ricky überflog den Bericht. Die Fakten in dem Fall schienen höchst simpel. Es war zu einer tätlichen Auseinandersetzung zwischen zwei betrunkenen Männern gekommen. Einer von ihnen war nach draußen gegangen und hatte dem anderen aufgelauert. Dem Staatsanwalt zufolge mit gezücktem Messer. Der Mörder, Daniel Collins, war am Tatort verhaftet worden, wo er, das blutige Messer in der Nähe seiner Hand, nicht weit von dem hingestreckten Opfer entfernt, volltrunken und bewusstlos lag. Das Opfer war auf besonders grausame Weise ausgeweidet und anschließend beraubt worden, deutete der Artikel an. Augenscheinlich war Collins, nachdem er den Mann ermordet und dann sein Geld an sich genommen hatte, stehen geblieben, um noch eine Flasche Fusel zu leeren, war desorientiert und schließlich bewusstlos geworden, bevor er hatte fliehen können. Eindeutiger Fall.

Er las dürftige Berichte über Prozess und Schuldspruch. Collins hatte behauptet, er wisse nichts von dem Mord, so benebelt, wie er in der Nacht gewesen sei. Das war keine erschöpfende Erklärung und kam bei den Geschworenen nicht gut an. Sie zogen sich für ganze neunzig Minuten zur Beratung zurück. Noch ein paar Stunden, und sie ließen auch diesmal die mildernden Umstände nicht gelten und empfahlen die Todesstrafe. Rechtskräftiges Todesurteil, Schluss, aus, fein säuberlich auf dem Tablett serviert, mit einem Minimum an Komplikationen.

Ricky sah auf. Die alte Frau schüttelte den Kopf.

»Mein wunderbarer Junge«, sagte sie. »Hab ihn erst an diese Schlampe verloren, dann an den Alkohol und jetzt an den Todestrakt.«

»Haben sie schon ein Datum festgesetzt?«, fragte Ricky.

»Nein«, erwiderte die Frau. »Sein Anwalt sagt, sie können noch ein paarmal Berufung einlegen. Vor diesem oder jenem Gericht. Ich versteh nicht so viel davon. Ich weiß nur, dass mein Junge sagt, er ist es nicht gewesen, aber das hat für die keinen Unterschied gemacht.« Sie starrte unentwegt auf den Priesterkragen, der Ricky den Hals einschnürte. »In diesem Bundesstaat lieben wir alle Jesus, und die meisten Leute gehen sonntags in die Kirche. Aber wenn die Heilige Schrift sagt, ›Du sollst nicht töten‹, dann fühlen sich unsere Gerichte offenbar nicht angesprochen. Bei uns und in Georgia und in Texas. Schlechte Gegend für ein Verbrechen, bei dem jemand stirbt, Herr Pfarrer. Ich wünschte, mein Junge hätte daran gedacht, bevor er mit dem Messer in diese Schlägerei geraten ist.«

»Er sagt, er ist unschuldig?«

»Ja. Sagt, er kann sich überhaupt nicht an die Schlägerei erinnern. Sagt, er ist aufgewacht und war über und über mit Blut verschmiert, als die Polizisten ihn mit ihren Schlagstöcken aufgeschreckt haben und dieses Messer neben ihm fanden. Dass er sich nicht erinnern kann, reicht als Verteidigung nicht ganz, denke ich mal.«

Ricky blätterte weiter, doch die nächste Seite war leer.

»Muss ich wohl freihalten«, sagte die Frau. »Für einen letzten Bericht. Ich hoffe, ich erleb den Tag nicht mehr.«

Sie schüttelte den Kopf. »Wissen Sie was, Herr Pfarrer?«

»Was denn?«

»Das hat mich immer wütend gemacht. Wissen Sie, als er den Touchdown gegen die South Side High gelandet hat, bei den Stadtmeisterschaften, also, da haben sie sein Foto direkt auf die Titelseite gebracht. Aber all diese Berichte da drüben in Tampa, wo kaum einer meinen Jungen kennt, na ja, das waren immer nur kleine Artikel, irgendwo auf den Innenseiten, wo sie kaum einer sehen konnte. Wenn man durch Gerichtsbeschluss einem Mann das Leben nimmt, denken die, wieso soll man das groß rausbringen. Dabei sollten sie es in einer Extraausgabe drucken. Das gehört auf die erste Seite. Passiert aber nicht. Es ist nur eine unwichtige kleine Randnotiz, die sie irgendwo hinten zwischen einer gebrochenen Hauptwasserleitung und die Heim-und-Garten-Spalte schieben. Wie's aussieht, hat ein Menschenleben keine allzu große Bedeutung mehr.«

Sie stand auf, und Ricky erhob sich ebenfalls.

»Wenn ich darüber rede, fühle ich mich krank und elend, Herr Pfarrer. Und noch so gut gemeinte Worte helfen nichts, nicht einmal das Buch der Bücher lindert den Schmerz.«

»Ich denke, mein Kind, Sie sollten Ihr Herz für das Gute öffnen, das Sie in Erinnerung haben, das wird Sie ein wenig trösten.« Der Versuch, wie ein Priester zu klingen, dachte Ricky, würde die Wirkung seiner abgedroschenen Worte verpuffen lassen, was mehr oder weniger seine Absicht war. Die alte Frau hatte einen Sohn großgezogen, der allem Anschein nach ein richtiger Kotzbrocken war und sein jämmerliches Leben erst einmal damit begann, eine Klassenkameradin zu verführen, sie dann ein paar Jahre lang mitzuschleifen, um sie und die Kinder im Stich zu lassen, sobald sie ihm lästig wurden; und der am Ende einen Mann umbrachte, und zwar vermutlich aus keinem anderen Grund als einem zu hohen Alkoholpegel. Sollte an Daniel Collins' dummer, nutzloser Existenz irgendetwas Versöhnliches sein, dann war es ihm bis jetzt entgangen. In diesem Zynismus, der in ihm brodelte, wurde er durch die nächste Bemerkung der alten Frau mehr oder weniger bestärkt:

»Das Gute hat mit diesem Mädchen aufgehört. Als sie das erste Mal schwanger wurde, nun ja, damit waren die Chancen für meinen Sohn vorbei. Sie hat ihn eingewickelt, ihn nach allen Regeln der Kunst bezirzt, und als er in der Falle saß, hat sie ihn benutzt, um hier wegzukommen. All die Schwierigkeiten, die er hatte, sich in der Welt zu behaupten, etwas Vernünftiges zu werden, dafür gebe ich allein ihr die Schuld.«

Der Ton, in dem sie das sagte, duldete keinen Widerspruch. Er war kalt und knapp und ganz von der Vorstellung getragen, dass ihr kleiner Liebling für all die Probleme, mit denen er zu kämpfen hatte, nicht die geringste Verantwortung trug. Und Ricky, der ehemalige Psychoanalytiker, wusste, dass sie erst recht nicht ihren eigenen Anteil an dem Desaster sehen würde. Wir schaffen eine Situation, dachte er, und wenn die Dinge dann gründlich aus dem Ruder laufen, geben wir anderen die Schuld, statt zu sehen, dass der Fehler bei uns selbst liegt.

»Aber Sie glauben, dass er unschuldig ist?«, fragte Ricky. Er kannte die Antwort bereits. Und er verzichtete darauf, weiter auf das Verbrechen einzugehen, da die alte Frau ihren Sohn bei allem, was er ausgefressen hatte, für unschuldig hielt.

»Ja, sicher. Wenn er es sagt, glaube ich ihm natürlich.« Sie griff in das Album und fand die Visitenkarte eines Anwalts, die sie Ricky reichte. Ein Pflichtverteidiger in Tampa. Er notierte Namen und Nummer und ließ sich zur Tür begleiten.

»Wissen Sie, was aus den drei Kindern geworden ist? Ihren Enkelkindern?«, fragte Ricky und wedelte mit dem falschen Brief in der Luft.

Die Frau schüttelte den Kopf. »Wurden zur Adoption freigegeben, so viel ich weiß. Danny hat irgendwas unterschrieben, als er in Texas im Gefängnis saß. Wurde bei 'nem Einbruch erwischt, aber ich hab kein Wort geglaubt. Hat ein paar Jahre abgesessen. Wir haben nie wieder von ihnen gehört. Müssen inzwischen alle erwachsen sein, aber ich hab nie eins von ihnen zu Gesicht gekriegt, kein einziges Mal, nicht dass ich dauernd an sie denken würde. Danny, der hat das Richtige getan, als er sie freigab, nachdem diese Frau gestorben war. Konnte schließlich nicht drei Gören durchfüttern, wo er sich nicht sicher sein konnte, ob sie alle von ihm waren. Und ich hätte ihm auch nicht helfen können, so allein und krank, wie ich bin. Also mussten sich andere Leute mit den Gören rumschlagen. Wie gesagt, hab nie wieder von ihnen gehört.«

Ricky wusste, dass die letzte Behauptung nicht der Wahrheit entsprach.

»Wussten Sie überhaupt, wie sie heißen?«, fragte er.

Die Frau schüttelte den Kopf. Die Grausamkeit dieser Geste traf ihn wie ein Schlag ins Gesicht, und er begriff, woher der junge Daniel Collins seine Ichsucht hatte.

Als die letzte Sonne dieses Tages ihm auf den Schädel prallte, blieb er ein wenig benommen auf dem Bürgersteig stehen und fragte sich, ob Rumpelstilzchens langer Arm so weit reichte, dass er Daniel Collins in die Todeszelle bringen konnte. Vermutlich ja, dachte er, die Frage war höchstens, wie.

27

RICKY KEHRTE NACH NEW HAMPSHIRE und in sein Leben als Richard Lively zurück. Alles, was er auf seinem Abstecher nach Florida erfahren hatte, machte ihm zu schaffen.

Zwei Menschen waren jeweils in einem kritischen Moment in Claire Tysons Leben getreten. Einer hatte sie und ihre Kinder ihrem Schicksal überlassen, saß jetzt in einer Zelle im Todestrakt und beteuerte seine Unschuld gegenüber einem Staat, der dafür notorisch taube Ohren hatte. Der andere hatte der von ihm missbrauchten Tochter und den Enkelkindern in der Not die kalte Schulter gezeigt und war Jahre später ebenso grausam aus seinem eigenen Haus geworfen worden, um nunmehr in einem kaum weniger unbarmherzigen »Todestrakt« sein Leben auszuröcheln.

Ricky ergänzte die Gleichung, die sich in seinem Kopf zu bilden begann: Der Freund, der Claire Tyson in New York verprügelt hatte, war danach selbst zu Tode geprügelt worden und bekam ein blutiges R in die Brust geritzt. Und der träge Dr. Starks, der aus Unentschlossenheit nicht geholfen hatte, als sich Claire Tyson in ihrer Verzweiflung an ihn wandte, war systematisch vernichtet worden.

Es musste noch andere geben. Die Erkenntnis lief ihm kalt den Rücken herunter.

Wie's aussah, hatte Rumpelstilzchen sich eine Reihe Racheakte nach dem simplen Schema ausgedacht: Jedem so, wie er es verdiente. Unterlassungssünden wurden nach Jahren geahndet und vergolten. Der Freund, der nichts weiter als ein Schläger und Krimineller war, hatte seine Strafe bekommen. Den ignoranten Großvater hatte ein ganz anderes Schicksal ereilt. Es war, wie Ricky einräumen musste, eine einmalige Methode, Böses auszuteilen. Das Spiel, das Rumpelstilzchen ihm selbst zugedacht hatte, bezog Rickys Persönlichkeit und Ausbildung ein. Andere waren brutal behandelt worden, da sie ihrerseits aus einer Welt stammten, die stärker von Brutalität geprägt war. Und noch etwas schien klar: In Rumpelstilzchens Vorstellungskraft gab es kein Tabu.

Letztlich lief es allerdings auf dasselbe hinaus. Bei allen führte der Weg in den Tod oder den Ruin. Und wer das Pech hatte, irgendwie im Weg zu stehen, wie Detective Riggins zum Beispiel, galt Rumpelstilzchen als Hindernis, das ohne Ansehen der Person auszuräumen war, mit etwa so viel Mitgefühl wie gegenüber einer Schmeißfliege, die einem auf dem Unterarm gelandet ist.

Ricky schauderte, wenn er daran dachte, wie geduldig, unbeirrbar und kaltblütig Rumpelstilzchen zu Werke ging.

Er machte sich daran, eine bescheidene Liste der Leute zusammenzustellen, die Claire Tyson und ihren drei kleinen Kindern ebenfalls ihre Hilfe versagt haben könnten: Gab es einen Hauseigentümer in New York, der von der mittellosen Frau Miete eingetrieben hatte? Falls ja, saß er jetzt wahrscheinlich auf der Straße und fragte sich, was mit seiner Immobilie passierte. Ein Sozialarbeiter, der es versäumt hatte, sie für ein Hilfsprogramm zu registrieren? War er jetzt ruiniert und sah sich gezwungen, von der Stütze zu leben? Ein Priester, der sich ihre flehentlichen Bitten angehört und ihr geraten hatte, den leeren Magen mit Gebeten zu füllen? Der schickte jetzt wohl selbst Stoßgebete gen Himmel. Er konnte höchstens ahnen, wie weit Rumpelstilzchens Rundumschlag reichte: Was war mit dem Angestellten bei den städtischen Elektrizitätswerken, der in ihrer Wohnung den Strom abgeklemmt hatte, als sie die Rechnung nicht pünktlich bezahlte? Er kannte die Antworten auf diese Fragen nicht, so wie er nicht wusste, wo Rumpelstilzchen die Grenze gezogen und entschieden hatte, welche von einer ganzen Reihe Kandidaten schuldig waren. Eines wusste Ricky immerhin: Eine bestimmte Gruppe von Menschen hatte vor langer Zeit einmal versagt und zahlte jetzt den Preis dafür.

Oder viel mehr, hatte den Preis bereits gezahlt. All die Leute, die Claire Tyson im Stich gelassen hatten, so dass sie keinen anderen Ausweg mehr sah, als sich das Leben zu nehmen.

Es war die beängstigendste Vorstellung von Gerechtigkeit, der Ricky je begegnet war. Mord am Körper wie der Seele. Seit Rumpelstilzchen in sein Leben getreten war, musste Ricky denken, hatte er viel Angst durchgemacht. Er war ein Mann der Routine und der Erkenntnis gewesen. Jetzt gab es keine Fixpunkte mehr, alles war in Bewegung. Die Angst, die nunmehr in seinem Kopf umging, war etwas anderes. Etwas, das in kein vertrautes Schubfach passte, von dem er jedoch einen trockenen Mund und einen bitteren Geschmack auf der Zunge bekam. Als Psychoanalytiker war er mit der komplizierten Welt aus vertrackten Ängsten und lähmenden Frustrationen seiner gut situierten Patienten vertraut gewesen, die ihm aus seiner jetzigen Sicht belanglos und erbärmlich ichbezogen schienen.

Das Ausmaß von Rumpelstilzchens Zorn verblüffte ihn. Und schien ihm zugleich logisch.

Die Psychoanalyse lehrt, dass nichts in einem Vakuum geschieht. Eine einzige schlechte Tat kann alle möglichen Rückwirkungen nach sich ziehen. Er fühlte sich an die Impulserhaltungs-Konstruktionen erinnert, die bei manchen seiner Kollegen auf dem Schreibtisch standen – die hängenden Kugeln in einer Reihe, von denen man nur eine geringfügig anzuheben brauchte, um eine klickende Endlosschleife von Ausschlagen und Zurückprallen in Gang zu setzen, die nicht zum Stillstand kam, bis jemand seine Hand dazwischenhielt. Rumpelstilzchens Racheplan, bei dem Ricky nur ein Teil des Ganzen war, glich einer solchen Apparatur.

Andere waren bereits tot. Viele ruiniert. Und vermutlich sah nur er das ganze Ausmaß dessen, was geschehen war. Impulserhaltung.

Ricky spürte im ganzen Körper kalte Stiche.

Sämtliche Verbrechen hatten sich auf einer Ebene abgespielt, die dem eigentlichen Täter Straffreiheit garantierte. Welcher Ermittler, welche Polizeidienststelle würde sie je miteinander in Beziehung bringen, wo die Opfer nur eines verband, nämlich eine seit zwanzig Jahren tote Frau? Serienverbrechen, dachte Ricky, deren roter Faden derart unsichtbar war, dass er jeder Vorstellung trotzte. Wenn er zum Beispiel das Gespräch mit dem Polizisten nahm, der ihm so leutselig von dem R erzählt hatte, das in Rafael Johnsons Brust geritzt worden war, dann gab es stets jemanden, der als Täter viel eher infrage kam als der nebulöse Mr. R. Und auch die Gründe für seinen eigenen Tod lagen auf der Hand. Karriere im Eimer, Wohnung kaputt, Frau tot, pleite, in sich gekehrt und wenig gesellig, wieso sollte er sich nicht das Leben nehmen?

Und noch etwas war ihm nur allzu klar: Falls Rumpelstilzchen erfuhr, dass er entkommen war, falls er auch nur ahnte, dass Ricky noch irgendwo auf dieser Erde am Leben war, würde er sich ihm augenblicklich wieder in böser Absicht an die Fersen heften. Ricky bezweifelte, dass er in einer zweiten Runde die Chance zum Spielen bekam. Er musste auch einräumen, wie leicht es für R wäre, Ricky in seiner neuen Identität ins Jenseits zu befördern: Richard Lively war eine Fiktion in dieser Welt. Dank seiner Anonymität wäre es für Mr. R. ein Kinderspiel, ihn schnell und grausam umzubringen. Richard Lively konnte am helllichten Tage hingerichtet werden, und kein Polizist auf der Welt würde die Spuren zurückverfolgen, die ihn mit Ricky Starks und einem Mann namens Rumpelstilzchen verbanden. Sie würden nur herausbekommen, dass Richard Lively nicht Richard Lively war, und so würden sie ihn auf der Stelle zu Mr. X umtaufen und mit einer knappen Zeremonie und ohne Grabstein in irgendeinem Armengrab bestatten. Vielleicht würde irgendein Polizeikommissar ein paar Gedanken daran verschwenden, wer er in Wirklichkeit war, doch unter dem Ansturm anderer Fälle wäre der Tod von Richard Lively einfach nur vom Tisch.

Was Ricky so viel Sicherheit gab, bot auch die größte Angriffsfläche.

Und so stürzte er sich, kaum wieder in Durham, New Hampshire, mit größtem Vergnügen aufs Neue in die schlichte Alltagsroutine. Es war, als triebe ihn die Hoffnung, sich einfach in den geregelten Abläufen zu verlieren: dem täglichen Aufstehen, dem Arbeitsbeginn zusammen mit dem übrigen Hausmeisterteam der Universität; dem Wischen der Flure, dem Putzen der Toiletten, dem Wachsen der Flure, dem Auswechseln von Glühbirnen, dem Austauschen von Witzen zwischen den Kollegen oder der gemeinsamen Spekulation über das Abschneiden der Red Sox in der kommenden Saison. Er funktionierte in einer Welt, die so entschieden normal und alltäglich war, dass sie danach schrie, in blassem Anstaltsblau und -hellgrün gemalt zu werden. Als er einmal einen Dampfreiniger über den Teppich eines Dozentenzimmers schob, entdeckte er, dass das Summen der Maschine, das Vibrieren in seinen Händen und die saubere Bahn, die er über das Gewebe zog, geradezu hypnotisch angenehm waren. Es kam ihm vor, als könnte er vor dem, was er einmal gewesen war, in diese neue Einfachheit flüchten. Es war eine seltsam befriedigende Situation; allein, ein stinknormaler, geregelter Job, die eine oder andere Nacht vor den Nothilfetelefonen, an denen er seine Fähigkeiten als Therapeut hervorkramen konnte, um in bescheidenem, überschaubarem Umfang Rat zu geben und Rettungsleinen auszuwerfen. Dabei stellte er fest, dass er die tägliche Dosis Angst, Frust und Wut, die sein Leben als Psychoanalytiker so sehr prägten, gut missen konnte. Er fragte sich, zumindest ein bisschen, ob ihn die Leute aus seinem früheren Umfeld oder sogar seine verstorbene Frau wohl wiedererkennen würden. So seltsam es war, hatte Ricky den Eindruck, dass Richard Lively dem Menschen, der er immer gerne gewesen wäre, dem Menschen, der sich jeden Sommer auf dem Cape wiederfand, viel näher stand als Dr. Starks je begriffen hätte, so lange er die reichen und mächtigen Stadtneurotiker therapierte.

Anonymität, dachte er, hat etwas Verführerisches.

Aber auch Flüchtiges. Denn jede Sekunde, die er sich zwang, in diesem neuen Leben heimisch zu werden, war der Rächer Frederick Lazarus entschieden anderer Meinung. Und so nahm er wieder sein Fitnesstraining auf und verbrachte einen Großteil seiner Freizeit damit, sein Können als Scharfschütze am Schießstand zu perfektionieren. Als das Wetter immer besser wurde und unter der zunehmenden Wärme die große Farbenpracht ausbrach, kam er zu dem Schluss, dass er sein Repertoire um ein paar aushäusige Aktivitäten erweitern sollte, weshalb er sich unter dem Namen Frederick Lazarus für einen Orientierungskurs des örtlichen Wander- und Camping-Clubs einschrieb.

Er war, konnte man sagen, abgesteckt, so wie man seinen Standort markiert, wenn man sich im Wald verlaufen hat. Drei Markierungspflöcke: Wer er war, zu wem er geworden war, zu wem er werden musste.

Wenn er spätabends beim spärlichen Licht seiner Schreibtischlampe allein in seinem dunklen Mietszimmer saß, dann fragte er sich oft, ob er allem, was geschehen war, einfach den Rücken kehren konnte; jede emotionale Beziehung zu seiner Vergangenheit radikal kappen und ein ganz schlichter Mensch werden sollte. Von einem Lohnscheck zum nächsten leben. Sich an einfacher Routine erfreuen. Sich neu erfinden. Hobbyangler oder -jäger werden oder auch nur viel lesen. Ein mönchisch karges Einsiedlerdasein führen. Unter die dreiundfünfzig Jahre seiner Biografie einen Schlussstrich ziehen und ab dem Tag, an dem er sein Haus auf dem Cape Cod in Brand gesteckt hatte, eine unbeschriebene Seite aufschlagen. Das hatte etwas von Zen, etwas sehr Verlockendes. Ricky konnte von dieser Welt verdunsten wie eine Wasserlache an einem heißen, sonnigen Tag.

Diese Option war fast so erschreckend wie ihre Alternative.

Er hatte das Gefühl, den Moment erreicht zu haben, an dem er sich entscheiden musste. Wie bei Odysseus führte sein Weg zwischen Scylla und Charybdis hindurch. Egal, wie seine Wahl ausfiel, zahlte er einen hohen Preis und ging ein hohes Risiko ein.

Spätnachts breitete er in seinem bescheidenen Zimmer in New Hampshire sämtliche Notizen und Querverweise zu dem Menschen, der ihn gezwungen hatte, sich selbst vom Erdboden zu tilgen, auf seiner Bettdecke aus. Kleine, bruchstückhafte Informationen, Anhaltspunkte und Verbindungslinien, denen er nachgehen konnte. Oder auch nicht. Entweder, er verfolgte den Mann, der ihm das angetan hatte, und riskierte die eigene Entlarvung. Oder er schmiss alles hin und machte aus dem Leben, das er sich bereits eingerichtet hatte, einfach das Beste. Ein bisschen fühlte er sich wie ein spanischer Konquistador des fünfzehnten Jahrhunderts, der an Deck eines auf und nieder gehenden winzigen Segelbootes steht, über die Weite des tiefgrünen Ozeans blickt und vielleicht – wer weiß? – eine neue, ungewisse Welt direkt hinter dem Horizont entdeckt.

In der Mitte lagen die Dokumente, die er dem alten Tyson auf dem Totenbett im Veteranenkrankenhaus in Pensacola abgeknöpft hatte. Darin standen die Namen der Adoptiveltern, die die drei Kinder vor zwanzig Jahren aufgenommen hatten. Dorthin, so wusste er, führte ihn sein nächster Schritt.

Jetzt hieß es für ihn: Friss, Vogel, oder stirb.

Ein Teil von ihm bestand darauf, dass er auch als Richard Lively, Hausmeister, glücklich sein konnte. Durham war eine angenehme Stadt, seine Vermieterinnen angenehme Zeitgenossen.

Doch ein anderer Teil von ihm sah die Sache anders.

Dr. Frederick Starks verdiente es nicht zu sterben. Nicht für das Unrecht, das er – damals noch jung und unentschlossen und im Zweifel – fraglos begangen hatte. Selbstverständlich hätte er mehr für Claire Tyson tun können. Er hätte ihr die Hand reichen und vielleicht derjenige sein können, der ihr zu einem Leben verhalf, das es wert war, gelebt zu werden. Er konnte nicht leugnen, dass sich ihm die Möglichkeit geboten und er sie nicht ergriffen hatte. Da hatte Rumpelstilzchen Recht. Doch seine Strafe ging über sein Schuldmaß weit hinaus. Und dieser Gedanke machte Ricky wütend.

»Ich hab sie nicht umgebracht«, sagte er, wenn auch nur im Flüsterton.

Das Zimmer, in dem er sich befand, war ebenso ein Sarg wie ein Rettungsboot. Er fragte sich, ob er je wieder Luft holen konnte, ohne dass es nach Zweifel schmeckte. Was für eine Sicherheit hatte er denn, wenn er sich für immer versteckte? Wenn er stets und ständig damit rechnen musste, dass jeder, der irgendwo hinter einem Fenster stand, der Mann sein konnte, der ihn in die Anonymität getrieben hatte? Es war eine schreckliche Vorstellung, doch er begriff: Rumpelstilzchens Spiel würde für ihn niemals enden, selbst wenn es für den nebulösen Mr. R. zu Ende war.

Ricky würde es nicht wissen, konnte sich niemals sicher sein, niemals wirklich seine Ruhe haben, ohne dass ihn Fragen quälten.

Er musste eine Antwort finden.

Allein in seinem Zimmer griff Ricky nach den Papieren auf dem Bett. Er rollte das Gummi, das die Adoptionsdokumente zusammenhielt, so schnell von dem Bündel, dass es riss.

»In Ordnung«, sagte er ruhig, zu sich selbst und zu irgendwelchen Gespenstern, die ihm zuhören mochten, »Das Spiel fängt von vorn an.«

Im Handumdrehen hatte Ricky herausgefunden, dass das Jugendamt in New York die drei Kinder im Lauf des ersten halben Jahrs nach dem Tod ihrer Mutter hintereinander zu drei Familien in Pflege gegeben hatte, bis sie von einem Paar in New Jersey adoptiert wurden. Einem einzigen Bericht eines Sozialarbeiters war zu entnehmen, dass die Kinder schwer zu vermitteln gewesen waren; dass sie sich außer in ihrem letzten, hier nicht genannten Zuhause in jeder Konstellation als aufsässig, wütend und ungehobelt erwiesen hatten. Der Sozialarbeiter hatte, besonders für den Ältesten, eine Therapie empfohlen. Der Bericht war in einfacher, bürokratischer Sprache und in dem offensichtlichen Bestreben nach Absicherung geschrieben, ohne irgendwelche Einzelheiten über jenen Jungen preiszugeben, der ihm als Mann das Leben zur Hölle machte. Immerhin erfuhr er, dass die Adoption über eine karitative Einrichtung der Episkopal-Diözese von New York gelaufen war. Er fand Kopien von Verzichtserklärungen hinsichtlich der Kinder, die der alte Tyson unterschrieben hatte. Ein anderes Dokument trug Daniel Collins' Unterschrift, aus der Zeit, als er in Texas im Gefängnis war. Die Parallele entging Ricky nicht: Daniel Collins hatte die drei Kinder im Knast im Stich gelassen. Jahre später schickt ihn Rumpelstilzchen dafür mit wenig zimperlichen Methoden zum zweiten

Mal in den Bau. Egal, wie der Mann, der als Kind zurückgewiesen wurde, dieses Kunststück fertig gebracht hatte: Ricky konnte unmittelbar nachempfinden, dass ihm diese Wendung eine ungemeine Befriedigung verschafft haben musste.

Bei dem Ehepaar, das die drei verlassenen Kinder zu sich nahm, handelte es sich um Howard und Martha Jackson. Es war eine Adresse in West Windsor, einer halb vorstädtischen, halb ländlichen Wohngegend wenige Meilen von Princeton, angegeben, doch ansonsten fehlte jede weitere Information über die Eltern. Sie hatten alle drei Kinder genommen, was Ricky faszinierte. Wie hatten sie es nur geschafft, zusammenzubleiben?, fragte er sich. Die Kinder waren aufgelistet, als der Junge Luke, zwölf Jahre alt; der Junge Matthew, elf, und das Mädchen Joanna, neun. Biblische Namen, registrierte Ricky. Er bezweifelte sehr, dass die Kinder diese Namen noch trugen.

Er unternahm verschiedene Computersuchen, ohne jedoch fündig zu werden. Das überraschte ihn nun doch. Er hätte gedacht, dass irgendwelche Informationen im Internet aufzutreiben waren. Er sah in den elektronischen Telefonbüchern nach, fand im Zentrum von New Jersey eine Menge Jacksons, doch keinen, der mit denen in dem dürftigen Bündel Papiere übereingestimmt hätte.

Was er hatte, war eine alte Anschrift. Und das hieß, es gab eine Tür, an die er anklopfen konnte. Offensichtlich hatte er keine andere Wahl.

Ricky dachte daran, die Priesterkleidung und den falschen Brief erneut zum Einsatz zu bringen, kam aber zu dem Schluss, dass sie ihm einmal gute Dienste geleistet hatten und besser für eine spätere Gelegenheit aufgehoben werden sollten. Stattdessen rasierte er sich so lange nicht, bis er einen ansehnlichen, scheckigen Bart bekam. Dann bestellte er übers Internet bei einer angeblichen Privatdetektei einen falschen Personalausweis. Eine weitere nächtliche Inspektion der Requisite bei der Theater-AG verhalf ihm zu einem falschen Bauch, einer kissenartigen Vorrichtung, die er sich unters T-Shirt schnallen konnte und die ihn rund vierzig, fünfzig Pfund schwerer erscheinen ließ, als er mit seiner drahtigen Figur tatsächlich war. Zu seiner Erleichterung fand er auch noch einen braunen Anzug, in den die Leibesfülle passte. Auch in den Schminkkästchen entdeckte er

Nützliches. Er stopfte sämtliche benötigten Requisiten in einen grünen Müllsack und nahm ihn mit nach Hause. Kaum war er damit in seinem Zimmer, steckte er die Sachen zusammen mit seiner halbautomatischen Pistole sowie zwei vollen Ladestreifen in seine Tasche.

Bei der örtlichen Rent-A-Wreck-Agentur mietete er sich einen vier Jahre alten Wagen, der gewöhnlich Studenten als fahrbarer Untersatz diente und bessere Tage gesehen hatte, weshalb der Angestellte sein Bargeld gern annahm, ohne allzu viel Fragen zu stellen, während er die Personalien pflichtgemäß von dem falschen Führerschein aus Kalifornien abschrieb. Am darauf folgenden Freitag machte er sich nach seiner Schicht in der Hausmeisterei auf den Weg nach New Jersey. Er ließ sich von der Nacht einhüllen, lauschte auf das weiche Geräusch der Reifen auf dem Teer und fuhr konstant fünf Stundenmeilen über der ausgeschilderten Geschwindigkeitsbegrenzung. Einmal kurbelte er das Fenster herunter, fühlte, wie ein warmer Luftschwall ins Wageninnere strömte, und musste daran denken, dass es schon wieder auf den Sommer zuging. Falls er jetzt in New York gewesen wäre, dann hätte er um diese Zeit damit begonnen, seine Patienten bis an einen bestimmten Punkt zu bringen, an den sie sich halten konnten, wenn sein unvermeidlicher Sommerurlaub näher rückte. Manchmal war es ihm gelungen, manchmal auch nicht. Er entsann sich, wie er im Spätfrühling und Frühsommer in der City herumgelaufen war und wie im Park die Blumen und das frisch hervorsprießende Grün die Schluchten aus Klinker und Beton, die Manhattan durchfurchten, übertrumpfte. Das war dort die beste Jahreszeit, dachte er, aber von kurzer Dauer, denn sehr schnell wich sie der drückenden Hitze und Luftfeuchtigkeit. Sie dauerte eben lang genug, um Eindruck zu machen.

Es war schon deutlich nach Mitternacht, als er die City umfuhr und über die Schulter einen Blick zurück riskierte, während er über die George Washington Bridge kutschierte. Selbst bei tiefer Nacht schien die Stadt zu leuchten. Die Upper West Side erstreckte sich von seiner Warte aus weit in die Tiefe, und er wusste, dass nur soeben außerhalb seines Blickfelds das Columbia Presbyterian Hospital und die Klinik waren, in der er vor so vielen Jahren so kurz gearbeitet hatte, ohne zu ahnen, was er tat. Ihn erfasste schlagartig eine seltsame Mischung aus Gefühlen, als er an den Mautstationen vorbei in Richtung New Jersey fuhr. Es war, als sei er plötzlich in einem Traum gefangen, eine von diesen beängstigenden, schnellen Abfolgen von Bildern und Ereignissen, die im Unbewussten gelagert sind, an der Grenze zum Albtraum, nur dass er noch einen Schritt zurückmachen konnte. New York erschien ihm als der Inbegriff dessen, was er war; der Wagen, den er ratternd über den Highway lenkte, stand für das, was er geworden war; und die Dunkelheit vor seiner Windschutzscheibe für das, was mit ihm werden mochte.

Ein »Zimmer frei«-Schild am Econo Lodge an der Route One war das richtige Zeichen, und er hielt an. Den Nachtdienst versah ein Inder oder Pakistani mit traurigen Augen, dessen Namensschild ihn als Omar auswies und dem es offenbar nicht gefiel, dass Rickys Ankunft in seinen Dämmerschlaf fiel. Dennoch drückte er Ricky eine Straßenkarte der Gegend in die Hand, bevor er wieder an seinen Platz mit irgendwelchen Chemiebüchern sowie einer Thermoskanne zurückkehrte, die er sich auf den Schoß geklemmt hatte.

Am Morgen verbrachte Ricky mit den Utensilien des Maskenbildners geraume Zeit vor dem Badezimmerspiegel seines Zimmers und malte sich direkt neben seinem linken Auge eine Prellung und eine Narbe auf; dazu die rot-violette Verfärbung, die unweigerlich die Aufmerksamkeit eines jeden Gesprächspartners auf sich ziehen würde. Das war elementare Psychologie. So wie die Leute, mit denen er in Pensacola geredet hatte, sich nicht daran erinnern würden, wer er war, sondern nur, was, so würde er hier unweigerlich das ganze Augenmerk auf seinen Makel lenken statt auf seine Züge. Zusätzlich versteckte er das Gesicht unter seinem zerzausten Bart. Der falsche Hängebauch unter seinem T-Shirt rundete das Ganze ab. Er wünschte sich, er hätte auch an eine Absatzerhöhung gedacht. Das musste eben bis zur nächsten Gelegenheit warten. Nachdem er einen billigen Anzug angezogen hatte, steckte er sich die Pistole zusammen mit dem zusätzlichen Ladestreifen in eine Tasche.

Die Adresse, zu der er wollte, brachte ihn, so nahm er an, seinem Widersacher einen entscheidenden Schritt näher. Hoffte er zumindest.

Die Gegend, durch die er fuhr, erschien ihm seltsam widersprüchlich: einerseits flache, grüne Natur, andererseits ein Gewirr aus wohl ehemals ruhigen, kaum befahrenen Landstraßen, die inzwischen aber die Lasten der aufstrebenden Gegend zu tragen hatten. Er fuhr an zahlreichen Wohnkomplexen vorbei, die von Drei-bis-Vier-Zimmer-Bungalows für die Mittelschicht bis zu weitaus luxuriöseren Herrenhäusern mit Portikus reichten, nebst Swimmingpool und Dreifachgarage für den unverzichtbaren BMW, Range Rover und Mercedes. Geschäftsführerhäuser, dachte er. Seelenlose Gebilde für Männer und Frauen, die so schnell wie möglich Geld verdienten und wieder unter die Leute brachten und dies für eine sinnvolle Beschäftigung hielten. Die Mischung aus Alt und Neu war irritierend, als ob dieser Teil des Bundesstaates sich nicht ganz entscheiden konnte, was er war und was er sein wollte. Er schätzte, dass die alten Farmbesitzer und die modernen Geschäfts- und Börsenmaklertypen sich nicht sonderlich gut verstanden.

Die Sonne flutete durch seine Windschutzscheibe, und er kurbelte das Seitenfenster herunter. Es war, fand er, ein strahlend warmer, verheißungsvoller Frühlingstag. Er spürte das Gewicht der Pistole in seiner Jackentasche und beschloss, sich lieber mit ernsteren, winterlichen Dingen zu befassen.

An einer Nebenstraße fand er mitten auf einem unverbauten landwirtschaftlichen Gelände einen Briefkasten mit der Anschrift, die er suchte. Er wusste nicht recht, was ihn erwartete, und blieb unschlüssig stehen. An der Grundstücksgrenze war ein Schild angebracht: ZWINGER »SICHERHEIT GEHT VOR«: PENSION, PFLEGE, ABRICHTUNG, ZÜCHTER »NATÜRLICHER SICHERHEITSSYSTEME«. Daneben prangte das Bild eines Rottweilers. Ricky schmunzelte. Er fuhr unter dem Baldachin der Bäume entlang, die links und rechts den Teerweg säumten.

Am Ende der Allee bog er in die halbkreisförmige Auffahrt zu einem Bungalow im Stil der Fünfzigerjahre mit Klinkerfassade ein. Das Haus verfügte über mehrere Anbauten aus späterer Zeit, darunter eine weiße Schindelkonstruktion, die das Wohngebäude mit einem Labyrinth von Maschendrahtzwingern verband. Kaum hatte er angehalten und war ausgestiegen, begrüßte ihn ein wildes Bellkonzert sowie der üble Geruch von Hundekot unter der späten Vormittagssonne. Mit jedem Schritt wurde das Kläffen lauter. Am Anbau entdeckte er ein Schild mit der Aufschrift BÜRO. An der Wand prangte ein zweites Schild ähnlich dem an der Auffahrt. In dem nächstgelegenen Zwinger stellte sich ein schwarzer Rottweiler mit kräftigem Brustkorb und schätzungsweise einem Gewicht von hundert Pfund auf die Hinterbeine und fletschte die Zähne. Von all den Hunden, und Ricky sah Dutzende Exemplare, die sich in ihren Einfriedungen drehten und wanden und ihren Bewegungsspielraum maßen, war dieser der einzige, der nicht bellte. Das Tier beäugte ihn, als ob es ihn von oben bis unten taxierte, was es, wie Ricky dachte, vermutlich auch tat.

Er trat ins Büro, wo er einen Mann in mittleren Jahren an einem alten Stahlschreibtisch sitzen sah. Die abgestandene Luft roch nach Urin. Der Mann war mager, kahlköpfig und hoch aufgeschossen, mit kräftigen Unterarmen, die, wie Ricky annahm, auf den Umgang mit großen Tieren zurückzuführen waren.

»Sekunde bitte«, sagte der Mann. Er gab gerade Zahlen in einen Taschenrechner ein.

»Lassen Sie sich ruhig Zeit«, erwiderte Ricky. Er sah bei ein paar weiteren Eingaben zu, dann verzog der Mann angesichts der Summe das Gesicht. Er stand auf und kam auf Ricky zu.

»Was kann ich für Sie tun?«, fragte er. »Jesses, sieht aus, als hätte Sie jemand ganz schön zugerichtet.«

Ricky nickte. »Ich würde ja gerne sagen, ›Sie müssten erst mal den anderen Kerl sehen‹.«

Der Hundezüchter lachte. »Und das sollte ich dann wohl glauben. Also, was kann ich für Sie tun? Eins kann ich Ihnen allerdings schon gleich sagen: Hätten Sie Brutus dabeigehabt, wäre Ihnen das nicht passiert. Mit Sicherheit nicht.«

»Brutus ist der Hund in dem Zwinger beim Eingang?«

»Volltreffer. Er begegnet Konflikten mit Loyalität. Und er ist der Vater von ein paar Welpen, die in ein paar Wochen so weit sind, dass wir mit der Abrichtung beginnen können.«

»Danke, kein Bedarf.«

Der Züchter sah ihn erstaunt an.

Ricky zog den gefälschten Privatdetektivausweis heraus, den er bei der Scherzartikelfirma im Internet geordert hatte. Der Mann starrte eine Weile darauf und sagte: »Also, Mr. Lazarus, dann nehm ich mal an, Sie kommen nicht wegen eines Welpen?«

»Nein.«

»Na schön, womit kann ich dann dienen?«

»Vor Jahren hat hier ein Ehepaar gewohnt. Howard und Martha Jackson.«

Kaum hatte er die Namen ausgesprochen, erstarrte der Mann. Alles Entgegenkommen wich schlagartig einem misstrauischen Ausdruck, und er machte unwillkürlich einen Schritt zurück, als hätte ihm der Klang der Namen einen Fausthieb in die Brust versetzt. Sein Ton war flach und verhalten.

»Wieso interessieren Sie sich für die?«

»Verwandte von Ihnen?«

»Ich hab das Haus und Grundstück aus ihrer Erbmasse gekauft. Ist lange her.«

»Erbmasse?«

»Sie sind tot.«

»Tot?«

»Ja, tot. Was interessiert Sie an denen?«

»Ich interessiere mich für die drei Kinder ...«

Wieder zögerte der Mann, als dächte er über Rickys Auskunft nach.

»Die hatten keine Kinder. Sind kinderlos gestorben. Gab nur 'n Bruder, wohnte ziemlich weit weg. Von dem hab ich das Haus gekauft. Hab 'ne Menge dran getan. Den Laden hier auf Vordermann gebracht. Aber keine Kinder. Niemals.«

»Nein, Sie müssen sich irren«, sagte Ricky. »Die hatten Kinder. Sie haben drei Waisen aus New York adoptiert, durch die Episkopal-Diözese ...«

»Hören Sie, Mister, ich weiß nicht, woher Sie das haben, aber Sie liegen schief. Völlig daneben«, sagte der Züchter, und sein Ton wechselte plötzlich zu kaum verhohlenem Ärger. »Die Jacksons hatten keine nahen Angehörigen außer diesem Bruder, der mir das Haus verkauft hat. Es gab nur dieses alte Paar, und die sind zusammen gestorben. Ich hab keine Ahnung, wovon Sie reden, und ich hab fast das Gefühl, Sie auch nicht.«

»Zusammen? Wie das?«

»Das ging mich nix an. Und ich weiß auch nicht, was Sie das angehen soll.«

»Aber Sie kennen die Antwort, stimmt's?«

»Jeder hier in der Gegend kannte die Antwort. Sie können in die Zeitung gucken. Oder auch auf den Friedhof gehen. Die liegen direkt 'n Stück die Straße rauf.«

»Aber Sie wollen mir nicht helfen?«

»Das sehen Sie richtig. Was für 'ne Sorte Privatdetektiv sind Sie eigentlich?«

»Hab ich Ihnen doch gesagt«, beeilte sich Ricky. »Einer, der sich für die drei Kinder interessiert, die die Jacksons im Mai 1980 adoptiert haben.«

»Und ich hab Ihnen gesagt, es gab keine Kinder, weder adoptierte noch sonst welche. Also, weshalb sind Sie wirklich hier?«

»Ich hab einen Klienten. Der hat ein paar Fragen. Das Übrige ist vertraulich«, sagte Ricky.

Die Augen des Mannes waren zu schmalen Schlitzen verengt, und seine Schultern strafften sich, als sei sein erster Schock abgeklungen und einer knisternden Angriffslust gewichen. »Einen Klienten, tatsächlich? Jemand, der Sie dafür bezahlt, dass Sie herkommen und mir Fragen stellen? Nun ja, hätten Sie wohl mal eine Karte für mich? Eine Nummer, unter der ich Sie erreichen kann, falls mir was einfallen sollte …?«

»Ich bin von auswärts«, log Ricky.

Der Züchter fixierte Ricky ungerührt weiter. »Telefonleitungen machen nicht an den Staatsgrenzen Halt, Mann, wie kann ich Sie erreichen? Wo erwisch ich Sie, falls ich möchte?«

Jetzt war es an Ricky, zurückzutreten. »Was sollte Ihnen denn wohl später einfallen und nicht jetzt?«, fragte er in forderndem Ton.

Jetzt wirkte der Mann kalt wie eine Hundeschnauze. Er taxierte Ricky und betrachtete ihn abschätzig von oben bis unten, als versuchte er, sich jede Einzelheit seines Gesichts und Körperbaus einzuprägen.

»Lassen Sie doch noch mal diesen Ausweis sehen«, sagte er. »Haben Sie eine Marke?«

Alles an dem plötzlichen Stimmungsumschwung des Mannes

war äußerst alarmierend. In dieser Sekunde erkannte Ricky, dass er mit einem Mal in einer ausgesprochen brenzligen Lage war, als wäre er im Dunkeln gelaufen und hätte von einer Sekunde auf die andere gemerkt, dass er vor einem Abhang stand.

Ricky machte einen Schritt zurück zur Tür. »Wissen Sie was? Ich geb Ihnen ein paar Stunden, um die Sache noch mal zu überdenken, dann ruf ich Sie an. Wenn Sie reden wollen, wenn Ihnen was einfällt, können wir uns danach ja noch mal treffen.«

Ricky manövrierte sich schnell aus dem Büro und machte ein paar zügige Schritte zu seinem Wagen.

Der Züchter war nur wenige Schritte hinter ihm, wandte sich jedoch plötzlich zur Seite und hatte binnen einer Sekunde den Zwinger von Brutus erreicht. Er zog den Riegel zurück, und der Hund sprang mit klaffendem Maul, aber still, sofort an seine Seite. Der Züchter machte ein unauffälliges Zeichen mit der offenen Hand, und der Hund rührte sich nicht, während er die Augen nicht von Ricky wandte und auf den nächsten Befehl wartete.

Ricky drehte sich zu dem Hund und seinem Besitzer um, bevor er langsam rückwärts die letzten Meter zum Wagen ging. Er griff in die Hosentasche und zog die Autoschlüssel heraus. Erst jetzt stieß der Hund ein einziges, tiefes Knurren aus, das ebenso bedrohlich war wie die angespannten Muskeln in seinen Schultern sowie die gespitzten Ohren, die auf das erlösende Zeichen des Züchters horchten.

»Ich glaube nicht, dass ich Sie hier noch einmal sehe, Mister«, sagte der Züchter. »Und ich glaube, es wäre auch keine so gute Idee, dass Sie sich noch mal hier blicken lassen und lästige Fragen stellen.«

Ricky wechselte die Schlüssel in die linke Hand und öffnete die Tür. Gleichzeitig schob sich die Rechte in die Brusttasche und griff nach der halbautomatischen Waffe. Dabei ließ er den Hund nicht aus den Augen, während er fieberhaft überlegte, was er vielleicht tun musste. Entsichern. Die Pistole ziehen. Laden. Eine Schussposition einnehmen und zielen. So oft er das am Schießstand getan hatte, war er nie in Eile, unter Druck gewesen, und trotzdem dauerte es mehrere Sekunden. Er hatte keine Ahnung, ob er rechtzeitig einen Schuss abfeuern und wenn ja, ob er den Hund auch treffen konnte. Außerdem kam ihm der Gedanke, dass das Tier vielleicht erst nach mehreren Schüssen erledigt war.

Der Rottweiler würde den Abstand zwischen ihnen vermutlich in zwei, drei Sekunden höchstens überwinden. Begierig kroch das Tier ein kurzes Stück auf Ricky zu. Nein, dachte Ricky, weniger. Er wäre in einer Sekunde bei ihm.

Der Züchter sah Ricky an und registrierte, wie seine Hand unauffällig Richtung Tasche glitt. Er lächelte. »Herr Privatdetektiv, selbst wenn Sie da in Ihrer Tasche eine Waffe haben, glauben Sie mir, das bringt Ihnen nichts. Nicht bei diesem Hund in dieser Entfernung. Keine Chance.«

Ricky legte die Hand um den Pistolengriff und den Zeigefinger um den Abzug. Er hatte selbst die Augen zusammengekniffen, und der ruhige Ton seiner eigenen Stimme klang ihm fremd. »Mag sein«, sagte er sehr langsam und bedacht, »wäre durchaus möglich, dass ich das weiß. Und vielleicht hab ich gar keine Lust, Ihrem Hund da eine Ladung zu verpassen. Stattdessen werde ich einfach Ihnen eine Kugel mitten in die Brust jagen. Sie sind ein richtig großes Zielobjekt, und glauben Sie mir, ich schieß bestimmt nicht daneben. Und Sie sind tot, bevor Sie auf dem Boden liegen, Sie werden es nicht mal mehr erleben, wie Ihr Köter mich verspeist.«

Bei dieser Bemerkung zögerte der Züchter. Er legte die Hand auf das Hundehalsband und hielt das Tier zurück. »Nummernschild aus New Hampshire«, sagte er nach einer Weile. »Mit dem Motto, ›In Freiheit leben oder sterben‹. Sehr einprägsam. Und jetzt machen Sie, dass Sie hier rauskommen.«

Ricky zögerte nicht, in den Wagen zu steigen und die Tür zuzuknallen. Er zog die Pistole aus der Tasche und warf den Motor an. In wenigen Sekunden fuhr er los und wagte im Rückspiegel einen letzten Blick auf den Züchter, der – den Rottweiler immer noch an seiner Seite – am selben Fleck stand und dem davonfahrenden Wagen hinterhersah.

Er bekam schwer Luft. Es war, als sei von der Hitze draußen die Klimaanlage des Autos zusammengebrochen, und so kurbelte er, noch bevor er von der Einfahrt auf die geteerte Straße rumpelte, die Scheibe herunter und schnappte nach dem Fahrtwind, der ihm entgegenströmte. Er schmeckte heiß auf der Zunge.

Er fuhr an den Straßenrand, um sich zu fassen. Im selben Moment sah er das Friedhofstor. Ricky beruhigte seine Nerven und versuchte, einzuschätzen, was am Haus des Züchters geschehen war. Eindeutig hatte die Erwähnung der drei Waisenkinder eine Reaktion ausgelöst. Er nahm an, dass sie fast unterschwellig aus seinem Innersten gekommen war. Der Mann hatte seit Jahren nicht an diese drei Kinder gedacht, und da kommt Ricky daher und stellt ihm eine einzige Frage, die einschlägt wie der Blitz.

Von der Begegnung ging eine Gefahr aus, die über den Hund an der Seite des Mannes weit hinauszugehen schien. Ricky hatte beinahe das Gefühl, als hätte der Mann schon seit Jahren auf jemanden wie ihn gewartet, der plötzlich auftaucht und ihm diese Fragen stellt, und nach dem ersten Schock darüber, dass dieser Moment nun tatsächlich eingetroffen war, wusste er genau, was er zu tun hatte.

Ricky fühlte sich ein wenig flau im Magen, als dieser Gedanke in ihm arbeitete.

Direkt hinter dem Friedhofstor duckte sich ein kleines, weißes, schindelverkleidetes Häuschen, ein Stück von den Wegen zwischen den Gräberreihen zurückgesetzt.

Ricky vermutete, dass es mehr als nur ein Schuppen war, und fuhr heran. Kaum hielt er direkt vor dem Haus, als ein grauhaariger Mann in einer blauen Arbeitskluft, die Rickys Hausmeisteruniform nicht unähnlich war, herauskam und ein paar Schritte auf einen fahrbaren Rasenmäher zu machte, der neben dem Häuschen stand. Als er Ricky aussteigen sah, blieb er stehen.

»Kann ich Ihnen irgendwie helfen?«, fragte der Mann.

»Ich suche nach zwei Gräbern«, sagte Ricky.

»Ham 'ne Menge Leute hier unter der Erde, wen haben Sie denn im Auge?«

»Ein Ehepaar namens Jackson.«

Der alte Mann lächelte. »Ist seit 'ner Ewigkeit keiner mehr gekommen, um das Grab zu besuchen. Viele denken wahrscheinlich, das bringt Pech oder so. Also, ich für meinen Teil, ich bin der Meinung, dass alle, die hier ihre letzte Ruhestätte gefunden haben, schon alles, Glück oder Pech, das ihnen bestimmt ist, hinter sich haben, ist mir also ziemlich egal. Das Grab von den Jacksons ist hinten, letzte Reihe, ganzes Ende nach rechts. Fahren Sie die Straße weiter, bis es nicht mehr geht, steigen Sie aus und gehen Sie zu Fuß dort lang. Dann sind Sie bald da.«

»Haben Sie sie gekannt?«

»Nee. Sind Sie ein Verwandter?«

»Nein«, sagte Ricky. »Ich bin Detektiv. Interessiere mich für ihre Adoptivkinder.«

»Die hatten nix, was man so Familie nennen könnte. Keine Ahnung von wegen Adoptivkinder oder so. Das hätte doch in der Zeitung stehen müssen, damals, als sie starben, aber ich kann mich nich dran erinnern, und die Jacksons, die standen einen Tag oder so auf der ersten Seite.«

»Wie sind sie denn gestorben?«

Der Mann wirkte erstaunt. »Dachte, das wüssten Sie, wo Sie herkommen und das Grab sehen wollen und so …«

»Also, wie?«

»Na ja, war so was, was die Cops Mord mit anschließendem Selbstmord nennen. Der alte Mann hat, nachdem sie sich mal wieder gestritten hatten, seine Frau erschossen und die Waffe dann gegen sich gerichtet. Die Leichen haben für 'n paar Tage in dem Haus geschmort, bevor der Briefträger merkt, dass keiner die Post aufhebt. Schöpft Verdacht und ruft die Polizei. Offenbar sind auch noch die Hunde über die Leichen hergefallen, war also nich mehr viel übrig außer 'n paar ziemlich unappetitlichen Resten. Menge Ärger in dem Haus, können Sie glauben.«

»Der Mann, der es gekauft hat …«

»Persönlich kenn ich ihn nicht, soll aber 'n übler Bursche sein. Genauso fies wie die Hunde. Hat auch den Zuchtbetrieb übernommen, den die Jacksons da hatten; wenigstens hat er sämtliche Tiere getötet, die die früheren Eigentümer verspeist haben. Aber irgendwie denke ich, dass er mal genauso endet wie die beiden. Vielleicht macht ihm das zu schaffen. Und er is deshalb so 'n fieser Knochen.«

Der alte Mann brach in ein grausiges Lachen aus und deutete den Hang hinauf.

»Da oben«, sagte er. »Eigentlich ein ziemlich schönes Fleckchen Erde, um da bis in alle Ewigkeit zu ruhen.«

Ricky überlegte einen Moment und fragte dann: »Sie wissen nicht zufällig, wer die Grabstätte gekauft hat, oder? Und wer für die Pflege aufkommt?«

Der Mann zuckte die Achseln. »Weiß nicht, da kommt einfach immer pünktlich ein Scheck.«

Es war nicht schwer, die Grabstätte zu finden. Ricky stand eine Weile reglos in der Stille der gleißenden Mittagssonne und überlegte, ob irgendjemand nach Rickys vermeintlichem Selbstmord dafür gesorgt hatte, dass er einen Grabstein bekam. Er bezweifelte es. Er war so isoliert gewesen wie die Jacksons. Er fragte sich auch, wieso er nie eine Art Ehrenmal für seine tote Frau errichtet hatte. Sicher, er hatte nach ihrem Tod geholfen, in ihrem Namen einen Bücherfonds in ihrer juristischen Fakultät ins Leben zu rufen, und er hatte jedes Jahr in ihrem Namen an den Naturschutzbund gespendet, und er hatte sich gesagt, dass so etwas besser sei als irgendein Stück kalter Stein, der über einen schmalen Streifen Erde wachte. Er ertappte sich, wie er dastand und über den Tod sinnierte, über seine Endgültigkeit und die Auswirkung auf die Hinterbliebenen. Wir lernen mehr über die Lebenden, dachte er, wenn jemand stirbt, als über den Menschen, der gegangen ist.

Er konnte nicht sagen, wie lange er dort vor den Gräbern gestanden hatte, bevor er sie sich näher ansah. Es gab einen Doppelgrabstein, auf dem nur die Namen sowie Geburts- und Todesdatum standen.

Irgendetwas stimmte damit nicht, und er starrte auf die spärliche Information, um herauszufinden, was. Er brauchte ein paar Sekunden, bis der Groschen fiel.

Das Datum des Mordes mit anschließendem Selbstmord fiel in denselben Monat, in dem die Adoptionspapiere unterschrieben worden waren.

Die Jacksons waren beide in den Zwanzigerjahren geboren, waren folglich bei ihrem Tod beide etwa Mitte sechzig.

Ihm wurde plötzlich wieder heiß, und er lockerte die Krawatte um den Hals.

Der falsche Bauch schien wie ein Zentnergewicht an ihm zu zerren, und die falsche Prellung und Narbe in seinem Gesicht fingen plötzlich an zu jucken.

Niemand konnte in dem Alter ein Kind adoptieren, geschweige

denn drei, dachte er. Die Richtlinien, denen die Agenturen unterlagen, würden dieses kinderlose Paar praktisch von vornherein ausschließen und einem jüngeren, belastbareren den Vorzug geben.

So stand Ricky an den Gräbern und kam zu dem Schluss, dass er sich einer Lüge gegenübersah. Nicht hinsichtlich ihres Todes. Der war nur allzu real. Aber hinsichtlich ihres Lebens.

Hier stimmt rein gar nichts, dachte er. Alles ist völlig anders, als es sein müsste. Er hatte das Gefühl, dass sich direkt vor seinen Augen Abgründe auftaten, deren Ausmaß er erst in dieser Sekunde erahnte. Rache, die keine Grenzen kannte.

Er mahnte sich, so schnell wie möglich in die Sicherheit von New Hampshire zurückzukehren und dort in Ruhe durchzugehen, was er erfahren hatte, um einen klugen nächsten Schritt zu planen. Er parkte den Wagen vor der Econo Lodge und entdeckte bei seinem Betreten der Lobby einen neuen Portier. Omar hatte an James übergeben, der nicht einmal seine Fertigkrawatte gerade um den Hals gebunden hatte.

»Ich reise ab«, sagte Ricky. »Mr. Lazarus. Zimmer 232.«

Der Portier lud auf dem Computer eine Rechnung hoch und sagte: »Nichts offen. Nur 'n paar telefonische Nachrichten für Sie.«

Ricky schwieg einen Moment, bevor er nachfragte, »Telefonische Nachrichten?«

James der Portier nickte. »Der Typ von dem Hundezwinger hat angerufen und gefragt, ob Sie hier wohnten. Wollte 'ne Nachricht auf Ihrem Zimmertelefon hinterlassen. Und dann war da eben, kurz bevor Sie reingekommen sind, noch eine.«

»Von demselben Mann?«

»Keine Ahnung. Ich drücke nur die Knöpfe. Hab nicht mit demjenigen gesprochen. Lässt nur hier auf meiner Anruf-Übersicht 'ne Nummer aufleuchten. Zimmer 232. Zwei Nachrichten. Wenn Sie wollen, können Sie das Telefon da drüben nehmen und Ihre Zimmernummer eingeben und dann Ihre Nachrichten abhören.«

Ricky folgte dem Rat. Die erste war von dem Zwingerbesitzer.

»Ich dachte mir schon, dass Sie in einer billigen Absteige in der Nähe wohnen. Muss man kein Hellseher sein. Ich hab über Ihre Fragen nachgedacht. Rufen Sie mich an. Ich glaube, ich hab vielleicht doch Informationen, die Ihnen weiterhelfen könnten. Aber Sie zücken besser schon mal Ihr Scheckbuch. Das wird nicht billig.«

Ricky drückte die Zahl Drei, um die Nachricht zu löschen. Die nächste wurde automatisch abgespielt. Die Stimme war kurz angebunden, kühl und überraschend, fast als fände man an einem brütenden Sommertag ein Stück Eis auf dem heißen Bürgersteig.

»Mister Lazarus, ich erfahre soeben von Ihrer Wissbegier hinsichtlich der verstorbenen Mr. und Mrs. Jackson, und ich denke, ich verfüge möglicherweise über Informationen, die Ihnen bei Ihren Nachforschungen helfen könnten. Bitte rufen Sie mich so bald wie möglich unter der Nummer 212-555-1717 an, und wir können ein Treffen arrangieren.«

Die Anruferin nannte keinen Namen.

Das brauchte sie auch nicht. Ricky erkannte auf Anhieb die Stimme von Virgil.

TEIL III

Auch schlechte Dichter lieben den Tod

28

RICKY FLOH.

Die Tasche hastig gepackt, fuhr er mit quietschenden Reifen los, gab auf dem Highway richtig Gas und machte sich vor dem Motel in New Jersey sowie der Stimme am Telefon aus dem Staub.

Er nahm sich kaum die Zeit, die falsche Narbe von der Wange abzuwischen. Im Verlauf eines einzigen Vormittags hatte er es fertiggebracht, die Zeit so zu verkürzen, dass sie vom Verbündeten zum Gegner wurde. Er hatte gehofft, nach und nach an Rumpelstilzchens Anonymität zu kratzen und, sobald er wusste, was er wissen musste, danach bei seinen Racheplänen auf Nummer sicher zu gehen. Die Fallen sorgsam zu platzieren und dann auf gleicher Augenhöhe in Erscheinung zu treten. Diesen Luxus konnte er nun vergessen.

Er wusste nicht, wie der Mann in dem Zwinger mit Rumpelstilzchen in Verbindung stand, er wusste nur, *dass* es eine solche Verbindung geben musste, denn noch während Ricky nach seinem Rückzug untätig vor dem Grab des toten Ehepaars stand, hatte der Züchter telefoniert. Die Leichtigkeit, mit der der Mann das Motel gefunden hatte, in dem Ricky wohnte, war beängstigend. Er schloss daraus, dass er entschieden sorgsamer darauf achten musste, seine Spuren zu verwischen.

Er fuhr zügig nach New Hampshire zurück und versuchte, sich ein Bild davon zu machen, wie sehr seine Existenz in Mitleidenschaft gezogen war. Die willkürlichsten Ängste und widersprüchlichsten Gedanken gingen ihm durch den Kopf. Doch eine Erkenntnis stand obenan: Ricky konnte nicht zu der Passivität des Psychoanalytikers zurückkehren, in eine Welt, in der man erst einmal wartete, bis etwas passierte, bevor man zum nächsten Schritt überging, und in der man versuchte, all die inneren Kräfte zu verstehen und richtig zu deuten. Es war eine Welt des Aufschubs und des Reagierens. Eine Welt der Ruhe und Besonnenheit.

Tappte er in diese Falle, würde es ihn das Leben kosten. Er wusste, dass er handeln musste.

Zumindest musste er den Eindruck erwecken, er wäre so gefährlich wie Rumpelstilzchen.

Er hatte gerade das Schild WILLKOMMEN IN MASSACHUSETTS passiert, als ihm ein Gedanke kam. Er sah den Wegweiser für die nächste Ausfahrt und dann den uramerikanischen Meilenstein in der Landschaft: ein Einkaufszentrum. Er verließ die Durchgangsstraße und fuhr auf den Parkplatz der Mall. Wenige Minuten später drängte er sich in der Masse der anderen Passanten in die Phalanx der Läden, die alle mehr oder weniger dieselben Waren zu mehr oder weniger demselben Preis verkauften, nur jeweils unterschiedlich verpackt, so dass die Leute das Gefühl bekamen, in all der Gleichmacherei etwas Einmaliges zu finden. Für Ricky lag darin so etwas wie Galgenhumor. Für sein Vorhaben hätte er keine bessere Umgebung finden können.

Wenig später hatte er neben dem *Food Court* ein paar Telefonzellen gefunden. An die erste Nummer erinnerte er sich nur zu gut. Hinter ihm herrschte das gedämpfte Stimmengewirr von Leuten, die sich beim Essen unterhielten, und so legte er die hohle Hand an die Sprechmuschel, während er die Nummer wählte.

»*New York Times*, Kleinanzeigen.«

»Ja«, sagte Ricky liebenswürdig. »Ich würde gerne eine von diesen Kleinanzeigen auf der Titelseite aufgeben.«

Er ratterte die Kreditkartennummer herunter. Der Mitarbeiter nahm die Angaben auf und fragte dann, »Alles klar, Mr. Lazarus, wie lautet der Text?«

Ricky überlegte einen Moment und sagte: *»Mr. R., auf in die nächste Runde. Eine neue STIMME.«*

Der Mann am anderen Ende der Leitung las es noch einmal vor. »Das wär's?«, fragte er.

»Das wär's«, bestätigte Ricky. »Und das Wort *Stimme* bitte in Großbuchstaben, ja?«

Der Mann bestätigte den Auftrag, und Ricky beendete das Gespräch. Anschließend ging er zu einem Schnellimbiss, bestellte sich einen Kaffee und schnappte sich eine Handvoll Servietten. Ein wenig abseits von der Menge fand er einen Tisch. Den Stift in der Hand, machte er es sich bequem. Er nippte an seinem Kaffee und verbannte den Lärm und das geschäftige Treiben in seiner Umgebung aus seinem Bewusstsein, um sich ganz auf das zu konzentrieren, was er schreiben wollte. Ein paarmal tippte er sich mit dem Kugelschreiber an die Zähne, nahm wieder einen Schluck und mahnte sich die ganze Zeit zur Ruhe, während er sorgfältig plante. Er benutzte die Servietten als Schmierpapier und hatte nach einigen Fehlversuchen schließlich die folgenden Zeilen formuliert:

Du weißt, wer ich war, nicht wer ich bin.
Und deshalb sitzt du in der Tinte.
Ricky ist weg, für immer dahin.
Dafür gibt's jetzt mich, und das ist keine Finte.
Lazarus ist auferstanden, darauf mein Wort,
Jetzt geht es einem anderen an den Kragen.
Ein neues Spiel am alten Ort,
Das wollen wir ab jetzt austragen.
Dann sehn wir, wem das Ende droht,
Denn, Mr. R., selbst schlechte Dichter lieben den Tod.

Ricky bewunderte sein Werk eine Weile und kehrte zu den Telefonzellen zurück. Im Nu war er mit der Anzeigenabteilung der *Village Voice* verbunden. »Ich möchte eine Kontaktanzeige aufgeben«, sagte er.

»Null Problemo. Ich nehm's auf«, sagte dieser Mitarbeiter. Es amüsierte Ricky, dass sie in der Kleinanzeigenaufnahme der *Voice* so viel unkomplizierter waren als die Kollegen bei der *Times*, was, räumte er ein, bei genauer Betrachtung eigentlich nicht anders zu erwarten war. »Wie soll die Spitzmarke lauten?«

»Spitzmarke?«, fragte Ricky nach.

»Ähm«, sagte der Mann. »Sie machen das offenbar zum ersten Mal. Ich meine, die Abkürzungen, wie WM für Weiß, Männlich, SM für Sado-Maso …«

»Ach so, verstehe«, sagte Ricky und überlegte einen Moment. »Schreiben Sie: WM, ca. 50, sucht den Richtigen für besondere Spielchen …«

Der Angestellte las Ricky die Überschrift vor. »Hab ich«, sagte er. »Kommt noch was?«

»Ja, allerdings«, sagte Ricky. Er las dem Mann die Verse vor und ließ sie den Mann zweimal nachsprechen, um sicherzugehen, dass er es richtig mitgeschrieben hatte. Am Ende schwieg der Angestellte einen Moment.

»Also«, sagte er schließlich, »das is mal was anderes, ganz was anderes, das lockt sie vermutlich alle hinter dem Ofen hervor. Die Neugierigen zumindest. Und vielleicht auch ein paar von den Irren. Also, wollen Sie für Antworten unter Chiffre bezahlen? Wir geben Ihnen eine Chiffre-Nummer, und Sie können die Antworten telefonisch abrufen. Funktioniert so, dass außer Ihnen niemand an die Antworten kommt, wenn Sie für die Chiffre bezahlen.«

»Ja, bitte«, sagte Ricky. Er hörte, wie der Angestellte etwas in die Tastatur eingab.

»Gut«, sagte er. »Sie sind Chiffre Nummer 1313. Hoffe, Sie sind nicht abergläubisch.«

»Nicht im Geringsten«, antwortete Ricky. Er schrieb sich die Zugangsnummer auf eine Serviette und legte auf. Einen Moment lang kämpfte er mit sich, ob er die Nummer wählen sollte, die Virgil ihm gegeben hatte.

In *Die Kunst des Krieges* lässt sich Sun Tsu darüber aus, wie wichtig es ist, sein Schlachtfeld selbst zu wählen, weil dies erlaubt, eine für den Feind schwer überschaubare Position einzunehmen oder sich durch ein erhöhtes Gelände einen Vorteil zu verschaffen; oder auch die eigene Stärke zu verbergen; topografische Kenntnis zu nutzen. Ricky ging davon aus, dass diese Lektionen auch für ihn von Bedeutung waren. Das Gedicht in der *Village Voice* war wie ein Schuss vor den Bug seines Gegners, eine Eröffnungssalve, um seine Aufmerksamkeit zu erringen.

Ricky erkannte, dass es nicht lange dauern würde, bis jemand in Durham eintraf und nach ihm suchte.

Das garantierte die Zulassungsnummer des Wagens, die der Züchter sich notiert haben musste. Er schätzte, dass sie nicht lange brauchen würden, um festzustellen, dass dieses Nummernschild zu einer Rent-A-Wreck-Filiale gehörte; folglich würde sich schon bald jemand dort blicken lassen und nach dem Namen des Mannes fragen, der den Wagen gemietet hatte. Das Ganze lief auf die entscheidende Frage hinaus, wo er die nächste Schlacht austragen wollte. Er musste die passende Arena finden.

Er gab den Leihwagen ab, kehrte kurz zu seinem Zimmer zurück und machte sich sofort auf den Weg zu seinem Nachtdienst bei der Krisenhotline. Die Fragen schwirrten ihm immer noch im Kopf herum, und er war nicht ganz bei der Sache. Er wusste nicht, wieviel Luft er sich mit den Annoncen in der *Times* und der *Voice* verschafft hatte. Die in der *Times* würde am nächsten Morgen erscheinen, die in der *Voice* am folgenden Wochenende. Mit einiger Wahrscheinlichkeit würde Rumpelstilzchen erst handeln, wenn er beide gesehen hatte. Bis jetzt wusste der Mann lediglich, dass ein übergewichtiger Privatdetektiv mit einer Narbe beim Hundezwinger in New Jersey aufgetaucht war und unzusammenhängende Fragen über das Paar gestellt hatte, das angeblich vor Jahren ihn und seine Geschwister adoptiert hatte. Ein Mann auf der Spur einer Lüge. Ricky machte sich nichts vor: Natürlich würde Rumpelstilzchen zwei und zwei zusammenzählen und auch die anderen Anzeichen dafür erkennen, dass Ricky noch am Leben war. Entsprechende Nachforschungen in Florida würden ergeben, dass ein Priester namens Frederick Lazarus dort aufgekreuzt war, bevor der Privatdetektiv gleichen Namens in New Jersey auf der Bildfläche erschien. Sein Vorteil, vermutete Ricky, lag in der Tatsache, dass Frederick Lazarus weder mit Dr. Frederick Starks noch mit Richard Lively eindeutig in Verbindung zu bringen war. Der eine galt als tot. Der andere hielt standhaft an seiner Anonymität fest. Als er im Dämmerlicht des Büros seinen Platz an den Notdiensttelefonen einnahm, war er froh, dass in der Universität das Semester zu Ende ging. Er war auf Anrufer mit der üblichen Erschöpfung und Panik vor dem Examen gefasst, und damit kam er gut zurecht. Er glaubte nicht, dass sich jemand wegen seiner Prüfung in Chemie das Leben nehmen würde, auch wenn sich Leute schon aus dümmeren Gründen umgebracht hatten. Tief in der Nacht konnte er sich endlich konzentrieren.

Was ist mein Ziel?, fragte er sich.

Wollte er den Mann, der ihn gezwungen hatte, seinen eigenen Tod vorzutäuschen, dafür töten? Den Mann, der seine entfernten

Verwandten bedrohte und alles zerstört hatte, was ihn zu dem gemacht hatte, was er war? Ricky ging davon aus, dass in einigen der Kriminalromane und Thriller, die er im Lauf der letzten Monate verschlungen hatte, die Antwort ein einfaches Ja gewesen wäre. Jemand brachte ihm großen Schaden, und gegen so jemanden drehte man den Spieß einfach um. Man tötete ihn. Auge um Auge, die entscheidende Triebfeder jeder Rache.

Ricky schürzte die Lippen und sagte sich: Es gibt viele Möglichkeiten, jemanden zu töten. Eine davon hatte er am eigenen Leib erfahren. Es musste noch andere geben, von der Kugel des Meuchelmörders bis hin zu einer wütenden Krankheit.

Es war von entscheidender Bedeutung, dass er die richtige Mordmethode fand, und dafür musste er seinen Gegenspieler kennen, nicht nur, wer er war, sondern auch was.

Und er musste den Tod seines Erzfeindes unbeschadet überstehen. Schließlich war er kein Kamikazeflieger, der einen rituellen Becher Sake trinkt und sich dann mit der größten Unbekümmertheit in den eigenen Tod stürzt. Ricky wollte überleben. Dabei machte er sich nicht die geringsten Illusionen, dass er je wieder Dr. Frederick Starks sein konnte. Keine komfortable Praxis, in der er sich mal gerade achtundvierzig Wochen im Jahr tagtäglich das Gejammer der Reichen über die Unbilden des Lebens anhören durfte. Das war vorbei, und das wusste er.

Er sah sich in dem kleinen Büro der Telefonseelsorge um. Es lag im Gebäude des Studentischen Gesundheitsdienstes am Hauptflur. Es war eng, nicht besonders bequem, mit einem einzigen Schreibtisch sowie drei Telefonen ausgestattet und mit ein paar Plakaten geschmückt, auf denen die Tabellenplätze der Football-, Lacrosse- und Fußballmannschaften mit Bildern von ihren Athleten gefeiert wurden. Daneben gab es noch eine große Karte vom Campusgelände und eine getippte Liste der Not- und Sicherheitsdienstnummern. In etwas größerer Schrift hing eine Anleitung aus, die der diensthabenden Person am Telefon erklärte, was er oder sie zu tun hatte, falls er zu der Überzeugung gelangte, dass jemand tatsächlich versuchte, sich das Leben zu nehmen. Diese Anleitung gab jeden Schritt vor, der zu unternehmen war, vom Anruf bei der Polizei bis zum Auftrag an den Notruf neun, eins, eins, die Leitung zu überprüfen und zurückzuverfolgen. Davon war nur im äußersten Ernstfall Gebrauch zu machen, wenn tatsächlich ein Leben auf dem Spiel stand und ein Krankenwagen geschickt werden musste. Ricky hatte noch nie darauf zurückgegriffen. In den Wochen, in denen er die Nachtschicht übernommen hatte, war es ihm immer gelungen, selbst den verzweifeltsten Anrufer, wenn auch nicht immer zur Vernunft zu bringen, so doch von einer Kurzschlusshandlung abzuhalten. Er hatte sich gefragt, ob irgendjemand von diesen jungen Leuten erstaunt gewesen wäre, wenn er erfuhr, dass diese ruhige Stimme der Vernunft einem Hausmeister im Chemie-Institut gehörte.

Das hier, sagte sich Ricky, lohnt sich zu schützen.

Ein Schluss, der, wie er augenblicklich erkannte, ihn auch zu einer Entscheidung brachte. Er musste Rumpelstilzchen von Durham ablenken. Falls er die sich anbahnende Konfrontation überlebte, musste Richard Lively anonym und sicher sein.

Und so flüsterte er sich zu: »Zurück nach New York.«

Als ihm diese Erkenntnis dämmerte, klingelte das Telefon auf seinem Tisch. Er drückte den Knopf für die entsprechende Leitung und nahm den Hörer ab.

»Telefonseelsorge«, sagte er. »Wie kann ich Ihnen helfen?«

Es herrschte kurzes Schweigen, dann war ersticktes Schluchzen zu hören, schließlich eine Reihe verworrener Worte, die für sich genommen wenig Sinn ergaben, zusammen aber Bände sprachen. »Ich kann nicht, ich kann einfach nicht, es ist mir alles zuviel, ich will auch nicht, mein Gott, ich weiß nicht ...«

Eine junge Frau, dachte Ricky. Abgesehen von dem aufgewühlten Schluchzen, war kein Lallen herauszuhören, also waren vermutlich keine Drogen oder Alkohol im Spiel. Einfach nur nächtliche Einsamkeit und eine richtig miese, verzweifelte Stimmung.

»Können Sie ein bisschen langsamer reden und versuchen, mir zu erzählen, was los ist? Nicht die größeren Zusammenhänge, einfach nur, was in diesem Moment los ist. Von wo aus rufen Sie denn an?«

Erst Schweigen, dann eine Reaktion: »Aus meinem Zimmer im Studentenheim.«

»In Ordnung«, sagte Ricky freundlich und tastete sich behutsam weiter vor. »Sind Sie allein?«

»Ja.«

»Keine Zimmergenossin? Freunde?«

»Nein. Ganz allein.«

»Ist das immer so? Oder fühlen Sie sich nur im Moment so?«

Bei dieser Frage dachte die Frau wohl angestrengt nach. »Also, mein Freund hat mit mir Schluss gemacht, und meine Seminare sind alle ganz schrecklich, und wenn ich nach Hause komme, bringen mich meine Alten um, weil ich aus der Gruppe der Spitzenkandidaten rausgefallen bin. Kann sein, dass ich auch mein Komparatistikseminar nicht bestehe, und es kommt einfach alles zusammen und …«

»Und deshalb sind Sie irgendwie auf die Idee gekommen, unter dieser Nummer anzurufen, richtig?«

»Ich wollte reden. Ich wollte mir nichts antun …«

»Das ist auch ganz und gar vernünftig. Klingt so, als wär dieses Semester nicht so toll gelaufen.«

Die junge Frau lachte, ein wenig bitter. »Können Sie laut sagen.«

»Aber es ist ja nicht das letzte Semester, oder?«

»Nein, natürlich nicht.«

»Und Ihr Freund, was hat er gesagt, wieso er Schluss machen wollte?«

»Er sagt, er will sich im Moment nicht binden …«

»Und diese Antwort hat Sie, was? Deprimiert?«

»Ja. Es war wie ein Schlag ins Gesicht. Ich hatte das Gefühl, dass er mich nur benutzt hat, na ja, für den Sex, und dann, wo's auf die Sommerferien zugeht, hat er sich wohl gedacht, es lohnt sich nicht mehr mit mir. Als wär ich so was wie 'ne Zuckerstange. Man probiert mal dran, und dann hopp …«

»Das haben Sie schön gesagt«, erwiderte Ricky. »Eine Beleidigung also. Ein ziemlicher Schlag gegen Ihr Selbstwertgefühl.«

Wieder überlegte die Frau. »Wahrscheinlich, aber so hatte ich es eigentlich nicht gesehen.«

»Also«, fuhr Ricky im selben festen, aber leisen Tonfall fort, »dann sollten Sie eigentlich nicht deprimiert sein und denken, dass mit Ihnen etwas nicht stimmt, sondern Sie sollten auf den Mistkerl sauer sein, denn offensichtlich liegt das Problem bei ihm. Und es hat mit Egoismus zu tun, oder nicht?«

Er konnte förmlich hören, wie die Frau nickte. Dies war eins der typischen Telefonate, dachte er. Sie rief in der Verzweiflung über eine Beziehungs- oder Studienkrise an, ohne bei genauer Betrachtung zu wissen, was echte Verzweiflung war. »Ich glaube, das kann man so sagen«, stellte sie fest. »Das miese Schwein.«

»Sie sollten sich vielleicht freuen, ihn los zu sein. Gibt ja noch andere Männer auf der Welt.«

»Ich dachte, ich liebe ihn«, sagte die junge Frau.

»Und deshalb tut es ein bisschen weh, nicht wahr? Aber das heißt noch nicht, dass Ihnen wirklich jemand das Herz gebrochen hat. Es tut wohl eher weh, dass Sie sich etwas vorgemacht haben, und jetzt ist Ihr Vertrauen ins Schwanken geraten.«

»Klingt vernünftig, was Sie da sagen«, erwiderte sie.

Ricky spürte förmlich, wie am anderen Ende der Leitung die Tränen trockneten.

Nach einer Weile fügte sie hinzu: »Sie müssen eine Menge solche Anrufe wie meinen bekommen. Noch vor ein, zwei Minuten kam mir alles so wichtig und schrecklich vor. Ich hab Rotz und Wasser geheult, und jetzt …«

»Bleiben immer noch die Noten. Was wird passieren, wenn Sie nach Hause kommen?«

»Sie werden stinkesauer sein. Mein Dad wird sagen, ›Ich verschwende mein hart verdientes Geld doch nicht an einen Haufen Dreien und Vieren …‹«

Die junge Frau gab ein passables, verächtliches Schnauben von sich und senkte die Stimme, so dass es recht überzeugend nach einem ungehaltenen Vater klang. Ricky lachte, und sie lachte mit.

»Er wird's überleben«, sagte er. »Hauptsache, Sie sind ehrlich. Erzählen Sie ihm von Ihrem Stress und Ihrem Freund und dass Sie sich anstrengen werden, das wieder aufzuholen. Er kriegt sich schon ein.«

»Sie haben recht.«

»Also«, sagte Ricky, »hier das Rezept für morgen: Schlafen Sie gut aus. Dann stehen Sie auf und besorgen sich so einen dreckig süßen Kaffee mit ordentlich Schaum obendrauf, so 'ne richtige Kalorienbombe. Nehmen Sie den mit in einen der Innenhöfe, setzen Sie sich auf eine Bank, schlürfen Sie langsam Ihren Kaffee und bewundern Sie das Wetter. Und falls Sie den fraglichen Jungen sehen, also, ignorieren Sie ihn einfach. Und falls er mit Ihnen reden will, lassen Sie ihn stehen. Denken Sie ein bisschen dran, was der Sommer bringt. Es gibt immer Hoffnung, dass alles wieder gut wird. Sie müssen nur ein bisschen suchen.«

»In Ordnung«, sagte sie. »Danke, dass Sie mit mir geredet haben.«

»Falls Sie sich immer noch deprimiert fühlen, falls Sie an den Punkt kommen, wo Sie das Gefühl haben, Sie packen das alleine nicht mehr, dann sollten Sie sich beim studentischen Gesundheitsdienst melden und einen Termin bei einem psychologischen Berater machen. Die helfen Ihnen bei Ihren Problemen weiter.«

»Sie wissen eine Menge über Depressionen«, sagte sie.

»Oh ja«, antwortete Ricky. »Das stimmt. Normalerweise vergehen sie wieder. Manchmal nicht. Der erstere Fall ist ganz normal im Leben, der zweite ist eine echte, schlimme Krankheit. Sie klingen nach dem ersten Typ.«

»Ich fühl mich schon besser«, sagte sie. »Vielleicht nehme ich zu dem Kaffee noch ein Hefeteilchen. Zum Teufel mit den Kalorien.«

»Das ist die richtige Einstellung«, sagte Ricky.

Er wollte schon aufhängen, hielt aber inne.

»Hören Sie«, sagte er. »Können Sie mir vielleicht bei was helfen …«

Die junge Frau klang ein bisschen erstaunt, antwortete aber, »Ähm, was? Sie brauchen Hilfe?«

»Das hier ist immerhin die Telefonseelsorge«, sagte Ricky und ließ ein wenig Humor einfließen. »Wie kommen Sie darauf, dass die Leute an diesem Ende der Leitung nicht auch ihre Krisen haben?«

Die junge Frau schwieg, als müsse sie sich erst bewusst machen, wie naheliegend die Bemerkung war. »Okay«, sagte sie. »Wie kann ich Ihnen helfen?«

»Als Sie klein waren«, sagte Ricky, »was für Spiele haben Sie da gespielt?«

»Spiele? Meinen Sie, Brettspiele, Sie wissen schon, Risiko …«

»Nein. Spiele für draußen, auf dem Spielplatz.«

»Wie Ringel-Ringel-Reihe oder Plumpsack?«

»Ja. Aber wenn Sie nun mit anderen Kindern ein Spiel machen wollten, ein Spiel, bei dem einer den anderen jagt, während er zugleich der Gejagte ist, was fällt Ihnen dazu ein?«

»Kein einfaches Versteckenspielen, wie? Klingt ein bisschen gemeiner.«

»Ja, stimmt.«

Die junge Frau überlegte und dachte dann laut nach, »Na ja, da gab es Räuber und Gendarm, aber da ging es mehr um physische Kraft. Dann gab es noch andere Fangspiele und ›Simon sagt‹ …«

»Nein, was ich suche, müsste ein bisschen gewagter sein …«

»Am ehesten vielleicht Fuchsjagd«, sagte sie abrupt. »Da war es besonders schwer zu gewinnen.«

»Wie ging das?«, fragte Ricky.

»Im Sommer, draußen auf dem Land. Es gab zwei Mannschaften, die Füchse und die Hunde. Die Füchse sind weggelaufen, mit einer Viertelstunde Vorsprung. Sie hatten Papiertüten mit Zeitungsschnipseln dabei. Alle zehn Meter mussten sie eine Handvoll ausstreuen. Die Hunde sind der Spur gefolgt. Das Entscheidende dabei war, falsche Spuren zu legen, Haken zu schlagen, die Meute vom Weg abzubringen, so was in der Art. Die Füchse hatten gewonnen, wenn sie es in einer festgesetzten Zeitspanne bis zum Start zurück schafften, zum Beispiel in zwei oder drei Stunden. Die Hunde gewannen, wenn sie die Füchse einholten. Falls sie die Füchse irgendwo auf der anderen Seite eines Feldes entdeckten, konnten sie wie Hunde hinterherlaufen. Und die Füchse mussten sich verstecken. Also haben die Füchse manchmal dafür gesorgt, dass sie wussten, wo die Hunde sind, ich meine, Spione ausgeschickt …«

»Das ist das Spiel, das ich im Sinn hatte«, sagte Ricky ruhig. »Welche Seite hat gewöhnlich gewonnen?«

»Das war das Tolle daran«, sagte die junge Frau. »Das kam auf den Einfallsreichtum der Füchse und die Zielstrebigkeit der Hunde an. Also konnte wirklich jederzeit jede Seite gewinnen.«

»Danke«, sagte Ricky. In seinem Kopf jagten sich bereits die Ideen.

»Viel Glück«, sagte die Frau und legte auf.

Genau das brauchte er, dachte Ricky: viel Glück.

Bereits am nächsten Morgen traf er seine Vorbereitungen. Er bezahlte seine Miete für den nächsten Monat, sagte seinen Vermieterinnen jedoch, er werde wahrscheinlich in einer Familienangelegenheit unterwegs sein. Er hatte eine Pflanze in sein Zimmer gestellt und nahm ihnen das Versprechen ab, sie regelmäßig zu gießen. Dies war, so seine Überlegung, die sicherste psychologische Methode; kein Mann, der das Weite suchen wollte, würde die Frauen bitten, seine Pflanze zu gießen. Er sprach mit dem Leiter der Universitäts-Hausmeisterei und erhielt die Erlaubnis, seine Überstunden sowie Krankheitstage auf einmal zu nehmen. Auch sein Chef zeigte Verständnis und war – zumal so kurz vor Semesterende –, bereit, ihn ziehen zu lassen, ohne dass er seinen Job riskierte.

In der Bank, bei der Frederick Lazarus sein Konto führte, nahm Ricky eine telegrafische Überweisung auf ein Konto vor, das er elektronisch bei einer Bank in Manhattan eröffnet hatte. Außerdem reservierte er sich bei einer Reihe Hotels – die Sorte, die es in keinen Stadtführer schafft – jeweils ein Zimmer. Für diese Reservierungen bürgte er mit Frederick Lazarus' Kreditkarte – außer beim letzten, das er wählte. Die letzten beiden Hotels seiner Wahl lagen an der Zweiundzwanzigsten Straße West, mehr oder weniger direkt einander gegenüber. In einem reservierte er einfach nur zwei Nächte für Frederick Lazarus. Das andere bot den Vorteil, dass es auf wöchentlicher Basis kleine Apartments vermietete. Er reservierte zwei Wochen en bloc. Für dieses zweite Hotel allerdings benutzte er Richard Livelys Visakarte.

Er schloss Frederick Lazarus' Postfach und hinterließ als Nachsendeadresse die des vorletzten Hotels.

Als Letztes packte er seine Waffe und Ersatzmunition sowie einige Kleidergarnituren in eine Tasche und ging erneut zum Rent-A-Wreck. Wie beim ersten Mal mietete er einen bescheidenen, alten Wagen. Diesmal allerdings achtete er darauf, eine unübersehbare Spur zu hinterlassen.

»Der hat eine unbegrenzte Meilenanzahl, oder?«, fragte er den Angestellten. »Ich muss nämlich nach New York damit, und ich will nicht, dass ich am Ende für jede Meile zehn Cent blechen muss …«

Der Mitarbeiter war ein Junge im College-Alter, der offenbar gerade einen Ferienjob antrat und sich bereits nach den ersten Tagen im Büro zu Tode langweilte. »Ja. Unbegrenzte Meilenzahl. Von uns aus können Sie damit bis nach Kalifornien und zurück.«

»Nein, hab in Manhattan zu tun«, wiederholte Ricky mit Absicht. »Ich setz dann meine Geschäftsadresse in der City hier unter den Mietvertrag.« Ricky trug den Namen und die Telefonnummer des ersten der beiden Hotels ein, das er für Frederick Lazarus gebucht hatte.

Der Junge beäugte Rickys Jeans und Sporthemd. »Sicher, geschäftlich, was auch immer.«

»Und falls ich länger bleiben muss …«

»Da ist eine Nummer auf dem Mietvertrag. Rufen Sie einfach an. Wir buchen den zusätzlichen Betrag von Ihrer Kreditkarte ab, aber wir müssen was in den Unterlagen haben, sonst rufen wir nach achtundvierzig Stunden die Polizei und melden den Wagen als gestohlen.«

»Das wäre mir gar nicht recht.«

»Wem schon?«, erwiderte der Junge.

»Nur noch eine Sache«, sagte Ricky langsam und wählte seine Worte mit Bedacht.

»Was denn?«, fragte der Angestellte.

»Ich hab einem Freund auch Bescheid gegeben, er soll sich hier einen Wagen mieten. Ich meine – gute Preise, gute, solide Autos, keine Warteschlangen wie bei den großen Firmen …«

»Sicher«, sagte der Junge, offenbar erstaunt darüber, dass irgendjemand irgendeinen Gedanken an das Für und Wider einer Leihwagenfirma verschwendete.

»Aber ich bin nicht ganz sicher, ob er meine Nachricht auch bekommen hat …«

»Wer?«

»Mein Freund. Er ist genau wie ich viel geschäftlich unterwegs, also auch immer auf der Suche nach einem günstigen Angebot.«

»Und?«

»Und falls er«, sagte Ricky betont, »falls er in den nächsten Tagen vorbeikommen sollte, um zu sehen, ob das hier der richtige Laden ist, wo ich meinen Wagen gemietet habe, dann werden Sie ihn doch gut beraten und ihm ein gutes Angebot machen, oder?«

Der Angestellte nickte. »Wenn ich gerade Dienst habe …«

»Sie sind tagsüber hier, richtig?«

Der Junge nickte wieder und machte eine Bewegung, die sagen sollte, es grenzte schon an Gefängnis, wenn man in den ersten warmen Sommertagen hinter einer Ladentheke rumhängen musste, und das war es vermutlich auch, dachte Ricky.

»Dann kann es also durchaus sein, dass Sie ihn bedienen werden.«

»Schon möglich.«

»Falls er nach mir fragt, sagen Sie einfach, ich wär wieder geschäftlich unterwegs. In New York. Er kennt mein Programm.«

Der Angestellte zuckte die Achseln. »Falls er fragt, kein Problem. Ansonsten ...«

»Sicher. Nur damit Sie Bescheid wissen, dass es mein Freund ist, falls einer nach mir fragt.«

»Und hat der auch einen Namen?«, fragte der Angestellte.

Ricky lächelte. »Sicher. R. S. Chen. Leicht zu behalten. Mr. R. Chen.«

Während der Fahrt auf der Route 95 Richtung New York hielt Ricky hintereinander an drei Einkaufszentren an, die alle dicht am Highway lagen: eins kurz hinter Boston, die anderen beiden in Connecticut, Nähe Bridgeport und New Haven. In jeder dieser Malis schlenderte er zwischen all den Kleidergeschäften und Ständen für Schokokekse und dergleichen die Hauptpassage entlang, bis er jeweils an ein Handygeschäft kam. Am Ende seiner Einkaufsbummel hatte er unter dem Namen Frederick Lazarus fünf verschiedene Handys gekauft, die ihm zusammen hunderte kostenlose Gesprächsminuten und billige Ferngespräche boten. Die Handys wurden mit Verträgen unterschiedlicher Anbieter vertrieben, und obwohl jeder Verkäufer beim Ausfüllen des einjährigen Nutzungsvertrags Ricky fragte, ob er noch andere Handyverträge laufen hätte, machte sich keiner von ihnen die Mühe, seine Angaben zu überprüfen, nachdem er die Frage verneint hatte. Bei allen Handys nahm Ricky sämtliche Extras in Anspruch wie Anruferkennung und Anklopffunktion und alle möglichen anderen Dienstmerkmale, so dass die Verkäufer froh waren, wenn sie den Auftrag endlich erledigt hatten.

Außerdem hielt er an einer Einkaufsstraße, wo er ein bisschen suchen musste, bis er ein großes Bürowarengeschäft gefunden hatte. Dort kaufte er sich einen relativ billigen Laptop und die nötige Software sowie die passende Tasche dazu.

Als er an seinem ersten Hotel eintraf, war es früher Abend. Er stellte seinen Leihwagen auf einem Parkplatz unten am Hudson in den West Fifties ab und fuhr von dort mit der U-Bahn zum Hotel in Chinatown. Er meldete sich bei einem Portier namens Ralph an, der offenbar als Kind an übermäßiger Akne gelitten hatte und jetzt Pockennarben an den Wangen trug, so dass sein Gesicht eingefallen und abstoßend wirkte. Ralph hatte ihm wenig zu sagen und schien nur einmal milde erstaunt, als die Kreditkarte auf den Namen Frederick Lazarus tatsächlich funktionierte. Auch das Stichwort Reservierung schien ihn zu überraschen. Vermutlich kamen wenige Besucher auf die Idee, sich in diesem Etablissement ein Zimmer zu reservieren. Eine Prostituierte, die in einem Zimmer am Ende des Korridors arbeitete, lud Ricky mit einem suggestiven Lächeln zu sich ein, doch er schüttelte den Kopf und öffnete die Tür zu seinem Zimmer. Es war so trist, wie Ricky vermutet hatte; und außerdem die Art Absteige, in der sich keiner etwas dabei dachte, dass er ohne Taschen kam und eine Viertelstunde später wieder ging.

Er nahm die nächste U-Bahn hinüber zum letzten Hotel auf seiner Liste, in dem er sein kleines Apartment gemietet hatte. Hier wurde er zu Richard Lively und verlor gegenüber dem Mann am Empfang kein Wort zuviel. Er verhielt sich so unauffällig wie möglich und begab sich zügig in sein Zimmer.

Nur einmal verließ er an diesem Abend noch seine Unterkunft, um sich an einem Deli frisch zubereitete Sandwiches und ein paar Limos zu besorgen. Ansonsten zog er sich zurück, um seine weitere Vorgehensweise zu planen. Erst um Mitternacht ging er ein letztes Mal nach draußen.

Die Straße glitzerte von einem kurzen Schauer. Gelbe Straßenlaternen warfen einen Bogen blassen Lichts über den schwarzen Teer. Die Nachtluft war ein wenig stickig und schwül und kündete vom nahen Sommer. Er starrte den Bürgersteig entlang, und ihm wurde bewusst, dass ihm nie aufgefallen war, wie viele Schatten sich um Mitternacht über Manhattan legten.

Er selbst, schien ihm, war einer davon. Häuserblock um Häuserblock durchquerte er zügig die Stadt, bis er ein einsames Münztelefon fand. Es war an der Zeit, seine Anrufe abzuhören.

29

VIELLEICHT EINE KREUZUNG von der Telefonzelle entfernt, in der Ricky stand, drang der schneidende Klang einer Sirene durch die Nacht. Er konnte nicht sagen, ob es eine Streife oder ein Krankenwagen war. Die Feuerwehr, so viel wusste er, machte ein tieferes, plärrenderes Geräusch, das er mit krakeelender Energie verband. Polizei und Krankenwagen dagegen waren kaum zu unterscheiden. Einen Moment lang dachte er, dass es nur wenig Geräusche auf der Welt gab, die so eindeutig Schlimmes verhießen wie Sirenen. Sie waren so irritierend heftig und durchdringend, dass einem bei ihrem Klang Mut und Hoffnung verließen. Er wartete, bis das Getöse im Dunkel verhallte und die relative Stille von Manhattan einkehrte: der stetige Geräuschpegel von Autos und Bussen auf den Straßen und das gelegentliche Rumpeln von tief unten, wenn eine U-Bahn durch das Labyrinth der Tunnel raste.

Er wählte die Nummer bei der *Village Voice* und gelangte zu den Antworten auf seine Kontaktanzeige unter Chiffre 1313. Es waren fast drei Dutzend.

Bei den meisten davon handelte es sich um Anmache und Offerten sexueller Abenteuer. Die meisten Anrufer bezogen sich auf Rickys »besondere Spielchen«, die, wie erwartet, bestimmte Assoziationen geweckt hatten. Eine Menge Leute hatten ihrerseits ein paar Reimpaare zusammengestoppelt, doch nur, um geballten Sex zu versprechen. Er hörte ungezügelte Begierde aus ihren Stimmen heraus.

Die dreißigste Nachricht hob sich, ebenfalls nicht unerwartet, deutlich von den anderen ab. Die Stimme war kalt, fast ausdruckslos, doch bedrohlich. Sie klang metallisch. Blechern, fast mechanisch. Ricky vermutete, dass der Sprecher eine Vorrichtung zur Stimmenverfremdung benutzte. Doch die psychologische Stoßrichtung der Antwort war unverhohlen.

Ricky ist smart, Ricky ist klug,
Doch sollte er wissen, das ist nicht genug:
Er fühlt sich sicher bei diesem Spiel,

Dabei folgt er vielleicht dem falschen Kalkül.
Er ist einmal entwischt, Kompliment.
Doch scheint es, dass er sich diesmal verrennt!
Ein zweites Spiel wird wohl genauso enden.
Darauf wird hier jemand seine ganze Kraft verwenden.
Nur kommt es diesmal für ihn schlimmer,
Denn diesmal zahlt er seine Schulden für immer.

Ricky hörte sich die Antwort dreimal an, bis er sie sich unauslöschlich eingeprägt hatte. Es war noch etwas an dieser Stimme, das ihm zu schaffen machte, als ginge es nicht nur um die Worte selbst; auch die Sprechweise war hasserfüllt. Doch darüber hinaus kam ihm irgendetwas an dieser Stimme ungeachtet der Verfremdung bekannt vor, ja vertraut. Dieser Gedanke traf ihn wie ein Blitz, besonders, als ihm bewusst wurde, dass er Rumpelstilzchen zum ersten Mal reden hörte. Jede bisherige Kontaktaufnahme war indirekt, auf Papier oder durch die Vermittler Virgil und Merlin vonstatten gegangen. Die Stimme des Mannes selbst zu hören, löste bei ihm alptraumhafte Vorstellungen aus, und er schauderte. Er mahnte sich, das ganze Ausmaß der Gefahr, in die er sich begeben hatte, nicht zu unterschätzen.

Er spielte noch die übrigen Antworten ab, da er fest mit einer zweiten, bedeutend vertrauteren Stimme rechnete. Er erschrak nicht, als er sie hörte. Dem Gedicht folgte eine kurze Pause und dann die Stimme von Virgil. Er horchte angestrengt auf die Nuancen, die ihm vielleicht etwas verrieten.

»Ricky, Ricky, Ricky, wie schön, von Ihnen zu hören. In der Tat etwas ganz Besonderes. Und ehrlich eine Überraschung, muss ich sagen …«

»Sicher«, murmelte Ricky. »Wer's glaubt.« Er lauschte weiter der jungen Frau. Sie bediente sich desselben Tonfalls wie im Jahr zuvor, mal kalt, mal schmeichelnd, dann wieder ironisch und schließlich beinhart. Virgil, dachte Ricky, spielte dieses Spiel genauso kompromisslos wie ihr Auftraggeber. Sie war so gefährlich, weil sie wie ein Chamäleon agierte, mal hilfsbereit, dann wieder wütend und schroff. War Rumpelstilzchen der Inbegriff von Zielstrebigkeit, so war Virgil ein wechselhaftes Geschöpf. Merlin wiederum, von dem er noch nichts gehört hatte, war in dem Trio der Buchhaltertyp – stählern und leidenschaftslos und dadurch so bedrohlich.

»… Wie Sie davongekommen sind, also wirklich, da werden ein paar Leute in einflussreichen Positionen ins Grübeln kommen und ihre ganze Vorgehensweise noch einmal gründlich überdenken müssen. Alles auf den Kopf stellen sozusagen. Da sieht man mal wieder, wie schwer die Wahrheit oft zu fassen ist, nicht wahr, Ricky? Ich hab sie gewarnt, wissen Sie, wirklich. ›Ricky‹, hab ich ihnen gesagt, ›Ricky ist der richtig ausgeschlafene Typ. Intuitiv und schnell von Begriff …‹, aber sie wollten mir nicht glauben. Sie dachten, Sie wären so dumm und leichtsinnig wie die anderen. Und jetzt sieht man, wo das hinführt. Also, Sie sind der Anfang und das Ende lauter ungelöster Fragen, Ricky. Die *pièce de résistance*. Sehr gefährlich für alle, die darin verwickelt sind, würde ich sagen …«

Sie seufzte schwer, als hätten ihre eigenen Worte ihr etwas klar gemacht. Dann fuhr sie fort:

»Also, was mich betrifft, ich kann eigentlich nicht nachvollziehen, wieso Sie auf einer Revanche gegen Mr. R. bestehen. Ich hätte gedacht, wie Sie so Ihr geliebtes Feriendomizil in Flammen aufgehen sehen – das war ein echter Geniestreich, Ricky, ein wirklich äußerst kluger Zug. All das Glück zusammen mit den Erinnerungen verbrennen, ich meine, hätte Ihnen eine bessere Botschaft für uns einfallen können? Immerhin von einem Psychoanalytiker. Also, darauf war ich echt nicht gefasst, hätte ich mir nicht träumen lassen – aber ich hätte doch angenommen, Sie wären aus der Erfahrung klug geworden und hätten begriffen, dass Mr. R. egal bei welchem Wettstreit ein äußerst schwieriger Gegner ist, besonders bei einem Wettstreit, der seine Handschrift trägt. Sie hätten bleiben sollen, wo Sie waren, Ricky, unter demselben Stein, unter den Sie sich verkrochen hatten. Jetzt allerdings sollten Sie lieber das Weite suchen. Und sich dann für immer verstecken. Sie können schon mal anfangen, sich irgendwo in der Ferne ein kaltes, dunkles Loch zu graben, und graben Sie nur immer hübsch weiter. Weil ich nämlich den Verdacht hege, dass diesmal nur gesicherte Fakten Mr. R. von seinem Sieg überzeugen werden. Unabweisliche Indizien … er ist ein sehr gründlicher Mensch. Hab ich mir jedenfalls sagen lassen …«

Virgils Stimme verstummte, als hätte sie plötzlich aufgelegt. Er horchte auf ein elektronisches Zischen, bevor er die nächste Nachricht abspielte. Es war zum zweiten Mal sie.

»Also, Ricky, ich fände es höchst bedauerlich, wenn sich das Ergebnis der ersten Runde wiederholen müsste, aber wenn Sie drauf bestehen, nun ja, Sie haben die Wahl. An was für ein Spiel hatten Sie denn gedacht, und wie lauten die Regeln? Ich werde meine *Village Voice* jetzt wohl etwas gründlicher lesen. Und mein Auftraggeber ist – also, *begierig* trifft die Sache wohl nicht ganz, Ricky. Leckt sich die Lefzen wie ein Hund, bevor die Jagd beginnt. Also, Ricky, wir warten auf Ihren Eröffnungszug.«

Ricky legte den Hörer auf und sagte laut, »Den habe ich bereits gemacht.«

Füchse und Hunde, dachte er. Denke wie ein Fuchs. Hinterlass eine Spur, damit du weißt, wo sie sind, aber halte genügend Vorsprung, damit sie dich nicht entdecken und schnappen.

Und dann, brachte er den Gedanken zu Ende, führ sie direkt ins Gestrüpp.

Am Morgen nahm Ricky die U-Bahn Richtung Norden bis zum ersten der Hotels, bei denen er sich angemeldet hatte. Er gab einem desinteressierten Portier, der hinter der Theke eine Pornozeitschrift mit dem Titel *Üppige Damen der Liebe* las, den Zimmerschlüssel zurück. Dem Mann haftete unverkennbar etwas Zwielichtiges an; dazu passten schlecht sitzende Kleider, ein pockennarbiges Gesicht und eine hässliche Narbe an der Lippe. Die ideale Besetzung für den Posten in diesem Etablissement. Der Mann nahm den Schlüssel fast ohne ein Wort und vertiefte sich wieder in die Leibesfülle, die in so glühenden Farben detailreich vor ihm ausgebreitet lag.

»Hey«, sagte Ricky und konnte einen Bruchteil seiner Aufmerksamkeit auf sich lenken. »Hören Sie, möglicherweise wird ein Mann mit einem Päckchen nach mir fragen.«

Der Portier nickte, war aber immer noch nicht bereit, sich von den Geschöpfen loszureißen, die sich in der Zeitschrift tummelten.

»Das Päckchen ist wichtig«, beharrte Ricky.

»Klar«, sagte der Portier, eine Antwort, die nicht allzu weit davon entfernt war, Rickys Feststellung gänzlich zu ignorieren.

Ricky lächelte. Für das, was ihm vorschwebte, hätte er sich keine bessere Unterhaltung denken können. Er sah sich um, stellte fest, dass sie in der tristen, schäbigen Lobby alleine waren, griff dann in seine Jackentasche und zog seine halbautomatische Pistole, um mit einem unverwechselbaren Geräusch durchzuladen.

Der Portier sah mit einem Ruck und leicht erstauntem Blick zu ihm auf.

Ricky grinste böse. »Du kennst das Geräusch, oder, Arschloch?«

Der Portier ließ die Hände vor sich auf der Theke liegen.

»Vielleicht schenken Sie mir jetzt Ihre Aufmerksamkeit?«, fragte Ricky.

»Ich bin ganz Ohr«, erwiderte der Mann.

Ricky vermutete, dass er nicht zum ersten Mal beraubt oder bedroht wurde.

»Also, versuchen wir's noch einmal«, sagte Ricky. »Ein Mann mit einem Päckchen. Für mich. Falls er kommt und nach mir fragt, geben Sie ihm diese Nummer. Nehmen Sie diesen Bleistift und schreiben Sie: 212-555-2798. Unter der kann er mich erreichen. Haben Sie das?«

»Ja.«

»Lassen Sie sich einen Fünfziger dafür geben«, sagte Ricky, »vielleicht auch einen Hunderter. Das ist es wert.«

Der Mann sah ihn verdrießlich an, nickte jedoch. »Und wenn ich nicht da bin?«

»Wenn Sie den Hunderter haben wollen, sind Sie da«, erwiderte Ricky. Er schwieg einen Moment und fügte dann hinzu: »Und jetzt kommt der knifflige Punkt. Falls sonst noch jemand kommt und nach mir fragt, ich meine, wirklich irgendjemand. Irgendjemand sonst, der ohne ein Päckchen kommt – also, ich kann mich hoffentlich darauf verlassen, dass Sie demjenigen sagen, Sie wüssten nicht, wo ich hingegangen bin oder wer ich bin oder so. Nicht ein Wort. Keinerlei Hilfe. Verstanden?«

»Nur der Mann mit dem Päckchen. In Ordnung. Was ist denn in dem Päckchen?«

»Besser, Sie wissen das nicht. Und Sie glauben doch nicht wirklich, dass ich Ihnen das sage.«

Diese Antwort schien Bände zu sprechen.

»Und wenn ich nun kein Päckchen sehe? Wie soll ich dann wissen, ob es der Richtige ist?«

Ricky nickte. »Da sagen Sie was, Kumpel«, antwortete er. »Und ich kann Ihnen noch was verraten. Fragen Sie ihn, woher er Mr. Lazarus kennt, und er antwortet Ihnen so was wie, ›Weiß doch jeder, dass Lazarus am dritten Tage auferstanden ist‹. Dann können Sie, wie gesagt, die Nummer rausrücken. Kriegen Sie das geregelt, springt wahrscheinlich mehr für Sie raus als 'n Hunderter.«

»Am dritten Tage. Lazarus ist auferstanden. Klingt nach irgendwelchem Bibelkram.«

»Kann schon sein.«

»Okay, ich hab's.«

»Gut«, sagte Ricky und steckte die Waffe wieder in die Tasche, nachdem er den Abzugshahn mit einem Klicken zurückgeschoben hatte, das nicht minder aussagekräftig war als zuvor jenes beim Anspannen. »Ich bin froh, dass wir diese kleine Unterhaltung hatten. Jetzt fühl ich mich hier viel besser aufgehoben.« Ricky schenkte dem Portier ein Lächeln und deutete auf das Pornoheft. »Dann will ich Sie auch nicht länger von Ihrer Fortbildung abhalten«, sagte er und wandte sich zum Gehen.

Natürlich gab es keinen Mann mit einem Päckchen, auf den Ricky wartete. In Bälde würde jemand ganz anderes im Hotel aufkreuzen, tippte er. Und aller Wahrscheinlichkeit nach würde der Portier dieser Person, die nach ihm suchte, sämtliche gewünschten Auskünfte erteilen, besonders wenn er sich im Handumdrehen von Mr. R. oder Merlin oder Virgil vor die Wahl gestellt sah, Bares oder aber Prügel zu beziehen. Wenn der Portier dann die Antworten weitergegeben hatte, die Ricky ihm eingeimpft hatte, gab es für Rumpelstilzchen einigen Grund zum Grübeln. Ein Päckchen, das nicht existierte. An eine Person geliefert, die es nie gegeben hatte. Das war nach Rickys Geschmack. Tisch ihm eine Lüge auf, über die er sich den Kopf zerbrechen kann!

Er fuhr ans andere Ende der Stadt, um sich in das nächste Hotel auf seiner Liste einzumieten.

Von der Ausstattung her glich dieses dem vorherigen, und das beruhigte ihn. Hinter einer riesigen, verkratzten Theke saß ein geistesabwesender Portier, und zwar in einem beispiellos schlichten, deprimierenden und schäbigen Raum. Ricky war an zwei Frauen in eindeutiger Berufskleidung – kurzen Röcken, Hochglanz-Make-up, Pfennigabsätzen und schwarzen Netzstrümpfen – vorbeigekommen, die in der Eingangsdiele herumgelungert und ihm nach Verdienstmöglichkeiten schmachtende Blicke zugeworfen hatten. Er hatte nur kurz den Kopf geschüttelt und war weitergegangen. »Cop …«, hörte er eine der beiden sagen, bevor sie sich verzogen. Das erstaunte ihn. Er dachte, es sei ihm gelungen, sich an die Welt, in die er abgestiegen war, zumindest optisch anzupassen. Doch vielleicht war es schwerer, seine alte gesellschaftliche Stellung abzuschütteln, als er vermutet hatte. Man trägt das, was man ist, innerlich wie äußerlich mit sich herum.

Er plumpste aufs Bett und fühlte, wie unter ihm die Federn nachgaben. Die Wände waren dünn, und so drang in Form von rhythmischem Stöhnen und Gestoße der berufliche Erfolg einer Kollegin der beiden Damen durch die Rigipsplatten, hinter denen gerade ein Bett zum Einsatz kam. Hätte er bei seinem Plan auf solche Dinge geachtet, dann hätten ihn die Geräusche und Gerüche – namentlich der schwache Urindunst, der aus den Luftschächten sickerte – zutiefst deprimiert. Doch dieses Milieu war perfekt. Er musste Rumpelstilzchen davon überzeugen, dass er sich mit der Unterwelt nicht weniger vertraut gemacht hatte als dieser selbst.

Neben dem Bett stand ein Telefon, und Ricky zog es zu sich heran. Sein erster Anruf galt dem Börsenmakler, der seine bescheidenen Anlagekonten verwaltet hatte, als er noch am Leben war. Er bekam die Sekretärin des Mannes an den Apparat. »Kann ich Ihnen helfen?«, fragte sie.

»Ja«, erwiderte Ricky. »Mein Name ist Diogenes …« Er buchstabierte langsam und forderte die Dame auf: »Schreiben Sie mit. Und ich vertrete Mr. Frederick Lazarus, den Testamentsvollstrecker über das Erbe, das der verstorbene Dr. Frederick Starks hinterlassen hat. Ich setze Sie hiermit davon in Kenntnis, dass die erheblichen Unregelmäßigkeiten hinsichtlich seiner finanziellen Situation vor seinem tragischen Tod nunmehr Gegenstand unserer Ermittlungen sind.«

»Ich glaube, unsere Sicherheitsabteilung hat sich um die Sache gekümmert …«

»Nicht zu unserer Zufriedenheit. Ich möchte Sie daher auch darüber informieren, dass wir jemanden vorbeischicken werden, um sich die entsprechenden Unterlagen anzusehen und diese verschwundenen Vermögenswerte aufzuspüren, damit sie an die rechtmäßigen Eigentümer verteilt werden können. Es herrscht einige Empörung darüber, wie diese Angelegenheit gehandhabt wurde, wenn ich das hinzufügen darf.«

»Ich verstehe, aber wer ...« Die Sekretärin, von Rickys knappem, autoritärem Ton nervös geworden, wusste einen Moment nicht weiter.

»Diogenes, bitte merken Sie sich den Namen. Ich melde mich morgen oder übermorgen wieder. Bitte richten Sie Ihrem Vorgesetzten aus, dass er die einschlägigen Unterlagen zu sämtlichen Kontobewegungen bereithalten soll, besonders die zu den telegrafischen und elektronischen Transaktionen, damit wir, wenn ich komme, keine Zeit verlieren. Zunächst mal werde ich keine Fahnder der Finanzkontrollbehörde mitbringen, doch das kann sich im weiteren Verlauf der Recherchen durchaus noch als notwendig erweisen. Das hängt ganz von Ihrer Kooperationsbereitschaft ab.« Ricky ging davon aus, dass die so unbekümmert in den Raum geworfene Behörde ihre Wirkung nicht verfehlen würde. Welcher Makler hörte schon gern von den Finanzfahndern.

»Ich glaube, Sie sollten besser mit ...«

Er fiel der Sekretärin ins Wort. »Gewiss, sobald ich mich in den nächsten Tagen wieder bei Ihnen melde. Ich habe in der Angelegenheit noch einen Termin und eine Reihe weiterer Telefonate, wenn Sie mich also für den Moment entschuldigen wollen. Danke.«

Und so legte er mit diebischer Schadenfreude auf. Er glaubte nicht, dass sein früherer Finanzberater, ein farbloser Mensch, der sich für nichts außer Geld interessierte, den Namen jener antiken Gestalt zuordnen konnte, die vergeblich auf der Suche nach einem ehrlichen Mann umhergeirrt war. Doch Ricky kannte einen anderen Mann, der dies sofort verstehen würde.

Sein nächster Anruf galt dem Vorsitzenden der Psychoanalytic Society von New York.

Er war dem Kollegen nur ein-, zweimal bei einer dieser Veranstaltungen des medizinischen Establishment begegnet, denen er so hartnäckig aus dem Weg gegangen war. Damals war er ihm als ein kleinkarierter, furchtbar eingebildeter Freudianer erschienen, der selbst gegenüber Kollegen durch beredtes Schweigen und gedehnte Gesprächspausen glänzte. Der Mann hatte in New York praktiziert und viele berühmte Leute mithilfe von Couch und Schweigen therapiert; auf das Ruhmesblatt dieser Hautevolee hielt er sich derart viel zugute, dass er wohl selbst glaubte, ein Oscar-Preisträger, ein Schriftsteller mit Pulitzer-Preis oder ein steinreicher Financier auf der Couch mache ihn zu einem besseren Therapeuten oder gar einem wertvolleren Menschen. Ricky, der bis zu seinem Selbstmord in solcher Isolation und Einsamkeit gelebt und praktiziert hatte, fürchtete nicht eine Sekunde, dass der Mann seine Stimme erkennen würde, und so gab er sich nicht einmal die Mühe, sie zu verstellen. Er wartete bis neun Minuten vor der vollen Stunde. Er wusste, dass zwischen zwei Patienten die Chancen am besten standen, dass der Arzt persönlich ans Telefon ging.

Beim zweiten Tuten wurde abgehoben. Eine ausdruckslose, unfreundliche, kurz angebundene Stimme meldete sich, ohne Zeit an einen Gruß zu verschwenden. »Dr. Roth am Apparat ...«

»Doktor«, sagte Ricky langsam, »ich bin überaus erfreut, Sie zu erreichen. Hier spricht Mr. Diogenes. Ich vertrete Mr. Frederick Lazarus, den Testamentsvollstrecker des verstorbenen Dr. Frederick Starks.«

»Wie kann ich Ihnen behilflich sein?«, unterbrach ihn Roth.

Ricky legte eine wohl dosierte Pause ein, die den Kollegen verunsichern würde – mehr oder weniger dieselbe Technik, zu der der Mann selbst so oft griff.

»Wir hätten gerne gewusst, wie die Vorwürfe gegen Dr. Starks aufgeklärt wurden«, sagte Ricky in einem aggressiven Ton, der ihn erstaunte.

»Die Vorwürfe?«

»Ja, die Vorwürfe. Wie Sie wohl am besten wissen, wurden kurz vor Dr. Starks Tod gewisse Beschuldigungen gegen ihn erhoben, denen zufolge er sich an einer Patientin sexuell vergangen habe. Wir sind nun sehr daran interessiert zu erfahren, was die diesbezüglichen Ermittlungen zu diesen Vorwürfen ergeben haben.«

»Soviel ich weiß, hat es keine offizielle Klärung gegeben«, sagte Roth schroff. »Schon gar nicht seitens der Psychoanalytic Society.

Mit dem Selbstmord von Dr. Starks wurden weitere Nachforschungen überflüssig.«

»Ach, tatsächlich?«, fragte Ricky. »Und ist es Ihnen oder sonst jemandem in der Gesellschaft, deren Vorsitz Sie führen, je in den Sinn gekommen, dass sein Selbstmord vielleicht durch unfaire, falsche Beschwerden verursacht wurde und somit keineswegs als Schuldeingeständnis zu werten ist?«

Roth schwieg einen Moment. »Selbstverständlich haben wir diese naheliegende Möglichkeit in Betracht gezogen«, antwortete er.

Klar doch, Lügner, musste Ricky denken.

»Würde es Sie überraschen, Doktor, wenn ich Ihnen sage, dass die junge Frau, die diese Beschwerde vorgebracht hat, im Anschluss daran verschwunden ist?«

»Wie bitte ...«

»Sie ist nie wieder zu ihren Therapiesitzungen bei dem Arzt in Boston erschienen, dem sie ihre Vorwürfe als erstem unterbreitet hatte.«

»Das ist seltsam ...«

»Und dass sein Versuch, sie ausfindig zu machen, die beunruhigende Tatsache ans Licht brachte, dass sie unter falschem Namen bei ihm gewesen war, dass sie sich als jemand anders ausgegeben hat, Doktor?«

»Unter falschem Namen?«

»Weiterhin stellte sich heraus, dass ihre Vorwürfe Teil eines größeren Schwindels waren. Haben Sie das gewusst, Doktor?«

»Aber nein, nein, ich hatte keine Ahnung ... wie gesagt, sind wir nach dem Selbstmord der Sache nicht weiter nachgegangen ...«

»Mit anderen Worten haben Sie sich von der ganzen Angelegenheit reingewaschen.«

»Sie wurde an die zuständigen Behörden weitergeleitet ...«

»Aber dieser Selbstmord hat Ihnen und Ihrem Berufsstand zweifellos eine Menge negative und peinliche Schlagzeilen erspart, nicht wahr?«

»Ich weiß nicht – ja, sicher, aber ...«

»Ist Ihnen jemals in den Sinn gekommen, dass vielleicht den Erben von Dr. Starks an seiner Rehabilitation gelegen ist? Dass ihnen selbst nach seinem Tod seine Entlastung am Herzen liegen könnte?«

»Das hatte ich nicht bedacht.«

»Ist Ihnen bewusst, dass man Sie für seinen Tod zur Rechenschaft ziehen könnte?«

Diese Bemerkung brachte erwartungsgemäß eine empörte Reaktion hervor. »Das ist völlig absurd! Wir haben nicht –« Ricky fiel ihm ins Wort. »Der Mensch wird nicht nur juristisch für sein Handeln belangt, nicht wahr, Doktor?«

Die Frage hatte was. Sie traf einen Psychoanalytiker ins Mark. Er sah buchstäblich vor sich, wie der Mann am anderen Ende der Leitung unbehaglich auf seinem Stuhl herumrutschte. Vielleicht stand ihm ein wenig Schweiß auf der Stirn und lief ihm die Achselhöhlen hinunter.

»Natürlich, aber …«

»Aber in der Society war niemand allzu sehr an der Wahrheit interessiert, hab ich recht? Am besten ging sie zusammen mit Dr. Starks im Meer unter, so war es doch?«

»Ich glaube, ich sollte keine weiteren Fragen beantworten, Mr., ähm …«

»Natürlich nicht. Im Moment jedenfalls nicht. Vielleicht zu einem späteren Zeitpunkt. Aber es ist schon seltsam, Doktor, finden Sie nicht?«

»Was?«

»Dass die Wahrheit weitaus stärker ist als der Tod?«

Mit dieser Feststellung trennte Ricky die Verbindung.

Er legte sich aufs Bett zurück und starrte an die weiße Decke und die nackte Birne. Er fühlte den eigenen Schweiß unter den Armen, als hätte ihn diese Unterhaltung angestrengt, doch nicht die Nervosität hatte ihm das Wasser aus den Poren getrieben, sondern die moralische Entrüstung. Im Zimmer nebenan fing das Paar noch mal von vorne an, und einen Moment lang lauschte er – fast amüsiert und keineswegs unangenehm berührt – dem unverwechselbaren Rhythmus von Sex. So hatte mehr als einer an diesem gewöhnlichen Wochentag ein bisschen Vergnügen.

Nach einer Weile stand er auf und suchte nach Schreibzeug, bis er in der Nachttischschublade einen kleinen Block und einen billigen Kugelschreiber fand.

Auf das Papier schrieb er Namen und Nummern der beiden Männer, die er soeben angerufen hatte, und zuletzt: *Geld. Ansehen.* Dann hakte er die beiden Worte ab und schrieb den Namen des dritten schäbigen Hotels auf, in dem er sich ein Zimmer genommen hatte. Darunter kritzelte er das Wort: *Zuhause.*

Dann zerknüllte er das Blatt und warf es in einen Abfalleimer aus Blech. Er bezweifelte, dass das Zimmer allzu regelmäßig gereinigt wurde, und rechnete sich keine schlechten Chancen aus, dass derjenige, der auf der Suche nach ihm kam, den Zettel finden würde. Davon unabhängig würde derjenige so schlau sein, auch die Anrufe zu überprüfen, die von diesem Zimmer aus getätigt worden waren, und würde dabei auf die Nummern stoßen, die Ricky eben angerufen hatte. Nummern und Gespräche miteinander in Verbindung zu bringen, war nicht weiter schwer.

Das beste Spiel, dachte er, ist das Spiel, das du gar nicht als solches erkennst.

30

RICKY FAND AUF SEINEM GANG quer durch die Stadt ein Depot für Marinebestände, wo er ein paar Dinge kaufte, die ihm im nächsten Abschnitt des geplanten Spiels vielleicht gute Dienste leisten würden. Dazu gehörten eine kleine Brechstange, ein billiges Fahrradschloss, OP-Handschuhe, eine Mini-Taschenlampe, eine Rolle graues Universal-Klebeband und das billigste Fernglas, das sie hatten. Schließlich fiel ihm noch ein, eine Dose Insektenspray zu kaufen, mit hundertprozentigem DEET, das Giftigste, das er je bereit war, seinem Körper anzutun. Es war, wie er zugab, eine seltsame Mischung, doch da er sich noch nicht ganz sicher war, was genau er für die bevorstehende Aufgabe benötigte, kaufte er lieber ein paar Dinge mehr, für alle Fälle sozusagen.

Am frühen Nachmittag kehrte er in sein Zimmer zurück und packte die eben gekauften Sachen zusammen mit seiner Pistole sowie zwei seiner neuen Handys in einen kleinen Rucksack. Mit dem dritten rief er das nächste Hotel auf seiner Liste an, das einzige, das er noch nicht bezogen hatte. Dort hinterließ er eine dringende Nachricht für Frederick Lazarus, sofort zurückzurufen, sobald er sich im Hotel meldete. Er gab einem Portier die Handynummer durch und schob das Telefon, nachdem er es sorgsam mit einem Stift markiert hatte, in die Außentasche seines Rucksacks. Als er seinen Wagen erreichte, zog er das Handy wieder heraus und rief in barschem Ton zum zweiten Mal im Hotel an, um eine zweite dringende Nachricht für sich selbst zu hinterlassen. Im Lauf seiner Fahrt aus der City Richtung New Jersey wiederholte er den Vorgang noch dreimal, wobei er jeden Anruf im Ton eine Spur schärfer klingen ließ und die Nachricht, Mr. Lazarus solle sich unbedingt bei ihm melden, da er ihm etwas Wichtiges mitzuteilen hätte, umso dringlicher machte.

Nach dem dritten Anruf über dieses Handy bog er in die Raststätte an der Mautschranke Jersey ein. Er ging in die Herrentoilette, wusch sich die Hände und ließ das Handy auf der Ablage des Spülbeckens liegen. Er registrierte, dass auf seinem Weg nach draußen mehrere Teenager an ihm vorbei in entgegengesetzte Richtung strebten. Er ging davon aus, dass sie sich das Handy schnappen und ziemlich schnell in Gebrauch nehmen würden, genau das, was er wollte.

Als er in West Windsor eintraf, wurde es bereits Abend. Die ganze Strecke über hatte dichter Verkehr geherrscht; die Autos waren im Abstand von ein, zwei Wagenlängen bei überhöhter Geschwindigkeit gefahren, bis alles nur noch im Schneckentempo, unter wildem Gehupe und einigem erhitzten Geschrei an einem Unfall nahe der Ausfahrt Elf vorüberkroch. Zu allem Übel wurde das Durchkommen vorbei an den beiden Krankenwagen, einem halben Dutzend Staatspolizisten und den zerdrückten, vom Aufprall zerfetzten Wracks zweier Kleinwagen auch noch von einer Schar Schaulustiger behindert. Er sah einen Mann in weißem Hemd und Schlips am Seitenstreifen hocken, die Hände vorm Gesicht. Als Ricky ihn gerade passierte, fuhr der erste Krankenwagen mit heulender Sirene los, und Ricky sah noch, wie ein Beamter der Staatspolizei mit einem Messrad eine Bremsspur auf dem Highway nachmaß. Ein anderer stand souverän neben Notleuchten, die im schwarzen Teerbelag steckten, und winkte die Leute weiter. Dabei hatte er einen festen, strengen und missbilligenden Blick aufgesetzt, als ob Neugier, dieser allzu menschliche Trieb, in diesem Moment fehl am Platze oder unmoralisch sei, wo sie ihm in Wahrheit doch nur ungelegen kam. Ricky wurde bewusst, dass eine solche, für seine frühere Tätigkeit sehr bezeichnende Psychoanalytiker-Beobachtung im Grunde nicht viel besser war als der gestrenge Blick des Polizisten.

An der Route 1 fand er nicht weit von Princeton ein Straßenrestaurant, wo er Halt machte und bei einem Cheeseburger mit Pommes – beides tatsächlich von einer Person und keiner Maschine bereitet – ein wenig Zeit totschlug. Der Junitag war lang, und als er das Lokal verließ, war es immer noch hell. Er fuhr zu der Grabstätte hinüber, an der er vor zwei Wochen gestanden hatte. Der alte Wärter war, wie erwartet, schon gegangen. Er hatte Glück, das Eingangstor zum Friedhof war nicht abgeschlossen oder verriegelt, und so parkte er den Leihwagen hinter dem kleinen weißen Schindelschuppen, wo er vom Fahrweg aus nicht zu sehen war oder zumindest nicht den Verdacht eines zufälligen Passanten erregte.

Bevor er in die Gurte des Rucksacks schlüpfte, nahm sich Ricky die Zeit, sich von oben bis unten dick mit Insektenspray zu besprühen und die OP-Handschuhe anzuziehen. Zwar würden diese Maßnahmen seinen eigenen Körpergeruch nicht ganz überdecken, ihn aber zumindest vor Schildzecken schützen. Es dämmerte allmählich, so dass der Himmel über New Jersey eine kränklich graubraune Farbe annahm, als hätte die Nachmittagshitze die Ränder der Welt versengt. Ricky warf sich den Rucksack über die Schulter und rannte nach einem einzigen Blick zurück auf die verlassene Landstraße Richtung Hundezwinger los, wo, wie er sicher wusste, die Informationen warteten, die er an diesem Punkt benötigte. Aus der schwarzen Teerdecke stiegen immer noch Hitzeschwaden und füllten ihm die Lunge. Er atmete schwer, doch er wusste, dass das nicht am Rennen lag.

Er bog von der Straße ab und duckte sich unter den Baldachin der Bäume, huschte an dem Zwingerschild und dem Bild von dem massigen Rottweiler vorbei. Dann verließ er die Einfahrt und schlug sich ins Gebüsch und das Gestrüpp, das den Zwinger vom Highway aus verdeckte. Sachte bahnte er sich seinen Weg auf das Haus und die Zwinger zu. Immer noch im Schutz des Laubs und der ersten dunklen Schatten der Nacht zog Ricky das Fernglas aus dem Rucksack und sah sich den Außenbau wie die gesamte Anlage genauer an als bei seinem letzten, abrupt endenden Besuch.

Sein Blick wanderte zuerst zu dem Pferch neben dem Haupteingang, wo er Brutus nervös auf und ab laufen sah. Er riecht das DEET, dachte Ricky. Und mich. Aber er weiß noch nicht recht, was er davon halten soll. Der Hund registrierte den Sinneseindruck vorerst als etwas Ungewohntes. Ricky war noch nicht so nahe herangekommen, als dass das Tier ihn als Bedrohung empfand. Einen Augenblick lang beneidete er die Kreatur um ihre einfache Welt aus Gerüchen und Instinkten, unbeeinträchtigt von den Wechselbädern der Emotionen.

Als Ricky das Fernglas in einem Bogen schweifen ließ, sah er, wie im Haupthaus gerade Licht angeknipst wurde. Er starrte ein, zwei Minuten hinüber, bis er in einem Zimmer vorn in Eingangsnähe das typische bleiche Flimmern eines Fernsehers erkannte. Das Zwingerbüro ein Stück weiter links blieb dunkel und vermutlich abgeschlossen. Er warf einen letzten Blick durchs Fernglas und entdeckte einen großen, rechtwinkligen Scheinwerfer an der Eingangsüberdachung. Er schätzte, dass es ein Bewegungsmelder war, dessen Reichweite die Frontseite des Hauses abdeckte. Ricky steckte das Fernglas in die Tasche zurück und bewegte sich im niedrigen Gestrüpp parallel zur Hausfront weiter, bis er den Rand des Anwesens erreichte. Ein zügiger Sprint würde ihn bis ans Zwingerbüro bringen, möglicherweise, ohne die Außenbeleuchtung auszulösen.

Nicht nur Brutus war durch seine Anwesenheit erregt. Auch ein paar andere Hunde bewegten sich unruhig in ihren Zwingern und schnupperten in die Luft. Ein paar von ihnen hatten, irritiert von einem Geruch, den sie nicht kannten ein-, zweimal nervös gebellt.

Ricky wusste genau, was er vorhatte, und stellte fest, dass sein Plan einige Vorzüge besaß. Ob er ihn so ausführen konnte, war nicht zu sagen. Nur eines wusste er, nämlich dass er sich bis jetzt nur am Rande der Legalität bewegt hatte. Dies jedoch war ein Schritt weiter. Und noch eine Kleinigkeit war Ricky bewusst: Für einen Mann, der gern Spielchen trieb, befolgte Rumpelstilzchen herzlich wenig Regeln. Jedenfalls keine, die sich an irgendwelche Ricky geläufigen moralischen Normen knüpften. Ricky wusste, dass er selbst, auch wenn es Mr. R. noch nicht wusste, dabei war, ein wenig tiefer in diese Gefilde vorzudringen.

Er holte tief Luft. Der alte Ricky hätte sich nicht ausgemalt, jemals in einer solchen Lage zu sein. Der neue Ricky verfolgte zielstrebig und eiskalt sein Ziel. »Was ich gewesen bin«, flüsterte er sich zu, »bin ich nicht mehr. Und was ich mal sein kann, muss erst noch werden.« Er fragte sich, ob er jemals etwas gewesen war, das seinem eigentlichen Wesen und seinen Anlagen entsprach. Eine komplizierte Frage, räumte er ein. Er musste in sich hineingrinsen. Eine Frage, mit der er vor langer, langer Zeit Stunden und Tage auf der Couch hatte zubringen können. Das war einmal. Er schob den Gedanken in irgendeinen verborgenen Winkel seines Bewusstseins ab.

Als er zum Himmel sah, stellte er fest, dass das letzte Tageslicht endlich verschwunden war und jeden Moment völliges Dunkel herrschen würde. Eine höchst ungewisse Tageszeit, dachte er, und perfekt für seinen Plan.

Damit holte Ricky die kleine Brechstange und das Fahrradschloss heraus und nahm sie fest in die rechte Hand. Dann nahm er den Rucksack wieder auf den Rücken, holte tief Luft, brach aus dem Gebüsch hervor und rannte so schnell er konnte zur Vorderseite des Hauses.

Augenblicklich brach ein wahrer Tumult los und drang durch die nächtlichen Schatten. Kläffen, Heulen, Bellen und Knurren jeglicher Art zerriss die Stille und übertönte das Knirschen seiner Laufschuhe auf dem Kies. Nur am Rande nahm er wahr, dass sämtliche Tiere in ihren kleinen Zwingern von einem Ende zum anderen jagten und sich vor lauter Hundeerregung drehten und wanden. Eine Welt aus spastischen Marionetten, Strippen, die die Verwirrung zog.

In Sekundenschnelle hatte er die Vorderseite von Brutus' Zwinger erreicht. Der riesige Hund schien das einzige Tier im Zwinger zu sein, das so etwas wie Haltung bewahrte, wenn auch gepaart mit einer Drohgebärde. Er schritt auf dem Zementboden hin und her, blieb jedoch stehen, als Ricky das Tor erreichte. Eine Sekunde lang beäugte Brutus Ricky mit offenem Maul, gefletschten Zähnen und Geknurr. Dann sprang der Hund in schockierendem Tempo über die volle Distanz und warf sich mit seinem geballten Zentner

Gewicht gegen den Maschendrahtzaun, der ihn gefangen hielt. Die gebündelte Kraft der Attacke riss Ricky fast von den Füßen. Brutus fiel, jetzt schäumend vor Wut, nach hinten, um sich erneut in die Stahlkette zu werfen, so dass seine Zähne gegen das Eisen klickten.

Ricky bewegte sich schnell. Mit wenigen Griffen hatte er das Fahrradschloss um die beiden Pfosten der Zwingertür geschlungen und die Hände jedes Mal zurückgezogen, bevor der Hund zubeißen konnte, dann die Kette mit dem Schloss gesichert, daran die Kombination gedreht und es dann fallen lassen. Augenblicklich zerrte Brutus an dem gummibeschichteten Stahl der Kette. »Du kannst mich mal«, flüsterte Ricky mit einem spöttischen Anklang von Dirty Harry. »Wenigstens bleibst du, wo du bist.« Dann erhob er sich und sprang zur Vorderseite des Zwingerbüros hinüber. Er rechnete damit, dass ihm nur wenige Sekunden blieben, bis der Besitzer zu guter Letzt auf das anschwellende Getöse reagierte. Ricky nahm vorsichtshalber an, dass der Mann bewaffnet war, auch wenn sein Vertrauen in Brutus Waffen vielleicht überflüssig machte.

Er stieß das Brecheisen in den Türpfosten und hebelte das Schloss unter Knirschen und Splittern heraus. Es war alt, entsprechend verzogen und daher leicht zu knacken. Wahrscheinlich bewahrte der Zwingerbesitzer sowieso kaum Wertsachen in dem Büro auf, und noch weniger rechnete er wohl damit, dass sich ein Einbrecher mit Brutus anzulegen wagte. Die Gattertür ging auf, und Ricky trat ein. Er schwang sich den Rucksack vom Rücken, stopfte die Brechstange hinein und zog die Pistole heraus, um hastig das Magazin einzulegen.

Drinnen war die Hölle los. Das aufgeregte Gekläff ließ kaum einen klaren Gedanken aufkommen, brachte ihn aber auf eine Idee. Ricky knipste die Taschenlampe an und rannte den muffigen, stinkenden Gang zwischen all den Zwingern mit den Hunden entlang, um bei jedem kurz anzuhalten und ihn zu öffnen.

Innerhalb weniger Sekunden war Ricky von einem Knäuel springender, bellender Tiere aller möglichen Rassen umzingelt. Sie schnüffelten und kläfften verwirrt, begriffen aber, dass sie sich frei bewegen konnten. Etwa drei Dutzend Hunde unterschiedlichster Größe und Gestalt wussten zwar nicht, was das Ganze sollte, waren aber wild entschlossen, mitzumachen. Ricky zählte auf diese primitive Hundepsychologie nach dem Motto: Dabei sein ist alles. So nervös er war, musste er doch über all das Schnüffeln und Schnuppern rund um seine Beine und dazwischen unwillkürlich schmunzeln. Inmitten des Rudels springender, hopsender Tiere kehrte Ricky in das Zwingerbüro zurück. Er wedelte wild mit den Armen, um – wie ein mächtig ungeduldiger Moses am Rand des Roten Meeres – die Tiere weiterzuscheuchen.

Er sah, wie draußen das Flutlicht anging, und hörte eine Tür knallen.

Der Zwingerbesitzer war nun wohl doch von dem Lärm aufgestört und fragte sich, was zum Teufel in seine Tiere gefahren war, ohne dass er ganz begriffen hatte, dass eine Gefahr drohen könnte. Ricky zählte bis zehn. Genug Zeit für den Mann, um zu Brutus im Zwinger zu kommen. Über das aufgeregte Getöse hinweg hörte er ein zweites Geräusch: Der Mann versuchte, das Gatter zu Brutus zu öffnen. Ein Rasseln von Kettengliedern und dann ein Fluch, als es dem Mann endlich dämmerte, dass der Zwinger sich nicht öffnen ließ.

Genau in dem Moment warf Ricky die Eingangstür zum Zwingerbüro auf.

»Okay, ihr Lieben, ihr seid frei«, sagte er und schwang die Arme. Über dreißig Hunde schössen durch die Tür in die warme New-Jersey-Nacht hinaus und stimmten ein verwirrtes Freudenkonzert über ihre Freiheit an.

Ricky hörte ihren Herrn laut fluchen. Dann trat er selbst in die Dunkelheit und hielt sich im Schatten außerhalb des Scheinwerferkegels.

Die Hundemeute hatte den Mann glatt über den Haufen gerannt, so dass er sich, als die Woge über ihn schwappte, nur noch auf einem Knie halten konnte. Er rappelte sich hoch und kam halbwegs auf die Füße. Während sie einfach über und gegen ihn sprangen, versuchte er, sie zu fangen – ein Knäuel gemischter tierischer Emotionen. Ein paar Hunde hatten Angst, ein paar freuten sich, andere waren verwirrt, alle unsicher über die neue, ganz und gar ungewöhnliche Situation im Zwingerleben und wild entschlossen, ihren Vorteil zu nutzen, egal, worin er bestand. Ricky grinste schadenfroh. Es war, bescheinigte er sich, ein ziemlich gelungenes Ablenkungsmanöver.

Als der Zwingerbesitzer den Kopf hob, blickte er unmittelbar hinter der springenden, schnüffelnden, verkeilten Meute genau auf Augenhöhe in Rickys Pistolenmündung. Er schnappte nach Luft und schwankte erschrocken zurück, als sei das Loch am Ende des Laufs von derselben Wucht wie der Ansturm der Tiere.

»Sind Sie allein?«, fragte Ricky gerade eben laut genug, dass seine Worte das Gekläff übertönten.

»Wie?«

»Sind Sie allein? Ist noch jemand im Haus?«

Der Mann begriff. Er schüttelte den Kopf.

»Ist Brutus' Kumpel im Haus? Sein Bruder, seine Mutter oder sein Vater?«

»Nein, nur ich.«

Ricky stieß dem Mann die Pistole näher vors Gesicht, nahe genug, dass der stechende Geruch nach Stahl und Öl und vielleicht sogar Tod ihm in die Nase stieg und er auch ohne den empfindlichen Geruchssinn seiner Tiere wusste, was das hieß. »Sie sollten mich schon davon überzeugen, dass Sie die Wahrheit sagen, wenn Sie am Leben bleiben wollen«, sagte Ricky.

Er war ein wenig überrascht, wie leicht es war, jemandem Angst einzujagen, auch wenn er, wie er sehr wohl wusste, nicht fähig war, seine Drohung wahr zu machen.

Hinter dem Drahtzaun kochte Brutus vor Wut. Immer und immer wieder warf er sich gegen das Eisen und verbiss sich in der Barriere. Der Schaum stand ihm an den Lefzen und er knurrte böse. Ricky ließ ihn nicht aus den Augen. Es musste äußerst frustrierend für den Hund sein, zu einem einzigen Zweck gezüchtet und abgerichtet zu werden und dann in dem Moment, wo das Gelernte zum Einsatz kommen sollte, von einem Kinderfahrradschloss daran gehindert zu werden. Der Hund schien vor Ohnmacht fast überzuschnappen, und Ricky kam der Gedanke, dass dies ein wenig symbolträchtig war für das, was einige seiner ehemaligen Patienten durchmachten.

»Außer mir ist keiner da.«

»Gut. Dann wollen wir uns mal ein bisschen unterhalten.«

»Wer sind Sie?«, fragte der Mann. Ricky brauchte einen Moment, bis ihm bewusst wurde, dass er bei seinem ersten Besuch verkleidet gewesen war. Er rieb sich mit der Hand über die Wange.

Du wirst dir noch wünschen, dass du gegenüber dem, der vor dir steht, bei der ersten Begegnung freundlicher gewesen wärst, dachte Ricky, sagte aber nur, »Ich bin jemand, auf dessen Bekanntschaft Sie wahrscheinlich keinen Wert legen würden«, und gestikulierte zugleich mit der Waffe vor dem Gesicht des Mannes herum.

Ricky brauchte ein paar Sekunden, bis er ihn da hatte, wo er ihn haben wollte, nämlich auf dem Boden sitzend, mit dem Rücken an Brutus' Zwinger, die Hände auf die Knie gelegt, wo Ricky sie sehen konnte. Die anderen Hunde hüteten sich, dem wütenden Rottweiler zu nahe zu kommen. Inzwischen waren einige von ihnen in die Dunkelheit der Felder und Wälder gelaufen, während sich andere zu den Füßen ihres Eigentümers tummelten und wieder andere auf der Kieseinfahrt tollten und spielten.

»Ich weiß immer noch nicht, wer Sie sind«, sagte der Mann. Er blinzelte zu Ricky hoch und versuchte, ihn unterzubringen. Die Schatten und die Verwandlung seines Äußeren kamen Ricky entgegen. »Was soll das Ganze eigentlich? Ich hab hier kein Bargeld, und ...«

»Das hier ist kein Raubüberfall, es sei denn, Sie betrachten es als Diebstahl, wenn ich mir von Ihnen Informationen hole, was für mich früher mal quasi auf dasselbe rauslief«, antwortete Ricky kryptisch.

Der Mann schüttelte den Kopf. »Ist mir zu hoch«, sagte er ausdruckslos. »Was wollen Sie?«

»Vor kurzem war ein Privatdetektiv hier, um Ihnen ein paar Fragen zu stellen.«

»Klar. Und?«

»Ich möchte, dass Sie mir genau dieselben Fragen beantworten.«

»Wer sind Sie?«, fragte der Mann wieder.

»Sagte ich bereits. Im Moment brauchen Sie nur zu wissen, dass ich ein Mann mit einer Waffe in der Hand bin und Sie nicht. Und das einzige Mittel zu Ihrer Verteidigung ist in einem Zwinger eingesperrt und darüber ziemlich sauer, wenn ich das richtig sehe.«

Der Zwingerbesitzer nickte, schien allerdings in dieser kurzen

Zeit ein verhaltenes Zutrauen und einiges an Fassung zu gewinnen. »Sie klingen nicht sonderlich wie einer, der dieses Ding da auch benutzt. Kann also sein, dass ich Ihnen verdammt noch mal nix von dem sage, was Sie so wahnsinnig interessiert. Sie können mich mal, egal, wer Sie sind.«

»Ich will etwas über das Ehepaar wissen, das gestorben ist und ein Stück die Straße da runter begraben liegt. Und darüber, wie Sie an dieses Anwesen gekommen sind. Und vor allem über die drei Kinder, die sie adoptiert haben und von denen Sie behaupten, das hätten sie nicht. Und dann wüsste ich gerne noch was über den Anruf, den Sie gemacht haben, nachdem mein Freund Lazarus Ihnen neulich einen Besuch abgestattet hatte. Wen haben Sie angerufen?«

Der Mann schüttelte den Kopf. »Ich will Ihnen was sagen: Ich hab Geld dafür bekommen, dass ich diesen Anruf mache. Und dass ich versucht habe, den Kerl, egal wer er ist, hier festzuhalten, war auch lukrativ. Zu dumm, dass er abhauen konnte. Ich hätte einen Bonus bekommen.«

»Von wem?«

Der Mann schüttelte den Kopf. »Meine Sache, Mister Taff. Wie gesagt, Sie können mich mal.«

Ricky richtete die Pistole genau auf den Kopf des Mannes. Der Zwingerbesitzer grinste. »Ich hab schon Typen gesehen, die so 'n Ding auch benutzen, aber ich wette, Sie sind keiner von der Sorte.« In seiner Stimme klang etwas von einem nervösen Spieler durch. Ricky wusste, dass sich der Mann so oder so nicht ganz sicher war.

Die Waffe lag Ricky ruhig in der Hand. Er zielte auf eine Stelle zwischen den Augen des Zwingerbesitzers. Je länger er diese Stellung hielt, desto unsicherer wurde der Mann, was in Rickys Augen nicht unbegründet war. Zugleich aber würde jede Sekunde, die Ricky verstreichen ließ, die Einschätzung des Mannes erhärten. Er überlegte. Möglicherweise musste er noch zum Mörder werden, doch jemanden außer Mr. R. selbst zu töten, einen Außenstehenden, einen kleinen Helfer, wie unangenehm der Kerl auch war, das stand auf einem anderen Blatt. Ricky bedachte sich einen Moment, dann lächelte er dem Zwingerbesitzer kalt ins Gesicht. Es ist wirklich nicht dasselbe, dachte Ricky, ob ich einen Mann erschieße, der mein Leben ruiniert hat, oder nur ein Rädchen im Getriebe ist.

»Wissen Sie«, sagte er langsam, »da liegen Sie hundert Prozent richtig. Ich war wirklich noch nicht oft in dieser Lage. Sie haben sofort gemerkt, nicht wahr, dass ich auf diesem Gebiet nicht viel Erfahrung habe?«

»Ja, und ob«, sagte der Mann. »Sieht man auf den ersten Blick.« Er wechselte ein wenig die Position, als wollte er sich entspannen.

»Vielleicht«, sagte Ricky in gänzlich ausdruckslosem Ton, »vielleicht sollte ich mal ein bisschen üben.«

»Was?«

»Ich sagte, ich sollte üben. Ich meine, woher soll ich wissen, dass ich bei Ihnen richtig mit dem Ding umgehen kann, wenn ich nicht erst mal an einem weniger wichtigen Objekt trainiere. Vielleicht sogar einem viel weniger wichtigen.«

»Ich kann Ihnen immer noch nicht folgen«, sagte der Zwingerbesitzer.

»Ich denke, das können Sie schon«, antwortete Ricky. »Sie konzentrieren sich nur nicht. Ich will Ihnen damit sagen, dass ich kein Tierfreund bin.«

Während er dies sagte, hob er den Lauf ein wenig, nahm alles zusammen, was er in den Stunden am Schießstand oben in New Hampshire gelernt hatte, wurde ganz ruhig, holte einmal tief Luft und drückte ein einziges Mal ab.

Die Pistole ruckte abrupt in seiner Hand. Ein kurzer Knall hallte mit einem jaulenden Geräusch durch die Dunkelheit. Ricky schätzte, dass die Kugel ein Stück Zaun getroffen und zersplittert hatte. Er konnte nicht sagen, ob der Rottweiler getroffen war oder nicht. Der Zwingerbesitzer sah ihn entgeistert an, fast als hätte er ihm eine Ohrfeige verpasst, und er legte sich die Hand an die Wange, als wollte er prüfen, ob die vorbeirasende Kugel ihn aufgeschlitzt hatte.

Gleichzeitig setzte das Tohuwabohu der Hunde von neuem ein, eine ohrenbetäubende Sirene aus Jaulen, Jagen und Japsen.

Brutus, das einzige Tier, das eingesperrt war, verstand die Bedrohung und warf sich erneut in blinder Wut gegen den Maschendraht, der ihm den Weg versperrte.

»Wie's aussieht, voll daneben«, sagte Ricky nonchalant. »Verdammt. Dabei hab ich gedacht, ich wär so 'n toller Schütze.« Er richtete die Pistole auf das unbändig tobende Tier.

»Jesses, Maria und Josef«, brachte der Zwingerbesitzer endlich heraus.

Ricky lächelte wieder. »Nicht hier. Nicht jetzt. Also, mit Religion hat das hier nun wirklich nichts zu tun. Die entscheidende Frage ist doch: Lieben Sie Ihren Hund da drinnen?«

»Gott! Warten Sie!« Der Mann war jetzt fast so außer sich wie die Tiere, die auf der Einfahrt tobten. Er hielt beschwichtigend die Hand in die Höhe.

Ricky beäugte ihn mit derselben Neugier wie ein Insekt, das er jeden Moment mit der flachen Hand erschlagen konnte. Mit beiläufigem, distanziertem Interesse.

»Warten Sie doch mal!«, beharrte der Mann.

»Sie haben mir was zu sagen?«, fragte Ricky.

»Ja, verdammt! Wenn Sie mich lassen.«

»Ich warte.«

»Dieser Hund ist Tausende wert«, erklärte der Mann. »Er ist der Alpharüde, und ich habe Stunden, was sag ich, mein halbes Leben damit zugebracht, verdammt noch mal, ihn abzurichten. Er ist ein gottverdammter Champion, und Sie wollen ihn erschießen?«

»Sie lassen mir ja keine andere Wahl. Ich könnte natürlich auch Sie erschießen, aber dann würde ich ja nicht erfahren, was ich wissen muss, und falls die Cops mich durch akribische Ermittlungsarbeit je in die Finger kriegen würden, na ja, dann bekäme ich wohl eine schlimme Anklage an den Hals, aber Sie hätten nichts mehr davon, denn Sie wären ja tot. Andererseits, also, wie gesagt, ich bin kein großer Tierfreund. Und Brutus da, der mag ja für Sie ein schönes Sümmchen und auch sonst noch einiges wert sein, und vielleicht haben Sie ja sogar auch ein paar Gefühle für ihn übrig, aber für mich ist er nichts weiter als ein wütender, geifernder Köter, der nur darauf wartet, mir an die Gurgel zu springen. Also, vor die Wahl gestellt, würde ich sagen, es ist Zeit, dass Brutus in diesen großen, ewigen Zwinger dort oben eingeht.«

Rickys Ton war voll spöttischer Heiterkeit. Er wollte, dass der Mann ihn für so grausam hielt, wie er klang, was eigentlich nicht schwer fallen durfte.

»Warten Sie 'ne Sekunde«, sagte der Zwingerbesitzer.

»Sehen Sie«, erwiderte Ricky, »jetzt kommen Sie ins Grübeln. Ist es das Leben des Hundes wert, mir Informationen vorzuenthalten? Sie sind am Zug, Arschloch. Aber überlegen Sie sich gut, was Sie sagen, weil ich nämlich so langsam die Geduld verliere. Ich meine, fragen Sie sich doch selber: Wem bin ich was schuldig? Diesem Hund, der mir so viele Jahre lang ein treuer Gefährte und außerdem eine gute Einnahmequelle gewesen ist … oder irgendwelchen Fremden, die sich mein Schweigen erkaufen? Entscheiden Sie sich.«

»Ich weiß nicht, wer die sind …«, fing der Mann an, was Ricky veranlasste, auf den Hund zu zielen. Diesmal hielt er die Waffe mit beiden Händen. »Na schön … ich sage Ihnen, was ich weiß.«

»Würde ich Ihnen auch raten. Und Brutus wird Ihnen Ihre Großzügigkeit wahrscheinlich mit verstärkter Hingabe danken und Ihnen noch so manchen Wurf von ebenso dämlichen und unübertroffen wilden Biestern zeugen.«

»Viel weiß ich aber nicht …«, baute der Zwingerbesitzer vor.

»Schlechter Anfang«, sagte Ricky. »Eine Ausrede, bevor Sie überhaupt angefangen haben.«

Er feuerte augenblicklich einen zweiten Schuss in die Richtung des wütenden Tiers. Dieser schlug in die Holzhütte an der Rückseite des Zwingers ein. Brutus jaulte empört und wütend auf.

»Verflucht noch mal, hören Sie auf! Ich sag's ja schon!«

»Dann mal ein bisschen plötzlich, wenn ich bitten darf. Die Sitzung dauert mir schon zu lang.«

Der Mann schwieg einen Moment und überlegte. »Muss ein bisschen ausholen«, fing er an. »Das ist mir klar.«

»Sie haben recht mit dem alten Ehepaar, denen das Anwesen vorher gehört hat. Ich weiß nicht, wie genau dieser Betrug gedeichselt wurde, aber jedenfalls haben sie die drei Kinder nur auf dem Papier adoptiert. Die Kinder sind nie hier gewesen. Ich weiß nicht so genau, für wen sie den Strohmann gespielt haben, weil ich erst nach dem Tod der zwei damit zu tun bekam. Beide sind bei einem Autounfall umgekommen. Ein Jahr vorher hatte ich schon mal versucht, ihnen das Anwesen hier abzukaufen, und nachdem sie diesen Wagen zu Schrott gefahren hatten, hat mich ein Mann angerufen, der sagte, er wär der Testamentsvollstrecker für das Erbe und ob ich das Anwesen und das Geschäft übernehmen wollte. Der Preis war nicht zu fassen …«

»Nicht zu fassen, niedrig oder hoch?«

»Ich bin schließlich hier. Niedrig. Es war wie beim Ausverkauf, besonders mit dem ganzen Grund und Boden dabei. Ein verdammt guter Deal. Wir waren schnell beim Notar.«

»Wer war Ihr Vertragspartner? Ein Anwalt?«

»Sicher. Kaum hatte ich ja gesagt, hat ein Typ aus der Gegend hier übernommen. Ein Vollidiot. Macht nichts anderes als Immobilienabschlüsse und Verkehrsdelikte. Und der war ganz schön sauer; das Einzige, was er dazu zu sagen hatte, war, das wär geschenkt. Aber sonst hat er den Mund gehalten, weil er, glaube ich, auch überbezahlt wurde.«

»Und wissen Sie, wer das Anwesen verkauft hat?«

»Ich hab den Namen nur einmal gesehen, ich glaub, der Anwalt hat gesagt, er wär der nächste Angehörige der alten Leute. Ein Cousin. Ziemlich entfernt. An den Namen kann ich mich nicht erinnern, nur dass es ein Doktor Soundso war.«

»Ein Doktor?«

»Ja. Und noch was haben die mir ziemlich klar gemacht.«

»Und das wäre?«

»Falls irgendjemand, ob nach Tagen oder nach Jahren, jemals käme und nach dem Abschluss fragte oder nach dem alten Paar oder den drei Kindern, die niemand je gesehen hatte, dann sollte ich eine Nummer wählen.«

»Haben sie Ihnen einen Namen genannt?«

»Nein, nur eine Nummer in Manhattan. Und dann, so sechs, sieben Jahre später ruft mich eines Tages aus heiterem Himmel ein Mann an und sagt, die Nummer hätte sich geändert. Gibt mir 'ne andere in New York City. Und dann noch mal ein paar Jahre danach ruft derselbe Kerl an und gibt mir wieder 'ne neue Nummer, nur diesmal in upstate New York. Er fragt, ob immer noch keiner gekommen ist. Ich sag, nein. Er sagt, umso besser. Er erinnert mich an den Deal und sagt, es gibt einen Bonus, falls doch noch mal jemand bei mir auftaucht und fragt. Aber es kommt nicht dazu, bis dieser Typ, dieser Lazarus auf der Matte steht. Stellt seine Fragen, und ich schmeiß ihn raus. Dann ruf ich die Nummer an. Derselbe Mann ist dran. Inzwischen alt, hört man an der Stimme. Richtig alt. Sagt danke für die Information. Vielleicht zwei Minuten später krieg ich noch einen Anruf. Diesmal ist es 'ne junge Frau. Sie sagt, sie schickt mir 'n bisschen Bares, einen Riesen oder so, und falls ich Lazarus finden und festhalten könnte, dann gäb's noch mal einen obendrauf. Ich sag zu ihr, er ist wahrscheinlich in einem von drei oder vier Motels abgestiegen, und das war's dann schon, bis Sie auftauchen. Und ich hab immer noch keinen blassen Schimmer, wer Sie sind, Mister.«

»Lazarus ist mein Bruder«, sagte Ricky ruhig.

Er schwieg einen Moment, während er viele Jahre der Vergangenheit zu einer neuen Gleichung summierte. Schließlich fragte er, »Die Nummer, die Sie angerufen haben, wie lautet die?«

Der Mann ratterte sämtliche zehn Zahlen herunter.

»Danke«, sagte Ricky kalt. Er brauchte es nicht aufzuschreiben. Es war eine Nummer, die er kannte.

Er machte dem Mann mit der Pistole Zeichen, sich auf den Bauch zu legen.

»Die Hände auf den Rücken«, wies Ricky ihn an.

»Oh Mann, lassen Sie's gut sein. Ich hab Ihnen alles gesagt. Egal, worum es bei der ganzen Sache geht, verflucht, ich bin ein kleiner Fisch.«

»Da sagen Sie was Wahres.«

»Dann lassen Sie mich doch einfach gehen.«

»Ich muss nur Ihren Bewegungsspielraum für ein paar Minuten einschränken. Zum Beispiel lange genug, um weg zu sein, bevor Sie aufstehen, einen Bolzenschneider finden und Brutus da loslassen können. Ich könnte mir denken, dass er sich über ein kurzes Tête-à-tête mit mir im Dunkeln freuen würde.«

Bei der Bemerkung musste der Zwingerbesitzer grinsen. »Er ist der einzige Hund, den ich kenne, der nachtragend ist. Also meinetwegen, tun Sie, was Sie nicht lassen können.«

Ricky fesselte dem Mann die Hände mit Universalklebeband. Dann stand er auf.

»Sie rufen sie an, nicht wahr?«

Der Mann nickte. »Wenn ich jetzt nein sagen würde, dann wären Sie doch nur sauer, weil Sie wüssten, dass ich lüge.« Ricky lächelte. »Da könnten Sie richtig liegen.«

Er schwieg, während er sich überlegte, was genau er ihnen durch den Zwingerbesitzer ausrichten lassen wollte. Alle möglichen Reime geisterten ihm durch den Kopf. »Also, Folgendes werden Sie ihnen sagen:

Lazarus lebt, er kommt euch näher.
Er ist der unsichtbare Späher.
Er ist hier. Er ist dort.
Vielleicht ist er an jedem Ort.
Das Spiel ist im Gange, es geht zügig voran,
Und Lazarus glaubt, dass nur er gewinnen kann.
Auch wenn er das praktisch jetzt schon weiß,
Schaut trotzdem in die nächste Voice.«

»Klingt wie ’n Gedicht«, sagte der Mann, während er mit dem Bauch auf der Kieseinfahrt lag und versuchte, den Kopf in Rickys Richtung zu drehen.

»Eine Art von Gedicht. Und jetzt eine kleine Übung. Sagen Sie es für mich auf.«

Es kostete mehrere Anläufe, bis der Zwingerbesitzer es einigermaßen beherrschte.

»Ich kapier das alles nicht«, sagte der Mann, nachdem er die Verse gemeistert hatte. »Was soll das Ganze?«

»Spielen Sie Schach?«, fragte Ricky.

Der Mann nickte. »Allerdings nicht besonders gut.«

»Also«, sagte Ricky, »dann seien Sie dankbar, dass Sie nur ein Bauer sind. Und Sie brauchen auch nicht mehr zu wissen als ein Bauer. Denn worum geht es schließlich beim Schach?«

»Die Königin kassieren und den König schachmatt setzen.«

Ricky lächelte. »Ziemlich heiß. Hat mich sehr gefreut, mit Ihnen und klein Brutus zu plaudern. Darf ich Ihnen noch einen Rat geben?«

»Was für einen?«

»Machen Sie diesen Anruf. Sagen Sie das Gedicht auf. Gehen Sie und versuchen Sie, all die Hunde einzusammeln, die abgehauen sind. Und dann wachen Sie morgen auf und vergessen Sie einfach, dass es diese Begegnung gegeben hat. Kehren Sie zu einem normalen Leben zurück und denken Sie nie wieder an das alles.«

Der Zwingerbesitzer rutschte unbehaglich hin und her und machte dabei ein scharrendes Geräusch auf dem Kies. »Vielleicht nicht so ganz einfach.«

»Kann schon sein«, erwiderte Ricky. »Trotzdem einen Versuch wert.«

Er stand auf und ließ den Mann auf dem Boden liegen. Ein paar von den Hunden hatten sich ausgestreckt und sprangen auf, als er ging. Ricky steckte die Waffe in den Rucksack, behielt aber die Taschenlampe in der Hand und rannte den Kiesweg entlang Richtung Straße. Als er den erleuchteten Bereich rund um den Zwinger verlassen hatte, beschleunigte er sein Tempo und lief die dunkle Straße weiter bis zum Friedhof, auf dem er sein Auto abgestellt hatte. Seine Füße klatschten bei jedem Schritt auf dem geteerten Boden, und er knipste die Taschenlampe aus, um durch die pechschwarze ländliche Umgebung weiterzulaufen. Es erinnerte ihn ein wenig daran, im sturmgepeitschten Meer zu schwimmen und gegen die Wellen anzukämpfen, die aus sämtlichen Richtungen an ihm zerrten. Während ihn die pechschwarze Nacht verschluckte, hatte eine einzige glühend heiße Erkenntnis Licht in das Dunkel gebracht. Die Telefonnummer. In dieser Sekunde hatte Ricky das Gefühl, als sei alles, was von jenem ersten Brief in seiner Praxis an bis just zu diesem Augenblick geschehen war, Teil einer einzigen, reißenden Strömung. Und vielleicht, fügte er innerlich hinzu, ging alles noch viel weiter. Sie reichte Monate, Jahre in seine Vergangenheit zurück und holte ihn jetzt ein, riss ihn unaufhaltsam mit, und er hatte es bis dahin nicht einmal gemerkt. Die Erkenntnis hätte ihm alle Kräfte rauben müssen, doch stattdessen empfand er eine seltsame Energie und eine ebenso seltsame Erleichterung. Die Erkenntnis, dass er mit einem Lügengespinst abgespeist worden war und plötzlich anfing, klar zu sehen, war wie ein Katalysator, der ihn weitertrieb.

Er hatte in dieser Nacht noch eine lange Wegstrecke vor sich. Im wörtlichen wie im übertragenen Sinne. Beide führten ihn in die Vergangenheit, während sie ihm zugleich die Zukunft wiesen. Er rannte wie ein Marathonläufer, der die Zielgerade vor sich ahnt und bei jedem Schritt und Atemzug die Schmerzen in den Beinen und die Erschöpfung abschätzt.

31

ES WAR KURZ NACH MITTERNACHT, als Ricky das Mauthäuschen am Westufer des Hudson direkt hinter Kingston im Staate New York erreichte. Er war schnell gefahren, bis an den Punkt, wo er Gefahr gelaufen wäre, von einem irritierten Polizisten angehalten zu werden. Es war, so kam es ihm vor, ein Sinnbild für ein Gutteil seines früheren Lebens. Er hätte gerne Gas gegeben, doch gänzlich abheben wollte er nicht. Die Phantasiefigur Frederick Lazarus hätte den Leihwagen auf hundert Stundenmeilen getrieben, doch er selbst scheute davor zurück. Es war, als säßen beide Männer – Richard Lively, der sich versteckte, und Frederick Lazarus, der kämpfen wollte – auf dieser nächtlichen Fahrt im Wagen. Ihm wurde bewusst, dass er mit der Inszenierung seines eigenen Todes einen Mittelweg zwischen Wagnis und sicherer Deckung angestrebt hatte. Doch nun begriff er auch, dass er wohl nicht mehr so unsichtbar war, wie er sich einmal eingeredet hatte. Der Mann, der nach ihm suchte, davon ging er aus, war ihm dicht auf den Fersen, denn zweifellos hatte er all die Brocken, die er ihm hingeworfen hatte – all die kleinen Anhaltspunkte und Verbindungslinien von New Hampshire über den Highway schnurstracks nach New York und von dort nach New Jersey hinüber –, gefunden und geschluckt.

Doch auch er selbst war dicht dran.

Es war ein Wettlauf auf Leben und Tod. Ein Geist, der einen Toten verfolgt. Ein Toter, der einen Geist verfolgt.

So spät in der Nacht allein auf weiter Flur, bezahlte er seine Maut, um die Brücke zu überqueren. Der Kassierer hatte eine *Playboy*-Ausgabe vor sich, in die er mehr starrte, als dass er darin las, so dass er Ricky nur einen flüchtigen Blick zuwarf. Die Brücke selbst ist eine architektonische Kuriosität. Von einer Reihe gelblich grüner Natriumdampflaternen erleuchtet, erhebt sie sich etwa fünfzig Meter über das schwarze Band des Hudson, um auf der Rhinbecker Seite wieder abzusteigen und mit dem dunklen, flachen Ackerland der Gegend zu verschmelzen. Aus der Ferne wirkt sie daher wie ein funkelndes Collier an einem ebenholzschwarzen Hals. Es war eine irritierende Fahrt, gestand er sich ein, während er die Straße ansteuerte, die in einer finsteren Grube zu enden schien. Seine Scheinwerfer schnitten schwache, bleiche Lichtkegel in die Nacht.

Er fand eine geeignete Stelle, um den Wagen zu parken, und holte eins der zwei verbliebenen Handys aus dem Rucksack. Dann wählte er die Nummer des letzten Hotels, in dem Frederick Lazarus absteigen sollte. Es war ein heruntergekommenes, schäbiges und billiges Etablissement, nur einen Hauch besser als ein Stundenhotel für Prostituierte mit ihren Freiern. Er ging davon aus, dass der Nachtportier wenig zu tun bekam, es sei denn, jemand wäre in dieser Nacht auf dem Gelände des Hotels erschossen oder zusammengeschlagen worden, was nicht sehr wahrscheinlich war.

»Hotel Excelsior, was kann ich für Sie tun?«

»Frederick Lazarus«, sagte Ricky. »Ich hatte eine Reservierung für heute Nacht. Aber ich schaff's nicht vor morgen.«

»Kein Problem«, sagte der Mann, der bei dem Stichwort Reservierung nur müde lachen konnte. »Da haben wir genauso viel frei wie heute. Wir sind in dieser Saison nicht eben ausgebucht.«

»Können Sie wohl feststellen, ob jemand eine Nachricht für mich hinterlassen hat?«

»Augenblick …«, sagte der Mann. Ricky hörte, wie er den Hörer auf die Theke legte. Nach einem kurzen Moment meldete er sich wieder. »Und ob«, sagte er. »Sie scheinen ziemlich gefragt zu sein. Sind mindestens drei oder vier …«

»Lesen Sie sie mir vor«, sagte Ricky. »Und ich werde mich bei meiner Ankunft erkenntlich zeigen.«

Der Mann las die Nachrichten vor. Es handelte sich um Rickys eigene Anrufe, sonst keine. Er überlegte.

»Ist jemand dagewesen und hat nach mir gefragt? Ich hatte eigentlich einen Termin …«

Der Nachtportier zögerte wieder, und diese Sekunde verriet Ricky, was er wissen musste. Bevor der Mann leugnen konnte, sagte Ricky: »Sie ist umwerfend, nicht wahr? Der Typ Frau, die kriegt, was sie will und wann sie es will, ohne dass man ihr lästige Fragen stellt, hab ich recht? Bedeutend mehr Klasse, als was gewöhnlich bei Ihnen zur Tür hereinspaziert.«

Der Angestellte hüstelte.

»Ist sie noch da?«, fragte Ricky in herrischem Ton. Nach ein, zwei

Sekunden flüsterte der Portier: »Nein, sie ist wieder gegangen. Vor knapp einer Stunde, direkt, nachdem sie einen Anruf auf ihrem Handy bekam. War sofort weg. Und der Kerl, der bei ihr war, auch. Die sind den ganzen Abend über immer wieder reingekommen und haben nach Ihnen gefragt.«

»Der Kerl, der bei ihr war?«, hakte Ricky nach. »Bisschen rundlich und käsig, so der Typ, den man in der Junior High verprügelt hat?«

»Genau«, sagte der Portier und lachte. »Das ist der Typ. Perfekte Beschreibung.«

Hallo, Merlin, dachte Ricky.

»Haben sie eine Nummer oder Anschrift hinterlassen?«

»Nein, sagten nur, sie kämen wieder. Und ich sollte Ihnen nicht sagen, dass sie dagewesen sind. Worum dreht sich das Ganze?«

»Nur ein geschäftliches Arrangement. Wissen Sie was, wenn die sich wieder melden, geben Sie ihnen doch bitte folgende Nummer …« Ricky las die letzte seiner Handynummern vor. »Aber dafür sollen die was für Sie springen lassen. Die haben's nämlich.«

»Geht klar. Soll ich ihnen sagen, dass Sie morgen kommen?«

»Ja, warum nicht. Und sagen Sie denen auch, ich hätte nach meinen Telefonnachrichten gefragt. Haben die meine Nachrichten gesehen?«

Wieder brauchte der Mann ein paar Sekunden für seine Antwort. »Nein«, log er. »Die sind vertraulich. Die würde ich ohne Ihre Genehmigung niemandem zeigen.«

Aber sicher doch, dachte Ricky. Unter fünfzig Dollar hatte sich da bestimmt nichts getan. Er freute sich, dass der Mann im Hotel genau wie erwartet gehandelt hatte. Ricky beendete das Telefonat und lehnte sich in seinen Sitz zurück. Sie können sich nicht sicher sein, dachte er. Sie werden sich fragen, wer sonst noch nach Frederick Lazarus sucht und wieso und was er mit der ganzen Sache zu tun hat oder auch nicht. Es wird ihnen zu schaffen machen, und ihr nächster Schritt wird ein wenig verunsichert sein. Worauf Ricky es angelegt hatte. Er sah auf die Uhr. Er konnte davon ausgehen, dass der Zwingerbesitzer das Klebeband inzwischen losgeworden war und, nachdem er Brutus beruhigt und so viele Hunde wie möglich wieder eingefangen hatte, endlich auch zu seinem Anruf gekommen war. Somit erwartete Ricky, dass in dem Haus, zu dem er fuhr, zumindest noch eine Lampe brannte.

Wie zuvor in dieser Nacht parkte Ricky den Wagen auch hier ein Stück abseits der Straße, wo er von zufälligen Passanten nicht gesehen wurde. Er war gut eine Meile von seinem Ziel entfernt und kam zu dem Schluss, dass er besser zu Fuß weitergehen sollte, um unterwegs zu überlegen, was bei seinem Plan als Nächstes kam. Er spürte eine gewisse Erregung, als lägen endlich die Antworten auf ein paar Fragen greifbar nahe vor ihm. Doch in das Vorgefühl mischte sich helle Empörung, die in blanken Zorn umgeschlagen wäre, hätte er sich nicht mit aller Macht beherrscht. Verrat, dachte er, hat das Potenzial, weitaus stärker als Liebe zu sein. Er merkte, dass ihm etwas flau im Magen war, und erkannte, dass dies von der Mischung aus Enttäuschung und ungezügelter Wut herrührte. Ricky, einst ein Mann der Gefühls- und Gedankenwelt, überprüfte jetzt seine Waffe, um sicherzustellen, dass sie ordnungsgemäß geladen war, und machte sich klar, dass er keinen rechten Plan besaß außer der Konfrontation. Darüber hinaus erkannte er, dass er sich einem dieser Momente näherte, wo Denken und Handeln zusammenfallen. Er rannte durch die Dunkelheit, und der Rhythmus seiner Sohlen auf dem Teer vermischte sich mit den vertrauten Geräuschen der Nacht: das gelegentliche Rascheln eines Opossums im Unterholz, das Zirpen der Zikaden in einem nahegelegenen Feld. Er wünschte, er hätte sich in Luft auflösen können.

Während er lief, fragte er sich: Wirst du heute Nacht einen Menschen töten?

Er wusste die Antwort nicht.

Dann fragte er: Bist du *bereit*, heute Nacht jemanden zu töten?

Auf diese Frage fiel die Antwort bedeutend leichter. Er merkte, dass ein beträchtlicher Teil von ihm die Frage bejahen konnte. Es war der Teil von ihm, den er in den Monaten nach seinem Ende aus einer bruchstückhaften Identität zusammengebastelt hatte. Der Teil von ihm, der sich begierig auf sämtliche Mordmethoden, auf sämtliche chaotischen Quellen gestürzt hatte, die er in der Stadtbücherei hatte finden können, der Teil von ihm, der sein Können am Schießstand vervollkommnet hatte.

Als er die Einfahrt zu dem Haus erreichte, blieb er stehen. Drinnen stand das Telefon mit der wohlbekannten Nummer. Für einen Moment erinnerte er sich, wie er vor einem Jahr zwischen Hoffen und Bangen hierher gekommen war, auf der verzweifelten Suche nach Hilfe und nach Klärung. Ich hätte hier Antworten finden können, dachte er, wäre die Wahrheit nicht durch Lügen verschleiert worden. Ich konnte sie nicht sehen. Es wäre mir nie in den Sinn gekommen, dass der Mann, den ich für die größte Hilfe in meinem Leben gehalten hatte, sich als der Mensch erweist, der versucht, mich zu töten.

Von der Einfahrt aus sah er, wie erwartet, eine einzige Lampe im Arbeitszimmer brennen.

Er weiß, dass ich komme, dachte Ricky. Und Virgil und Merlin, die ihm vielleicht geholfen hätten, sind noch in New York. Selbst wenn sie nach seinem Anruf in rasendem Tempo losgefahren wären, würden sie voraussichtlich noch eine gute Stunde brauchen. Er machte einen Schritt nach vorn und hörte das Knirschen seiner Füße im Kies. Vielleicht weiß er sogar, dass ich da bin. Ricky sah sich nach einer Möglichkeit um, heimlich ins Haus zu schleichen. Doch er war nicht sicher, ob das Überraschungsmoment hier wirklich angebracht war.

Und so nahm er stattdessen die Pistole in die Rechte und schob ein Magazin hinein. Er entsicherte die Waffe und lief wie ein freundlicher Nachbar an einem Sommernachmittag beschwingten Schrittes zur Tür. Er klopfte nicht an, sondern drehte einfach den Knauf. Wie vermutet, war die Tür offen.

Er ging hinein. Von rechts kam eine Stimme aus dem Arbeitszimmer. »Hier drinnen, Ricky.«

Er machte einen Schritt nach vorn, hob die Pistole und richtete sich darauf ein zu schießen. Dann trat er in den Lichtkreis der geöffneten Tür.

»Hallo, Ricky. Sie können sich glücklich schätzen, dass Sie noch am Leben sind.«

»Hallo, Dr. Lewis!«, erwiderte Ricky den Gruß. Der alte Mann stand hinter seinem Schreibtisch und lehnte sich, die Hände flach auf den Tisch gelegt, erwartungsvoll vor. »Soll ich Sie gleich umbringen oder noch einen Moment warten?«, fragte Ricky in mühsam beherrschtem, ausdruckslosem Ton. Der alte Psychoanalytiker lächelte. »Das eine oder andere Gericht würde Ihnen wahrscheinlich zugestehen, dass Sie zu Recht geschossen haben. Aber Sie wollen schließlich ein paar Antworten auf Ihre Fragen, und ich bin extra so lange aufgeblieben, um Ihnen weiterzuhelfen, wo ich kann. Darum geht es doch schließlich in unserem Beruf, nicht wahr, Ricky? Fragen zu beantworten.«

»Früher mal ist es mir vielleicht darum gegangen«, erwiderte Ricky. »Jetzt nicht mehr.«

Er richtete die Waffe auf den Mann, der einmal sein Mentor gewesen war. Dr. Lewis schien ein wenig überrascht. »Haben Sie sich wirklich den weiten Weg hierher gemacht, um mich zu ermorden?«, fragte er.

»Ja«, sagte Ricky, auch wenn es gelogen war.

»Worauf warten Sie dann?« Der alte Doktor sah ihn eindringlich an.

»Rumpelstilzchen«, sagte Ricky. »Das waren die ganze Zeit Sie.«

Dr. Lewis schüttelte den Kopf. »Nein, da irren Sie. Aber ich bin der Mann, der ihn geschaffen hat. Teilweise zumindest.«

Ricky machte ein paar Schritte seitlich ins Zimmer hinein, wenn auch mit dem Rücken zur Wand. Dieselben Bücherregale. Dieselben Bilder. Fast hätte er sich einreden können, das Jahr seit seinem letzten Besuch hätte es gar nicht gegeben. Es war ein kalter, neutraler Ort, der von einer undurchsichtigen Persönlichkeit kündete; nichts an den Wänden oder auf dem Schreibtisch verriet etwas über den Mann, dem dieses Arbeitszimmer gehörte, was, wie Ricky dunkel zu Bewusstsein kam, wohl mehr als sonst irgendetwas Bände sprach. Man braucht kein Diplom an der Wand, das einem bescheinigt, dass man abgründig böse ist. Er fragte sich, weshalb er das nicht früher gesehen hatte. Er bedeutete dem alten Mann mit einem Wink der Pistole, sich in den ledernen Drehstuhl zu setzen.

Dr. Lewis ließ sich mit einem Seufzer nieder.

»Ich werde alt, und ich hab nicht mehr so viel Energie wie früher«, sagte er gleichmütig.

»Bitte lassen Sie Ihre Hände da, wo ich sie sehen kann«, sagte Ricky.

Der alte Mann hob die Hände. Dann tippte er mit dem Zeigefinger an die Stirn. »Das wirklich Gefährliche, Ricky, haben wir nicht in den Händen. Das sollten Sie doch wissen. Letztlich geht es um das, was in unseren Köpfen vorgeht.«

»Da hätte ich Ihnen wohl noch vor kurzem zugestimmt, Herr Kollege, aber jetzt hege ich meine Zweifel. Dagegen habe ich das größte Vertrauen in diese verlässliche Waffe hier in meiner Hand, eine Ruger Halbautomatik nebenbei, falls Sie es nicht wissen. Sie feuert mit Hochgeschwindigkeit ein Hohlspitzengeschoss, eine Dreihundertachtzig-Grain-Patrone, ab. Es sind fünfzehn Schuss im Magazin, von denen jeder eine ordentliche Portion von Ihrem Schädel entfernt, vielleicht sogar genau die Stelle, auf die Sie gerade mit dem Finger zeigten, und Sie sind ganz schnell tot. Und wissen Sie, was an dieser Waffe wirklich faszinierend ist, Herr Kollege?«

»Was?«

»Dass ein Mann sie in der Hand hält, der schon mal gestorben ist. Der auf dieser Erde gar nicht mehr existiert. Wie wär's, wenn Sie sich mal für einen Moment durch den Kopf gehen lassen, was dieses existenzielle Ereignis zu bedeuten hat?«

Dr. Lewis schwieg und fixierte die Waffe. Dann lächelte er.

»Ricky, was Sie da sagen, ist interessant. Aber ich kenne Sie. Ich kenne Sie durch und durch. Sie haben fast vier Jahre auf meiner Couch gelegen. Sämtliche Ängste, sämtliche Zweifel, sämtliche Hoffnungen, Träume und Ambitionen oder auch Befürchtungen – ich kenne sie alle. Ich kenne Sie besser, als Sie selbst sich kennen, viel besser sogar, wie ich vermute, und ich weiß, dass Sie trotz Ihres Gehabes kein Mörder sind. Sie sind bloß ein zutiefst verstörter Mann, der in seinem Leben ein paar denkbar schlechte Entscheidungen getroffen hat. Ich fürchte, jemanden zu töten, wird sich als eine ebenso schlechte Wahl erweisen.«

Ricky schüttelte den Kopf. »Der Mann, den Sie als Dr. Frederick Starks kannten, war auf Ihrer Couch. Aber der ist ein für allemal tot, und mich kennen Sie nicht. Nicht mein neues Selbst. Sie wissen rein gar nichts von mir.«

Dann drückte er ab.

Der Schuss hallte mit einem ohrenbetäubenden Knall von den Wänden des kleinen Zimmers wider. Die Kugel schoss über Dr. Lewis' Kopf hinweg durch die Luft und drang direkt hinter ihm in ein Bücherregal. Ricky sah, wie das Geschoss einen dicken Wälzer über

Medizin, auf dessen Buchrücken er kurz starrte, im Bruchteil einer Sekunde zerfetzte. Es war ein Werk über die Psychologie des Abnormen, ein Umstand, der Ricky fast zum Lachen brachte.

Dr. Lewis wurde bleich, taumelte zurück, schwankte einen Moment von einer Seite zur anderen und rang nach Luft.

Er stützte sich auf den Tisch. »Mein Gott«, platzte er heraus. In den Augen des Mannes war vielleicht nicht Angst, aber doch ungläubiges Staunen über etwas ganz und gar Unerwartetes abzulesen. »Ich hätte nicht gedacht …«, stammelte er.

Ricky schnitt ihm das Wort ab, indem er kurz mit der Waffe winkte. »Das hat mir ein Hund beigebracht.«

Dr. Lewis drehte sich ein Stück auf seinem Stuhl herum und sah sich die Stelle an, wo die Kugel eingeschlagen hatte. Er lachte auf und holte tief Luft, dann schüttelte er den Kopf. »Beachtlicher Schuss, Ricky«, sagte er langsam. »Wirklich beachtlicher Schuss. Näher an der Wahrheit als an meinem Kopf. Vielleicht sollten Sie sich einen Moment Zeit nehmen, über das, was ich gesagt habe, nachzudenken.«

Ricky sah den alten Arzt argwöhnisch an. »Tun Sie nicht so abgebrüht«, sagte er kurz angebunden. »Wir wollten ein paar Dinge klären. Schon bemerkenswert, wie so eine Waffe hier dabei helfen kann, sich auf das Wesentliche zu konzentrieren. Denken Sie an all die Stunden mit all den Patienten, Herr Kollege, einschließlich meiner Wenigkeit. All die Lügen und Abschweifungen und Ablenkungsmanöver, die kaum zu durchdringenden Selbsttäuschungsmechanismen. Wer hätte gedacht, dass so ein Ding hier so schnell Licht in das Dickicht bringen kann. Erinnert fast ein bisschen an Alexander und den Gordischen Knoten, finden Sie nicht?«

Dr. Lewis schien sich wieder gefasst zu haben. Sein Gesichtsausdruck wechselte schnell, und er starrte Ricky wütend mit zusammengekniffenen Augen an, als könnte er immer noch eine gewisse Kontrolle über die Situation gewinnen. Ricky ignorierte diesen Blick, schob sich – fast so wie etwa ein Jahr zuvor – einen Sessel heran und setzte sich dem älteren Arzt gegenüber. »Wenn nicht Sie«, fragte Ricky kalt, »wer ist dann Rumpelstilzchen?«

»Das wissen Sie doch längst, oder?«

»Klären Sie mich auf.«

»Das älteste Kind Ihrer einstigen Patientin. Der Frau, die Sie im Stich gelassen haben.«

»Das wusste ich schon. Fahren Sie fort.«

Dr. Lewis zuckte die Achseln. »Mein Adoptivkind.«

»Das hab ich heute Abend bereits erfahren. Und die anderen zwei?«

»Seine jüngeren Geschwister. Sie kennen sie als Merlin und Virgil. Natürlich heißen sie anders.«

»Ebenfalls adoptiert?«

»Ja, wir haben sie alle drei genommen. Zuerst als Pflegeeltern, durch den Staat New York. Dann habe ich arrangiert, dass mein Cousin und seine Frau in New Jersey formal die Adoption übernehmen. Es war geradezu lächerlich einfach, die Bürokratie auszutricksen, die sich, wie Sie zweifellos bereits wissen, sowieso keine allzu großen Gedanken um das Schicksal dieser drei Kinder machte.«

»Demnach tragen sie Ihren Namen? Sie haben Tyson durch Ihren Namen ersetzt?«

»Nein.« Der alte Mann schüttelte den Kopf. »Da muss ich Sie enttäuschen, Ricky. Unter Lewis sind sie in keinem Telefonbuch zu finden. Sie wurden vollkommen neu erfunden. Jeder mit anderem Namen. Mit einer anderen Identität. Mit anderen Lebensentwürfen, an anderen Schulen, mit einer anderen Ausbildung und einer anderen Therapie. Aber trotzdem innerlich geschwisterlich verbunden, wenn es drauf ankommt, das wissen Sie ja schon.«

»Wieso? Wieso dieser Aufwand, um ihre Vergangenheit zu verwischen. Wieso haben Sie nicht …«

»Meine Frau war bereits krank, und wir hatten die staatlich vorgeschriebene Altersgrenze überschritten. Mein Cousin kam da sehr gelegen. Und war für ein Honorar bereit zu helfen. Zu helfen und die Sache zu vergessen.«

»Klar«, erwiderte Ricky sarkastisch. »Und der kleine Unfall der beiden? Ein Familienstreit?«

Dr. Lewis schüttelte den Kopf. »Reiner Zufall«, sagte er.

Ricky wusste nicht, ob er ihm glaubte. Einen Seitenhieb konnte er sich nicht verkneifen: »Dem guten alten Freud zufolge gibt es keinen Zufall.«

Dr. Lewis nickte. »Stimmt. Aber es gibt immer noch einen Unterschied zwischen dem Wunsch und der Tat.«

»Meinen Sie? Ich glaube, da irren Sie. Aber egal. Wieso gerade sie? Wieso diese drei Kinder?«

Der alte Psychoanalytiker zuckte die Achseln. »Überheblichkeit. Arroganz. Egoismus.«

»Das sind nur Worte, Herr Kollege.«

»Ja, aber sie erklären einiges. Sagen Sie mir nur eines, Ricky: Ein Mörder ... ein wahrhaft gnadenloser, mörderischer Psychopath ... macht die Umwelt diesen Menschen zu dem, was er ist? Oder wird der so geboren, durch irgendein winziges Versehen in seinen Genen? Was von beidem, Ricky?«

»Die Umwelt. So haben wir es gelernt. Das würde jeder andere Psychoanalytiker bestätigen. Die Genetiker würden das vielleicht anders sehen. Aber aus psychologischer Sicht sind wir das Produkt unserer prägenden Erfahrungen.«

»Da würde ich Ihnen zustimmen. Also habe ich ein Kind – samt seinen zwei Geschwistern – aufgenommen, als eine Art Versuchskaninchen für das Böse. Vom leiblichen Vater im Stich gelassen. Von den anderen Angehörigen abgeschoben. Nie annähernd so etwas wie Stabilität im Leben. Mit allen möglichen sexuellen Perversionen konfrontiert. Von einem Soziopathen nach dem anderen, mit dem ihre Mutter sich eingelassen hat, verprügelt, um schließlich hilflos mit ansehen zu müssen, wie der einzige Mensch auf der Welt, dem man vertraut hat, die eigene Mutter, sich aus Armut und Verzweiflung das Leben nimmt. Eine Mixtur, aus der nur Böses zu erwarten ist, meinen Sie nicht?«

»Allerdings.«

»Und ich habe gedacht, ich könnte dieses Kind zu mir nehmen und dieses ganze Unrecht, das ihm widerfahren war, ins Gegenteil verkehren. Ich habe dabei geholfen, diesen komplizierten Plan zu entwickeln, der ihn von seiner entsetzlichen Vergangenheit lösen würde. Dann, so hatte ich gehofft, könnte ich ihn zu einem nützlichen Mitglied der Gesellschaft machen.«

»Und das hat nicht funktioniert?«

»Nein. Allerdings habe ich seltsamerweise Loyalität erzeugt. Eine eigentümliche Form von Zuneigung vielleicht auch. Es hat eine schreckliche Faszination, Ricky, von einem Mann geachtet und geliebt zu werden, der sich dem Tod verschrieben hat. Und genau das ist Rumpelstilzchen. Er ist ein Profi. Ein ausgemachter Killer. Mit der besten Ausbildung, die ich ihm ermöglichen konnte. Exeter. Harvard. Jura an der Columbia. Eine kurze Zeit beim Militär, um den Werdegang abzurunden. Wissen Sie, was das Seltsamste an der Sache ist, Ricky?«

»Sagen Sie's mir.«

»Sein Beruf unterscheidet sich gar nicht mal so sehr von unserem. Die Leute kommen zu ihm, wenn sie Probleme haben. Sie bezahlen ihn anständig dafür, dass er sie löst. Der Patient, der auf unserer Couch landet, ist verzweifelt bemüht, sich von einer Last zu befreien. Das sind seine Klienten auch. Nur dass er, wie soll ich sagen, zu drastischeren Mitteln greift als wir, wenn auch unter derselben Verschwiegenheit.«

Ricky merkte, dass er schwer Luft bekam. Dr. Lewis schüttelte den Kopf.

»Und wissen Sie was, Ricky, wissen Sie, was ihn außer seinem großen Reichtum noch auszeichnet, Ricky?«

»Was?«

»Er gibt nicht auf.«

Der alte Psychoanalytiker seufzte und fügte hinzu: »Aber das haben Sie vielleicht schon gemerkt. Wie er Jahre gewartet und sich vorbereitet hat, um dann jeden zu verfolgen, der seiner Mutter Schaden zugefügt hat, und sein Leben zu zerstören so wie er vorher das ihre. Das hat doch schon etwas Anrührendes. Die Liebe eines Sohnes. Das Vermächtnis einer Mutter. War es Unrecht von ihm, das zu tun? All die Menschen zu bestrafen, die systematisch oder auch unwissentlich ihr Leben ruinierten? Die sie in einer äußerst unbarmherzigen Welt mit drei kleinen, bedürftigen Kindern im Stich gelassen haben? Ich glaube, nicht so ganz, Ricky. Ganz und gar nicht. Wenn selbst die lästigsten Politiker endlos darüber lamentieren, wir lebten in einer Gesellschaft, die der Verantwortung aus dem Weg geht. Bedeutet Rache nicht einfach nur, dass man seine Pflicht und Schuldigkeit akzeptiert, auch wenn man sie in einer anderen Lösung sieht? Die Menschen, die er sich vorgeknöpft hat, die hatten wahrhaftig Strafe verdient. Sie haben – so wie Sie – einen Menschen ignoriert, der um Hilfe flehte. Da stimmt etwas nicht bei unserer Zunft. Manchmal wollen wir allzu viel erklären, wo die eigentliche Antwort …«

Der Arzt deutete auf die Waffe in Rickys Hand.

»Aber wieso ich?«, platzte Ricky heraus. »Ich hab doch nicht …«

»Natürlich haben Sie. Sie kam in einer verzweifelten Lage zu Ihnen, und Sie waren viel zu sehr damit beschäftigt, in welche Richtung es mit Ihrer Karriere weitergehen sollte, um ihr genügend Aufmerksamkeit zu schenken und ihr die Hilfe angedeihen zu lassen, die sie brauchte. Kommen Sie, Ricky, eine Patientin, die sich, während sie bei Ihnen in Therapie ist – und wenn auch nur für ein paar Sitzungen –, das Leben nimmt, macht Ihnen das etwa keine Gewissensbisse? Kommen da keine Schuldgefühle auf? Haben Sie es nicht verdient, dafür zu zahlen? Mit welchem Recht glauben Sie, Vergeltung sei eine geringere Verantwortung im Leben als andere menschliche Aktivitäten?«

Ricky antwortete nicht. Nach einer Weile fragte er, »Wann haben Sie erfahren …«

»Von Ihrer Verbindung zu meinem Adoptiv-Experiment? Gegen Ende Ihrer Analyse. Ich habe einfach beschlossen abzuwarten und zu sehen, wie sich die Dinge über die Jahre entwickeln würden.«

Ricky merkte, wie ihm die Wut hochstieg und der Schweiß ausbrach. Er bekam einen trockenen Mund.

»Und als er hinter mir her war? Sie hätten mich warnen können.«

»Mein Adoptivkind zugunsten eines ehemaligen Patienten verraten? Der nicht einmal mein Lieblingspatient war …«

Das saß. Er sah, dass der alte Mann kein Deut besser war als das Kind, das er angenommen hatte. Vielleicht sogar schlimmer.

»… Ich fand, dass man es als gerechte Strafe betrachten konnte.« Der alte Psychoanalytiker lachte laut auf. »Aber Sie kennen nicht einmal die halbe Wahrheit, Ricky.«

»Und was wäre die Hälfte, die ich nicht weiß?«

»Ich denke, das werden Sie wohl selbst herausfinden müssen.«

»Und die anderen beiden?«

»Der Mann, den Sie als Merlin kennen, ist tatsächlich Anwalt, und ein fähiger obendrein. Die Frau, die Sie als Virgil kennen, ist Schauspielerin, mit besten Aussichten auf eine steile Karriere. Besonders jetzt, wo sie fast damit durch sind, die losen Fäden ihres Lebens zu verknüpfen. Ich denke, Ricky, dass Sie und ich für die drei vielleicht die letzten losen Fäden sind. Und noch etwas sollten Sie wissen, Ricky: Die beiden sind fest davon überzeugt, dass ihr älterer Bruder, der Mann, den Sie als Rumpelstilzchen kennen, ihnen das Leben gerettet hat. Nicht ich, wirklich nicht, auch wenn ich zu ihrer Rettung beigetragen habe. Nein, er war es, der die drei zusammengehalten hat, der dafür gesorgt hat, dass sie nicht auf die schiefe Bahn geraten, der darauf bestand, dass sie zur Schule gehen und glatte Einsen nach Hause bringen und dann eine Menge aus ihrem Leben machen. Also, Ricky, soviel zumindest müssen Sie begreifen: Diese zwei sind dem Mann, der Sie töten wird, dem Mann, der Sie schon einmal getötet hat, ganz und gar treu ergeben. Ist das nicht faszinierend, Ricky, aus psychiatrischer Sicht? Ein Mann ohne Skrupel, der blinde, vollkommene Hingabe bewirkt? Ein Psychopath, der Sie ebenso sicher töten wird, wie Sie unterwegs auf eine Spinne treten werden. Der aber trotzdem geliebt wird und seinerseits liebt. Allerdings nur die zwei und sonst keinen. Und vielleicht mich ein bisschen, weil ich ihn gerettet und ihm geholfen habe. Vielleicht habe also auch ich mir die Liebe eines Loyalisten erworben. Was Sie nicht aus dem Blick verlieren sollten, Ricky, wo Sie so geringe Chancen haben, die Bekanntschaft mit Rumpelstilzchen zu überleben.«

»Wer ist er?«, wollte Ricky wissen. Jedes Wort aus dem Mund des alten Psychoanalytikers schien die Welt um ihn zu verdüstern.

»Sie wollen seinen Namen? Adresse? Wo er arbeitet?«

»Ja.« Ricky richtete die Waffe auf den alten Mann.

Dr. Lewis schüttelte den Kopf. »Genau wie im Märchen, ja? Der Spitzel der Prinzessin belauscht den Troll, wie er ums Feuer tanzt und seinen Namen herausposaunt. Sie tut nicht mal etwas besonders Kluges oder Raffiniertes. Sie hat einfach nur Glück, und so hat sie, als er zu seiner dritten Frage kommt, die Antwort parat, aus reinem Dusel sozusagen, sie behält ihr erstgeborenes Kind, und wenn sie nicht gestorben ist, dann lebt sie noch heute. Sie meinen, bei Ihnen wird es dasselbe sein? Sie haben einmal Glück gehabt, sonst stünden Sie ja nicht hier und fuchtelten einem alten Mann mit einer Waffe vor dem Gesicht herum, und Sie meinen, das gibt Ihnen das Recht, das Spiel zu gewinnen?«

»Nennen Sie mir seinen Namen«, sagte Ricky so kalt und böse, wie er konnte. »Ich will die Namen von allen Dreien.«

»Und wieso glauben Sie, dass Sie sie nicht kennen?«

»Ich habe die Spielchen so satt«, sagte Ricky.

Der alte Analytiker schüttelte den Kopf. »Das macht das Leben aus – ein Spiel nach dem anderen. Und der Tod ist das größte Spiel von allen.«

Die beiden Männer starrten sich über den Raum hinweg an. »Ich frage mich«, sagte Dr. Lewis vorsichtig, indem er für einen Moment aufsah und eine Wanduhr betrachtete, bevor er den Satz zu Ende führte und jedes Wort einzeln betonte, »wieviel Zeit Ihnen noch bleibt.«

»Genug«, erwiderte Ricky.

»Tatsächlich?«, fragte der alte Mann zurück. »Zeit ist ein dehnbarer Begriff, nicht wahr? Wenige Augenblicke können ewig dauern, andere vergehen im Flug. Der Zeitbegriff hängt in Wahrheit davon ab, wie wir die Dinge wahrnehmen und begreifen. Gehört das nicht zu den Dingen, die wir in der Analyse lernen?«

»Ja«, sagte Ricky, »wohl wahr.«

»Und heute Abend haben wir es mit einer Reihe von Fragen zu tun, die die Zeit betreffen, oder? Ich meine, Ricky, da sitzen wir nun hier, allein in diesem Haus. Aber für wie lange noch? Da ich schließlich wusste, das Sie auf dem Weg zu mir waren, meinen Sie nicht, dass ich da gewisse Vorkehrungen getroffen habe? Was meinen Sie, wie lange die brauchen, bis sie hier sind?«

»Lange genug.«

»Also, da wäre ich mir an Ihrer Stelle nicht so sicher.« Der alte Psychoanalytiker lächelte erneut. »Aber vielleicht sollten wir die Sache noch ein bisschen verkomplizieren?«

»Wie das?«

»Wenn ich Ihnen nun sagen würde, dass sich das, was Sie wissen wollen, hier in diesem Raum befindet, könnten Sie es dann rechtzeitig finden? Bevor meine Helfer eintreffen?«

»Wie gesagt, ich habe die Spielchen satt.«

»Es liegt offen vor Ihnen. Und Sie sind der Sache schon näher gekommen, als selbst ich mir hätte träumen lassen. So. Genug Tipps.«

»Ich spiele nicht mit.«

»Also, ich denke, da irren Sie. Ich denke, Sie werden noch ein bisschen weiterspielen müssen, Ricky, da dieses Spiel noch nicht vorbei ist.« Dr. Lewis hielt plötzlich beide Hände hoch und sagte: »Ricky, ich muss etwas aus der obersten Schreibtischschublade holen. Es wird ganz sicher etwas am weiteren Spielverlauf ändern. Etwas, das Sie ganz bestimmt sehen wollen. Darf ich?«

Ricky zielte mit dem Lauf auf Dr. Lewis' Stirn und nickte. »Nur zu.«

Der Doktor lächelte erneut – ein böses, kaltes Lächeln, dem jeder Humor fehlte. Ein Scharfrichtergrinsen. Er zog einen Umschlag heraus und legte ihn vor sich auf den Tisch.

»Was ist das?«

»Vielleicht die Informationen, die Sie bei mir suchen. Namen. Adressen. Ausweise.«

»Geben Sie her.«

Dr. Lewis zuckte die Achseln. »Wie Sie wollen …«, sagte er. Er schob den Briefumschlag über den Tisch, und Ricky schnappte begierig danach. Er war zugeklebt, und Ricky ließ den alten Arzt für einen Moment aus den Augen, während er den Brief untersuchte. Das war ein Fehler, wie er augenblicklich begriff.

Als er aufsah, blickte er in das grinsende Gesicht des alten Mannes und einen kurzläufigen Revolver, Kaliber 38 in seiner rechten Hand.

»Nicht ganz so groß wie Ihre, Ricky, oder?« Der Arzt lachte lauthals. »Aber wahrscheinlich genauso wirksam. Sehen Sie, dass Sie gerade einen Fehler gemacht haben, der keinem der drei Menschen unterlaufen wäre, von denen wir gerade reden? Und ganz gewiss nicht dem Mann, den Sie als Rumpelstilzchen kennen. Der hätte nie die Augen von seiner Zielperson gelassen. Nicht eine Sekunde. Egal, wie gut er den Betreffenden kennt, hätte er nicht für einen Wimpernschlag weggesehen. Das sollte Ihnen vielleicht klar machen, wie gering Ihre Chancen sind.« Die beiden Männer sahen sich, die Waffen aufeinander gerichtet, über den Tisch hinweg an.

Ricky kniff die Augen zusammen und merkte, wie ihm der Schweiß in den Achseln ausbrach.

»Das hier«, flüsterte Dr. Lewis, »ist eine analytische Phantasie, nicht wahr? Wollen wir bei der Übertragung nicht den Psychoanalytiker am liebsten umbringen, so wie wir unsere Mutter oder unseren Vater oder sonst all die Menschen umbringen wollen, die all das symbolisieren, was in unserem Leben schiefgelaufen ist? Und ist nicht der Analytiker seinerseits von einer mörderischen Leidenschaft beseelt, die er ebenso ausleben möchte?«

Ricky antwortete nicht sofort, dann murmelte er: »Das Kind mag ein Versuchskaninchen für das Böse gewesen sein, wie Sie sagen. Aber man hätte ihn umkrempeln können. *Sie* hätten das tun können, haben Sie aber nicht, richtig? Es ist ja so viel faszinierender zu sehen, was passieren wird, wenn Sie ihn in einem emotionalen Vakuum belassen, nicht wahr? Und dabei war es weitaus leichter für Sie, dafür all das Schlechte in der Welt verantwortlich zu machen und Ihre eigene Schlechtigkeit zu übersehen, hab ich recht?«

Dr. Lewis erbleichte ein wenig.

»Sie wussten es, nicht wahr?«, fuhr Ricky fort. »Dass Sie genau so ein Psychopath waren wie er? Sie wollten einen Killer, also fanden Sie einen, der das war, was Sie sein wollten: ein Killer.«

Der alte Mann runzelte die Stirn. »Sie hatten schon immer einen scharfen Verstand, Ricky. Was hätten Sie aus Ihrem Leben machen können, wenn Sie nur ein bisschen mehr Ehrgeiz an den Tag gelegt hätten. Ein bisschen raffinierter gewesen wären.«

»Nehmen Sie die Waffe runter, Sie werden mich nicht erschießen«, sagte Ricky.

Dr. Lewis zielte weiter auf Rickys Gesicht, nickte aber. »Muss ich auch gar nicht, oder?«, sagte er. »Der Mann, der Sie einmal getötet hat, der wird es auch ein zweites Mal tun. Und diesmal wird er sich nicht mit einem Nachruf in der Zeitung abspeisen lassen. Ich denke, er wird Ihren Tod direkt vor Augen haben wollen. Meinen Sie nicht auch?«

»Da habe ich auch noch ein Wörtchen mitzureden. Und vielleicht werde ich, sobald ich erst einmal diese großartigen Hinweise gefunden habe, die, wie Sie sagen, hier irgendwo sind, einfach wieder verschwinden. Es ist mir einmal gelungen, mich in Luft aufzulösen, und ich bin zuversichtlich, dass ich es auch ein zweites Mal kann. Vielleicht wird Rumpelstilzchen sich einfach mit dem zufrieden geben müssen, was er in der ersten Runde geschafft hat. Dr. Starks ist mausetot. Da war er klar in Führung. Aber ich werde mich immer wieder in jemand Neues verwandeln. Ich kann gewinnen, indem ich davonrenne. Ich kann gewinnen, indem ich mich verstecke. Indem ich anonym am Leben bleibe. Ist das nicht seltsam, Dr. Lewis? Wir, die wir alles darangesetzt haben, uns und unsere Patienten mit den Plagegeistern zu konfrontieren, die sie verfolgen und quälen, können uns selbst retten, indem wir fliehen. Wir haben Patienten geholfen, etwas zu werden, aber ich gewinne nichts, wenn ich was werde. Welche Ironie, meinen Sie nicht?«

Dr. Lewis nickte. »Ich habe diese Antwort erwartet«, sagte er langsam. »Ich dachte mir, dass Sie die Antwort sehen würden, die Sie mir gerade gegeben haben.«

»Dann noch mal«, sagte Ricky, »nehmen Sie die Waffe runter, und ich verabschiede mich. Vorausgesetzt, die Informationen befinden sich in diesem Umschlag.«

»Gewissermaßen ja«, sagte der alte Mann. Er flüsterte mit einem hässlichen Lächeln. »Allerdings habe ich noch ein, zwei letzte Fragen für Sie, Ricky ... falls Sie nichts dagegen haben.«

Ricky nickte.

»Ich habe Ihnen von der Vergangenheit des Mannes erzählt. Und Ihnen weit mehr verraten, als Sie bis jetzt begreifen. Und was habe ich Ihnen über seine Beziehung zu mir erzählt?«

»Sie haben von einer Art eigentümlicher Loyalität und Liebe gesprochen.«

»Die Liebe eines Killers zu einem anderen. Ziemlich spannend, meinen Sie nicht?«

»Faszinierend«, sagte Ricky kurz angebunden. »Und wenn ich noch Psychoanalytiker wäre, würde ich es vermutlich überaus lohnend finden, mich in das Phänomen hineinzuknien. Bin ich aber nicht mehr.«

»Verstehe, aber ich glaube, Sie irren.« Dr. Lewis zuckte die Achseln. »Ich denke, man kann nicht gar so leicht aufhören, ein Arzt für das menschliche Herz zu sein, wie Sie offenbar denken.« Der alte Mann schüttelte den Kopf. Er hielt den Revolver immer noch fest in der Hand und zielte auf Rickys Gesicht. »Ich denke, unsere Zeit ist um, Ricky. Eine letzte Sitzung. Die Fünfzig-Minuten-Stunde. Vielleicht ist Ihre eigene Analyse jetzt beinahe abgeschlossen. Die eigentliche Frage allerdings, die ich Ihnen mit auf den Weg geben möchte, Ricky, ist die: Wenn er so fest entschlossen war, Ihren Selbstmord zu erzwingen, nachdem Sie seine Mutter im Stich gelassen haben, was wird er erst machen, wenn er glaubt, Sie hätten mich getötet?«

»Wie meinen Sie das?«, fragte Ricky.

Doch der alte Arzt antwortete nicht. Stattdessen hob er in einer einzigen zügigen Bewegung den Revolver an die Schläfe und feuerte mit einem irren Grinsen ab.

32

RICKY SCHRIE UND KREISCHTE schockiert und fassungslos.

Seine Stimme mischte sich in den Nachhall des Schusses. Er flog so heftig in seinem Sessel zurück, als sei die Kugel, die dem alten Arzt den Schädel zertrümmert hatte, abgefälscht worden und hätte ihn in die Brust getroffen. Als der Knall verstummt war und wieder nächtliche Stille herrschte, war Ricky aufgesprungen und starrte von der Tischkante aus auf den Mann hinunter, dem einmal sein volles Vertrauen gegolten hatte. Dr. Lewis war von der tödlichen Wucht des Todes, die ihn in die Schläfe getroffen hatte, leicht verdreht zurückgeworfen worden. Seine Augen waren noch geöffnet und starrten jetzt mit makabrer Intensität geradeaus. Ein scharlachroter Sprühnebel aus Blut und Gehirnmasse hatte das Bücherregal gefärbt, aus der klaffenden Wunde sickerte rotbraunes Blut über das Gesicht und Kinn des Arztes und tränkte sein Hemd. Der Revolver, aus dem der Schuss abgefeuert worden war, glitt ihm aus den Fingern und fiel zu Boden, wo ein feiner Perserteppich den Aufprall dämpfte. Ricky schnappte laut nach Luft, als sich die Muskeln des alten Mannes ein letztes Mal zusammenkrampften und ein Zucken durch seinen Körper ging.

Er japste nach Luft. Es war, wurde ihm bewusst, nicht der erste Tote, den er sah. Als Assistenzarzt in der Inneren sowie der Notaufnahme war mehr als ein Patient vor seinen Augen gestorben. Doch das geschah immer inmitten von Apparaturen und einer Heerschar von Menschen, die Leben zu retten und den Tod abzuwenden versuchten. Selbst als seine Frau am Ende dem Krebs erlag, geschah das, so schrecklich es war, in einem Prozess, den er einordnen konnte.

Das hier war vollkommen anders. Es war brutal. Es war Mord, und zwar der besonderen Art. Er merkte, wie ihm die eigenen Hände bebten, als litte er an der Schüttellähmung eines alten Mannes. Energisch kämpfte er gegen den überwältigenden Instinkt an, in Panik davonzulaufen.

Ricky versuchte, seine Gedanken zu ordnen. Es war still im Zimmer, und er hörte sein eigenes Keuchen, als hätte er gerade die Spitze eines Berges erklommen und holte in der Kälte tief Luft, ohne dass es viel half. Er hatte das Gefühl, als hätte sich jede Sehne in seinem Körper zusammengezogen und verkrampft und als könne allein die Flucht die Anspannung lösen. Er packte die Schreibtischkante und versuchte, sich auf den Beinen zu halten.

»Was hast du mir angetan, alter Mann?«, fragte er laut. Seine Stimme schien so fehl am Platze wie ein Lachen im Gottesdienst.

Dann dämmerte ihm die Antwort auf seine eigene Frage: Er hat versucht, mich zu töten. Eine Kugel für zwei, weil es drei Menschen auf dieser Erde gibt, für die der Tod des alten Mannes ein schwerer Schlag sein wird und die keine Hemmungen kennen. Sie werden mich dafür verantwortlich machen, wie offensichtlich es auch Selbstmord ist.

Nur dass das Ganze noch komplizierter war. Dr. Lewis gab sich nicht damit zufrieden, ihn zu ermorden. Er hatte die Waffe auf Rickys Gesicht gerichtet und hätte mit Leichtigkeit abdrücken können, auch wenn er wusste, dass Ricky vielleicht noch Zeit haben würde, zurückzufeuern. In Wahrheit wollte der alte Mann dem mörderischen Spiel eine moralische Verwerflichkeit verleihen, die seiner eigenen gleichkam. Das war ihm viel wichtiger, als Ricky und sich selbst auszulöschen. Ricky versuchte, unter dem Ansturm der Gedanken durchzuatmen. Die ganze Zeit schon war er das Gefühl nicht losgeworden, das alles drehe sich nicht allein um den Tod. Es ging um den Prozess. Es ging darum, wie man an die Schwelle des Todes kam.

Ein Spiel, das sich nur ein Psychoanalytiker ausdenken konnte.

Wieder sog er heftig die dünne Luft im Arbeitszimmer ein. Rumpelstilzchen mochte das ausführende Organ und auch der Anstifter des Rachefeldzugs sein, ging es Ricky durch den Kopf. Doch die Idee zu dem Ganzen kam von dem Toten, der vor ihm saß. Daran gab es nicht den geringsten Zweifel.

Woraus zu schließen war, dass er, wenn er von Wissen sprach, vermutlich die Wahrheit sagte, oder zumindest eine pervertierte, verdrehte Version davon.

Ricky brauchte ein, zwei Sekunden, bis er merkte, dass er immer noch den Umschlag in der Hand hatte, den ihm sein einstiger Lehrer gegeben hatte. Er hatte Mühe, sich vom Anblick des Toten loszureißen. Es war, als ginge von diesem Selbstmord eine hypnotische Wirkung aus. Doch am Ende gelang es ihm. Er riss die Lasche auf und zog ein einzelnes Blatt Papier aus dem Umschlag. Hastig las er die Zeilen:

Ricky: Der Sold der Sünde ist der Tod. Denken Sie an diesen letzten Moment als den Preis, den ich für all das zahle, was ich falsch gemacht habe. Die Informationen, die Sie suchen, haben Sie vor Augen, aber können Sie sie auch finden? Sind wir nicht dauernd damit beschäftigt? Sind wir nicht dauernd dem Geheimnis auf der Spur, das in Wahrheit so offen liegt? Auf der Suche nach Hinweisen, auf die wir geradezu mit der Nase gestoßen werden?
Ich weiß nicht, ob Sie genug Zeit haben und schlau genug sind, um zu sehen, was Sie sehen müssen. Ich möchte es bezweifeln. Ich halte es für weitaus wahrscheinlicher, dass Sie heute Nacht sterben, und zwar auf mehr oder weniger die gleiche Weise wie ich. Nur dass Ihr Tod wohl um einiges schmerzhafter sein wird, da Sie viel weniger Schuld trifft als mich.

Der Brief war nicht unterschrieben.

Mit jedem Atemzug sog Ricky ein neues, nie gekanntes Ausmaß von Panik ein.

Er blickte auf und sah sich langsam im Arbeitszimmer um. Bei jeder Sekunde, die verging, tickte eine Uhr an der Wand, und das Geräusch drang Ricky in diesem Moment ins Bewusstsein. Er versuchte, seine Hausaufgaben zu machen: Wann hatte der alte Mann wohl Merlin und Virgil und vielleicht auch Rumpelstilzchen angerufen und ihnen gesagt, dass Ricky auf dem Weg zu ihm sei? Von New York aus waren es zwei Stunden hier heraus. Vielleicht auch etwas weniger. Blieben ihm noch Sekunden? Minuten? Eine Viertelstunde? Er wusste, dass er von dem Tod, der vor ihm auf diesem Sessel saß, so weit wie möglich wegkommen musste, und sei es auch nur, um sich zu sammeln und Klarheit darüber zu verschaffen, welche Optionen ihm blieben, wenn überhaupt. Es war, als spielte er gegen einen Großmeister Schach und setzte seine Figuren aufs Geratewohl, während er die ganze Zeit wusste, dass sein Gegner stets zwei, drei, vier oder mehr Züge voraussehen kann.

Er hatte eine trockene Kehle und einen heißen Kopf.

Direkt vor meiner Nase, dachte er.

Er schlich sich vorsichtig um den Tisch, sehr darauf bedacht, nicht versehentlich die Leiche des Psychoanalytikers zu berühren, streckte die Hand nach der obersten Schublade aus und hielt inne. Was lasse ich hier zurück?, dachte er. Haare? Fingerabdrücke? DNS? Habe ich überhaupt ein Verbrechen begangen?

Dann kam ihm der Gedanke: Es gibt zwei Arten von Verbrechen. Die erste ruft die Polizei und die Staatsanwälte auf den Plan und schreit danach, dass der Staat Gerechtigkeit walten lässt. Die zweite trifft die Herzen der Menschen. Manchmal überlappen sich die beiden Arten auch. Doch so viel von dem, was geschehen war, fiel in die zweite Kategorie, und seine größte Sorge galt der Gruppe aus Richter, Geschworenen und Vollstrecker, die auf dem Weg zu ihm war.

Er konnte sich um diese Fragen nicht drücken. Er tröstete sich damit, dass der Mann, der in diesem Raum seine Fingerabdrücke und sonstigen Spuren hinterließ, ebenfalls tot war und ihm dieser Umstand einigen Schutz gewährte, und wenn auch nur vor der Polizei, die aller Wahrscheinlichkeit nach irgendwann in der Nacht vor Ort sein würde. Er griff nach der Schublade und zog sie auf.

Sie war leer.

Eine nach der anderen öffnete er die übrigen, doch auch sie waren ausgeräumt. Dr. Lewis hatte sich offensichtlich die Zeit genommen, alles, was sich dort angesammelt hatte, zu entfernen. Ricky strich mit den Fingern unter der Schreibtischplatte entlang, für den Fall, dass sich dort etwas verbarg. Er beugte sich darunter, fand jedoch nichts. Dann richtete er sein Augenmerk auf den Toten selbst. Er holte tief Luft und tastete in die Taschen des Mannes. Auch sie waren leer. Nichts, was der Selbstmörder an sich trug. Im Schreibtisch ebenso wenig. Es war, als hätte sich der alte Analytiker die größte Mühe gegeben, in seiner Welt sauber zu machen. Ein Mann ihres Berufsstands, dachte er, wusste besser als irgendjemand sonst, welche Dinge über den Menschen Aufschluss geben. Im Umkehrschluss wusste er natürlich auch besser als die meisten, wie man sich als unbeschriebenes Blatt präsentiert und all die Dinge ausmerzt, die etwas über die Persönlichkeit verraten. Wieder ließ Ricky den Blick durchs Arbeitszimmer schweifen. Er überlegte, ob es vielleicht einen Safe gab. Er entdeckte die Uhr und kam auf einen Gedanken. Dr. Lewis hatte von Zeit gesprochen. Vielleicht, dachte Ricky, war ja das der Schlüssel zum Versteck. Er sprang zur Wand und sah hinter die Uhr.

Nichts.

Er hätte vor Zorn schreien können. Es muss hier sein, insistierte er.

Ricky holte noch einmal tief Luft. Vielleicht ja auch nicht, und der alte Mann wollte nur, dass ich noch hier bin, wenn seine mordlustigen Adoptivkinder hier eintreffen. War das sein Spiel? Vielleicht wollte er, dass es hier und heute Nacht zu Ende ging. Ricky schnappte sich seine eigene Waffe und wirbelte wieder zur Tür herum.

Dann schüttelte er den Kopf. Nein, das wäre eine zu simple Lüge, und Dr. Lewis' Lügen waren bei weitem komplexer. Hier muss etwas zu finden sein.

Ricky wandte sich zum Bücherschrank. Reihenweise medizinische und psychiatrische Abhandlungen, gesammelte Schriften von Freud und Jung, ein paar moderne Studien und klinische Versuchsreihen in gebundener Form. Bücher über Depression. Bücher über Angst. Bücher über Träume, Dutzende Bücher, die nur einen Bruchteil des gesammelten Wissens über die Emotionen des Menschen ausmachten. Einschließlich des Buchs, in dem Rickys Kugel steckte. Er betrachtete den Titel auf dem Rücken: *Enzyklopädie der Psychologie des Abnormen.* Nur dass das *ormen* des letzten Wortes von seiner Kugel zerfetzt worden war.

Er blieb wie gelähmt stehen und starrte geradeaus. Wozu brauchte ein Psychoanalytiker eine Abhandlung über die Psychologie des Abnormen? Ihr Beruf hatte fast ausschließlich mit mehr oder weniger verdrängten Emotionen zu tun. Nicht mit den wirklich dunklen Verstrickungen des Menschen. Von all den Büchern im Regal war dies das einzige, das irgendwie aus dem Rahmen fiel, was allerdings nur ein Mann vom Fach erkennen konnte.

Der Arzt hatte gelacht. Er hatte sich umgedreht, hatte gesehen, wo die Kugel eingeschlagen war, gelacht und gesagt, näher an der Wahrheit als an seinem Kopf.

Ricky sprang ans Bücherregal und griff sich den Text aus dem Fach. Es war ein dicker, schwerer Wälzer, in Schwarz gebunden, mit markanten Goldlettern auf dem Deckel. Er schlug die Seite mit dem Titel auf.

In dicker roter Tinte war mit einem Flair-Füllfederhalter quer über die Seite geschrieben: *Gute Wahl, Ricky. Und können Sie jetzt auch noch die richtigen Stichworte finden?*

Er sah auf und hörte das Ticken der Uhr. Er glaubte nicht, dass ihm die Zeit blieb, die Frage hier und jetzt zu beantworten.

Er trat von dem Regal zurück, um loszurennen, blieb aber noch einmal stehen. Er wandte sich noch einmal um, nahm ein anderes Buch aus einem anderen Fach und stellte es in die Lücke, so dass nicht zu erkennen war, dass dort etwas fehlte. Ricky sah sich noch einmal rasch im Zimmer um, entdeckte aber nichts, was ihm ins Auge sprang. Er warf einen letzten Blick auf die Leiche des alten Kollegen, die seit dem Eintritt des Todes grauer geworden schien. Ihm kam der Gedanke, dass er eigentlich etwas sagen oder empfinden sollte, wusste jedoch nicht mehr, was, und so rannte Ricky los.

Die onyxfarbene Nacht hüllte ihn ein, als er sich aus Dr. Lewis' Landsitz schlich. Mit wenigen großen Schritten hatte er die Tür erreicht und war aus dem matten Licht, das durchs Fenster des Arbeitszimmers drang, in die schwarze Sommernacht getaucht. Im Schatten der Dunkelheit konnte Ricky einen letzten Blick über die Schulter werfen. Die lieblichen Laute der ländlichen Umgebung boten das vertraute nächtliche Konzert, und kein Missklang ließ erkennen, dass ein gewaltsamer Tod Teil dieser Landschaft war. Eine Sekunde blieb er stehen und versuchte, sich vor Augen zu führen, wie er im Verlauf des letzten Jahres Stück für Stück ausradiert worden war. Identität ist eine Patchworkdecke, ein Flickwerk aus Erfahrungen, doch ihm schien von dem, wofür er sich einmal gehalten hatte, nur wenig geblieben. Was ihm blieb, war seine Kindheit. Sein Leben als Erwachsener war zerfetzt. Doch beide Abschnitte seines Lebens waren wie amputiert, und er wusste nicht, wie er wieder daran anknüpfen sollte. Bei der Erkenntnis wurde ihm flau und schwindelig.

Er drehte sich wieder um und setzte seine Flucht fort.

In gemächlichem Trab lief Ricky in Richtung seines Wagens und lauschte, wie sich das Geräusch seiner Schritte mit den anderen Lauten der Nacht vermengte. In einer Hand hielt er die Enzyklopädie der Psychologie des Abnormen, in der anderen seine Waffe. Er hatte die halbe Strecke zurückgelegt, als er das unverkennbare Brummen eines Fahrzeugs hörte, das sich mit hoher Geschwindigkeit auf einer Landstraße näherte. Er blickte auf und sah, wie der Scheinwerferkegel in der Ferne um eine Ecke schwenkte, und hörte den tiefen, kehligen Laut eines starken Motors beim Beschleunigen.

Er fackelte nicht lang. Er wusste genau, wer so eilig in diese Richtung kam. Ricky warf sich zu Boden und robbte hinter eine Baumgruppe, wo er sich dicht an die Erde duckte, jedoch den Kopf so weit hob, dass er in diesem Moment einen großen schwarzen Mercedes vorbeirasen sah. An der nächsten Ecke quietschten die Reifen.

Noch im Aufstehen sprintete er los. Dies war eine echte Flucht, und er rannte mit schmerzenden Muskeln und vor Erschöpfung rotglühender Lunge so schnell er konnte durch die Nacht. Wegzukommen war das Einzige, was zählte. Er horchte angestrengt nach hinten, auf das bedrohliche Geräusch eines großen Wagens, und stürzte weiter davon. Er musste weg. Sie würden nicht lange im Haus bleiben, sagte er sich und zwang seine Füße voran. Wenige Augenblicke, um den Tod im Arbeitszimmer zu ermessen und festzustellen, ob Ricky noch im Hause war. Oder in der Nähe. Sie werden wissen, dass zwischen dem Selbstmord und ihrem Eintreffen nur ein paar Augenblicke liegen, und sie werden die Lücke schließen wollen.

In wenigen Minuten hatte er seinen Leihwagen erreicht. Er kramte nach den Schlüsseln, ließ sie einmal fallen, hob sie wieder auf und schnappte vor Anspannung nach Luft. Er stürzte hinters

Lenkrad und warf den Motor an. Jeder Instinkt in ihm schrie danach, Gas zu geben und zu verschwinden. Das Weite zu suchen. Doch er unterdrückte den Drang und setzte alles daran, nicht die Nerven zu verlieren.

Er zwang sich, nachzudenken. Mit diesem Auto kann ich ihnen nicht entkommen. Es gibt zwei Routen zurück nach New York, die Autobahn am Westufer des Hudson und den Taconic Parkway im Osten. Ihre Chancen stehen fünfzig zu fünfzig, richtig zu raten und mich im Wagen zu erkennen. Das Kennzeichen aus New Hampshire würde ihnen sofort verraten, wer am Steuer sitzt. Sie haben sich in der Agentur in Durham vielleicht eine Beschreibung des Fahrzeugs und die Nummer geben lassen. Höchstwahrscheinlich sogar.

Was er in dem Moment begriff, war, dass er etwas Unerwartetes tun musste. Etwas, das dem, womit die Drei im Wagen rechneten, widersprach.

Er merkte, wie seine Hände zitterten, während er überlegte. Er fragte sich, ob es ihm jetzt, wo er bereits einmal gestorben war, leichter fallen würde, sein Leben aufs Spiel zu setzen.

Er legte den Gang ein und fuhr langsam in Richtung des Hauses von Dr. Lewis zurück. Dabei machte er sich auf dem Sitz so klein, wie er konnte, ohne dass es aufgefallen wäre. Er zwang sich, die Geschwindigkeitsbegrenzung einzuhalten, während er die alte Landstraße Richtung Norden fuhr, obwohl die relative Sicherheit der City im Süden lag.

Er näherte sich gerade der Einfahrt des Hauses, als er die Scheinwerfer des Mercedes auf die Straße schwenken sah. Er hörte, wie die großen Reifen auf dem Kiesweg knirschten. Er fuhr ein wenig langsamer, um nicht im direkten Lichtkegel des großen Wagens vorbeizufahren, sondern ihnen Zeit zu geben, auf die Straße und in seine Richtung einzuschwenken und dann aufs Gas zu drücken. Er hatte das Fernlicht an und blendete, als sie näher kamen, vorschriftsmäßig ab, so wie es jeder Autofahrer tut. Doch angesichts ihres forschen Tempos war es ebenso normal, dass er kurz mit Lichthupe protestierte. Infolgedessen fuhren beide Autos mit Fernlicht dicht aneinander vorbei. So wie Ricky selbst für einen Moment geblendet war, so waren es natürlich auch sie. Im Vorbeifahren trat er aufs Gas und fuhr so schnell wie möglich um die Ecke. Zu schnell, hoffte er, als dass jemand in dem Mercedes sich hätte umdrehen und das rückwärtige Nummernschild lesen können.

Er bog in die erstbeste Nebenstraße rechts ab und schaltete die Scheinwerfer aus. Im Dunkeln kehrte er um und fuhr im schwachen Licht des Mondes dieselbe Straße zurück. Er mahnte sich, nicht auf die Bremse zu treten, damit nicht die Bremslichter leuchteten. Dann wartete er, ob ihm jemand folgte.

Die Straße war nach wie vor leer. Er zwang sich, fünf, dann zehn Minuten zu warten. Lange genug für die Leute im Mercedes, sich für eine der beiden Routen zu entscheiden und den großen Wagen auf hundert Stundenmeilen hochzujagen, um ihn einzuholen.

Ricky legte den Gang wieder ein und fuhr auf kleinen und mittleren Nebenstraßen ziellos weiter nach Norden. Nach fast einer Stunde wendete er erneut und wagte sich endlich Richtung New York. Es war bereits spätnachts, und es herrschte kaum Verkehr. Ricky fuhr gemächlich vor sich hin und dachte darüber nach, wie eng seine Welt geworden war und wie dunkel, und wie er wieder mehr Licht hereinlassen konnte.

Erst in den frühen Morgenstunden erreichte er die Stadt. New York steht um diese Zeit unter dem Zeichen des Wechsels: von den schillernden Nachtlichtern, den schönen wie den schäbigen Gestalten, die auf der Suche nach Abenteuer noch durch die Straßen geistern, zu den ersten Werktagsmassen. Wenn der Fischmarkt und die Viehtransporte den anbrechenden Tag an sich reißen. Der gleitende Übergang, der sich da auf dem glitschig feuchten, neonglänzenden Pflaster vollzieht, ist irritierend. Eine gefährliche Zeit. Eine Zeit, in der Hemmungen und Skrupel schwinden und das Riskante lockt.

Er war in sein Hotelzimmer zurückgekehrt und widerstand der Versuchung, sich aufs Bett zu werfen und in tiefen Schlaf zu sinken. Er klammerte sich daran, dass das Buch über die Psychologie des Abnormen ihm Antworten liefern würde, er musste sie einfach nur lesen. Fragte sich nur, wo?

Die Enzyklopädie enthielt siebenhundertneunundsiebzig Seiten Text. Sie war alphabetisch geordnet. Er blätterte die Seiten durch, konnte jedoch zunächst nichts von Bedeutung finden. Doch er wusste – wie ein Mönch, der in der Zelle eines altehrwürdigen

Klosters über einem dicken Wälzer brütet – dass das, was er wissen musste, irgendwo auf diesen Seiten auf ihn wartete.

Ricky lehnte sich in seinem Stuhl zurück, griff sich den erstbesten Bleistift und klopfte sich damit gegen die Zähne. Ich bin hier richtig, dachte er, doch wenn er nicht jede Seite einzeln untersuchen wollte, konnte er nicht recht sagen, wie er vorgehen sollte. Er schärfte sich ein, dass er sich die Methoden des Mannes zu eigen machen musste, der in dieser Nacht gestorben war. Ein Spiel. Eine Herausforderung. Ein Puzzle. Hier drin sind sie zu finden, dachte Ricky. In einem Text über abnorme Psychologie.

Was hat er mir gesagt? Virgil ist Schauspielerin. Merlin ist Anwalt. Rumpelstilzchen ist Berufskiller geworden. Drei Berufe wirken zusammen. Als er unschlüssig ein paar Seiten umblätterte und überlegte, wie er das Problem am besten löste, stieß er auf die paar Blätter, die dem Buchstaben V gewidmet waren. Fast durch Zufall entdeckte er ein Zeichen auf der ersten dieser Seiten, der fünfhundertneunundfünfzig. In der oberen Ecke stand in derselben Tinte, die Dr. Lewis auch für seinen Gruß auf dem Titelblatt verwendet hatte, ein Bruch mit einer Eins und einer Drei. Ein Drittel.

Mehr nicht.

Ricky blätterte zu M zurück. Hier fand er an einer ähnlichen Stelle ein weiteres Zahlenpaar, jedoch anders geschrieben, nämlich ein Viertel in Ziffern, mit einem Schrägstrich dazwischen – 1/4. Auf der Eingangsseite zum Buchstaben R wartete eine dritte Anmerkung, nämlich zwei Fünftel – zwei, Schrägstrich, fünf.

Ricky hegte keinen Zweifel, dass es sich hier um Hinweise handelte. Jetzt musste er nur noch jeweils das Schloss zum Schlüssel finden.

Ricky lehnte sich ein wenig auf seinem Sitz nach vorn und wippte vor und zurück, wie um seinen angespannten Magen zu beruhigen. Das geschah ganz unbewusst, während er sich auf das Problem vor seinen Augen konzentrierte. Er sah sich einer derart vertrackten, derart komplexen Persönlichkeitsstruktur gegenüber, wie sie ihm in all den Jahren als Analytiker noch nicht untergekommen war. Der Mann, der ihn behandelt hatte, um ihn durch seine eigenen Persönlichkeitsstrukturen zu geleiten, der ihn in seinen Beruf eingeführt und jetzt die Mittel für seinen Tod bereitgestellt hatte, dieser Mann hatte eine letzte Botschaft übermittelt. Ricky fühlte sich wie ein chinesischer Mathematiker von einst an einem Abakus, dessen schwarze Steine mit einem klickenden Geräusch von einer Seite zur anderen geschoben und schließlich überflüssig werden, sobald die Gleichung wächst.

Er fragte sich: Was ist Fakt?

In seiner Vorstellung formierte sich ein Bild: als erstes das von Virgil. Dr. Lewis sagte, sie sei Schauspielerin, was Sinn ergab, da sie ihm immer etwas vorgespielt hatte. Das Kind aus ärmlichen Verhältnissen, das jüngste von dreien, das in solch schwindelerregendem Tempo von ganz unten nach ziemlich weit oben aufgestiegen war. Wie musste sich das wohl auf sie ausgewirkt haben? In ihrem Unterbewusstsein schwelten zweifellos Fragen der Identität – die Frage, wer sie wirklich war. Daher die Wahl eines Berufs, der ihr abverlangte, sich immer wieder neu zu definieren. Ein Chamäleon, bei dem die Rollen über die Wahrheit siegten. Ricky nickte. Eine gewisse aggressive Neigung dazu und eine Gereiztheit, die von Bitterkeit zeugte. Er dachte an sämtliche Faktoren, die sie zu dem gemacht hatten, was sie war, und wie begierig sie die Hauptrolle in dem Drama übernommen hatte, das ihn in den Tod gerissen hatte.

Ricky wechselte die Stellung. Mach einen Vorschlag, sagte er sich. Einen fachmännischen Vorschlag.

Narzisstische Persönlichkeitsstörung.

Er schlug die Enzyklopädie unter dem Buchstaben N auf und dort unter dieser speziellen Diagnose.

Sein Puls beschleunigte sich. Er sah, dass Dr. Lewis mehrere Buchstaben jeweils mitten in einem Wort mit gelbem Textmarker angestrichen hatte. Ricky schnappte sich ein Blatt Papier und schrieb sich die Buchstaben auf. Dann sackte er an die Rückenlehne und starrte auf das Kauderwelsch. Es ergab keinen Sinn. Er starrte wieder auf den Eintrag in der Enzyklopädie und erinnerte sich an den Schlüssel: eins Strich drei. Diesmal ging er jeweils drei Buchstaben weiter und schrieb sie auf. Wieder ergebnislos.

Er überlegte noch einmal. Jetzt nahm er sich die Buchstaben drei Wörter weiter vor. Doch bevor er sie aufschrieb, kam er auf die Idee, eins durch drei, und so wanderte er stattdessen drei Zeilen weiter hinunter.

Dort ergaben die ersten drei Stellen ein Wort: DIE.

Nach demselben Schema verfuhr er weiter und gelangte zum nächsten Wort: JONES.

Blieben noch sechs. Nach demselben Muster übertragen lauteten sie AGENTUR.

Ricky stand auf und ging zum Nachttisch neben dem Bett, wo sich unter dem Telefon ein Telefonbuch von New York befand.

Er sah unter der Sektion Schauspieler nach und fand in einer Reihe Einträge eine kleine Werbeanzeige mit Telefonnummer der »Agentur Jones – Theater- und Talente-Agentur für die aufsteigenden Stars von morgen …« Eins zu null für ihn.

Und nun Anwalt Merlin.

Er führte sich den Mann vor Augen: sorgfältig gekämmtes Haar; Anzüge, die ihm auf den Leib geschneidert schienen und nicht ein Fältchen warfen. Selbst seine Freizeitkleidung war steif gewesen. Ricky dachte an die Hände des Mannes. Die Fingernägel waren manikürt. Ein mittleres Kind, das alles in bester Ordnung haben wollte und das Durcheinander, das all die Störfaktoren in einer frühen Kindheit mit sich brachten, nicht ertragen konnte. Diese Vergangenheit musste ihm zuwider, die Sicherheit, die ihm sein Adoptivvater bot, dagegen ein heiliges Gut gewesen sein, auch wenn ihn der alte Analytiker systematisch verbogen hatte. Er war der Organisator, der Macher, der Mann, der mit Drohungen und Geld hantierte und mühelos über Rickys Leben hergefallen war.

Die Diagnose bereitete ebenfalls keine Mühe: Zwangsneurose.

Hastig schlug er das entsprechende Stichwort auf und stieß auf dieselben markierten Buchstaben. Mithilfe des Schlüssels hatte er rasch ein Wort ermittelt, das ihn verblüffte: ARNESON. Es war nicht direkt ein Buchstabensalat, doch anfangen konnte er damit nichts.

Er dachte nach. Das schien keinen Sinn zu ergeben. Unverdrossen machte er weiter und stellte fest, dass als Nächstes der Buchstabe G an der Reihe war.

Ricky überprüfte noch einmal den Schlüssel, runzelte die Stirn und hatte plötzlich begriffen, was er da an die Hand bekam. Die übrigen Buchstaben ergaben das Wort: FORTIER. Arneson gegen Fortier. Ein Rechtsstreit also.

Er wusste noch nicht, vor welchem Gericht der Fall verhandelt wurde, doch ein kurzer Ausflug zu einem Angestellten mit einem Computer und Zugang zu den aktuellen Terminen würde ihn wohl zutage fördern.

Ricky wandte sich wieder der Enzyklopädie zu und konzentrierte sich auf den Mann im Zentrum des ganzen Dramas: Rumpelstilzchen. Er ging zu dem Abschnitt unter P, der Psychopathen abhandelte. Eine Unterspalte davon war GEMEINGEFÄHRLICH betitelt.

Und dort stieß er erwartungsgemäß auf die markierten Stellen.

Mithilfe des vertrauten Schlüssels dechiffrierte Ricky die Buchstaben schnell und schrieb sie auf ein Blatt Papier. Als er fertig war, setzte er sich aufrecht hin und stieß einen tiefen Seufzer aus. Dann zerknüllte er das Blatt in seiner Hand und warf es wütend Richtung Papierkorb.

Er ließ eine Reihe Schimpfwörter vom Stapel, obschon er, wenn er ehrlich war, zugeben musste, dass er fast mit diesem Ergebnis gerechnet hatte.

Die Botschaft, die er entschlüsselt hatte, lautete: DEN NICHT.

Ricky hatte nicht viel Schlaf bekommen, doch das Adrenalin gab ihm Energie. Er duschte, rasierte sich und zog sich an, mit Jackett und Krawatte. Ein Mittagsausflug zum Büro eines Angestellten in der Gerichtsverwaltung und ein bisschen Schmeichelei gegenüber einer der ungeduldigen Assistentinnen hinter der Theke hatten ihm einige Informationen über Arneson gegen Fortier verschafft. Es war ein zivilrechtlicher Streit vor einer höheren Instanz, und für den nächsten Morgen war eine Anhörung im Vorfeld der Verhandlung anberaumt. So weit er es verstand, ging es um ein Immobiliengeschäft, das schief gegangen war. Zwischen zwei betuchten Bauunternehmern aus Midtown-Manhattan gab es diverse Forderungen und Gegenforderungen und offenbar beträchtliche Summen, die in den Sand gesetzt worden waren. Die Art Verfahren, nahm Ricky an, bei dem alle Beteiligten wütend und wohlhabend und wenig kompromissbereit waren, so dass am Ende jeder verlieren würde außer den Anwälten der Kontrahenten, denen ein dicker Scheck sicher war. Das Ganze war so ganz und gar alltäglich und gewöhnlich, dass Ricky fast Verachtung empfand. Doch mit einer gehörigen Portion Gehässigkeit dachte er daran, dass er inmitten all des Imponiergehabes, dem Schlagabtausch der Argumente und Drohungen, den sich diese Handvoll Anwälte morgen lieferten, Merlin finden würde.

Dem Gerichtsterminplan waren die Namen sämtlicher Beteiligten zu entnehmen. Keiner sprang ihm ins Auge, und doch war einer davon der Mann, den er suchte.

Obwohl die Anhörung erst für den folgenden Morgen anberaumt war, ging Ricky bereits an diesem Nachmittag zum Gericht. Ein Weilchen stand er vor dem riesigen Gebäude und sah die weitläufige Treppe, die zu dem Säulenvorbau führte. Er nahm an, dass es den Architekten vor Dutzenden von Jahren darum gegangen war, Justitia Erhabenheit und Größe zu verleihen, doch nach allem, was er durchgemacht hatte, war Rickys Bild von der Justiz derart geschrumpft, dass sie in einen Pappkarton passte.

Er ging hinein, lief durch die Flure, die zu den Gerichtssälen führten, und reihte sich in das ständige Kommen und Gehen der Menschen ein, während er sich die Fahrstühle und die Treppenhäuser der Notausgänge merkte. Ihm kam der Gedanke, dass er einfach den für Arneson gegen Fortier zuständigen Richter in Erfahrung bringen und seiner Sekretärin Merlin beschreiben musste, um zu erfahren, wer er war. Doch eine solch plumpe Vorgehens weise würde wohl allzu schnell Verdacht erregen. Jemand erinnerte sich vielleicht später daran, nachdem er erreicht hatte, was er erreichen wollte.

Ricky – der die ganze Zeit wie Frederick Lazarus argumentierte – wollte, dass das, was er vorhatte, vollkommen anonym verlief.

Er sah etwas, das ihm helfen konnte: Die Menschen, die durch das Gerichtsgebäude wanderten, ließen sich klar in verschiedene Kategorien aufteilen. Die Anzüge mit Weste gehörten eindeutig den Anwälten, die hier praktizierten. Dann kamen die weniger betuchten, doch immer noch präsentablen Leute. Hierzu zählte Ricky die Polizisten, Geschworenen, Kläger und Angeklagten sowie das Gerichtspersonal. All diejenigen, die mehr oder weniger Grund hatten, hier zu sein, und wussten, welche Rolle sie im Getriebe spielten. Und dann gab es eine dritte Gruppe, die Ricky faszinierte:

die Schaulustigen. Seine Frau hatte sie ihm einmal beschrieben, lange bevor ihre Krankheit festgestellt wurde und lange bevor ihr Leben nur noch aus Arztterminen und Medikamenten und Schmerzen und Hilflosigkeit bestand. Es handelte sich dabei um die alten Pensionäre und Leute, die nichts Besseres mit sich anzufangen wussten und Gerichtssäle wie Anwälte unterhaltsam fanden. Sie erinnerten ein wenig an Vogelbeobachter im Wald; auf der Suche nach dramatischen Zeugenaussagen und spannenden Konflikten liefen sie von einem Fall zum nächsten und reservierten sich bei prominenten, publicityträchtigen Verfahren gute Zuschauerplätze. Ihr Erscheinungsbild war bescheiden, manchmal nur einen Hauch über den Leuten, die auf der Straße leben. Sie waren einen Schritt vom Veteranen oder Altenheim entfernt und trugen Polyester, egal wie heiß es draußen war. Ein Kinderspiel, dachte Ricky, sich ein Weilchen unter diese Gruppe zu mischen.

Schon beim Verlassen des Gerichtsgebäudes nahm in seinem Kopf ein Plan Gestalt an.

Zuerst fuhr er im Taxi zum Times Square, wo er einen der vielen Scherzartikelläden besuchte, in dem man eine imitierte Ausgabe der *New York Times* mit dem eigenen Namen in einer Schlagzeile kaufen kann. Dort ließ er sich von dem Angestellten ein halbes Dutzend gefälschte Visitenkarten drucken. Anschließend winkte er ein zweites Taxi heran, das ihn zu einem Gebäude aus Glas und Stahl an der East Side brachte. Dort empfing ihn ein Wachmann am Eingang, bei dem er sich eintragen musste, was er mit einem schwungvollen Schnörkel unter Frederick Lazarus tat, nachdem er als Beruf Produzent eingetragen hatte. Der Wachmann händigte ihm eine kleine Ansteckmarke aus, mit der Nummer sechs für das Stockwerk, zu dem er wollte. Das Formular würdigte der Mann nicht eines Blickes, als Ricky es ihm reichte. Der Sicherheitsdienst, dachte Ricky, richtet sich nach dem äußeren Erscheinungsbild. Er sah nach dem aus, was er vorgab zu sein, und legte ein forsches Selbstvertrauen an den Tag, das sich die Fragen eines Türstehers verbat. Es war eine kleine Vorstellung, resümierte er, doch Virgil hätte sie sicher zu würdigen gewusst.

Als er das Büro der Agentur Jones betrat, begrüßte ihn eine attraktive Empfangsdame. »Wie kann ich Ihnen helfen?«, fragte sie.

»Ich hab hier vor kurzem mit jemandem gesprochen«, log Ricky. »Über einen Werbespot, den wir in Kürze machen. Wir suchen nach ein paar unverbrauchten Gesichtern und würden gerne mal einen Blick auf die neuen Talente werfen, die Sie anzubieten haben. Ich wollte Ihr Album durchschauen …«

Die Empfangsdame sah ihn ein wenig misstrauisch an. »Erinnern Sie sich, mit wem Sie gesprochen haben?«

»Nein, tut mir leid. Meine Assistentin hat den Anruf gemacht«, erklärte Ricky. Die Frau nickte. »Aber vielleicht könnte ich mal rasch die Porträts durchblättern, und dann helfen Sie mir weiter?«

Die junge Frau lächelte. »Kein Problem«, sagte sie. Damit griff sie unter den Schreibtisch und holte eine große Ledermappe hervor. »Das sind die derzeitigen Klienten«, sagte sie. »Falls Sie jemanden finden, kann ich Sie an den Agenten verweisen, der die Termine macht.« Sie deutete auf ein Ledersofa in der Ecke des Raums. Ricky nahm das Album entgegen und fing zu blättern an.

Virgil war das siebte Foto.

»Hallo«, sagte Ricky leise vor sich hin, während er umblätterte und sah, dass ihr richtiger Name mit vollständiger Anschrift, Telefonnummer und dem Agenten sowie einer Liste ihrer Auftritte in Off-Broadway-Theaterproduktionen und Reklame-Engagements auf der Rückseite standen. Er notierte sich alles, was er brauchte, auf einem Block. Dann tat er genau dasselbe mit zwei anderen Schauspielerinnen. Er brachte der Empfangsdame das Album zurück und sah zugleich auf die Uhr.

»Tut mir leid«, sagte er. »Aber es wird ein bisschen knapp mit einem anderen Termin. Ein paar davon kommen als Typ infrage, aber wir müssen sie erst persönlich sehen, bevor wir was Verbindliches sagen können.«

»Selbstverständlich«, erwiderte die junge Frau.

Ricky gab sich weiterhin getrieben und gehetzt. »Hören Sie, ich stehe heute mächtig unter Zeitdruck. Ob Sie vielleicht die drei anrufen und Termine für mich abmachen könnten? Warten Sie, die hier morgen Mittag, im Vincent's, drüben auf der Zweiundachtzigsten Ost. Dann die anderen beiden, sagen wir, um zwei und um vier Uhr nachmittags, am selben Treff? Ich wäre Ihnen sehr verbunden. Alles wahnsinnig knapp, wenn Sie verstehen …«

Die Angestellte schien ein wenig in Verlegenheit. »Normalerweise müssen die Agenten die Termine machen«, sagte sie widerstrebend, »Mister …«

»Verstehe«, erwiderte er. »Aber ich bin nur bis morgen in der Stadt, dann muss ich nach Los Angeles zurück. Tut mir wirklich leid, dass das alles so hektisch ist …«

»Ich werde sehen, was ich machen kann … aber Ihr Name?«

»Ulysses«, sagte Ricky. »Mister Richard Ulysses. Und ich bin unter dieser Nummer zu erreichen …«

Er zog eine der gefälschten Visitenkarten heraus, auf der der Firmenname PENELOPE'S SHROUD PRODUCTIONS prangte.

Als wäre dies das Selbstverständlichste auf der Welt, nahm er einen Füllfederhalter vom Schreibtisch, strich eine erfundene Festnetznummer mit kalifornischer Vorwahl durch und schrieb seine letzte unverbrauchte Handynummer darunter. Dabei achtete er darauf, die gefälschte Nummer unkenntlich zu machen. Eine klassische Bildung war bei den Agenten wohl nicht zu befürchten.

»Sehen Sie, was Sie tun können«, sagte er. »Falls es ein Problem gibt, rufen Sie mich unter dieser Nummer an. Die glänzendsten Karrieren haben schon bescheidener angefangen. Denken Sie bloß an die kleine Lana Turner im Drugstore! Also, ich mach mich dann mal auf die Socken. Noch 'ne ganze Reihe Fotos anzusehen, Sie wissen schon. Laufen 'ne Menge Schauspielerinnen da draußen rum. Wär doch höchst bedauerlich, wenn eine ihre große Chance verpassen würde, nur weil sie sich eine Einladung zum Essen entgehen lässt.«

Und damit drehte Ricky sich um und verließ die Bühne. Er war nicht sicher, ob sein dynamischer, nassforscher Auftritt die gewünschte Wirkung erzielen würde.

Möglicherweise ja.

33

BEVOR RICKY AM FOLGENDEN MORGEN zum Gericht aufbrach, machte er mit Virgils Agenten die Lunch-Verabredung fest und bestätigte auch die Treffen mit den anderen zwei Schauspielerinnen, die er nicht einzuhalten gedachte. Der Mann hatte ein paar Fragen zu den Werbespots gestellt, die Ricky produzieren wollte, und Ricky hatte locker vom Hocker drauflos phantasiert, über Produktplatzierung im Fernen Osten und in Osteuropa und den neuen Märkten, die in der Region erschlossen würden, weshalb die Werbeindustrie mit neuen Gesichtern aufwarten müsse. Ricky fand, dass er allmählich geübt darin war, mit vielen Worten nichts zu sagen – eine der wirksamsten Lügen überhaupt. Eventuelle Vorbehalte des Agenten verfingen sich in Rickys Lügengespinst. Immerhin war es durchaus denkbar, dass die Verabredung zu etwas führte, wofür er zehn Prozent einstrich, oder es war umsonst, was nicht sein Schaden war. Ricky wusste, dass er kein so leichtes Spiel gehabt hätte, wäre Virgil ein etablierter Star gewesen. Doch das war sie noch nicht, und das kam ihr zugute, als sie eine Rolle in dem Drama übernahm, das sein Leben ruinierte, und es bereitete ihm nicht die geringsten Gewissensbisse, sich ihren Ehrgeiz zunutze zu machen.

In seinem Hotelzimmer legte er widerstrebend die Handfeuerwaffe ab. Er wusste, dass er nicht riskieren konnte, im Gerichtsgebäude einen Metalldetektor auszulösen, doch er hatte sich an die Sicherheit, die ihm die Pistole gab, gewöhnt, auch wenn er immer noch nicht wusste, ob er sie zu ihrem eigentlichen Zweck benutzen würde oder nicht – eine Entscheidung, die, wie er glaubte, unaufhaltsam näher rückte. Bevor er ging, betrachtete er sich jedoch noch einmal im Badezimmerspiegel. Er hatte sich adrett gekleidet, in Blazer und Krawatte, Anzughemd und Hose. Gut genug, um sich mühelos in das ständige Kommen und Gehen in den Fluren des Gerichts einzureihen, was ihm auf eigentümliche Weise denselben Schutz gewährte wie die Waffe, wenngleich auf weniger radikale. Er wusste, was er vorhatte, und er begriff, dass es einer Gratwanderung glich.

Der Grat zwischen Töten, Sterben und der ersehnten Freiheit war äußerst schmal.

Während er sein Spiegelbild anstarrte, erinnerte er sich an eine der ersten Vorlesungen, die er in Psychiatrie gehört hatte. Der Fakultätsarzt hatte erklärt, egal wie viel über das Verhalten und die Emotionen eines Patienten bekannt, egal wie fundiert die Diagnose und der Behandlungsplan für eine Neurose oder Psychose auch war, könne man letztlich nie mit absoluter Sicherheit voraussagen, wie jemand reagierte. Es gebe durchaus Prädikatoren, hatte der Professor eingeräumt, und in der Mehrzahl der Fälle würden die Patienten sich tatsächlich so verhalten wie erwartet. Zuweilen aber trotzten sie allen Prognosen, und dies passiere immerhin so oft, dass ihre Arbeit etwas von Rätselraten hatte.

Er war gespannt, ob er diesmal richtig lag.

Falls ja, wäre er bald frei, falls nicht, tot.

Ricky erforschte jeden Winkel seines Spiegelbilds. Wer bist du jetzt?, fragte er sich. Bist du wer, oder bist du ein Niemand?

Bei diesen Gedankenspielchen musste er schmunzeln. Ihn durchströmte ein wundervolles Gefühl von Erleichterung und Übermut. Frei oder tot. Wie auf dem Nummernschild seines Leihwagens aus New Hampshire. Lebe in Freiheit oder stirb. Endlich ergab dies einen Sinn.

Seine Gedanken wanderten zu den drei Menschen, die ihm im Nacken saßen. Den Kindern der Patientin, bei der er versagt hatte. So aufgezogen, dass sie jeden hassten, der nicht geholfen hatte.

»Ich weiß jetzt, wer du bist«, sagte er laut, während er sich Virgil vor Augen führte. »Und dich werde ich gleich kennen lernen«, fuhr er fort und beschwor Merlins Bild herauf.

Rumpelstilzchen allerdings blieb weiterhin im Dunkeln, ein bloßer Schatten in seiner Vorstellungskraft.

Er begriff sehr wohl, dass dies die einzige Angst war, die er noch hatte. Doch diese Angst war groß.

Ricky nickte sich im Spiegel zu. Zeit für die Vorstellung, gehen wir's an.

An der Ecke befand sich ein großer Drugstore, die Filiale einer Kette, mit reihenweise rezeptfreien Erkältungsmitteln, Shampoos und Batterien. Für die Begegnung mit Merlin an diesem Morgen hatte er sich etwas ausgedacht, das er einmal in einem Buch über Gangster in Süd-Philadelphia gelesen hatte. Er fand, was er brauchte, in der Abteilung mit billigem Kinderspielzeug; dann die zweite Zutat bei Bürobedarf. Er bezahlte bar, trat, nachdem er seine Einkäufe in der Jackentasche verstaut hatte, wieder auf die Straße und winkte ein Taxi heran.

Wie tags zuvor betrat er das Gerichtsgebäude mit einer forschen Selbstverständlichkeit, der seine wahren Absichten nicht anzumerken waren. Er machte einen Abstecher in die Toilette auf dem zweiten Stock, nahm die Gegenstände aus der Tasche und präparierte sie in wenigen Sekunden. Dann vertrieb er sich noch ein wenig die Zeit, bevor er den Gerichtssaal ansteuerte, wo der Mann, der Merlin war, einen Antrag begründen würde.

Wie vermutet, war der Raum selbst nur mäßig besetzt. Ein paar andere Anwälte saßen herum und warteten darauf, dass ihre Fälle aufgerufen wurden. Etwa ein Dutzend Schaulustige hatten die Plätze im mittleren Bereich der höhlenartigen Arena eingenommen, und ein Teil von ihnen döste vor sich hin, während andere aufmerksam lauschten.

Ricky schlüpfte am Gerichtsdiener vorbei geräuschlos zur Tür herein und nahm hinter einer Reihe alter Leute Platz. Er rutschte auf seinem Sitz nach unten und machte sich so unsichtbar wie möglich.

Vor der Gerichtsschranke agierte ein halbes Dutzend Anwälte und Kläger, die an soliden Eichentischen vor der Richterbank saßen. Beide Gruppen hatten Papiere und ganze Kartons mit Schriftsätzen vor sich ausgebreitet. Es waren ausschließlich Männer, und sie alle waren ganz und gar in die Reaktion des Richters auf ihre Ausführungen vertieft. Es gab in diesem Gericht keine Geschworenen, so dass alles nur dem Richter vorgetragen wurde. Es gab auch keinen Grund, sich ans Publikum zu wenden, da dies keine nennenswerte Auswirkung auf das Verfahren gehabt hätte. Folglich schenkte keiner der Männer den Leuten, die sich über die Sitzreihen hinter ihnen verteilten, auch nur die geringste Beachtung. Vielmehr machten sie sich Notizen, schauten in ihre Zitate aus Gesetzestexten und widmeten sich ansonsten ganz der Aufgabe, für ihren Klienten möglichst viel Geld rauszuschlagen und, noch entscheidender, für sich selbst. Es kam Ricky wie eine Art stilisierte Inszenierung vor, bei der sich niemand für das Publikum interessiert, sondern nur für den Theaterkritiker vor ihnen in der schwarzen Robe. Ricky wechselte die Stellung und blieb so anonym und verborgen wie geplant.

Als Merlin sich erhob, durchströmte ihn eine Woge der Erregung. »Sie haben einen Einwand, Mr. Thomas?«, fragte der Richter in strengem Ton.

»Ja, in der Tat«, erwiderte Merlin selbstgefällig.

Ricky warf einen Blick auf die Liste, die er sich von sämtlichen mit dem Fall betrauten Anwälten gemacht hatte. Mark Thomas, Esquire, mit Kanzlei in Manhattan downtown, stand mitten in der Gruppe.

»Und der wäre?«, fragte der Richter.

Ricky hörte eine Weile zu. Der sichere, selbstzufriedene Ton des Anwalts war genauso, wie er ihn bei ihren Begegnungen angeschlagen hatte. Er redete mit einem Selbstvertrauen, das nicht ins Wanken geriet, egal, ob das, was er zu sagen hatte, auch nur halbwegs der Wahrheit entsprach und dem Gesetz standhielt oder nicht. Merlin war der Pedant, der sich in Rickys Leben eingeschlichen und dort nur Unheil angerichtet hatte.

Nur dass er jetzt einen Namen hatte. Und eine Adresse.

Und genauso, wie sich Merlin Zugang zu Frederick Starks verschafft hatte, so kam jetzt Ricky an den Mann heran, der hinter dem Zauberer steckte.

Er stellte sich wieder die Hände des Anwalts vor, besonders die manikürten Nägel. Dann huschte ein Lächeln über Rickys Gesicht, denn er hatte einen Ehering vor Augen. Er erinnerte sich genau. Das hieß, es gab ein Haus. Eine Frau. Vielleicht auch Kinder. All das, was für einen ambitionierten jungen Städter in einem akademischen Beruf auf der Überholspur selbstverständlich dazugehört.

Nur dass Merlin der Anwalt ein paar Geister aus seiner Vergangenheit nicht bannen konnte. Und dass er ein Gespenst zum Bruder hatte. Ricky hörte dem Mann zu und dachte daran, welch komplexes psychologisches Zusammenspiel hier wohl am Werke war. Für den Psychoanalytiker, der er einmal gewesen war, wäre es eine lohnende Herausforderung gewesen, es zu sichten und zu ergründen. Dem Mann, der er jetzt gezwungenermaßen war, stellte sich eine weitaus simplere Aufgabe. Er griff sich in die Tasche und betastete das Kinderspielzeug, das er hineingesteckt hatte.

Auf der Bank schüttelte der Richter den Kopf und machte Anstalten, die Anhörung auf die Nachmittagssitzung zu vertagen. Dies war das Stichwort für Rickys Abgang, und er stand lautlos auf.

Er postierte sich nicht weit vom Notausgang zum Treppenhaus und wartete gegenüber von einigen Fahrstühlen. Kaum hatte er die Gruppe Anwälte beim Verlassen des Gerichtssaals erspäht, versteckte er sich im Treppenhaus. Er war lange genug stehen geblieben, um zu sehen, dass Merlin zwei vollgestopfte Aktenkoffer trug, die zweifellos von Dokumenten und gerichtlichen Papieren überquollen. Zu schwer, um sie weiter als bis zum nächstgelegenen Fahrstuhl zu schleppen.

Zwei Stufen auf einmal rannte Ricky die Treppe hoch zum zweiten Geschoss. Dort warteten bereits ein paar Leute darauf, einen Stock nach unten zu fahren. Ricky stellte sich, die Hand um den Griff des Spielzeugs in seiner Tasche, dazu. Er starrte zu der elektronischen Anzeige hoch und sah, dass der Fahrstuhl im Stockwerk über ihnen hielt. Dann setzte er sich nach unten in Bewegung. So viel wusste Ricky: Merlin war nicht der Typ, der zurücktritt, um anderen Platz zu machen.

Der Fahrstuhl hielt, und die Türen öffneten sich mit einem sanften Geräusch.

Ricky trat hinter den anderen näher heran. Merlin stand genau in der Mitte.

Der Anwalt hob den Kopf, und Ricky sah ihm gerade in die Augen.

Eine Sekunde des Wiedererkennens flackerte in seinem Blick, und Ricky sah, wie dem Anwalt plötzlich die Panik ins Gesicht geschrieben stand.

»Hallo, Merlin«, sagte Ricky ruhig. »Und jetzt weiß ich, wer Sie sind.«

Im selben Moment zog er die Spielzeugpistole aus der Tasche und zielte auf Merlins Brust. Es war eine Wasserpistole in der Form einer deutschen Luger aus dem Zweiten Weltkrieg. Er drückte ab.

Ein Strahl schwarzer Tinte kam herausgeschossen und traf Merlin in die Brust.

Bevor irgendjemand reagieren konnte, glitten die Türen wieder zu.

Ricky sprang zum Treppenhaus zurück. Er rannte nicht nach unten, denn er wusste, dass er nicht schneller war als der Lift. Stattdessen stieg er bis zum fünften Stock hoch und suchte die Herrentoilette auf. Dort warf er die Wasserpistole, nachdem er wie bei einer echten Waffe die Fingerabdrücke abgewischt hatte, in einen Abfalleimer und wusch sich die Hände. Er wartete ein Weilchen und lief durch die Flure ans entgegengesetzte Ende des Gerichts. Wie er am Vortag erfahren hatte, gab es noch mehr Fahrstühle und Treppen sowie einen zweiten Ausgang. Er heftete sich heimlich einer anderen Gruppe Anwälte, die von anderen Anhörungen kamen, an die Fersen und manövrierte sich nach unten. Wie erwartet, war in diesem Teil der Eingangshalle nichts von Merlin zu sehen. Merlin würde keine große Lust verspüren, den eigentlichen Grund für die Flecken auf seinem Hemd und Anzug zu erklären.

Und er wird bald sehen, fügte Ricky in Gedanken hinzu, dass die Tinte, die ich verwendet habe, unlöslich ist. – Er hoffte, dass er an diesem Morgen weitaus mehr ruiniert hatte als ein Hemd, einen Anzug und eine Krawatte.

Das Restaurant, das Ricky für das Mittagessen mit der ambitionierten Schauspielerin ausgesucht hatte, war ein Lieblingslokal seiner Frau gewesen, obwohl Virgil das wohl kaum ahnte. Er hatte es ausgesucht, weil es einen entscheidenden Vorzug hatte: ein großes Panoramafenster zwischen Bürgersteig und den Gästen. Ricky erinnerte sich, dass man aufgrund der Beleuchtung im Restaurant nicht gut hinaussehen konnte, dagegen viel leichter hinein, und auch die Tische waren so arrangiert, dass man eher gesehen wurde, als sehen konnte. Genau so wollte er es haben.

Er wartete, bis eine Gruppe Touristen, vielleicht ein Dutzend deutsch sprechende Männer und Frauen, die grellbunte Hemden und ganze Kolliers aus Kameras um den Hals baumeln hatten, an der Vorderseite des Restaurants vorbeigesegelt war. So wie vorher im Gericht, trottete er einfach mit ihnen mit. Es ist schwierig, dachte er, in einer Gruppe Fremder das eine bekannte Gesicht zu entdecken, wenn man nicht damit rechnet. Kaum war das Touristenrudel vorbei, drehte er sich rasch um und sah Virgil wie erwartet in einer Ecke des Restaurants sitzen und sehnlichst auf den Hoffnungsträger warten. Allein.

Er ging an dem Fenster vorbei und holte einmal tief Luft. Der Anruf kommt jetzt jeden Moment, dachte Ricky. Merlin hatte sich Zeit gelassen, und auch damit hatte Ricky gerechnet. Er hatte sich zweifellos erst gewaschen und umgezogen, sich bei den Kollegen entschuldigt, die allesamt schockiert gewesen waren. Was für eine Erklärung hatte er sich einfallen lassen? Wütender Gegner, der in einem Prozess unterlag? Damit konnten die anderen sich identifizieren. Er hatte sie alle davon überzeugt, dass es unangemessen sei, die Polizei zu rufen; er würde vielmehr den Anwalt des Tintenspritzers telefonisch zur Rede stellen – vielleicht eine einstweilige Verfügung erwirken. Doch er würde das selbst regeln. Die anderen Männer hatten dann sicher genickt und ihm angeboten, jederzeit als Zeugen zu fungieren oder auch, falls erforderlich, bei der Polizei Erklärungen abzugeben. Doch das hatte ebenso wie das Waschen und Umziehen einige Zeit gedauert, denn er wusste, dass er, komme was da wolle, am Nachmittag wieder im Gericht sein musste. Wenn Merlin dann endlich zu seinem ersten Anruf kam, dann galt er seinem älteren Bruder. Sie mussten sich ausgiebig besprechen, denn es war nicht damit getan, dass er erzählte, was geschehen war, sondern sie mussten auch versuchen, die Implikationen richtig einzuschätzen. Sie würden ihre Situation analysieren und über ihre Optionen nachdenken. Schließlich würden sie, immer noch unsicher, wie sie reagieren sollten, das Gespräch beenden. Dann erst wäre ein Anruf bei Virgil fällig, doch dem war Ricky zuvorgekommen.

Er lächelte, drehte sich energisch um und marschierte zügig durch die Tür des Restaurants. Im Eingang stand eine Hostess bereit, die zu ihm aufsah, um die übliche Frage zu stellen, doch er winkte ab und sagte: »Die Dame, mit der ich verabredet bin, ist schon da …«, während er rasch das Restaurant durchquerte.

Virgil saß abgewandt, wechselte jedoch die Haltung, als sie Bewegung im Rücken spürte.

»Hallo«, sagte Ricky, »erinnern Sie sich an mich?«

Ihr ganzes Gesicht zuckte fassungslos.

»Weil«, fuhr Ricky fort, während er sich setzte, »ich mich nämlich an Sie erinnere.«

Virgil sagte nichts, obwohl sie vor Verblüffung zurückgewichen war. Für das Treffen mit dem Produzenten hatte sie eine Mappe mit Fotos sowie einen Lebenslauf auf dem Tisch bereitgelegt. Jetzt nahm sie beides langsam und bedächtig und ließ sie auf den Boden gleiten.

»Die brauche ich wohl nicht«, sagte sie. Er hörte zweierlei aus ihrer Reaktion heraus: Unentschlossenheit und das Bedürfnis, sich zu fassen. Das bringen sie ihnen im Schauspielunterricht bei, dachte Ricky, und in diesem Moment greift sie in diese Trickkiste und kramt die Lektion hervor. Bevor Ricky etwas sagen konnte, ging ein Summton in ihrer Handtasche los. Ein Handy. Ricky schüttelte den Kopf. »Das muss Ihr mittlerer Bruder, der Anwalt sein, um Sie zu warnen, dass ich bereits heute Vormittag in sein Leben getreten bin. Und bald kommt dann auch der andere Anruf von Ihrem ältesten Bruder, der von Berufs wegen mordet. Denn der will Sie bestimmt auch beschützen. Gehen Sie nicht dran.«

Ihre Hand schwebte in der Luft.

»Oder was?«

»Nun ja, Sie sollten sich die Frage stellen, ›Wie verzweifelt ist Ricky?‹, und dann die naheliegende Anschlussfrage, ›Wozu wäre er fähig?‹«

Virgil ließ das Handy klingeln, das nach einer Weile verstummte.

»Wozu wäre Ricky fähig?«

Er lächelte sie an. »Ricky ist einmal gestorben, und jetzt hat er vielleicht nichts mehr, wofür sich noch zu leben lohnt. Weshalb es weitaus weniger beängstigend sein könnte, ein zweites Mal zu sterben, vielleicht sogar viel weniger schmerzhaft, meinen Sie nicht?«

Er sah Virgil mit einem eindringlichen, forschenden Blick an. »Ich könnte ganz einfach zu allem fähig sein.«

Virgil wechselte unbehaglich die Stellung. Rickys Ton war scharf. Kompromisslos. Er erinnerte sich daran, dass die entscheidende Stärke seiner Vorstellung an diesem Tag darin lag, dass ihn mit dem so leicht zu manipulierenden, verängstigten Mann, den sie vor einem Jahr in den Selbstmord getrieben hatten, nichts mehr verband. Und das kam, wurde ihm klar, der Wahrheit recht nahe.

»Unberechenbar. Labil. Ein gewisser manischer Zug vielleicht. Gefährliche Mischung, oder? Eine möglicherweise explosive Mischung.«

Sie nickte. »Ja, stimmt.« Sie fasste sich und fiel bei den ersten Worten, die sie sprach, in ihr schillerndes Verhalten zurück, wie er erwartet hatte. Virgil war, wie er wusste, eine sehr ausgeglichene junge Frau. »Aber Sie werden mich nicht hier in diesem Restaurant vor all diesen Leuten erschießen. Wohl kaum.«

Ricky zuckte die Achseln. »Al Pacino tut genau das. In *Der Pate*. Haben Sie bestimmt gesehen. Jeder, der sich seine Brötchen mit Schauspielerei verdienen will, hat den Streifen gesehen. Er kommt, den Revolver in der Tasche, aus der Herrentoilette und schießt dem anderen Gangster und dem korrupten Polizisten mitten in die Stirn, wirft den Revolver weg und marschiert raus. Sie erinnern sich?«

»Ja«, sagte sie unsicher. »Ich erinnere mich.«

»Aber ich mag dieses Restaurant. Als ich noch Ricky war, bin ich mit jemandem, den ich liebte, dessen Gegenwart ich aber nie so richtig gewürdigt habe, hierher gekommen. Und wieso sollte ich diesen anderen Herrschaften hier wohl das gute Essen verderben? Vor allem aber habe ich es nicht nötig, Sie hier zu erschießen, Virgil. Ich kann Sie an jedem x-beliebigen Ort erschießen, weil ich jetzt weiß, wer Sie sind. Ich kenne Ihren Namen, Ihre Agentur. Ihre Adresse. Aber was noch wichtiger ist, ich weiß, was Sie werden wollen. Ich kenne Ihre Ambitionen. Davon auf Ihre Bedürfnisse zu schließen, ist nicht schwer. Oder meinen Sie vielleicht, jetzt, wo ich weiß, wer, was und wo Sie sind, könnte ich künftig nicht alles wissen, was ich wissen muss? Sie können meinetwegen Ihre Adresse ändern. Sogar Ihren Namen. Aber Sie können nicht ändern, wer Sie sind und wer Sie werden wollen. Und das ist der entscheidende Punkt, nicht wahr? Sie sitzen genauso in der Falle wie Ricky seinerzeit. Dasselbe gilt für Ihren Bruder Merlin, eine Kleinigkeit, die er heute Morgen auf recht unerfreuliche Weise erfahren hat. Sie haben einmal Ihr Spiel mit mir getrieben und jeden meiner Schritte und die Beweggründe dafür vorausgesehen. Und jetzt werde ich mit Ihnen ein neues Spiel spielen.«

»Und wie sieht das aus?«

»Es ist ein Spiel, das nennt sich ›Wie bleibe ich am Leben?‹ Bei dem Spiel geht es um Rache. Ich denke, ein paar der Regeln kennen Sie schon.«

Virgil war blass geworden. Sie griff nach einem Glas Eiswasser und nahm einen ausgiebigen Schluck, während sie Ricky anstarrte.

»Er wird Sie finden, Ricky«, flüsterte sie. »Er wird Sie finden und töten und mich beschützen – so, wie er es immer getan hat.«

Ricky beugte sich vor wie ein Priester, dem im Beichtstuhl ein dunkles Geheimnis zu Ohren kommt. »So wie jeder ältere Bruder? Nun denn, er mag es versuchen. Sie werden allerdings begreifen, dass er jetzt so gut wie nichts mehr darüber weiß, was für ein Mensch ich geworden bin. Sie alle drei sind auf der Jagd nach Mr. Lazarus und schon – wie oft? Einmal? Zweimal? Vielleicht dreimal? – dachten Sie, er könnte Ihnen nicht mehr entwischen. Was haben Sie in der Nacht im Haus eines gewissen Mannes gedacht, der unser beider Weg gekreuzt hat? Dass Sie ihn um Sekunden verfehlt haben? Und soll ich Ihnen was verraten? Schwupp, gleich ist er verschwunden. Jeden Moment, denn er hat gerade so ziemlich jedes bisschen Nutzen aus diesem Leben gezogen. Aber bevor er geht, wird er vielleicht demjenigen, in dessen Haut er als Nächstes schlüpft, alles erzählen, was er über Sie und Merlin und jetzt auch Mr. R. wissen muss. Und wenn man all das zusammennimmt, Virgil, macht mich das, glaube ich, zu einem sehr gefährlichen Gegner.«

Er schwieg und fügte dann hinzu: »Wer immer ich heute bin. Wer immer ich vielleicht morgen bin.«

Ricky lehnte sich ein wenig zurück und beobachtete die Wirkung seiner Worte in Virgils Gesicht. »Was sagten Sie noch gleich, Virgil? Über Ihren selbst gewählten Namen? ›Jeder braucht einen Seelenführer auf dem Weg zur Hölle.‹«

Sie nahm einen weiteren langen Schluck und nickte. »Das habe ich gesagt«, erwiderte sie leise.

Ricky lächelte gehässig. »Ich hätte es nicht besser formulieren können«, sagte er.

Dann stand er abrupt auf und schob den Stuhl mit einer heftigen Bewegung zurück.

»Auf Wiedersehen, Virgil«, sagte er und beugte sich zu der jungen Frau herunter. »Ich denke, Sie werden mein Gesicht nie wiedersehen wollen, denn dann könnte es das Letzte sein, was Sie je zu sehen bekommen.«

Ohne ihre Antwort abzuwarten, machte Ricky kehrt und lief forsch aus dem Restaurant. Er musste ihre zitternde Hand, ihr bebendes Kinn nicht sehen, er wusste, dass diese Reaktionen nahe lagen. Es ist schon seltsam mit der Angst, dachte er. Äußerlich macht sie sich auf so vielfältige Weise bemerkbar, aber nichts davon ist so stark wie die Klinge, die einem direkt durch Herz und Magen schneidet, oder der elektrische Schlag, den die Phantasie erleidet. Ihm kam der Gedanke, dass er aus dem einen oder anderen Grund einen Großteil seines Lebens in der Angst vor allem Möglichen zugebracht hatte, eine endlose Folge von Zweifeln und Ängsten. Doch jetzt verbreitete er selbst Angst und Schrecken, und wenn er ehrlich war, fand er es gar nicht mal so unangenehm. Ricky tauchte in den Menschentrauben unter, die zur Mittagspause durch die Straßen strömten, so dass er Virgils Blick entschwand und sie – wie zuvor ihren Bruder – mit der bohrenden Frage zurückließ, in welcher Gefahr sie sich tatsächlich befand. Ricky bahnte sich eilig einen Weg durch das Gewühl und wich den Menschen wie ein Schlittschuhläufer auf einer belebten Eisbahn aus, während er in Gedanken ganz woanders war. Er versuchte, sich ein Bild von dem Mann zu machen, der ihn einmal in den perfekten Selbstmord getrieben hatte. Wie, überlegte Ricky, würde der Psychopath reagieren, wenn die einzigen beiden Menschen auf der Welt, die ihm noch etwas bedeuteten, sich bis ins Mark bedroht fühlten?

Ricky drängte auf dem Bürgersteig voran und dachte: Er wird schnell handeln wollen. Er wird die Sache sofort klären wollen. Anders als früher wird er nicht lange fackeln. Jetzt packt ihn die kalte Wut, und er wird alle seine Schutzmechanismen und seine ganze Schulung über den Haufen werfen.

Vor allem aber: Jetzt wird er einen Fehler machen.

34

IN FRÜHEREN JAHREN, als sein Leben sich noch in ein normales, erkennbares Muster fügte, hatte Ricky in den jetzt so fernen Sommerferien bei einem der alten und besonders fähigen Angelführer gebucht und in den Gewässern am Cape nach Schwärmen von Blaufisch und großen Streifenbarschen gefischt. Nicht dass Ricky sich für einen erfahrenen Angler oder einen ausgeprägten Naturburschen hielt. Doch er hatte es genossen, in einem kleinen, offenen Boot in den frühen Morgen hinauszufahren, in die Nebelschwaden, die noch über dem grauschwarzen Ozean hingen, die feuchte Kälte auf der Haut zu spüren, die den ersten zarten Sonnenstrahlen am Horizont trotzten, und dem Führer dabei zuzusehen, wie er das Boot durch Fahrrinnen an Untiefen vorbei navigierte, bis sie die Fischgründe erreichten. Und er hatte es immer wieder beachtlich gefunden, wie der Mann inmitten der bewegten Wasserflächen wusste, in welchem Meeresabschnitt Fische zu finden waren, und wenn sie sich noch so tief in den düsteren Farben der See versteckten. Einen Köder durch eine solche kalte Weite gleiten zu lassen, so viele Variablen wie Strömungen und Gezeiten, Temperatur und Lichtverhältnisse in die Gleichung einzubeziehen und dann das Gesuchte aufzuspüren, war etwas, das Ricky, der Psychoanalytiker, bewundert und stets aufs Neue faszinierend gefunden hatte.

Als er in seinem Hotelzimmer in New York still dasaß und seine Gedanken ordnete, kam ihm der Gedanke, dass er selbst sich auf einen recht ähnlichen Vorgang eingelassen hatte. Jetzt musste er den Haken spitzen. Er glaubte nicht, dass Rumpelstilzchen ihm mehr als diese eine Chance bieten würde.

Ihm war durch den Kopf gegangen, dass er, nachdem er die jüngeren Geschwister gestellt hatte, fliehen konnte, doch ihm war augenblicklich klar, dass das nichts nützen würde. Dann würde er für den Rest seines Lebens über jedes ungewöhnliche Geräusch im Dunkeln erschrecken, bei jedem Laut in seinem Rücken unruhig werden, es bei jedem Fremden, der in seine Blickrichtung trat, mit der Angst bekommen. Ein unmögliches Leben, das er damit zubrachte, vor etwas und jemandem davonzulaufen, das oder der nicht zu erkennen war, ihm aber niemals von der Seite weichen und jeden seiner Schritte wie ein Phantom begleiten würde.

Ricky wusste so sicher wie das Amen in der Kirche, dass er in dieser letzten Phase über Rumpelstilzchen siegen musste. Das war die einzige Chance, je wieder selbst über sein Leben zu bestimmen und es halbwegs so zu führen, wie er hoffte.

Er glaubte zu wissen, wie er das bewerkstelligen konnte. Die ersten Elemente seines Plans waren bereits umgesetzt. Es war nicht schwer zu erraten, worum sich die Gespräche der Geschwister drehten, während er hier in seinem billigen Zimmer saß. Sie würden sich nicht am Telefon beraten. Sie würden sich treffen, denn sie mussten sich sehen, um sich zu vergewissern, dass sie in Sicherheit waren. Es würde schon mal laut werden, es würde ein paar Tränen und einigen Ärger geben, vielleicht knallten sie sich gegenseitig Vorwürfe an den Kopf. Alles war für sie glatt gegangen, während sie an allen naheliegenden Zielpersonen aus ihrer Vergangenheit tödliche Rache übten. Nur in einem Fall war die Sache gründlich schiefgelaufen, und das bereitete ihnen heftiges Kopfzerbrechen. Er hörte förmlich den Satz »Du hast uns da reingeritten!« gegen die schattenhafte Gestalt gerichtet, die ihnen in all den Jahren so viel bedeutet hatte. Mit einiger Genugtuung dachte Ricky an die Panik, die in dem Vorwurf lag, da es ihm gelungen war, einen kleinen Keil zwischen das unzertrennliche Geschwistertrio zu treiben. Egal wie überzeugend das Bedürfnis nach Rache gewesen war, wie ausgeklügelt der Plan gegen Ricky und all die anderen, so gab es doch einen Umstand in dem Ganzen, den Rumpelstilzchen nicht berücksichtigt hatte: Bei aller zwanghafter Gefolgschaft hegten die beiden jüngeren Geschwister ehrgeizige Zukunftspläne für ein achtsames, bürgerliches Leben. Jeder auf seine Weise suchten sie Normalität mit klar gesteckten Grenzen. Allein Rumpelstilzchen war bereit, diesen Rahmen zu verlassen, die anderen beiden nicht, und so boten sie Angriffsflächen.

Diesen Unterschied hatte Ricky entdeckt, und er war, wie er sehr wohl wusste, ihre größte Schwäche.

Es würden harte Worte zwischen ihnen fallen, das war klar. So grausam das Spiel gewesen war, so blieb es nur einem von ihnen überlassen zu schubsen, zu schießen und zu töten. Jemandes Ruf zu ruinieren oder Anlagekonten zu plündern war wahrlich boshaft gewesen, doch immerhin war dabei kein Blut geflossen. Sie hatten das Böse unter sich aufgeteilt, doch die schlimmsten Taten blieben an einem Einzigen von ihnen hängen.

Das hatte Mr. R. zu erledigen; so wie er in ihrer Kindheit die meiste Prügel und Grausamkeit abbekommen hatte, so war die eigentliche Gewalt jetzt sein Metier. Die anderen beiden hatten ihm nur geholfen und die seelische Befriedigung geteilt, die Rache mit sich bringt. Der Unterschied zwischen dem, der etwas in die Wege leitet, und dem, der es zu Ende bringt, dachte Ricky. Nur dass sich jetzt ihre Komplizenschaft an ihnen selbst rächte.

Sie hatten gedacht, sie hätten es geschafft, doch dem war nicht so.

Er schmunzelte innerlich. Es gibt nichts Vernichtenderes, als die allmähliche Erkenntnis, dass man gejagt wird, nachdem man so lange die Rolle des Jägers gewohnt ist. Und das war, wie er hoffte, die Falle, die er aufgestellt hatte, denn selbst der Psychopath würde die Gelegenheit ergreifen, seine Position der Stärke wiederzuerlangen, die dem Raubtier so selbstverständlich ist. Die Gefahr für Virgil und Merlin würde ihn dahin treiben. Die wenigen dünnen Fäden, die Mr. R. mit der Normalität verbanden, waren sein Bruder und seine Schwester. Was ihm im innersten Winkel seiner psychopathologischen Welt an Menschlichkeit geblieben war, das war die Beziehung zu seinen Geschwistern. Er würde alles daransetzen, sie zu beschützen. Es ist wirklich ziemlich einfach, bläute Ricky sich ein. Lass den Jäger denken, er jagt und pirscht sich an sein Opfer heran, während er in Wahrheit in einen Hinterhalt tappt.

In einen Hinterhalt, dachte Ricky mit einigem Sinn für Ironie, den die Liebe ihm stellt.

Ricky fand etwas Schmierpapier und arbeitete eine Weile an einem Vers. Als er ihn so hatte, wie er wollte, rief er die Anzeigenabteilung der *Village Voice* an. Wieder einmal sprach er mit einem Mitarbeiter bei den Kontaktanzeigen. Wie bei einigen früheren Gelegenheiten legte er ein Plauderstündchen ein. Diesmal allerdings achtete er darauf, dem Angestellten mehrere wichtige Fragen zu stellen und ihm einiges an bedeutsamer Information zu liefern:

»Hören Sie, falls ich nicht in der Stadt bin, kann ich da trotzdem anrufen und die Antworten abhören?«

»Sicher«, sagte der Mann. »Wählen Sie nur den Zugangscode, egal, von wo Sie anrufen.«

»Toll«, erwiderte Ricky. »Ich habe nämlich dieses Wochenende was Geschäftliches auf dem Cape zu erledigen, deshalb muss ich für 'n paar Tage hin, aber ich möchte trotzdem die Antworten abhören.«

»Kein Problem«, sagte der Angestellte.

»Hoffe, wir haben gutes Wetter. Laut Wetterbericht soll es Regen geben. Waren Sie schon mal auf dem Cape?«

»War mal in Provincetown«, sagte der Mann. »Mächtig was los da oben ab dem vierten Juli.«

»Können Sie laut sagen«, erwiderte Ricky. »Mein Feriendomizil ist in Wellfleet. War es jedenfalls mal. Musste verkaufen. Wegen 'nem Feuer. Will nur rüber, um die letzten kleinen Angelegenheiten zu regeln, dann ab zurück nach New York, in die übliche Tretmühle.«

»Ich weiß, wovon Sie reden«, sagte der Angestellte. »Wünschte, ich hätte ein Ferienhaus auf dem Cape.«

»Das Cape ist was Besonderes«, sagte Ricky und betonte jedes Wort. »Man geht nur im Sommer hin, vielleicht schon mal im Herbst oder Frühling, aber jede Jahreszeit geht einem auf besondere Weise ans Herz. Mehr als ein Zuhause. Ein Ort für den Anfang und fürs Ende. Wenn ich sterbe, will ich da begraben werden.«

»Davon kann ich nur träumen«, sagte der Mann ein wenig neidisch.

»Vielleicht mal eines Tages«, fügte Ricky hinzu. Er räusperte sich, um seinen Anzeigentext durchzugeben. Er betitelte sie: AUF DER SUCHE NACH Mr. R.

»Meinen Sie nicht ›Mr. Right‹?«, fragte der Angestellte.

»Nein«, sagte Ricky. »›Mr. R.‹ ist gut.« Dann legte er mit dem Vers los, in der Hoffnung, dass er der letzte war, den er zusammenstoppeln musste:

Ricky ist hier, Ricky ist dort.
Ricky ist an jedem Ort.
Ricky zieht vielleicht gerne rum,
Vielleicht ist diese Zeit bald um,

Er ist nach Hause aufgebrochen
Und dort in ein Versteck gekrochen.
Mal an einem alten Ort, dann an einem neuen,
Das wird Rumpelstilzchen gar nicht freuen.
Da mag er ihn suchen wie verrückt,
Und Ricky ist wieder die Flucht geglückt.
Doch Mr. R. wird niemals wissen,
Wann Ricky vielleicht wiederkehrt,
Als Erzfeind, nicht zu vergessen,
Der Böses und den Tod beschert,
Egal, wie sich das Opfer wehrt.

»Stark«, sagte der Angestellte mit einem gedehnten Pfiff. »Das ist ein Spiel, sagen Sie?«

»Ja«, antwortete Ricky. »Allerdings nicht nach jedermanns Geschmack.«

Die Anzeige war für den folgenden Freitag bestellt, was Ricky wenig Zeit für die Vorbereitungen ließ. Er wusste, was passieren würde: Die *Voice* flatterte in Wahrheit schon am Vorabend in die Kioske, und zu dem Zeitpunkt würden alle drei die Nachricht lesen. Allerdings würden sie abermals nicht per Zeitung antworten. Das wird Merlins Job, dachte er, in diesem unwirschen, fordernden, unterschwellig drohenden Anwaltston. Merlin wird beim Leiter der Anzeigenabteilung anrufen und sich zügig durch die Hierarchie des Blatts bis nach unten durcharbeiten und den Angestellten finden, der die Annonce telefonisch entgegengenommen hat. Und er wird ihn genauestens über den Mann ausfragen, der sie aufgegeben hat. Der Angestellte wird sich mühelos an die Unterhaltung über das Cape erinnern. Vielleicht, überlegte Ricky, weiß er sogar noch, dass ich eines Tages dort begraben werden möchte, ein schlichter, bescheidener Wunsch, der aber bei Merlin einiges auslösen wird. Sobald er die Informationen hat, wird er sie an seinen Bruder weitergeben. Eine bescheidene Schutzmaßnahme sicherlich, aber unverzichtbar. Dann werden die drei sich wieder in die Haare kriegen. Die beiden Jüngeren sind ziemlich verängstigt, vermutlich so sehr wie seit ihrer Kindheit nicht mehr, als die Mutter, die sie liebten, sie im Stich ließ und Selbstmord beging. Sie werden sagen, dass sie

Mr. R. auf seiner Jagd begleiten wollen, und sie werden sagen, dass sie sich für die Gefahr, in die sie geraten sind, verantwortlich fühlen, und auch irgendwie schuldig, schätzte er, weil er sie noch einmal beschützen muss. Aber sie werden es nicht wirklich so meinen, und der Älteste will sowieso nichts davon hören. Das hier ist ein Mord, und das ist sein Metier.

Und so wird er, dachte Ricky, alleine weitermachen.

Alleine und fest entschlossen, zu Ende zu führen, was er schon mal für erledigt hielt. Er wird zu einem weiteren Tod eilen.

Nachdem er in seinem Zimmer gründlich alle Spuren seiner Existenz getilgt hatte, verließ er das Hotel. Bevor er aufbrach, kümmerte er sich noch um eine Reihe anderer Aufgaben, die zu erledigen waren. Er begab sich zur hiesigen Filiale einer Bank mit Hauptsitz in der Karibik. Dort eröffnete er ein einfaches Giro- und Sparkonto für Richard Lively. Als das erledigt war, zahlte er einen bescheidenen Betrag aus seiner verbliebenen Barschaft ein, verließ die Bank und lief die Madison Avenue zwei Häuserblocks weiter zur Crédit Suisse, an der er oftmals vorbeigekommen war, als er noch ein gewöhnlicher New Yorker war.

Eine kleine Bankangestellte war begierig, ein neues Konto für Mr. Lively zu eröffnen. Es handelte sich dabei um ein traditionelles Sparkonto, doch es hatte einen besonderen Aspekt. An einem bestimmten Tag im Jahr sollte die Bank neunzig Prozent der angesammelten Gelder direkt telegrafisch auf die Kontonummer bei der karibischen Bank überweisen, die Ricky hinterließ. Sie sollten ihre Gebühren von der Restsumme abbuchen. Das Datum, das er dafür angab, war spontan und ohne große Überlegung gewählt. Zuerst dachte er an einen Geburtstag, dann an den seiner Frau, dann an den Tag, an dem er seinen eigenen Tod inszeniert hatte. Er zog auch den Geburtstag von Richard Lively in Betracht. Doch schließlich hatte er die Angestellte, eine recht nette junge Frau, die sich größte Mühe gab, ihm zu versichern, wie ganz und gar geheim das Konto und wie unantastbar die entsprechenden Vorschriften im Schweizer Bankwesen seien, gefragt, wann sie Geburtstag habe. Wie gehofft, hatte der nichts mit irgendeinem Datum zu tun, an das er sich erinnern konnte. Irgendwann Ende März. Der März markierte das

Ende des Winters und den Frühlingsbeginn, versprach jedoch oft zuviel und kam mit tückischen Winden. Ein unbeständiger Monat. Er dankte der jungen Frau und erklärte, dies sei der Tag, an dem alljährlich die Überweisungen erfolgen sollten.

Nachdem er das Geschäftliche erledigt hatte, kehrte Ricky zu dem Leihwagen zurück. Er sah sich nicht einmal um, während er durch die Straßen der Großstadt fuhr, zum Henry Hudson Parkway Richtung Norden. Er hatte viel zu tun und wenig Zeit.

Er lieferte den Leihwagen ab und verbrachte den Tag damit, Frederick Lazarus zu beseitigen. Jede Mitgliedschaft, jede Kreditkarte, jeder Handyvertrag – alles, was mit dieser Rolle zusammenhing, wurde geschlossen, gestrichen, gelöscht. Er machte sogar einen Abstecher zu dem Waffengeschäft, in dem er Schießen gelernt hatte, und verbrachte, nachdem er eine Schachtel Patronen gekauft hatte, eine produktive Stunde am Schießstand und feuerte eine Salve nach der anderen auf eine schwarze Silhouettenscheibe ab, die in seiner Phantasie mit dem Mann verschmolz, der sich schon bald an ihn heranpirschen würde. Danach blieb er noch zu einer Plauderei mit dem Ladenbesitzer, in deren Verlauf er die Neuigkeit einfließen ließ, er werde die Gegend für einige Monate verlassen. Der Mann hinter der Theke zuckte die Achseln, nahm aber dennoch, wie Ricky merkte, die Nachricht zur Kenntnis.

Und damit löste sich Frederick Lazarus in Wohlgefallen auf. Zumindest auf dem Papier. Er verschwand auch aus den wenigen Beziehungen, die es bei der Figur gegeben hatte. Als er mit allem fertig war, stellte Ricky fest, dass von der Person, die er erfunden hatte, nichts weiter übrig war als die mörderischen Neigungen, die er in sich aufgesogen hatte. Zumindest hoffte er, dass sie in seinem Innern noch lebendig waren.

Richard Lively gestaltete sich da schon um einiges schwieriger, da Richard Lively ein wenig menschlicher war. Und Richard Lively war es auch, der weiterleben musste. Zugleich aber musste er aus dem Dunstkreis von Durham, New Hampshire, verschwinden, und zwar mit möglichst wenig Tamtam. Er musste das alles hinter sich lassen, doch für den unwahrscheinlichen Fall, dass eines schönen Tages irgendjemand kam und Fragen stellte und das Verschwinden mit diesem speziellen Wochenende in Verbindung brachte, durfte es nicht nach dem aussehen, was es war.

Ricky dachte über das Dilemma nach und kam zu dem Schluss, dass er am wirkungsvollsten verschwand, wenn er das Gegenteil implizierte. Wenn er die Leute in dem Glauben ließ, sein Abgang sei nur vorübergehend. So blieb Richard Livelys Bankkonto, wenn auch mit einem bescheidenen Guthaben, intakt.

Er kündigte keine Kreditkarten oder Bibliotheksmitgliedschaften. Er erklärte seinem Vorgesetzten bei der Universitäts-Hausmeisterei, familiäre Schwierigkeiten an der Westküste zwängen ihn, dort für ein paar Wochen persönlich nach dem Rechten zu sehen. Sein Chef hatte Verständnis, sagte Ricky nur ungern, er könne nicht versprechen, ob seine Stelle so lange auf ihn warten würde, er werde aber sein Bestes tun, um ihn wieder zu übernehmen.

Ein ähnliches Gespräch fand mit seinen Vermieterinnen statt, denen er erklärte, er könne nicht sicher sagen, wie lange er wegbleiben würde. Er zahlte ihnen einen zusätzlichen Monat Miete im voraus. Sie hatten sich an sein Kommen und Gehen gewöhnt und sagten wenig, auch wenn die Art, wie die ältere der beiden Frauen ihn ansah und seine Erklärungen aufnahm, Ricky suggerierten, dass sie sein endgültiges Verschwinden ahnte. Ricky bewunderte diese Tugend: scheinbar etwas, das jemand sagt, für bare Münze nehmen, während man instinktiv um die verheimlichte Wahrheit weiß. Dennoch ließ Ricky so viel wie möglich von seinen Sachen zurück, um die Fiktion von seiner Rückkehr zu unterstreichen, auch wenn sie ihm nicht ganz abgenommen wurde. Kleider, Bücher, einen Radiowecker, die bescheidenen Dinge, die er angesammelt hatte, während er sich in seinem neuen Leben einrichtete. Was er mitnahm, beschränkte sich auf ein paar Kleidergarnituren und seine Waffe. Was er zurückließ, musste dokumentieren, dass er dagewesen war und vielleicht zurückkommen würde – ohne jedoch preiszugeben, wer er war und wo er vielleicht tatsächlich hingegangen war.

Als er zu Fuß das Haus verließ, packte ihn ein Anflug von Wehmut. Falls er das Wochenende überlebte, und seine Chancen standen fünfzig zu fünfzig, dann würde er nie hierher zurückkommen. Er hatte ein unbeschwertes, vertrautes Verhältnis zu dieser überschaubaren kleinen Welt entwickelt, und es machte ihn traurig, ihr den Rücken zu kehren. Doch er gab der Empfindung eine neue Richtung und versuchte, daraus Kraft für die bevorstehenden Ereignisse zu schöpfen.

Um die Mittagszeit nahm er einen Trailways-Bus nach Boston, dieselbe Strecke, die er damals gekommen war. Er hielt sich nicht lange in der Bostoner Endstation auf, nur gerade lange genug, um sich zu fragen, ob der richtige Richard Lively noch am Leben war, und mit dem Gedanken zu spielen, einen Abstecher nach Charlestown zu machen und zu sehen, ob er den Mann in irgendeinem der Parks oder der engen Sträßchen auftreiben konnte, in denen er ihm so eifrig hinterher gelaufen war. Natürlich wusste Ricky, dass er dem Mann nichts zu sagen hatte, außer seinem Dank dafür, dass er ihm die Chance zu einer fragwürdigen Zukunft verschafft hatte. Wie dem auch sei, er hatte keine Zeit. Der Freitagnachmittagsbus fuhr die Strecke zum Cape, und während er im hinteren Teil auf einen Sitzplatz rutschte, merkte er, wie sich sein Puls beschleunigte. Inzwischen haben sie das Gedicht gelesen, dachte er. Und Merlin hat den Mann bei der Anzeigenaufnahme ausgequetscht.

In diesem Moment reden sie. Ricky konnte sich ausmalen, wie die Argumente hin und her gingen. Doch er brauchte sie nicht wirklich zu hören, denn er wusste, zu welchem Ergebnis sie kommen würden. Er sah auf seine Armbanduhr.

Er wird bald aufbrechen, dachte Ricky. Er wird so schnell wie möglich fahren, um das Ende einer Geschichte herbeizuführen, die anders gelaufen ist als geplant.

Ricky schmunzelte. Er sah, dass er einen großen Vorteil hatte. Rumpelstilzchen lebte in einer Welt, die endgültige Lösungen kannte. Bei Ricky war es umgekehrt. Zu den Maximen der Psychoanalyse gehört es, dass selbst dann, wenn die Sitzungen vorbei sind und die tägliche Therapie zum Abschluss kommt, der Prozess noch lange nicht vollendet ist. Die Therapie führt bestenfalls ein neues Selbstverständnis herbei, die eine neue Einschätzung des eigenen Lebens eröffnet und die Weichenstellungen für die Zukunft beeinflusst. Im besten Falle werden diese Entscheidungen nicht mehr von den Ereignissen der Vergangenheit eingeengt und der Betreffende kann – von der Hypothek seiner Erziehung befreit – unbelastet wählen. Er hatte das Gefühl, dass er sich dieser Art von offenem Ende näherte.

Entweder war es Zeit zum Sterben oder Zeit zum Weitermachen; welches von beiden, das würden die nächsten Stunden erweisen.

Ricky akzeptierte das Unvermeidliche seiner Situation, während er aus dem Fenster auf die vorbeifliegende Landschaft starrte. Je weiter der Bus Richtung Cape donnerte, beobachtete Ricky, desto bescheidener wurden die Bäume und Sträucher. Das Leben im Sandboden unweit des Meeres wurde zusehends rauer. Es fiel schwer, in die Höhe zu wachsen, wenn man im Winter von stürmischen Winden gebeutelt wurde.

Nicht weit von Provincetown entdeckte Ricky ein Motel an der Route 6, an dem noch nicht das AUSGEBUCHT-Schild leuchtete, was vermutlich dem wenig verheißungsvollen Wetterbericht zu verdanken war. Er bezahlte für das Wochenende in bar. Der Portier nahm das Geld mit gelangweilter, gleichgültiger Miene entgegen und hielt, wie Ricky vermutete, den neuen Gast für nichts weiter als einen konfusen, in die Jahre gekommenen Bostoner Geschäftsmann, der seinen Phantasien nicht länger widerstehen konnte und sich für ein paar Tage in das grellbunte, sommerliche Nachtleben aus Sex und Schuldgefühlen stürzte. Er tat nichts, um diesem Verdacht entgegenzutreten, sondern fragte den Portier sogar, wo die besten Clubs der Stadt zu finden seien, die Art Lokale, in denen Singles nicht lange alleine blieben.

Ricky fand einen Laden für Campingausrüstung und kaufte sich noch einmal ein Insektenspray, eine starke Taschenlampe sowie einen viel zu großen, matt olivfarbenen Poncho. Dazu einen breitkrempigen Hut in Tarnfarben, der schlichtweg lächerlich aussah, jedoch einen entscheidenden Vorzug besaß: An der Krempe war ein Moskitonetz befestigt, das man über Kopf und Schultern ziehen konnte. Wieder einmal kam ihm die Wettervorhersage für das Wochenende zupass: Schwüle, Gewitter, verhangener Himmel, hohe Temperaturen. Ein widerwärtiges Gebräu. Ricky erzählte dem Mann hinter der Theke, er wolle trotzdem einiges im Garten tun, was jeden Einkauf, den er tätigte, hinlänglich erklärte.

Als er auf die Straße trat, sah er, wie sich im Westen die ersten Gewitterwolken zusammenballten. Er horchte auf fernes Grollen und sah prüfend nach oben, wo der immer dunklere, graue Himmel scheinbar den nahen Abend heraufbeschwor. Er schmeckte Regen in der Luft und beeilte sich, seine Vorbereitungen abzuschließen.

Die Stunden schleppten sich dahin, das Tageslicht wollte nicht weichen, als eiferte es mit der heraufziehenden Regenfront um die Wette. Als er endlich die Straße zu seinem alten Haus erreichte, hatte der Himmel eine fast kränkelnde braune Färbung angenommen. Der Bus, der die Route 6 entlang fuhr, hatte ihn ein paar Meilen vorher abgesetzt, und er war, den Rucksack randvoll mit seinen Einkäufen und der Waffe auf dem Rücken, das letzte Stück mühelos gelaufen. Ricky dachte daran, wie er dieselbe Strecke vor fast einem Jahr zurückgelegt hatte, und er entsann sich, wie er außer Atem war, wie sehr ihm die Panik und der Schock über das, was er getan hatte, und das, was er als Nächstes tun musste, die Lunge leergepumpt hatten. Diesmal war alles anders. Er spürte so etwas wie Kraft, gepaart mit einem Maß an Einsamkeit, die nicht ganz frei von Selbstgefälligkeit war. Die Stelle, zu der er rannte, war weniger der Ort, an dem so viele Erinnerungen zusammenliefen, sondern viel mehr ein Ort, der von Veränderung kündete. Jeder Schritt auf dieser Strecke war ihm vertraut und doch surreal, als spielte sich dies alles auf einer anderen Daseinsebene ab. Er erhöhte sein Tempo und freute sich, dass er stärker als bei seinem letzten Rennen war, während er sorgsam darauf achtete, nicht einem einstigen Nachbarn über den Weg zu laufen, der vielleicht gerade aus seiner Einfahrt fuhr und sah, wie der Tote zu seinem abgebrannten Ferienhaus lief.

Ricky hatte Glück, die Straße war um die Abendessenszeit wie ausgestorben. Er bog in seine Einfahrt ab und ging langsamer. Im nächsten Moment verschwand er hinter den Baumgruppen und dem Gebüsch, das in den wärmeren Monaten auf dem Cape üppig spross. Er wusste nicht genau, was ihn erwartete. Ihm kam der Gedanke, dass irgendein Verwandter, der sich das Anwesen vielleicht unter den Nagel gerissen hatte, bereits den Schutt abgetragen, am Ende sogar mit dem Bau eines neuen Hauses begonnen hatte. In seinem Abschiedsbrief hatte er das Grundstück einem Naturschutzverein vermacht, doch er konnte sich gut vorstellen, dass es zum Gegenstand gerichtlicher Auseinandersetzungen geworden war, sobald ein paar ferne Familienmitglieder Wind davon bekommen hatten, wieviel dieses Filetstück von einem Cape-Grundstück tatsächlich wert war. Er musste grinsen, wenn er die Ironie bedachte, dass Leute, die er kaum kannte, sich jetzt um sein Grundstück stritten, während er sich vor Monaten zum Sterben gezwungen sah, um einen von ihnen vor dem Verfolger zu schützen, der ihm in jener Nacht bereits auf den Fersen war.

Als er unter den Bäumen hervortrat, sah er, worauf er gehofft hatte: die verkohlten Überreste seines Hauses. Selbst zu dieser Jahreszeit, in der alles spross und wucherte, war der Boden einige Meter um das dürre Skelett des alten Bauernhauses immer noch schwarz.

Ricky ging zu der Stelle, an der einmal die Haustür gewesen war, und stapfte durch das Unkraut, das seinen einstigen Garten bedeckte. Er trat ein und bewegte sich langsam in der Ruine seines Heims. Er meinte, selbst nach einem Jahr noch Benzin und verbranntes Holz zu riechen, merkte aber schnell, dass ihm seine Phantasie einen Streich spielte und die Wahrnehmung reine Einbildung war. In der Ferne ertönte Donnergrollen, doch er ignorierte es und tastete sich so gut er konnte durch die Hohlräume zwischen den Trümmern, während er das Haus im Geist durch die Wände und die Möbel, die Kunstwerke und die Teppiche ergänzte. Und als die Erinnerung sein altes Zuhause wieder aufgerichtet hatte, ließ er zu, dass sie einzelne Momente mit seiner Frau hineinmalte, aus den glücklichen Tagen vor ihrer Krankheit, bevor sie ihre Kraft, Vitalität und schließlich das Leben verlor. Seine Wanderung durch den Trümmerhaufen war angenehm und gespenstisch zugleich. Auf seltsame Weise trafen Rückkehr und Aufbruch hier zusammen, und er hatte das eigenartige Gefühl, als träte er in dieser Nacht zu einem Abenteuer an, das ihn ganz woanders hinbringen würde und dass er dann endgültig allem, was Dr. Frederick Starks ausmachte, Lebewohl sagen konnte, um danach den Menschen willkommen zu heißen, der aus der schnell hereinbrechenden Nacht hervorgehen würde.

Die Stelle, nach der er gesucht hatte, wartete auf ihn, und zwar direkt neben dem Hauptschornstein, der zu dem Kamin im Wohnzimmer gehört hatte. Ein Stück Decke sowie schwere Holzbalken waren seitlich eingestürzt und bildeten eine Art wackligen Anbau, beinahe wie eine Höhle. Ricky zog sich den Poncho über, setzte sich den Moskitohut auf und zog die Taschenlampe wie auch die Pistole aus seinem Rucksack. Dann verkroch er sich wieder im Dunkel der Trümmer und wartete auf die Nacht, das Gewitter und auf das Eintreffen des Mörders.

Er hatte durchaus Sinn für den Witz der Situation: Was hatte er getan? Er hatte sich wie ein Psychoanalytiker verhalten. Er hatte bei dem Mann, den er sehen wollte, heftigste, unkontrollierbare Emotionen geweckt. Selbst der Psychopath, dachte Ricky, war nicht gegen seine eigenen Wünsche gefeit. Und da saß er nun wie in den vielen Jahren seiner Analytikerpraxis und wartete, dass der letzte Patient zur Tür hereinkam und all die Wut und den Hass und den Zorn mitbrachte, die sich gegen Ricky, den Therapeuten, richteten.

Er legte den Finger in den Abzugsbügel seiner Waffe und entsicherte. Diese Sitzung allerdings sollte nicht so harmlos wie sonst verlaufen.

Er lehnte sich zurück und taxierte jedes Geräusch, prägte sich jeden Schatten ein, der sich in das Dunkel dehnte, das ihn umgab. Die Sicht würde in dieser Nacht zum Problem. Der Mond würde nicht durch die Wolken dringen. Die Lichter von den Häusern der Umgebung und vom fernen Provincetown würden im Regen untergehen. Worauf Ricky seine Hoffnungen setzte, war eine Mischung aus Gewissheit und Unsicherheit: Das Terrain, das er sich ausgesucht hatte, war ihm so vertraut wie nichts sonst auf der Welt. Das wäre schon einmal ein Vorteil. Doch was noch wichtiger war: Er baute auf Rumpelstilzchens Unsicherheit. Er würde nicht wissen, wo genau Ricky sich befand. Er war gewohnt, über die Situation, in der er agierte, vollkommene Kontrolle zu haben, und dies hier war, wie Ricky hoffte, eine Situation, die ihm denkbar wenig Spielraum ließ. Eine für den Killer ungewohnte Welt.

Ricky war sich so gut wie sicher, dass der Killer kommen und schon bald nach ihm suchen würde. Auf der Fahrt von New York Richtung Osten würde dem Mörder dämmern, dass es für Ricky nur zwei Stellen gab, an denen er ihn erwarten konnte: den Strand, an dem er sein Ertrinken vorgetäuscht, und das Zuhause, das er niedergebrannt hatte. Er würde auf der Jagd nach ihm zu diesen beiden Stellen kommen, denn entgegen allem, was der Mann bei der *Village*

Voice ihm erzählt haben mochte, würde er nicht glauben, dass es bei dieser Reise ans Cape um irgendeine andere Angelegenheit ging als ums Sterben. Er würde wissen, dass alles andere purer Selbstbetrug wäre und dass es bei dem eigentlichen Spiel um die Erinnerungen des einen gegen die des anderen ging.

35

IN DEN ERSTEN STUNDEN seiner nächtlichen Wache prasselte der Regen, gepaart mit Blitz und Donner über dem Meer, in heftigen Schauern nieder, bis er schließlich schwächer wurde und in ein irritierendes stetiges Nieseln überging. Während das Gewitter über ihn hinwegzog, sanken die Temperaturen um mindestens sechs Grad und erfüllten die Dunkelheit mit einer Kälte, die ganz und gar unpassend schien. Die aufpeitschenden Gewitter hatten Sturmböen mit sich gebracht, die am Saum seines Ponchos zerrten und in den Trümmern und verkohlten Überresten ringsum ein Knarren und Knirschen erzeugten, als hätten auch sie in dieser Nacht eine Rechnung zu begleichen. Ricky blieb wie ein Jäger in Deckung und wartete auf das Erscheinen des Wilds. Er dachte an die vielen Stunden, die er reglos und schweigsam hinter seinen Patienten auf der Couch verbracht hatte, und er fand es irgendwie komisch, dass ihn diese Zeit der stillen Kontemplation vorzüglich für die Wache in dieser Nacht gewappnet hatte.

Er bewegte sich nur gelegentlich, und auch dann nur, um seine Muskeln geschmeidig zu halten, damit sie nicht im entscheidenden Moment versagten. Die meiste Zeit saß er angelehnt da, das Moskitonetz über dem Kopf, den Poncho über den Körper gebreitet, mehr wie ein konturloser Haufen als eine menschliche Gestalt. Von seinem Versteck aus konnte er dennoch das offene Feld überblicken, das – besonders wenn sich am Himmel die Gewitter entluden – Besucher zu seinem Haus gezogen hatte. Er saß in einer Stellung, die ihm erlaubte, durch die Baumgruppen draußen an der Hauptstraße hindurch Lichtstreifen von Scheinwerfern zu sehen, und er war zuversichtlich, dass er durch die kompakte feuchte Nacht das Geräusch eines Automotors hören würde.

Er hatte nur eine Sorge: dass Rumpelstilzchen mehr Geduld aufbringen könnte als er selbst. Ricky bezweifelte das zwar, war sich aber nicht hundertprozentig sicher. Immerhin hatte er als Kind über Jahre so viel Hass aufgestaut und so lange gewartet, bevor er seine Fallen zuschnappen ließ, dass er vielleicht jetzt, in diesem letzten Stadium, zögerte, dass er einfach hinter irgendeiner Baumreihe Stellung bezog und mehr oder weniger dasselbe tat wie Ricky, nämlich auf eine verräterische Bewegung warten, um sich dann anzupirschen. Das war das Risiko, auf das sich Ricky in dieser Nacht einlassen musste, doch er fand, dass er sich, falls er verlor, gut abgesichert hatte. Alles, was er getan hatte, zielte darauf, Mr. R. zu provozieren. Wut und Angst und Drohungen fordern eine Reaktion heraus. Ein Profikiller war ein Mann der Tat. Ein Analytiker nicht. Ricky setzte seine Hoffnungen darauf, dass er eine Situation geschaffen hatte, in der seine eigenen Stärken die seines Gegners kompensierten. Das, was er selbst gelernt hatte, stand gegen die Ausbildung des Killers. Er wird den ersten Schritt machen, hämmerte sich Ricky immer wieder ein. Alles, was du über menschliches Verhalten weißt, sagt dir, dass es so ist. In dem Spiel um Tod und Erinnerung, in das die beiden Männer sich verbissen hatten, war Ricky im Vorteil. Er kämpfte auf vertrautem Terrain.

Mehr, dachte er, ist nicht drin.

Bis zehn Uhr nachts hatte ein stickig feuchter, schwarzer Trichter die Welt um ihn herum geschluckt. Er merkte, wie seine Sinne geschärft und sein Kopf überwach auf sämtliche Nuancen der Nacht reagierte. Seit über einer Stunde hatte er keinen Wagen gehört, keine Scheinwerfer in der Ferne ausgemacht, und der Regen schien sämtliche nachtaktiven Tiere in ihre Höhlen getrieben zu haben, so dass nicht einmal das Kratzen eines Opossums oder eines Stinktiers auf Nahrungssuche durch das Dunkel drang. Dies war, wie er erkannte, der Moment, in dem ihn ein wenig der Mut verließ, seine Entschlossenheit wankte, die ersten Zweifel hochkrochen und ihm einzureden versuchten, er wartete törichterweise auf jemanden, der nie erscheinen würde. Er mokierte sich innerlich über das Gefühl, bestand darauf, dass Rumpelstilzchens Kommen so ziemlich das einzig Sichere, dass Rumpelstilzchen bereits in der Nähe war und noch näher kommen würde, wenn er nur durchhielt und wartete. Er wünschte sich, er hätte daran gedacht, sich eine Flasche Wasser mitzubringen oder eine Thermoskanne Kaffee, doch das hatte er nicht. Es ist schwer, dachte er, Mordpläne zu schmieden und gleichzeitig an so banale Dinge zu denken.

Gelegentlich krümmte er die Hände und trommelte stumm mit dem Zeigefinger seitlich an den Abzugsbügel. Einmal erschreckte ihn eine Fledermaus, die über seinen Kopf hinwegsauste; ein andermal tauchten ein paar Rehe für ein, zwei Sekunden aus dem Wald auf. Er konnte nur ganz vage ihre Umrisse erkennen, bis sie unruhig wurden, ihm das weiße Hinterteil zuwandten und mit tänzelnden Sprüngen ins Dickicht flüchteten.

Ricky wartete weiter. Der Mörder war voraussichtlich mit der Nacht vertraut und fühlte sich im Dunkeln sicher. Der Tag bringt einem Killer nur Nachteile. Er kann zwar sehen, wird aber auch erkannt. Ich kenne dich, Mr. R. Du willst das hier im Dunkeln zu Ende bringen. Du kommst bestimmt.

Etwa dreißig Minuten nachdem die Scheinwerfer des letzten Autos über die dunkle Ebene geschwebt waren, Lichtkegel, die sich hinter den Bäumen langsam in der Ferne verloren, erspähte Ricky ein anderes Auto, das auf der Straße näher kam. Es fuhr ein wenig langsamer, fast zögerlich, ein kleines bisschen unentschlossen.

Das Licht verharrte an der Stelle, an der die Einfahrt zu seinem Grundstück lag, und brauste dann um die Ecke davon. Ricky zuckte zurück und verkroch sich noch tiefer in das Loch, in dem er sich versteckte.

Jemand hat gefunden, wonach er sucht, dachte er, wollte sich aber nicht verraten.

Er wartete weiter. Die nächsten zwanzig Minuten verstrichen in völliger Dunkelheit, doch Ricky lag jetzt wie die Schlange eingerollt auf der Lauer. Das Licht seiner Armbanduhr half ihm, abzuschätzen, was sich außerhalb seines begrenzten Gesichtsfelds abspielte. Fünf Minuten, genügend Zeit, um den Wagen an einer Stelle zu parken, wo er nicht zu sehen war. Zehn Minuten, genügend Zeit, um zum Eingang seines Grundstücks zurückzulaufen. Nochmals fünf Minuten, um sich unter dem Dach der Zweige lautlos anzuschleichen. Jetzt hat er die letzte Baumreihe erreicht, kalkulierte Ricky. Taxiert die Ruine des Hauses aus der Ferne. Er zog sich weiter in seinen Schlupfwinkel zurück und steckte die Füße unter seinen Poncho.

Ricky verschrieb sich eiserne Geduld. Er merkte, wie ihm Adrenalinschübe in den Ohren pochten und sein Puls sich wie bei einem Hochleistungssportler beschleunigte, doch er beruhigte sich, indem er stumm Passagen aus der Literatur aufsagte. Dickens: »Es war die beste aller Zeiten, es war die schlimmste aller Zeiten.« Eine Zeile von Camus: »Heute ist Mama gestorben. Vielleicht auch gestern, ich weiß es nicht.« Bei dieser Erinnerung musste er trotz der Angst, die in seinem Innern lauerte, unwillkürlich schmunzeln. Ein passendes Zitat, dachte er. Seine Augen schössen in alle Richtungen und suchten die Dunkelheit ab. Es war ein bisschen so, als machte er unter Wasser die Augen auf. Er sah alle möglichen Formen und Gestalten in ständiger Bewegung, ohne etwas zu erkennen. Dennoch wartete er, denn er wusste, dass seine einzige Chance darin bestand, zu sehen, bevor er gesehen wurde.

Der Nieselregen hörte endlich auf, was blieb, war ein glitzernder Film. Die anfängliche Kühle während des Gewitters war gewichen, und Ricky spürte, wie erneut eine schwere, feuchte Wärme auf seiner Umgebung lastete. Aus Angst, dass das asthmatische Rasseln in jedem seiner Atemzüge meilenweit zu hören sein könnte, atmete er bewusst langsam. Er blickte zum Himmel und sah die Umrisse einer Wolke, die in bauschigem Grau über den schwarzen Hintergrund glitt, als würde sie von einem unsichtbaren Ruderer angetrieben. Durch ein Loch, das die Wolke im Vorbeiziehen riss, trieb der Mond einen matten Lichtstrahl in die Nacht. Ricky ließ den Blick von rechts nach links schweifen und sah, wie sich eine Gestalt aus dem Schutz der Bäume löste.

Ricky starrte auf die Gestalt, die nur für Sekunden im bleichen Licht zu erkennen war, fast wie ein Schatten, der sich von der übrigen Dunkelheit nur durch ein satteres Schwarz abhob. In dieser kurzen Zeit sah er, wie die Person etwas an die Augen hob und sich dann langsam drehte wie der Ausguck auf einem Boot, der das Wasser vor dem Bug nach Eisbergen absucht.

Ricky zog sich noch weiter zurück und drückte sich an die Trümmer. Er biss sich auf die Lippen, denn er wusste sofort, was er vor sich hatte: einen Mann mit einem Nachtsichtgerät.

Er erstarrte, während ihm zugleich bewusst wurde, dass die verwegene Kostümierung in dem Poncho und dem Insektenhut seine beste Verteidigung war. Mitten unter den verkohlten Brocken und Balkenresten und dem ganzen verbrannten Schutt würde er wie ein Teil der verkeilten Ruine erscheinen. Wie ein Chamäleon, das seine Farbe entsprechend den Blättern wechselt, in denen es hockt, verharrte auch Ricky auf der Stelle und hoffte, dass äußerlich nichts zu erkennen war, was auch nur im mindesten die Gegenwart eines Menschen verriet.

Die Gestalt bewegte sich sachte.

Ricky hielt den Atem an. Er wusste nicht, ob er entdeckt worden war.

Er musste alle Willenskraft zusammennehmen, um sich nicht vom Fleck zu rühren. Die schiere Panik kroch in ihm hoch, und alles in ihm schrie danach, loszurennen, solange er noch die Möglichkeit hatte. Doch er hielt dagegen, dass er nur dann eine Chance besaß, wenn er blieb, wo er war. Nach allem, was geschehen war, musste er den Mann, der sich da durch die Dunkelheit bewegte, auf Armeslänge vor sich haben. Die Gestalt bewegte sich so eben erkennbar und vorsichtig, wenn auch nicht ängstlich, leicht vornübergebeugt, so dass sie wenig Angriffsfläche bot, gleich einem erfahrenen Raubtier.

Ricky ließ den angehaltenen Atem mit einem langgezogenen Pusten heraus. Er hat mich nicht gesehen. Die Gestalt erreichte jetzt den ehemaligen Garten, und Ricky beobachtete, wie der Mann zögerte. Er sah, dass er, passend zu der dunklen Kleidung, Kopf und Gesicht verhüllt hatte. Die Gestalt schien viel mehr ein Teil der Nacht zu sein als eine Person. Wieder wurde etwas hochgehoben, und wieder wurde Ricky vor Anspannung siedend heiß, als das Nachtsichtgerät über die Trümmer des Hauses glitt, in dem er einmal glücklich gewesen war. Aber auch diesmal verhüllte der Poncho seine Gestalt, so dass er zu einem Teil des Trümmerhaufens wurde und der Mann frustriert innehielt. Ricky sah, wie er die Hand mit dem Nachtsichtgerät fallen ließ, als hätte er die Umgebung abgehakt.

Die Gestalt trat eine Spur aggressiver vor und stand jetzt im ehemaligen Eingangsbereich, um die Ruine zu durchsuchen. Dann machte er noch einen Schritt, stolperte leicht, und Ricky hörte einen unterdrückten Fluch.

Er weiß, dass ich eigentlich hier sein muss, dachte Ricky. Aber jetzt kommen ihm Zweifel.

Ricky biss die Zähne zusammen. Er verspürte einen kalten, mörderischen Drang wie die Spitze eines Pfeils. Jetzt bist du dir nicht mehr sicher, dachte er. Damit hast du nicht gerechnet. Und jetzt kommen dir Zweifel. Zweifel, Frustration und all die aufgestaute Wut darüber, dass du mich nicht damals umgebracht hast, wo es ein Kinderspiel gewesen wäre. Das ist eine gefährliche Kombination, weil es dich zwingt, Dinge zu tun, die du normalerweise nicht tun würdest. Mit jedem Schritt wirfst du Vorsichtsmaßnahmen über den Haufen. Plötzlich wirst du unsicher und spielst das Spiel nach meinen Regeln. Denn Dr. Starks kennt dich jetzt und weiß, was dir durch den Kopf geht, was du fühlst, all die Unentschlossenheit, die Verwirrung macht sein Leben aus, nicht deins. Du bist ein Killer, der die Zielperson nicht klar erkennt, und das nur, weil ich es so eingerichtet habe.

Ricky betrachtete die Gestalt. Komm näher, sagte er in Gedanken.

Der Mann trat vor, stolperte erneut über einen Klotz, der einmal ein Dachsparren gewesen war, und versuchte, durch einen Raum zu gehen, den er nicht kannte.

Er blieb stehen und trat gegen die Trümmer.

»Doktor Starks«, flüsterte der Mann, so wie ein Schauspieler auf der Bühne ein Geheimnis mit dem Publikum teilt. »Ich weiß, dass Sie hier sind.«

Die Stimme schnitt wie eine stumpfe Rasierklinge durch die Nacht.

»Kommen Sie raus, Doktor. Es ist Zeit, die Sache zu Ende zu bringen.«

Ricky rührte sich nicht. Antwortete nicht. Er spürte, wie sich jeder Muskel in seinem Körper zum Zerreißen spannte. Doch Ricky hatte nicht Jahre hinter der Couch verbracht und die provozierendsten Äußerungen mit Schweigen quittiert, um auf die Forderung der Gestalt hereinzufallen.

»Wo stecken Sie, Doktor«, fuhr der Mann fort und drehte sich dabei in alle Richtungen. »Sie waren nicht am Strand. Also müssen Sie hier sein, denn Sie sind ein Mann, auf dessen Wort man zählen kann. Und Sie haben gesagt, Sie wären hier.«

Der Mann ging weiter und tastete sich von einem Schatten zum anderen vor. Wieder stolperte er und stieß mit dem Knie gegen eine ehemalige Futterstufe der Treppe. Wieder fluchte er und richtete sich auf. Ricky sah, wie sich Ärger, Hilflosigkeit und Enttäuschung in einem Schulterzucken äußerten.

Der Mann drehte sich noch einmal nach links und nach rechts und stieß einen Seufzer aus.

Als er wieder die Stimme erhob, sprach er laut und resigniert. »Wenn nicht hier, Doktor, wo zum Teufel stecken Sie dann?« Mit einem letzten Achselzucken kehrte der Mann Ricky den Rücken, und noch während er sich umwandte, zog Ricky die Hand mit der halbautomatischen Pistole unter dem Poncho hervor, hob sie vorschriftsmäßig, wie in dem Waffengeschäft in New Hampshire gelernt, und hielt sie mit beiden Händen so vor sich ausgestreckt, dass das Visier genau auf Rumpelstilzchens Rücken zielte.

»Ich bin hinter Ihnen«, sagte Ricky ruhig.

Jetzt schien rings um Ricky die Zeit außer Kraft gesetzt. Sekunden, die sich gewöhnlich in einer geordneten Abfolge zu Minuten angehäuft hätten, schienen sich wie Blütenblätter in einer starken Brise zu zerstreuen. Er blieb wie erstarrt, die Waffe direkt auf den Rücken des Mörders gerichtet, der Atem flach und mühsam. Er hatte das Gefühl, als ob ihm Stromstöße durch die Adern pulsierten, und es kostete ihn äußerste Kraft, die Ruhe zu bewahren.

Der Mann stand reglos vor ihm.

»Ich habe eine Waffe«, krächzte Ricky angespannt. »Sie zielt auf Ihren Rücken. Es ist eine halbautomatische Pistole, Kaliber 38, mit Hohlspitzgeschossen geladen, und bei der kleinsten Bewegung werde ich schießen. Bevor Sie sich umdrehen und Ihre eigene Waffe zum Einsatz bringen können, habe ich bereits zwei, vielleicht drei Schüsse abgegeben. Mindestens einer davon wird sein Ziel nicht verfehlen und Sie töten. Aber das ist Ihnen natürlich bekannt, da Sie ja mit der Waffe und der Munition vertraut sind und wissen, was sie anrichten kann. Sicher haben Sie das bedacht, nicht wahr?«

»Sobald ich Ihre Stimme hörte, Doktor«, antwortete Rumpelstilzchen. Sein Ton war unbeeindruckt und ausgeglichen. Falls er überrascht war, ließ er es sich nicht anmerken. Dann lachte er laut und fügte schnell hinzu: »Dass ich Ihnen tatsächlich direkt in die Schusslinie gelaufen bin. Tja, das musste wohl so kommen. Sie haben sich wirklich gut geschlagen, weit besser, als ich je erwartet hätte, und Sie haben Fähigkeiten an den Tag gelegt, die ich Ihnen schon gar nicht zugetraut hätte. Aber unser Spielchen geht in die letzte Runde, nicht wahr, Doktor Starks?« Er schwieg, bevor er sagte: »Ich denke, Sie täten gut daran, mich jetzt zu erschießen. Direkt in den Rücken. Im Moment sind Sie im Vorteil. Aber mit jeder Sekunde, die verstreicht, wird Ihre Position schwächer. Als Profi, der nicht zum ersten Mal in einer solchen Lage ist, kann ich Ihnen nur dringendst empfehlen, die Gelegenheit, die Sie herbeigeführt haben, nicht zu vergeuden. Erschießen Sie mich jetzt, Doktor. Solange Sie noch können.«

Ricky antwortete nicht.

Der Mann lachte. »Kommen Sie, Doktor. Legen Sie all Ihre Wut hinein. Kanalisieren Sie Ihre Empörung. Sie müssen diese Dinge in Ihrem Kopf zusammenführen und zu einem einzigen, konzentrierten Gedanken verdichten, dann können Sie ohne den Hauch von Skrupeln abdrücken. Tun Sie's jetzt, Doktor, denn jede Sekunde, die Sie mich am Leben lassen, kann Sie das eigene Leben kosten.«

Ricky zielte genau, ohne zu feuern.

»Halten Sie Ihre Hände hoch, so dass ich sie sehen kann«, forderte er stattdessen.

Rumpelstilzchen lachte verächtlich auf. »Wie? Haben Sie das aus dem Fernsehen? Oder dem Kino? Im wirklichen Leben läuft das nicht so.«

»Lassen Sie die Waffe fallen«, beharrte Ricky.

Der Mann schüttelte langsam, doch energisch den Kopf. »Nein, das werde ich genauso wenig tun. Das ist sowieso ein Klischee. Sehen Sie, wenn ich meine Waffe auf den Boden fallen lasse, gebe ich meinen letzten Trumpf aus der Hand. Analysieren Sie mal die Situation, Doktor. Nach meinem fachmännischen Urteil haben Sie Ihre Chance bereits vermasselt. Ich weiß, was in Ihrem Kopf vor sich geht. Ich weiß, dass Sie längst abgedrückt hätten, wenn Sie es könnten. Aber es ist nicht gar so leicht, einen Menschen zu ermorden, selbst wenn er Ihnen jeden erdenklichen Grund dazu gegeben hat; das Ganze gestaltet sich doch noch schwieriger, als selbst Sie sich haben träumen lassen. Doktor, in Ihrer Welt existiert der Tod nur in der Phantasie. All die mörderischen Impulse, die Sie sich über die Jahre angehört und wenn möglich entkräftet haben. Denn in Ihrer Welt waren sie nur ein Produkt der Phantasie. Aber hier, heute Nacht, herrscht die blanke Realität. Und in diesem Moment versuchen Sie die Kraft aufzubringen, mich zu töten. Und ich gehe jede Wette ein, dass Sie sie nicht haben. Ich für meinen Teil hätte nicht die geringsten moralischen Skrupel gehegt, jemandem in den Rücken zu schießen. Oder auch in die Brust. Probieren geht über Studieren. Hauptsache, die Zielperson ist tot. Ich werde also nicht meine Waffe fallen lassen, weder jetzt noch später. Vielmehr werde ich sie, mit gespanntem Hahn und schussbereit, in der Hand behalten. Ob ich mich jetzt plötzlich umdrehe? Es in diesem Moment riskiere? Oder warte ich lieber noch ein bisschen?«

Ricky schwieg auch diesmal, während sich ihm im Kopf alles drehte.

»Eins sollten Sie wissen, Doktor: Wenn Sie ein erfolgreicher Mörder sein wollen, dürfen Sie sich um Ihr eigenes jämmerliches Leben nicht allzu viel Gedanken machen.«

Ricky lauschte auf die Worte, die durch die Dunkelheit schwirrten. Ein beunruhigendes Gefühl machte sich in ihm breit.

»Ich kenne Sie«, sagte er. »Ich kenne Ihre Stimme.«

»Ja, in der Tat«, erwiderte Rumpelstilzchen in leicht spöttischem Ton. »Sie haben sie ja oft genug gehört.«

Ricky fühlte sich plötzlich, als stünde er auf spiegelglattem Eis. Seine Stimme schwankte. »Drehen Sie sich um«, sagte er. Rumpelstilzchen zögerte und schüttelte den Kopf. »Das wollen Sie nicht wirklich. Denn wenn ich mich erst umdrehe, haben Sie jeden Vorteil verspielt. Ich werde Ihre genaue Position kennen, und glauben Sie mir, Doktor, wenn ich Sie erst sehe, dauert es nicht lange, und Sie sind tot.«

»Ich kenne Sie«, wiederholte Ricky im Flüsterton.

»Ist das so schwer? Die Stimme ist dieselbe. Der Habitus. Der Tonfall und die Modulation, die Nuancen und die Manierismen.

Ihnen alles bestens bekannt«, sagte Rumpelstilzchen. »Schließlich hatten wir fast ein Jahr lang fünfmal die Woche mehr oder weniger denselben persönlichen Kontakt. Und damals hätte ich mich auch nicht umgedreht. Und der psychoanalytische Prozess, ist das nicht mehr oder weniger dasselbe wie das hier? Der Arzt mit seinem Wissen, der Macht, fast möchte man sagen, mit den Waffen direkt im Rücken des armen Patienten, der nicht sehen kann, was Sache ist, sondern sich nur an seine armseligen, erbärmlichen Erinnerungen halten kann. Hat sich die Situation für uns denn allzu sehr geändert, Doktor?«

Rickys Kehle war vollständig ausgetrocknet, aber dennoch würgte er den Namen heraus. »Zimmerman?«

Rumpelstilzchen lachte wieder. »Zimmerman ist mausetot.«

»Aber Sie sind …«

»Ich bin der Mann, den Sie als Roger Zimmerman kannten. Mit der gebrechlichen Mutter und dem gleichgültigen Bruder und dem Job ohne Zukunft und all der Wut, die nie auch nur im Ansatz weniger wurde, wie oft ich Ihnen auch in Ihrer Praxis die Hucke voll gequatscht habe. Das ist der Zimmerman, den Sie gekannt haben, Dr. Starks. Und das ist der Zimmerman, der gestorben ist.«

Ricky fühlte sich schwindelig. Er schnappte verzweifelt nach Lügen.

»Aber in der U-Bahn …«

»Genau da ist Zimmerman – der echte Zimmerman, der wirklich suizidgefährdet war – tatsächlich gestorben. Ein kleiner Schubser hat für seinen Abgang gesorgt. Für seinen Tod zur rechten Zeit.«

»Aber ich …«

Rumpelstilzchen zuckte die Achseln. »Doktor, ein Mann kommt in Ihre Praxis und behauptet, er sei Roger Zimmerman und leide an diesem und jenem. Er erweist sich als geeigneter Patient für die Analyse und verfügt über die finanziellen Mittel, um Ihre Rechnungen zu bezahlen. Haben Sie jemals überprüft, ob der Mann, der bei Ihnen auf der Couch gelegen hat, tatsächlich der Mann war, für den er sich ausgab?«

Ricky schwieg.

»Hatte ich mir gedacht. Denn wenn Sie es überprüft hätten, dann hätten Sie festgestellt, dass der echte Zimmerman mehr oder weniger so war, wie ich ihn dargestellt habe. Nur dass er eben nicht derjenige war, der zu Ihnen in die Praxis kam. Das war ich. Und als es für ihn Zeit wurde zu sterben, hatte er bereits seine Schuldigkeit getan. Denn wissen Sie, Doktor, ich musste Sie kennen lernen. Ich musste Sie sehen und studieren. Und das so gut wie möglich. Ich hab mir Zeit gelassen. Aber ich habe erfahren, was ich wissen musste. Langsam, aber sicher, doch wie Sie wohl begriffen haben, bin ich ein geduldiger Mann.«

»Wer sind Sie?«, fragte Ricky.

»Das werden Sie nie erfahren«, entgegnete der Mann. »Andererseits wissen Sie es ja längst. Sie kennen meine Vergangenheit. Sie wissen, wie ich groß geworden bin. Sie wissen von meinen Geschwistern. Sie wissen eine Menge über mich, Doktor. Aber Sie werden niemals wissen, wer ich tatsächlich bin.«

»Wieso haben Sie mir das angetan?«, fragte Ricky.

Rumpelstilzchen schüttelte über die schiere Dreistigkeit der Frage den Kopf. »Sie kennen längst die Antwort. Ist es denn so schwer zu verstehen, dass ein Kind, das mit ansieht, wie einem geliebten Menschen so viel Böses zugefügt wird, das mit ansieht, wie dieser Mensch fertig gemacht und so in die Verzweiflung getrieben wird, dass er am Ende nur noch im Selbstmord Erlösung findet, ist es so schwer zu verstehen, dass ein solches Kind, sobald es selbst in der Lage ist, an all den Menschen, die versagt und nicht geholfen haben – einschließlich Ihrer Wenigkeit, Doktor Starks –, ein gewisses Maß an Rache zu üben, dass es diese Chance auch ergreift?«

»Rache löst gar nichts«, sagte Ricky.

»Das sagt der Richtige«, schnaubte Rumpelstilzchen. »Und Sie liegen natürlich verkehrt. Wie schon so oft. Rache reinigt Herz und Seele. Es gibt sie schon, seit der erste Höhlenmensch aus einem Baum geklettert ist, um seinem Bruder wegen irgendeiner Beleidigung eins über den Schädel zu ziehen. Aber nachdem Sie nun alles über meine Mutter und ihre drei Kinder wissen, wie können Sie da annehmen, dass all die Leute, die uns im Stich gelassen haben, uns nicht etwas schuldig sind? Kinder, die keinem etwas getan hatten, allesamt abgeschoben. Kinder, um die sich niemand schert – sollen sie doch verrecken. Nicht das geringste Mitgefühl oder Verständnis oder auch nur ein Hauch von Mitmenschlichkeit bei all diesen Leuten. Haben wir nicht, nachdem wir diese Hölle hinter uns hatten, auch etwas gut? Das ist ja wohl die weitaus provozierendem Frage.«

Er schwieg und horchte auf Rickys stumme Antwort, bevor er in eisigem Ton hinzufügte: »Sehen Sie, Doktor, die wahre Frage, die sich uns heute Nacht stellt, ist nicht etwa, weshalb ich Sie bis auf den Tod verfolge, sondern, weshalb ich es nicht tun sollte?«

Wieder blieb Ricky ihm eine Antwort schuldig.

»Überrascht es Sie, dass ich ein Killer geworden bin?«

Tat es nicht, doch das behielt Ricky für sich.

Einen Moment lang herrschte Stille zwischen den beiden Männern, bis – genau wie in der Stille seiner altehrwürdigen Praxis mit Couch und allem Drum und Dran –, einer der Männer das unheimliche Schweigen mit einer weiteren Frage brach.

»Eins wüsste ich gerne. Wie kommen Sie darauf, Sie hätten es nicht verdient zu sterben?«

Ricky spürte das Lächeln im Gesicht des Mannes, das kalte Lächeln einer abgestumpften Seele.

»Jeder hat es verdient, für irgendetwas zu sterben. Wirklich unschuldig ist niemand, Doktor. Sie nicht. Ich nicht. Niemand.«

Rumpelstilzchen schien in dem Moment ein wenig zu zittern. Ricky bildete sich ein zu sehen, wie sich die Finger des Mannes um den Griff seiner Waffe krümmten.

»Ich glaube, Dr. Starks«, sagte der Killer so kalt entschlossen, dass nicht schwer zu raten war, was in seinem Kopf vorging, »so interessant diese letzte Sitzung auch gewesen ist und so sehr Sie auch glauben mögen, es gäbe noch viel mehr zu sagen, ist die Zeit zum Reden abgelaufen. Es ist jetzt Zeit, dass jemand stirbt. Wie die Dinge stehen, werden Sie das sein.«

Ricky zielte und holte tief Luft. Er war zwischen den Trümmern eingekeilt und hätte weder nach rechts noch nach links ausweichen können, und auch nach hinten war ihm der Weg versperrt – sein ganzes zurückliegendes wie sein künftiges Leben in wenigen Augenblicken abgetan, und das alles nur wegen einer einzigen Unterlassungssünde als junger Mann, als er es zweifellos hätte besser wissen müssen, nur dass daran nichts mehr zu ändern war. Seine Optionen waren erschöpft. Er drückte leicht gegen den Pistolenabzug und nahm alle Willenskraft zusammen.

»Eins scheinen Sie zu vergessen«, sagte er langsam. Kalt. »Dr. Starks ist tot.«

Dann fiel der Schuss.

Es war, als erfasste der Mann die geringste Veränderung in Rickys Stimme bereits beim ersten Wort. Erfahrung und blitzartiges Begreifen der Situation taten ihr Übriges, denn er reagierte folgerichtig und prompt. Noch während Ricky abdrückte, ließ Rumpelstilzchen sich mit einer seitlichen Körperdrehung fallen, so dass Rickys erster Schuss, der mitten auf seinen Rücken zielte, dem Killer brutal das Schulterblatt zerriss und die zweite Kugel in die angespannten Muskeln seines rechten Oberarms fuhr. Ein reißendes Geräusch in der Luft, dann ein dumpfer Laut beim Aufprall auf Fleisch, dann ein Knacken, als sie Knochen zertrümmerte.

Ricky feuerte ein drittes Mal, doch diesmal wild drauflos, so dass die Kugel sich wie eine Sirene im Dunkel verlor.

Rumpelstilzchen fuhr herum und keuchte vor Schmerz; die Wucht des Angriffs musste einen gewaltigen Adrenalinstoß ausgelöst haben, denn er versuchte, mit dem zerfetzten Arm die eigene Waffe zu heben. Er griff mit der Linken danach und versuchte, sie ruhig zu halten, während er zurücktaumelte und sich nur mit letzter Kraft auf den Beinen hielt. Ricky erstarrte, als er sah, wie sich der Lauf der automatischen Pistole dem Kopf einer Kobra gleich aufstellte, wie das Auge der Mündung auf der Suche nach ihm in alle Richtungen zuckte und wie der Mann, der sie hielt, zu torkeln begann, als stünde er auf dem lockeren Geröll eines steilen Abgrunds.

Der Knall des Schusses erreichte ihn wie im Traum, scheinbar aus weiter Ferne, so als ginge ihn die Sache gar nichts an. Doch das kurze Kreischen der Kugel über seinem Kopf war ganz und gar real und zwang Ricky zum Handeln. Ein zweiter Schuss durchtrennte die Luft, und er fühlte, wie der heiße Wind des Geschosses durch den unförmigen Poncho fuhr, der Ricky von den Schultern hing. Er schnappte nach Luft, spürte den Geschmack nach Kordit und Rauch auf der Zunge und richtete den Lauf seiner Pistole erneut auf die Zielperson aus. Mit aller Macht kämpfte er gegen den Stromschlag des Kampftraumas an, der seine Hände zu lähmen drohte, und brachte es fertig, auf Rumpelstilzchens Gesicht zu zielen, während der Killer vor ihm zusammenbrach.

Der Killer schien den letzten tödlichen Schuss zu ahnen und fuhr, in dem verzweifelten Versuch, sich aufrecht zu halten, schwankend zurück. Seine eigene Waffe war herabgesunken und hing nach seinem zweiten Schuss nur noch schlaff an seiner Seite, nachdem die zuckenden Fingerspitzen nicht mehr auf zerstörte, blutende Muskeln reagierten. Er hielt sich die unverletzte Hand vors Gesicht, als könne er dadurch den bevorstehenden Schuss in eine andere Richtung lenken.

Wut und Hass, Angst und eine Flut von Adrenalin, die Summe all dessen, was Ricky zugestoßen war, ballte sich in diesem einen Moment zusammen und schrie in unerbittlichem, forderndem Ton nach dem letzten entscheidenden Schritt zum Sieg.

Und Ricky hielt mitten in der Bewegung inne, als er begriff, dass er es nicht zu Ende bringen wollte.

Rumpelstilzchen war bleich geworden, sein Gesicht war so weiß wie unter dem Licht des Mondes. Das Blut lief ihm wie schwarze Tinte den Arm und die Brust hinunter. Er unternahm einen letzten Versuch, die Waffe zu packen und zu heben, war jedoch schon zu schwach. Der Schock hatte ihn abrupt erfasst und benebelte jede seiner Bewegungen, so dass ihm die Kontrolle entglitt. Es war, als ob die Stille, die sich über die beiden Männer legte, während die Schüsse verhallten, physisch greifbar wäre und jede Bewegung in Watte hüllte.

Ricky starrte auf den Mann, den er einmal als Patienten gekannt hatte oder auch nicht, und ihm dämmerte, dass Rumpelstilzchen in relativ kurzer Zeit verbluten oder dem Schock erliegen würde. Nur im Film, dachte Ricky, bekommt ein Mensch aus nächster Nähe eine volle Ladung ab und ist immer noch stark genug, das Tanzbein zu schwingen. Rumpelstilzchens Überlebenschancen waren, schätzte er, eine Sache von Minuten.

Eine Stimme in ihm, die er noch nie gehört hatte, bestand darauf, einfach zuzusehen, wie der Mann starb.

Er gehorchte ihr nicht. Vielmehr rappelte er sich auf und sprang vor. Er trat dem Killer die Pistole aus der Hand und steckte seine eigene wieder in den Rucksack. Rumpelstilzchen murmelte etwas, als wehrte er sich gegen die Bewusstlosigkeit, den Vorboten seines

Todes, und Ricky beugte sich nach unten und schlang seinem Widersacher die Arme um die Brust. Er nahm alle Kraft zusammen, hob den Killer auf und warf ihn sich im Ringergriff über die Schulter. Langsam richtete er sich auf, verlagerte sein Gewicht und stolperte vorwärts, während die Ironie der Situation ihm so deutlich ins Bewusstsein drang wie die feuchte Luft in seine Lungen. Schwankend bahnte er sich einen Weg durch die Trümmer seines alten Hauses und trug den Mann, der seinen Tod gefordert hatte, hinaus.

Ihm brannte der Schweiß in den Augen, und er kämpfte mit jedem Schritt. Die Last auf seiner Schulter schien ihm schwerer als alles, was er je gehoben hatte. Er fühlte, wie Rumpelstilzchen das Bewusstsein verlor, und hörte, wie er zu röcheln begann, ein deutliches Zeichen seines nahen Todes. Ricky schnappte selbst gierig nach der feuchten Luft und zwang sich zu jedem weiteren festen, sturen Schritt – jeder ein größerer Kraftakt als der letzte. Er hämmerte sich ein, dass dies der einzige Weg in die Freiheit war.

Am Straßenrand blieb er stehen. Die Nacht hüllte beide Männer in Anonymität. Er legte Rumpelstilzchen auf den Boden und tastete seine Kleider ab. Zu seiner Erleichterung fand er, was er suchte: ein Handy.

Rumpelstilzchens Atem kam in flachen, gequälten Stößen. Ricky hegte den Verdacht, dass sein erster Schuss beim Aufprall das Schulterblatt zersplittert hatte und dass der gurgelnde Laut, den er hörte, von einer zerfetzten Lunge kam. Er stillte die Blutungen so gut er konnte und rief dann die vertraute Notrufnummer an.

»Neun eins eins, Notrufzentrale Cape«, meldete sich knapp eine geschäftsmäßige Stimme.

»Hören Sie gut zu«, sagte Ricky langsam, während er jedes Wort einzeln betonte. »Ich werde das nur einmal sagen, also hören Sie gut zu. Es hat einen Unfall mit Schussverletzungen gegeben. Das Opfer liegt an der Old Beach Road, am Eingang zum Feriendomizil des verstorbenen Dr. Starks, dem Haus, das letzten Sommer abgebrannt ist. Der Mann befindet sich direkt an der Einfahrt. Das Opfer hat mehrere Schusswunden im Schulterblatt und im rechten Oberarm und steht unter Schock. Der Mann wird sterben, wenn Sie nicht binnen Minuten an Ort und Stelle sind. Haben Sie verstanden, was ich Ihnen gerade sagte?«

»Wer spricht da?«

»Haben Sie verstanden?«

»Ja. Ich schicke sofort den Notarzt hin. Old Beach Road. Wer spricht da?«

»Sind Sie mit der Örtlichkeit vertraut, die ich Ihnen gerade genannt habe?«

»Ja. Aber ich muss wissen, wer Sie sind.«

Ricky überlegte einen Moment, bevor er antwortete, »Niemand, der noch jemand ist.«

Er ging aus der Leitung. Er zog seine eigene Waffe und holte die restlichen Patronen aus dem Magazin. Er schleuderte sie so weit er konnte in den Wald. Dann warf er die Pistole neben dem Verwundeten auf den Boden. Er zog seine Taschenlampe aus dem Rucksack, knipste sie an und legte sie dem bewusstlosen Killer auf die Brust. Ricky hob den Kopf. Er hörte, wie in der Ferne eine Sirene losheulte. Feuerwehr und Rettungsdienst waren nur ein paar Meilen entfernt, an der Route 6. Sie würden nicht lange brauchen. Er schätzte, dass die Fahrt ins Krankenhaus noch einmal fünfzehn bis zwanzig Minuten dauern würde. Ob das Sanitäterteam den Verwundeten stabilisieren konnte und ob die Notaufnahme mit schweren Schussverletzungen zurande kam, war ebenso ungewiss wie die Frage, ob kompetente Chirurgen zur Verfügung standen. Er warf einen letzten Blick auf den Killer am Boden und fragte sich, ob er die nächsten Stunden überleben würde. Möglicherweise ja. Möglicherweise auch nicht. Zum ersten Mal in seinem ganzen Leben kam Ricky die Ungewissheit gelegen. Die Sirene des Krankenwagens kam näher. Ricky drehte sich um und lief los, zunächst noch langsam, dann immer schneller, bis er einen zügigen Sprint hinlegte, seine Füße auf der Straße einen steten Rhythmus schlugen und die Dunkelheit der Nacht ihn schluckte wie einen Geist, so dass er vollkommen von der Bildfläche verschwand.

36

Unweit Port-au-Prince

ES WAR ETWA EINE STUNDE NACH SONNENAUFGANG, und Ricky betrachtete einen kleinen limonengrünen Gecko, der die Wand hochflitzte und bei jedem Schritt der Schwerkraft trotzte. Er beobachtete die ruckartigen Bewegungen des Tiers, die kurzen Pausen, in denen es den orangefarbenen Halssack aufblähte, um wieder ein Stück voranzuflitzen, eine weitere Pause einzulegen, in der es den Kopf in alle Richtungen drehte, um mögliche Gefahren zu erkennen. Ricky hegte für die wundersam schlichte Welt des Geckos Bewunderung und Neid: Finde was zu fressen, ohne dich fressen zu lassen.

Über ihm quietschte ein vierflügeliger Deckenventilator bei jeder Umdrehung und setzte die heiße, abgestandene Luft in dem kleinen Zimmer in Bewegung. Als Ricky die Beine streckte und über die Bettkante schwang, untermalte das Knarren der Matratzenfedern das Geräusch des Ventilators. Er räkelte sich, gähnte, strich sich mit der Hand durch das schüttere Haar, schnappte sich eine verblichene, khakifarbene Wandershorts, die über dem Nachttisch hing, und suchte nach seiner Brille. Er raffte sich auf und leerte einen Krug Wasser, der auf einem wackeligen Holztisch stand, in eine kleine Schüssel. Nachdem er sich das Gesicht nass gespritzt hatte, ließ er sich etwas Wasser über den Oberkörper laufen, nahm einen fadenscheinigen Waschlappen und rieb ihn mit einem Stück penetrant riechender Seife, die auf dem Tischchen lag, ein. Den Lappen tunkte er ins Wasser und wusch sich, so gut es ging.

Das Zimmer, das Ricky bewohnte, war fast quadratisch und mehr oder weniger kahl, mit einem ursprünglich strahlend weißen Putz an den Wänden, deren Farbe sich aber im Lauf der Jahre an den Dreck auf der Straße draußen angeglichen hatte. Seine Habseligkeiten waren spärlich: ein Radio, das auf den Sendern für die amerikanischen Streitkräfte über die Trainingsspiele im Frühjahr berichtete, des weiteren ein wenig Kleidung. Einen aktuellen Kalender, den eine barbusige junge Frau mit einem einladenden Lächeln zierte; der angehende Tag war mit einem schwarzen Kreis markiert. Der Kalender hing an einem Haken nicht weit von einem Kruzifix, das, wie er vermutete, dem früheren Bewohner gehörte, das er aber nicht abgenommen hatte, da ihm ein Instinkt sagte, dass in einem Land, in dem die Religion für so viele Menschen auf so widersprüchliche, sonderbare Weise eine zentrale Rolle spielt, das Entfernen einer religiösen Ikone Unheil bringen musste und er es bislang alles in allem gar nicht schlecht getroffen hatte. An einer Wand hatte er zwei Bücherregale angebracht, in denen sich eine Reihe abgewetzter, vielgelesener Texte über Medizin drängte, unter die sich auch ein paar neue Abhandlungen mischten. Die Titel reichten von praktischen Themen wie Tropenkrankheiten und ihrer Behandlung bis zu eher esoterischen wie Fallstudien zu Krankheitsmustern psychischer Störungen in Entwicklungsländern.

Darüber hinaus besaß er ein dickes, kunstledergebundenes Notizbuch und ein paar Stifte, mit deren Hilfe er sich Anmerkungen zu Patienten und Behandlungsplänen machte und die neben einem Laptop und einem Drucker auf seinem Schreibtisch lagen. Über dem Drucker hing eine handschriftliche Liste mit pharmazeutischen Großhändlern im südlichen Florida. Darüber hinaus hatte er einen kleinen Matchbeutel aus schwarzem Segeltuch, der für eine zwei- bis dreitägige Reise genügte und in den er ein paar Sachen gepackt hatte. Ricky sah sich im Zimmer um und stellte fest, dass es wahrhaftig nicht viel war, aber zu seiner Stimmung und seinem Selbstverständnis passte, und obwohl er davon ausging, dass er ohne weiteres in eine deutlich komfortablere Unterkunft wechseln konnte, war er nicht sicher, ob ihm danach sein würde, selbst wenn er die Dinge erledigt hatte, die ihn für den Rest der Woche beschäftigen würden.

Er ging zum Fenster und starrte auf die Straße. Es war nur ein halber Häuserblock bis zur Klinik, und schon jetzt konnte er eine Menschentraube am Eingang sehen. Gegenüber befand sich ein kleiner Lebensmittelladen, wo der Eigentümer und seine Frau – zwei über ihre Verhältnisse großzügige Leute im mittleren Alter – gerade dabei waren, ein paar Holzkisten und Fässer mit frischem Obst und Gemüse aufzustellen. Gleichzeitig brühten sie sich gerade Kaffee auf, und der Duft stieg ihm mehr oder weniger in dem Moment in die Nase, als die Frau des Ladenbesitzers sich umdrehte und ihn im Fenster stehen sah. Sie winkte fröhlich und zeigte einladend auf den Kaffee, der über einem offenen Feuer siedete. Er hielt ein paar Finger hoch, um ihr zu sagen, er käme gleich, und sie machte sich wieder an die Arbeit. Die Straße füllte sich bereits mit Menschen, und Ricky schätzte, dass es in der Klinik viel Arbeit geben würde. Für Anfang März herrschte schon jetzt eine eigentümliche Hitze, in die sich ein zarter Duft von Bougainvilleen und Früchten mischte, dazu alle möglichen menschlichen Gerüche. Kaum zog der Tag herauf, kletterten die Temperaturen.

Er sah zu den Bergen hinüber, an deren Hängen sich sattes, fröhliches Grün mit kargem Braun abwechselte. Sie ragten steil über die Stadt, und ihm kam der Gedanke, dass Haiti wohl zu den faszinierendsten Ländern der Erde zählte. Es war die ärmlichste Gegend, die er je gesehen hatte, doch zugleich von unvergleichlicher Würde. Er wusste, dass er, sobald er auf die Straße trat und zur Klinik lief, das einzige weiße Gesicht im Umkreis von Meilen sein würde. Früher einmal hätte ihn das vielleicht gestört, doch das war lange her. Er genoss es, anders zu sein, und wusste, dass ihn auf Schritt und Tritt ein Geheimnis umwitterte.

Besonders freute ihn, dass die Leute auf der Straße seine seltsame Anwesenheit bereitwillig akzeptierten, ohne Fragen zu stellen. Zumindest nicht offen ins Gesicht, was bei genauerer Betrachtung als Kompliment wie auch als Zugeständnis zu verstehen war, und mit beidem konnte er leben.

Er verließ sein Zimmer und gesellte sich unten auf eine Tasse bitteren, starken Kaffee mit braunem Zucker zu dem Ladenbesitzer und seiner Frau. Er aß ein Stück Brot, das an diesem Morgen frisch gebacken worden war, und nutzte die Gelegenheit, um das Eitergeschwür am Rücken des Eigentümers zu untersuchen, das er vor drei Tagen mit einer Lanzette geöffnet und ausgetrocknet hatte. Die Wunde schien zügig zu heilen, und er erinnerte den Mann in einem Kauderwelsch aus Englisch und Französisch daran, sie sauber zu halten und noch am selben Tag den Verband zu wechseln.

Der Mann nickte, grinste, sprach eine Weile über das unbeständige Schicksal der örtlichen Fußballmannschaft und bat Ricky eindringlich, sich das Spiel kommende Woche anzusehen. Das Team nannte sich die Fliegenden Adler und genoss bei jedem Spiel die glühende Anteilnahme des Viertels, auch wenn die Begegnungen meist mit eher gemischten Ergebnissen und keineswegs mit Höhenflügen endeten. Der Ladenbesitzer lehnte Rickys Anerbieten, für das Frühstück zu bezahlen, ab – ein fester Bestandteil des täglichen Rituals zwischen den beiden Männern: Ricky griff sich in die Tasche, und der Besitzer machte ihm mit einer energischen Handbewegung klar, er möge das doch bitte schön lassen. Wie immer bedankte sich Ricky, versprach, in den rotgrünen Adler-Farben zum Spiel zu kommen, und machte sich, den Geschmack des Kaffees noch auf der Zunge, zügig auf den Weg zur Klinik.

Die Leute scharten sich so dicht um den Eingang, dass sie das in ungelenken, schwarzen Großbuchstaben mit mehreren orthografischen Fehlern handgeschriebene Schild verdeckten: DOKTOR DUMONDAIS HERFORAGENDE MEDIZINISCHE KLINIK. SPRECHSTUNDEN NACH VEREINBAHRUNG UNTER 067-8975.

Ricky bahnte sich durch die Menschentraube, die sich teilte und Platz für ihn machte. Mehr als ein Mann tippte zum Gruß mit dem Finger an den Hut. Er erkannte einige Gesichter der regelmäßigen Patienten und lächelte ihnen zu. Sie erwiderten den Gruß mit einem Strahlen, das über ihre Gesichter huschte, und mehr als einmal hörte er im Flüsterton, »Bonjour, monsieur le docteur ...« Einem Mann schüttelte er die Hand: Schneider Dupont hatte ihm einen viel eleganteren hellbraunen Leinenanzug geschneidert, als Ricky ihn wohl jemals würde tragen können, nachdem Ricky für seine arthritisgeschundenen Finger etwas Vioxx aufgetrieben hatte. Wie erwartet, hatte das Mittel Wunder gewirkt.

Als er zur Kliniktür hereinkam, sah er Dr. Dumondais' Krankenschwester, eine imposante Erscheinung, die vertikal wie horizontal etwa einen Meter fünfundfünfzig maß, dabei aber in ihrem massigen Körper beachtliche Kraft besaß, ganz zu schweigen von einer Fülle an Wissen über volkstümliche Heilmittel und Vodoo-Verfahren für sämtliche Tropenkrankheiten.

»Bonjour, Hélène«, sagte Ricky. »Tout le monde est arrivé ce jour.«

»Oh ja, Doktor, wir bestimmt haben den ganzen Tag zu tun ...«

Ricky schüttelte den Kopf. Er übte bei ihr sein Insel-Französisch und sie im Gegenzug ihr Englisch bei ihm, weil sie hoffte, dass eines Tages genügend Geld in der im Garten verbuddelten Kassette sein würde, um ihrem Cousin einen Platz auf seinem alten Fischerboot zu bezahlen, damit er sich in die tückischen Florida Straits hinauswagte und sie nach Miami brachte, wo, wie sie aus zuverlässiger Quelle wusste, das Geld nur so auf der Straße lag.

»Nein, nein, Hélène, pas docteur. C'est monsieur Lively. Je ne suis plus un médicin ...«

»Ja, ja, *Mister* Lively, ich weiß schon, was Sie mir das schon so oft gesagt haben. Tut mir leid, für dass ich das wieder ein nächstes Mal vergessen habe ...«

Sie grinste breit, als wollte sie bei Rickys altem Witz kein Spielverderber sein, wenngleich sie nicht ganz nachvollziehen konnte, weshalb er ein so profundes medizinisches Wissen in die Klinik brachte und sich trotzdem nicht als Doktor anreden ließ. Ricky vermutete, dass Hélène dieses Verhalten einfach den seltsamen, unergründlichen Spleens der weißen Rasse zuschrieb und dass es ihr im Übrigen genau wie den Menschen, die sich am Eingang drängten, von Herzen egal war, wie Ricky genannt werden wollte. Sie wusste, was sie wusste.

»Le Docteur Dumondais, il est arrivé ce matin?«

»Ähm, ja, Mister Lively. In seinem, ähm, *bureau*.«

»Sprechzimmer heißt das ...«

»Ja, ja, *j'oublie*. Kann ich mir nie merken. Sprechzimmer. Ja. Da ist er. *Il vous attend ...*«

Ricky klopfte an die Tür und trat ein. Auguste Dumondais, ein schmächtiger, kleiner Mann, der eine bifokale Brille trug und sich den Schädel kahl rasierte, saß hinter seinem ramponierten Schreibtisch gegenüber der Untersuchungsliege. Er zog sich einen Arztkittel an und sah, als Ricky eintrat, lächelnd zu ihm hoch. »Ah, Ricky, kriegen heute viel zu tun, nicht wahr?«

»Oui«, erwiderte Ricky. *»Bien sûr.«*

»Aber wolltest du nicht heute abreisen?«

»Nur zu einem kurzen Heimatbesuch. Nicht mal für eine Woche.«

Der zwergenhafte Doktor nickte. Ricky sah in seinen Augenwinkeln, dass ihn die Auskunft nicht ganz überzeugte. Auguste Dumondais hatte nicht viele Fragen gestellt, als Ricky vor einem halben Jahr an der Kliniktür erschienen war und für ein äußerst bescheidenes Gehalt seine Dienste angeboten hatte. Die Klinik war aufgeblüht, seit Ricky sich mit einem Praxiszimmer hier niedergelassen hatte. Nicht lange, und der kleine Anstoß hatte genügt, um *le Docteur* Dumondais aus seiner selbstgewählten Armut zu reißen, so dass er mehr in Ausstattung und Medikamente investieren konnte.

Seit Neustem dachten die beiden Männer darüber nach, bei einer Beschaffungsstelle für ausrangierte medizinische Geräte, die Ricky in den Staaten aufgetrieben hatte, ein gebrauchtes Röntgengerät zu besorgen. Ricky sah, dass der Kollege Angst hatte, der glückliche Zufall, der Ricky hier angespült hatte, könnte nicht von Dauer sein.

»Eine Woche höchstens, fest versprochen.«

Auguste Dumondais schüttelte den Kopf. »Versprich mir nichts, Ricky. Tu, was du zu tun hast. Wenn du zurück bist, arbeiten wir weiter.« Er lächelte, als wollte er damit stumm zum Ausdruck bringen, er habe so viele Fragen, dass er nicht wisse, wo er anfangen sollte.

Ricky nickte. Er zog sein Notizbuch aus der Beintasche seiner Shorts.

»Da gibt es einen Fall …«, sagte er langsam. »Der kleine Junge, den ich neulich in der Praxis hatte.«

»Ach so, ja«, sagte der Arzt mit einem Lächeln. »Natürlich, ich erinnere mich. Hab mir schon gedacht, dass er dich interessiert. Er ist, wie alt, fünf?«

»Ein bisschen älter«, sagte Ricky. »Sechs. Und du liegst richtig, Auguste. Der interessiert mich brennend. Laut seiner Mutter spricht das Kind kein einziges Wort.«

»Hab ich auch gehört. Faszinierend, nicht wahr?«

»Ungewöhnlich, ja, allerdings.«

»Und deine Diagnose?«

Ricky führte sich den kleinen Jungen vor Augen, drahtig wie so viele Kinder auf der Insel, ein wenig unterernährt, was ebenfalls auf viele zutraf, nicht allzu besorgniserregend. Ihm war der ausweichende Blick des Jungen aufgefallen, als er Ricky gegenübersaß, furchtsam selbst auf dem Schoß seiner Mutter. Die Mutter hatte so herzzerreißend geweint, dass ihr die Tränen die Wangen herunterliefen, als Ricky ihr Fragen stellte, denn die Frau hielt den Jungen für das intelligenteste ihrer sieben Kinder, mit einer enormen Auffassungsgabe – schnell im Lesen, schnell im Rechnen –, doch ohne je ein Wort zu sprechen. Ein besonderes Kind ihrer Meinung nach, in fast jeder Hinsicht. Ricky war durchaus bekannt, dass die Frau in der Gemeinde einen beachtlichen Ruf für ihre magischen Fähigkeiten genoss und sich mit dem Verkauf von Liebestränken und Amuletten, die das Böse fernhalten sollten, ein bisschen Geld nebenher verdiente, und so ahnte er, wie sehr sie sich dazu hatte durchringen müssen, das Kind zu dem seltsamen Weißen in der Klinik zu bringen – eine Entscheidung, die von ihrer Frustration über die volkstümlichen Heilverfahren wie auch ihrer Liebe zu dem Jungen zeugte.

»Ich glaube nicht, dass es ein organisches Problem ist«, sagte Ricky langsam.

Auguste Dumondais verzog das Gesicht. »Seine Sprachunfähigkeit ist …« Der Halbsatz endete mit einem Fragezeichen.

»Eine hysterische Reaktion.«

Der kleine schwarze Arzt rieb sich das Kinn und strich sich mit der Hand über den glänzenden Schädel. »Ich erinnere mich, nur vage, aus dem Studium. Vielleicht. Und wie kommst du darauf?«

»Die Mutter hat nur Andeutungen über eine Tragödie gemacht. Als er noch kleiner war. Es hatte sieben Kinder gegeben, aber jetzt sind es nur noch fünf. Kennst du die Familiengeschichte?«

»Zwei Kinder sind gestorben. Ja. Und der Vater. Ein Unfall, kann ich mich entsinnen, bei einem schlimmen Sturm. Ja, das Kind war dabei, auch daran kann ich mich erinnern. Das könnte der Auslöser sein. Aber was für eine Behandlung haben wir anzubieten?«

»Ich lass mir was einfallen, muss mich erst mal einlesen. Natürlich werden wir die Mutter überreden müssen. Keine Ahnung, wie schwer das sein wird.«

»Wird es teuer für sie?«

»Nein«, sagte Ricky. Ihm war nicht entgangen, dass Auguste Dumondais ihn so kurz vor Antritt einer Auslandsreise mit Bedacht darum gebeten hatte, das Kind zu untersuchen. Der Plan war leicht zu durchschauen, aber dennoch nicht schlecht. Er hätte vielleicht dasselbe getan. »Ich denke, es wird sie gar nichts kosten, ihn zu mir zu bringen, sobald ich zurück bin. Aber vorher muss ich einiges mehr über die Geschichte wissen.«

Dr. Dumondais lächelte und nickte. »Ausgezeichnet«, sagt er und hängte sich ein Stethoskop um den Hals, bevor er Ricky einen Arztkittel reichte.

Der Tag brachte so viel Arbeit und verging so schnell, dass Ricky beinahe seinen Flug mit der Caribe Air nach Miami verpasste. Ein Geschäftsmann im mittleren Alter namens Richard Lively, der mit einem erst kürzlich ausgestellten Pass und nur wenigen Stempeln von einer Reihe karibischer Staaten reiste, wurde an der US-amerikanischen Passkontrolle ohne langes Warten durchgewunken. Er verstand, dass keines der offensichtlichen kriminellen Profile auf ihn passte, bei denen es vor allem um Drogenhandel ging. Ricky musste unwillkürlich denken, dass er ein einzigartiger Krimineller war, der in keins der gängigen Schubfächer passte. Er hatte den Flug um acht Uhr morgens nach La Guardia gebucht, und so verbrachte er die Nacht im Holiday Inn des Flughafens. Er duschte ausgiebig und heiß mit gehörig viel Seifenschaum, was er sowohl in hygienischer wie sinnlicher Hinsicht genoss und für ihn nach den spartanischen Verhältnissen, die er gewöhnt war, an reinen Luxus grenzte. Die Klimaanlage, die die Hitze draußen hielt und sein Zimmer temperierte, war eine willkommene Wohltat aus seinem früheren Leben. Dennoch schlief er unruhig und warf sich eine Stunde lang hin und her, bis er endlich einschlafen konnte. Im Lauf der Nacht wachte er zweimal auf – erst mitten in einem Traum über das Feuer in seinem Ferienhaus und dann wieder, als er von Haiti und dem Jungen träumte, der nicht sprechen konnte. So lag er im Dunkeln wach und war ein wenig erstaunt, dass die Bettwäsche zu weich, die Matratze zu gut gefedert war, und er lauschte auf das Summen der Eismaschine am Ende des Flurs und die gelegentlichen Schritte an seiner Tür vorbei, die der Teppich zwar dämpfte, aber nicht vollständig schluckte. In der Stille rekonstruierte er sein letztes Telefonat mit Virgil vor fast neun Monaten.

Es war Mitternacht, als er endlich die Strecke zu seinem billigen Hotelzimmer am Rande von Provincetown zurückgelegt hatte.

Er empfand eine seltsame Mischung aus Erschöpfung und Energie:

Der lange Fußmarsch hatte ihn ermüdet, doch der Gedanke, dass er aus einer Nacht, in der er hatte sterben sollen, höchst lebendig hervorgegangen war, beflügelte ihn. Er hatte sich aufs Bett geworfen und die Nummer ihrer Wohnung in Manhattan gewählt.

Als Virgil sich beim ersten Klingelzeichen meldete, sagte sie nur: »Ja?«

»Das ist nicht die Stimme, mit der Sie gerechnet haben«, erwiderte er.

Sie verstummte augenblicklich.

»Ihr Bruder, der Anwalt, ist bei Ihnen, nicht? Sitzt Ihnen gegenüber und wartet auf denselben Anruf.«

»Ja.«

»Dann sagen Sie ihm, er soll am Nebenanschluss mithören.«

Binnen weniger Sekunden war auch Merlin in der Leitung. »Hören Sie«, wollte der Anwalt gerade in dreistem Ton die Flucht nach vorne ergreifen. »Sie haben keine Ahnung …«

Ricky unterbrach ihn. »Ich habe von so manchem Ahnung. Jetzt seien Sie still und hören Sie zu, denn aller Leben hängt davon ab.«

Merlin wollte etwas entgegnen, doch Ricky sah buchstäblich vor sich, wie Virgil ihm einen Blick zuwarf, der ihn zum Schweigen brachte.

»Zunächst zu Ihrem Bruder. Er befindet sich derzeit im Mid Cape Medical Center. Je nachdem, was sie dort für ihn tun können, wird er entweder dort bleiben oder aber zur Operation nach Boston geflogen. Die Polizei wird ihm eine Menge Fragen stellen, falls er seine Verwundung überlebt, doch ich glaube, sie wird Mühe haben, das Verbrechen, das heute Nacht begangen wurde, zu begreifen – falls es überhaupt ein Verbrechen gegeben hat. Sie wird auch an Sie Fragen haben, aber ich denke, er wird auf die Fürsorge der Schwester und des Bruders, die er liebt, angewiesen sein und früher oder später auch juristischen Rat benötigen, vorausgesetzt, er kommt durch. Ich denke daher, als erstes müssen Sie sich mit dieser Situation befassen.«

Beide Geschwister schwiegen.

»Natürlich liegt die Entscheidung ganz bei Ihnen. Vielleicht lassen Sie ihn die Suppe allein auslöffeln. Vielleicht auch nicht. Das liegt bei Ihnen, und Sie werden damit leben müssen. Aber es gibt noch ein paar Dinge, die geregelt werden müssen.«

»Was für Dinge?«, fragte Virgil in verhaltenem Ton, der ihre Emotionen kaschieren sollte, was, wie Ricky fand, auch höchst aufschlussreich war.

»Kommen wir zum geschäftlichen Teil: das Geld, das Sie mir von meinen Rücklagen- und anderen Konten und Depots gestohlen haben. Sie werden die ganze Summe zurückzahlen, und zwar auf das Crédit-Suisse-Konto Nummer 01-00976-2. Schreiben Sie das auf. Sie werden das prompt erledigen …«
»Oder?«, fragte Merlin.
Ricky lächelte. »Ich dachte, es wäre eine Binsenweisheit, dass Anwälte nie eine Frage stellen sollten, auf die sie längst die Antwort wissen.«
Das brachte den Mann zum Schweigen.
»Was noch?«, fragte Virgil.
»Wir eröffnen ein neues Spiel«, sagte Ricky. »Es heißt ›Am Leben bleiben‹. Wir spielen alle mit. Zugleich.«
Weder Bruder noch Schwester erwiderten etwas.
»Die Regeln sind einfach«, sagte Ricky.
»Nämlich?«, fragte Virgil leise.
Ricky schmunzelte ein wenig. »Zu dem Zeitpunkt, als mein letzter Urlaub bevorstand, habe ich zwischen fünfundsiebzig und hundertfünfundzwanzig Dollar die Stunde für die Analyse genommen. Im Durchschnitt habe ich jeden Patienten zu vier, manchmal zu fünf Sitzungen pro Woche gesehen, und das normalerweise achtundvierzig Wochen im Jahr. Den Rest können Sie sich selber ausrechnen.«
»Ja«, sagte sie. »Wir sind mit Ihrem Berufsleben vertraut.«
»Umso besser«, sagte Ricky forsch. »Und so geht das Spiel ›Am Leben bleiben‹. Je mehr Menschen unmittelbar in Ihr Leben treten, desto mehr zahlen Sie, weil Sie auch für ihre Sicherheit bezahlen werden.«
»Wie meinen Sie das, ›mehr Menschen‹?«
»Das überlasse ich Ihnen«, sagte Ricky kalt.
»Und wenn wir nicht machen, was Sie wollen?«, fragte Merlin in scharfem Ton.
Ricky antwortete in unterkühltem, gleichmütigem, doch scharfem Ton. »Sobald kein Geld mehr fließt, gehe ich davon aus, dass sich Ihr Bruder von seinen Wunden erholt hat und mich aufs Neue jagt. Und dann sehe ich mich gezwungen, Sie erneut zu jagen.«
Ricky schwieg und fügte dann hinzu: »Oder jemanden, der Ihnen nahesteht. Eine Frau. Ein Kind. Einen Geliebten. Jemanden, der Ihnen dabei hilft, ein normales Leben zu führen.«
Wieder sagten sie nichts.

»Wie sehr wünschen Sie sich ein normales Leben?«, fragte Ricky.
Auf diese Frage herrschte Schweigen, und eine Antwort erübrigte sich auch.
»Das ist«, fuhr Ricky fort, »mehr oder weniger dieselbe Wahl, vor die Sie mich einmal gestellt haben. Nur dass es diesmal um Gleichgewicht geht. Sie können diese Balance zwischen Ihnen und mir wahren. Und Sie können diesen fairen Ausgleich durch die nun wirklich denkbar einfachste und unwichtigste Sache der Welt signalisieren: mit Geld. Also fragen Sie sich selbst: Wieviel ist mir das Leben, das ich führen möchte, wert?«
Ricky hüstelte, um ihnen einen Moment Zeit zu geben, und fuhr dann fort: »Das ist in mancher Hinsicht dieselbe Frage, die ich jedem stellen würde, der zu mir in Behandlung kommt.«
Dann legte er auf.

Der Himmel über New York war klar, und von seinem Fenstersitz aus konnte er, als das Flugzeug quer über die City Richtung La Guardia schwebte, die Freiheitsstatue und den Central Park sehen.

Er hatte das seltsame Gefühl, als käme er gar nicht nach Hause, sondern besuchte irgendein Traumland, so wie man ein Sommerlager in der Wildnis vor sich sieht, in dem man als Kind, von den Eltern zu dieser Reise gezwungen, die Nächte durchgeheult hat.

Ricky wollte zügig vorankommen. Er hatte den letzten Flug am selben Abend nach Miami zurück gebucht, und er hatte nicht viel Zeit. An der Theke der Leihwagenfirma war eine Schlange, und es dauerte eine Weile, bis man herausgefunden hatte, welches Fahrzeug für Mr. Lively reserviert war. Er verwendete seinen New-Hampshire-Führerschein, der in einem halben Jahr ablaufen würde, und überlegte, ob es vielleicht das Klügste war, vor seiner Rückkehr auf die Inseln fiktiv nach Miami umzuziehen.

Er brauchte etwa anderthalb Stunden, bis er bei mäßigem Verkehr Greenwich, Connecticut, erreichte, und er stellte fest, dass die Wegbeschreibung, die er aus dem Internet hatte, bis auf die Zehntelmeile richtig war. Das amüsierte ihn, da es nach seiner Erfahrung im Leben niemals so präzise zuging. Zwischendurch hielt er in der Innenstadt und kaufte in einem Feinkostgeschäft eine teure Flasche Wein. Dann fuhr er zu einem Haus in einer Straße, die nach den überzogenen Maßstäben einer der reichsten Kommunen im ganzen Land eher bescheiden war. Die Häuser waren einfach nur protzig, nicht obszön. Diese zweite Kategorie war ein paar Blocks weiter zu finden.

Er parkte gleich vorn auf der Einfahrt zu einem Haus im Pseudo-Tudor-Stil. Hinter dem Haus befand sich ein Swimmingpool und davor eine große Eiche, die noch nicht in Blüte stand. Die Sonne war Mitte März noch nicht kräftig genug, auch wenn sie, so wie sie durch die Zweige sickerte, einige Hoffnung darauf machte, dass die dürren Tage bald ein Ende hatten. Eine unbeständige Jahreszeit, stellte er immer wieder fest.

Die Flasche Wein in der Hand, klingelte er an der Tür.

Eine junge Frau, höchstens Anfang dreißig, machte auf. Sie trug Jeans und einen schwarzen Rollkragenpullover und hatte ihr dunkelblondes Haar aus dem Gesicht gekämmt, so dass ihre Augen mit kleinen Fältchen an den Winkeln, die ebenso wie die um den Mund wohl von Erschöpfung zeugten, deutlich zu sehen waren. Ihre Stimme dagegen war weich und einladend, und sie begrüßte ihn, während sie die Tür weit öffnete, fast im Flüsterton. Er wollte etwas sagen, doch sie kam ihm zuvor. »Psssst, bitte! Ich hab die Zwillinge gerade fürs Mittagsschläfchen hingelegt …«

Ricky erwiderte ihr Lächeln. »Die halten Sie sicher ganz schön auf Trab«, sagte er in durchaus freundlichem Ton.

»Sie machen sich keine Vorstellung«, erwiderte die junge Frau, immer noch sehr leise. »Und wie kann ich Ihnen helfen?«

Ricky hielt ihr die Flasche entgegen. »Sie erinnern sich nicht an mich?«, fragte er. Natürlich war das eine Finte. Sie waren sich noch nie begegnet. »Bei dieser Cocktailparty mit den Partnern Ihres Mannes, vor rund einem halben Jahr?«

Die junge Frau sah ihn eingehend an. Er wusste, dass die Antwort nur nein lauten konnte, dass sie sich unmöglich erinnern konnte, doch sie hatte eine bessere Kinderstube als ihr Mann, und so antwortete sie, »Ach so, natürlich, Mr. …«

»Doktor«, sagte Ricky. »Aber nennen Sie mich Ricky.« Er schüttelte ihr die Hand und reichte ihr dann die Flasche Wein. »Die schulde ich Ihrem Mann«, sagte er. »Wir hatten vor einem Jahr oder so geschäftlich miteinander zu tun, und ich wollte mich nur bei ihm bedanken und ihn an den erfolgreichen Ausgang des Falls erinnern.«

Ein wenig perplex, nahm sie die Flasche entgegen. »Also, dann vielen Dank, Doktor …«

»Ricky«, sagte er. »Er wird sich schon erinnern.«

Dann drehte er sich um und ging mit einem fröhlichen Winken die Einfahrt zurück zu seinem Wagen. Er hatte genug gesehen und genug erfahren. Ein angenehmes Leben, in dem sich Merlin da mit seiner Familie eingerichtet hatte, ein vielversprechendes dazu, mit rosigen Zukunftsaussichten. Doch heute Abend stand Merlin eine schlaflose Nacht bevor, nachdem er den Korken gezogen hatte. Ricky wusste, dass der Wein bitter schmecken würde. Das kam von der Angst.

Er dachte daran, auch Virgil einen Besuch abzustatten, begnügte sich jedoch damit, ihr durch ein Blumengeschäft ein Dutzend Lilien an das Filmset zu schicken, wo sie eine bescheidene, doch nicht unwichtige Rolle in einem teuren Hollywood-Streifen ergattert hatte. Es war eine gute Rolle, hatte er sich sagen lassen, und wenn sie darin glänzte, ein Sprungbrett zu bedeutend größeren und besseren, auch wenn er bezweifelte, dass sie jemals eine interessantere Figur spielen würde als Virgil. Weiße Lilien waren perfekt. Man schickte sie gewöhnlich zu einer Beerdigung – mit einer Kondolenzkarte, auf der man sein tief empfundenes Beileid bekundete. Er ging davon aus, dass sie das wusste. Er ließ die Blumen mit einer schwarzen Satinschleife binden und fügte ein Kärtchen bei, auf dem nur stand,

Denke immer noch an Sie.
Gez. Dr. S.

Er war, dachte er, zu einem Mann geworden, der wenig Worte macht.

»Schlaflose Nächte sind programmiert.«
Bild am Sonntag

Nervenzerreißende Spannung:
Die Psychothriller von John Katzenbach bei Knaur:

Die Anstalt

Der Fotograf

Das Rätsel

Die Rache

Das Opfer

Der Täter

»Nur wenige Autoren verstehen es so gut, sich in einen Verbrecher hineinzudenken.«
People Magazine

John Katzenbach

Der Professor

Psychothriller

Der pensionierte Psychologieprofessor Adrian Thomas bekommt von seinem Arzt eine niederschmetternde Diagnose: Demenz. Damit haben sich seine schlimmsten Befürchtungen bestätigt. Vor seinem inneren Auge erscheint die Schreckensvision seines unaufhaltsamen, unheilbaren Abgleitens in die Dunkelheit. Verstört blickt der alte Mann auf die Straße hinaus und sieht in der anbrechenden Dämmerung ein vielleicht sechzehnjähriges Mädchen vorübereilen. Gleichzeitig rollt ein Lieferwagen heran, bremst ab und beschleunigt wieder: Das Mädchen ist verschwunden. Der alte Professor ist verwirrt. Hat er gerade eine Entführung beobachtet? Wenn es tatsächlich ein Verbrechen war, muss er handeln. Die Frage ist nur, wie. Kann er noch klar genug denken, um das Mädchen zu finden?

Droemer